御製

佛光恩照　三千大千　隨緣徧滿
恒沙法界　普度衆生　悉證菩提
身心安泰　年時豐稔　風雨調順
日月升恒　乾坤清寧　百昌蕃熾
上下樂利　中外協和　庶物咸亨
萬善圓成　情與無情　同登正覺
大清雍正十三年四月初八日

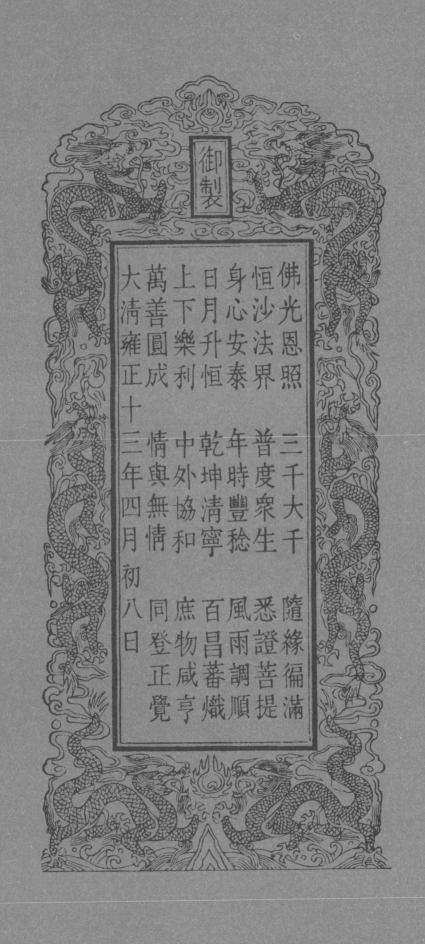

第一〇九册　西土聖賢撰集（四）

舊雜譬喻經

吳 康僧會 譯

清刻龍藏佛説法變相圖

舊雜譬喻經卷上

吳康僧會譯

昔無數世有一商人號曰薩薄時適他國賣齎貨所止近在佛弟子家佛弟子家時作大福安施高座衆僧説法講論罪福善惡由心心身口所行及四諦非常苦空之法遠道賈人時來寄聽心解信樂便受五戒白優婆塞上座以法勸樂之言善男子護身口心十善具者戒有五神五戒有二十五神現世衞護令無枉横後世自致無爲大道賈人聞法重喜無量後還本國國中都無佛法便欲宣化恐無受者以所受法教化父母兄弟妻子及諸中外皆便奉法去賈人土千里有國民多豐樂寶物饒好二國圯塞絶不後通百餘年中所以故有閱叉居其道中得人便噉前後

無數是故斷絶無往來者賈人自念吾奉佛戒如經所道及有二十五神見助不疑聽彼鬼唯一人耳吾往伏之必獲也時有同賈五百餘人便語衆人吾有異力能降伏鬼汝等能行詣彼者不及有大利衆人自共議二國不通從來大久若得達者所得不訾便相可適進道而去來至中路見鬼食處人骸骨髮狼籍滿地薩薄自念鬼神前後所可食人今證驗現我死職當恐此衆人便語衆輩汝等住此吾欲獨進得勝鬼者當還相迎不得來者知爲遇害便各還退勿復進也於是獨前方行數里逢見鬼來正心念佛志定不懼鬼到問曰卿是何人答曰吾是通道導師也鬼大笑曰汝聞我名不而欲通道薩薄曰知汝在此故來相求當與卿鬬若卿勝者便可食我若我得勝通萬姓道益天下利矣鬼言誰應先下手乎賈人言吾來相求故應先下手鬼聽可之以右手扠之手入鬼腹堅不可出左手復打亦入如是兩脚及頭都入鬼中不能復動於是閱叉即以頌而問曰

手足及與頭　五事雖絆羈　但當前就死
跳踉復何爲

賈客偈答

手足及與頭　五事雖被繫　執心如金剛
終不爲汝擘

鬼復説偈

吾爲神中王　作鬼多力旋　前後噉汝輩
不可復稱數　今汝死在近　何爲復調語

賈客偈答

是身爲無常　吾早欲棄離　魔今適我願

便持相布施　緣是得正覺　當成無上智
鬼說偈歸依　三界中希有　畢爲度人師
志妙摩訶薩　願以身自歸　頭面禮稽首
德備將不久
於是閱叉前受五戒慈心衆生即爲作禮退入深山薩薄還呼衆人前進彼土於是二國並知五戒十善降鬼通道乃識佛法至眞無量皆共奉戒近然三尊國致太平後昇天得道乃五戒賢者直信之恩力也佛告諸比丘時薩薄者我身是菩薩行尸波羅蜜所度如是過去無數劫爾時有孔雀王從五百婦孔雀相隨經歷諸山見青雀色大好便捨五百婦追青雀青雀但食甘露好果時國王夫人有疾夜夢見孔雀王寤則白王王當重募求之王命射師有能得孔雀王來者賜金百斤婦以汝小女諸射師分布諸山見孔雀從一青雀便以蜜麨處處塗樹孔雀日日爲青雀取食如是玩習人便以蜜麨塗已身孔雀便取蜜麨人則得之語人我以一山金相與可捨我人言王與我金并婦足可自畢已便持白王孔雀白大王王重愛夫人故相取願乞水來呪之與夫人飲澡浴若不瘥者相煞不晚王則與水令呪授與夫人飲病則除宮中內外諸有百病皆因此水悉得除愈國王人民來取水者無央數孔雀白大王寧可木繫我足自在往來湖水中方呪令民遠近自恣取水王言大佳則引木入湖水中自極制方呪之人民飲水聾盲視聽跛傴皆伸孔雀白大王國中諸惡病悉得除愈人民供養我如天神無異終無去心大王可解我足使得飛

往來去入湖水中瞑上此梁上宿王則令解之如是數月於梁上大笑王問曰汝何等笑答曰我笑天下有三癡一曰我癡二曰獵師癡三曰王癡我與五百婦相隨捨追青雀貪欲之意爲射獵者所得是爲我癡射獵人我與一山金不取言王當與已婦并金是射獵者癡王得神醫王夫人太子國中人民諸有病者悉得除愈皆更端正王既得神醫而不牢持反縱放之是爲王癡孔雀便飛去佛告舍利弗時孔雀王者我身是也時國王汝身是時夫人者今調達婦是時獵師者調達是也昔有國王行射獵於曠澤中大飢渴疲極遙望鬱然有屋樹木即往趣之中有一女人王從求飲食果實之輩所求悉得王請女人與相見侍人白言裸形無衣王即解衣與之有自然火燒衣如是至三王驚問女何因如此女人答言前世爲王妻王飯沙門梵志又欲上衣我時言但設飯則可不須與衣故受此罪若王相念作衣與國中沙門道士若曉佛經者呪願女人得脫此勤苦王受其言還國作衣求沙門道人了不得時國無曉佛經者王憶念問舍度父當知之度父言曰昔有人度無錢以五戒經一卷相與讀之耳王言汝知佛經則以衣與度父使呪願令躶形女人得福無量解脫勤苦女人則時有新衣著身故在鬼道中命盡當生第一天上也

昔海邊有國王行射獵得一沙門持作伎沙門夜誦經作梵聲王言此伎大工歌有客輒伎歌時有異國優婆塞賈往到其國王請之出沙門令歌優婆塞聞說深經內心踊躍即

去國人以千萬往贖至三千萬王乃與之賈人作禮曰我以三千萬相贖在所到道人即彈指踊在空中曰卿自贖不贖我也所以者何往昔王爲賣葱人汝來於王買葱不畢三錢我時任卿卿遂不還三錢今此王子息乃至三千萬汝當還本三錢也王即意解悔過受五戒爲優婆塞師曰債無多少不可負亦不任人也

佛在世有小兒與兄嫂共居兒日日到佛所受經戒兄嫂諫不止後取兒牽抱之以杖捶之言佛比丘僧當救汝兒啼呼恐怖自歸三尊則得須陀洹道承佛威神便與木抱縛相隨俱飛去出壁入壁出地入地自在所爲兄嫂見之惶怖叩頭悔過兒便爲兄嫂說善惡之行俱到佛所受戒佛則爲現宿命本末兄嫂歡喜心開垢除得須陀洹道

昔有羅漢與沙彌於山中行道沙彌日日至道人家取飯道經歷提基上行崎嶇危嶮常躃地覆飯汙泥土沙彌取不汙飯著師鉢中取汙飯澡洗食之如是非一日師曰何因澡棄飯味答曰行乞去時晴還雨於堤基躃地覆飯師默然禪思之知是龍嬈沙彌便起到提上持杖叩擻之龍化作老公來頭面著地沙門言汝何因嬈我沙彌乎答曰不敢嬈實愛其容貌耳龍言何以日見其行師曰行乞飯龍言從今日爲始願日日於我室食畢我壽命沙門默然受請還語沙彌汝往乞止彼食勿復持飯來沙彌日日於彼食後見師鉢中有兩三粒飯香美非世間飯問和尚曰於天上飯乎師默不應沙彌便伺師知於何許

飯便入牀下持牀足和尚坐禪定意牀相隨俱飛到龍七寶殿上龍及婦諸婇女俱爲沙門作禮復爲沙彌作禮師乃覺呼出正汝心勿動此非常之像何因汙意飯巳即將還語之彼雖有殿舍七寶婦人婇女故爲畜生耳汝爲沙彌雖未得道必生忉利天上勝彼百倍勿以汙意復謂沙彌言此百味飯飯入口即化成蝦蟇意惡吐唾逆反巳乃却飯不復入二曰婦女端正無比欲爲夫婦禮化成兩蛇相交三曰龍背有逆鱗沙石生其中痛乃達心胷龍有此三苦汝何因欲之沙彌不應遂晝夜思想於彼不食得病而死魂神即生爲龍作子威神致猛其父命盡得脫生人中師曰人未得道不可令見道及國王內也

昔有國王夫人生一女父母名爲月女端正無比王與衣被珍寶輙言自然也至年十六王恚言此是我與汝何言自然後有乞兒來匃王言此實汝夫月女言諾自然便追去乞人惶怖不敢取女言汝乞食常不飽王與汝婦何爲讓便俱出城晝藏夜進行到大國國王時崩無太子夫婦於城外坐出入行人問曰何等人汝何姓名何國來答曰自然如是十餘日時大臣使梵志八人於都城門行人出入以次相之唯有此夫婦應相耳是時舉國羣臣共奉迎之爲王王夫婦以正法治國人民安寧諸小王來朝月女父王在中飲食巳去月女特留父王月女以七寶作魚機關帳牽一魚百二十魚現推一魚户則開下爲父作禮白父今巳得自然父曰夫人行然臣不及矣師曰月女與乞兒宿命夫婦俱田作

令婦取餉夫逢見婦與沙門相逢於岸水邊止從乞婦食則分飯上道人道人止飯夫遙見兩人不謂有惡持杖往見道人飛去婦言卿分自在勿恚夫言兩分者我與共食也師曰夫有惡意故墮貧家作子後見道人歡喜自悔責故同受此福耳

昔佛徒衆比丘行逢三醉人一人走入草中逃一人正坐搏頰言無狀犯戒一人起舞曰我亦不飲佛酒將亦何畏乎佛謂阿難草中逃人彌勒作佛時當得應眞度脫正坐搏頰人過千佛當於最後佛得應眞度脫起舞人未央得度也

昔有沙門晝夜誦經有狗伏牀下一心聽經不復念食如是積年命盡得人形生舍衛國中作女人長大見沙門分衛便走自持飯與歡喜如是後便追沙門去作比丘尼精進得應眞道也

昔維衛佛在世時國中諸大姓各各一時供佛及比丘衆時有一大姓貧無以供佛者白言願比丘衆有欲得藥者其悉當給之時有一比丘身體有疾大姓以一甘果與之食比丘得安隱除愈大姓後壽盡生天上勝諸天有五事一者身無病二者端正三者命長四者得財富五者智慧如是九十一劫中上爲天下生大姓家不墮三惡道乃至釋迦文佛時爲四姓家作子名曰多寶見佛歡喜作沙門精進得道號爲應眞夫施高行沙門一人踰波耶穢濁一國人矣

昔有夫婦俱持五戒事沙門有新學比丘不知經至其門乞夫婦請道人前坐作飯食已

畢夫婦俱下地作禮言少小事道人未曾聞經願開解蔽闇不及比丘低頭無以答曰苦哉苦哉夫婦心意俱解言世間實苦應時俱得道迹比丘見兩人歡喜亦得道迹也師曰宿命累世三人兄弟願學道迹同行故俱道證

昔有國王出射獵還過繞塔爲沙門作禮羣臣共笑之王覺知問羣臣有金在釜釜沸中以手取可得不答曰不可得王言以冷水投中可得不臣白王可得也王言我行王事射獵所作如釜湯沸燒香然燈繞塔如持冷水投沸湯中夫作王有善惡之行何可但有惡無善乎

昔有沙門行至他國夜不得入城於外草中坐至夜閣叉鬼來持之當噉汝沙門言相離遠鬼言何以爲遠沙門言汝害我我當生忉利天上汝當入地獄中是不爲遠也鬼則置辭謝作禮而去

昔有國王令人呼知識知識言謝王適穿地作坑欲藏七寶王聞大驚令人復呼知識白王令適下寶著坑中王便復令呼知識白王令適下平地平地已便往王問汝何癡藏七寶以語人耶知識言屬饌具甘美欲飯佛及比丘僧是爲穿地作坑斟布羹飯是爲下寶坑中掃地行澡水聞經是爲平地白王此寶五家不能辱也王言善哉善哉汝不當早相告我當早相告我當數藏寶王則開藏大布施飯佛及比丘僧佛爲說清淨呪願即發道意矣

昔有四姓請佛飯時有一人賣牛湩大姓留

止飯教持齋戒止聽經竟乃歸婦言我朝相待未飯便强令夫飯壞其齋意雖爾七生天上七生世間師曰一日持齋有六十萬歲粮復有五福一曰少病二曰身安隱三曰少婬意四曰少睡臥五曰得生天上常識宿命所行也

佛及比丘衆應請有一沙門與一沙彌後來道逢婬女人牽沙門沙門與之有有欲畢到飯家佛呼沙彌汝到須彌山下取甘泉來沙彌已得道便挑鉢於前叉手退須臾得水來還其師慙愧踧踖悔過自責即得羅漢此女人宿命對也逢對畢罪乃得道矣

昔阿育王日飯千羅漢後有來年少沙門與千道人俱入宫年少沙門坐已上下視王宫殿復視正夫人不休王有恚意飯已各自去王留上座三人問此年少從何來姓名爲何師事誰本何許人此非沙門何因將入宫占相正夫人眼不轉休答曰此沙門從天竺來師名某巳姓某名某有慧明達經故來以視坐起宫殿復上視忉利天適等無異念王前世以把沙著佛鉢中巍巍乃爾今復日飯千羅漢其福無量也所以視正夫人者萬六千人之上端正無比却後七日壽盡當入地獄世間無常用是故視之耳王惶怖呼夫人自歸三道人道人言王雖日飯吾等十人千人不能釋解夫人意故當得年少沙門爲說經可疾見諦道王使請道人道人還王與夫人俱頭面著地願歸命令重罪得微輕道人則爲夫人說宿命所可經見者爲現法要應時歡喜衣毛竪立則得須陀洹也夫人本五百

世爲道人姊宿共誓先得道當相度師曰人無宿命終不從解亦不相見語言終不入意人各有本師也

昔有婦人常曰我無所亡其子取母指鐶摘去水中已住問母金鐶所在母言我無所亡母後日請目連阿那律大迦葉飯時當得魚遣人於市買魚歸治於腹中得金鐶母謂子我無所亡子大歡喜往至佛所問我母何因有此不亡之福佛言昔有一仙人居北陰寒至冬天人人悉度山南時有老獨母貧窮不能行獨止爲衆蓋藏器物春人悉來還母以物一一悉付還其主衆人皆歡喜佛言時獨母者是汝母前世護衆人物故得是無所亡福耳

昔有四姓家子爲離越作小居處則足自容復作經行處後壽盡上生忉利天上得寶舍周帀四千里所欲自樂歡喜持天華散離越屋上天言我作小泥屋耳乃得好殿舍念恩故來散華耳

昔有三道人共相問汝何因得道曰我於王國中觀蒲萄大盛好至晡時人來折摭取悉敗狼藉在地我見覺無常緣是道也一人曰我於水邊坐見婦人搖手澡器臂鐶更相叩因緣合乃成聲我緣是道也一人曰我於蓮華水邊坐見華盛好至晡有數十乘車來人馬於中浴悉取華去萬物無常乃爾我覺得道也

昔有梵志大高才學問反駮論議造立無端彈易正要引虛爲實牽物連喻莫當之者諸國遂師之後到舍衛國白日然火行城中人

問曰何以故如是曰國冥無明故然火也國王大恥之而懸鼓城門下募求明人有能折此人者時有一沙門入國問之何以有此答曰王恥梵志雖爾意有所爲有明者捶鼓沙門舉足蹹之王聞大歡喜則請沙門梵志上殿飯食沙門語王善哉是梵志智慧明達眞是道人非奴非卒非擔死人種梵志默然無以答伎樂同時作便取梵志著糞箕中掃迹驅逐出國相傳告語也

昔有四姓名伊利沙富無央數慳貪不肯好衣食時有貧老公與相近居日日飲食魚肉自恣賓客不絕四姓自念我財無數反不如此老公便煞一雞炊一升白米著車上到無人處下車適欲飯天帝釋化作犬來上下視之請謂狗言汝若不能倒懸空中我當與汝不狗便倒懸空中四姓意大恐何由有此曰汝眼脫著地我當與汝不狗兩眼則脫落地四姓便徙去天帝化作四姓身體語言乘車來還勑外人有詐稱四姓驅逐捶之四姓晚還門人罵詈令去天帝盡取財物大布施四姓亦不得歸財物盡爲之發狂天帝化作一人問汝何以愁曰我財物了盡天帝言夫有寶令人多憂五家卒至無期積財不食不施死爲餓鬼恒乏衣食若脫爲人常墮下賤汝不覺無常富且慳貪不食欲何望乎天帝爲說四諦苦空非身四姓意解歡喜天帝則去四姓得歸自悔前意施給盡心得道迹也

昔有大姓家子端正以金作女像語父母有女如此者乃當娶也時他國有女人亦端正亦以金作男像白父母有人如此乃當嫁之

耳父母各聞有是便遂娉合此二人爲夫婦時國王舉鏡自照謂羣臣天下人顏容寧有如我不答曰臣聞彼國有男子端正無比則遣使請之使者至以王告之王欲見賢者則嚴車進去已自念王以我明達故來相呼則還取書籍之要術而見婦與客爲姧悵然懷感爲之結氣顏色衰耗惟悴更醜臣見其如此人行道輙轗軻顏色痟瘦便斷馬廄以安措之夜於廄中見王正夫人出與馬下人通心乃自悟王夫人當如此何況我婦乎意解顏色如故則與王相見王曰何因止外三日答曰臣來相迎我有所忘道還歸取之而見婦與奴爲姧意忿之爲慘怒顏色衰變住廄中三日昨於廄見正夫人來與養馬兒私通夫人乃爾何況餘乎意解顏色復故王言我婦尚爾何況凡女人兩人俱便入山除鬚髮作沙門思惟女人不可與從事精進不懈俱得辟支佛道也

昔有婦人生一女端正無比年三歲國王取視呼道人相後中夫人不道人言此女人有夫王必後之我當牢藏之便呼鵠來汝所處在何所白王我止大山半有樹人及畜獸所不得歷下有洄澓水船所不行王言以此女寄汝養便撮持去日日從王取飯與女如是久後上有一聚卒爲水所漂去有一樹正倚退水下流有一男子得抱持樹墮洄水中不得去迴抱樹踊出住倚山男子得上鵠樹與女通女便藏之鵠日舉女稱之已重子身來者輕也鵠覺女重左右求得男子舉棄之往如事白王王曰道人工相人也師曰人有宿

命對非力所能制也逢對則相可諸畜生亦如是也

昔有國王持婦女急政夫人謂太子我爲汝母生不見國中欲一出汝可白王如是至三太子白王王則聽太子自爲御車出羣臣於道路奉迎爲拜夫人出其手開帳令人得見之太子見女人面而如是便詐腹痛而還夫人言我無相甚矣太子自念我母尚如此何況餘乎夜便委國去入山中遊觀時道邊有樹下有好泉水太子上樹逢見梵志獨行來入水洗浴出飯食作術吐出一壺壺中有女人與於屏處作家室梵志遂得卧女人則復作術吐出一壺壺中有年少男子復與共卧已便吞壺須臾梵志起復內婦著壺中吞之已作杖而去太子歸國白王請道人及諸臣下持作三人食著一邊梵志既至言我獨自耳太子曰道人當出婦共食道人不得止出婦太子謂婦當出男子共食如是至三不得止出男子共食已便去王問太子汝何因知之答曰我母欲觀國中我爲御車母出手令人見之我念女人能多欲便詐腹痛還入山見是道人藏婦腹中當有姧如是女人姧不可絶願大王赦宮中自在行來王則勑後宮中其欲行者從志也師曰天下不可信女人也

昔有二人從師學道俱去到他國於道路見象迹一人言此母象懷雌子象一目盲象上有一婦人懷女兒一人言爾何知曰以意思知也汝不信者前到當見之二人俱及象悉如所言至後象與人俱生如是一自念我與

俱從師學我獨不見要後還白師我二人俱行此人見一象迹别若干要而我不解願師重開講我不偏頗也師乃呼一人問何因知此答言是師所常道者也我見象小便地知是雌象見其右足踐地深知懷雌也見道邊右面草不動知右目盲見象所止有小便知是女人見右足蹈地深知懷女我以纖密意思惟之耳師曰夫學當以意思惟一密乃達之也夫簡略者不至非師之過也

昔有婦人富有金銀與男子交通盡取金銀衣相追俱去到急水邊男子言汝持財物來我先度之當還迎汝男子便走去不還婦人獨住在水邊見狐捕取鷹捨取魚不得魚復失鷹婦謂狐汝何癡甚捕兩不得一狐言我癡尚可汝癡劇我也

昔龍王女出遊爲牧牛者所縛捶國王出行界見女便解之便使去龍王問女何因啼泣女言國王枉捶我龍王曰此王常仁慈何横捶人龍王冥作一蛇於牀下聽王王語夫人我行見小女兒爲牧牛人所捶我解使去龍王明日人現來與王相見語王王有大恩在我許女昨行爲人所捶得王往解之我是龍王也在卿所欲得王言寶物自多願曉百鳥畜獸所語耳龍王言當齋七日七日訖來語慎勿令人知也如是王與夫人共飯見蛾雌語雄取飯雄言各自取雌言我腹不便王失笑夫人言王何因笑王嘿然後與夫人俱坐見蛾緣壁相逢爭共鬬墮地王復失笑夫人言何等笑如是至三言我不語汝夫人言王不相語者我當自煞王言待我行還語汝王

便出行龍王化作數百頭羊度水有懷妊牸羊呼羝羊汝還迎我羝羊言我極不能度汝牸言汝不度我我自煞汝不見國王當爲婦死羝羊言此王癡爲婦死耳汝便死謂我無牸羊也王聞之王念我爲一國主不及羊智乎王歸夫人言王不爲説者當自煞耳王言汝能自煞善我宫中多有婦女不用汝爲婦曰癡男子坐婦欲煞身也

昔有一國五穀熟成人民安寧無有疾病晝夜妓樂無憂也王問羣臣我聞天下有禍何類荅曰臣亦不見也王便使一臣至隣國求買之天神則化作一人於市中賣之狀類如猪持鐵鎖繫縛臣問此名何等荅曰禍母曰賣幾錢曰千萬臣便顧之問曰此何等食曰日食一升針臣便家家發求針如是人民兩兩三三相逢求針使至諸郡縣擾亂在所患毒無憀臣白王此禍母致使民亂男女失業欲煞棄之王言大善便於城外刺不入斫不傷棓不死積薪燒之身體赤如火便走出過里燒里過市燒市入城燒城如是過國遂擾亂人民飢餓坐猒樂買禍所致也

昔有鸚鵡飛集他山中山中百鳥畜獸轉相重愛不相殘害鸚鵡自念雖爾不可久也當歸爾便去却後數月大山失火四面皆然鸚鵡逢見便入水以羽翅取水飛上空中以衣毛潤水灑之欲滅大火如是往來往來天神言咄鸚鵡汝何以癡千里之火寧爲汝兩翅水滅乎鸚鵡曰我由不知而滅也我曾客是山中山中百鳥畜獸皆仁善要爲兄弟我不忍見之耳天神感其至意則雨滅火也

佛與比丘俱行避入草中阿難問佛何因捨道行草中佛言前有賊後三梵志當爲賊所得三人後來見道邊有聚金便止共取令一人還聚中市飯一人取毒著飯中殺二人我當獨得金二人復生意見來便共殺之已便食毒飯俱死三人各生惡意展轉相殺如是也

昔有四姓藏婦不使人見婦使青衣作地窟與琢銀兒相通夫後覺婦言我生不行卿莫妄語夫言當將汝至神樹所婦言佳持齋七日入齋室婦密語琢銀兒汝當云何汝詐作狂亂投於市逢人抱持牽引之夫齋竟便將婦出婦言我生不見市卿將我過市琢銀兒便抱持臥地在所爲婦便嗁呼其夫何爲使人抱持我夫言此狂人耳夫婦俱到神所叩頭言生來不作惡但爲此狂所抱耳婦則得活夫默然而慙婦人姧詐乃當如是也

昔有一女行適人諸女共送於樓上飲食相娱樂橘子墮地諸女共觀誰敢下取得橘來當共爲作飲食當嫁女便下樓見一童子已取橘去女言童子以橘相與童子曰汝臨嫁時先至我許我還橘不爾不相與女言諾童子便與橘女得持還衆人共作飲食送女至夫所女言我有重誓願先見童子還爲卿婦夫便放去出城逢賊女向賊求哀我有重誓當解賊放去適前逢噉人鬼女叩頭願乞解誓鬼放去到童子門請前坐童子不干爲設飲食以私金一餅送之師曰如是夫賊鬼童子四人皆善雖爾意有所在或有言夫勝者爲持婦急言賊勝者爲持財物急言鬼勝者

爲持飲食急言童子勝者爲謙謙也

昔有沙門飯已滅除莊飾面目整頓衣被視前後阿難白佛言此比丘非法乃爾佛言適以從女中來餘態未盡故耳比丘則現羅漢道般泥洹去也

昔舍衛城外有家人婦爲清信女戒行純具佛自至門分衛婦以飯著鉢中却作禮佛言種一生十種十生百種百生千種如是生萬生億得見諦道其夫不信道德黙於後聽佛呪願曰瞿曇沙門言何若過甚哉施一鉢飯乃得爾所福復見諦道佛言卿從何所來答曰從城中來佛言汝見尼拘類樹高幾許答曰高四十里歲下數萬斛實其核大如芥子答曰少少耳佛言一升乎答曰一核耳佛言汝語何若過乎裁種一芥子乃高四十里歲下數十萬子答曰實爾佛言地者無知其報力爾何況歡喜持一鉢飯上佛其福不可稱量夫婦心意開解應時得須陀洹道也

昔有沙門已得阿那含道於山上煑草染衣時有失牛者遍求牛見山上有火煙便往視見釜中悉牛骨鉢化成牛頭袈裟化成牛皮人便以骨繫頭徇行國中衆人共見之沙彌見日已中揵搥抵不見師至便入戶坐思惟見師乃人所辱則往頭面著足言何因如此曰久遠時罪也沙彌言可暫歸食兩人則放神足俱去沙彌未得道常有恚未除顧見清信士及國人國人乃取我師如此使龍雨砂石動此國令之恐怖念此適竟四面雨沙城塢屋室皆悉壞敗師言我宿命一世屠牛爲業故得此殃耳汝何緣作此罪乎汝去不須

復與我相追師曰罪福如是可不愼矣

昔有國王大臣五人一臣宿請佛佛不受臣則還因王請佛佛言此臣今必命當終明日將誰復作福乎臣背令相師相之云當兵死常以兵自衞已亦拔劒持之夜極欲卧以劒付婦持之婦睡落劒斷其夫頭婦便啼呌言君死王則召四大臣問汝曹營衞之徼修姧變其婦與相隨而忽至此罪爲誰在邊者便斬四臣右手阿難問佛何因佛言其夫前世作牧羊兒婦爲白羊母其四臣前世作賊見兒牧羊便呼兒俱舉右手指令殺白羊母與五人烹之兒啼泣悲哀殺羊食賊如是展轉生死今世共會故畢其宿命罪也

昔有大姓家富巨億常好惠施所求不違後生一男無有手足形體似魚名曰魚身父母終亡襲持家業寢卧室内又無見者時有力士仰王厨食恒懷飢乏獨牽十六車樵賣以自給又常不供詣此四姓求所不足曰累年仰王飲食常不供足恒抱飢餓聞四姓資財巨億故來乞丐魚身請與相見示其形體力士退自思惟力石乃耳近不如無手足人聦取其物往到佛所問其所疑世或有勢尊如國王者死無手足殖富乃爾近我筋幹國中無敵而常抱餓飲食不足何縁如此佛言昔迦葉佛時魚身與此王共飯佛汝時貧窮驅使助之魚身具所當得已與王行而謂王言今日有務不得俱行廢此事爲斷我手足無異故時行者今王是也不行失言者魚身是也時貧窮佐助者汝身是也於是力士心意開悟即作沙門得阿羅漢道也

舊雜譬喻經卷上

音釋

圮皮鄙切毀也　閱欲雪切　訾將支切量也　扠初加切挾也　絆羈絆博漫切羈居宜切　讇田琰切諛也　瘥楚嫁切病除也　跛補火切足偏廢也　傴委羽切僂也　贖神蜀切貿也　崎嶇崎丘奇切嶇虧于切崎嶇山險也　嶮虛撿切危也　躃房益切倒也　嬈乃了切戲弄也　擻蘇口切振舉也　湩覩勇切乳汁也　摘陟格切手取也　晡奔模切申時也　搣莫結切手拔也　轗軻轗苦感切軻音可轗軻不得志也　廐居又切馬舍也　頗滂禾切偏頗不正也　劇竭戟切甚也　妊如鴆切孕也　羝都黎切牡羊一　棓部項切打也　嫯音豪俊桀也

舊雜譬喻經卷下

吳　康　僧　會　譯

佛爲諸弟子說經時有射獵人擔弩及負十有餘死鳥過往觀佛其意精銳願聞說經心欲聽受佛則止不爲說之獵人退去便言若我作佛必普遍爲人說道無所違逆阿難問佛此人撰情欲聽典教何以逆之佛言此人是大菩薩立心深固昔爲國王於衆婇女意不平均不見幸者共鴆殺王王生射獵家諸婇女皆墮鳥獸中今畢其罪後又成就若爲說經恐其意懼墮羅漢道故不爲說耳

昔佛寺中有金釜以煮五味供給道人時有凡人入觀見金釜欲盜取之無所因緣詐作沙門被服入衆僧中聞上座論經說諸罪福生死證要影響之報不可得離之證盜人意中開悟內懷慙悔撰情專心則見道迹思惟所由釜是我師特先禮釜繞之三帀爲衆沙門具自道說夫覺悟各有所因心專一者莫不見諦也

昔阿那律已得羅漢衆比丘中顏容端正有似女人時獨行草中有輕薄年少見之謂是女人邪性泆動欲干犯之知是男子自視其形變成女人慙愧鬱毒自放深山遂不敢歸經逾數年其家妻子生不知處謂已死亡悲號無寧阿那律分衛往至其家婦人涕泣自說其夫不歸乞匃福力使得生活阿那律默然不應心有哀念乃至山中求與相見此人便悔過自責其身還成男子遂得還歸家室相見凡得道人不可以惡向之反受其殃也

昔有比丘於空閑樹下坐行道意樹上有一

獼猴見比丘食下住其邊比丘以餘飯與之獼猴得食輒行取水以給澡洗如是連月後日食忽忘不留飯獼猴不得食大怒取比丘袈裟上樹悉裂敗之比丘忿此畜生以杖擿誤中墮地獼猴即死數獼猴並來譟讙共舉死獼猴到佛寺中比丘僧知必有以則合會諸比丘推問其意此比丘具說其實於是造教自從今日比丘每食皆當割省留餘以施蠕動不得盡之檀越匃飯由此爲始也

昔有鷩遭遇枯旱湖澤乾竭不能自到有食之地時有大鶴集住其邊鷩從求哀乞相濟度鶴遂銜之飛過都邑上鷩不黙聲問此何等如是不止鶴便應之應之口開鷩乃墮地人得屠裂食之夫人愚頑無慮不謹口舌其譬如是也

昔有沙門令凡人剃頭剃頭已頭面著地作禮言願令我後世心意淨潔智慧如道人道人言令卿得慧勝我其人作禮而去後命盡生忉利天上天上壽盡來下生大姓家作子後得作沙門智慧得見道迹此至意所致也

昔有梵志從國王匃王欲出獵令梵志止殿上須我方還乃出獵追逐禽獸與臣下相失到山谷中與鬼相逢鬼欲噉之王曰聽我言朝來於城門中逢一道人從我匃我言止殿上待還今乞暫還與此道人物已當來就卿受噉鬼言今欲噉汝汝寧肯來還王言善哉誠無信者我當念此道人耶鬼則放王王還宮出物與道人以國付太子王還就鬼鬼見王來感其至誠辤謝不敢食也師曰王以一誠全命濟國何況賢者奉持五戒布施至意

其福無量也

昔阿育王常好布施飯食沙門令太子自斟酌供具太子黙恚言我作王時悉當殺諸道人道人心知太子瞋恚謂太子言我不久在世間太子驚曰道人明乃爾知我心意即反念我作王時當供養道人勝我父心遂和則去惡就善道人言比卿作王時我生天上已太子曰聖哉沙門後作國王以五戒十善爲國政遂致隆平矣

昔有四姓取兩婦大婦日日以好飯供養沙門沙門日往取飯小婦恚毒之明日沙門復來小婦則出取鉢以不淨著鉢中以飯置上授還沙門沙門持去於山中適欲飯見不淨則澡洗鉢後不敢復往小婦口中及身體則作死人臭見皆走避後壽終墮沸屎地獄如是展轉三惡道數千萬歲罪畢得爲人常思欲食大便不得腹中絞痛後爲人婦夜起盜食大便如是數數夫怪之便往尋視見婦食屎此宿命行所致也

人有四難得成一者塔二者招提僧舍三者飯比丘僧四者出家作沙門是四事以立其福無量所以者何三界時有耳已得作人復有財産能拔慳貪之本應時惠施功業託立是亦難得誰能知此福者唯佛耳

佛言比丘不以飯食轉相呼爲親道唯以經法轉相教戒爲親耳比丘以飯食美味轉相貢施見世於比丘善名後世無所應於佛得惡論何以故外行家見比丘言佛弟子但以美飯食好衣轉相施耳誰教者是佛也於佛得惡論比丘以經戒道法轉相請乃爲大親

厚耳何以故外行家見比丘言佛弟子但以經戒道法轉相施耳無他相與於比丘現世得善名後得解脱於佛有善論何以言之佛是比丘師教弟子但以經道是故不必以飯食爲惠也但以善言轉相施上耳

佛言比丘當知足何等爲當知足謂趣求一衣一食常在經行念不念外求能止不亂意是爲知足亦不當知足謂所謂經戒若得四禪及四空定須陀洹斯陀含未可計知足也如是爲不當計足矣

有比丘分衛道住促迫卒失小便行人見之皆共譏笑言佛弟子行步有法度被服有威儀而此比丘立住失小便甚可笑也時有外行尼揵種見人譏笑此比丘即自念言我曹尼揵種裸身而行都無問者佛弟子住小便而人皆共笑之如是者我曹師爲無法則故人不笑耳將獨佛弟子法清淨有禮儀易爲論議故便自歸佛所作沙門即得須陀洹比丘譬如師子衆獸中王人中師所語當用法行步坐起當有威儀爲人法則不得自輕自輕自毀以辱先賢也

天王釋及第一四天王十五日三視天下誰持戒者見持戒者天即歡喜時以十五日天王釋在正殿坐處自念言天下若十五日三齋者壽終可得吾位矣邊諸天大驚言但十五日三齋乃得如釋處有比丘已得阿羅漢即知釋心念白佛言寧能審如釋語不佛言釋語不可信爲不諦説何以故十五日三齋精進者可得度世何爲釋處如是爲不諦説爲未足信詐能知齋福者唯佛耳

海中有大龍龍欲雨閻浮利地恐地無當此水者龍意念地無當我雨者還自雨海中耳佛惠弟子威德甚大欲以施外行九十六種道家恐無能堪者是故佛弟子展轉自相惠耳譬如龍自還雨海中也

昔有梵志年百二十少小不妻娶無婬泆之情處深山無人之處以茅爲廬蓬蒿爲席以水果蓏爲食飲不積財寶國王娉之不往意靜處無爲於山中數千餘歲日與禽獸相娛樂有四獸一名狐二者獼猴三者獺四者兎此四獸日於道人所聽經說戒如是積久食諸果蓏皆悉訖盡後道人意欲使徙去此四獸大愁憂不樂共議言我曹各行求索供養道人獼猴去至他山中取甘果來以上道人願止莫去狐亦復行化作人求食得一囊飯麨來以上道人可給一月粮願止留獺亦復入水取大魚來以上道人給一月粮願莫去也兎自思念我當用何等供養道人耶自念當持身供養耳便行取樵以然火作炭往白道人言今我爲兎最小薄能請入火中作炙以身上道人可給一日粮兎便自投火中火爲不然道人見兎感其仁義傷哀之則自止留佛言時梵志者提和竭佛是時兎者我身是獼猴者舍利弗是狐者阿難是獺者目揵連是也

昔有五道人俱行道逢雨雪過一神寺中宿舍中有鬼神形像國人吏民所奉事者四人言今夕大寒可取是木人燒之用炊一人言此是人所事不可敗便置不破此室中鬼常噉人自相與語言正當噉彼一人是一人畏

我餘四人惡不可犯其呵止不敢破像者夜聞鬼語起呼伴何不取破此像用炊乎便取燒之噉人鬼便奔走夫人學道常當堅心意不可怯弱令鬼神得人便也

昔有國王棄國行作沙門於山中精思草茅爲屋蓬蒿爲席自謂得志大笑言快哉邊道人問之卿快樂今獨坐山中學道將有何樂耶沙門言我作王時所憂念多或恐鄰王奪我國恐人劫取我財物或恐我爲人所貪利常畏臣下劫我財寳反逆無時今我作沙門人無貪利我者快不可言以是故言快耳

昔有國王大好道德常行繞塔百帀未竟邊國王來攻欲奪其國傍臣大恐怖即行白王言有兵來者唯大王置斯旋塔還爲權慮以攘重寇王言聽使兵來我終不止心意如故繞塔未竟兵散罷去夫人有一心定意無所不消也

昔有國王行常過爲佛作禮不避泥雨傍臣患之自相與語王作意何以煩碎乃爾王耳聞之王還宫勑臣下行求百獸頭及人頭一枚來臣下白王言已具王令於市賣之皆售獨人頭不售臣下白言賣百獸頭皆售此人頭臰爛初無買者王語傍臣汝曹不解耳我前者過佛所爲佛作禮汝曹言王意煩碎欲知我頭者如此死人頭不潔淨當以求福可得上天汝曹愚癡不知反言煩乎傍臣言實如大王所說叩頭謝過臣等愚不及王後復出臣等皆下馬爲佛作禮以王爲法也

昔有國王出遊每見沙門輒下車爲沙門作禮道人言大王止不得下車王言我上不下

也所以言上不下者今我爲道人作禮壽終已後當生天上是故言上耳不下也

昔有人死已後魂神還自摩挲其故骨邊人問之汝已死何爲復用摩挲枯骨神言此是我故身身不殺生不盜竊不他婬兩舌惡罵妄言綺語不嫉妬不瞋恚不癡死後得生天上所願自然快樂無極是故愛重之也

昔外國有沙門於山中行道有鬼變化作無頭來到沙門前報言無頭痛之患目所以視色耳以聽聲鼻以知香口以受味了無頭何一快乎鬼復没去復化無身但有手足沙門言無身者不知痛痒無五藏了不知病何一快乎鬼復没去更作無手足人從一面車轉輪來至沙門道人言大快無有手足不能行取他財物何其快哉鬼言沙門守一心不動鬼便化作端正男子來頭面著道人足言道人持意堅乃如是今道人所學但成不久頭面著足恭敬而去也

昔沙門於山中行道棄衣解墮地便左右顧視徐牽衣衣之山神出謂道人此間亦無人民衣墮地何爲匍匐著衣沙門言山神見我我亦復自見上日月諸天見我於義不可身露無有慙愧非佛弟子也

昔有六人爲伴俱墮地獄中同在一釜中皆欲說本罪一人言沙二人言那三人言時四人言涉五人言姑六人言陀羅佛見之笑目揵連問佛何以故笑佛言有六人爲伴俱墮地獄中共在一釜中各欲說本罪湯沸踊躍不能得再語各一語便迴下一人言沙者世間六十億萬歲在泥犁中爲一日何時當竟

第二人言那者無有期亦不知何時當得脱第三人言時者咄咄當用治生爲如是不能自制意奪五家分供養三尊愚貪無足令悔何益四人言涉者言治生亦不至誠我財産屬他人成爲得苦痛第五人言姑者誰當保我從地獄中出便不復犯道禁得生天上樂者第六人言陀羅者是事上頭本不爲心計譬如御車失道入邪道折車軸悔無所復及也

折羅漢譬喻抄七首

昔佛遣舍利弗西至維衛莊嚴刹土問訊彼佛三事佛身安隱不説法如常不受者增進不舍利弗即承佛威神往詣彼刹宣命如是彼佛報言皆悉安隱於時彼佛轉阿惟越致輪爲七住菩薩説法舍利弗聞之從彼刹還姿色光明行步勝常佛告舍利弗汝到彼何故孩步怡悦如是舍利弗白佛言譬如貧家飢凍之人得大珍寶如須彌山寧歡喜不佛言甚善舍利弗言我到彼刹得聞彼佛説阿惟越致深奥之事是以欣踊不能自勝佛言善哉如汝所言佛語舍利弗譬如長者大迦羅越純以紫磨金摩尼珠爲寶内有掃除銅鐵鉛錫棄在於外糞壤之中有貧匱者喜得持歸言我大得迦羅越寶寧是長者珍妙寶非答言非也佛語舍利弗汝所聞得如是貧者彼佛所説但十住事及在舉中清淨之者汝所聞者不足言耳舍利弗即愁毒如言我謂得寶反是鉛錫舍利弗説是事時無央數人皆發無上平等度意無央數人得阿惟顔住也

昔摩訶目揵連坐於樹下自試道眼見八千佛刹意自念言如來所見尚不如我作師子步行詣佛所佛告目連汝聲聞種今者何故作師子步目連白佛我自所見八方面八千佛刹想佛所視又不如我故師子步佛言善哉目連所見廣大乃爾佛告目連譬如燈明比方摩尼相去甚多佛言我眼所見十方各如十恒沙刹一沙爲一佛刹盡見其中所有一切有從兜術天來入母腹中者及有生者有出家行學道者有降伏魔者有釋梵來勸助者有轉法輪一切說法者有欲般泥洹者有已般泥洹燒舍利者如是等輩不可計數我持是眼悉已見之佛放眉間毫相之光徹照上方放身中光遍照八隅放足下光明洞照下方各百千刹應時十方諸刹六反震動其大光明無所罣礙時目揵連即於佛前見無央數千恒沙邊刹其中所有如佛說前佛言佛屬所說十恒沙刹今佛所現乃爾所乎佛語目連用汝不信故小說耳今我所現如是之比不可勝計摩訶目揵連聞說是事身即躃地如太山崩擧聲大哭我憶知佛有是功德今方如此寧令我身入大泥犁右脇見者過於百劫不取羅漢目連便言諸在會者世尊說我神足第一尚不足言所作功德不及知此何況未有所得者耶發心所作當志如佛莫得效我化爲敗種一切會者龍神人民無央數千皆發無上平等度意發大道心者即得阿惟越致已得不退轉者皆悉逮得阿惟顏住也

昔有龍王名曰拔坻威神廣遠多所感動志

性急憋數爲暴虐多合龍共爲非法風雨霹靂震殺人民鳥獸蠕動積無央數有尊羅漢萬人自共議言若殺一人墮地獄一劫百償死罪猶故不畢今者此龍殘害衆生前後不皆遂爾不休轉恐難度幸當共往諫止之耳時佛知之讃言善哉汝等出家求無爲道欲救一切危厄之命度有罪者大快當爾是爲報恩時諸羅漢自相謂言不足乃使萬人俱行於是一人各各更往輙被危害不能自前還相謂言雖獨行不能降化屈折此龍使改爲善當更合會萬人功德俱時共行即都復往龍放風雨雷電霹靂萬人驚怖不知所至逆爲所辱頓伏來還阿難白佛此龍殘殺乃爾所人及諸畜獸其罪大多已不可計今復加雹怖萬羅漢雨其衣被狀如溺人其罪深大巨復勝計是時佛在耆闍崛山與萬菩薩萬羅漢俱往詣異山到龍止所龍便瞋恚興暴雨疾雷電霹靂其放一雹令辟方四十丈若至地者入地四尺欲以害佛及菩薩僧時雹適下住於空中化成天華佛放光明廣有所照諸在山中射獵行者遭值雲雨杳冥迷惑不識東西合萬餘人皆尋光來詣佛所住龍復霹靂放下大石方四十丈若石至地者陷入地中當四十丈石於佛上與前華合化成華蓋小龍雹石各方一丈亦皆如是前諸羅漢見龍災變各懷恐怖前依近佛龍於雲間自見雹石化爲華蓋懸於虛空而不下至復自念言我當以身堅自槃結令四十丈欲以投佛及衆僧上即時自撲無所能中遍身毒痛倒地甚久舉頭開目仰視見佛我之所

爲皆不如意疑是尊妙無上神人於是小龍而皆自撲無所動搖龍王是時即便命盡上生爲天諸餘小龍亦皆并命得作天子皆悉來下住於佛邊佛告阿難汝知是天所從生不對曰不及佛言屬者諸龍與惡意者汝言罪大不可勝計自撲在地發一善心知佛爲尊命盡爲天此者是也天聞佛言及諸天子皆發無上平等度意是時獵人諸在山中來詣佛者皆自念言此龍之罪尚得解脱我之所害方知此龍蓋亦無幾欲發道意心尚猶豫佛告阿難此萬羅漢欲度諸罪力所不任若無我者爲龍所制不能度惡還益其罪欲度一切當先禪定思惟可度然後乃行汝等不能度者怛薩阿竭能度不度是時獵人聞說如是皆發無上平等度意天龍人民其在會者佛爲說經皆得阿惟越致昔龍王拔抵與釋迦文佛共爲婆羅門拔抵弟子時有萬人見釋迦文爲人才猛捨其師事釋迦文拔抵懷恚罪至爲龍佛德既成多度一切弟子萬人皆得羅漢龍惡遂盛廣欲爲害萬人愍傷故欲往度曾爲師故四道雖足猶受其辱若爲菩薩龍欲加惡終不敢也

昔有一國人民熾盛男女大小廣爲諸惡性行剛弊兇暴難化佛將弟子到其鄰國五百羅漢心自貢高摩訶目揵連前白佛言我欲詣彼度諸人民佛即聽之往說經道言當爲善若爲衆諸惡其罪難測覆一國人皆共撾罵不從其教於是復還舍利弗謂目揵連欲救誨人當以智慧如更見毀舍利弗白佛我欲詣彼勸度人民佛復聽往爲說經戒復不

從用而被唾辱摩訶迦葉及尊弟子合五百人以次遍往不能度之咸見輕毀阿難白佛彼國人惡不受善教多所折辱辱一羅漢其罪不訾況乃違戾爾所人教當獲重罪虛空不容佛言此罪雖爲深重菩薩視之靜爲無罪佛遣文殊師利往度脫之即到其國都讚歎言賢者所爲何乃快耶詣其王所皆面稱譽各令大小人人聞知言某勇健某復仁孝某有膽慧隨其所在應意歎譽皆歡喜不能自勝言此大人所說神妙知我志操何一快善衆人名持金寶香華散菩薩上咸持好氎錦綵衣服甘脆美味飲食餚饍供奉菩薩皆發無上平等度意文殊師利謂人民曰汝供養我不如與我師我師名佛可往共供之福倍無量一切甚悅隨文殊師利往詣佛所佛爲說經應時即得阿惟越致三千國土爲大震動山林樹木皆讚言嗏文殊師利善度如是佛告阿難深大之罪今爲所在五百羅漢躃地淚出菩薩威神所化如是何況如來可復稱說耶我爲敗種無益一切也

昔佛坐樹下時佛爲無央數人說法中有得須陀洹有得斯陀含有得阿那含有得羅漢者如是之等不可計數時佛面色無有精光狀類如愁阿難深知佛意長跪白佛禮侍佛以來未曾見佛尊顏無有光明如今日也有何變應令佛如此今日誰有失大行者誰有爲惡墮地獄者誰有離遠本際者耶佛告阿難譬如商客多持珍寶及數千萬遠行求利道逢盜賊亡失財寶其身裸住無以自活寧愁憂不阿難白佛甚愁甚劇佛告阿難我從

無數劫來勤苦爲道欲救度一切人民皆令得佛我今已爲自得作佛而無一人作功德者是以不樂身色爲變阿難白佛今佛弟子有得羅漢已過去者今現在住及當來者不可計數有得阿那含斯陀含須陀洹亦爾叵計云何無因功德度者佛告阿難譬老公嫗生十數女當能典家成門戶不阿難言不能也佛言雖有羅漢無央數千因我法生猶非我子會亦不能坐佛樹下故譬如生女雖爲衆多行嫁適人公嫗孤獨我亦如是時佛涕泣墮三滴淚三千世界爲大震動無央數天龍神人民皆發無上平等度意應時佛面端正悅好無數光明千億萬變十方徹照倍異於常其見光者無不蒙度阿難白佛何以重光神變妙好乃如是佛告阿難如老公嫗祠天禱地求索子性晚得生男豎立門戶豈不歡喜而自勞賀今諸一切發摩訶衍意是以踊躍佛種不絕故也佛遣須摩提菩薩上國六千億恒沙數剎令詣彼國取師子座衆欲食具如伸臂頃還來到此嚴莊師子高廣之座請諸一切無不會者其發無上平等度意者皆坐自然師子千葉金蓮華上座有於七寶交露帳中及於七寶樹下坐者豎諸幢旛七寶爲柄天錦爲旛天繒爲華蓋佛應時令大千國土變爲浴池七寶蓮華滿其中生佛自變身現作菩薩或復現形如釋梵四天王者廣爲大檀供養一切百味飲食其香廣聞十方一切其聞食香皆發無上平等度意香香遍身從毛孔出展轉復聞毛孔之香者亦發無上平等度意十方無涯底剎爲大震動

剎剎諸佛各遣左右尊菩薩來賀釋迦文因一切人民多發菩薩心之故也中有持紫磨金蓮華來者有持摩尼寶蓮華來者有持明月珠蓮華來者各各持雜尊寶蓮華共散佛上佛之威神皆令所散合成華蓋覆遍十方無央數剎華蓋光明亦照諸剎幽冥之處恒爲明泥犁薜荔禽獸六畜皆發大意咸欲求佛佛爲一切會者說經不可計菩薩皆得阿惟顏住復不可計天人得無所從生法忍復不可計龍神人民得阿惟越致復一切菩薩和薩皆發無上平等度意

昔有一人年少貧苦行詣他國得一甘果香美且大世所希有輒愛惜之不敢餓嘗心念父母欲以果與即持果歸還維耶離時佛入城與諸菩薩大弟子俱詣長者家就檀越請佛適過去人未至家手持果投在佛處從少及長未曾聞佛見佛足跡相輪如蓋光色衆變亦無缺減便住足邊視之無猒心自僥倖亡悲亡喜地之行跡猶尚乃爾況此人身誠非世有度是行人必當來還我當輟置父母之分待此人至以果上之佛未周旋人坐路傍悲思淚出道路行者來問此人爲持果坐此悲耶答言守此無極尊跡待留神人冀其當還欲以此果自歸上之遲見光顏未得如願自鄙薄祐是故悲耳行路問者聚觀如雲豈怪此人謂之狂癡詎知行者還在何所斯欲待之乎佛到檀越長者家坐衆僧集訖以次坐定長者大小手下飯具衆味遍設皆悉備足佛遙達覿道中守跡持果延竦欲上佛者於是食訖檀越自念世尊達覿屬不見及

即遥呪願外持果者將以所供有不可乎佛告阿難長者供具福往耳所爲雖廣意有所冀心懷四懼志在滅度外有年少手持甘果一心無他專守我足跡慈悲待我思欲上果用一切故發大道意是以在座並遥達覩長者念言是人果施而無異饌佛歎其德甚爲高妙我雖豪富所設爲豐計意輕重福爲不如願侍隨佛往見此人佛便起座到守跡人所菩薩弟子長者居士并餘衆輩應時皆從彼持果者遥見佛往身相衆好光踰日月即前迎佛稽首作禮因以此果長跪上佛即發無上平等度意佛放光明徹照無極三千世界爲大震動十方諸佛及諸菩薩應時皆現如鏡中像不以遠近無不見者佛受其果轉施諸佛等令一果周遍無極十方諸佛及諸菩薩各從袈裟伸金光手放千億焰其一焰端各各自然有寶蓮華珠交路帳師子之座上有坐佛及諸菩薩皆持寶鉢受得此果各持一果神變達覩釋迦文佛亦復如是於此世界照曜十方虚空神天一切充滿八維上下無空缺處皆助歡喜讚善稱歎三界諸菩薩皆得應蒙時上果者得不起忍佛授其決後當作佛號果尊王無上正覺所有國土如阿彌陀剎應聞世尊所莂國土自然清淨得阿惟顔長者居士向道跡者無數千人不退轉地大度其德如是也

昔佛往到第二忉利天上爲母說經時有一天壽命垂盡有七事爲應一者項中光滅二者頭上傅飾華萎三者面色變四者衣上有塵五者腋下汗出六者身形瘦七者離本座

即自思惟壽終之後當棄天座七寶殿館浴池園果自然飲食衆妓女樂更當下生於拘夷那竭國疥癩母猪腹中作子甚預愁憂不知當作何等方便得免此罪有天語言今佛在此爲母說經佛爲三世一切之救唯佛能脫卿之罪耳即到佛所稽首作禮未及發問佛告天子一切萬物皆歸無常汝素所知何爲憂愁天白佛言雖知天福不可得久恨離此座當爲疥癩母猪作豚以是爲毒趣受他身不敢爲怨也佛言欲離豚身當三自歸言南無佛南無法南無比丘僧歸命佛歸命法歸命比丘僧如是日三天從佛教晨夜自歸却後七日天即壽盡來下生於維耶離國作長者子在母胞胎日三自歸始生墮地亦跪自歸其母娩身又無惡露母傍侍婢怖而棄走母亦深怪兒墮地語謂之熒惑意欲殺之退自念言我少子怪若殺此兒父必罪我徐白長者殺之不晚母即收兒往白長者言產生一男甫初墮地長跪叉手自歸三尊闔門怪之謂爲熒惑父言止止此兒非凡人生在世行年百歲或八九十每尚不曉自歸三尊況兒墮地能稱南無佛好養視之愼無輕慢兒遂長大年向七歲與其輩類於道邊戲時佛弟子舍利弗摩訶目揵連適過兒旁兒前禮足言和南舍利弗摩訶目揵連舍利弗摩訶目揵連驚怪小兒能禮比丘兒言道人不識我耶佛於天上爲母說經我時爲天當下作猪從佛之教自歸得人比丘即禪亦尋知之即爲呪願言咨梨祇兒語目連及舍利弗願以我聲因請世尊諸菩薩僧并及仁等目

連舍利弗然受其言兒便還歸白父母言屬者遊戲見佛第二弟子過即因請佛及四輩飯願辦其甘脆父母受之從其所言異其年幼開發大意又奇所作採識宿命爲極珍妙盡世名味求具精細過踰兒意佛及衆僧各以功德作神足來到兒舍飯父母小大供養畢訖行香澡水如法皆了佛爲說經父母及兒内外親屬應時皆得阿惟越致自歸之福所度如是況乃終年修道教乎

舊雜譬喻經卷下

音釋

泆戈質切淫放也　噪嚾噪先到切群鳥鳴也嚾音喚吽呼也　絞古巧切急剌也　挍音亥動也　拔抵拔蒲八切抵音池　憋匹蔑切急速也　嚓十結切集韻音祭小聲也又曰梵語囉云善哉　嫗威遇切老婦之稱　䬈輸芮切小饞也　㝃美辨切生子免身也　熒惑熒互扃切惑獲特切熒惑火星也

禪要訶欲經　失譯師名

內身觀章句經　漢失譯師名

法觀經　西晉竺法護譯

迦葉結經　後漢安息三藏安世高譯

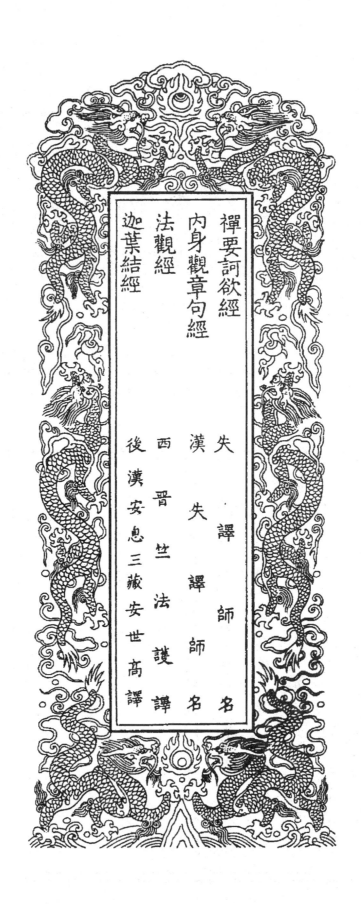

清刻龍藏佛說法變相圖

四經同卷

禪要訶欲經

內身觀章句經

法觀經

迦葉結經

禪要訶欲經

失譯師名

行者求道欲修定時爾時法師應隨根相行四攝道示教利喜廣淨信戒淨信戒已次除六欲所謂色欲形容欲威儀欲言聲欲細滑欲人相欲著上五欲令觀可惡不淨之相著人相欲令觀骨人分分斷相觀彼全屍能斷二欲威儀欲言聲欲若觀壞屍悉斷六欲可惡不淨有二種觀一即死屍臰爛不淨我身不淨亦復如是如是觀已心生猒患取是相

已至閑靜處山澤塚間空舍樹下自觀不淨處可得繫心身中不令馳散二者聞法憶想分別自觀身中三十六物髮毛爪齒涕淚涎唾汗垢肪刪皮膜肌肉筋脉髓腦心肝脾腎肺胃腸肚胞膽痰癊生藏膿血屎尿諸蟲蛆死穢不淨聚以爲身往來五道熾然衆苦猶如浮屍隨流東西所至之處物皆可惡又念我身以骨爲柱以肉爲泥筋纏血澆如瘡如毒皮毛九孔以爲門戶腸胃胞膜以爲庫藏姤慢惡心謂以爲身貪求無猒猶如溪壑是故行者除三欲想受信施時如火毒想救諸蟲想繫死屍想涎沫齒垢汗滋味想我無空慧壞白淨想貪愛因緣成惡露想如是思惟慚愧具足能度生死爲世福田若觀骨人二足甲骨指骨趺骨踝骨脛骨膝骨髀骨胯骨腰骨脊骨頸骨頭骨頷骨兩手甲骨指骨掌骨腕骨臂骨肘骨髆骨胷骨心骨齒骨肋骨左右思惟皆如目見所著外身亦如是觀三百二十骨相拄在內皮囊九孔惡漏於外如是觀身猶如死屍爲鬼所起行來語默常是死屍即於我身作死屍想青瘀想膖脹想膿爛想破壞想血塗想食殘想蟲出想骨鏁想分離想腐敗想世界衆生無可樂想若心恐怖應作因緣虛妄空觀猶如幻化無所有觀第一義空清淨智觀若心懈怠當自責言老病死苦甚爲至近命如電逝須臾難保人身難得善師難遇佛法欲滅正言似反如曉時燈雖有無用惡人出家助俗毀法貪婬邪濁令道衰滅惡法增長大闇將至破定因緣衆患甚多內諸煩惱外魔魔民鬼疫行災世間空

荒惡對揚謗諸惱萬端八苦輪迴晝夜無捨我身可哀屬當斯禍於煩惱賊未有微損於禪定法未有所得雖服法衣猶思欲味内實虚空俗人無異諸惡趣門一切皆開諸善法中未入正定於諸惡法未畢不作我今云何著是屎囊而生憍恣不能精勤制伏其心如此弊身賢聖所訶不淨可惡九孔流出若貪此身與畜生同死投大黑闇當復何依今得人身不能出要若生惡趣解脱何由如是鞭心還攝本處又時勸發令心喜悦解脱法王慧命常住神通光明恒照五道直説道教易解易行既是我師我得歸命香華讚歎心安喜悦如依天帝遊空無畏諸大菩薩阿羅漢等皆我同伴以能伏心如猫制鼠諸根調順六通自在我亦如是應自伏心求出生死如囚在獄四顧牢密唯有厠孔更無異路如人中毒唯糞能治更無餘藥思惟是已諦觀不淨復作是念初習行時心多進退入法惡風吹破我心我若得道心安若山上妙五欲尚不能壞何況弊欲如大目連得羅漢已婦將伎人盛自莊飾欲壞目連爾時爲説偈言

汝身骨幹立　皮肉相纏裹　不淨内充滿
無一是妙物　皮囊盛屎尿　九孔常流血
如鬼無所直　何足以自貴　汝身如行厠
薄皮以自覆　智者所棄遠　如人捨厠去
若人知汝身　如我所惡猒　一切皆遠離
如人避屎坑　汝身自嚴飾　香華以瓔珞
凡愚所貪愛　智者所不惑　汝是不淨聚
集諸穢惡物　雖服珍妙衣　如莊嚴厠舍
汝脅肋著脊　如椽依梁棟　五藏在腹内

不淨如屎篋　我觀汝不淨　猶如五色糞
飾以珠瓔珞　外好如畫瓶　若人欲染空
終始不可著　汝欲來嬈我　如蛾自投火
一切諸欲毒　我今已滅盡　五欲已遠離
魔網已壞裂　我心如虛空　一切無所著
正使天欲來　不能染我心　墮俗生世苦
命速猶電光　老病死時至　對來無豪强
無親可恃怙　無處可隱藏　天福尚有盡
人命豈久長　最脆不過命　如風吹浮雲
浮雲壞甚速　形命不久連　身死魂靈散
當知非我身　勉時力精進　難得不過人
生死不斷絶　貪欲嗜味故　養怨益丘塚
虛受諸辛苦　身㒒如死屍　九孔流不淨
如廁蟲樂糞　愚貪身無異　雖明在宮中
五欲色味間　志意不甘樂　常思幽隱禪
晝夜觀窻牖　有天叉手言　時至今可行
衆伎皆睡眠　世間不足樂　恒與憂惱俱
恩愛正合會　當復之别離　家室轉相哭
不知死所趣　慧人見苦諦　是故行學道
世間歡日少　憂惱甚大多　安由得此苦
自作不由他　俗人樂恩愛　道以爲怨家
富貴是苦本　如鳥墮網羅　人命甚速駛
五馬不能追　殘命日減盡　各各自思惟
恩愛正合會　夫盛當有衰　是故自拔出
得道當來歸

禪要訶欲經

內身觀章句經

漢　失　譯　師　名

一切一其心　皆聽美言訓　佛所從得道
且聽我彼經　彼空亦不斷　有行皆非常
夫行不敗壞　佛以講授經　深微難見事
非章原之句　通彼能敷演　是以故爲師
從本以存本　有造法之積　從慧以除棄
上士所講說　所從因緣有　有行皆無有
亦有前世際　無知彼諸行　亦如欲演身
日親之所講　夫災患無數　皆以歸流身
删定如本文　所演衆要言　靡麗五字句
明誓以勸勉　以頌文具足　偶字音商備
若華實雜糅　皆聽彼我誨　身非人非命
不丈夫非士　若體若有艷　斯事都無彼
夫身造而有　以有即敗亡　無强皆歸終
如沫蹈踐碎　無强則無常　無常即無樂
無常亦爲苦　非身身非我　身非常亦苦
非彼應爲身　若體艷我有　身都無可有
若以都無體　有存亦有亡　慧者以本末
何彼已有體　若以無主者　不得以自由
有校計若此　何彼體我有　斯體身爲空
體我有爲虛　應因緣爲有　非身逝心造
非衆人身造　亦非自身造　都無有身造
亦身不無造　以身無造者　從彼爲得諦
亦非都骨節　從前世方來　亦非天造身
非神所化成　非無行無本　無因爲自有
是身有所由　有事亦有物　有本有所起
稍稍爲生有　本以癡亦愛　心與愛有漏
亦有縛亦結　行二品爲漏　斯爲本亦餘
世與受因緣　以由彼斯身　以漸能致有

初如有精沫　精沫爲轉凝　足爲生兩兩
以兩爲轉厚　以序有四體　爲生頭第五
若干骨積聚　從行爲用成　頭九爲髑髏
頞頔爲二骨　齒根三十二　齒三十二骨
頸爲與身本　鼻爲與上咢　心與頸嚨喉
凡爲骨十八　頰車與頸四　咽亦爲骨四
左臂與右臂　凡有骨五十　若其斯左脅
應有十三肋　亦斯右脅然　應有肋十三
斯爲四十八　三三三相連　二爲二相連
其餘不相連　身者以爲彊　如束葦無彊
脊膂三十二　尻與腰爲三　若其斯左髀
骨爲二十五　右髀爲亦然　爲骨二十五
肩臂有骨四　凡三百二十　敷演名之諦
佛以日斷絧　彼叚悉以聚　諸根以爲縫
非瘡而裹之　肉血以塗身　如木機關縷
爲如幻師幻　骨機關亦然　以筋纏縛成
合聚骨若此　以爲是形體　愚者莫不著
智者而不著　生革以隱蔽　九孔爲大瘡
周帀爲滲漏　不淨腐臭處　口喙如爲孔
滿之以諸穀　是身爲若此　以進若干腐
毛髮與爪齒　塵埃亦皮革　骨節亦骨髓
爲凡筋與脉　膶與心亦脾　大腸亦小腸
肝與肺亦腎　脂腁亦大便　淚與唾亦汗
鼻涕膏亦血　寒熱肪小便　腦之與腦膜
皆以沉没彼　如泥塗老牛　如其成不知
身之內與外　夫城骨與墻　肉血爲塗嚴
爲怨所破壞　恒爲以內外　彼中若千百
以爲貪其肉　其外亦災害　皆以多尤彼
斯身腐敗壞　譬如久故城　晝夜供待之
壞如已復壞　如坎與空聚　恒盜賊俱止

取之欺殆人　身爲毒虺穴　夫毒虺劇毒
恒于身居止　喜怒恚奸蔽　孚不和大毒
正使滿百歲　恒以和安隱　忿則無返復
須臾復不安　斯身爲災禍　嫌而有恐畏
如虎遊荒澤　有畏多恐怖　諸念爲以仰
爲一切苦器　亦爲諸劇事　斯身主爲受
沉於苦之法　一切諸病宅　爲老死之法
身爲增恩愛　苦以寒與熱　或風而不和
是則病始生　爲敗壞諸根　夫疾賊害人
老死笮厄人　如雪聚得火　疾而爲解釋
斯若此無數　身之多災禍　吾所演一切
未能已備具　要以爲諸苦　腐身爲不實
多因緣以成　大邪以爲軀

十一因緣章

佛言行者有十一因緣滅道制令人不墮惡道當不識者謂萬物一爲大會謂人衆二者多食謂諸美亦謂過飽三者爲多行謂多業四爲多喧謂多語五爲多睡眠六爲會聚謂禪中七爲習行謂多事八爲愛身九爲輕謂非法語十爲貪謂多欲十一爲不好善處居謂惡人中行道者當斷是十一因緣得道疾

内身觀章句經

法觀經

西晉竺法護譯

佛言第一何以故數息用息輕易知故以世間人皆貪身未能捨身守意又身中事難分別皆不信本無意不止何以有故說空意顛倒習息見有無故先說息稍稍解人意上頭爲數已得行爲第一禪佛言坐禪當三定何等爲三定一者身定二者口定三者意定痛痒止爲身定聲止爲口定意念止爲意定念止者爲受行常念道聲止者斷四惡痛痒止者爲不隨貪意在内已身定口定意定當立戒身意持持者爲一切無所犯又身意持名爲治治者意持意行三十七品經故經言所不識所不能止爲息中不識意去時不能止意去如是當精進行出力守正坐叉手低頭持意内著心中隨自生滅當識意去時已識當能止便不墮蓋蓋在戲疑聽六根如是爲不可佛言數息意令息數不互何意令意爲互行佛言已三定戒應律爲道法愛行道故經言貪道法行道已坐行道上夜後夜驚意守食時至禺中日西至夕名爲四守當精不離是爲勤力夜半日出日中晡時是名爲四止讀經經行旋塔内外自觀身體内視五滅外從頭至足從足至頭一一觀視斯何等有皆當臭敗節節解墮本無所有來作去亦滅盡無所有反覆徊念用數心意復不解眼見死人諦念從頭至足若坐若起若飯食常念著心中用堅其心是爲數念出息入息念滅時已覺息滅盡時無所有校計思惟知人物皆當復盡意止已定便知空故經言一者勤

力二者數念三者思惟佛言自觀身有時當觀他人身當觀身者爲校計當觀他人身者爲自觀身意著當觀他人身死敗有時可自觀身亦可觀他人身著當觀他自觀者爲自觀身意不著可觀他人身亦爲觀他人身意不著有時不可自觀身亦不可觀他人身不可目觀身者爲自見身肥白好不可觀他人身亦爲見他人身肥白好端正膩眉赤絜見肥當念膖脹見白念死人骨見膩眉念死人欲壞時色轉青黑見赤絜念血皆當壞敗何等可貪是意自觀身有三十二物者計髮毛爪齒骨皮肉五藏十一事屬地淚涕唾膿血肪髓汗小便七事屬水温熱主消食二事屬火風有十二事是三十二物皆從地水火風出何等爲地人生從穀精氣穀爲地意爲種精氣爲水雨便合生身故求一衣一食是爲養氣護主人身爲本無故滅盡無常得道便知身非身念身不久要當死敗意爲人種便守意一心癡人不守意護魂神但養四柯爲色味所欺謂身是我計不知惡一切從身起飯食貪味便墮苦往來生死不脫卒逢惡對魂神空去趣善惡之道身死墮地日夜消腐亦本無所有但意行故化成身死皆歸土萬物亦爾皆當過去是爲非常人不自計多念萬端皆不爲一以是爲苦身死索牽萬物亦爾滅是爲已復生生復苦便作善惡行種栽未知所趣是爲非身道人行道當爲斷人不知四非常終不得道以自計身視諸死敗知人物皆無所有意便守止得行歡喜已得行心便安不離五者其心一是道佛言念身觀

頭髮腦念髮本無所有來作爲化成皆當腐落腦如凝米粥皆當臭敗眼但有竅水皆汁出空䧟耳但有肉垢皆穿漏鼻口涕唾皆流棄消壞舌咽喉肺腑肝心心中惡血肝膽膈脾著胃腎著脊胃中有未消食大腸有屎小腸胞有尿發便腹少增減身死氣盡皆當膖脹壞爛腸胃屎尿相澆潰臭處可惡下有尻肉兩脛兩足肥肉稍盡筋脉壞敗骨鎖節節解墮脛脡確正白髀骨如車輪尻骨與脊骨相連脊與肋骨相連肩骨與肘臂手相連皮革消腐節節解墮頸骨與髑髏相連肉血消盡磨磨但有骨氣出不報爲死人身侹正直不復摇風去身冷火去黄汁從九孔流出水去死不復食地去三四日色轉正青膿血從口鼻耳目中出正赤肌肉壞敗骨正白久久轉黒作灰土視郭外梟死人死人骨如是自身亦如是皆當滅盡是爲空出息盡時便知空知空便知身空何以故知命近在息空故佛言是意當先觀思惟滅念待息意便守意意不出身爲道人待在外爲萬物念在内爲思識欲滅念待當念物非常敗皆非我所我亦非物主意念死時持何等去持善持一必持經多作多樂故佛言是汝物持去其餘一切皆非我所意當識念何等恩愛會當別離各自消腐念之但亂人意墮人罪要當還身守淨趣泥洹道佛從一心至九道念四色皆當消滅謂人死四五日欲臭壞色轉正青五日六日膿血從口鼻耳目中出正赤後肌肉壞敗膖胃生蟲還自食皮革消腐骨顏正白久久轉黒作灰土明地水火風空皆非我所

意汝從無數世已來亦爲人作妻子奴婢亦作畜生牛馬蟲象勤苦重負亦爲人所屠剥膾炙今爲人復與人作妻子奴婢亦取畜生屠剥膾刺斫自在身死皆當復受行道人汝寧見死人不氣絶便無所知身侹正直便臭壞可惡諦念便畏不欲見何以故不怖一心一心令人上天得泥洹道佛知九道皆空無所有故還就一心行道人急滅念待無所他知便至拘深國行拘深俱在所見用不在故不見佛言意欲貪念非常敗婬當念對瞋恚念等心愚癡念本一切行非常無爲安隱人不知非常終不去貪亦不離薜荔道世間所有如夢耳夢飯食見好寤便不見世間所有如是生便死適成便壞要皆歸空當何等可貪人有妻子財產亦爾何以故人治生得錢利時若家室合會喜樂譬如飛鳥聚會亦皆無常一旦別離亦便不見正使有憂恐萬苦意在生死中爲日積罪黠人自約少欲趣求一衣一食從定意行不求地止常還身守淨斷求念空問曰行道守意根本從何起佛言天地成後人從十五天上來下壽無有夭折生死五道從六衰起人生心意本自善無有貪愛痛痒思想生死識爲耳目鼻口所欺目光視色耳聲音鼻知香口知味身知寒溫麤細心爲作十事成五陰意爲識合爲六衰因作善惡行種栽從是便有老病死生五道求道欲斷生死故自守意止目色止耳聲止鼻香止口味止身如斷六衰行觀懷心念坐禪滅意識得道者五陰悉滅知本無便念空想空徑向泥洹問所以守意者意爲識主行故

惡六衰爲禍行種五道根本道人精思自守
四意欲止無邪念識思想走何道人欲滅念
識思想當一切行非常斷身十事身口意三
者定五陰六衰乃止三定者口無所知爲口
定身無所知爲身定意無所復念爲意定佛
言道有四要界持啓封乃得出何等爲四一
爲識苦不復向萬物是爲得出三惡道啓二
者知身非身便壞身不復受是爲從人得出
門第六天上啓三者知非常意不復向是爲
得出十八天啓四者知空滅空是爲得出二
十八天啓空滅乃爲墮道故經言行道覺者
得出謂覺苦空非身非常得出者謂得出四
要界得第一禪上七天無有身景何以故行
道壞身故

法觀經

迦葉結經

後漢安息三藏安世高譯

聞如是一時世尊滅度未久諸羅漢等悉會共議未集經藏法律諸義各心念言吾等所作已辦越塵勞山枯竭愛河一切智日佛天中天眼忽不見吾等患猒載攝是身令欲般泥洹即說偈曰

已度愚人淵　恩愛海難越　破壞俗朽老
及生死之輪　見諸種衆著　身如蚖蛇篋
我等當滅度　意淨如燈滅

於是無數千阿羅漢等各自從意所好山巖流河泉源深岸之中於彼滅度盡其恩愛如燈忽滅時無數千阿羅漢等悉般泥洹天住虛空白大迦葉令眞人等已滅度安於是天人即說頌曰

宣尊之音聲　其久心無礙　今是爲已逝
佛者消垢安　如應衆導首　以爲定離慧
忽愚癡窈冥　法德光不見

尊者迦葉聞是言已心自念言快哉天人說此世間不久當復窈冥此當云何即自念言便以解了今攝結義當集經律諸法化要用哀愍故安隱世間何以故世尊從無數劫作行積功累德勤苦難量欲安世間集是法律律以救攝於是奉護佛法所化未滅度頃當共合集攝護法化於是賢者大迦葉等會比丘僧便告言曰阿那律等能仁無常金剛山壞佛勝日冥非常之闇蔽能仁光非常之日空竭佛海非常之火燒一切智今正是時常護世間念父功德當立父事稱譽父教所作使成於是頌曰

未結無上義　不當捨滅度　具安佛之子
須集衆經卷

於是衆比丘僧適説是已尊者迦葉五百羅漢欲合集結正法律義便詣羅閱祇聚會歲臘爾時賢者阿難亦具歲臘其諸耆年心念如是此阿難者世尊之弟又常親侍聞持大智解一切法爾時聖衆即便歎曰

於是和順衆　奉佛教如掌　十力所稱譽
所言淨持慧

於是七月十五日新歲已竟便集經卷法律諸藏五百羅漢悉俱聚會耆年大迦葉告賢者阿那律卿觀世間誰離十力如來弟子衆僧何所羅漢所作已辦而不來會乎於是阿那律即以天眼察視世間報曰仁者大迦葉有耆年名曰憍桓鉢在尸利天宮而作新歲彼不來會唯大迦葉當遣僧使請呼至此爾時衆中有幼者新受大戒三年比丘比丘字不那三垢已斷逮三達智曉三藏經獲于三明不著三界猶得自在於彼大迦葉告衆僧曰年少比丘子女能爲衆僧使乎時賢者不那起住叉手受如尊教輙能行耳大迦葉曰善哉善哉比丘賢聖衆中有是年幼比丘甚爲佳矣説是則已頌曰

尸利若干種　衆華光盛耀　疾速往到彼
如蜂採轉香　憍桓鉢神通　所止而有勝
如孚承衆教　宣化如是意　大迦葉之等
衆僧遣吾告　於此與僧事　速來至于期

於是賢者不那從衆羅漢受是命已譬如金翅鳥踊出龍宮如人胸項到憍桓鉢所稽首禮足談語問訊便説頌曰

寂然善哉性　樂定滅調順　志淨迦葉請
及餘尊自在　合會有僧事　最與佛無量
彼因欲命具　來下見衆勝

於是賢者憍桓鉢聞不那言一時心念謂不那曰仁者不那有比丘僧得無鬭變諍訟之事十力所轉法輪之教衆邪異道無亂之乎外道畜生如鷲鹿輩得無欲以壞於佛法邪黨得無以螢火之明欲障日之光耀乎得無以非寂志見沙門像無梵志行自謂清淨又不那仁者當說佛告比丘衆教而御反謂迦葉之等比丘之衆將無大哀世尊般泥洹將無演慧世珍不見異道托亂正法之教儻無十力轉法輪王自在非常忽而不見將無大哀安隱一切救護衆生寂而不起佛日不沒乎佛喻月光得無罣礙有覆蔽將無道樹覺意生花與盛之好沙門果實歸于無常世間大燈得無非常風滅之耶得無非常水滅于佛火儻無愚癡子諍亂佛教將法輪義追返不還無佛月耀光明爲盡將阿須倫障大光明爾時賢者不那曰唯憍桓鉢佛船已壞慧山已崩諸持法之等亦欲滅度越彼世間憍桓鉢曰惡人得無合鬭變諍云何於世間得聞正法於是而寂謂不那曰以爲拔惡餘在無要離如來光世間無復威神之耀當往何求即時頌曰

世間以爲空　無佛無所樂　閻浮利何索
便於是滅度

於是賢者憍桓鉢取鉢衣服與不那曰以奉聖衆宣我聲曰一切衆賢悉願忍以於善哉義尊之無放逸賢者憍桓鉢說是已竟便而

滅度滅度已從身出火還自闍維如火積薪然炬矣闍維已竟便於空中放四流泉來下灌身水清且涼其色如水精瑠璃之色彼流水自然有聲而說頌曰

第一流水曰

智慧住生死　不當信浮雲　無常壞金剛
佛山王以崩

第二流水曰

所有常動搖　多畏勤苦害　不自在捨已
佛嘆滅度安

第三流水曰

如是無放逸　所作成其身　無數惱害擾
如然燈疾滅

第四流水曰

衆中最有勝　當爲稽首禮　尊者憍桓鉢
至於般泥曰　樂從佛十力　願隨而滅度
譬如六牙象　其子慕逐母　於彼稽首禮
一切賢聖衆　唯願尊上僧　原我之所咎

於是賢者憍桓鉢滅度之後賢者不那便取衣鉢如彈指頃即時來還以奉衆僧次第禮竟便說頌曰

人中之最尊　大哀而寂然　憍桓鉢聞之
應時便滅度　於彼稽首禮　一切賢聖衆
唯願尊上僧　原我之所咎

說是已後便自滅度於時一切衆僧皆計非常須臾思惟正經戒律諸法之解即悉赴會比丘僧爾時賢者大迦葉告阿那律曰仁者且觀是衆會中誰有婬怒癡縛結未解恩愛陰蓋須學戒辯凡夫聚會也時阿那律察座訖白大迦葉有比丘名阿難世尊侍者方當

學成彼來會此於是賢者大迦葉謂賢者阿難汝且起去我等不與卿共結經要阿難報曰願尊者大迦葉歡悦我不缺戒亦無邪見亦不壞業亦不失行亦不犯衆迦葉報曰唯且阿難卿侍如來親近世尊無有缺戒何足爲怪又仁謂言我無所犯起取證舍勤來我當計卿前後過罪於是大迦葉適起此心三千世界六返震動百千天人住於虛空舉聲稱怨哉此大迦葉何以出辭乃爾於時賢者迦葉謂阿難言仁者云何謂無所犯何故從佛求令女人出家爲沙門阿難報曰唯大迦葉世尊毋終時摩訶摩耶瞿曇彌勤苦養育躬奉世尊爲菩薩時乳哺令長欲報其恩故求令作沙門愍念親族欲令得度是故求佛令作沙門又聞過去諸佛平等正覺有四輩衆我念世尊法教之化得無減少故從佛求使作沙門尊者迦葉曰唯阿難是爲不足達孝報恩如來法身供養之德令女人作沙門者譬如成就稻田天大雨墮雹而破壞之佛正法者本當久立坐于女人出家作沙門令住千歲又阿難汝言我用愍念親族之故求爲沙門是爲不應沙門之法以有親族恩念故矣又阿難汝言過去諸平等正覺具有四輩故求爲沙門者爾時世人婬怒癡薄無有縛結志樂空閑心無瑕穢豈得比之今時人乎是爲一過下筭著地又阿難汝復有過又世尊所説其有精進獲四神足者便能自在住壽一劫若復踰劫汝何爲不從世尊求哀愍傷世間阿難答曰唯尊者時魔波旬耗勞我意故不從佛求哀耳迦葉答曰是爲大過

何謂侍於無欲當降魔力反從魔教是爲二過阿難汝且不識是過汝復有過世尊訶汝汝時恨言他犯他坐是爲三過次復有過汝以足越世尊金縷織成衣是爲四過阿難次復有過世尊臨般泥洹時欲至雙樹從汝求水而不與之是爲五過汝復有過時佛世尊說諸雜碎隨順禁戒汝亦不念爲當來人分別問之是爲六過汝爲以世尊陰馬之藏示於衆人是爲七過阿難汝復有過何以故以世尊紫磨金色示于女人令上啼哭淚汙其足是爲八過阿難汝復有過是衆會中無婬怒癡而汝獨有三垢之瑕汝方當學成其道化衆所作已辦而汝未達是爲九過且起出會終不與卿共結經也賢者阿難普察四座悲哀音嗚呼甚毒何因乃爾乎我身今日已離如來無救無護目不覩明世間爲冥又賢者大迦葉其佛世尊臨滅度時告阿難汝莫啼悲無以我累於大迦葉今偶小誤而不相原唯仁者迦葉恱豫意解後不敢失也尊者迦葉謂阿難曰汝莫啼哭仁功德本以普具足我等法要會當如言直諫之辭不得不設阿難且起吾不與卿共結經要於是賢者阿那律謂大迦葉我等云何違離阿難佛之侍者博聞總持積要之藏次佛第三而結經要乎尊者大迦葉曰吾等不與阿難言學之類但共結集經義法要阿難且起自退而去吾與成就阿羅漢等乃俱結經於是阿難起坐悲哀顧視衆比丘憂色而出應時其夜被祇支子爲示開解斷一切結得羅漢道逮三達智果大神通諸羅漢衆異日共會無數百千

如阿須倫捨月之光其明照耀普現世間阿難心悅脫諸瑕穢所作已辦尊者迦葉曰善哉善哉阿難卿逮平等吾心欣踊世尊所謂累者教令已度卿耳如是順次得斷諸漏又汝阿難其佛世尊講說法眼蒙仁博聞持法之恩當令永立於是頌曰

彼佛住世尊　所至爲第一　悉有如人民
道術不齊逝　於是甘露味　爲至普賢人
佛定滅寂然　以故教化布

於是諸耆年謂阿難曰汝當住須結集正經法律衆法之解於是衆會無數百千告阿難已念法恭敬具足玄廣普察比丘思佛功德而不可限於是頌曰

此比丘衆勝　以違遠佛德　不復有威耀
如空離日光

於是賢者阿難即觀師子之座衆比丘僧周帀圍繞如師子王處衆師子阿難坐已賢者大迦葉爲阿難說頌曰

大智願說之　安住子唯講　何所之經卷
世尊最先說

迦葉爲阿難說是偈適竟阿難意即得佛覺而念經道無所畏懼亦不動搖無所疑難遥向世尊般泥洹處一心叉手便口頌曰

聞如是一時　佛遊波羅柰　仙人鹿苑說
具足法輪經

衆尊甚多悉共勸助乃上師子座如師子行第一說言聞如是一時隨尊所處所可聞經皆悉誦宣時一切衆羅漢等聞是言已便皆避坐下處于地心念如是嗚呼無常力吾等自覩如來說法適爾近耳今日云何聽聞如

是爾時眞人說此頌曰
咄三界恍惚　如月現于水　譬如彼幻化
猶芭蕉無堅　三界無等侶　功德最清淨
佛者常有終　忽乖如風起
爾時賢者大迦葉須臾聞禪思便嗟歎曰嗚呼終力一切無脫於是頌曰
不顧無智者　亦不護有智　脫與及未度
無有人歸盡　不以言呪濟　不用麤辭免
世間無等耳　同如海水鹹
於是大迦葉從阿難聞是言已便慇懃受轉法輪經告阿若拘憐五比丘汝等所受如是不答曰若斯如是比類結集正經藏結集律藏結集諸法藏結集經時諸天即來住于虛空舉聲稱曰
衆上爲阿難　示現諸教禁　造集正法經
哀愍衆人民　於是精集行　釋迦文善導
未來及現在　爲得第一定
於是結集正經律禁諸法解已尊者大迦葉即說頌曰
是爲哀愍人　所建法經卷　結集十力教
則爲無有量　其世間邪見　及念窈冥滅
其光照耀遠　冥中然大燈

迦葉結經

音釋

䏈蘇干切脂肪也　膜音莫肢膜也　胃于貴切穀府也　胞音包　痰癊痰音談病液也癊音蔭心中病也　胯苦化切兩股間也　糅如又切雜也　頞䪼頞烏葛切鼻莖也䪼之劣切秀骨也　咢五各切齒根肉也與齶同　嚨盧紅切喉嚨也　膂力舉切脊骨也　尻苦刀切脊梁盡處爲尻　笮側伯切壓也

也
窌匹皃切正作脃
腡古核切胷腡也
濆音讃水濺也
脡他鼎切直
也
確苦角切堅也
侹他鼎切長也
窈音杳深也
眴音舜目動也
托呼毛切攪也

百喻經

蕭齊天竺三藏求那毗地譯

清刻龍藏佛說法變相圖

百喻經卷上

蕭齊天竺三藏求那毗地譯

聞如是一時佛住王舍城在鵲封竹園與諸大比丘菩薩摩訶薩及諸八部三萬六千人俱是時會中有異學梵志五百人俱從座而起白佛言吾聞佛道洪深無能及者故來歸問唯願說之佛言甚善問曰天下爲有爲無答曰亦有亦無梵志曰如今有者云何言無如今無者云何言有答曰生者言有死者言無故說或有或無問曰人從何生答曰人從穀而生問曰五穀從何而生答曰五穀從四大火風而生問曰四大火風從何而生答曰四大火風從空而生問曰空從何生答曰從無所有生問曰無所有從何而生答曰從自然生問曰自然從何而生答曰從泥洹而生

問曰泥洹從何而生佛言汝今問事何以爾深泥洹者是不生不死法問曰佛泥洹未答曰我未泥洹若未泥洹云何得知泥洹常樂佛言我今問汝天下衆生爲苦爲樂答曰衆生甚苦佛言云何名苦答曰我見衆生死時苦痛難忍故知死苦佛言汝今不死亦知死苦我見十方諸佛不生不死故知泥洹常樂五百梵志心開意解求受五戒悟須陀洹果復坐如故佛言汝等善聽今爲汝廣説衆喻

愚人食鹽喻　愚人集牛乳喻　以棃打破頭喻　婦詐語稱死喻　渴見水喻　子死欲停置家中喻　認人爲兄喻　山羌偷官庫喻　歎父德行喻　三重樓喻　婆羅門殺子喻　煑黑石蜜漿喻　説人喜瞋喻　殺商主祀天喻　醫與王女藥令卒長大喻　灌甘蔗喻　債半錢喻　就樓磨刀喻　乘船失盂喻　人説王所縱暴喻　婦女欲更求子喻　入海取沉水喻　賊偷錦繡用裹氎毼喻　種熬胡麻子喻　水火喻　人效王眼瞤喻　治鞭瘡喻　爲婦貿鼻喻　貧人燒麤褐衣喻　牧羊人喻　雇倩瓦師喻　估客偷金喻　斫樹取果喻　送美水喻　寶篋鏡喻　破五通仙眼喻　殺群牛喻　飲木筩水喻　見他塗舍喻　治禿喻　毗舍闍鬼喻　估客駝死喻　磨大石喻　食半餅喻　奴守門喻　偷犛牛喻　貧人能作鴛鴦鳴喻　野干爲折樹枝所打喻　小兒爭分別毛喻　醫治脊僂喻

愚人食鹽喻

昔有愚人至於他家主人與食嫌淡無味主

人聞已更爲益鹽既得鹽美便自念言所以美者緣有鹽故少有尚爾況復多也愚人無智便空食鹽食已口爽反爲其患譬彼外道聞節飲食可以得道即便斷食或經七日或十五日徒自困餓無益於道如彼愚人以鹽美故而空食之致令口爽此亦復爾

愚人集牛乳喻二

昔有愚人將會賓客欲集牛乳以俟供設而作是念我今若預於日日中𣫍取牛乳牛乳漸多都無安處或復酢敗不如即就牛腹盛之待臨會時當頓𣫍取作此念已便捉牸牛母子各繫異處却後一月爾乃設會延置賓客方牽牛來欲𣫍乳取而此牛乳即乾無有時爲衆賓或瞋或笑愚人亦爾欲修布施方言待我大有之時然後頓施未及聚頃或爲縣官水火盜賊之所侵奪或卒命終不及時施彼亦如此

以梨打破頭喻三

昔有愚人頭上無毛時有一人以梨打頭乃至二三悉皆傷破時此愚人默然忍受不知避去傍人見已而語之言何不避去乃住受打致使頭破愚人答言如彼人者憍慢恃力癡無智慧見我頭上無有髮毛謂爲是石以梨打我頭破乃爾傍人語言汝自愚癡云何名彼以爲癡也汝若不癡爲他所打乃至頭破不知逃避比丘亦爾不能具修信戒聞慧但整威儀以招利養如彼愚人被他打頭不知避去乃至傷破反謂他癡此比丘者亦復如是

婦詐語稱死喻四

昔有愚人其婦端正情甚愛重婦無貞信後於中間共他交往邪婬心盛欲就傍夫捨離已壻於是密語一老母言我去之後汝可齎一死婦女屍安著屋中語我夫言云我已死老母於後伺其夫主不在之時以一死屍置其家中及其夫還老母語言汝婦已死夫即往視信是已婦哀哭懊惱大積薪油燒取其骨以囊盛之晝夜懷挾婦於後時心猒傍夫便還歸家語其夫言我是汝妻夫答之言我婦久死汝是阿誰妄言我婦乃至二三猶故不信如彼外道聞他邪說心生惑著謂爲眞實求不可改雖聞正教不信受持

渴見水喻　五

過去有人癡無智慧極渴須水見熱時焰謂爲是水即便逐走至新頭河既至河所對視不飲傍人語言汝患渴逐水今至水所何故不飲愚人答言若可飲盡我當飲之此水極多俱不可盡是故不飲爾時衆人聞其此語皆大嗤笑譬如外道僻取於理以已不能具持佛戒遂便不受致使將來無得道分流轉生死若彼愚人見水不飲爲時人笑亦復如是

子死欲停置家中喻　六

昔有愚人養育七子一子先死時此愚人見子既死便欲停置於其家中自欲棄去傍人見已而語之言生死道異當速莊嚴致於遠處而殯葬之云何得留自欲棄去爾時愚人聞此語已即自思念若不得留要當葬者須更殺一子停擔兩頭乃可勝致於是便更殺其一子而擔負之遠葬林野時人見之深生

嗤笑怪未曾有譬如比丘私犯一戒情憚改悔默然覆藏自說清淨或有智者即語之曰出家之人守持禁戒如護明珠不使缺落汝今云何違犯所受欲不懺悔犯戒者言苟須懺者更就犯之然後當出遂便破戒多作不善爾乃頓出如彼愚人一子既死又殺一子今此比丘亦復如是

認人爲兄喻七

昔有一人形容端正智慧具足復多錢財舉世人間無不稱美時有愚人見其如此便言我兄所以爾者彼有錢財須者則用之是故爲兄見其還債言非我兄傍人語言汝是愚人云何須財名他爲兄及負債時復言非兄愚人答言我以欲得彼之錢財認之爲兄實非是兄若其負債則稱非兄人聞此語無不笑之猶彼外道聞佛善語盜竊而用以爲己有乃至傍人教使修行不肯修行而作是言爲利養故取彼佛語化導衆生而無實事云何修行猶向愚人爲得財故言是我兄及負債時復言非兄此亦如是

山羌偷官庫衣喻八

過去之世有一山羌偷王庫物而遠逃走爾時國王遣人四出推尋捕得將至王邊王即責其所得衣處山羌答言我衣乃是祖父之物王遣著衣實非山羌本所有故不知著之應在手者著於脚上應在腰者反著頭上王見賊已集諸臣等共詳此事而語之言若是汝之祖父已來所有衣者應當解著云何顛倒用上爲下以不解故定知汝衣必是偷得非汝舊物借以爲譬王者如佛寶藏如法愚

癡羌者猶如外道竊聽佛法著已法中以爲自有然不解故布置佛法迷亂上下不知法相如彼山羌得王寶衣不識次第顛倒而著亦復如是

歎父德行喻 九

昔時有人於衆人中歎已父德而作是言我父慈仁不害不盜直作實語兼行布施時有愚人聞其此語便作是言我父德行復過汝父諸人問言有何德行請道其事愚人答曰我父小來斷絕婬欲初無染汙衆人語言若斷婬欲云何生汝深爲時人之所怪笑猶如世間無知之流欲讚人德不識其實反致毀呰如彼愚者意存歎父言成過失此亦如是

三重樓喻 十

往昔之世有富愚人癡無所知到餘富家見三重樓高廣嚴麗軒敞踈朗心生渴仰即作是念我有財錢不減於彼云何頃來而不造作如是之樓即喚木匠而問言曰解作彼家端嚴舍不木匠答言是我所作即便語言今可爲我造樓如彼是時木匠即便經地壘墼作樓愚人見其壘墼作舍猶懷疑惑不能了知而問之言欲作何等木匠答言作三重屋愚人復言我不欲下二重之屋先可爲我作最上屋木匠答言無有是事何有不作最下重屋而得造彼第二之屋不造第二云何得造第三重屋愚人固言我今不用下二重屋必可爲我作最上者時人聞已便生怪笑咸作此言何有不造下第一屋而得上者譬如世尊四輩弟子不能精勤修敬三寶嬾惰懈怠欲求道果而作是言我今不用餘下三果

唯欲得彼阿羅漢道亦爲時人之所嗤笑如彼愚者等無有異

婆羅門殺子喻十一

昔有婆羅門自謂多知於諸星術種種技藝無不明達恃已如此欲顯其德遂至他國抱兒而哭有人問婆羅門言汝何故哭婆羅門言今此小兒七日當死愍其夭殤以是哭耳時人語言人命難知計筭喜錯設七日頭或能不死何爲預哭婆羅門言日月可闇星宿可落我之所記終無違失爲名利故至七日頭自殺其子以證已說時諸世人却後七日聞其兒死咸皆歎言眞是智者所言不錯心生信伏悉來致敬猶如佛之四輩弟子爲利養故自稱得道有愚人法殺善法子詐現慈德故使將來受苦無窮如婆羅門爲驗已言殺子惑世

煑黑石蜜漿喻十二

昔有愚人煑黑石蜜有一富人來至其家時此愚人便作是念我今當取黑石蜜漿與此富人即著少水用置火中即於火上以扇扇之望得使冷傍人語言下不止火扇之不已云何得冷爾時衆人悉皆嗤笑其猶外道不滅煩惱熾然之火少作苦行卧棘刺上五熱炙身而望清凉寂靜之道終無是處徒爲智者之所怪哂受苦現在殃流來劫

説人喜瞋喻十三

過去有人共多人衆坐於屋中歎一外人德行極好唯有二過一者喜瞋二者作事倉卒爾時此人遇在門外聞作是語便生瞋恚即入其屋擒彼道巳過惡之人以手打撲傍人

問言何故打也其人答言我曾何時喜瞋倉卒而此人者道我恒喜瞋恚作事倉卒是故打之傍人語言汝今喜瞋倉卒之相即時現驗云何諱之人說過惡而起怨責深爲衆人怪其愚惑譬如世間飲酒之夫耽荒酗酒作諸放逸見人訶責反生尤嫉苦引證佐用自明白若此愚人諱聞已過見他道說反欲打撲

殺商主祀天喻　十四

昔有賈客欲入大海入大海之法要須導師然後可去即共求覓得一導師既得之已相將發引至曠野中有一天祠當須人祀然後得過於是衆賈共思量言我等伴黨盡是親屬如何可殺唯此導師中用祀天即殺導師以用祭祀祀天已竟迷失道路不知所趣窮困死盡一切世人亦復如是欲入法海取其珍寶當須善行以爲導師毁破善行生死曠路永無出期經歷三塗受苦長遠如彼商賈將入大海殺其導者迷失津濟終至困死

醫與王女藥令卒長大喻　十五

昔有國王產生一女喚醫語言爲我與藥立使長大醫師答言我與良藥能使即大但今卒無方須求索比得藥頃王要莫看待與藥已然後示王於是即便遠方取藥經十二年得藥來還與女令服將示於王王見歡喜即自念言實是良醫與我女藥能令卒長便勑左右賜以珍寶時諸人等笑王無智不曉籌量生來年月見其長大謂是藥力世人亦爾詣善知識而啓之言我欲求道願見教授使我立得善知識師以方便故教令坐禪觀十

二縁起漸積衆德獲阿羅漢位踴躍歡喜而作是言快哉大師速令我等證最妙法

灌甘蔗喻十六

昔有二人共種甘蔗而作誓言種好者賞其不好者當重罰之時二人中一者念言甘蔗極甜若壓取汁還灌甘蔗樹甘美必甚得勝於彼即壓甘蔗取汁用漑冀望滋味反敗種子所有甘蔗一切都失世人亦爾欲求善福恃己豪貴專形挾勢迫脅下民陵奪財物以用作福本期善果不知將來反獲其殃如壓甘蔗彼此都失

債半錢喻十七

往有商人貸他半錢久不得償即便往債前有大河雇他兩錢然後得度到彼往債竟不得見來還度河復度兩錢爲半錢債而失四錢兼有道路疲勞乏困所債甚少所失甚多果被衆人之所怪笑世人亦爾要少名利致毀大行苟容己身不顧禮儀現受惡名後得苦報

就樓磨刀喻十八

昔有一人貧窮困苦爲王作事日月經久身體羸瘦王見憐愍賜一死駝貧人得已即便剥皮嫌刀鈍故求石欲磨乃於樓上得一磨石磨刀令利來下而剥如是數數往來磨刀後轉勞苦憚不能數上懸駝上樓就石磨刀深爲衆人之所嗤笑猶如愚人毀破禁戒多聚錢財以用修福望得生天如懸駱駝上樓磨刀用功甚多所得甚少

乘船失盂喻十九

昔有人乘船度海失一銀盂墮於水中即便

思念我今畫水作記捨之而去後當取之行經二月到師子諸國見一河水便入其中覓本失盂諸人問言欲何所作答言我先失盂今欲覓取問言於何處失答言初入海失又復問言失經幾時言失來二月問言失來二月云何此覓答言我失盂時畫水作記本所畫水與此無異是故覓之又復問言水雖不別汝昔失時乃在於彼今在此覓何由可得爾時衆人無不大笑亦如外道不修正行相似善中橫計苦因以求解脱猶如愚人失盂於彼而於此覓

人説王所縱暴喻　二十

昔有一人説王過罪而作是言王甚暴虐治政無理王聞是語即大瞋恚竟不究悉誰作此語信傍佞人捉一賢臣仰使剥脊取百兩肉有人證明此無是語王心便悔索千兩肉用爲補脊夜中呻喚甚大苦惱王聞其聲問言何以苦惱取汝百兩十倍與汝意不足耶何故苦惱傍人答言大王如截子頭雖得千頭不免子死雖十倍得肉不免苦痛愚人亦爾不畏後世貪得現樂苦切衆生調發百姓多得財物望得滅罪而得福報譬如彼王剥人之脊取人之肉以餘肉補望使不痛無有是處

婦女欲更求子喻　二十一

往昔世時有婦女人始有一子更欲求子問餘婦女誰有能使我重有子有一老母語此婦言我能使爾求子可得當須祀天問老母言祀須何物老母語言殺汝之子取血祀天必得多子時此婦女便隨彼語欲殺其子傍

有智人嗤笑罵詈愚癡無智乃至如此未生子者竟可得不而殺現子愚人亦爾爲生天故自投火坑種種害身爲得生天

入海取沉水喻 二十二

昔有長者子入海取沉水積有年載方得一車持來歸家詣市賣之以其貴故卒無買者經歷多日不能得售心生疲猒以爲苦惱見人賣炭時得速售便生念言不如燒之作炭可得速售即燒爲炭詣市賣之不得半車炭之價直世間愚人亦復如是無量方便勤行精進仰求佛果以其難得便生退心不如發心求聲聞果速斷生死作阿羅漢

賊偷錦繡用裹氀毼喻 二十三

昔有賊人入富家舍偷得錦繡即持用裹故弊氀毼種種財物爲智人所笑世間愚人亦復如是旣有信心入佛法中修行善法及諸功德以貪利故破於清淨戒及諸功德爲世所笑亦復如是

種熬胡麻子喻 二十四

昔有愚人生食胡麻子以爲不美熬而食之爲美便生念言不如熬而種之後得美者便熬而種之永無生理世人亦爾以菩薩曠劫修行因難行苦行以爲不樂便作念言不如作阿羅漢速斷生死其功甚易後欲求佛果終不可得如彼焦種無復生理世間愚人亦復如是

水火喻 二十五

昔有一人事須火用及以冷水即便宿火以澡盥盛水置於火上後欲取火而火都滅欲取冷水而水復熱火及冷水二事俱失世間

之人亦復如是入佛法中出家求道既得出家還復念其妻子眷屬世間之事五欲之樂由是之故失其功德之火持戒之水念欲之人亦復如是

人效王眼瞤喻 二十六

昔有一人欲得王意問餘人言云何得之有人語言若欲得王意者王之形相汝當效之此人即便往至王所見王眼瞤便效王瞤王問之言汝為病耶為著風耶何以眼瞤其人答王我不病眼亦不著風欲得王意見王眼瞤故效王也王聞是語即大瞋恚即便使人種種加苦擯令出國世人亦爾於佛法王欲得親近求其善法以自增長既得親近不解如來法王為衆生故種種方便現其闕短或聞其法見有字句不正便生譏毀效其不是由是之故於佛法中永失其善墮於三惡如彼愚人亦復如是

治鞭瘡喻 二十七

昔有一人為王所鞭既被鞭已以馬屎傅之欲令速差有愚人見之心生歡喜便作是言我快得是治瘡方法即便歸家語其兒言汝鞭我背我得好法今欲試之兒為鞭背以馬屎傅之以為善巧世人亦爾聞有人言修不淨觀即得除去五陰身瘡便作是言我欲觀於女色及以五欲未見不淨反為女色之所惑亂流轉生死墮於地獄世間愚人亦復如是

為婦貿鼻喻 二十八

昔有一人其婦端正唯其鼻醜其人出外見他婦女面貌端正其鼻甚好便作念言我今

寧可截取其鼻著我婦面上不亦好乎即截他婦鼻持來歸家急喚其婦汝速出來與汝好鼻其婦出來即割其鼻尋以他鼻著婦面上既不相著復失其鼻唐使其婦受大苦痛世間愚人亦復如是聞他宿舊沙門婆羅門有大名德而爲世人之所恭敬得大利養便作是念言我今與彼便爲不異虛自假稱妄言有德既失其利有傷其行如截他鼻徒自傷損世間愚人亦復如是

貧人燒麤褐衣喻 二十九

昔有一人貧窮困乏與他客作得麤褐衣而披著之有人見之而語之言汝種姓端正貴人之子云何著此麤弊衣褐我今教汝當使汝得上妙衣服當隨我語終不欺汝貧人歡喜敬從其言主人即便在前然火語貧人言今可脫汝麤褐衣著於火中於此燒處當使汝得上妙欽服貧人即便脫著火中既燒之後於此火處求覓欽服都無所得世間之人亦復如是從過去身修諸善法得此人身應當保護進德修業乃爲外道邪惡妖女之所欺誑汝今當信我語修諸苦行投巖赴火捨是身已當生梵天長壽快樂便用其語即捨身命身死之後墮於地獄備受諸苦既失人身空無所獲如彼貧人亦復如是

牧羊人喻 三十

昔有一人巧於牧羊其羊滋多乃有千萬極大慳貪不肯外用時有一人善於巧詐便作方便往共親友而語之言我今共汝極成親愛便爲一體更無有異我知彼家有一好女當爲汝求可用爲婦牧羊之人聞之歡喜便

大與羊及諸財物其人復言汝婦今日已生一子牧羊之人未見於婦聞其已生心大歡喜重與彼物其人後復而語之言汝兒生已今已死矣牧羊之人聞此人語便大啼泣噓欷不已世間之人亦復如是既修多聞爲其名利秘惜其法不肯爲人教化演說爲此漏身之所誑惑妄期世樂如己妻息爲其所欺喪失善法後失身命并及財物便大悲泣生其憂苦如彼牧羊之人亦復如是

雇倩瓦師喻 三十一

昔有婆羅門師欲作大會語弟子言我須瓦器以供會用汝可爲我雇倩瓦師詣市覓之時彼弟子往瓦師家時有一人驢負瓦器至市欲賣須臾之間驢盡破之還來家中啼哭懊惱弟子見已而問之言何以悲歎懊惱如是其人答言我爲方便勤苦積年始得成器詣市欲賣此弊惡驢須臾之頃盡破我器是故懊惱爾時弟子見聞是已歡喜念言此驢乃是狂物久時所作須臾能破我今當買此驢瓦師歡喜即便賣與乘來歸家師問之言汝何以不得瓦師將來用是驢爲弟子答言此驢勝於瓦師瓦師久時所作瓦器少時能破時師語言汝大愚癡無有智慧此驢今者適可能破假使百年不能成一世間之人亦復如是雖百年受人供養都無報償常爲損害終不爲益背恩之人亦復如是

估客偷金喻 三十二

昔有二估客共行商賈一賣真金其第二者賣兜羅綿有他買真金者燒而試之第二估客即便偷他被燒之金用兜羅綿裹時金熱

故燒綿都盡情事既露二事俱失如彼外道偷取佛法著已法中妄稱已有非是佛法由是之故燒滅外典不行於世如彼偷金事情都現亦復如是

斫樹取果喻 三十三

昔有國王有一好樹高廣極大常有好果香而甜美時有一人來至王所王語之言此之樹上將生美果汝能食不即答王言此樹高廣雖欲食之何由能得即便斷樹望得其果既無所獲徒自勞苦後還欲竪樹已枯死都無生理世間之人亦復如是如來法王有持戒樹能生勝果心生願樂欲得果食應當持戒修諸功德不解方便反毀其禁如彼伐樹復欲還活都不可得破戒之人亦復如是

送美水喻 三十四

昔有一聚落去王城五由旬村中有好美水王勅村人常使日日送其美水村人疲苦悉欲移避遠此村去時彼村主語諸人言汝等莫去我當爲汝白王改五由旬作三由旬使汝得近往來不疲即往白王王爲改之作三由旬衆人聞已便大歡喜有人語言此故是本五由旬更無有異雖聞此言信王語故終不肯捨世間之人亦復如是修行正法度於五道向涅槃城心生猒倦便欲捨離頓駕生死不能復進如來法王有大方便於一乘法分別說三小乘之人聞之歡喜以爲易行修善進德求度生死後聞人說無有三乘故是一道以信佛語終不肯捨如彼村人亦復如是

寶篋鏡喻 三十五

昔有一人貧窮困乏多負人債無以可償即便逃避至空曠處值篋滿中珍寶有一明鏡著珍寶上以蓋覆之貧人見已心大歡喜即便發之見鏡中人便生驚怖叉手語言我謂空篋都無所有不知有君在此篋中莫見瞋也凡夫之人亦復如是爲無量煩惱之所窮困而爲生死魔王債主之所纏著欲避生死入佛法中修行善法作諸功德如值寶篋爲身見鏡之所惑亂妄見有我即便封著謂是眞實於是墮落失諸功德禪定道品無漏諸善三乘道果一切都失如彼愚人棄於寶篋著我見者亦復如是

破五通仙眼喻　三十六

昔有一人入山學道得五通仙天眼徹視能見地中一切伏藏種種珍寶國王聞之心大歡喜便語臣言云何得使此人常在我國不餘處去使我藏中得多珍寶有一愚臣輙便往至挑仙人雙眼持來白王臣以挑眼更不得去常住是國王語臣言所以貪得仙人住者能見地中一切伏藏汝今毀眼何所復住世間之人亦復如是見他頭陀苦行山林曠野塚間樹下修四意止及不淨觀便強將來於其家中種種供養毀他善法使道果不成喪其道眼已失其利空無所獲如彼愚臣唐毀他目也

殺群牛喻　三十七

昔有一人有二百五十頭牛常驅逐水草隨時餧食時有一虎噉食一牛爾時牛主即作念言已失一牛俱不全足用是牛爲即便驅至深坑高岸排著坑底盡皆殺之凡夫愚人

亦復如是受持如來具足之戒若犯一戒不生慚愧清淨懺悔便作念言我以破一戒歸不具足何用持爲一切都破無一在者如彼愚人盡殺群牛無一在者

飲木筩水喻 三十八

昔有一人行來渴乏見木筩中有清淨流水就而飲之飲水已足即便舉手語木筩言我已飲竟水莫復來雖作是語水流如故便瞋恚言我已飲竟語汝莫來何以故來有人見之言汝大愚癡無有智慧汝何以不去語言莫來即爲挽却牽餘處去世間之人亦復如是爲生死渴愛飲五欲鹹水既爲五欲之所疲猒如彼飲足便作是言汝色聲香味莫復更來使我見也然此五欲相續不斷既見之已便復瞋恚語汝速滅莫復更生何以故來使我見之時有智人而語之言汝欲得離者當攝汝六情閉其心意妄想不生便得解脫何必不見欲使不生如彼飲水愚人等無有異

見他塗舍喻 三十九

昔有一人往至他舍見他屋舍墻壁塗治其地平正清淨甚好便問之言用何和泥得如是好主人答言用稻穀麩水浸令熟和塗泥壁故得如是愚人即便而作念言若純以稻麩不如合稻而用作之壁可白淨泥治平好便用稻穀和泥用塗其壁望得平正反更高下壁都坼裂虛棄稻穀都無利益不如惠施可得功德凡夫之人亦復如是聞聖人說法修行諸善捨此身已可得生天及以解脫便自殺身望得生天及以解脫徒自虛喪空無

可獲如彼愚人

治禿喻 四十

昔有一人頭上無毛冬則大寒夏則患熱兼爲蚊虻之所唼食晝夜受惱甚以爲苦有一醫師多諸方術時彼禿人往至其所語其醫言唯願大師爲我治之時彼醫師亦復頭禿即便脫帽示之而語之言我亦患之以爲痛苦若令我治能得差者應先自治以除其患世間之人亦復如是爲生老病死之所侵惱欲求長生不死之處聞有沙門婆羅門等世之良醫善療衆患便往其所而語之言唯願爲我除去無常生死之患常處安樂長存不變時婆羅門等即便報言我亦患此無常生老病死種種求覓長存之處終不能得今我若能使汝得者我亦應先自得令汝亦得如彼患禿之人徒自疲勞不能得差

毗舍闍鬼喻 四十一

昔有二毗舍闍鬼共有一篋一杖一屐二鬼共諍各欲得二鬼紛紜竟日不能使平時有一人來見之已而問之言此篋杖屐有何奇異汝等共諍瞋忿乃爾二鬼答言我此篋者能出一切衣服飲食牀褥卧具資生之物盡從中出執此杖者怨敵歸伏無敢與諍著此屐者能令人飛行無罣礙此人聞已即語鬼言汝等小遠我當爲汝平等分之鬼聞其語尋即遠避此人即時抱篋捉杖躡屐而飛二鬼愕然竟無所得人語鬼言爾等所諍我已得去今使爾等更無所諍毗舍闍者喻於衆魔及以外道布施如篋人天五道資用之具皆從中出禪定如杖銷伏魔怨煩惱之賊持

戒如筏必昇人天諸魔外道諍篋者喻於有漏中强求果報空無所得若能修行善行及以布施持戒禪定便得離苦獲得道果

估客駝死喻 四十二

譬如估客遊行商賈會於路中而駝卒死駝上所載多有珍寶細軟上氎種種雜物駝旣死已即剥其皮商主捨行坐二子弟而語之言好看駝皮莫使濕爛其後天雨二人頑癡盡以好氎覆此皮上氎盡濕爛皮氎之價理自懸殊以愚癡故以氎覆皮世間之人亦復如是其不殺者喻於白氎其駝皮者即喻財貨天雨濕爛喻於放逸敗壞善行不殺戒者即佛法身最上妙因然不能修但以財貨造諸塔廟供養衆僧捨根取末不求其本漂浪五道莫能自出是故行者應當精心持不殺戒

磨大石喻 四十三

譬如有人磨一大石勤加功力經歷日月作小戲牛用功旣重所期甚輕世間之人亦復如是磨大石者喻於學問精勤勞苦作小牛者喻於名聞互相是非夫爲學者研思精微博通多識宜應履行遠求勝果方求名譽憍慢貢高增長過患

食半餠喻 四十四

譬如有人因其飢故食七枚煎餠食六枚半已便得飽滿其人恚悔以手自打而作是言我今飽足由此半餠然前六餠唐自捐棄設如半餠能充足者應先食之世間之人亦復如是從本以來常無有樂然其癡倒横生樂想如彼癡人於半番餠生於飽想世人無知

以富貴爲樂夫富貴者求時甚苦既獲得巳守護亦苦後還失之憂念復苦於三時中都無有樂猶如衣食遮故名樂於辛苦中橫生樂想諸佛說言三界無安皆是大苦凡夫倒惑橫生樂想

奴守門喻 四十五

譬如有人將欲遠行勑其奴言爾好守門并看驢索其主行後時隣里家有作樂者此奴欲聽不能自安尋以索繫門置於驢上負至戲處聽其作樂奴去之後舍中財物賊盡持去大家行還問其奴言財寶所在奴便答言大家先付門驢及索自是以外非奴所知大家復言留爾守門正爲財物財物既失用於門爲生死愚人爲愛奴僕亦復如是如來教誡常護根門莫著六塵守無明驢看於愛索而諸比丘不奉佛教貪求利養詐現清白靜處而坐心意流馳貪著五欲爲色聲香味之所惑亂無明覆心愛索纏縛正念覺意道品財寶悉皆散失

偷犛牛喻 四十六

譬如一村共偷犛牛而共食之其失牛者逐跡至村喚此村人問其由狀而語之言爾在此村不偷者對曰我實無村又問爾村中有池在此池邊共食牛不答言無池又問池傍有樹不對言無樹又問偷牛之時在爾村東不對曰無東又問當爾偷牛非日中時耶對曰無中又問從何無村及以無樹何有天下無東無時知爾妄語都不可信爾偷牛食不對言實食破戒之人亦復如是覆藏罪過不肯發露死入地獄諸天善神以天眼觀不得

覆藏如彼食牛不得欺抵

貧人能作鴛鴦鳴喻　四十七

昔外國法節慶之日一切婦女盡持優鉢羅華以爲鬘飾有一貧人其婦語言爾若能得優鉢羅華來用與我爲爾作妻若不能得我捨爾去其夫先來常善能作鴛鴦之鳴即入王池作鴛鴦鳴偷優鉢羅華時守池者而作是問池中者誰而此貧人失口答言我是鴛鴦守者捉得將詣王所而於道中復更和聲作鴛鴦鳴守池者言爾先不作今作何益世間愚人亦復如是終身殘害作諸惡業不習心行使令調善臨命終時方言今我欲得修善獄卒將去付閻羅王雖欲修善亦無所及已如彼愚人欲到王所作鴛鴦鳴

野干爲折樹枝所打喻　四十八

譬如野干在於樹下風吹枝折墮其脊上即便閉目不欲看樹捨棄而走到于露地乃至日暮亦不肯來遥見風吹大樹枝柯動摇上下便言喚我尋來樹下愚癡弟子亦復如是已得出家得近師長以小訶責即便逃走復於後時遇惡知識惱亂不已方還師所如是去來是爲愚惑

小兒爭分別毛喻　四十九

昔日有二小兒入河遨戲於此水底得一把毛一小兒言此是仙鬚一小兒言此羆毛爾時河邊有一仙人此二小兒諍之不已詣彼仙所決其所疑而彼仙人尋即取米及胡麻子口中含嚼吐著掌中語小兒言我掌中者似孔雀屎而此仙人不答他問人皆知之世間愚人亦復如是說法之時戲論諸法不答

正理如彼仙人不答所問爲一切人之所嗤笑浮漫虚説亦復如是

醫治脊僂喻　五十

譬如有人卒患脊僂請醫療治醫以酥塗上下著板用力痛壓不覺雙目一時併出世間愚人亦復如是爲修福故治生估販作諸非法其事雖成利不補害將來之世入於地獄喻雙目出

百喻經卷上

音釋

氀毼氀力朱切毼音曷氀毼毛布也　䁡儒緣切目動也　貿莫候切易也　箾音同犛音茆長髦牛也　僂力主切傴僂也　𣪊音搆取牛乳也　酢倉故切酸也　齎箋西切持也　敞昌兩切辭也　壘墼壘力軌切猶疊也墼音擊土墼也　醧香句切醉怒也　售音授賣物去手也　噓欷噓音虛欷音希噓欷悲咽而抽息也　倩七政切假借使人也　餧於偽切飼也　𪌭音弋麥𪌭也　愕五各切驚愕也

百喻經卷下

蕭齊天竺三藏求那毗地譯

五人買婢共使喻一

譬如五人共買一婢其中一人語此婢言與我浣衣次有一人復語浣衣婢語次者先與其浣後者恚曰我共前人同買於汝云何獨爾即鞭十下如是五人各打十下五陰亦爾煩惱因緣合成此身而此五陰恒以生老病死無量苦惱榜笞衆生

伎人作樂喻二

譬如伎人王前作樂王許千錢後從王索王不與之王語之言汝向作樂空樂我耳我與汝錢亦樂汝耳世間果報亦復如是人中天上雖受少樂亦無有實無常敗滅不得久住如彼空樂

師患脚付二弟子喻三

譬如一師有二弟子其師患脚遣二弟子人當一脚隨時按摩其二弟子常相憎嫉一弟子行其一弟子捉其所當按摩之脚以石打折彼既來已忿其如是復捉其人所按之脚尋復打折佛法學徒亦復如是方等學者非斥小乘小乘學者復非方等故使大聖法典二途兼忘

蛇頭尾共爭在前喻四

譬如有蛇尾語頭言我應在前頭語尾言我恒在前何以卒爾頭果在前其尾纏樹不能得去放尾在前即墮火坑燒爛而死師徒弟子亦復如是言師耆老每恒在前我諸年少應爲導首如是年少不閑戒律多有所犯因即相牽入於地獄

願爲王剃鬚喻五

昔者有王有一親信於軍陣中歿命救王使得安全王大歡喜與其所願即便問言汝何所求恣汝所欲臣便答言王剃鬚時願聽我剃王言此事若適汝意聽汝所願如此愚人世人所笑半國之治大臣輔相悉皆可得乃求賤業愚人亦爾諸佛於無量劫難行苦行自致成佛若得遇佛及值遺法人身難得譬如盲龜值浮木孔此二難值今已遭遇然其意劣奉持少戒便已爲足不求涅槃勝妙法

也無心進求自行邪事便已爲足

索無物喻 六

昔有二人道中共行見有一人將故麻車在嶮路中不能得前時將車者語彼二人佐我推車出此嶮路二人答言與我何物將車者言無物與汝時此二人即佐推車至於平地語將車人言與我物來答言無物又復語言與我無物二人之中其一人者含笑而言彼不肯與何足爲愁其人答言與我無物必應有無物其一人言無物者二字共合是爲假名世俗凡夫著無物者便生無所有處其二人言無物者即是無相無願無作

蹋長者口喻 七

昔有大富長者左右之人欲取其意皆盡恭敬長者唾時左右之人以脚蹋却有一愚者不及得蹋而作是言若唾地者諸人蹋却欲唾之時我當先蹋於是長者正欲咳唾時此愚人即便舉脚蹋長者口破脣折齒長者語愚人言汝何以故蹋我脣口愚人答言若長者唾出口落地左右諂者已得蹋去我雖欲蹋每常不及以是之故唾欲出口舉脚先蹋望得汝意凡物須時時未及到强設功力反得苦惱以是之故世人當知時與非時

二子分財喻 八

昔摩羅國有一刹利得病極重必知定死誡勑二子我死之後善分財物二子隨教於其死後分作二分兄言弟分不平爾時有一野老人言教汝分物使得平等現所有物破作二分云何破之所謂衣裳中割作二分盤瓶亦復中破作二分所有瓮瓨亦破作二分錢

亦破作二分如是一切所有財物盡皆破之而作二分如是分物人所嗤笑如諸外道偏修分別論門有四種有決定答論門譬如人一切有皆死此是決定答死者必有生是應分別答愛盡者無生有愛必有生是名分別答論門有問人爲最勝不應反問言汝問三惡道爲問諸天若問三惡道人實爲最勝若問於諸天人必爲不如如是等義名反問答論門若問十四難若問世界及衆生有邊無邊有終始無終始如是等義名置答論門諸外道愚癡自以爲智慧破於四種論作一分別論喻如愚人分錢物破錢爲兩段

觀作瓶喻 九

譬如二人至陶師所觀其蹋輪而作瓦瓶看無猒足一人捨去往至大會極得美饍又獲珍寶一人觀瓶而作是言待我看訖如是漸冉乃至日沒觀瓶不已失於衣食愚人亦爾修理家務不覺非常

今日營此事　明日造彼業　諸佛大龍出
雷音遍世間　法雨無障礙　緣事故不聞
不知死卒至　失此諸佛會　不得法珍寶
常處惡道窮　背棄於正法　彼觀緣事瓶
終當無竟已　是故失法利　永無解脫時

見水底金影喻 十

昔有癡人往大池所見水底影有眞金像謂呼有金即入水中撓泥求覓疲極不得還出復坐須臾水清復現金色復更入裏撓泥更求覓亦復不得其父覓子得來見子而問子言汝何所作疲困如是子白父言水底有眞金我時投水欲撓泥取疲極不得父看水底

眞金之影而知此金在於樹上所以知之影現水底其父言曰必飛鳥銜金著於樹上即隨父語上樹求得

凡夫愚癡人　無智亦如是　於無我陰中
橫生有我想　如彼見金影　勤苦而求覓
徒勞無所得

梵天弟子造物喻 十一

婆羅門衆皆言大梵天王是世間父能造萬物造萬物主者有弟子言我亦能造萬物實是愚癡自謂有智語梵天言我欲造萬物梵天王語言莫作此意汝不能造不用天語便欲造物梵天見其弟子所造之物即語之言汝作頭太大作項極小作手太大作臂極小作脚極小作踵極大如似毗舍闍鬼以此義當知各各自業所造非梵天能造諸佛說法不著二邊亦不著斷亦不著常如似八正道說法諸外道見是斷常事已便生執著欺誑世間作法形像所說實是非法

病人食雉肉喻 十二

昔有一人病患委篤良醫占之云須恒食一種雉肉可得愈病而此病者市得一雉食之已盡更不復食醫於後時見便問之汝病愈未病者答言醫先教我恒食雉肉是故今者食一雉已盡更不敢食醫復語言若前雉已盡何不更食汝今云何止食一雉望得愈病一切外道亦復如是聞佛菩薩無上良醫說言當解心識外道等執於常見便爲過去未來現在唯是一識無有遷謝猶食一雉是故不能療其愚惑煩惱之病大智諸佛教諸外道除其常見一切諸法念念生滅何有一識

常恒不變如彼世醫教更食雉而得病愈佛亦如是教諸衆生令得解諸法壞故不常續故不斷即得滅除常見之病

伎人著戲羅刹服共相驚怖喻十三

昔乾陀衛國有諸伎人因時飢儉遂食他土經婆羅新山而此山中素饒惡鬼食人羅刹時諸伎人會宿山中山中風寒然火而卧伎人之中有患寒者著彼戲衣羅刹之服向火而坐時行伴中從睡寤者卒見火邊有一羅刹竟不諦觀捨之而走遂相驚動一切伴侣悉皆逃奔時彼伴中著羅刹衣者亦復尋逐奔馳絶走諸同行者見其在後謂欲加害倍增惶怖越度山河投赴溝壑身體傷破疲極委頓乃至天明方知非鬼一切凡夫亦復如是處於煩惱飢儉善法而欲遠求常樂我淨無上法食便於五陰之中横計於我以我見故流馳生死煩惱所逐不得自在墜墮三途惡趣溝壑至天明者喻生死夜盡智慧明曉方知五陰無有眞我

人謂故屋中有惡鬼喻十四

昔有故屋人謂此室常有惡鬼皆悉怖畏不敢寢息時有一人自謂大膽而作是言我欲入此室中寄卧一宿即入宿止後有一人自謂膽勇勝於前人復聞傍人言此室中恒有惡鬼即欲入中排門將前時先入者謂其是鬼即復推門遮不聽前在後來者復謂有鬼二人鬬諍遂至天明既相覩已方知非鬼一切世人亦復如是因緣暫會無有宰主一一推析誰是我者然諸衆生横計是非强生諍訟如彼二人等無差别

五百歡喜丸喻十五

昔有一婦荒婬無度欲情既盛嫉惡其夫每思方策頻欲殘害種種設計不得其便會值其夫聘使隣國婦密爲計造毒藥丸欲用害夫詐語夫言爾今遠使慮有乏短今我造作五百歡喜丸用爲資粮以送於爾爾若出國至他境界飢困之時乃可取食夫用其言至他界已未及食之於夜闇中止宿林間畏懼惡獸上樹避之其歡喜丸忘置樹下即以其夜值五百偷賊盜彼國王五百疋馬并及寶物來止樹下由其逃突盡皆飢渴於其樹下見歡喜丸諸賊取已各食一丸藥毒氣盛五百群賊一時俱死時樹上人至天明已見此群賊死在樹下詐以刀箭斫射死屍收其鞍馬并及財寶驅向彼國時彼國王多將人衆案乘來逐會於中路值於彼王彼王問言爾是何人何處得馬其人答言我是某國人而於道路值此群賊共相斫射五百群賊今皆一處死在樹下由是之故我得此馬及以珍寶來投王國若不見信可遣往看賊之瘡痍殺害處所王時即遣親信往看果如其言王時欣然歎未曾有既還國已厚加爵賞大賜珍寶封以聚落彼王舊臣咸生嫉妬而白王言彼是遠人未可服信如何卒爾寵遇過厚至於爵賞踰越舊臣遠人聞已而作是言誰有勇健能共我試請於平原校其伎能舊人愕然無敢敵者後時彼國大曠野中有惡師子截道殺人斷絶王路時彼舊臣詳共議之彼遠人者自謂勇健無能敵者今復若能殺彼師子爲國除害眞爲奇特作是議已便白

於王王聞是巳給賜刀仗尋即遣之爾時遠人旣受勑巳堅强其意向師子所師子見之奮激鳴吼騰躍而前遠人驚怖即便上樹師子張口仰頭向樹其人怖急失所捉刀值師子口師子尋死爾時遠人歡喜踴躍來白於王王倍寵遇時彼國人率爾敬伏咸皆讃歎其婦人歡喜丸者喻不淨施王遣使者喻善知識至他國者喻於諸天殺群賊者喻得須陀洹强斷五欲并諸煩惱遇彼國王者喻遭值賢聖國舊人等生嫉妬者喻諸外道見有智者能斷煩惱及以五欲便生誹謗言無此事遠人激厲而言舊臣無能與我共爲敵者喻於外道無敢抗衡殺師子者喻破惡魔旣斷煩惱又伏惡魔便得無著道果封賞每常怖怯者喻能以弱而制於强其施初時雖無淨心然彼其施遇善知識便獲勝報不淨之施猶尚如此況復善心歡喜布施是故應當於福田所勤心修施

長者共商人入海採寶喻 十六

昔有大長者子共諸商人入海採寶此長者子善誦入海捉船方法若入海水漩洑洄流磯激之處當如是捉如是正如是住語衆人言入海方法我悉知之衆人聞巳深信其語旣至海中未經幾時船師遇病忽然便死時長者子即便代處至洄洑駛流之中唱言當如是捉如是正船槃迴旋轉不能前進至於實所舉船商人沒水而死凡夫之人亦復如是少習禪法安般數息及不淨觀雖誦其文不解其義種種方法實無所曉自言善解妄授禪法使前人迷亂失心倒錯法相終年累

歲空無所獲如彼愚人使他沒海

夫婦食餅共爲要喻 十七

昔者夫婦有三番餅夫婦共分各食一餅餘一番在共作要言若有語者要不與餅既作要已爲一餅故各不敢語須臾有賊入家偷盜取其財物一切所有盡畢賊首夫婦二人以先要故眼看不語賊見不語即其夫前侵畧其婦其夫眼見亦復不語婦便喚賊語其夫言云何癡人爲一餅故見賊不喚其夫拍手笑言咄婢我定得餅不復與你世人聞之無不嗤笑凡夫之人亦復如是爲小名利故詐現靜默爲虛假煩惱種種惡賊之所侵畧喪其善法墜墮三塗都不怖畏求出世道方於五欲耽著嬉戲雖遭大苦不以爲患如彼愚人等無有異

共相怨害喻 十八

昔有一人共他相瞋愁憂不樂有人問言汝今何故愁悴如是即答之言有人毀我力不能報不知何方可得報之是以愁耳有人語言唯有毗陀羅呪可以害彼但有一患未及害彼反自害已其人聞已便大歡喜願但教我雖當自害要望傷彼世間之人亦復如是爲瞋恚故欲求毗陀羅呪用惱於彼竟未害他先爲瞋恚反自惱害墮於地獄畜生餓鬼如彼愚人等無差別

效其祖先急速食喻 十九

昔有一人從北天竺至南天竺住止既久即聘其女共爲夫婦時婦爲夫造設飲食夫得急呑不避其熱婦時怪之語其夫言此中無賊刼奪人者有何急事忽忽乃爾不安徐食

夫答婦言有好密事不得語爾婦聞其言謂有異法慇懃問之良久乃答我祖父已來法常速食我今效之是故疾耳世間凡夫亦復如是不達正理不知善惡作諸邪行不以爲恥而云我父祖已來作如是法至死受行終不捨離如彼愚人習其速食以爲好法

嘗菴婆羅果喻 二十

昔有一長者遣人持錢至他園中買菴婆羅果而欲食之而勑之言好甜美者汝當買來即便持錢往買其果果主言我此樹果悉皆美好無一惡者汝嘗一果足以知之買果者言我今當一一嘗之然後當取若但嘗一何以可知尋即取果一一皆嘗持來歸家長者見已惡而不食便一切都棄世間之人亦復如是聞持戒施得大富樂身常安隱無有諸患不肯信之便作是言布施得富我自得時然後可信目覩現世貴賤貧窮皆是先業所獲果報不知推一以求因果方懷不信須已自經一旦命終財物喪失如彼嘗果一切都棄

爲二婦故喪其兩目喻 二十一

昔有一人聘取二婦若近其一爲一所瞋不能裁斷便在二婦中間正身仰卧值天大雨屋舍淋漏水土俱下墮其眼中以先有要不敢起避遂令二目俱失其明世間凡夫亦復如是親近邪友習行非法造作結業墮三惡道長處生死喪智慧眼如彼愚夫爲其二婦故二眼俱失

唵米決口喻 二十二

昔有一人至婦家舍見其擣米便往其所偷

米唵之婦來見夫欲共其語滿口中米都不應和羞其婦故不肯棄之是以不語婦怪不語以手摸看謂其口腫語其父言我夫始來卒得口腫都不能語其父即便喚醫治之時醫言曰此病最重以刀決之可得差耳即便以刀決破其口米從中出其事彰露世間之人亦復如是作諸惡行犯於淨戒覆藏其過不肯發露墮於地獄畜生餓鬼如彼愚人以小羞故不肯吐米以刀決口乃顯其過

詐言馬死喻 二十三

昔有一人騎一黑馬入陣擊賊以其怖故不能戰鬭便以血汙塗其面目詐現死相臥死人中其所乘馬爲他所奪軍衆既去便欲還家即截他人白馬尾來既到舍已有人問言汝所乘馬今爲所在何以不乘答言我馬已死遂持尾來傍人語言汝馬本黑尾何以白默然無對爲人所笑世間之人亦復如是自言善好修行慈心不食酒肉然殺害衆生加諸楚毒妄自稱善無惡不造如彼愚人詐言馬死

出家凡夫貪利養喻 二十四

昔有國王設於教法諸有婆羅門等在我國内制抑洗淨不洗淨者驅令策使種種苦役有婆羅門空捉澡罐詐言洗淨人爲著水即便瀉棄便作是言我不洗淨王自洗之爲正意故用避王役妄言洗淨實不洗之出家凡夫亦復如是剃頭染衣内實毀禁詐現持戒望人利養復避王役外似沙門内實虛欺如捉空瓶但有外相

駝甕俱失喻 二十五

昔有一人先甕中盛穀駱駝入頭甕中食穀後不得出既不得出以爲憂惱有一老人來語之言汝莫愁也我教汝出汝用我語必得速出汝當斬頭自得出之即用其語以刀斬頭既復殺駝而復破甕如此癡人世人所笑凡夫愚人亦復如是希心菩提志求三乘宜持禁戒護防諸惡然爲五欲毀破淨戒既犯禁已捨離三乘縱心極意無惡不造乘及淨戒二俱捐捨如彼愚人駝甕俱失

田夫思顧王女喻　二十六

昔有田夫遊行城邑見國王女顏貌端正世所希有晝夜想念情不能已思與交通無由可遂顏色瘀黃即成重病諸所親見便問其人何故如是答親里言我昨見王女顏貌端正思與交遊不能得故是以病耳我若不得必死無疑諸親語言我當爲汝作好方便使汝得之勿得愁也後日見之便語之言我等爲汝便爲是得唯王女不欲田夫聞之欣然而笑謂呼必得世間愚人亦復如是不別時節春秋冬夏便於冬時擲種土中望得果實徒喪其功空無所獲芽莖枝葉一切都失世間愚人修習少福謂爲具足便謂善根已可證得如彼田夫希望王女

捋驢乳喻　二十七

昔邊國人不識於驢聞他說言驢乳甚美都無識者爾時諸人得一駁驢欲捋其乳諍共捉之其中有捉頭者有捉耳者有捉尾者有捉脚者復有捉器者各欲先得於前飲之中捉驢根謂呼是乳即便捋之望得其乳衆人疲猒都無所得徒自勞苦空無所獲爲一切

世人之所嗤笑外道凡夫亦復如是聞說於道不應求處妄生想念起種種邪見倮形自餓投巖赴火以是邪見墮於惡道如彼愚人妄求於乳

與兒期早行喻 二十八

昔有一人夜語兒言明當共汝至彼聚落有所取索兒聞語已至明清旦竟不問父獨往詣彼既至彼已身體疲極空無所獲又不得食飢渴欲死尋復迴還求見其父父見子來深責之言汝大愚癡無有智慧何不待我空自往來徒受其苦爲一切世人之所嗤笑凡夫之人亦復如是設得出家即剃鬚髮服三法衣不求明師諮受道法失諸禪定道品功德沙門妙果一切都失如彼愚人虛作往返徒自疲勞形似沙門實無所得

爲王負机喻 二十九

昔有一王欲入無憂園中歡娛受樂勑一臣言汝捉一机持至彼園我用坐息時彼使人羞不肯捉而白王言我不能捉我願擔之時王便以三十六机置其背上驅使擔之至於園中如是愚人爲世所笑凡夫之人亦復如是若見女人一髮在地自言持戒不肯捉之後爲煩惱所惑三十六物髮毛爪齒屎尿不淨不以爲醜三十六物一時都捉不生慚羞至死不捨如彼愚人擔負於机

倒灌喻 三十

昔有一人患下部病醫言當須倒灌乃可瘥耳便集灌具欲以灌之醫未至頃便取服之腹脹欲死不能自勝醫既來至怪其所以即便問之何故如是即答醫言向時灌藥我取

服之是故欲死醫聞是語深責之言汝大愚人不解方便即更以餘藥服之方得吐下爾乃得瘥如此愚人爲世所笑凡夫之人亦復如是欲修學禪觀種種方法應觀不淨反觀數息應數息者反觀六界顛倒上下無有根本徒喪身命爲其所困不諮良師顛倒禪法如彼愚人飲服不淨

爲羆所齧喻 三十一

昔有父子與伴共行其子入林爲羆所齧爪壞身體困急出林還至伴邊父見其子身體傷壞怪問之言汝今何故被此瘡害子報父言有一種物身毛躭毿來毀害我父執弓箭往到林間見一仙人毛髮深長便欲射之傍人語言何故射之此人無害當治有過世間愚人亦復如是爲彼雖著法服無道行者之所罵辱而濫害良善有德之人喻如彼父羆傷其子而枉加神仙

以種田喻 三十二

昔有野人來至田里見好麥苗生長鬱茂問麥主言云何能令是麥茂好其主答言平治其地兼加糞水故得如是彼人即便依法用之即以水糞調和其田下種於地畏其自脚蹈地令堅其麥不生我當坐一牀上使人轝之於上散種爾乃好耳即使四人人擎一脚至田散種地堅逾甚爲人嗤笑恐以二足更增八足凡夫之人亦復如是既修戒田善芽將生應當師諮受行教誡令法芽生而反違犯多作諸惡使使戒芽不生喻如彼人畏其二足倒加其八

獼猴喻 三十三

昔有一獼猴爲大人所打不能柰何反怨小兒凡夫愚人亦復如是先所瞋人代謝不停滅在過去及於相續後生之法謂是前者妄生瞋忿毒恚彌深如彼癡猴爲大人所打反瞋小兒

月蝕打狗喻 三十四

昔阿修羅王見日月明淨以手障之無智常人狗無罪咎橫加於惡凡夫亦爾貪瞋愚癡橫苦其身卧棘刺上五熱炙身如彼月蝕枉橫打狗

女婦患眼痛喻 三十五

昔有一女人極患眼痛有知識女人問言汝眼痛耶答言眼痛彼女復言有眼必痛我雖眼未痛並欲挑眼恐其後痛傍人語言眼若在者或痛不痛眼若無者終身長痛凡愚之人亦復如是聞富貴者衰患之本畏不布施恐後得報財物殷溢重受苦惱有人語言汝若施者或苦或樂若不施者貧窮大苦如彼女人不忍近痛便欲去眼乃爲長痛

父取兒耳璫喻 三十六

昔有父子二人緣事共行路賊卒起欲來剥之其兒耳中有眞金璫其父見賊卒發畏失耳璫即便以手挽之耳不時決爲耳璫故便斬兒頭須臾之間賊便棄去還以兒頭著於肩上不可平復如是愚人爲世間所笑凡夫之人亦復如是爲名利故造作戲論言無二世有二世無中陰有中陰無心數法有心數法無種種妄想不得法實他人以如法論破其所說便言我論中都無是說如是愚人爲小名利便故妄語喪沙門道果身壞命終墮

三惡道如彼愚人爲少利故斬其兒頭

劫盜分財喻 三十七

昔有群賊共行劫盜多取財物即共分之等以爲分唯有鹿野欽婆羅色不純好以爲下分與最劣者下劣者得之恚恨謂呼大失至城賣之諸貴長者多與其價一人所得倍於衆伴方乃歡喜勇悅無量猶如世人不知布施有報無報而行少施得生天上受無量樂方更悔恨悔不廣施如欽婆羅後得大價乃生歡喜施亦如是少作多得爾乃自慶恨不益爲

獼猴把豆喻 三十八

昔有一獼猴持一把豆誤落一豆在地便捨手中豆欲覓其一未得一豆先所捨者雞鴨食盡凡夫出家亦復如是初毀一戒而不能悔已不悔故放逸滋蔓一切都捨如彼獼猴失其一豆一切都棄

得金鼠狼喻 三十九

昔有一人在路而行道中得一金鼠狼心生喜踊持置懷中涉道而進至水欲渡脫衣置地尋時金鼠變爲毒蛇此人深思寧爲毒蛇螫殺要當懷去心至冥感還化爲金傍邊愚人見其毒蛇變成眞寶謂爲恒爾復取毒蛇内著懷裏即爲毒蛇之所蛆螫喪身殞命世間愚人亦復如是見善獲利内無眞心但爲利養來附於法命終之後墮在惡處如捉毒蛇被螫而死

地得金錢喻 四十

昔有貧人在路而行道中偶得一囊金錢心大喜踊即便數之數未能周金主忽至盡還

奪錢其人當時悔不疾去懊恨之情甚爲極苦遇佛法者亦復如是雖得值遇三寶福田不勤方便修行善業忽爾命終墮三惡道如彼愚人還爲其主奪錢而去如偈所說

今日營此業　明日造彼事　樂著不觀苦不覺死賊至　忽忽營衆務　凡人無不爾如彼數金錢　其事亦如是

貧人欲與富者等財物喻四十一

昔有一貧人有少財物見大富者意欲共等不能等故雖有少財欲棄水中傍人語言此物雖尠可得延君性命數日何故捨棄擲著水中世間愚人亦復如是雖復出家少得利養心有希望常懷不足不能得與高德者等獲其利養見他宿舊有德之人素有多聞多衆供養意欲等之不能等故心懷憂苦便欲罷道如彼愚人欲等富者自棄己財

小兒得歡喜丸喻四十二

昔有一乳母抱兒涉路行道疲極睡眠不覺時有一人持歡喜丸授與小兒小兒得已貪其美味不顧身物此人即時解其鉗鏁瓔珞衣物都盡持去比丘亦爾樂在衆務憒鬧之處貪少利養爲煩惱賊奪其功德戒寶瓔珞如彼小兒貪少味故一切所有賊盡持去

老母捉羆喻四十三

昔有一老母在樹下卧羆欲來搏爾時老母繞樹走避羆尋後逐一手抱樹欲捉老母老母得急即時合樹捺羆兩手羆不能動便有異人來至其所老母語言汝共我捉殺分其肉時彼人者信老母語即時共捉既捉之已老母即便捨羆而走其人於後爲羆所困如

是愚人爲世所笑凡夫之人亦復如是作諸
異論既不善好文辭繁重多有諸病竟不成
訖便捨終亡後人捉之欲爲解釋不達其意
反爲其困如彼愚人代他捉羆反自被害

摩尼水竇喻四十四

昔有一人與他婦通交通未竟夫從外來即
便覺之住於門外伺其出時便欲殺害婦語
人言我夫已覺更無出處唯有摩尼可以得
出胡以水竇名爲摩尼欲令其人從水竇出
其人錯解謂摩尼珠所在求覓而不知處即
作是言不見摩尼珠我終不去須臾之間爲
其所殺凡夫之人亦復如是有人語言生死
之中無常苦空無我離斷常二邊處於中道
於此中過可得解脫凡夫錯解便求世界有
邊無邊及以衆生有我無我竟不能觀中道
之理忽然命終爲於無常之所殺害墮三惡
道如彼愚人推求摩尼爲他所害

二鴿喻四十五

昔有雄雌二鴿共同一巢秋果熟時取果滿
巢於其後時果乾減少唯半巢在雄瞋雌言
取果勤苦汝獨食之唯有半在雌鴿答言我
不獨食果自減少雄鴿不信瞋恚而言非汝
獨食何由減少即便以嘴啄雌鴿殺未經幾
日天降大雨果得濕潤還復如故雄鴿見已
方生悔恨彼實不食我妄殺他即悲鳴命喚
雌鴿汝何處去凡夫之人亦復如是顛倒在
懷妄取欲樂不觀無常犯於重禁悔之於後
將何所及後雖悲歎如彼愚鴿

詐稱眼盲喻四十六

昔有工匠師爲王作務不堪其苦詐言眼盲

便得脱苦有餘作師聞之便欲自壞其目用避苦役有人語言汝何以自毀徒受其苦如是愚人爲世人所笑凡夫之人亦復如是爲少名譽及以利養便故妄語毀壞淨戒身死命終墮三惡道如彼愚人爲少利故自壞其目

爲惡賊所劫失氎喻 四十七

昔有二人爲伴共行曠野一人披一領氎中路爲賊所剥一人逃避走入草中其失氎者先於氎頭裹一金錢便語賊言此衣適可直一枚金錢我今求以一枚金錢而用贖之賊言金錢今在何處即便氎頭解取示之而語賊言此是真金若不信我語今此草中有好金師可往問之賊既見已復取其衣如是愚人氎與金錢一切都失自失其利復使彼失凡夫之人亦復如是修行道品作諸功德爲煩惱賊之所劫掠失其善法喪諸功德不但自失其利復使餘人失其道業身壞命終墮三惡道如彼愚人彼此俱失

小兒得大龜喻 四十八

昔有一小兒陸地遊戲得一大龜意欲殺之不知方便而問人言云何得殺有人語言汝但擲置水中即時可殺爾時小兒信其語故即擲水中龜得水已即便走去凡夫之人亦復如是欲守護六根修諸功德不解方便而問人言作何因緣而得解脱邪見外道天魔波旬及惡知識而語之言汝但極意六塵恣情五欲如我語者必得解脱如是愚人不諦思惟便用其語身壞命終墮三惡道如彼小兒擲龜水中

此論我所造　和合喜笑語　多損正實說
觀義應不應　如似苦毒藥　和合爲石蜜
藥爲破壞病　此論亦如是　正法中戲笑
譬如彼狂藥　佛正法寂定　明照於世間
如服吐下藥　以酥潤體中　我今以此義
顯發於寂定　如阿伽陀藥　樹葉而裹之
取藥塗毒竟　樹葉還棄之　戲笑如藥裹
實義在其中　智者取正義　戲笑便應棄

尊者僧伽斯那造作癡華鬘竟

百喻經卷下

音釋

捋郎括切手搆取也　蝕音食虧也　榜笞榜蒲庚切擊也笞超之切捶也　瓫瓨瓫蒲奔切缶也瓨戶江切長頸罌也　漩洑漩旬宣切洑房六切漩洑洄流也　摸音莫　腫之隴切　瘀依據切氣血壅塞也　駁扶雨切牡馬也　瘥楚懈切病除也　毿蘇含切長毛貌　嗺音嘴喙也

法句經

吳天竺沙門維祇難等譯

清刻龍藏佛說法變相圖

法句經序

曇鉢偈者衆經之要義曇之言法鉢者句也而法句經別有數部有九百偈或七百偈及五百偈偈者經語猶詩頌也是佛見事而作非一時言各有本末布在諸經佛一切智厥性大仁愍傷天下出興于世開現道義所以解人九十二部經總括其要別爲數部四部阿鋡佛去世後阿難所傳卷無大小皆稱聞如是處佛所在究暢其說是後五部沙門各自鈔衆經中四句六句之偈比次其義條別爲品於十二部經靡不斟酌無所適名故曰法句夫諸經爲法言法句者猶法言也近世葛氏傳七百偈偈義致深譯人出之頗使其渾惟佛難值其法難聞又諸佛興皆在天竺天竺言語與漢異音云其書爲天書語爲天

語名物不同傳實不易唯昔藍調安侯世高都尉佛調譯梵爲晉實得其體斯已難繼後之傳者雖不能審猶尚貴其實粗得大趣始者維衹難出自天竺以黄武三年來適武昌僕從受此五百偈本請其同道竺將炎爲譯將炎雖善天竺語未備曉漢其所傳言或得梵語或以義出音近質直僕初嫌其爲詞不雅維衹難曰佛言依其義不用飾取其法不以嚴其傳經者令易曉勿失厥義是則爲善座中咸曰老氏稱美言不信信言不美仲尼亦云書不盡言言不盡意明聖人意深邃無極今傳梵義實宜徑達是以自偈受譯人口因順本旨不加文飾譯所不解即闕不傳故有脱失多不出者然此雖詞朴而旨深文約而義博事均衆經章有本故句有義說其在天竺始進業者不學法句謂之越序此乃始進者之鴻漸深入者之奥藏也可以啓蒙辯惑誘人自立學之功微而所包者廣寔可謂妙要也哉昔傳此時有所不出會將炎來更從諮問受此偈等復得十三品并校往古有所增定第其品目合爲一部三十九篇大凡偈七百五十二章都九一萬四千五百八十字庶有補益共廣聞焉

法句經卷上

尊者法救撰

吳天竺沙門維祇難等譯

無常品第一

二十有一章無常品者寤欲昏亂榮命難保

惟道是眞

睡眠解寤 宜歡喜思 聽我所説 撰集佛言
所行非常 謂興衰法 夫生輙死 此滅爲樂
譬如陶家 埏埴作器 一切要壞 人命亦然
如河駛流 往而不返 人命如是 逝者不還
譬人操杖 行牧食牛 老死猶然 亦養命一
千百非一 族姓男女 貯聚財產 無不衰喪
生者日夜 命自攻削 壽之消盡 如熒穽水
常者皆盡 高者亦墮 合會有離 生者有死
衆生相剋 以喪其命 隨行所墮 自受殃福
老見苦痛 死則意去 樂家縛獄 貪世不斷
咄嗟老至 色變作耄 少時如意 老見蹈藉
雖壽百歲 亦死過去 爲老所壓 病條至際
是日已過 命則隨減 如少水魚 斯有何樂
老則色衰 所病自壞 形敗腐朽 命終其然
是身何用 恒漏臭處 爲病所困 有老死患
嗜欲自恣 非法是增 不見聞變 壽命無常
非有子恃 亦非父兄 爲死所迫 無親可怙
晝夜慢惰 老不止婬 有財不施 不受佛言
有此四蔽 爲自侵欺
非空非海中 非入山石間 無有地方所
脱之不受死 是務是吾作 當作令致是
人爲此躁擾 履踐老死憂 知此能自靜
如是見生盡 比丘厭魔兵 從生死得度

教學品第二

二十有九章教學品者導以所行釋已愚暗得見道明

咄起何為寐　蛹螺蚌蠹類　隱蔽以不淨
迷惑計為身　焉有被斫瘡　心而嬰疾痛
遘于衆厄難　而反為用眠　思而不放逸
為人學仁迹　從是無有憂　常念自滅意
正見學務增　是為世間明　所生福千倍
終不墮惡道

莫學小道　以信邪見　莫習放蕩　令增欲意
善修法行　學誦莫犯　行道無憂　世世常安
敏學攝身　常慎思言　是到不死　行滅得安
非務勿學　是務宜行　已知可念　則漏得滅
見法利身　夫到善方　知利建行　是謂賢明
起覺義者　學滅以固　著滅自恣　損而不興
是向以强　是學得中　從此解義　宜憶念行
學先斷母　率君二臣　廢諸營從　是上道人
學無朋類　不得善友　寧獨守善　不與愚偕
樂戒學行　奚用伴為　獨善無憂　如空野象
戒聞俱善　二者孰賢　方戒稱聞　宜諦學行
學先護戒　關閉必固　施而無受　力行勿臥

若人壽百歲　邪學志不善　不如生一日
精進受正法　若人壽百歲　奉火修異術
不如須臾敬　事戒者福勝　能行說之可
不能勿空語　虛偽無誠信　智者所屏棄
學當先求解　觀察別是非　受諦能誨彼
慧然不復惑　被髮學邪道　草衣內貪濁
矇矇不識眞　如聾聽五音　覺能捨三惡
以藥消衆毒　健夫度生死　如蛇脫故皮

學而多聞　持戒不失　兩世見譽　所願者得
學而寡聞　持戒不完　兩世受痛　喪其本願

夫學有二 常親多聞 安諦解義 雖困不邪
稊稗害禾 多欲妨學 耘除衆惡 成收必多
慮而後言 辭不强梁 法說義說 言而莫違
善學無犯 畏法曉忌 見微知著 戒無後患
遠捨罪福 務成梵行 終身自攝 是名善學

多聞品第三

十有九章多聞品者亦勸文學積聞成聖自致正覺

多聞能持固 奉法爲垣墻 精進難踰毀
從是戒慧成 多聞令志明 已明智慧增
智則博解義 見義行法安 多聞能除憂
能以定爲歡 善說甘露法 自致得泥洹
聞爲知律法 解疑亦見正 從聞捨非法
行到不死處 爲能師見道 解疑令學明
亦興清淨本 能奉持法藏 能攝爲解義
解則戒不穿 受法猗法者 從是疾得安
若多少有聞 自大以憍人 是如盲執燭
照彼不自明 夫求爵位財 尊貴昇天福
辯決世間悍 斯聞爲第一 帝王聘禮聞
天上天亦然 聞爲第一藏 最富旖力强
智者爲聞屈 好道者亦樂 王者盡心事
雖釋梵亦然 仙人尚敬聞 況貴巨富人
是以慧爲貴 可禮無過是 事日爲明故
事父爲息故 事君以力故 聞故事道人
人爲命事醫 欲勝依豪强 法在智慧處
福行世世明 察友在爲謀 別伴在急時
觀妻在房樂 欲知智在說 聞爲今世利
妻子昆弟友 亦致後世福 積聞成聖智
是能散憂患 亦除不祥衰 欲得安隱吉
當事多聞者 斫瘡無過憂 射箭無過愚

是壯莫能拔　唯從多聞除　盲從是得眼
闇者從得燭　示導世間人　如目將無目
是故可捨癡　離慢豪富樂　務學事聞者
是名積聚德

篤信品第四

十有八章篤信品者立道之根果於見正行不回顧

信慚戒意財　是法雅意譽　斯道明智說
如是昇天世　愚不修天行　亦不譽布施
信施助善者　從是到彼安　信者眞人長
念法所信安　近者意得上　智壽壽中賢
信能得道　法致滅度　從聞得智　所到有明
信能度淵　攝爲船師　精進除苦　慧到彼岸
士有信行　爲聖所譽　樂無爲者　一切縛解
信之與戒　慧意能行　健夫度恚　從是脫淵
信使戒誠　亦受智慧　在在能行　處處見養
比方世利　慧信爲明　是財上寶　家產非常
欲見諸眞　樂聽講法　能捨慳垢　此之爲信
信能渡河　其福難奪　能禁止盜　野沙門樂
無信不習　好剥正言　如拙取水　掘泉揚泥
賢夫習智　樂仰清流　如善取水　思令不擾
信不染他　唯賢與人　可好則學　非好則遠
信爲我輿　莫知我載　如大象調　自調最勝
信財戒財　慚愧亦財　聞財施財　慧爲七財
從信守戒　常淨觀法　慧而履行　奉教不忘
生有此財　不問男女　終已不貧　賢者識眞

戒愼品第五

十有六章戒愼品者授與善道禁制邪非後無所悔也

人而常清　奉律至終　淨修善行　如是戒成

慧人護戒　福致三寶　名聞得利　後上天樂
常見法處　護戒爲明　得成眞見　輩中吉祥
持戒者安　令身無惱　夜卧恬惔　寤則常歡
修戒布施　作福爲福　從是適彼　常到安處
何終爲善　何善安止　何爲人寶　何盜不取
戒終老安　戒善安止　慧爲人寶　福盜不取
比丘立戒　守攝諸根　食知自節　悟意令應
以戒降心　守意正定　內學止觀　無忘正智
明哲守戒　內思正智　行道如應　自清除苦
蠲除諸垢　盡慢勿生　終身求法　勿暫離聖
戒定慧解　是當善惟　都已離垢　無禍除有
着解則度　餘不復生　越諸魔界　如日清明
狂惑自恣　已常外避　戒定慧行　求滿勿離
持戒清淨　心不自恣　正智已解　不覩邪部
是往吉處　爲無上道　亦捨非道　離諸魔界

惟念品第六

十有二章惟念品者守微之始內思安般必解道紀

出息入息念　具滿諦思惟　從初竟適利
安和佛所說　是則照世間　如雲解月現
起止學思惟　坐卧不廢忘　比丘立是念
前利後則好　始得終必勝　誓不覩生死
若現身所念　六更以爲最　比丘常一心
便自知泥洹　已有是諸念　自身常健行
若其不如是　終不得意行　是隨本行者
如是度愛勞　若能悟意念　知解一心樂
應時等行法　是度生死惱　比丘悟意行
當令應是念　諸欲生死棄　爲能作苦際
常當聽微妙　自覺悟其意　能覺者爲賢
終始無所會　以覺意能應　日夜務學行

當解甘露要　令諸漏得盡　夫人得善利
乃來自歸佛　是故當晝夜　常念佛法衆
已知自覺意　是爲佛弟子　常當晝夜念
佛與法及僧　念身念非常　念戒布施德
空不願無相　晝夜當念是

慈仁品第七

十有九章慈仁品者是謂大仁聖人所履德普無量

爲人不殺　常能攝身　是處不死　所適無患
不殺爲人　慎言守心　是處不死　所適無患
彼亂已整　守以慈仁　見怒能忍　是爲梵行
至誠安徐　口無麤言　不瞋彼所　是謂梵行
垂拱無爲　不害衆生　無所嬈惱　是應梵行
常以慈哀　淨如佛教　知足知止　是度生死
少欲好學　不惑於利　仁而不犯　世上所稱
仁壽無犯　不興變狀　人爲諍擾　慧以嘿安
普愛賢友　哀加衆生　常行慈心　所適者安
仁儒不邪　安止無憂　上天衞之　智者樂慈
晝夜念慈　心無剋伐　不害衆生　是行無仇
不慈則殺　違戒言安　愚不施與　不觀衆生
酒致失志　爲放逸行　後墮惡道　無修不眞
履仁行慈　博愛濟衆　有十一譽　福常隨身
卧安覺安　不見惡夢　天護人愛　不毒不兵
水火不喪　在所得利　死昇梵天　是爲十一
若念慈心　無量不廢　生死漸薄　得利度世
仁無亂志　慈最可行　愍傷衆生　此福無量
假令盡壽命　勤事天下神　象馬以祠天
不如行一慈

言語品第八

十有二章言語品者所以戒口發說談論當

用道理
惡言罵詈 憍陵蔑人 興起是行 疾怨滋生
遜言順辭 尊敬於人 棄結忍惡 疾怨自滅
夫士之生 斧在口中 所以斬身 由其惡言
諍爲少利 如掩失財 從彼致諍 令意向惡
譽惡惡所譽 是二俱爲惡 好以口噲鬬
是後皆無安 無道墮惡道 自增地獄苦
遠愚修忍意 念諦則無犯 從善得解脫
爲惡不得解 善解者爲賢 是爲脫惡惱
解自挹損惡 不躁言得中 義說如法說
是言柔軟甘 是以言語者 必使己無患
亦不尅衆人 是爲能善言 言使意投可
亦令得歡喜 不使至惡意 出言衆悉可
至誠甘露說 如法而無過 諦如義如法
是爲近道立 說如佛言者 是吉得滅度
爲能作法際 是謂言中上

雙要品第九

二十有二章雙要品者兩兩相明善惡有對舉義不單

心爲法本 心尊心使 中心念惡 即言即行
罪苦自追 車轢于轍 心爲法本 心尊心使
中心念善 即言即行 福樂自追 如影隨形
隨亂意行 拘愚入冥 自大無法 何解善言
隨正意行 開解清明 不爲妬嫉 慇達善言
慍於怨者 未嘗無怨 不慍自除 是道可宗
不好責彼 務自省身 如有知此 永滅無患
行見身淨 不攝諸根 飲食不節 慢墮怯弱
爲邪所制 如風靡草 觀身不淨 能攝諸根
食知節度 常樂精進 不爲邪動 如風大山
不吐毒態 欲心馳騁 未能自調 不應法衣

能吐毒態 戒意安靜 降心已調 此應法衣
以眞爲僞 以僞爲眞 是爲邪計 不得眞利
知眞爲眞 見僞知僞 是爲正計 必得眞利
蓋屋不密 天雨則漏 意不惟行 婬泆爲穿
蓋屋善密 雨則不漏 攝意惟行 婬泆不生
鄙夫染人 如近臭物 漸迷習非 不覺成惡
賢夫染人 如附香熏 進智習善 行成潔芳
造憂後憂 行惡兩憂 彼憂惟懼 見罪心懅
造喜後喜 行善兩喜 彼喜惟歡 見福心安
今悔後悔 爲惡兩悔 厥爲自殃 受罪熱惱
今歡後歡 爲善兩歡 厥爲自祐 受福悦豫
巧言多求 放蕩無戒 懷婬怒癡 不惟止觀
聚如群牛 非佛弟子 時言少求 行道如法
除婬怒癡 覺正意解 見對不起 是佛弟子

放逸品第十

有二十章放逸品者引律戒情防邪撿失以道勸賢

戒爲甘露道 放逸爲死徑 不貪則不死
失道爲自喪 慧智守道勝 終不爲放逸
不貪致歡喜 從是得道樂 常當惟念道
自强守正行 健者得度世 吉祥無有上
正念常興起 行淨惡易滅 自制以法壽
不犯善名增 發行不放逸 約已自調心
慧能作錠明 不返冥淵中 愚人意難解
貪亂好諍訟 上智當重慎 護斯爲寶尊
莫貪莫好諍 亦莫嗜欲樂 思心不放逸
可以獲大安 放逸如自禁 能覺之爲賢
已昇智慧閣 去危爲即安 明智觀於愚
譬如山與地 居亂而身正 彼爲獨覺悟
是力過師子 棄惡爲大智 睡眠重若山

癡冥爲所蔽　安卧不計苦　是以常受胎
不爲時自恣　能制漏得盡　自恣魔得便
如師子搏鹿　能不自恣者　是爲戒比丘
彼思正静者　常當自護心　比丘謹慎樂
放逸多憂愆　變諍小致大　積惡入火焚
守戒福致喜　犯戒有懼心　能斷三界漏
此乃近泥洹
若前放逸　後能自禁　是照世間　念定其宜
過失爲惡　追覆以善　是照世間　念善其宜
少壯捨家　盛修佛教　是照世間　如月雲消
人前爲惡　後止不犯　是照世間　如月雲消
生不施惱　死時不慼　是見道悍　應中勿憂
斷濁黑法　學惟清白　度淵不反　棄倚行止
不復染樂　欲斷無憂

心意品第十一

十有二章心意品者說意精神雖空無形造作無端

意駛於響　難護難禁　慧正其本　其明乃大
輕躁難持　唯欲是從　制意爲善　自調則寧
意微難見　隨欲而行　慧常自護　能守即安
獨行遠逝　寢藏無形　損意近道　魔繫乃解
心無住息　亦不知法　迷於世事　無有正智
念無適止　不絶無邊　福能遏惡　覺者爲賢
佛說心法　雖微非眞　當覺逸意　莫隨放心
見法最安　所願得成　慧護微意　斷苦因緣
有身不久　皆當歸土　形壞神去　寄住何貪
心務造處　住來無端　念多邪僻　自爲招患
是意自造　非父母爲　可勉向正　爲福勿回
藏六如龜　防意如城　慧與魔戰　勝則無患

華香品第十二

十有七章華香品者明學當行因華見實使僞反眞

孰能擇地 捨監取天 誰說法句 如擇善華

學者擇地 捨監取天 善說法句 能採德華

知世坏喻 幻法忽有 斷魔華敷 不覩死生

見身如沫 幻法自然 斷魔華敷 不覩死生

身病則痿 若華零落 死命來至 如水湍驟

貪欲無厭 消散人念 邪致之財 爲自侵欺

如蜂集華 不嬈色香 但取味去 仁入聚然

不務觀彼 作與不作 常自省身 知正不正

如可意華 色好無香 吾語如是 不行無得

如可意華 色美且香 吾語有行 必得其福

多作寶華 結步搖奇 廣積德香 所生轉好

奇草芳花 不逆風熏 近道敷開 德人遍香

栴檀多香 青蓮芳花 雖曰是眞 不如戒香

華香氣微 不可謂眞 持戒之香 到大殊勝

戒具成就 行無放逸 定意度脫 長離魔道

如作田溝 近于大道 中生蓮華 香潔可意

有生死然 凡夫處邊 慧者樂出 爲佛弟子

闇愚品第十三

二十有一章闇愚品者將以開矇故陳其然欲使闚明

不寐夜長 疲倦道長 愚生死長 莫知正法

癡意常冥 逝如流川 在一行疆 獨而無偶

愚人着數 憂慼久長 與愚居苦 於我由怨

有子有財 愚惟汲汲 我且非我 何有子財

暑當止此 寒當止此 愚多預慮 莫知來變

愚曚愚極 自謂我智 愚而勝智 是謂極愚

頑闇近智 如瓢斟味 雖久狎習 猶不知法

開達近智 如舌嘗味 雖須臾習 即解道要

愚人施行　爲身招患　快心作惡　自致重殃
行爲不善　退見悔吝　致涕流面　報由宿習
行爲德善　進覩歡喜　應來受福　喜笑玩習
過罪未熟　愚以恬惔　至其熟時　自受大罪
愚所望處　不謂適苦　臨墮厄地　乃知不善
愚憃作惡　不能自解　殃追自焚　罪成熾然
愚好美食　日月滋甚　於十六分　未一思法
愚生念慮　至終無利　自招刀杖　報有印章
觀處知其愚　不施而廣求　所墮無道智
往往有惡行　遠道近欲者　爲食在學名
貪倚家居故　多取供異姓　學莫墮二望
莫作家沙門　貪家違聖教　爲後自匱乏
此行與愚同　但令欲慢增　利求之願異
求道意亦異　是以有識者　出爲佛弟子
棄愛捨世習　終不墮生死

明哲品第十四

十有七章明哲品者學念行者修福進道法爲明鏡

深觀善惡　心知畏忌　畏而不犯　終吉無憂
故世有福　念思紹行　善致其願　福祿轉勝
信善作福　積行不厭　信知陰德　久而必彰
常避無義　不親愚人　思從賢友　狎附上士
喜法臥安　心悅意清　聖人演法　慧常樂行
仁人智者　齋戒奉道　如星中月　照明世間
弓工調角　水人調船　巧匠調木　智者調身
譬如厚石　風不能移　智者意重　毀譽不傾
譬如深淵　澄靜清明　慧人聞道　心淨歡然
大人體無欲　在所昭然明　雖或遭苦樂
不高現其智　大賢無世事　不願子財國
常守戒慧道　不貪邪富貴　智人知動搖

譬如沙中樹　多有志求強　隨色染其素
世皆没淵　尠克度岸　如或有人　欲度必奔
誠貪道者　攬受正教　此近彼岸　脱死爲上
斷五陰法　靜思智慧　不反入淵　棄倚其明
抑制情欲　絶樂無爲　能自拯濟　使意爲慧
學取正智　意惟正道　一心受諦　不起爲樂
漏盡習除　是得度世

羅漢品第十五

有十章羅漢品者應眞人性脱欲無着心不渝變

去離憂患　脱於一切　縛結已解　冷而無煗
心淨得念　無所貪樂　已度癡淵　如鴈棄池
量腹而食　無所藏積　心空無想　度衆行地
如空中鳥　遠逝無礙　世間習盡　不復仰食
虚心無患　已致脱處　譬如飛鳥　暫下輒逝
制根從正　如馬調御　捨憍慢習　爲天所敬
不怒如地　不動如山　眞人無垢　生死世絶
心已休息　言行亦止　從正解脱　寂然歸滅
棄欲無着　缺三界障　婬意已絶　是謂上人
在聚在野　平地高岸　應眞所過　莫不蒙祐
彼樂空閑　衆人不能　快哉無婬　無所欲求

述千品第十六

十有六章述千品者示學者徑多而不要不如約明

雖誦千言　句義不正　不如一要　聞可滅意
雖誦千言　不義何益　不如一義　聞行可度
雖多誦經　不解何益　解一法句　行可得道
千千爲敵　一夫勝之　未若自勝　爲戰中上
自勝最賢　故曰人雄　護意調身　日損至終
雖曰尊天　神魔梵釋　皆莫能勝　自勝之人

月千反祠 終身不輟 不如須臾 一心念法
一念造福 勝彼終身 雖終百歲 奉事火祠
不如須臾 供養三尊 一供養福 勝彼百千
祭神以求福 從後望其報 四分未望一
不如禮賢者 能善行禮節 常敬長老者
四福自然增 色力壽而安 若人壽百歲
遠正不持戒 不如生一日 守戒正意禪
若人壽百歲 邪僞無有智 不如生一日
一心學正智 若人壽百歲 懈怠不精進
不如生一日 勉力行精進 若人壽百歲
不知成敗事 不如生一日 見微知所忌
若人壽百歲 不見甘露道 不如生一日
服行甘露味 若人壽百歲 不知大道義
不如生一日 學惟佛法要

惡行品第十七

二十有二章惡行品者感切惡人動有罪報不得無患

見善不從 反隨惡心 求福不正 反樂邪婬
凡人爲惡 不能自覺 愚癡快意 令後鬱毒
凶人行虐 沉漸數數 快欲爲之 罪報自然
吉人行德 相隨積增 甘心爲之 福應自然
妖孽見福 其惡未熟 至其惡熟 自受罪酷
禎祥見禍 其善未熟 至其善熟 必受其福
擊人得擊 行怨得怨 罵人得罵 施怒得怒
世人無聞 不知正法 生此壽少 何宜爲惡
莫輕小惡 以爲無殃 水滴雖微 漸盈大器
凡罪充滿 從小積成 莫輕小善 以爲無福
水滴雖微 漸盈大器 凡福充滿 從纖纖積
夫士爲行 好之與惡 各自爲身 終不敗亡
好取之士 自以爲可 沒取彼者 人亦沒之

惡不即時　如搾牛乳　罪在陰伺　如灰覆火
戲笑爲惡　已作身行　號泣受報　隨行罪至
作惡不起　如兵所截　牽往乃知　已墮惡行
後受苦報　如前所習　如毒摩瘡　船入洄澓
惡行流衍　靡不傷尅
如惡誣罔人　清白猶不汙　愚殃反自及
如塵逆風坌　過失犯非惡　能追悔爲善
是明照世間　如日無雲曀　大士以所行
然後身自見　爲善則得善　爲惡則得惡
有識墮胞胎　惡者入地獄　行善上昇天
無爲得泥洹　非空非海中　非隱山石間
莫能於此處　避免宿惡殃　衆生有苦惱
不得免老死　唯有仁智者　不念人非惡

刀杖品第十八

十有四章刀杖品者教習慈仁無行刀杖賊害衆生

一切皆懼死　莫不畏杖痛　恕己可爲譬
勿殺勿行杖　能常安群生　不加諸楚毒
現世不逢害　後世長安隱
不當麤言　言當畏報　惡往禍來　刀杖歸軀
出言以善　如叩衆磬　身無議論　度世則易
枉杖良善　妄讒無罪　其殃十倍　灾仇無赦
生受酷痛　形體毀析　自然惱病　失意恍惚
人所誣枉　或縣官厄　財産耗盡　親戚離別
舍宅所有　灾火焚燒　死入地獄　如是爲十
雖裸剪髮　被服草衣　沐浴踞石　柰疑結何
不伐殺燒　亦不求勝　仁愛天下　所適無怨
世儻有人　能知慚愧　是名誘進　如策良馬
如策善馬　進道能遠　人有信戒　定意精進
受道慧成　便滅衆苦

自嚴以修法　滅損受淨行　杖不加群生
是沙門道人　無害於天下　終身不遇害
常慈於一切　孰能以爲怨

老耄品第十九

十有四章老耄品者誨人勤力不與命競老
悔何益

何喜何笑　念常熾然　深蔽幽冥　不如求定
見身形範　倚以爲安　多想致病　豈知不眞
老則色衰　病無光澤　皮緩肌縮　死命近促
身死神徙　如御棄車　肉消骨散　身何可怙
身爲如城　骨幹肉塗　生至老死　但藏恚慢
老如形變　喻如故車　法能除苦　宜以力學
人之無聞　老若特牛　但長肌肥　無有智慧
生死無聊　往來艱難　意倚貪身　生苦無端
慧以見苦　是故棄身　滅意斷行　愛盡無生
不修梵行　又不富財　老如白鷺　守伺空池
既不守戒　又不積財　老羸氣竭　思故何逮
老如秋葉　行穢襤褸　命疾脫生　不用後悔
命欲日夜盡　及時可勤力　世間諦非常
莫惑墮冥中　當學燃意燈　自練求智慧
離垢勿染汙　執燭觀道地

愛身品第二十

十有四章愛身品者所以勸學終有益已滅
罪興福

自愛身者　愼護所守　希望欲解　學正不寐
身爲第一　常自勉學　利乃誨人　不倦則智
學先自正　如後正人　調身入慧　必遷爲上
身不能利　安能利人　心調體正　何願不至
本我所造　後我自受　爲惡自更　如鋼鑽珠
人不持戒　滋蔓如藤　逞情極欲　惡行日增

惡行危身　愚以爲易　善最安身　愚以爲難
如眞人教　以道活身　愚者嫉之　見而爲惡
行惡得惡　如種苦種　惡自受罪　善自受福
亦各須熟　彼不相代　習善得善　亦如種甜
自利利人　益而不費　欲知利身　戒聞爲最
如有自愛　欲生天上　敬樂聞法　當念佛教
凡用必豫慮　勿以損所務　如是意日修
事務不失時　夫治事之士　能至終成利
眞見身應行　如是得所欲

世俗品第二十一

十有四章世俗品者說世幻夢當捨浮華勉修道用

如車行道　捨平大塗　從邪徑敗　生折軸憂
離法如是　從非法增　愚守至死　亦有折患
順行正道　勿隨邪業　行法卧安　世世無患
萬物爲泡　意如野馬　居世若幻　奈何樂此
若能斷此　伐其樹根　日夜如是　必至于定
一施如信　如樂之人　或從惱意　以飯食衆
此輩日夜　不得定意　世俗無眼　莫見道眞
如少見明　當養善意　如鴈將群　避羅高翔
明人導世　度脫邪衆　世皆有死　三界無安
諸天雖樂　福盡亦喪　觀諸世間　無生不終
欲離生死　當行道眞　癡覆天下　貪令不見
邪疑却道　若愚行是　一法脫過　謂妄語人
不免後世　靡惡不更
雖多積珍寶　崇高至于天　如是滿世間
不如見道跡　不善像如善　愛如似無愛
以苦爲樂像　狂夫爲所致

法句經卷上

音釋

銘音含　埏埴埏式連切埴常職切埏埴和粘土也　蛸螺蛸於公切螺落戈切　蚌蠹蚌步項切蠹丁護切　認渠認切誠也　篘力舉切與膂同脊昔也　轢郎擊切車踐也　痿於爲切痿悴也　闚去規切窺也

法句經卷下

尊者法救造

吳天竺沙門維祇難等譯

述佛品第二十二

二十有一章述佛品者道佛神德無不利度明爲世則

已勝不受惡 一切勝世間 叡智廓無疆
開矇令入道 決網無罣礙 愛盡無所積
佛意深無極 未踐迹令踐 勇健立一心
出家日夜滅 根斷無欲意 學正念清明
見諦淨無穢 已渡五道淵 佛出照世間
爲除衆憂苦 得生人道難 生壽亦難得
世間有佛難 佛法難得聞 我既無師保
亦獨無伴侶 積一行得佛 自然通聖道
船師能渡水 精進爲橋梁 人以種姓繫
度者爲健雄 壞惡度爲佛 止地爲梵志
除饉爲學法 斷種爲弟子 觀行忍第一
佛說泥洹最 捨罪作沙門 無嬈害於彼
不嬈亦不惱 如戒一切持 少食捨身貪
有行幽隱處 意諦以有黠 是能奉佛教
諸惡莫作 諸善奉行 自淨其意 是諸佛教
佛爲尊貴 斷漏無婬 諸釋中雄 一群從心
快哉福報 所願皆成 敏於上寂 自致泥洹
或多自歸 山川樹神 廟立圖像 祭祀求福
自歸如是 非吉非上 彼不能來 度我衆苦
如有自歸 佛法聖衆 道德四諦 必見正慧
生死極苦 從諦得度 度世八道 斯除衆苦
自歸三尊 最吉最上 唯獨有是 度一切苦
士如中正 志道不慳 利哉斯人 自歸佛者
明人難值 亦不比有 其所生處 族親蒙慶

諸佛興快 說經道快 衆聚和快 和則常安

安寧品第二十三

十有四章安寧品者差次安危去惡即善快而不墮

我生已安 不慍於怨 衆人有怨 我行無怨
我生已安 不病於病 衆人有病 我行無病
我生已安 不慼於憂 衆人有憂 我行無憂
我生已安 清淨無爲 以樂爲食 如光音天
我生已安 澹泊無事 彌薪國火 安能燒我
勝則生怨 負則自鄙 去勝負心 無諍自安
熱無過婬 毒無過怒 苦無過身 樂無過滅
無樂小樂 小辯小慧 觀求大者 乃獲大安
我爲世尊 長解無憂 正度三有 獨降衆魔
見聖人快 得依附快 得離愚人 爲善獨快
守正道快 巧說法快 與世無諍 戒具常快
依賢居快 如親親會 近仁智者 多聞高遠
壽命鮮少 而棄世多 學當取要 令至老安
諸欲得甘露 棄欲滅諦快 欲度生死苦
當服甘露味

好喜品第二十四

十有二章好喜品者禁人多喜能不貪欲則無憂患

違道則自順 順道則自違 捨義取所好
是爲順愛欲 不當趣所愛 亦莫有不愛
愛之不見憂 不愛見亦憂 是以莫造愛
愛憎惡所由 已除結縛者 無愛無所憎
愛喜生憂 愛喜生畏 無所愛喜 何憂何畏
好樂生憂 好樂生畏 無所好樂 何憂何畏
貪欲生憂 貪欲生畏 解無貪欲 何憂何畏
貪法戒成 至誠知慚 行身近道 爲衆所愛

欲態不出　思正乃語　心無貪愛　必截流渡
譬人久行　從遠吉還　親厚普安　歸來喜歡
好行福者　從此到彼　自受福祚　如親來喜
起從聖教　禁制不善　近道見愛　離道莫親
近與不近　所往者異　近道昇天　不近墮獄

忿怒品第二十五

二十有六章忿怒品者見瞋恚害寛弘慈柔天祐人愛

忿怒不見法　忿怒不知道　能除忿怒者
福喜常隨身　貪婬不見法　愚癡意亦然
除婬去癡者　其福第一尊
恚能自制　如止奔車　是爲善御　棄冥入明
忍辱勝恚　善勝不善　勝者能施　至誠勝欺
不欺不怒　意不多求　如是三事　死則上天
常自攝身　慈心不殺　是生天上　到彼無憂
意常覺悟　明暮勤學　漏盡意解　可致泥洹
人相謗毀　自古至今　既毀多言　又毀訥訒
亦毀中和　世無不毀　欲意非聖　不能制中
一毀一譽　但爲利名　明智所譽　唯稱是賢
慧人守戒　無所譏謗　如羅漢淨　莫而誣謗
諸天咨嗟　梵釋所稱　常守慎身　以護瞋恚
除身惡行　進修德行　常守慎言　以護瞋恚
除口惡言　誦習法言　常守慎心　以護瞋恚
除意惡念　思惟念道　節身慎言　守攝其心
捨恚行道　忍辱最强　捨恚離慢　避諸愛貪
不著名色　無爲滅苦　起而解怒　婬生自禁
捨不明健　斯皆得安　瞋斷臥安　恚滅婬憂
怒爲毒本　輭意梵志　言善得譽　斷爲無患
同志相近　詳爲作惡　後别餘恚　火自燒惱
不知慚愧　無戒有怒　爲怒所牽　不厭有務

有力近兵　無力近輭　夫忍爲上　宜常忍羸
舉衆輕之　有力者忍　夫忍爲上　宜常忍羸
自我與彼　大畏有三　如知彼作　宜滅已中
俱兩行義　我爲彼教　如知彼作　宜滅已中
善智勝愚　麤言惡説　欲常勝者　於言宜默
夫爲惡者　怒有怒報　怒不報怒　勝彼鬬負

塵垢品第二十六

十有九章塵垢品者分別清濁學當潔白無行汙辱

生無善行　死墮惡道　往疾無間　到無資用
當求智慧　以然意定　去垢勿汙　可離苦形
慧人以漸　安徐精進　洗除心垢　如工鍊金
惡生於心　還自壞形　如鐵生垢　反食其身
不誦爲言垢　不勤爲家垢　不嚴爲色垢
放逸爲事垢　慳爲惠施垢　不善爲行垢
今世亦後世　惡法爲常垢
垢中之垢　莫甚於癡　學當捨惡　比丘無垢
苟生無恥　如鳥長喙　强顔耐辱　名曰穢生
廉耻雖苦　義取清白　避辱不妄　名曰潔生
愚人好殺　信無誠實　不與而取　好犯人婦
逞心犯戒　迷惑於酒　斯人世世　自掘身本
人如覺是　不當念惡　愚近非法　久自燒没
若信布施　欲揚名譽　貪人虚飾　非入淨定
一切斷欲　截意根源　晝夜守一　必入定意
著欲爲塵　從染塵漏　不染不行　淨而離愚
見彼自侵　常内自省　行漏自欺　漏盡無垢
火莫熱於婬　捷莫疾於怒　網莫密於癡
愛流駛於河　虚空無轍迹　沙門無外意
衆人盡樂惡　唯佛淨無穢　虚空無轍迹
沙門無外意　世間皆無常　佛無我所有

奉持品第二十七

十有七章奉持品者解説道義法貴德行不用貪侈

好經道者　不競於利　有利無利　無欲不惑
常愍好學　正心以行　擁懷寶慧　是謂爲道
所謂智者　不必辯言　無恐無懼　守善爲智
奉持法者　不以多言　雖素少聞　身依法行
守道不忘　可謂奉法　所謂長老　不必年耆
形熟髮白　惷愚而已　謂懷諦法　順調慈仁
明達清潔　是爲長老　所謂端正　非色如花
慳嫉虛飾　言行有違　謂能捨惡　根原已斷
慧而無恚　是爲端正　所謂沙門　非必除髮
妄語貪取　有欲如凡　謂能止惡　恢廓弘道
息心滅意　是爲沙門　所謂比丘　非時乞食
邪行望彼　稱名而已　謂捨罪業　淨修梵行
慧能破惡　是爲比丘　所謂仁明　非口不言
用心不淨　外順而已　謂心無爲　内行清虛
此彼寂滅　是爲仁明　所謂有道　非救一物
普濟天下　無害爲道　戒衆不言　我行多誠
得定意者　要由閉損　意解求安　莫習凡夫
使結未盡　莫能得脱

道行品第二十八

二十有八章道行品者旨説大要度脱之道此爲極妙

八直最上道　四諦爲法迹　不婬行之尊
施燈必得明　是道無復畏　見淨乃度世
此能壞魔兵　力行滅邪苦　我已開正道
爲大現異明　已聞當自行　行乃解邪縛
生死非常苦　能觀見爲慧　欲離一切苦
行道一切除　生死非常空　能觀見爲慧

次離一切苦　但當勤行道　起時當即起
莫如愚覆淵　與墮與瞻聚　計疲不進道
念應念則正　念不應則邪　慧而不起邪
思正道乃成　愼言守意正　身不善不行
如是三行除　佛說是得道　斷樹無伐本
根在猶復生　除根乃無樹　比丘得泥洹
不能斷樹　親戚相戀　貪意自縛　如犢慕乳
能斷意本　生死無疆　是爲近道　疾得泥洹
貪婬致老　瞋恚致病　愚癡致死　除三得道
釋前解後　脫中度彼　一切念滅　無復老死
人營妻子　不觀病法　死命卒至　如水湍驟
父子不救　餘親何望　命盡怙親　如盲守燈
慧解是意　可修經戒　勤行度世　一切除苦
遠離諸淵　如風却雲　已滅思想　是爲知見
智爲世長　惔樂無爲　知受正教　生死得盡
知衆行空　是爲慧見　疲猒世苦　從是道除
知衆行苦　是爲慧見　疲猒世苦　從是道除
衆行非身　是爲慧見　疲猒世苦　從是道除
吾語汝法　愛箭爲射　宜以自勗　受如來言
吾爲都已除　往來生死盡　非一情以解
所演爲道眼　駛流注于海　翻水漾疾滿
故爲智者說　可趣服甘露　前未聞法輪
轉爲哀衆生　於是奉事者　禮之度三有
三念可念善　三亦難不善　從念而有行
滅之爲正斷　三定爲轉念　棄猗行無量
得三三窟除　解結可應念　知以戒禁惡
思惟慧樂念　已知世成敗　息意一切解

廣衍品第二十九

十有四章廣衍品者言凡善惡積小致大證應章句

施安雖小　其報彌大　慧從小施　受見景福
施勞於人　而欲望祐　殃咎歸身　自遘廣怨
已爲多事　非事亦造　伎樂放逸　惡習日增
精進惟行　習是捨非　修身自覺　是爲正習
既自解慧　又多學問　漸進普廣　油酥投水
自無慧意　不好學問　凝縮狹小　酪酥投水
近道名顯　如高山雪　遠道暗昧　如夜發箭
爲佛弟子　常悟自覺　晝夜念佛　惟法思衆
爲佛弟子　常悟自覺　日暮思禪　樂觀一心
人當有念意　每食知自少　則是痛欲薄
節消而保壽　學難捨罪難　居在家亦難
會止同利難　艱難無過有　比丘乞求難
何可不自勉　精進得自然　後無欲於人
有信則戒成　從戒多致寶　亦從得諧偶
在所見供養　一坐一處卧　一行無放恣
守一以正心　必樂居樹間

地獄品第三十

十有六章地獄品者道泥犂事作惡受惡罪牽不置

妄語地獄近　作之言不作　二罪後俱受
自作自牽往　法衣在其身　爲惡不自禁
苟没惡行者　終則墮地獄　無戒受供養
理豈不自損　死噉燒鐵丸　然熱劇火炭
放逸有四事　好犯他人婦　卧險非福利
毀三婬泆四　不福利墮惡　畏而畏樂寡
王法重罪加　身死入地獄　譬如拔菅草
執緩則傷手　學戒不禁制　獄録乃自賊
人行爲慢墮　不能除衆勞　梵行有玷缺
終不受大福　常行所當行　自持必令强
遠離諸外道　莫習爲塵垢　爲所不當爲

然後致鬱毒　行善常吉順　所適無悔恡
其於衆惡行　欲作若已作　是苦不可解
罪近難得避
妄證求賂　行巳不正　怨譖良人　以枉治士
罪縛斯人　自投于坑　如備邊城　中外牢固
自守其心　非法不生　行缺致憂　令墮地獄
可羞不羞　非羞反羞　生爲邪見　死墮地獄
可畏不畏　非畏反畏　信向邪見　死墮地獄
可避不避　可就不就　玩習邪見　死墮地獄
可近則近　可遠則遠　恒守正見　死墮善道

象喻品第三十一

十有八章象喻品者教人正身爲善得善福
報快焉
我如象鬬　不恐中箭　當以誠信　度無戒人
譬象調正　可中王乘　調爲尊人　乃受誠信
雖爲常調　如彼新馳　亦最善象　不如自調
彼不能適　人所不至　唯自調者　能致調方
如象名財猷　猛害難禁制　繫絆不與食
而猶暴逸象　没在惡行者　恒以貪自繫
其象不知猒　故數入胞胎　本意爲純行
及常行所安　悉捨降結使　如鉤制象調
樂道不放逸　能常自護心　是爲拔身苦
如象出于塪　若得賢能伴　俱行行善悍
能伏諸所聞　至到不失意　不得賢能伴
俱行行惡悍　魔斷王邑里　寧獨不爲惡
寧獨行爲善　不與愚爲侶　獨而不爲惡
如象驚自護　生而有利安　伴輭和爲安
命盡爲福安　衆惡不犯安　人家有母樂
有父斯亦樂　世有沙門樂　天下有道樂
持戒終老安　信正所正善　智慧最安身

不犯惡最安

如馬調軟　隨意所如　信戒精進　定法要具
明行成立　忍和意定　是斷諸苦　隨意所如
從是往定　如馬調御　斷恚無漏　是受天樂
不自放逸　從是多悟　羸馬比良　棄惡爲賢

愛欲品第三十二

三十有二章愛欲品者賤婬恩愛世人爲此
盛生災害

心放在婬行　欲愛增枝條　分布生熾盛
超躍貪果獲　以爲愛忍苦　貪欲著世間
憂患日夜長　莚如蔓草生　人爲恩愛惑
不能捨情欲　如是憂愛多　潺潺盈于池
夫所以憂悲　世間苦非一　但爲緣愛有
離愛則無憂　已意安棄憂　無憂何有世
不憂不染求　不愛焉得世　有愛以死時
爲致親屬多　涉憂之長塗　愛苦常墮危
爲道行者　不與欲會　先誅愛本　無所植根
勿如刈葦　令心復生

如樹根深固　雖截猶復生　愛意不盡除
輒當還受苦　猨猴得離樹　得脫復趣樹
衆人亦如是　出獄復入獄　貪意爲常流
習與憍慢并　思想猗婬欲　自覆無所見
一切意流衍　愛結如葛藤　唯慧分別見
能斷意根源　夫從愛潤澤　思想爲滋蔓
愛欲深無底　老死是用增　所生枝不絕
但用食貪欲　養怨益丘塚　愚人常汲汲
雖獄有鉤鍱　慧人不謂牢　愚見妻子息
染著愛甚牢　慧說愛爲獄　深固難得出
是故當斷棄　不視欲能安　見色心迷惑
不惟觀無常　愚以爲美善　安知其非眞

以婬樂自裹　譬如蠶作繭　智者能斷棄
不眄除衆苦　心念放逸者　見婬以爲淨
恩愛意盛增　從是造獄牢　覺意滅婬者
常念欲不淨　從是出邪獄　能斷老死患
以欲網自蔽　以愛蓋自覆　自恣縛於獄
如魚入筍口　爲老死所伺　若犢求母乳
離欲滅愛迹　出網無所蔽　盡道除獄縛
一切此彼解　已得度邊行　是爲大智士
勿親遠法人　亦勿爲愛染　不斷三世者
會復墮邊行　若覺一切法　能不著諸法
一切愛意解　是爲通聖意　衆施經施勝
衆味道味勝　衆樂法樂勝　愛盡勝衆苦
愚以貪自縛　不求度彼岸　貪爲財愛欲
害人亦自害　愛欲意爲田　婬怒癡爲種
故施度世者　得福無有量　伴少而貨多
商人怵惕懼　嗜欲賊害命　故慧不貪欲
心可則爲欲　何必獨五欲　速可絕五欲
是乃爲勇士　無欲無有畏　恬惔無憂患
欲除使結解　是爲長出淵　欲我知汝本
意以思想生　我不思想汝　則汝而不有
伐樹勿休　樹生諸惡　斷樹盡株　比丘滅度
夫不伐樹　少多餘親　心繫於此　如犢求母

利養品第三十三

有二十章利養品者勵已防貪見得思義不爲穢生

芭蕉以實死　竹蘆實亦然　駏驉坐妊死
士以貪自喪　如是貪無利　當知從癡生
愚爲此害賢　首領分于地
天雨七寶　欲猶無猒　樂少苦多　覺者爲賢
雖有天欲　慧捨無貪　樂離恩愛　爲佛弟子

遠道順邪　貪養比丘　止有慳意　以供彼姓
勿猗此養　爲家捨罪　此非至意　用用何益
愚爲愚計　欲慢用增　異哉失利　泥洹不同
諦知是者　比丘佛子　不樂利養　閑居却意
自得不恃　不從他望　望彼比丘　不至正定
夫欲安命　息心自省　不知計數　衣服飲食
夫欲安命　息心自省　取得知足　守行一法
夫欲安命　息心自省　如鼠藏穴　潛隱習教
約利約耳　奉戒思惟　爲慧所稱　清吉勿怠
如有二明　解脫無漏　寡智鮮識　無所憶念
其於飲食　從人得利　而有惡法　從供養嫉
多結怨利　强服法衣　但望飲食　不奉佛教
當知是過　養爲大畏　寡取無憂　比丘釋心
非食命不濟　孰能不揣食　夫立食爲先
知是不宜嫉

嫉先創已　然後創人　擊人得擊　是不得除
寧噉燒石　吞飲鎔銅　不以無戒　食人信施

沙門品第三十四

三十有二章沙門品者訓以正法弟子受行
得道解淨

端目耳鼻口　身意常守正　比丘行如是
可以免衆苦　手足莫妄犯　節言慎所行
常內樂定意　守一行寂然
學當守口　寡言安徐　法義爲定　言必柔軟
樂法欲法　思惟安法　比丘依法　正而不費
學無求利　無愛他行　比丘好他　不得定意
比丘少取　以得無積　天人所譽　生淨無穢
比丘爲慈　愛敬佛教　深入止觀　滅行乃安
一切名色　非有莫惑　不近不憂　乃爲比丘
比丘扈船　中虛則輕　除婬怒癡　是爲泥洹

捨五斷五　思惟五根　能分別五　乃度河淵
禪無放逸　莫爲欲亂　無呑鎔銅　自惱燋形
無禪不智　無智不禪　道從禪智　得至泥洹
當學入空　靜居止意　樂獨屏處　一心觀法
當制五陰　伏意如水　清淨和悅　爲甘露味
不受所有　爲慧比丘　攝根知足　戒律悉持
生當行淨　求善師友　智者成人　度苦致喜
如衞師華　熟知自墮　釋婬怒癡　生死自解
正身正言　心守玄默　比丘棄世　是爲受寂
當自飭身　內與心爭　護身念諦　比丘惟安
我自爲我　計無有我　故當損我　調乃爲賢
喜在佛教　可以多喜　至到寂寞　行滅永安
儻有少行　應佛教誡　此照世間　如日無曀
棄慢無餘驕　蓮華水生淨　學能捨彼此
知是勝於故　割愛無戀慕　不受如蓮華
比丘渡河流　勝欲明於故
截流自忖　折心却欲　人不割欲　一意猶走
爲之爲之　必強自制　捨家而懈　意猶復染
行懈緩者　勞意弗除　非淨梵行　焉致大寶
沙門何行　如意不禁　步步著黏　但隨思走
袈裟披肩　爲惡不損　行惡者死　斯墮惡道
不調難戒　如風枯樹　自作爲身　曷不精進
息心非剔　慢訑無戒　捨貪思道　乃應息心
息心非剔　放逸無信　能滅衆苦　爲上沙門

梵志品第三十五

有四十章梵志品者言行清白理學無穢可稱道士

截流而渡　無欲如梵　知行已盡　是謂梵志
以無二法　清淨度淵　諸欲結解　是謂梵志
適彼無彼　彼彼已空　捨離貪婬　是謂梵志

思惟無垢　所行不漏　上求不起　是謂梵志
日照於晝　月照於夜　甲兵照軍　禪照道人
佛出天下　照一切冥
非剃爲沙門　稱吉爲梵志　謂能捨衆惡
是則爲道人　出惡爲梵志　入正爲沙門
棄我衆穢行　是則爲捨家
若猗於愛　心無所著　已捨已正　是滅衆苦
身口與意　淨無過失　能攝三行　是謂梵志
若心曉了　佛所説法　觀心自歸　淨於爲水
非蔟結髮　名爲梵志　誠行法行　清白則賢
剔髮無慧　草衣何施　内不離著　外捨何益
被服弊惡　躬承法行　閑居思惟　是謂梵志
佛不教彼　讚已自稱　如諦不言　乃爲梵志
絶諸可欲　不婬其志　委棄倍數　是謂梵志
斷生死河　能忍超度　自覺出塹　是謂梵志
見罵見擊　嘿受不怒　有忍辱力　是謂梵志
若見侵欺　但念守戒　端身自調　是謂梵志
心棄惡法　如蛇脱皮　不爲欲汚　是謂梵志
覺生爲苦　從是滅意　能下重擔　是謂梵志
解微妙慧　辯道不道　體行上義　是謂梵志
棄捐家居　無家之畏　少求寡欲　是謂梵志
棄放治生　無賊害心　無所嬈惱　是謂梵志
避爭不爭　犯而不慢　惡來善待　是謂梵志
去婬怒癡　憍慢諸惡　如蛇脱皮　是謂梵志
斷絶世事　口無麤言　八道審諦　是謂梵志
所施善惡　修短巨細　無取無捨　是謂梵志
今世行淨　後世無穢　無習無捨　是謂梵志
棄身無猗　不誦異言　行甘露滅　是謂梵志
於罪與福　兩行永除　無憂無塵　是謂梵志
心喜無垢　如月盛滿　謗毁已除　是謂梵志

見癡往來 墮塹受苦 欲單渡岸 不好他語
唯滅不起 是謂梵志 已斷恩愛 離家無欲
愛有已盡 是謂梵志 離人聚處 不墮天聚
諸聚不歸 是謂梵志 棄樂無樂 滅無慍懦
健違諸世 是謂梵志 所生已訖 死無所趣
覺安無依 是謂梵志 已度五道 莫知所墮
習盡無餘 是謂梵志 于前于後 及中無有
無操無捨 是謂梵志 最雄最勇 能自解度
覺意不動 是謂梵志 自知宿命 本所更來
得要生盡 叡通道玄 明如能默 是謂梵志

泥洹品第三十六

三十有六章泥洹品者敘道大歸恬惔寂滅
度生死畏

忍爲最自守 泥洹佛稱上 捨家不犯戒
息心無所害

無病最利 知足最富 厚爲最友 泥洹最快
飢爲大病 行爲最苦 已諦知此 泥洹最樂
少往善道 趣惡道多 如諦知此 泥洹最樂
從因生善 從因墮惡 由因泥洹 所緣亦然
麋鹿依野 鳥依虛空 法歸分別 眞人歸滅
始無如不 如不如無 是爲無得 亦無有思
心難見習可覩 覺欲者乃具見
無所樂爲苦除 在愛欲爲增痛
明不染淨能御 無所近爲苦際
見有見聞有聞 念有念識有識
覩無著亦無識 一切捨爲得除
除身想滅痛行 識已盡爲苦竟
猗則動虛則靜 動非近非有樂
樂無近爲得寂 寂已寂無往來
來往斷無生死 生死斷無此彼

此彼斷爲兩滅　滅無餘爲苦除
比丘有世生　有有有作行　有無生無有
無作無所行　夫唯無念者　爲能得自致
無生無復有　無作無行處　生有作行者
是爲不得要　若已解不生　不有不作行
則生有得要　從生有已起　作行致死生
爲開爲法果　從食因緣有　從食致憂樂
而此要滅者　無復念行迹　諸苦法已盡
行滅湛然安　比丘吾已知　無復諸入地
無有虛空入　無諸入用入　無想不想入
無今世後世　亦無日月想　無往無所懸
我已無往反　不去而不來　不沒不復生
是際爲泥洹　如是像無像　苦樂爲已解
所見不復恐　無言言無疑　斷有之射箭
遘愚無所猗　是爲第一快　此道寂無上

受辱心如地　行忍如門閾　淨如水無垢
生盡無彼受　利勝不足怙　雖勝猶復苦
當自求法勝　已勝無所生　畢故不造新
猒胎無婬行　種燋不復生　意盡如火滅
胞胎爲穢海　何爲樂婬行　雖上有善處
皆莫如泥洹　悉知一切斷　不復著世間
都棄如滅度　衆道中斯勝　佛以現諦法
智勇能奉持　行淨無瑕穢　自知度世安
道務先遠欲　早服佛教戒　滅惡極惡際
易如鳥逝空　若已解法句　至心體道行
是度生死岸　苦盡而無患　道法無親踈
正不問羸强　要在無識想　結解爲清淨
上智猒腐身　危脆非眞實　苦多而樂少
九孔無一淨　慧以危貿安　棄猗脫衆難
形腐銷爲沫　慧見捨不貪　觀身爲苦器

生老病死痛　棄垢行清淨　可以獲大安
依慧以却邪　不受漏得盡　行淨致度世
天人莫不禮

生死品第三十七

十有八章生死品者說人魂靈身亡神在隨行轉生

命如果待熟　常恐會零落　已生皆有苦
孰能致不死　從初樂恩愛　因婬入胎影
受形命如電　晝夜流難止　是身爲死物
精神無形法　作令死復生　罪福不敗亡
終始非一世　從癡愛久長　自作受苦樂
身死神不喪　身四大爲色　識四陰曰名
其情十八種　所緣起十二　神止九九處
生死不斷滅　世間愚不聞　蔽闇無天眼
自塗以三垢　無目意妄見　謂死如生時
或謂死斷滅　識神造三界　善不善五處
陰行而嘿至　所往如響應　欲色不色有
一切因宿行　如種隨本像　自然報如影
神以身爲名　如火隨形字　著燭爲燭火
隨炭草糞薪　心法起則起　法滅而則滅
興衰如雨雹　轉轉不自識　識神走五道
無一處不更　捨身復受身　如輪轉著地
如人一身居　去其故室中　神以形爲廬
形壞神不亡　精神居形軀　猶雀藏器中
器破雀飛去　身壞神逝生　性癡淨常想
樂身想癡想　嫌望非上要　佛說是不明
一本二展轉　三垢五彌廣　諸海十二事
淵銷越度歡　三事斷絕時　知身無所直
命氣溫煖識　捨身而轉逝　當其死臥地
猶草無所知　觀其狀如是　但幻而愚貪

道利品第三十八

十有九章道利品者君父師行開示善道率之以正

人知奉其上　君父師道士　信戒施聞慧
終吉所生安　宿命有福慶　生世爲人尊
以道安天下　奉法莫不從　王爲臣民主
常以慈愛下　身率以法戒　示之以休咎
處安不忘危　慮明福轉厚　福德之反報
不問尊以卑　夫爲世間將　順正不阿枉
心調勝諸惡　如是爲法王　見正能施惠
仁愛好利人　既利以平均　如是衆附親
如牛厲渡水　導正從亦正　奉法心不邪
如是衆普安　勿妄嬈神象　以招苦痛患
惡意爲自煞　終不至善方　戒德可恃怙
福報常隨已　見法爲人長　終遠三惡道
戒慎除苦畏　福德三界尊　鬼龍蛇毒害
不犯持戒人　無義不誠信　欺妄好鬬爭
當知遠離此　近愚興罪多　仁賢言誠信
多聞戒行具　當知親附此　近智誠善多
善言不守戒　志亂無善行　雖身處潛隱
是爲非學法　美說正爲上　法說爲第二
愛說可彼三　誠說不欺四　無便獲利刃
自以尅其身　愚學好妄說　行牽受牽戾
貪婬瞋恚癡　是三非善本　身以斯自害
報由癡愛生　有福爲天人　非法受惡形
聖人明獨見　常善承佛令　戒德後世業
以作福追身　天人稱譽善　心正無不安
爲惡念不止　日縛不自悔　命逝如川流
見惡宜守戒　今我上體首　白生爲被盜
已有天使召　時正宜出家

吉祥品第三十九

十有九章吉祥品者修已之術去惡就善終厚景福

佛尊過諸天　如來常現義　有梵志道士
來問何吉祥　於是佛愍傷　爲説眞有要
已信樂正法　是爲最吉祥　若不從天人
希望求僥倖　亦不禱祠神　是爲最吉祥
友賢擇善居　常先爲福德　勑身從眞正
是爲最吉祥　去惡從就善　避酒知自節
不婬于女色　是爲最吉祥　多聞如戒行
法律精進學　修已無所爭　是爲最吉祥
居孝事父母　治家養妻子　不爲空之行
是爲最吉祥　不慢不自大　知足念反復
以時誦習經　是爲最吉祥　所聞當以忍
樂欲見沙門　每講輒聽受　是爲最吉祥
持齋修梵行　常欲見賢聖　依附明智者
是爲最吉祥　以信有道德　正意向無疑
欲脱三惡道　是爲最吉祥　等心行布施
奉諸得道者　亦敬諸天人　是爲最吉祥
常欲離貪欲　愚癡瞋恚意　能習成道見
是爲最吉祥　若以棄非務　能勤修道用
常事於可事　是爲最吉祥　一切爲天下
建立大慈意　修仁安衆生　是爲最吉祥
欲求吉祥福　當信敬於佛　欲求吉祥福
當聞法句義　欲求吉祥福　當供養衆僧
戒具清淨者　是爲最吉祥　智者居世間
常習吉祥行　自致成慧見　是爲最吉祥
梵志聞佛教　心中大歡喜　即前禮佛足
歸命佛法衆

法句經卷下

音釋

訒　而振切難言也

湍　他端切疾瀨也

埳　苦感切與坎同

駏驉　駏音巨驉音虛駏驉似騾而小

戽　火故切抒水也

訑　徒索切慢訑弛縱意

慍懦　慍於問切含怒意懦奴臥切弱也

眾經撰雜譬喻經

姚秦三藏法師鳩摩羅什譯

清刻龍藏佛說法變相圖

衆經撰雜譬喻卷上

比丘道略集

姚秦三藏法師鳩摩羅什譯

智者思惟財物不可久保譬如失火之家黠慧之人明識火勢火未至時急出財物舍雖燒盡財寶全在更修屋宅廣開利業智人植福勤修布施亦復如是知身危脆財物無常遇值福田及時布施亦如彼人火中出物後世受樂亦如彼人更修宅業福利自慰愚惑之人但知惜念怱怱營救狂惑失智不量火勢猛風絕燄土石俱燋須臾之頃蕩然滅盡屋既不救財物喪失饑寒凍餓憂苦畢世慳惜之人亦復如是不知身命無常須臾叵保而便聚斂守護愛惜死來無期忽然殞逝形如土木財物俱棄亦如愚人憂苦失計明慧

之人乃能覺悟知身如幻財不可保萬物無常惟福可恃將人出苦可得成道

菩薩布施不惜身命如昔尸毗王以身施鴿天帝釋故往試之知有菩薩志不釋語毗首羯摩天汝作鴿身我當作鷹逐汝汝便佯怖入王腋下俄毗首即自返身作鴿釋返身作鷹急飛逐鴿鴿直入王腋下舉身戰怖是時鷹住樹上語王言汝還我鴿此是我食非是汝有王言我初發意欲救一切衆生欲令度苦鷹言王度一切衆生我是一切衆生數何以獨不見愍而奪我食耶王答言汝須何食鷹言我作誓食新殺血肉菩薩言我作誓一切衆生來歸我者一心救護令不遭難汝須何食當相給與鷹言我所食者新殺血肉王即念言此亦難得自非殺生則無由得云何殺一與一思惟心定即呼人來持刀自割股肉與鷹鷹語王言唯以肉與我當以道理令肉與鴿輕重正等勿見欺也王言持秤來以肉對鴿鴿身轉重王肉轉輕王令割二股肉盡亦輕不足次割兩臗兩乳胷背舉身肉盡鴿身猶重是時王舉身欲上乃與鴿等鷹語王言大王此事難辦何用如此以鴿還我王言鴿來歸我終不與汝我前後喪身不少初不爲法而有愛惜今欲求佛便扳稱上心定無悔諸天龍神一切人民皆共讚言爲一小鴿酸毒乃爾是事希有地爲大動毗首讚善大士眞實不虛始是一切衆生福田釋及毗首還復天身即令王身還復如故求道如此乃可得佛

昔有一人受使遠行獨宿空舍中夜有一鬼

擔死人來著其前後有一鬼逐來瞋罵前鬼是死人是我許汝何以擔來二鬼各捉一手諍之前鬼言此有人可問是死人是誰擔來是人思惟此二鬼力大若實語亦當死若妄語亦當死二俱不免何爲妄語語言前鬼擔來後鬼大瞋捉手拔出著地前鬼取死人一臂補之即著如是兩脚頭脅皆被拔出以死人身安之如故於是二鬼共食所易人身拭口而去其人思惟我父母生我身眼見二鬼食盡今我此身盡是他身肉我今定有身耶爲無身耶若以有者盡是他身若無者今現身如是思惟已其心迷悶譬如狂人明旦尋路而去到前國者見有佛塔衆僧不可問餘事但問已身爲有爲無諸比丘問汝是何人答言亦不自知是人非人即爲衆僧廣說上事諸比丘言此人自知無我易可得度而語之言汝身從本已來恒自無我非適今也但以四大合故計爲我身即度爲道斷諸煩惱即得羅漢道是爲能計無我虛得道不遠

持戒之人無事不得破戒之人一切皆失譬如有人常供養天其人貧窮四方乞求供養經十二年求索富貴人心既志天愍此人自現其身而問之曰汝求何等我求富貴欲令心之所願一切皆得天與一器名曰德瓶而語之言君所願者悉從此瓶出其人得以隨意所欲無不得得如意已具作好舍象馬車乘七寶具足供給賓客事事無乏客問之言汝先貧窮今日云何得如此富答言我得天瓶天瓶中出此種種物故富如是客言出瓶見視其所出物即爲出瓶瓶中引出種種諸

物其人驕逸捉瓶起舞執之不固失手破瓶一切諸物俱時滅去持戒之人種種妙好樂無願不得若人毀戒驕逸自恣亦如彼人破瓶失物是以欲天樂及涅槃樂當堅持禁戒莫破所受戒若破所受戒永墜三塗受苦乃無復出期夫人欲求報應常當修習善心相續不絶若命終時能却諸惡受善果報所以然者若不先習善心設命終時欲令心善卒不從意譬如西方有一國王素無馬減損國藏四出推求買得五百匹馬以防外敵足以安國養馬既久國中無事王便思惟五百匹馬食用不少飼養煩勞無益國事便勑所典掩眼令磨可得自食不損國藏馬磨既久習於旋迴忽然隣國興兵入境王便約勑被馬具莊勇將乘騎如戰鬪法鞭馬向陣欲直前入諸馬得鞭盡旋迴走無向敵意隣賊見之知無所能即便直前大破王軍以是故知欲求善果報臨命終時心馬不亂則得隨意往不可不先調直心馬若不先調直心馬者死賊卒至心馬盤迴終不如意猶如王馬不能破賊保全其國是以行人善心不可不常在於胷心

貧窮之人割輟身口持用布施其福無量譬如往昔國王設會諸佛及僧種種供養時有一貧窮老母都無所有常仰乞索以自活命聞王請佛設會心生歡喜意欲勸助自惟無物正有少豆欲勸助而門人不聽前於是佛見其善心即以神力令此大豆遍墮衆食器之中王見此豆即瞋尉兵何以使食中有此豆耶佛語王言非尉兵過也乃是外貧窮老

毋所施聞王設會無以勸助持此少豆勸助於王是以食中有此豆耳佛語大王此老毋所施雖微得福良多於大王王言何得多種種餚饍供養而得福少此老毋以少許物布施返得福多佛語王言王雖種種供養盡出百姓於王無損此老毋貧窮正有少許豆盡持勸助是故得多王得福少佛爲王種種説法王及老毋皆得道跡是以修福種德惟在至心達解法相何憂不果

昔有一婆羅門居家貧窮正有一牸牛㲉乳日得一斗以自供活聞説十五日飯諸衆僧沙門得大福德便止不復㲉牛停至一月并取望得三斛持用供養諸沙門至滿月便大請諸沙門至舍皆坐時婆羅門即入㲉牛乳正得一斗雖久不㲉乳而不多諸人呵罵言汝癡人云何日日不㲉乃至一月也而望得多今世人亦如是有財物時不能隨多少布施停積久後須多乃作無常水火及以身命須臾難保若當不遇一朝蕩盡虛無所獲財物危身猶如毒蛇無得貪著譬如昔日佛遊波斯匿王國中見地有伏藏滿中寶物佛語阿難汝見是毒蛇不阿難言已見時有人隨佛後行聞此語試往看之見有好寶嫌佛此語謂爲虛綺此實是寶而言爲毒蛇其人即時私將家人大小取此寶物其家大富有人向王言之此人隨得寶藏而不輸官王即收繫責其寶物即時輸盡王故不信更多方拷治之痛毒備至而復不首王大怒欲誅其七世載出欲殺王遣人微伺爲何道説即言佛語至誠實是毒蛇而我不信今爲毒蛇所由

知當何云若爲毒蛇所殺正可及身而今乃及七世實如所語使者具上事向王陳説王聞此語即喚令還語其人言佛是大功德人而汝能憶佛往語王大歡喜還其實物放之令去緣念佛語故得免死難是以佛語不可不志心念之

持戒之人寧失身命不違佛教譬如往日有賈客乘船入海時有二人欲至他國傍載至於中流值遇惡風吹破船舫諸賈客取所依用以自濟時下座道人得一板木上座語言佛説法恭敬上座汝與我板來不畏犯戒也下座道人聞是語已便自思惟何者爲重護戒爲重思惟是已我寧當慎護佛教而死即以板木獻上座下座便没海水中水神見道人持戒如是不違佛教將是道人至於岸上因此道人至誠持戒故一船賈客皆得不死水神讚道人言汝眞是持戒之人也以是證故寧持戒而死不犯戒而生是以戒德可恃怙能濟生死苦

一切衆生貪著世樂不慮無常不以大患爲苦譬如昔有一人遭事應死繫在牢獄恐死而逃走國法若有死囚踰獄走者即放狂象令蹈殺於是放狂象令逐此罪囚囚見象欲至走入墟井中下有一大毒龍張口向上復四毒蛇在井四邊有一草根此囚怖畏一心急捉此草根復有兩白鼠嚙此草根時井上有一大樹樹中有蜜一日之中有一滴蜜墮此人口中其人得此一滴但憶此蜜不復憶種種衆苦便不復欲出此井是故聖人借以爲喻獄者三界囚衆生狂象者無常井衆生

宅也下毒龍者地獄也四毒蛇者四大也草根者人命根也白鼠者日月也日月尅食人命日日損減無有暫住然衆生貪著世樂不思大患是故行者當觀無常以離衆苦

昔有慳貪長者佛欲度之先遣舍利弗爲說布施之福種種功德長者慳貪都無施意見日欲中語舍利弗汝何不去我無食與汝舍利弗知不可化即還佛所佛復遣目連神足返化而爲說法長者復言汝欲得我物故作此幻術目連知其不可化即還佛所於是佛必破其慳貪自造其家長者見佛自來爲作禮將佛入坐佛方便種種說法語長者言汝能行五大施不長者白佛我小施猶尚不能況復大施長者白佛云何五大施佛言五大施者不得殺生汝能作不長者思惟不殺生者乃不用我財物又無所損即白佛言我能以是次第爲說乃至不飲酒皆言能作於是佛即爲長者種種說法五戒義若能持此五戒便爲作五大施竟即大歡喜欲以一張不好氎施佛即入庫求無不好者便以一張而奉施佛庫中餘氎盡相隨來至於佛前佛知長者施心不定語長者言天帝釋與阿修羅共鬪心不定故三返不如後以定心故大破阿修羅軍長者聞已知佛大聖深知人意信心清淨佛爲說法即得須陀洹道明日魔知其心即化作佛欲來壞之而至其家長者以未得他心智故不知是魔歡喜迎之善來將入座魔佛語長者言我昨日所說者盡非是佛語汝速捨之長者聞此語已甚大怪之形雖是佛而所說者非如師子皮被驢雖形似

獅子而心是驢長者不信魔知其心正還復其身言我故來試汝而汝心不可轉是故經言見諦之人尚不信佛語何況餘道以深察理故是故佛弟子要解深理魔說佛說悉皆能知是故義不可不學施不可不修

行者求道不得貪著好美色若貪破人功德之本譬如昔有一阿羅漢常入龍宮食爲龍說法食已出於龍宮持鉢授與沙彌令洗鉢中殘數粒飯沙彌嗅之大香甚美便作方便入師繩牀下兩手捉繩牀脚至時與繩牀俱入龍宮龍曰此未得道何以將來師言不覺不知沙彌得飯食又見龍女身體端正香妙無比心大貪著即作誓願我當奪此龍處居其宮龍言後更莫復將此沙彌來沙彌還已一心布施持戒專求所願早作龍身是時遶寺足下水出自知必得作龍徑至師本所入處大池水邊以袈裟覆頭而入水中即死返爲大龍福德大故即殺彼王舉池盡赤未爾之前諸師衆僧皆呵罵之沙彌言我心已定諸相已出將諸衆僧就池見之以是因緣故不當貪著好香美色喪失善根見墮惡道

昔有天人食福欲盡七證自知一者頭上華萎二者頸中光滅三者形身損瘦四者腋下汗出五者蠅來著身六者塵土坌衣七者自然去離本座自知福盡下生世間貧窮家與疥癩母猪作子愁憂不樂更有一天人來問汝何以不樂答曰吾壽將終下生爲疥癩母猪作子是故愁耳彼天曰釋迦文佛在忉利天宮爲母說法當往歸依及比丘僧可得免苦便往詣佛所志心歸命七日之後壽盡來

生世間大長者家母妊娠後恒聞三歸聲至十月滿乃生墮地長跪叉手歸命佛法僧其母驚謂是不祥便欲殺之思惟言長者之子不可便爾罪我不少即往白長者具說此意長者言人生居世不知歸命三尊而生此兒纔生已知三尊將是神人好養之勿怪也此兒之福才聰特異父母愛重至年五歲與同輩道邊戲時舍利弗目連過前爲作禮舍利弗曰未見小兒作禮如此兒白道人不相識耶舍利弗即入定觀其本相乃知是彼天人便長跪請舍利弗目連願尊爲請佛及僧明日造鄙舍食即便許之兒歸白父母言向請舍利弗目連願世尊明日屈意飯食父母歡喜即爲竭財上饍食具明日佛將諸大衆往到其家兒及父母迎佛作禮佛即就座行水下食須臾已訖佛爲說法父母及兒皆得無所從來法忍百千天人發無上正眞道意經言能竭慈可謂如此矣

昔有放牛人在大澤中見有金色華光明善好自即生念佛去此不遠當取供養即採華數斛重擔而去未至道中爲牛所觝殺心存佛故即生第二忉利天上所受宮殿廣博嚴好宮出四邊陸生金色華光明徹照諸天之法適生天上先觀宿命卻食天福時彼天人自觀宿命具見採華爲牛所殺歡喜歎曰佛無量福祚未及設供報已巍巍況恒修德者便復取其宮邊華并持種種餘供養具欲導本願諸天見其取華皆往問之汝方來受福當五欲自樂而採華爲天子報言吾爲人時欲詣佛以華供養竟不果願尚得來生此況

得作者今所以取華欲遵本願增將來福爾時諸天皆生善心有八萬四千天子俱共來下作天伎樂天花天香種種供諸諸塔寺中未見佛復有上座得道比丘而爲説法諸天聞法心甚歡喜增諸功德遂得見佛鼓樂絃歌散衆名華種種供養佛及衆僧佛爲説清淨妙法其人及八萬四千諸天皆得法眼淨此天子之與八萬諸天皆昔日善知識今相發起一時得道

昔有外國有一大長者大富惟有一子愛重無比後日得病大困治之不瘥遂到無常臨命終時一心念佛佛現形其前心安意定便得生天父母念子愁惱便欲自殺不能自解因以火燒取其骨著銀瓶中至月十五日便施百味飲食持著其前舉聲悲哭宛轉卧地天子在上見其所爲自念我不現化意終不解即下作小兒年八九歲在道邊放牛牛卒死卧地小兒便行取草着死牛口舉以杖打牛呼言起食父母大小見小兒所爲便共笑之前問言卿誰家子何癡乃爾牛今已死舉草着口寧有食期而反笑言我牛今雖死頭口故在舉草不食況君兒死來已久矣加火燒之唯少燋骨在地以百味食著前而加啼哭寧得食之不也其父意即開解問兒卿是何人兒言我是長者兒今蒙佛恩得生天上見父母悲惱太甚故來相化耳父意解大歡喜無復愁憂天子忽爾不現父母歸家即大布施奉持禁戒讀經行道得須陁洹果

昔無數世時有一佛圖中有沙門數千餘人止住其中遣諸沙彌數百人行分衛供給衆

僧日輸米一斛師便兼課一偈有一沙彌時過市中行且誦經時肆上有賢者見沙彌行誦禮而問曰道人行何所說答曰分衛給僧兼誦一偈賢者又問若無事可誦幾偈答曰可得十餘偈又問分衛幾日曰九十日當輸九十斛米賢者謂誦道人但還安意誦經我當相代出米沙彌大喜賢者與米九十斛還報師已便閑讀經經三月通千四百偈啓師誦經已訖要當詣檀越家試之師即聽詣賢者所報曰常君重惠得安誦經今經已止故來說之沙彌誦文句流利無有躓礙賢者歡喜稽首爲禮願我來世聰睿博達多聞不忘因此福願世世所生明識强記及到佛出世現爲弟子名曰阿難常侍世尊特獨辯通博聞第一師曰時賢者今阿難是夫勸助學者志求願功德不虛緣是福報隨願而得如是也須彌山南有一大樹高四千里諸鉢叉鳥栖宿其上樹常不動有小鳥形類鷦鷯住止其上樹即振搖鉢叉鳥語樹神言無知我身將重而初不動小鳥未宿反更振動樹神言此鳥雖小從大海底來純食金剛金剛爲物所墮之處無不破壞所以大怖不能自安經以爲喻若有凡人解深經一句口誦心念身中三毒四魔八萬垢門皆不能自安何況博採衆法爲世橋梁者也

佛語目連汝對欲至目連言我有神力超踰須彌山對若東來我便向西若北來我當趣南耶得我耶佛語目連罪福自然不可得避遠飛不息乃墮山中時有車輻老公目連正墮其前形狀似鬼老公謂是惡物舉車輻打

之即折其身目連被痛甚羞懊惱盡忘本識佛哀念之授其威神爾乃得自思惟還復本形是硏車輻老公目連前世時父目連與父諍目連意中念言檛殺此公骨折快也是以得此罪殃愼莫作不孝之罪是以人生處世不可不愼心口而孝養父母也

昔有沙門行草間有大蛇言和尚道人道人驚左右視之蛇言道人莫恐莫怖願爲我說經令我脱此罪身蛇曰道人聞有阿耆達王不答曰聞蛇曰我是也道人言阿耆達王立佛塔寺供養功德巍巍當生天上何縁乃爾也蛇言我臨命終時邊人持扇墮我面上令我瞋恚受是蛇身道人即爲說經一心樂聽不食七日命過生天却後數月持花散佛衆人怪之在虛空曰我阿耆達王蒙道人恩聞法得生天上今來奉花報佛恩耳是以臨命之人傍側侍衛者不可不護病者心也

外國有一人治生得金銀數千斤意甚重之欲藏著地中恐螻蛄蟲鼠而侵盜之欲藏著草澤中復恐狐狸野獸取之復不信家室中外兄弟妻子便著懷中出入行來恒恐失之時長齋之月四輩弟子盡詣塔寺燒香散花此人觀視具見如是復見塔寺前有一大鉢四輩弟子繞塔持金銀錢物投之鉢中其人問曰何以投寶著此鉢中耶道人答曰此名布施二名牢固藏三名不知腐朽其人思惟眞實如是人言稱吾所求便持金銀盡投鉢中道人爲呪願又說牢固者水不能沒火不能燒盜賊怨家不能侵害投之寶藏不知腐壞當來獲報百千萬倍故名布施其人意解

歡喜無量即於塔前得須陀洹道是以志心作福功不唐捐自致得道

昔雀離寺有一長老比丘得阿羅漢道將一沙彌時復來下入城遊觀衣鉢大重令沙彌擔隨其後沙彌於道中便作是念人生世間無不受苦欲免此苦當興何等道作是思惟佛常讚歎菩薩爲勝我今當發菩薩心適作是念其師即以它心智通照其所念語沙彌言持衣鉢來沙彌便持衣鉢授與其師師語沙彌汝在前行沙彌適在前行復作是念菩薩之道甚大勤苦求頭與頭求眼與眼此事極難非我所辦不如早取羅漢疾得離苦師復知其所念語沙彌言汝擔衣鉢還隨我後如是三返沙彌怪愕不知何意前至所止處叉手白師請問其意師答曰汝於菩薩道三進故我亦三返推汝在前汝心三退故推汝在後所以爾者發菩薩心其功德勝滿三千世界成阿羅漢者不可爲喻也

昔迦葉佛時有兄弟二人出家俱爲沙門兄好持戒坐禪一心求道而不好布施弟好布施修福而喜破戒釋迦出世其兄值佛出家修道即得阿羅漢而獨薄福常患衣食不充與諸伴等遊行乞食常獨不飽而還其弟生象中爲象多力能却怨敵爲國王所愛以好金銀珍寶瓔珞其身封數百戶邑供給此象隨其所須兄比丘者值世大儉遊行乞食七日不得末後得少麤食殆得存命先知此象是前世兄弟便往詣象前手捉象耳而語之言我與汝俱有罪耶象便思惟比丘語即得自識宿命見前世因緣象便愁憂不復飲食

象子怖懼往白王言象不復飲食不知何意王問象子先無人犯象不象子答王言無他異人惟見一沙門來至象邊須臾便去耳王即遣人四出覓此沙門有人於林中樹間得便便攝此沙門將詣王前王問沙門言至我象邊何所道說沙門答王言無所多說我直語象言我與汝俱有罪耳時沙門便向王具說前世因緣事王意便悟即放此沙門令還所止是以修福之家戒施兼行莫偏執而功德不備也

昔有一比丘被擯懊惱悲嘆啼泣而行道逢一鬼此鬼犯法亦爲毗沙門天王所擯時鬼問比丘言汝有何事啼泣而行比丘答言犯僧事衆僧所擯一切檀越供養失盡又惡名聲流布遠近是故愁歎啼泣耳鬼語比丘言我能令汝滅惡名聲大得供養汝便可立我左肩上我當擔汝虛空中行人但見汝而不見我身汝若大得供養當先與我彼鬼即時擔此比丘於先被擯聚落上虛空中行時聚落人見皆驚怪謂其得道轉相謂言衆僧無狀枉擯得道人時聚落人皆詣此寺訶責衆僧即送此比丘住於寺内遂大得供養此比丘隨所得衣食諸物輒先與鬼不違本要此鬼異日復擔此比丘遊行空中正值毗沙門天王官屬鬼見伺官甚大驚怖擲棄比丘絶力而走此比丘遂墮地而死身首碎爛此喻行者宜應自修所向無疑恃託豪勢一旦傾覆與彼無異也

昔目連與弟子俱從耆闍崛山下到王舍城乞食目連於道中仰視虛空悵然而歎其弟

子問何因緣歎目連答曰卿欲知者須還到佛所可便問也於是乞食訖還到佛所其弟子便問向所歎事目連答曰我見上虛空中有一餓鬼身極長大其狀醜惡有七枚熱鐵丸從口中入直下過旣下過已還從口入舉身燒然苦痛宛轉絶倒更起起復還倒是故歎耳非我獨見佛亦見之弟子問言以何因緣受苦如是目連答曰汝自以是問佛世尊其弟子即時白佛問其因緣時佛答言此餓鬼者前世曾爲沙彌時世極儉以豆爲食沙彌者爲衆僧行食至其師前偏多七枚豆以是罪故受餓鬼身苦毒如是佛言我亦常見所以不說恐人不信得極重罪也此喻世間少豆偏爲師故而不自入其罪猶爾況當佛說般若而不生信返更誹謗其罪重於五逆受地獄苦極重不可稱數也

昔有一居士其婦妊娠請佛到舍供養畢欲令如來占其婦後生子欲知男女佛言後當生男端正姝好及至長大當於人中受天上樂後當得羅漢道居士聞之心疑不信後復請六師供養畢復使占之居士語六師言前使瞿曇沙門占之言後當生男實是男不六師答言當生女彼六師等憎嫉佛法苟欲相反還自思惟言若彼生男居士當棄我奉事瞿曇便作詭語語居士言汝婦當生男生男之後方大凶禍家室親屬七世絶滅以不吉故我先詭言是女也居士聞之心大惶怖不知所以彼六師等便語居士欲得吉利唯當除去之六師便爲居士婦按腹欲令墮兒反害其母居士婦遂便命終而兒不死宿命福

德故也居士便棄其婦著死人處大積薪燒之火炎既盛佛便將諸弟子往就觀之居士婦身始破壞便見其兒在蓮華上坐端正姝好顏貌如雪佛令耆域取此兒來耆域入火抱兒來出還本居士居士遂便養育至年十六才美過人便廣設多美飲食請彼六師六師既坐未久之間便失笑其人問何故笑也六師答言吾見五萬里有山山下有水有獮猴落水中是以笑耳此兒知其虛妄便鉢中盛種種好羹以飯覆上使人擎與之餘人鉢中下著飯上著羹諸人皆食唯六師獨瞋不食主人問何故不食六師答言無羹云何食主人言君眼乃見五萬里獮猴落水何不見飯下羹耶於是六師大瞋竟不食而還居士及兒因是止不奉事歸命佛法僧佛爲種種說法遂得道果此喻極多略記明真僞如是

衆經撰雜譬喻卷上

音釋

臗 苦官切兩股間也　𣫍 古候切取牛乳也　腋 羊益切　蹪 之口切

睿 俞芮切明達也　鶉鷃 鶉常倫切鵪鶉也鷃烏澗切雀也又音晏鳥名　硑 普耕切與砰同

衆經撰雜譬喻卷下

比丘道略集

姚秦三藏法師鳩摩羅什譯

外國有一呪龍師澡鑵盛水詣龍池邊一心讀呪此龍即時便見大火從池底起舉池皆然龍見火怖出頭望山復見大火燒諸山澤仰視山頭空無住處一切皆熱安身無地唯見澡鑵中水可以避難便滅其大身作微小形入澡鑵水中彼龍池者喻欲界也所望山澤喻色界也視山頂者喻無色界也呪龍師者喻菩薩也澡鑵水者喻泥洹也術者喻方便也大火燃者喻現無常也龍大身者喻憍慢也作小形者喻謙卑也言菩薩示現劫燒欲色同然無常大火恐怖衆生令除憍慢謙卑下下然後乃悉入涅槃也

昔捕鳥師張羅網於澤上以鳥所食物著其中衆鳥命侶競來食之鳥師引網衆鳥盡墮網中時有一鳥大而多力身舉此網與衆俱飛而去鳥師見影隨而逐之有人謂鳥師曰鳥飛虛空而汝步逐何其愚哉鳥師答曰不如來告彼鳥日暮要求栖宿進趣不同如是當墮其人故逐不止日已轉暮仰觀衆鳥飜飛諍競或欲趣東或欲趣西或望長林或欲赴澗諍競不止須臾便墮鳥師還得次而殺之捕鳥師者如波旬也張羅網者如結使也負網而飛如人未離結使欲求出要也日暮而止如人懈怠心不復進也求棲不同者如起六十二見互相反也鳥墮地者如人受邪報落地獄也此明結使塵垢其魔網也是以結使覆人猶如羅網在二塗中好當善護身

口莫令放逸在此網中也三惡道苦生死長遠不可堪處

昔有賈客五百乘船入海欲求珍寶值摩竭大魚出頭張口欲食衆生時日風利而船去如箭商主語衆人言船去大疾可捨帆下沉之輙如所言捨帆下沉船去輙疾而不可止商主問船上人言汝見何等答曰我見上有兩日出日下有白山中間有黑山商主驚言此是大魚當柰何哉我與汝等今遭困厄入此魚腹無復活理汝等各隨所事一心求救於是衆人各隨所事一心歸命求脫此厄所求愈篤船去愈疾須臾不止當入魚口於是商主告諸人言我有大神號名爲佛汝等各捨所舉一心稱之時五百人俱發大聲稱南無佛魚聞佛名自思惟言今日世間乃復有佛我當何忍復害衆生適思惟已即便閉口水即倒流轉遠魚口五百賈人一時脫難此魚前身曾爲道人以微罪故受此魚形既聞佛聲尋憶宿命是故思惟善心即生此明五百賈人但一心念佛暫稱名號即得解脫彌天之難況復受持念佛三昧令重罪得薄薄者令滅足以爲驗也

昔有屠兒詣阿闍世王所乞求一願王曰汝求何願答曰節會之際宜須屠殺王見賜我當盡爲之王曰屠殺之事人所不樂汝何故樂求之答曰我昔爲貧人因屠羊之肆以自生活由是之故得生四天王上盡彼天壽來生人中續復屠羊命終之後生第二天上如是六反屠羊因是事故遍生六天中受福無量以是故今從王乞一願王曰設如汝語何

以知之答曰我識宿命王聞不信謂是妄語如此下賤之人何能識宿命耶後便問佛佛答曰實如其言非妄語也此人先世曾值辟支佛見佛歡喜至心諦觀仰視其首俯察其足善心即生緣是功德故得生六天人間六返自識宿命以福熟故得人天六返罪未熟故未得受苦畢此身方當入地獄受屠羊之罪地獄罪畢當生羊中一一償之此人識宿命淺唯見六天中事不及過去第七身故便謂屠羊即是生天因也如是但識宿命非通非明也是以修功德者必發願勿便孟浪使果報不明此可為驗矣

阿難白佛佛生王家坐於樹下念道六年得佛如是為易得耳佛告阿難昔有長者居甚大富衆寶備具唯無赤真珠以為不足便將人入海採珠經歷險阻乃到寶處刺身出血油囊裹之懸著海底珠蛤聞血香唼食之乃得出蚌剖蚌出珠採之三年方得一珮發還到海邊同伴見其得好寶欲共圖之俱行取水衆人推著井中覆之而去墮在井底久其人見有師子從傍穴來飲水其人復惶怖師子去後尋孔而出還到本土其伴歸到家呼曰卿得吾一珮無人知兼欲見害卿可密盡相還吾終不言卿也其人怖懅盡還其珠珠主得已持還家有兩兒著珠共戲共相問曰此珠出生何處一兒曰生我囊中一兒曰生室甕中父見笑之婦曰何笑答曰吾取此珠勤苦乃爾小兒依我得之不識本末謂生甕中佛告阿難汝但見我成佛不知我從無數劫學之勤苦至今乃得謂之為易如彼嬰兒

謂珠生囊中矣是以修諸萬行積功累劫非但一事一行一身而可得也

昔有導師入海採寶時有五百人追之共行導師謂曰海中有五難一者激流二者洄波三者大魚四者女鬼五者醉菓能度此難乃可共行衆人要訖乘風入海到寶渚各行採寶一人不勝菓香食之一醉七日衆人寶足飄風已到欲嚴還出鳴鼓集人一人不滿四布求之見卧樹下醉未曾醒共扶來還折樹枝拄之共歸還國家門聞喜悉來迎逆醉者見無所得獨甚愁感醉人不樂拄杖入市市人求價乃至二萬兩金其人與之問杖有何德曰此爲樹寶擣燒此杖熏諸瓦石悉成珍寶其人反求之少許持歸試驗果如其言所可熏烝悉成衆寶喻曰導師者謂菩薩也五難者謂五陰也寶渚者謂般若七財也醉者從心懈廢也折取寶樹枝者謂自修勵更與精進熏瓦石成寶者謂以經道熏諸惡行悉成法器也

昔山中有兩沙門閑居行道得六通去之不遠有一師子生二子稍稍長大師子母欲行心念惟道德二慈可以委命即語欲行來二子尚小恐人傷害欲寄道人惟蒙慈護自當來視道人許之師子行還見子附道人復捨而行道人分衛還餘食共食之每見道人還喜行迎道人後行獵師遇之師子子迸走入草獵師依憑道人便著室中袈裟入草擒之師子謂是道人即出赴之獵師打殺剥皮取作師子皮裘直金千兩道人行還不見師子坐禪觀之知爲獵師所殺即以神力奪皮來

還作𦉪坐上口爲呪願復禪觀之知當往生國中長者家作雙生子道人往詣其家問長者何所乏曰惟患無子便報爲長者求子長者大喜道人言若得子何以相報曰子長大當施爲沙彌道人曰勿忘此要唯覺有娠後果雙生二男相似如一年八九歲道人過二兒見自然歡喜道人謂長者曰識本誓不長者不敢違誓便以二子施沙門沙門將入山學未久亦得阿羅漢亦恒自坐故皮上日日入禪自觀便見巳前身皮各起禮謝師恩力乃令我等得道皆是慈念之力禽獸善心猶尚解脫何況志情發於善願而不解脫也

昔有屠兒欲供養道人以其惡故而無往者後見一新學沙門威儀詳序請歸飯食種種餚饍食訖還請此道人願終身在我家食道人即便受之玩習既久切見在其前殺生不敢呵之積有年歲後屠兒父死作河中鬼以刀割身即復還復道人渡河鬼捉船曰没此道人著河中乃可得去船人怖曰鬼言吾家昔日供養此道人積年不呵我殺生令受此殃恚故欲殺耳船人曰殺生尚受此殃况乎道人鬼曰我知爾恚故耳若能爲我布施作福呼名呪願我便相放船人盡許爲作福鬼便放之道人即爲鬼作會呼名呪願餘人次復爲作會詣河中呼鬼曰卿得福未鬼曰即得無復苦痛船人曰明日當爲卿作福得自來不鬼曰得耳鬼旦化作婆羅門像來手自供養自受呪願上座爲說經鬼即得須陀洹道歡喜而去是以主客之宜理有諫正雖墮惡道故有善緣可謂善知識者是大因緣也

昔有賈客入海採寶逢大龍神舉船欲飜諸人恐怖龍曰汝等頗遊行彼國不報言曾行過之龍與一大卵如五升瓶汝持此卵埋彼國市中大樹下若不爾者後當殺汝其人許之後過彼國埋卵著市中大樹下從是以後國多災疾疫氣國王召道術占之云有蟒卵在國中故令有災疫輙推掘燒之病悉除愈賈客人後入海故見龍神重問事狀賈人曰昔如神教埋卵市中國中多有疾疫王召梵志占之推得焚燒病者悉除神曰恨不殺奴輩船人問神何故乃爾也神曰卿曾聞其國有健兒其用不曰聞之已終亡矣神曰我是也我平存時喜陵擽國中人民初無教呵我者但獎我使我墮蟒蛇中悉欲盡殺之耳是以人當相諫從善相順莫自恃勢力陵擽於人坐招其患三惡道苦但可聞聲不可形處

昔波羅柰國有五百盲人周行乞索值世饑儉無所得自共議曰佛在舍衛教人惠施當詣彼國可得濟命各曰當雇一人牽吾等到彼五百盲人各許一銀錢其人即許將到彼國便爾進路受雇者語諸盲人曰此下道險卿等各以錢付我若逢寇賊我當藏之盲人盡以錢付之其人得錢便爾捨去諸盲人週遊數日飢渴不知道路即共同時歸命於佛言佛神聖當哀我等今免此厄佛即忽然現神在前手摩盲頭皆得眼明饑渴飽滿五百人歡喜踊躍願爲弟子鬚髮即落衣鉢法服佛重爲說法皆得應眞飛隨佛還詣祇洹阿難白佛此五百人宿命有何罪福佛言昔過去世有長者雇五百人作先取作直各散捨

去然後歷世故受此厄是時長者令擔錢去者是也債解値吾開悟今皆得道罪福如是是以人之造業不同或是造業或是報業不可不慎也

昔有二人親親爲知識不相違失後一人犯罪罪應至死便亡走過知識知識不開門逆問卿是何人答曰我是知識也有罪故來相過耳其人語曰緩時爲親親有急各自當去不前卿也知識大不樂自念曰人緩時出入行來飲食不相捨離云何有急便爾相棄耶豈是厚乎便去欲入山復有一善知識往過之其人便開門藏之言卿與我雖踈當送卿著安隱處便以車載珍寶自往送到他國當與彼王諸長者所在相聞爲作宮室安著田宅財寶供給與已捨還佛爾時見此人便引爲喻犯罪者喻人精神親友者喻四大身善知識者喻三歸五戒喻人將養四大飲食餚饍四事無乏無常對至當墮惡趣求其藏避須臾反閉門不前後遇善知識知識將至他國安著所須供給無乏喻布施持戒至身死時福力所引送到天上七寶宮殿服天寶衣天百味食自然至極樂無量是以人生世匆貪自養當割減作福如養四大身豈有所益知者應行之

佛般涅槃後百歲有國王事天神大祠祀用牛羊猪豚犬雞各百頭皆付廚士殺牛羊廚士中有一優婆塞言我持佛戒不得殺生廚監大恚即白王言欲治之王問曰汝故欲違我教耶當殺汝廚士答曰我是佛弟子受持五戒寧自殺身不違佛教而便殺生若隨王

教犯殺者死入地獄巨億萬歲罪竟乃出常當短命持戒不缺就王誅者死轉上天天上得福所願自然令假令當死轉此生身當受天上罪福之報相去殊遠我以是故死死不犯耳王言與七日期當以象蹈殺汝若不死者語乃有實七日之後士盡是優婆塞身作佛身相如佛形以驗五百象往蹈之優婆塞如佛法則舉手五指化爲五嶽山一山間有一師子出象見師子惶怖悉皆伏地如佛在時王爾乃信知有佛便罷祠祀從此人受佛戒臣吏人民亦皆從受戒遂爲國師賢者持戒度人如此

昔佛在世時有一優婆夷朝夕詣佛供養盡虔未曾有懈佛知而問欲何志願也便白佛言若有福報願欲現世生四子佛便問何以索四子也優婆夷言若四子長大令一人主治生賈市積聚財寶令一人知田農畜養積聚六畜及穀令一人求官食祿覆蔭門户欲令一人出家作沙門得道成就還度父母及一切人求四子者正爲此耳佛言令汝得所願優婆夷大喜爲佛作禮而去後生一男聰明黠慧其母愛之世間無比子後長大便問母言慈愛何以太甚未有此比母語子言本願四子唯得汝一人併愛在汝許是以爾耳所欲之意悉向兒說兒聞母說深感母志便行治生未滿一年得巨億財次安田業畜收蓋澤牛馬穀米甚無數次行學問仕進求官取婦生男門户遂成豪富之家復啓言所以求四子各知一事今代爲之三事粗辦唯少一事得出家者甚善慈母曰四子之願得具

足矣毋心念言本願四子各付一事尚恐不辦此兒所作過於本望今得出家必能成道即聽出家兒辭毋向佛所求作沙門即得具足精進不久得阿羅漢道還度父毋及一切人得福得道無不歡喜是以作福發願但在心志無往不得也

昔有一老毋惟有一子得病命終載著塚間停屍哀感不能自勝正有一子當以備老而捨我死吾用活爲不能復歸當併命一處不食不飲已四五日佛知將五百比丘詣彼塚間老毋遥見佛来威神光弈迷悟酔醒前趣佛作禮住佛告老毋何以塚間也白言世尊唯有一子捨我終亡愛之情重欲共死一處佛告老毋欲令子更活不也毋言善曰欲得矣佛言索香火吾當呪願更生告老毋求火宜得不死家火於是老毋便行取火見人輙問汝家前後頗有死者不答言先祖以來皆死過去所問之處辭皆如是經數十家不敢取火便還佛所白言世尊遍行求火無不死者是以空還佛告老毋天地開闢以來無生不終人之死亡後人生活亦復何喜毋獨何迷索隨子死也毋意便解識無常理佛因爾廣爲說經法即得須陀洹道塚間觀者數千人發無上正眞道意也

昔有一人兩婦大婦無兒小婦生一男端正可愛其壻甚喜大婦内心嫉之外佯愛念劇於親子兒年一歲許家中皆知大婦愛重之無復疑心大婦以針刺兒顖上令没皮肉兒得病啼呼不復乳哺家中大小皆不知所以七日便死大婦亦復啼哭小婦摧念啼哭晝

夜不息不復飲食垂命後便知爲大婦所傷便欲報讎行詣塔寺問諸比丘大德欲求心中所願當修何功德諸比丘答言欲求所願者當受持八關齋所求如意即從比丘受八戒齋便去却後七日便死轉身來生大婦爲女端正大婦愛之年一歲死大婦端坐不食悲哽摧感劇於小婦如是七返或二年或三年或四五年或六七年後轉端正倍勝於前最後年十四巳許人垂當出門即夜便卒死大婦啼哭憂惱不可復言不復飲食晝夜啼哭垂淚而行停屍棺中不肯蓋之日日看視死屍光顏益好勝於生時二十餘日有阿羅漢見往欲度脫到其家從乞令婢持一鉢飯與之不肯取語婢欲得見汝主人婢還報云欲見大家答言我憂愁垂死何能出見沙門汝爲持物乞與令去婢持物與沙門故不肯去沙門言欲見主人婢如是數反沙門不去婦愁憂無聊沙門正住不去亂人意不能耐之便言呼來沙門前見婦顏色憔悴自掩面目不復櫛梳沙門言何爲乃爾婦言前後生七女黠慧可愛便亡此女最大垂當出門便復死亡令我憂愁沙門言櫛梳頭拭面我當語汝婦故哭不肯止沙門謂言汝家小婦今爲所在本坐何等死婦聞此言意念此沙門何因知之意中小差沙門語言汝梳頭逮我當爲汝説之婦即歛頭訖沙門言小婦兒爲何等死婦聞此語默然不答心中慚愧不敢復言沙門言汝殺人子令其母愁憂懊惱死故來爲汝作子前後七反是汝怨家欲以憂毒殺汝汝試往視棺中死女知復好不婦往

視之便爾壞爛臭不可近問何故念之婦即慚愧便藏埋之從沙門求哀欲得受戒沙門言明日來詣寺中女死便作毒蛇知婦當行受戒於道中待之欲嚙殺之婦行蛇遂遮前不得前去日遂欲冥婦大怖懅心念言我欲至沙門許受戒此蛇何以當我前使我不得行沙門知之便往至婦所婦見沙門大喜便前作禮沙門謂蛇曰汝後世世更作他小婦共相酷毒不可窮盡今現世間大婦一反殺兒汝今懊惱已七返汝前後過惡皆可度此婦今行受戒汝斷其道汝世世當入泥犂中無有竟時今現蛇身何如此婦身蛇聞沙門語乃自知宿命煩怨詰屈持頭著地不喘息思沙門語沙門呪願言今汝二人宿命更相懊惱罪過從此各畢於是世世莫復惡意相向二俱懺訖蛇即命終便生人中於時聽沙門語即心開意解歡喜得須陀洹道便隨沙門去受戒作優婆夷是故罪業怨對如此不可不慎之

昔舍衛國一旦雨血縱廣四十里王與群臣甚大驚怪即召諸道術及知占候使推之知爲吉凶占者對曰舊記有云雨血之災應生人蟒毒害之物宜推國內彰别災禍王曰何以别之知占師曰是爲人毒難可别知試勑國中新生小兒皆送來以一空甖使兒唾中中有一兒唾甖即成火燄知此兒是人蟒議曰此不可著人間即徙置空隱無人之處國中有應死者可送與之蟒吐毒殺之如是前後被毒所殺七萬二千人有師子來出震吼之聲四十里內人物懾伏所流暴害莫能制

御於是王即募國中能却師子者與千金封一縣無有應者衆臣白王唯當有人蟒能却之即勑吏往呼人蟒遥見師子徑往住前毒氣吹師子即死融爛消索國致清寧後時人蟒年老得病命將欲終佛愍其罪重一墮惡道無有出期便告舍利弗汝往勸之使脱重殃舍利弗便往其家神足來入忽然住前人蟒隆怒念曰吾尚未没爲人所易無所關白徑來住人前便放毒氣謂能爲害舍利弗以慈慧擁之光顔益好一毛不動三放毒氣而無能害即知其尊意解善念生便以慈心上下七反觀舍利弗舍利弗便還精舍吸氣人蟒命終當趣其日即天地大動極善能動天地極惡亦能動時摩竭王即詣佛所稽首于地問世尊曰人蟒命終當趣何道佛言今生第一天上王聞佛語怪而更問佛言大罪之人何得生天佛言以見舍利弗慈心七反上下視之因是功德生第一天福盡當生第二天上至七反以後當得辟支佛而般涅槃王白佛言七萬二千人罪不復償耶佛言未後作辟支佛時身當如紫磨金時當在道邊樹下坐入定意時有大軍衆七萬餘人過見辟支佛謂是金人即取斫破各分之定墮手中視之是肉皆還聚置而去辟支佛因是般涅槃今世之罪乃爾時薄償便畢佛告王遇善知識者山積之罪可得消滅亦可得道佛説是時王及大衆皆大歡喜禮佛而去

昔有沙門坐在樹下誦經鳥來在樹上聽經專心聽經不左顧右視爲獵師所射殺鳥臨死時其心不亂魂神即生天上自念生所從

來根源便識一世宿命旣生天巳來下散華在樹下沙門上天人語道人曰蒙道人誦經恩福故得免此鳥身得爲天人道人聞鳥語便得道跡須臾忽然不現天人還本所師曰諸學道者臨欲壽終心不亂者所生不墮惡道苦痛之處便識宿命自所更來故出經示後生也

昔佛在世時去祇洹七里有一老公健飲酒弟子阿難往諫喻令佛在此宜當往見老公言我聞佛在此意欲往見佛佛善授人五戒不得飲酒我不得飲酒如小兒不得乳便當死我不堪是故不往也復行飲酒飲酒醉暮便來歸道中脚撥掘株上便倒地如大山崩舉身皆痛便自說言斯痛何快乎阿難常語我當至佛所我不肯隨語令身痛不可言便語家中大小言吾欲至佛所家中聞之皆驚愕公初不肯至佛所今何緣欲往語巳便往在祇洹門外住時阿難見老公來歡喜白佛言去祇洹七里老公巳來在門外佛言老公不能獨來五百白象勉來耳阿難白佛無五百象獨來耳佛語阿難五百白象在公身中於是阿難呼公前爲佛作禮白佛言我久聞佛在此愚癡所致不早奉覲願佛赦除我罪也佛問老公積五百車薪著地欲燒之盡當用幾車火能燒盡耶老公白佛不用多火用如豆許火燒如彈指頃便盡佛復問公公著衣來幾時公言我著衣來一歲佛復問公欲浣此衣去垢當幾歲能淨公言得純灰汁一斗浣須臾便淨佛語公公之積罪如五百車薪復如一歲衣之垢老公當從佛受持五戒

於是佛説數百言經豁然意解即得阿惟越致

昔佛涅槃後百年有王名阿育大憍奢作殿舍縱廣十里皆召諸小國畫師畫師至各隨意畫作種種形像廁實比有一小國最遠送一畫師後到觀壁上屋表裏盡畫遍唯有門頰邊五尺未畫復至仰觀視諸物不知復作何物自念我始來時過一小城城邊有池池有蓮華見有一女端正姝好有相可中天下母思惟巳便畫作城池蓮華及女像訖王至殿未入便見此畫問誰畫此耶曰後來畫師即問汝見形作也虛作也曰見而作非虛王問汝爲如形像作也爲使好乎曰不使好如其形耳乃相知此女中天下母便遣使者索娉爲皇后使者受命逕徃其國見女父母謂言王索賢女爲皇后女父曰嫁當柰何便謂詣女夫家語王使我索此女道遠三年乃到云卿巳取王者至尊卿不宜惜也當時與王此夫是優婆塞自思念人以財色危身若不與者或能治人便以婦與使者去還到白王王見大歡喜即拜爲皇后得好華便悲啼王問何故啼后曰王赦我罪當説耳王曰爲説后曰此正似我前夫香以故啼耳王恚曰汝爲天下之母故復念貧賤汝是老嫗當應治之旨遣使者往録其故夫知爲香不若不香者故當治之使者往問其家人家人曰此賢者失婦巳便報父母行作沙門得阿羅漢道使者詣佛國中語言王欲見供養道人道人曰我亦無所有復見我爲使白言王欲供養道人道人隨使去到白王王見道人道人身

香甚於蓮華王曰此人以香塗身但作熱湯浴之香又更甚復以繒其身其身香轉倍王乃信之問道人何緣得香乃爾願見告示道人語王吾前世時爲婆羅門行遥見人說經我叉手歡喜一心稱讚菩薩兼以少香燒以供養故令得福遂至道果

昔有父子二人共居入山斫林泉水有黃金子便歸求父索分言我不用餘物物盡與父惟與我車牛一具米二斛荻斫各一枚父不聽之數諫不止父便與之言汝莫復來歸子便入山掘泉水中金日日終不能得父便共相將往視之觀如是金仰視山頭邊有金若山影現水中便上山以大木幢墮金於地父語兒求之法當云何但掘水何時當得子不曉求金者唯人不持五戒但逐聽色聲人身豈復可還得也父者唯如黠之求金者觀如本末時持佛五戒加行十善生天人身世世不失後得佛道果

昔天帝釋與第七梵天親善時梵天下至忉利天上共戲釋愁不樂梵天問釋何以不樂釋曰卿見我天上人轉希不下方人無復作善者皆入惡道中無復生上者天人下生人間轉復不還我故愁耳梵天語釋卿便死化作一師子極令威勢我當化作婆羅門共下到閻浮提教授天下使爲善爲善死皆生天便各隨所化下到一國師子在城門中言我欲得人噉國人見之無不惶怖叩頭求哀終不肯去化婆羅門語國人言此師子惡與罪人應死者三十人自當去也王便出獄囚應死者三十人與師子師子得人驅著前去到

深山中未敢之頃化天語諸人卿等能持五戒念十善道身口意相應者此師子便不敢人諸人言我等當死此何足言能持耳便從化人受戒師子便不敢師子言置令去雖爾我知汝心若不持佛五戒者我故當噉汝爾三十人還國國人見皆驚問曰卿那得還耶答曰有一人教我等受佛五戒師子便不復噉我故我得來歸耳師子復住城門中國人大惶怖皆從三十人受五戒師子便去復到一國如是周遍八萬諸國皆使爲善死者生天天上更大樂豐盛饒人菩薩方便度人如是自到作佛佛語阿難釋天化師子者我身是也梵天化作婆羅門者今迦葉是也爾時助我化度天下人使我得佛我故與並坐報爾時恩

昔迦葉佛時有王名拘旬尼爲佛建立精舍滿事之王第七女前事梵志後信事佛梵志惡之字爲僧婢王有十夢怪而問之梵志思夢欲陷此女語王言得寵愛女焚燒祠天乃吉王甚不樂女問王曰何以不樂王說如是女曰燒吉者我分當之問幾日當祠梵志言後七日女白王雖當死願聽詣佛所使城南人盡送我出便勑送之女將至佛所說法盡得見法日一方送城四方面人悉見諦復求在城中人送亦如是六日求王及宮中官屬送之佛爲說法悉皆見諦王乃知梵志欺詐語梵志汝幾誤殺我女汝不爲佛作沙門當出國去梵志不知所至不得已悉詣佛作沙門後得阿羅漢果

衆經撰雜譬喻卷下

音釋

擽郎的切擊也 顖息進切腦門也 櫛側瑟切梳比總名 融以戎切余中

二切音𢹂 颿風音帆

阿育王子法益壞目因緣經

苻秦三藏曇摩難提譯

清刻龍藏佛說法變相圖

阿育王子法益壞目因緣經序

原夫善惡之運契猶形影之相顧受對朗驗凡三差焉現也中也後也播九色之深恩以悦天妃之耳目孤禽投王而全命形受五杌之切酷斯現報也群徒潛淪於幽壑神陟輪飄而不改身酸歷世之殃舋不曉王子之喪目斯中報也阿蘭縱禍於無想嬰佩永惑於始終終爲著翅之暴貍飛沉受困而難計斯後報也故聖人降靈必有所由非務不預青白明矣玄鑒三世弱喪之流深記來變坏形之累趣使引入百練之室自如來逝後阿育登位綱維閻浮光被流洽圖形神寺八萬四千羅漢御世汎濟億數國主師宗玄化滂沛萬民仰戴而不已神祇欽賴而愈深然王子法益宿殖洪業生在王宮容貌殊特後復受

對靡知緣起會秦尚書令輔國將軍宗正卿領城門校尉使者司隸校尉姚旻者南安郡人也親姚韶之次兄字景嶷文爲儒表則烈勳於千載武爲邈群則皎然而獨標亢音通實則辯機而曠遠執素縱情則翱翔而無倫德也純懿範也難摸赫逸翰於群才振龍威於昆鋒然愍求惑之叵救傷愚黨之不寤欲紹先勝之遺迹竪玄宗於末俗故請天竺沙門曇摩難提出斯緣本秦建初六年歲在辛卯於安定城二月十八日出至二十五日乃訖梵本三百四十三首盧傳爲漢文一萬八百八十言念譯晉音情義實難或離文而就義或正滯而傍通或取解於誦人或事略而曲備冀將來之學士令監罪福之不朽設有毫釐潤色者盡銘之於萌兆故叙之焉

阿育王子法益壞目因緣經

苻秦三藏曇摩難提譯

人在生死 纏綿來久 習罪識深 從起惱亂
婬之爲病 必成波激 猶可暴逸 有所傷損
慧者執心 念計分明 淡泊自守 御諸惡源
二十一結 染污人心 盡當捐棄 及放逸行
咸共一心 聽我所說 阿育王息 壞目之元
聲徹八表 彌滿國界 群庶忽忽 靡不驚愕
聖王阿育 於中綏化 領閻浮境 莫不從令
王復生子 顏貌端正 生有毫相 應紹王位
眼視清明 如天帝像 王覩此變 甚悅無量
便召群臣 沙門道士 躬自抱示 使彼瞻相
又勑諸臣 更立名字 令世稱揚 聲聞四遠
群臣拜首 承教而曰 王生貴子 世之希有
由正法治 天降此神 今當立號 名曰法益
所以然者 王法整故 以法教化 未曾違理
我等正是 法之真子 故稱聖子 字之法益
目猶蓮華 見者喜悅 瞻視俱瞬 如因提王
言辭詳敘 不緩不急 天性柔和 不行卒暴
有此名德 不可具記 今更重稱 號曰天眼
然阿育王 最所敬愛 隨時瞻養 不令有失
王恒遣候 探察內伺 知子吉祥 然後乃食
躬抱法益 欣抃終日 情慇愛感 寤寐無猒
王問天眼 汝造何福 今獲此目 如優鉢華
有時王子 出遊國界 恒令將護 不使憂慼
設有男女 見天眼來 皆起邪念 與欲情想
王素稟性 偏著女色 內宮侍人 像如天妃
諸有婦人 心懷恣態 窈窕娥媚 無不貫練
王大夫人 名曰淨容 晝夜伺捕 欲與私通
我當何日 果其所願 得與天眼 閑靜共遊

意便充足　不羡天宮　正爾殞身　於世無怨
時王太子　清晨早起　至夫人所　跪拜問訊
興居輕利　遊步勞耶　兼獻甘美　吉祥之果
夫人見來　欲意熾盛　便言汝前　與吾共遊
既充我願　又親情畢　彼我同歡　不亦快乎
天眼聞之　以手掩耳　內自思惟　酷哉斯言
何災之甚　痛貫心懷　育養恩重　豈容此法
漸漸退却　復道而去　還歸所在　靜默自修
彼見違願　又斷望意　搥胷歎息　起謀害心
蓬頭亂髮　而坐于地　瞋恚所縛　如羅刹鬼
彼人云何　取我辱之　要當方便　挑雙目出
令此國界　無見聞者　何況男女　覩其形容
爾時有臣　名曰耶奢　父王所恃　威伏萬民
逼節之初　來入慶賀　朝謁揖讓　如舊世禮
王子見來　以手拍頭　不祥之應　在吾前立
速還本處　勿復停此　吾欲入朝　慶賀聖尊
臣尋捉手　陽致重敬　願令王子　享壽無窮
向以尊手　而拍臣頭　柔輭之體　無所損乎
含笑徐語　趣悅前意　內興恚怒　如蛇懷毒
竊自思惟　要當報怨　不墮右手　終不行世
耶奢既跪　退還所在　以此元本　向天后說
夫人尋對　卿聽我語　亦有瑕穢　慙不能言
彼所毀辱　何地容之　分受刑斬　終不原捨
猶如耶奢　水中生火　燒焚山野　城郭縣邑
諸人見之　莫不驚怪　群臣相對　而共論講
何圖今日　水中生火　水能滅火　方從中生
今此王種　譬喻亦然　遇此太子　猶水生火
焚燒我心　所造功德　本無恐懼　今生怖畏
我恒長夜　而生斯念　吾年衰老　必得子力
反更摧辱　如弄婬種　此事隱匿　當復訴誰

耶奢白言 愆罪宜微 毁尊辱臣 謀當時施
要設權巧 求其方宜 不挑雙目 則非報怨
時有羅漢 名曰善念 天眼師宗 人民所敬
眞人入定 以道力觀 王子後必 當受緣對
數數教誨 微說道教 令知機變 萬物歸空
與王子說 色亦無有 有無亦無 無亦無無
聲從外應 由耳内候 香自波揚 鼻識而受
衆味經口 轉增舌根 身貪細滑 意法無厭
法有亦有 法無亦無 無有有無 無無亦無
猶如聚沫 必當毁敗 眼無常主 不可久保
如水上泡 會歸摩滅 當念思惟 無常之變
眼者遷轉 興衰不停 當自勗勉 求於天眼
夫天眼者 無能壞敗 漸當至彼 無憂之處
數捨俗務 往聽法言 親善知識 與共交遊
聞法意悟 眼得清淨 由善良友 逮阿羅漢
專心念佛 思惟法寶 敬奉聖衆 及師尊長
意不移易 則遇大幸 住不動地 眞佛之子
法益聞之 悲喜交集 此必有因 事不孤爾
云何人身 眼亦無常 師令戒勑 懇懃至深
宜當防護 施行嚴教 豈敢輕慢 違我聖師
當於爾時 閻浮地内 菩薩所行 投身之處
名曰石室 恒有王治 會遇國毁 主亦喪亡
國界群臣 庶民大小 普共就詣 阿育王所
前拜敬謁 叉手而言 聖王延壽 興利康强
石室散王 捨位遷神 願賜差次 領遺荒民
王子顧眄 告耶奢曰 速勑差遣 應誰統領
彼民剛强 須堪能者 無令凡人 録攝彼土
耶奢自念 今正是時 當遣王子 法益使攝
輙前長跪 即白王言 願垂聽許 微臣所啓
乹陀越國 樂如天宮 願差王子 統領荒民

便爲國土　至感所遇　亦使天威　遠震無外
父王聞之　即便瞋恚　呰愚所啓　豈足上聞
卿非國主　又非領民　爲因何力　使吾息往
汝舌云何　不段段墮　方欲遺吾　窮胎之子
今重原汝　再死之罪　好自改悛　勿殞吾身
從今至竟　重誡勑汝　愼護卿族　得延天命
設有稱吾　息名號者　躬自執劒　梟汝等首
若復更有　面稱字者　當生拔舌　吾取食之
假使我子　昔與卿讎　過去所作　因緣之本
及以現在　身口意行　今悉原恕　不録前罪
時臣懷嫌　不顧命根　前復長跪　重白情實
善哉大王　願垂天威　留神思惟　使國不亂
西方人民　受性頑質　恒好鬪訟　興兵攻伐
宜須善化　綏納人心　君臣和穆　豈非嘉會
乹陀越國　饒珍多寶　高才博聞　無事不闚
又石室地　名譽不朽　昔華瓔王　所治之處
其園池水　生金蓮華　銀葉寶莖　價直閻浮
此城有威　神德無量　非越常人　所可臨顧
國雖西垂　益事豐廣　願王善察　不忽微言
所以頻啓　以國事重　何敢專意　使太子移
利根聰叡　是知諸法　兵戰技術　皆備貫練
設當彼土　遭王子者　不加刀杖　自然降伏
所言柔和　無有麤獷　受性寛仁　無貪悋心
酒不過口　於色自制　恩接博愛　治無阿曲
設無此德　臣豈敢宣　是以煩聽　願垂時許
王當專一　何足二憂　設念尊息　慮彼國爲
今不時謀　後必有患　事不預慮　敗在斯須
王聞此語　如食遇噎　既不入腹　又不得吐
大臣所惑　莫有覺知　猶蛾投火　不顧後縁
時王阿育　涕零教曰　喻遣法益　統攝彼土

迎臣數萬　自然響應　吉祥寶物　尋集天庭
育王躬自　手擎天冠　冠法益首　而告之曰
善哉新王　吉無不利　常使吾種　登遵此位
撾鐘鳴鼓　作倡妓樂　懸繒旛蓋　數千百種
於彼國土　靡不周遍　八由旬內　人民充滿
著鎧象馬　各八萬四　金銀交飾　不可稱計
羽葆之車　八萬四千　步兵之衆　復八萬四
如天帝釋　出遊後園　玉女營從　樂何可過
如是王子　至彼方城　入石室城　導從無數
王至國界　萬民稱慶　適意自娛　如忉利天
城內里巷　懸繒旛蓋　香汁灑地　靡不周遍
時王法益　告人民曰　卿等以城　尊重吾者
於七日中　各勿作務　吾當賜卿　財寶之物
如我宮中　五樂自娛　恣情遊戲　晝夜無猒
吾今賜汝　隨意之寶　假令負債　出物代償
若有墮落　爲人奴婢　給與財帛　令不作役
盡令城內　男女大小　普修善行　無令有怨
復勑外境　宣吾教令　六年之內　勿輸資財
設有孤窮　極貧匱者　吾亦施物　不令有乏
其能自修　無殺盜心　吾當敬待　如己無異
時王法益　重宣令曰　半月三齋　此日難遇
男女相勸　無起懈怠　奉持八關　如來齊法
佛說人身　億劫乃獲　及八無閑　顛倒之法
如板浮海　盲鼈投孔　此猶可冀　求人身難
汝等已果　莫生憍慢　人中五樂　幻僞不真
當建天福　適忉利宮　七寶殿堂　食以甘露
其有欲得　受天之福　當於半月　奉持三齋
時石室王　教誨不懈　舉國豐熟　人民安隱
其有男女　遭遇彼王　命終之後　皆生天上
大王阿育　而問來使　法益治化　爲如法不

國界人民　盡靡伏不　卿令具說　不足疑難
來使歡悅　即前自宣　大王壽考　萬民蒙賴
法益聖王　氣力康强　恒以正法　恤化西方
石室城中　如天帝宮　王於中治　猶天王釋
乹陀越國　土豐民盛　所行真實　無有虛僞
不殺不盜　順從正法　人民之類　歡慶無量
願使大王　延壽無窮　蒙聖之德　各寧其所
阿育王聞　喜慶歡怡　和顔悅色　告耶奢曰
吾獲大利　其德實顯　法益王子　以理治化
率以禮禁　導以恩和　人民之類　莫不戴奉
今當分此　閻浮利地　吾取一分　一分賜子
使我法益　長生壽考　治化人民　如今無異
新頭河表　至娑伽國　乹陀越城　烏持村聚
劒浮安息　康居烏孫　龜兹于填　至于秦土
此閻浮半　賜與法益　綱理生民　垂名後世

師子曇羅　摩竭金根　維耶舍衛　倮形雕耳
雪山北界　至于海際　吾躬訓化　令無有限
臣耶奢聞　如被毒箭　外佯含笑　内懷瞋恚
即跪對曰　奉大王教　正爾傳令　不敢稽遲
竊自念本　宿對之惱　三毒隆盛　不顧身命
昔椎我頭　甚痛難忘　今不報怨　何日可果
尋即却退　還歸所止　密遣侍人　共白天母
夫人聞已　勑耶奢曰　速作祕書　退位刑罰
無令外伺　而見聞者　若當事顯　俱亦傾沒
耶奢白言　祕書易辦　唯須金印　用封印書
夫人報曰　印自我憂　今當供辦　何慮不果
善思行人　可付往者　無令輕舉　事情外露
時臣耶奢　詐稱王命　私述聖旨　虛辭萬端
輕誣彼土　欲令灰燼　云阿育王　咸恚彼國
若欲安此　閻浮地者　速從我命　不足違戾

見吾書信　并覩印封　摧檢法益　挑兩目出
此非我子　我非彼父　所治國界　亦非我有
竊爲此書　往示夫人　啓辦實印　不足疑難
令得印者　明當遣信　若小稽留　恐事彰露
爾時夫人　即以其日　向王涕泣　佯聲變怪
昨夜卧夢　極爲不祥　將恐王身　會遇疾病
宜先預慮　以禳惡夢　願飲甜漿　用悦我心
便能伏厭　不祥之應　尊及君民　永無有憂
王尋告曰　夢是非真　安能令吾　身值疾病
夫人聞此　重更悲泣　向天號哭　死轉于地
王當垂愍　應受我酒　無令妾身　永失命根
時王含笑　徐告之曰　卿意欲爾　當爲飲之
焉得使汝　自喪其命　此是小事　吾不相逆
王即受酒　飲小過差　尋醉睡眠　了無所覺
夫人取印　用封檢書　于時侍從　無見之者
王於夢見　有人解印　尋時驚覺　問左右曰
方始安眠　心識憎怕　誰來擾吾　神不得寧
速檢校之　無令有虚　其必有謀　欲危吾身
手執利劍　及飛鐵輪　奮赫天威　語夫人言
誰乃令汝　取吾實印　設不時首　正爾斷滅
夫人懷懼　長跪白言　願王垂察　實無此情
王重瞋恚　復告之曰　更無餘人　觸嬈吾者
令不面對　以誠陳過　當取汝身　分爲二段
夫人涕泣　跪白王曰　此是夢幻　現瑞怪耳
種非凡細　孤窮倮賤　何敢王前　虚稱詐實
假使須印　焉得偷竊　以誠告王　豈不得耶
王聞此語　默然不對　復還寢卧　達曉乃覺
夫人急勑　僞臣耶奢　速遣信使　不足停滯
當爾之時　王子法益　與諸群臣　共集殿上
歡會遨遊　隨意所娱　書信達到　石室城内

王聞外有　父王教勅　尋起前迎　拜跪頂受
授與左右　使發印封　見王教令　至爲嚴切
稱阿育王　普恚斯土　若欲安居　石室城者
速檢王子　挑兩目出　無令停滯　使影移轉
法益聞已　自投于地　我有何過　於父王所
遣此書命　毀我兩目　將非有人　向父王讒
群臣人民　聞此切教　咸共驚愕　莫知所如
何災之甚　乃見此變　大王瞋恚　無復係嗣
其中群臣　或作是論　我等不敢　毀法王目
誰有此人　能興斯壞　敢復舉意　挑出兩目
卿輩共集　固守境界　傳告遠近　供辦戰具
寧喪人民　分我妻子　不令我王　受此苦痛
急擊鳴鼓　召力勇猛　火燒此書　摧殺來信
彼非我主　我非彼民　實不從令　毀聖王目
時王法益　告群臣曰　勿生此心　以逆聖教
父王兵衆　非筭所籌　勇猛剛健　世之希有
卿等雖欲　各現微誠　事不果者　國界普喪
我命何常　身爲誰有　乃使大王　怨責至深
寧殞身命　分受來勅　安得自濟　使國荒亂
卿等勿復　思向來論　速受王教　取吾眼毀
夫盛有衰　合會有離　無身則已　死豈可避
佛不說乎　是身苦器　恒漏臭處　無一可貪
速告城內　誰能堪任　取王法益　挑出雙目
今賜寶瓔　價直千萬　兼與金銀　不可稱計
國土人民　聞此教令　運集宮門　投鍼不下
異形同響　悉共高聲　號天叩地　各訴辭曰
何酷之虐　失我聖王　如此天宮　云何遷轉
城郭如是　坵荒不久　國界邦土　悉爲埳陵
我等咸共　傳告隣國　云王阿育　爲惡之首
殺兒揚名　有何可貴　尚不愛子　民何所恃

爾時城內　有一凡夫　昔與王子　小小𪕰嫌
徑自直前　求受重募　吾堪挑眼　亦能梟首
左右諸臣　指示啓曰　此人自稱　堪毀王目
猶可思詳　拒父王教　願不使主　受此毒痛
王見此人　悲泣交集　左右顧視　告群臣曰
吾居此城　十有二年　備有愆短　咸共原恕
設復今見　毀吾目時　勿復愁惱　起諸惡念
還理國事　如舊常法　以正治化　務使得宜
正使意欲　食天之福　常念齋戒　無違斯須
王脫寶冠　珠璣瓔珞　及寶履屣　授與前人
卿當知吾　欲思法本　一一挑眼　著我掌中
時彼惡人　手拔利劒　先挑一目　授王掌中
王自執眼　而熟思惟　方憶先師　本所教誨
霍然心悟　繫意不忘　昔師所演　理極深遠
而告我曰　眼者無常　師勑至誠　實無虛詐
寂靜微察　解無常義　此眼不久　爲當壞敗
眼我知本　誑惑世人　群愚翫習　不知是空
生死穢濁　如芭蕉樹　葉葉相覆　中無有堅
智者觀察　無一可貪　豈復興意　著於眼色
眼非我有　非作非造　彼無我處　焉有眼哉
愚者起惑　染著眼識　輪轉幽冥　長流之海
眼今與汝　永共別離　由何元本　與吾作眼
如水上泡　乍起乍滅　虛僞無眞　用彼眼爲
如是法盃　微觀眼源　思惟玄妙　意不移動
執正御亂　心如金剛　諸想永寂　志不流馳
爾時彼人　復以利劒　挑第二目　著王掌中
重觀眼源　本從何致　解諸法寂　萬物歸無
即於座上　得天眼通　諸塵垢盡　自致道跡
感應天地　六變震動　喜情內發　而三稱善
捨世穢目　致斯淨眼　功德微著　自知道成

諸臣呼嗟　死轉于地　痛何甚酷　失我所天
昔造何緣　爲何宿對　今敗此目　如捐瓦石
又重叉手　各自陳啓　願王垂愍　還統此邦
我等相率　詣父王所　訴辭自陳　令理國土
時王法益　慰謝諸臣　深感無極　至報之心
形毀之士　何安貴邦　宜則自退　時出國界
即將夫人　侍臣有一　捐王寳位　涉道而去
周流村聚　郡縣國邑　徒屣曠野　嶮阻之難
然王太子　素善彈琴　加音清妙　世所希有
依憑此術　家家乞求　從國至國　用自濟命
如是經歷　諸郡城郭　漸漸便至　父王治處
時臭惡聲　流聞海表　云王阿育　毀兒兩目
村落郡國　莫不驚動　吾等悉當　於何處避
男女大小　悲泣相向　太子於王　有何罪咎
彼人焉得　手不斷壞　取我聖王　毀此兩目
王子法益　告諸人民　父王無咎　世人無怨
是我宿對　今受其報　此緣久矣　非適今世
時阿育王　在高樓上　獨與夫人　而共寢寐
王子法益　止馬廐內　竟夜歌戲　鼓琴自娛
王聞琴聲　悵然意變　宮商和雅　似吾法益
何人彈琴　響震乃爾　將非即是　吾法益耶
夫人報曰　此非王子　無目之士　行乞自活
乾陀越國　如釋天宮　領統西方　如日貫雲
王令時起　詣殿治正　諸臣運集　欲覲至尊
趣欲使王　志竟他念　入出慄怖　恐殃及身
王重聞音　鼓琴之聲　即便驚起　微察來響
顧謂左右　此非異人　定是我子　來至此耳
咄弊婦人　不須多言　速將此人　使吾見之
尋遣使喚　將至王所　王遥見來　自投于地
號天稱怨　心意倒錯　愛悴悲感　如被火然

諸臣水灑　扶令起坐　王冠嚴服　而問之曰
誰壞子目　酸毒乃爾　傷我心肝　復用活爲
本如天眼　今遭此災　悲哽斷絕　死而復甦
復捉寶冠　而投于地　亂頭散髮　奮振天威
珠璣瓔珞　各在異處　手執利劒　告左右曰
吾今要當　消滅天下　老舊少壯　無免吾子
石室城內　盡當茹食　人民之類　斯挑眼出
乹陀越國　令使丘荒　坐壞吾息　清淨之目
亦當害此　吾所居國　不問男女　皆悉挑眼
即擲鐵輪　於空中轉　殺閻浮內　有形之屬
父王涕零　問王子曰　誰壞子目　乃致於斯
今我心肝　寸斷抽絕　觀者億數　無不哀愍
王子尋對　書印此發　教令嚴切　莫不驚愕
願王勿責　石室城人　彼人民和　無有僁罪
是子薄祐　招致斯殃　皆由曩昔　不善之業

諸臣見書　悉懷瞋恚　阿育何爲　行此不仁
於閻浮地　實無慈愍　云何興心　毀此王子
我等諸人　皆共運集　傳告國界　嚴備戰具
寧失邦域　分受刑罰　不使王子　受此毀辱
勑燒書信　并殺來使　於石室城　速擊鳴鼓
彼非我主　我非彼臣　實不敢毀　王子雙目
子尋誨喻　彼界人民　勿興此懷　以逆聖教
向於父王　生反逆心　自古迄今　興衰有限
時行尊約　承來嚴教　莫得稽留　違此書命
生民群愚　不識真僞　願王舍容　垂恕不及
大王留神　觀察佛語　忍爲大力　能勝衆怨
時可捨放　不録罪愆　莫以子目　起殺害心
地獄苦痛　拷掠酸楚　備受罪報　用憶子爲
若見愛愍　惠本願者　何於子身　殺害人民
國土男女　民萌之類　悉懷恐怖　願時赦寬

當於爾時 王子師主 將諸比丘 入城乞食
手執應器 法服齊整 漸漸以次 至王宮門
阿育遥見 悲泣交集 即起前迎 長跪問訊
昔尊弟子 法益王子 今遭殃疊 毀壞雙目
悲感情傷 哀切難勝 願尊臨顧 療以法藥
羅漢報曰 無常百變 此來久矣 非適今也
尋將比丘 即前就坐 告王勑喚 使法益來
王躬自入 手執導引 觀者數萬 莫不痛心
前接足禮 淚如駛河 悲憤哽噎 謙卑說曰
昔師教誨 誠如來勑 眼者無常 亦無牢固
思惟此義 淵玄深遠 肉眼穢濁 不可恃怙
亦如聚沫 被照之露 猶水浮泡 鏡像光移
芭蕉野馬 幻化不真 智者所棄 有何可貪
時王阿育 前跪白言 願演至味 使復視瞻
愁憂憤心 拔濯清淵 流浪之徒 使還歸真

思惟尊教 安處無爲 令將來世 知宿報源
羅漢尋起 至王子所 手執白氎 覆法益頭
月光夫人 親王子母 尋起于座 叉手跪侍
躬擎香爐 燒衆名香 向十方國 方面境界
諸有神祇 尊豪鬼王 盡集此處 證至誠誓
令我法益 還復眼目 諸神證明 至誠感動
八部鬼神 即時響應 四面運集 無空缺處
復告王子 發汝心願 歸佛法衆 及尊師長
過去諸佛 方將來者 自投歸命 興尊敬心
諸賢聽我 發真實誓 以逮不著 獲清淨眼
得道已來 終不先食 要前度人 然後乃飡
憶念我昔 承事諸佛 式佛維衛 毗舍如來
以若干種 繒綵華蓋 作倡妓樂 以用供養
加復燃燈 續尊光明 緣此德本 使復眼根
昔於式佛 發此誓願 諸無肉眼 吾當療治

還復眼根　如前無異　設果我願　得眼根淨
若復王子　五百世中　審是我息　如實不虛
吾以今身　更不受胎　願令王子　如我無異
復告阿育　王念昔日　以一掬土　施於如來
由此福田　王閻浮提　鐵輪獨遊　而無儔匹
今亦當發　至誠之誓　福及王子　使得眼根
爾時尊者　騰遊虛空　作十八變　涌没自由
大王見已　叉手長跪　專精其念　自投于地
歸命我尊　釋迦文佛　蒙遺餘福　統閻浮地
若使如來　記莂我身　吾逝百歲　當有王出
於閻浮地　起八萬四　如來神廟　周滿方域
神口所記　今已果獲　彌綸境内　普興福業
領閻浮界　獨步自由　設法不虛　得眼根淨
昔所種福　於眞人所　敬奉三寶　國師道士
及施窮乏　諸裸形者　以此福業　施於王子

王念昔遊　巡行國界　乃經諸山　鐵圍之表
聞下有聲　雷震天地　響應震動　音甚酸酷
王乃下盼　見閻羅王　臣吏叅佐　辟問罪囚
所犯形狀　輙便決斷　隨罪付治　無增減心
十八地獄　熱鐵湧沸　十六鬲子　圍遶一鑊
刀山劍樹　火車爐炭　罪人叫喚　苦毒萬端
王問左右　此爲何人　諸臣答曰　死人王也
主別善惡　檢罪輕重　伺察殃咎　料簡賢愚
是時阿育　告群臣曰　死王猶向　造地獄治
我今乃是　生民之王　豈復不能　地獄治化
問諸群臣　誰有斯人　極惡凶暴　領地獄者
諸臣對曰　唯有無擇　五逆之人　能造地獄
黃髮赤眼　卷眉腫頰　高顙褰鼻　乃能行惡
王勑諸臣　訪覓惡人　如此比類　速來上奏
臣即馳奔　國界縣邑　見一池側　有一織罽

傍設弓箭　仰射飛鳥　前灑毒飯　用捕群雀
脚牽鉤餌　以釣淵魚　後施罥弶　微伺麞鹿
引頸鳥鳴　招致鳥獸　諸人見之　審如所募
臣還以狀　白王情實　行求惡人　其誠如斯
王言善哉　乃果我願　究尋此人　必辦獄事
王遣人喚　云吾欲見　重賜珍寶　隨意所須
惡人報曰　我是小人　無所識知　王用我爲
使復答言　卿必還貴　欲得汝身　治地獄事
其人歡喜　即還到家　具以事狀　而啓父母
父母聞之　甚懷憂慼　各自抱兒　不放令去
兒意勇盛　即拔利劒　斫殺父母　而捨之去
往至王所　跪拜問訊　揖讓修敬　在一面立
王問惡人　卿父母在　無贍養者　何由得來
彼人自陳　父母固遮　以劒斫殺　而捨之來
王言苦哉　真五逆者　猶害父母　餘人何怙
即委此人　造地獄城　鑊湯劒樹　注鐵垣牆
尋使其人　爲地獄主　立諸臣佐　各有所典
如閻羅王　約勑獄卒　有入獄者　無令使出
不問貴賤　豪尊長者　得便治罪　勿責曲直
正使我身　入此中者　亦莫聽出　加以重法
繞城周帀　種好果樹　修治園觀　狀如天宮
時我獨步　頭陀乞食　漸漸以次　到此城門
外見香花　樹木繁茂　謂是好人　豪貴居家
即便入門　欲從索食　但見治罪　驚怖欲還
獄卒前捉　不聽使出　將至鑊所　欲加五毒
我復求曰　小見寬恕　至日中者　抱恩無已
學道日淺　又不廣誦　願聽見許　禮十方佛
惡人默許　期剋日中　語未久頃　男女二人
坐犯婬法　將入治罪　置碓臼中　以杵擣之
斯須之間　變成爲沫　時吾見之　唯念佛語

身如聚沫　誠哉斯言　受身胎分　要有斯對
過聖恒沙　誰免此患　吾今當計　非常之義
分别九漏　不淨之穢　又頃復變　爲白鴿色
思念此形　如久骨聚　變易非一　如幻如化
即時意悟　結盡結解　欣情内充　形發於外
快哉福報　與生死别　心意寂定　志如金剛
天燋地爛　融然一體　彌天熾火　安能燒我
獄卒復催　時入鑊湯　我時方笑　顔色容悦
獄卒復恚　差其四人　各扶兩掖　倒著鑊中
湯冷火滅　變成清涼　拷掠搒笞　普皆休息
即便化作　千葉蓮花　於蓮花中　結跏趺坐
坐卧湧没　作十八變　或飛虚空　去地七仞
獄卒見驚　白阿育王　獄中奇異　未曾所見
願王暫出　至泥犂城　臨視災怪　窮異之變
王語惡人　我先有要　正使我入　亦不得出
轉輪王教　言無有二　我今那得　復入此門
吏白王曰　但入無苦　聽令一日　後令立限
王即隨入　見鑊中人　在蓮華上　結跏趺坐
王遥問曰　汝是何人　我復報曰　吾是比丘
王復問曰　汝今在獄　當稱罪囚　何言比丘
時吾語言　汝眞愚人　蒙聖遺恩　王南天下
永劫積功　始乃得之　方更謗聖　稱爲罪囚
王問道人　汝今何故　轉輪王前　面稱愚人
時吾告曰　汝童子時　以一把土　奉上如來
佛受呪願　詣迦葉寺　以水和泥　補寺南壁
記汝後當　南閻浮提　作轉輪王　名曰阿育
一日之中　便當興立　八萬四千　如來神廟
王今此獄　是浮圖耶　更反招禍　無邊之罪
神識倒錯　癡心纏裹　愚中之愚　莫甚王身
惑人執迷　至死不改　今稱汝愚　何惑之有

王意即悟　五體投地　便自懺悔　師事我身
於是罷獄　興立善本　求獲無爲　不起滅法
本種土栽　令致王位　於佛福田　淨諸結穢
盡持壃界　奉上三寶　審有此福　使得眼根
王及尊師　發至誠言　即於座上　獲完淨眼
諸天須倫　神祇鬼王　皆稱善哉　歎未曾有
不可思議　神感之應　即前發氎　觀視眼目
王及夫人　遥見法益　容貌殊異　世之希有
爾時天地　六變震動　山河石壁　砸硪涌沒
内懷歡喜　不能自勝　前自長跪　白天師曰
師如生佛　施人眼目　蒙福威力　更生淨眼
王見瑞應　不可稱說　此必天身　寄吾生耳
脱已寶冠　授與法益　紹轉輪王　統閻浮内
王子前跪　白父王曰　子無此威　敢紹尊位
父王告曰　觀卿行跡　定是天神　畢然不疑
卿在我治　則非其宜　汝應紹位　我宜臣佐
速隨吾語　受此寶冠　勿足疑難　興猶豫想
師復告曰　王應受此　天冠威容　治化六年
昔本爲王　經六萬歲　時少六年　減不充數
阿育王疑　白大師言　願說本緣　開發蒙心
於何造行　致斯豪尊　既爲我子　眼得清明
又中毀壞　今獲完目　復作何緣　與尊相遇
導引法師　得法眼淨　今爲佛子　諸塵垢滅
復以成道　求離生死　願說昔日　所更行本
師告王曰　聽我所說　諦自思念　昔所因緣
過去之世　九十一劫　有佛名曰　維衛如來
爾時王子　爲我作兒　兼知數技　則善圖畫
我身七日　供養彼佛　王子畫造　如來形像
即以形像　宣示最勝　如來稱善　實無等倫
即於彼佛　發心誓願　所生之處　莫墮惡趣

恒使端正　眼目分明　生値豪族　不處卑賤
常爲婦人　所見愛敬　其有覩者　皆投于地
次後有佛　名式如來　將諸比丘　遊清明城
我爲長者　此爲我息　復共供養　承事式佛
次佛名曰　隨葉如來　度脫人民　不可稱計
爾時求願　爲子上燈　七日七夜　光明不斷
乘此福祐　長離苦惱　所生之處　得天眼淨
於賢劫中　有佛出世　名拘孫那　度人無量
三十二相　紫磨金色　坐道樹下　降伏魔怨
六十六年　奉持禁戒　月六歲三　初不脫失
次復有佛　拘那舍尊　照曜世間　如月星滿
爾時我亦　爲長者子　王子與我　作最小兒
有一比丘　得阿羅漢　以次乞食　來至貧家
時我見婦　供養比丘　衣被飯食　牀卧醫藥
王子懷恚　竊語已婦　卿今何爲　與此人通
我要當壞　此比丘目　是何乞士　覩視吾婦
次後有佛　名曰迦葉　衆相具足　出現於世
我時復爲　大豪長者　廣接恩惠　名稱四遠
復遇此兒　生死兩目　由本業報　受此殃罪
因造圖像　今致此報　生在王種　顏貌無雙
又眼徹視　在衆獨尊　見者心歡　靡不威伏
以曩昔謗　眞人羅漢　坐視婦人　欲壞他目
由本惡行　今毀兩目　善惡之報　終不腐朽
我請迦葉　及比丘衆　供養七日　隨所給施
子亦復於　七日七夜　奉敬如來　及請聖衆
兩手擎燈　形不移動　日三懺悔　自歸於佛
我本所造　身口意行　今盡改過　謹修禁戒
設後更遇　如此聖尊　願使鄙賤　得遭奉敬
即於彼會　盡於苦際　與父同時　成阿羅漢
於維衞佛　七日燃燈　發願求福　而獲天眼

今雖毀壞　肉眼根本　即時便獲　天眼之報
既遇迦葉　興出世時　願使更生　得清淨眼
或復有時　建立堅誓　使我與父　同時成道
於六年中　正法王治　竟此數已　便當盡漏
王聞此語　善心生焉　即前長跪　自投于地
尊今清淨　諸垢無著　於賢聖衆　安處無爲
法益新王　領閻浮提　無有賊盜　劫掠人者
無有疾痛　邪業之法　普行慈心　相視和順
時王法益　告群臣曰　卿等孝順　勿懷姧邪
興殺盜心　不善之報　亦莫婬泆　妄言綺語
酒不過口　恒當順法　不違正教　便成道跡
時王治化　以經六年　長跪叉手　白父王曰
子受王命　不敢違戾　乞聽出家　修清淨行
王即聽許　令出家學　禮父毋足　便辭而去
往詣於師　自陳啓曰　願師聽納　得在道次

尊者和顔　而告之曰　善來眞子　勤修梵行
卿於今身　斷除諸漏　莫懷懈怠　更受毀辱
剃除鬚髮　專精心意　普地震動　雨天雜花
尋時即受　具足之戒　眞人之法　無不曉了
師漸教化　指授儀則　眼如夢幻　當熟思惟
觀此五陰　都無所有　無人無作　亦無授者
知之悉空　愚者染著　髮毛身體　爪齒之屬
血髓腸胃　不淨充滿　此身無淨　亦無牢固
汝當思念　有爲之法　此五陰形　幻化虛僞
由此流滯　不得解脱　汝今慇懃　至解脱城
如佛所歎　豈有虛乎　長樂無爲　澹泊虛寂
諸佛過去　如恒沙數　難寤衆生　不聞不覩
興勇猛心　於瞿曇法　至安隱處　無往還期
如是尊者　教誨法益　晝夜經行　無復懈息
觀此五陰　如被火燃　即成羅漢　不復退轉

師復重告　諸來會者　捐忽非務　及俗煩鬧
天人根元　流浪生死　漂滯馳騁　隨於五趣
彼終生此　皆有因緣　人根相類　今爲汝說
行步顛蹶　不自覺知　視瞻眩惑　恒喜多妄
舉動輕漂　浮遊曠野　此人乃從　活地獄來
肢節煩痛　睡眠驚覺　夢寤兇惡　黒繩獄來
麤髮戾眼　長齒喜眠　聲濁暴疾　合會獄來
語聲高大　不知慙愧　喜閙喚呼　不別眞僞
眠卧呻吟　夢數驚喚　當知此人　涕哭獄來
恒喜悲泣　登高遠望　好鬭家人　無有親踈
言便致恚　經宿不食　此人本從　大涕哭來
身長脚細　筋力薄尠　言語咽塞　聲如破甕
神識不定　心無孝順　當知此人　阿鼻獄來
身體麤醜　長苦寒戰　好熱喜渴　慳貪嫉妬
見人惠施　自致煩惱　此人乃從　熱地獄來

見火驚恐　復喜暖熱　行步輕便　不避事宜
所作尋悔　復欲更施　此人復從　大熱獄來
小眼喜眠　所受多忘　所造短狹　無曠大心
見大而懼　視小歡娛　此人乃從　優鉢獄來
赤眼醜形　常喜鬭訟　誹謗聖賢　諸得道者
晝夜伺人　非法之行　當知此人　鉢頭獄來
眼視三角　不孝二親　生便短命　拘牟獄來
好帶刀劒　强嬈人鬭　必爲人殺　邠持獄來
身生瘡痍　口氣臭處　與人無親　曠地獄來
形體長大　行步劣弱　少髮薄皮　恒多病痛
見人則瞋　貪餮無猒　當知此人　從焰獄來
體白眼青　語便流沫　言無端緒　好弄塵土
見深淤泥　身卧其上　此人乃從　灰地獄來
卷頭黄目　人所惡見　臨事惶怖　劒樹獄來
手恒執刀　閙鬭便喜　爲刃所害　從刀獄來

體黑褰戾　喜止冥室　口出惡言　熱灰獄來
薄力少氣　不得自在　得失之宜　一不由已
設見屠殺　不離其側　當知此人　從剥獄來
瞋恚無常　尋知變悔　時能辭謝　不經日夜
旣責其心　如被刑罰　此人乃從　鉋地獄來
喜宿臭處　好食麤弊　所著醜陋　從屎獄來
顏貌醜惡　口氣麤獷　好讒鬪人　善香獄來
當觀此貌　所從來處　知之遠離　如避劫燒
次說畜生　受形殊異　專心思察　無造彼緣
語言舒遲　不起瞋恚　謙敬尊長　從象中來
身大醜穢　堪忍饑寒　健瞋難解　從駝中來
遠行健食　不避嶮難　憶事識真　從馬中來
恩和寬仁　堪履寒熱　所行無記　從牛中來
高聲無愧　多所愛念　不別是非　從驢中來
長幼無畏　恒貪肉食　衆事不難　從師子來

身長眼圓　遊於曠野　憎嫉妻子　從虎中來
毛長眼小　少於瞋恚　不樂一處　從禽中來
性無返復　喜殺害蟲　獨樂丘塚　從狐中來
小聲勇健　無有婬欲　不愛妻息　從狼中來
不好妙服　伺捕姧非　少眠多怒　從狗中來
身短毛長　饒食睡眠　不喜淨處　從猪中來
毛黄卒暴　獨樂山陵　貪食華果　從獼猴來
多妄强顏　無所畏難　行知反復　從烏中來
情多色欲　少於分義　心無有記　從鴿中來
所行返戾　强辯耐辱　不孝父母　從鸕鳩中來
亦不知法　復不知非　晝夜愚惑　從羊中來
好婬喜談　數親豪族　衆人所愛　從鸚鵡中來
所行卒暴　樂人衆中　言語多煩　從鸜鵒中來
行步舒緩　意有所覩　多害生類　從鶴中來
體小好婬　意不專定　見色心惑　從雀中來

眼赤齒短 語便吐沫 卧則纏身 蛇蚖中來
語則瞋恚 不察來義 口出火毒 從蝎中來
獨處貪食 聲響喑啞 夜則少睡 從猫中來
穿牆竊盜 貪財健恐 亦無親踈 從鼠中來
深觀相貌 從畜生來 次説餓鬼 專意聽之
身長多懼 以髮纏身 衣裳垢坌 從餓鬼來
脣乾鼻塞 咽細色黄 行喜顛倒 從餓鬼來
婬泆慳貪 嫉彼所得 不好惠施 從餓鬼來
不孝父母 家室大小 動則諍訟 從餓鬼來
不信至誠 所從趣爲 薄力少智 從餓鬼來
聲壞響塞 卒興瞋恚 食便好熱 從餓鬼來
恒乏財貨 空貧匱陋 智者所嗤 從餓鬼來
門不事佛 不好聞法 永絶天路 從餓鬼來
不敬妻子 兄弟姊妹 人所憎嫉 從餓鬼來
生則孤倮 無人瞻視 終歸來處 從餓鬼來

意志褊狹 不好榮飾 所行醜陋 從餓鬼來
所爲不獲 所作事翻 人所驅逐 從餓鬼來
成事喜敗 不審根元 不受人諫 從餓鬼來
不樂淨處 喜居廁圂 顔貌醜穢 從風神來
身大喜好 恒貪食肉 獨樂神祠 從閱叉來
健瞋含鬪 見物貪著 無有畏忌 從閱叉來
見者毛竪 直前熟視 如似所失 從羅刹來
體狹皮薄 顔色和悦 聞樂歡喜 從乹沓和來
意好輕飄 香熏自塗 多諸技術 從乹沓和來
恒喜歌舞 男女所侍 先語後笑 從甄陀中來
情性柔輭 曉了時節 能斷漏結 眞陀羅來
此餓鬼相 閱叉羅刹 次當説人 隨其根源
知趣所生 所執不忘 曉了事業 從人道來
解諸幻僞 已不爲之 所作平等 從人道來
善惡之言 初不忘失 不信姧僞 從人道來

貪婬慳嫉　執心難捨　盡解方俗　從人道來
信意惠施　解法非法　心不偏頗　從人道來
不失時節　亦不懈怠　供敬聖賢　從人道來
設見沙門　持戒多聞　至心承事　從人道來
供奉諸佛　正法衆僧　隨時聞法　從人道來
聞法能知　聞惡不爲　速遠泥洹　從人道來
此是人相　粗說其貌　今說天狀　所從來處
眼圓面方　黃體金髮　盡備技術　阿須倫來
直前視地　無有疑難　見怨輙擊　阿須倫來
依須彌山　有五種天　本所造緣　其相不同
腰細脚麤　恒喜含笑　智者當察　從曲天來
意好微妙　少於資財　見鬭則懼　從尸天來
身長體白　顏色端正　不好火光　從婆天來
常懷悅豫　聞惡不懅　不從彼受　從樂天來
思惟忍苦　好分別義　慈孝父母　毗沙天來

宿不樂家　喜遊林藪　志念女色　從三天來
財寶雖多　生卑賤家　心樂清淨　從三天來
任己自行　所爲不尅　望斷願違　從燄天來
意喜他婬　不守己妻　爲鬼所使　他化天來
承事父母　順法宜則　已短彼授　兜術天來
非道求道　心無恡想　不樂在家　從梵天來
意頑性質　恒貪睡眠　亦不解法　無想天來
五趣衆生　各有元本　性行不同　志操殊異
時王阿育　心猶懷恚　告諸群臣　聽我法要
卿等觀此　利劒神輪　若不時撿　造書之首
盡當殺害　閻浮地民　令此境界　丘如曠野
諸臣拜跪　前白王言　願垂寬忍　今當究審
尋出四布　聽外諲言　改形易服　隱容微察
爲誰作書　信使是誰　往來石室　斯是何人
匿情內發　聲流外彰　夫人淨容　耶奢所造

諸臣運集　前白王言　聽臣所陳　書印之原
今者此賊　在王肘腋　夫人善容　臣耶奢是
王聞此語　奮赫天威　即勑左右　推撿此人
將來王所　詰問情實　卿等審毀　王子目耶
二人戰慄　默然不對　亦不言作　復不言非
王瞋恚盛　勑語傍臣　速將此人　閉著鐵牢
周帀然火　聚焚燒之　即收反縛　將詣獄所
熾火燒殺　死入地獄　當復經歷　劫數之難
所以然者　王子昔日　生波羅柰　貲財無極
時有老母　孤窮倮凍　兼將孤子　詣門乞求
王子出見　便生瞋恚　以手掬土　坌其兩目
母子懷恚　興心生念　設我更生　與汝相遇
當挑兩目　如捐死石　善惡不腐　如影隨形
時老母身　今夫人是　所將孫兒　耶奢身是
既謗羅漢　又辱孤母　衆緣逼切　有何可避
爾時尊者　與諸人民　廣說法味　微妙之教
當熟思惟　眼聚之法　本從何來　移至何所
來亦無始　去亦無終　尋不見跡　何者是眼
莫著眼色　起有常想　此亦不久　必當壞敗
色如聚沫　法當分散　聲香味法　都無真實
恩愛離苦　怨憎會苦　盡當捐捨　修行慈仁
月光夫人　釆女之衆　六十餘人　聞法見諦
初見道跡　得法眼淨　七生七死　盡於苦原
復有勇猛　十千開士　得頻來道　無復畏難
三千夫人　諸垢穢盡　皆得道果　安處無爲
復有百千　諸豪尊貴　受三自歸　師宗法益
尊者善念　將諸比丘　上天導引　復道而去
到精舍已　終訖說法　飛在虛空　作十八變
坐卧自由　各捨形壽　入泥洹界　無復生老

阿育王子法益壞目因緣經

音釋

舋許覲切隙也　嶷魚力切　垖都回切與堆同　罥弶罥古法切網也弶其亮切施罥於道也　砈硪砈疋可切硪音我砈硪搖動貌　蹶居月切跌也　喑呃喑於今切呃於革切

雜譬喻經

失譯人名出後漢録

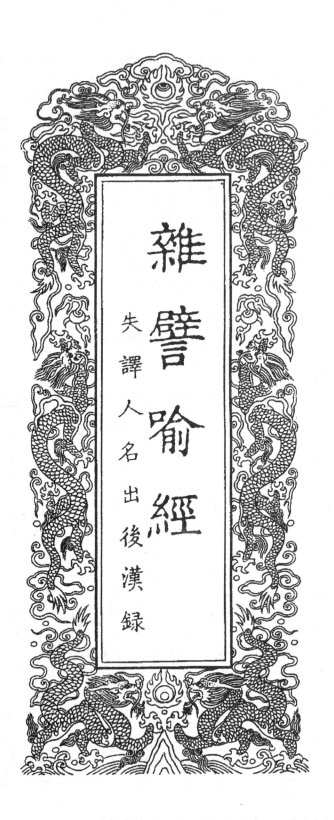

清刻龍藏佛說法變相圖

雜譬喻經卷上 上下同卷

失譯人名出後漢録

菩薩度人譬若巧乳母養子有四事一者洗浴使淨二者乳哺令飽三者卧寐安穩四者抱將出入恒使歡喜以此四事長養其子令得成就菩薩亦復如是有四事養育衆生一者以正法洗浴心垢二者以經法飲食使飽三者禪定三昧隨時與立四者以四恩饒益一切恒令歡喜以此四事勸誨一切長育衆生使得至道

世間有二知識常與人爲因緣令人得大罪亦令人得大福何謂二知識一者惡知識二者善知識譬如賊帥造惡逆殺害君父破亂天下衆生被毒殃無不加與之從事令人得大罪如釋迦文菩薩發意求道救度衆生四

等四恩接護一切三界五道靡不蒙度也所
謂善知識與之從事令人得大福
昔南天竺有一國名私訶絜處海渚之上其
城縱廣八萬餘里時他國有一老母名阿龍
遭難荒亂流離在此國孤單無所歸依乞丐
生活詣長者家欲求寄附時長者歸見之問
訊老母老母具自陳說窮厄之意長者愴然
愍之語老母言可住我家耳當相資給老母
喜曰吾無以上報當以小小作使所作衆務
不敢憚勞也便停止住意有悲喜昔日供待
衆僧隨意所設今日忽爾窮厄施心不達內
自感傷前禮道人問訊已訖不審僧朝中得
供未也道人答曰朝來入城乞丐了無所得
是以便還所解耳老母即念欲得飯衆僧而
自了無所有白諸道人我今入城視之若得
供辦者當還白之若無者亦當使知消息於
是衆許可各各解住樹下於是老母還舍啓
長者婦宜用數千錢今我雖在此作使願身
自賣終身爲婢可立劵要長者婦問曰卿在
此仰我衣食欲復用錢爲持作何等老母白
言私宜急用不可得說於是長者婦以錢與
之語言爲持去用若有時自可還我以劵何
爲老母得錢詣其左右先素知識者其以情
告之以錢人人付使爲供六十家須臾已辦
賫詣道人本謂無實定至誠乃爾皆怪其精
進出於不意而問老母居止何處吾朝分衞
無里不遍何以都不相值見耶老母具自陳
說本末我是某國中人也家素奉佛供養衆
僧值世荒亂流離至此室家蕩盡一身孤獨
依附此國大長者家給其使令仰其衣食空

身寄命了無一錢向見道人悲喜交集心有所懷恐願不果白夫人以身自賣求索少少欲飯衆僧慈惠見愍微誠得遂耳道人嘆曰眞可謂盡信施矣皆相謂曰吾等亦爲五陰之身行求分衛今日之食便爲噉人肉也宜各建意以報施功衆人齊心立八惟務禪精誠感通即獲超定神足威靈震動境界樹木曲躬有似跪拜道人見證讚叙施主國王驚肅怪其所以召諸群臣共議原其感瑞何緣致兹臣下四出觀察其所由見城門外道人群集施者濟濟其共相慶賴即入白王王曰正是所爲速請呼來臣下遂宣王命老母怖悸懼有非禍報答臣曰吾身繫屬長者婦不得自由臣還白此意王曰并請命來於是長者婦聞王勑命即與老母詣王所王問其意老母具以本末白王言王曰吾爲國主富有自在然不知奉敬三尊供養道士如此老母致感若斯王曰此母則吾師迎着宫内香湯洗浴坐於師位宫人婇女合二萬人王身受戒爲優婆塞夫人婇女爲優婆夷國人一切普發道意

昔道人於山中學道山中多有蝮蛇道人畏之便依一樹下高布牀褥坐禪念定而但苦睡不能自制天人則於空中笑覺之遂睡不解天人因作方便欲恐令不復睡極夜天人言咄咄道人毒蛇來矣道人大怖便燃燈火遍求之不見天人數數不止道人乃恚曰天人何以犯兩舌都不見物云何爲言言毒蛇天人語道人何不自觀内毒蛇身中有四蛇不除如何更從外求之乎道人聞天人語

即自思惟觀身歷藏乃知四大爲五陰六衰所沉没無數劫來至今未脱即解四諦苦空非身天未曉漏盡意解六通具足得阿羅漢

昔有阿育王於境内立千二百塔寺後得病大困有一沙門往省王王與相見悲不能自勝道人曰王前後所作功德不可計數當開大意莫有恨也王言正使死至不能有恨也所以悲者前爲千二百寺各織作金縷旛蓋千二百枚欲自懸旛散華於諸寺物始得辦而得重病恐不卒本願故自悲耳道人語王好叉手一心令王悉見一界中塔道人即現神足應時千二百塔皆在王前見大歡喜病即時瘥取金旛金華懸諸刹上塔寺低仰皆就王手王得本願身復病愈即發大意延二十五年遂作功德逮得不退轉

昔有阿育王拜爲政位二十八萬里盡屬之陸地龍閱叉等亦奉獻臣使無不伏者唯有一龍王北界所止之地廣三百餘里得佛一分舍利晝夜供養獨不降首於阿育王王即舉四種兵到其地上龍不出應龍有威神王亦不能得前如是三往不能得龍所以威神并者福勝我故也吾今當大作功德供養三尊已往取必得不疑也於是修立塔寺廣請衆僧數數不息欲自試功德便作一金龍作一王身著秤兩頭秤其輕重始作功德並秤二像龍重王輕後復秤之輕重衡平復作功德後王日重龍秤日輕王知功德日多興兵往討未至道半龍王大小奉迎首伏所得佛一分舍利者獻阿育王阿育王復興塔寺廣闡佛法

昔佛般泥洹去百年後有阿育王愛樂佛法國中有二萬比丘王恒供養之諸九十六種外道生嫉妬意謀欲敗佛法自共聚會思惟方便中有一人善於幻化便語衆人吾欲作幻變惡鬼形索沙門鬭之必散亡當知其不如必來歸吾等道矣異道所奉神名摩夷首羅一頭四面八目八臂諸鬼之最是可畏者梵志即作是身將諸醜鬼二百餘頭洋洋行於國中徐徐進前至王宮門一國男女莫不怖懅王出迎之見大惡鬼稽首問曰不審大神何所勑欲鬼語王言吾欲噉人王言不可爾也鬼曰王若惜人民者國中有無益王者付我噉之王言無有也鬼言諸沙門等亦不田作亦不軍征不臣屬王此則無益者付吾噉之王心不樂事不得已便遣使詣祇洹道其消息二萬比丘中有最下沙彌年十三歲名端正白諸比丘我當行應焉即便聽許之沙彌出外語維那曰其有梵志墮祇洹中者便共剃頭無令得脫便往其所語鬼神曰知汝來欲噉吾等吾等是僧中最小故來先相差次其餘比丘安次當來沙彌復言吾早來未得食卿等飯我令得一飽乃却噉我鬼神與之時從鬼梵志亦有二萬餘人王作大廚當與此等沙彌便取二萬人食具皆着口中神足飛着祇洹故未飽復取二萬梵志吞之亦以神足送着祇洹中時作幻梵志走大怖懅還復爲人稽首謝過願作弟子請比丘盡剃諸梵志頭爲說經法皆得羅漢一國人民無不歡喜得福得度王思惟言一小小沙彌感動如是況摩訶衍海何所不有者哉便發

無上正眞道意從是以來佛法興盛于今不滅

昔有國王喜食人肉勑廚士曰汝等夜行寄採人來以供廚以此爲常臣下後咸知之即共斥逐擯於界外更求良賢以爲國王於是噉人王十三年後身生兩翅行噉人無復遠近於山中向山樹神請求祈福當取國王五百人祠山樹神使我得復還國爲王於是便飛行取之得四百九十九人之山谷以石窖口時國王將諸後宮詣浴池戲始出宮門逢一道人說偈求乞王即許之還宮當賜金銀時王入池當欲澡洗噉人王空中飛來抱王將去還於山中國王見噉人王不恐不怖顏色如故噉人王曰吾本捕取五百人當持祠天已有四百九十九人今復得卿一人數已滿殺以祠天汝知是何以不恐懅乎國王對曰人生有死物成有敗合會有離對來分之不敢愁也旦出宮時道逢道士爲吾說偈即許施物令未得與以是爲恨耳今王弘慈寬恕假數日中布施訖還不違要誓也即聽令去而告之曰與汝七日期若不還者吾往取汝亦無難也王即還宮都中內外莫不歡喜即開庫藏布施遠近拜太子爲王慰勞百姓辭決而去噉人王遥見其來念曰此得無異人乎從死得生而故來還即問曰身命世人所重愛者也而卿捨命所信世之難有不審何所志趣願說其意即曰吾之慈施至誠信盟當得阿惟三佛度十方彼王曰求佛之義其事云何便爲廣說五戒十善四等六度心開坦然從受五戒爲清信士放四百九十九

人各各令還國諸王追是後王共至其國感其信誓常得濟命各不肯還於本國遂便住止此國於此國王各爲立第一舍彫文刻鏤光飾嚴整法國王飲食服御與王無異四方來人問言何以有此如王舍遍一國中衆人答曰皆是諸王舍也名遂遠布從此以來號言王舍城佛得道已自說本末立信王者我身是也噉人王者鴦崛摩是還王舍說法所度無量皆是宿命作王時因緣人也佛說是時無不歡喜得福得度不可訾計

昔雪山有白象王身有六牙主二萬象象王有二夫人一人年長一人年少每出遊戲時夫人侠左右時王出戲道遇一大樹樹華茂好欲取二夫人身上以爲光飾鼻絞撈樹而搖捎之風吹樹華獨落大夫人上小夫人在下風不得華謂王爲有偏意内生毒心後王池中生一金色千葉蓮華小象見之取持上王王得以與大夫人使着頭上小夫人遂益妬忿念欲害王雪山中多有道士於是小夫人採取美果每供養百辟支佛以後山上臨一險處而自誓願持是前後施辟支佛福報生於人中有豪勢自識宿命害殺此象王即便放身自投山下而死神來生人間爲長者女明慧遠識端正無比其女長大國王娉爲夫人愛重之夫人念言今且得報宿怨矣便以梔子黄面委卧稱病王入問之答曰夜夢見象頭有六牙欲得其牙持作釵耳王若不得此象牙者病日篤矣王素重之不敢違意即召國中諸射獵者得數百人而告之言汝等山中頗見有白象身有六牙者不皆言未

曾見也王意不樂使夫人呼獵者共道此意夫人言此間近處實無此象汝衆中誰有能耐苦大膽者乎有一人長跪曰我最可矣於是夫人與萬兩金與其鐵鉤斧鑿及法衣一具告之汝徑詣雪山中道當有大樹左右有蟒身長數百丈不可得近斧鑿穿樹從中過去前行當見大水有樹木臨水上取鐵鉤鉤上樹尋枝進而前度至象所住視其常所頓止處當下作深坑薄覆其上在中伺象來時以箭射之即著袈裟如沙門法象奉三尊終不害汝獵者受教即涉道去七年七月七日到象所止處作坑入其中須臾象王還獵者以毒箭射之象被此箭不從遠來便以鼻撈其邊地見坑中人即問何人其人大怖懅自首言我是應募人象王即知是夫人所爲自截其牙用與獵者語人言汝還去諸象見汝即當害卿教却行去群象必當尋迹追汝象王以威神將護七日之中得出部界還至本國以象牙與夫人夫人得之反覆視之且喜且悔未幾吐血死近釋迦文佛在世時天龍鬼神四輩弟子大會說法坐中有大比丘尼遥瞻觀佛便大聲笑須臾復舉聲哭衆坐中無不怪者阿難問佛云何此比丘尼得阿羅漢何因且悲且喜不能自勝願聞其事佛告阿難爾時白象王者我身是夫人者今瞿夷是小夫人者今比丘尼是以得神通識往昔事所以悲者不事心不喜笑者賊害善人更從得道衆會聞皆念曰與世尊作惡因緣猶尚得度況有道德之因緣乎一切衆會皆發無上至真道意願及十方廣度一切

昔佛詣倮國受須竭請其國近海龍興雲雨佛恐漂沒人民受飯食已引衆詣阿耨達池佛會畢衆坐已定告舍利弗不在會中天帝念曰佛左右常得神足智慧益佛光輝佛知其所念告目揵連汝往呼舍利弗來目連作禮而往舍利弗補護法衣目連白佛在阿耨達池天大會佛使我來相呼願以時去舍利弗言須我衣竟目連答曰不時去者吾當神足取卿及山石室置右掌中持詣佛所舍利弗便解腰帶着地語目連曰汝能令帶離於地者我身乃可舉目連即舉之地能爲震動帶不可舉目連以神足還佛所舍利弗先到佛邊目連乃知神足之力不如智慧之力也時坐中有一比丘耳中有須曼華衆坐皆疑比丘之法離於華飾而此比丘著華何謂天帝釋即白佛言不審比丘何以著華佛告比丘遣耳中華比丘受教即手挽去其華續復有如故如是取去其處故有佛語比丘以神足去之即以三昧力作數千萬手虛空中取耳華華故不盡衆坐乃知是道德因緣非耳着華也天帝白佛願說本末使衆會疑解佛告天帝昔惟衛佛時從來九十一劫時佛大會說法有一醉客在會中聽聞經歡喜耳上華取散佛上作禮而去命終之後九十一劫天上人中受福不復更三惡道欲知彼時人者今此比丘是也散一華福至今得道故未盡也天帝白佛言往日醉客不受戒亦不行六波羅蜜一散華福乃九十一劫于今不盡何況多供養佛者佛告天帝當知薩芸若饒益一切如是一切衆會聞說如是大歡喜普

發無上正眞道意

昔佛始得道教化天下莫不承勲唯舍衛國王不時信解佛之精舍與王園觀隔壁相近皆臨江水精舍中有沙彌者三百餘人每給三尊使令時維那使諸沙彌各持瓶於江上取水諸沙彌至江岸便脱袈裟作屋戲時王波斯匿與夫人在樓觀上坐遥見沙彌等共戲如是即謂夫人我之不信瞿曇良以爲是瞿曇之等自稱清淨無有隂蓋彼今戲樂與我無異那得言眞夫人答言譬如海中龍蛇摩訶衍法亦復如是有得道者有未得道者不可一論也夫人語未竟諸沙彌等着衣服各各取水正往向精舍所在以神足挑三百瓶著虚空中各各飛逐皆入精舍夫人便指大王所言王意未盡者今現神足何如也王見大歡喜即下觀與群臣百官共詣佛所稽首作禮歸命悔過佛爲説法王及夫人一切衆會皆發無上正眞道意

昔舍衛國梵志長者出城遊戲展轉到祇洹邊佛知其人有功德可度佛即出坐一樹下放大光明照祇洹界樹木土石皆作金色梵志見光問從者曰此爲何光乎從者答曰不知長者曰非是日光耶從人言日者光熱此光寒温調和非日光矣長者復問曰得無火光乎從人曰非火光火者動揺不定此光不動然不像火光也從人思惟知之語長者此是沙門瞿曇道德之光長者即曰勿説此語我不喜瞿曇速迴車還佛便作變化三面皆自然有大澗所向不得過唯於佛前有道徑從人白言瞿曇邊有道通過矣事不得已如

前遥見如來即以扇覆面佛復以威神使内外徹舉目正與佛相見悟覺下車稽首作禮佛與説法便發無上正眞道意尋得不退轉背佛去者尚得道慧何況信向者哉

昔波羅柰國有大力士八人一人當六十象力中有一人獨多權奇兵法六十四變文武皆具以是自恃無所畏難佛觀其人必墮惡道中往到其所欲度脱之守門人白瞿曇在外來欲相見力士聞之語左右言瞿曇所有智豈能勝我不如我也語守門者發遣令去不能見之佛三詣門不見佛於是化作年少力士來捔技門人入白力士問曰得無是國中八人耶門人答言年少耳未曾見也力士出外相見將詣戲場輕其年少便欲撲殺之語年少曰强來前當共手搏二人俱前當欲合之間佛以神足舉着空中去地十餘丈下向視地但見火刃都失貢高瞋恚之意但恐畏死遥於空中言歸命下方力士乞得全命佛便著地還見佛身力士知是佛稽首作禮我當知佛神足力如是不敢憍慢乃至於今也願見原恕以滅重殃佛即受之爲説深法便發無上正眞道意即得阿惟越致佛之權道所度如是

昔羅閱祇國有婆羅門子獨與母居年少長大自問其母我父何所奉事欲習其蹤母語子言汝父在時一日三反入水自洗浴子言父作是何所悕望乎母言恒水遣垢可得神通矣子曰不然母謂子汝寧有異見乎子言若其然者水北居民日驅牛南渡放日再洗浴何不得道且水中有魚鼈之屬在水活何

以復不得道乎母言汝意云何子言唯有如
來八解之池三昧之水浴此乃無爲耳因報
母言當詣佛所沐浴神化於是母子至佛所
佛爲說法子作沙門得羅漢道還爲母說法
復得須陀洹道

雜譬喻經卷上

雜譬喻經卷下

失譯人名在後漢錄

昔罽賓國中有一比丘廣訓門徒數百餘人中有得四禪者得五通者得須陀洹阿羅漢者時有安息人到罽賓國見比丘教化如是有信樂心爲作弟子未久之間成五通行便現神足於衆人前師告之曰汝雖得五通意結未解莫現神足以自貢高也便心恚師謂師妬伎自念曰當還生地現道德耳即飛到本國詣安息王殿前現神足飛來王爲作禮而問道人是何國人比丘言我王國人詣罽賓國學道今所以還欲福土地報所生恩王大歡喜即長跪曰願道人自從今日常住我宮中受我供養比丘即可之王手自供養或使夫人及婇女比丘便有欲意向青衣諸臣下知之以白於王王逆訶之王所以不信者本見其飛來故也未久之間青衣腹大諸臣復啓王王以夫人爲驗乃知其實即奪法衣遣使令去出宮以是道人故不加楚毒比丘出外行作劫人賊無當前者王不知是前比丘也謂募雄士使人生捕將來定是前比丘王問曰汝前犯欲謂爲誤耳云何復劫人乎比丘叩頭曰窮無復餘計故也王曰我本見汝神足飛來故不忍加於汝毒今復赦汝勿復犯我界中解放令去比丘念曰如行客作求生活也即自衒有屠家雇使椎牛刺羊事事皆爲後使打骨迸掉中面壞其眼根無所復見不復中使主人遣令其去於是持一破盂順巷行乞遂成賤人比丘更變其間數年師以道眼觀察欲知所在見比丘如此在安

息市乞時門徒中但學五通不求斷苦者五百餘人師告之曰汝等速嚴今當共行省往日安息弟子弟子皆喜曰彼道德必大茂盛師乃自屈往省皆承神足須臾以到住於其前師呼其名即答師聲言和尚來耶師言爾故來相省師問曰何緣乃爾弟子具陳本末徧說所犯意師語諸弟子得五通非堅固道也不可恃怙矣師說是時五百弟子皆得六通成應眞道彼一弟子慙愧無辭師徒一切更還本所

昔有一國豐熟饒人他國欲來取之即與兵往國中已知便大發兵十五以上六十已下盡當征行時有一人爲織縏公年向六十其婦端正常輕慢夫主壻每敬難大夫事之壻語婦言今應行被勑自具兵仗及資粮器物願時發遣婦與夫一五升器以用盛粮織縏杼木一枚長丈一尺婦言汝持是行鬪無有餘物也設令破是器失是杼木不復共汝作居家夫便辭去不念當爲軍所傷害但畏二物差錯失於婦矣道逢彼兵共鬪軍不如即退縏公恐二物差錯則失婦意衆人皆走唯縏公便舉縏杼著頭上向賊而獨住彼軍見之謂呼勇猛不敢復進却退於是國軍更得整陣并力進戰即大得勝彼軍不如死散略盡王大歡喜當賞有功衆人白王織縏者應與上功王因呼見問其意故汝何緣由獨得却大軍乎對曰實非武士家婦見給從軍二物設當失此二物者婦則委去不成家居是以分死欲成二物因之却軍實非勇健所致也王謂諸臣此人本雖畏婦要濟國難當與

上功即拜爲臣賜其寶貨宅舍婇女亞次於王子孫承福世世相繫此世間示現因緣所得佛借以爲喻婦與夫五升器丈一尺朽木者譬佛受弟子五戒十善也屬人言堅守二物不毀失者可得與吾共居也此謂持法死死不犯者則得與佛俱昇道堂矣既得當敵却軍復見封賞者譬守戒人現世怨家橫對爲之消滅後世受福天堂自然者矣

昔舍衛城中有豪貴梵志財富無數聰識明慧然墮邪見不信善呼謂無益時舍利弗以道眼見念是長者宿有大福得爲豪富今但食故不復造新必還三塗當往度之便神足當其座前持鉢而住時梵志方坐欲食見舍利弗甚大瞋恚即推門家撾打盥手已還坐食亦不請坐亦不遣去食竟洗手漱口含一口水吐著舍利弗鉢中言持是去相施時舍利弗言使汝長夜受福無量即還去長者懅恐行訴言使人尋之舍利弗還還精舍以水和泥泥佛所經行處白佛言彼慳貪見施一口水今用泥佛經行處願佛經行其上使彼長夜受福無量佛即爲經行三昧長者所遣伺候者具見如是還白長者佛所棄輪王位行作沙門持鉢求食非有貪求也欲度衆生故耳具以本末說之長者大悔有不事心舉家大小盡詣佛所懺悔謝過愚癡無識願恕重殃佛爲受自歸爲其說法疑解結除得不退轉

昔波利弗國比於餘國最豐熾盛真人神人下至不肖九品皆具道德仙經及流俗書亦復具足金銀穀帛無物不有佛每稱之爲聞

物國時諸外道九十六種咸共議曰佛說國無不有當共往求國所無者因此折之令不至誠然後吾等必得敬事梵志議曰未聞此國有羅刹鬼當故求之必不可得此顯佛證道不正矣遍順行市里求欲買鬼皆無有賣梵志喜曰謂以得策天帝知之梵志謀計即便來下化作賈人坐於肆上有如賣物梵志順肆次到其前問有鬼賣不天帝言有欲得幾頭梵志相謂此虛言耳所從得鬼賣而言幾頭乎梵志等曰欲得數頭天帝便開肆門惡鬼忽有數十頭梵志見之甚大怖懅各各心念知佛至誠皆詣佛自歸言波利國雖衆物普有其空手往者一物叵得持財貨買無物不得借以爲喻此是世間示現譬薩芸若城其中無所不有四等六度三十七品聲聞辟支上至如來若有人不修德行於薩芸若中望有所獲不可得也若奉聖教撿身口意譬如有貨無願不果矣

昔天竺國有松寺中有四道人皆是六通國中有四居士各請一道人長供養之四道人各行教化一人至天帝釋所一人至海龍王所一人至金翅鳥所一人至人王所於是四道人所受供養鉢中之餘還分檀越食之百味具足所未曾見各問道人所從得此道人即各爲說本末於是四居士各發一願一人言願生天帝釋宮一人欲生海中作龍一人欲生金翅鳥中一人欲生人王中作子壽盡皆得往生爲四神王同時有念欲八關齋遍觀靖處唯摩竭王後園寂寞皆到園中各坐樹下慈心奉齋行六思念意一日一夜明旦

事訖乃相就語摩竭王曰卿等何人也一人言我是天王一人言我是龍王一人言我是金翅鳥王一人言我是人王四人相見說本末已皆大歡喜天王便言吾等俱齋誰得福多者人王言曰吾之欲近在國外音樂之響乃徹聞此能於中專心吾福第一天王曰吾之天上七寶宮殿玉女衆伎衣食自然不復想念遠來全齋福應第一金翅王言吾之所好唯食龍爲美甚於五樂今共一處無有惡念大如毛髮吾福第一龍王曰吾之等類是金翅粮供也常恐見食畏怖藏竄今在一處分死全齋吾福第一摩竭王曰吾有智臣名波陀類吾當請之使令決義即召已到具語其意波陀類便取青黃白黑四種之繒懸著空中問於四王四色在空各自異不四王曰異色灼然矣臣曰繒影在地爲異無答曰不異也臣言今四種受形各異譬如繒色質不同也今之法齋志趣一味譬如地影無若干也今四尊王發大道意精進慈齋得佛之時相亦一等無若干像四王歡喜即得道眼

昔有富迦羅越有兩子父得病臨困囑大兒曰汝弟幼小未有所知今以累汝善營濟之勿使飢寒父子悲決於是遂亡後時婦語其夫曰君弟小長當嬈君家所有之物皆當分之曼其未大何不除遣兄始不肯數語不一兄便隨之將弟出城詣深塚間縛著栢樹不忍手殺欲使虎狼惡鬼害之語弟曰汝數犯我使汝在此宿昔思過明日當相迎便捨之去須臾日暮鵄鵰狐狸所在鳴呼弟大怖懅無所歸告即仰天歎息曰三界之中寧有慈

仁受目歸乎今日困厄懷怖無量於是如來覩彼求救正坐三昧放大光明名曰除冥光照塚間即時大明次放一光名曰解縛光至兒所縛即緩身不復痛次放一光名曰飽滿一切兒見光明即不復饑於是如來尋光詣彼使手自解縛而告之曰欲何所趣乎兒白言願我作佛脫一切厄如佛今日即發無上正眞道意佛爲說法若干出要逮得不起法忍白佛言我兄雖有惡念違孝害我因此得見佛斷生死苦欲往報恩佛言善哉宜知是時便以神足飛往兄家兄婦見之慙懼無顔即語兄曰雖用惡妻之言縛我著塚間因緣是事今日得道皆兄恩也爲嫂兄說法便得須陀洹

昔佛在王舍釋數下供養三尊唯摩訶迦葉獨不肯受何以故本願但欲度貧窮人故於是天帝作權方便夫人俱下作貧家公嫗弊草屋下時摩訶迦葉入城分衛天帝公嫗迎爲作禮自說寒貧願受麤食迦葉可之返迎葉鉢盛滿甘露使形色麤惡其實逾百味方入口香甘非常即三昧觀乃知天帝迦葉言卿之福祚巍巍乃爾何以故不猒足耶天帝報言三尊福報甚豐無量是以智者未嘗猒足也

昔外國有一松寺中恒有衆僧百餘人共於中止學有一優婆夷精進明經去寺不遠日飯一沙門衆僧自相差次從頭至竟周而復始其有往者然彼優婆夷輙從問經義自隱學淺者每不喜往有一沙門摩訶盧晚作沙門一無所知次應往食行道遲遲前却不時

至優婆夷逢見之言此長宿年老行步詳序謂是大智慧益用歡喜與作好食畢施高座欲令説法道人上座實無所有知自陳體中言人愚無知實苦優婆夷聞是便思惟之愚無所知則是十二因緣本是死生不絶致諸苦惱是故言甚苦思惟反覆即得須陀洹道便起開藏室欲取白㲲布施道人道人便下座捨去還於精舍優婆夷出不知道人處所爲在門中望亦復不見真謂爲得道神足飛去也優婆夷便持白㲲衣詣精舍求道人道人恐追呼入房閉户藏其師已得六通見有追者謂有所犯即定意觀知優婆夷得須陀洹道呼摩訶盧命出受施師爲説本末摩訶盧歡喜亦得須陀洹道

昔有老母唯有一子得病命終載著塚間停屍哀感不能自勝念曰止有一子當以備老而捨我死吾用活爲遂不復歸便欲併命一處不飯不食已四五日佛以知見將五百比丘詣塚間老母遥見佛來威神之光弈弈迷悟醉醒前趣佛作禮却住佛告母何爲塚間耶白言世尊唯有一子捨我終亡愛之情切欲共死在一處佛告老母欲令子活不耶母喜實爾世尊佛言索好香火來吾當呪願令子更生重告老母宜得不死家火於是老母便行索火見人先問汝家前後頗有死者未答曰言先祖以來皆死過去所問之家辭皆如是已經數十家不敢取火便還佛所白言世尊遍行求火無有不死家是以空還佛告老母天地開闢以來無生不終之者生者求活亦復可喜母何迷索隨子死意便解悟識

無常理佛因爲廣説法要老母即得須陀洹道塚間觀者無數千人皆發無上正眞道意

昔王舍城中人民多豐饒九品異居不相雜錯別有一億里有一億財者便入中居時有居士視欲居中便行治生苦身節用廣諸方計數十年中九十萬數未滿一億得病甚篤自知不濟有一子年七八歲囑語其妻曰吾子長大付與財物令廣治生使足滿一億必居其中全吾生存之願矣言竟終亡喪送事畢母將子入示其寶物父有遺教須汝長大具一千萬足滿一億居億里中子報母言何必須大便可付我早共居之母即付之於是童子以財物珍寶供養三尊施與貧乏者半年之中財物盡了具母愁惱怪子所作童子未幾身得重病遂便喪亡其母既失財子又幼喪憂愁歎惜之中有最富者八十居而無子性於是童子往生其家爲第一婦作子滿十月生端正聰明自識宿命母自抱乳確不肯食青衣抱養亦復如是兒前母聞生子如是偶往看省見便愛之即抱嗚噈開口求食者大喜重雇其價使養護子長者便與夫人議曰吾少子性他人抱養不肯飲食此婦抱撮兒輙歡喜吾今欲往迎取以爲小妻令養視吾子爲可爾不夫人聽之便以禮娉迎來別作屋宅分財給與無所乏短兒便語母爲相識不母大怖懅而言不相識兒白母言我是母之前子取母九十萬分用布施今共來作十八億主不勞力而食福爲何如耶母聞是言且悲且喜其兒長大化一億里爲摩訶衍道故謂正使億千出之一邑里能爲空舍

安諸施以道菩薩所入如是

昔外國有人多種白㲲草若過時不取失色不好至時大雇客晨夜兼功略不得息主人以作人勤苦大爲作好肉羹故飯時羹欲熟香氣四聞有一老鵄當其上飛爪[illegible]糞正墮著羹中廚士見之即欲斷取即消散盡廚人念曰欲更作羹時節已晚欲持食人中有不淨計此少糞不足敗味猶可食人但自當不噉耳客皆來坐列飯酙羹客作既食廚人且饑不食其羹客呼廚士人取好肉以噉之廚士知不淨恐失人意强咽吞之不以爲味也佛借以爲喻三界衆生說美色欲莫覩不淨展轉惑沉猶於饑夫食美羹者菩薩大士入生死教現受色具了不淨不甘不樂若廚士强食其肉吞而咽之不味者矣

昔者阿難入城分衛時蠱道家女出行汲水見阿難端正有欲意向還語母言外有瞿曇弟子爲我致之母便召所奉鬼使惑阿難不覺忽到其家時蠱道母語阿難曰令以女相施不復得去也阿難報我不隨其語蠱母作一火坑謂阿難言寧就火焚寧就我女阿難恐怖一心佛即伸手還摩阿難頭蠱道家鬼見佛手在空中來威神無量皆奔波走過撥蠱母著火坑中身體燋爛既且然得濟阿難即時得還佛所後時蠱道母還召鬼神而責數汝等不能轉瞿曇弟子使惑何因推我著火坑中鬼神答曰吾昔與波旬合八十億衆詣貝多羅樹欲壞菩薩菩薩以手指地其手纖長合縵掌內外握千輻輪威神無量八十億衆皆顛倒墮不得復形今復伸來趣吾等

實迮怖是以散走不當住也我等鬼神自常儀若行中人不中便自害想亦乆知何所責吾蠱道毋乃知佛爲尊即三自歸得須陀洹道

昔者海邊有樹木數十里中有獼猴五百餘頭時海水上有聚沫高數十丈像如雪山隨潮而來住於岸邊諸獼猴見自相與語吾等上是山頭東西遊戲不亦樂乎時一獼猴便上頭徑下没水底衆獼猴見怪乆不出謂沫山中快樂無極是以不來皆競踊跳入沫聚中一時溺死佛借以爲喻海者謂生死海也沫山者五陰身也獼猴者人識神也不知五陰無所有愛欲癡者從是没生死海莫有出期故維摩詰言是身如聚沫澡浴强忍

昔長者須達七貧後貧最劇乃無一錢後糞壤中得一木斗其實栴檀出市賣之得米四升語婦曰併炊一升吾當索菜茹還時佛念曰當度須達令福更生炊米方熟舍利弗住婦見歡喜一升米飯悉投著鉢中更炊一升方熟目連復往亦歡喜與之復炊一升迦葉復往亦復與之適有一升尋復炊熟如來自往婦自念言闇日乏粮莫有餘者今有是米如來躬顧得無罪畢福將欲生者哉一升米飯盡施如來佛口呪願罪滅福生從今日始須達尋歸婦恐其恚便問曰如令佛來及舍利弗目連迦葉盡來求食家中所有米當與不耶曰當與福田難遭若來求者是爲值遇婦言向四升米吾盡用矣夫大歡喜餘有飯汁公嫗共飲之須臾彷徉諸室珍寶倉穀疋帛自然實滿如往時富也須達踊躍知佛愍

念更請佛及僧供養盡空佛爲說法皆得道迹

昔有長者子新迎婦甚相愛敬夫語婦言卿入廚中取蒲萄酒來共飲之婦往開甕自見身影在此甕中謂更有女人大恚還語夫言汝自有婦藏著甕中復迎我爲夫自入廚視之開甕見已身影逆恚其婦謂藏男子二人更相忿恚各自呼爲實有一梵志與此長者子素情親厚過與相見夫婦鬪問其所由復往視之亦見身影恚恨長者自有親厚藏甕中而佯共鬪乎便即捨去復有一比丘尼長者所奉聞其所諍如是便往視甕中有比丘尼亦恚捨去須臾有道人亦往視之知爲是影耳喟然歎曰世人愚惑以空爲實也呼婦共入視之道人曰吾當爲汝出甕中人取一大石打壞甕酒盡了無所有二人意解知定身影各懷慚愧比丘爲說諸要法言夫婦共得阿惟越致佛以爲喻見影鬪者譬三界人不識五陰四大苦空身三毒生死不絕佛說是時無數千人皆飛得無身之決也

佛在世時有大富家食口六人奴婢金銀珍寶不可稱數佛與阿難街里分衛過宿因緣蒙佛到其門父母兒子妻婦孫息踊躍歡喜請佛入坐室中但氍氀布施食器皆以金銀瑠璃阿難長跪白佛此人本有何功德自致大富佛語阿難此人上世時值饑餓之世家中貧窮草木枯旱唯詣水邊採取用係命作羮適熟外有道人分衛出見沙門父母便言以我分與之兒子孫息各自以分讓父母令食六人一時發意各奉一日食唯恨家貧無

以上道人者緣此之福得生天上人中常得安隱豐饒財物以其發心同等故世世共作因緣令重相值父母兒子大小一時悉受五戒命終即生天上受福無量

昔者有三人各爾貧窮但行賣樵爲業時四月八日衆比丘於寺中灌佛像釋迦文佛時亦在其中作維那三人過寺前聞今日灌像便入視之三人各共發意等持一錢著像前各期心願一人言使我後世饒財寶莫復令值此貧命終得在大富家生唯有一子年過長大作佛弟子常生天上人中一人言使我知作師主治一切人病使我大得物命盡生者域家曉知醫方治病莫不愈者亦復生天上人中恒大富樂一人言使我後世長壽莫令短命後生二十四天上壽六十劫佛言爾三人各有一願世世得福無量令此三人皆爲我作弟子得阿羅漢道

世間人入海採寶有七難一者四面大風雨時起吹船令顛倒二者船中欲壞而漏三者人欲墮水死乃得上岸四者二龍上岸欲噉之五者得平地三毒蛇逐欲噉六者地有熱沙走行其上爛人脚七者仰視不見日月常冥不知東西甚大難也佛告諸弟子汝曹亦有此七事一者四面大風起謂生老病死二者六情所受無限譬船漏三者墮水欲死謂爲魔所得四者二龍上岸噉者謂日月食命五者平地三毒蛇者謂人身中三毒六者熱沙爍爛其脚謂地獄中火七者仰視不見日月者謂受罪之處窈窈冥冥無有出期佛語諸弟子當識是言莫與此會勤行六事可得

解脫

雜譬喻經卷下

音釋

欻許勿切忽也　悸其季切心動也　懅其據切懼也　倮郎果切赤體也　捅訖嶽切競也　縶陟立切　杼直呂切機杼也　伺相吏切察也　嬈市沼切與擾同　曼莫半切且也　鵄處脂切怪鳥　嫗於武切老婦之稱　縶徒協切與氎同　嗚噈噈子合切嗚噈口相就也　爴居縛切爪持也　蠱公戶切惑也　氍權俱切氍毹毛席也　氀力朱切氀毼毛布也

無明羅刹經

失譯人名今附秦録

清刻龍藏佛說法變相圖

無明羅刹經

失譯人名今附秦録

十二因緣者生死之本一切衆生之所窟宅天魔波旬所居境界若有智慧能觀因緣種種過患永斷生死過魔界者天魔爾時生大憂惱因緣大海深廣無際智者入中譬如商主觀察性相能解了已即便獲得一切種智無上珍寶於諸呪中最良最妙諸佛世尊於無量刼修六波羅蜜集諸善行斷衆結使與陰魔死魔煩惱魔作堅誓竟永斷生死超出三界成就十力四無所畏於一切法得無礙智爲一切衆生作大明燈證寂滅者爲三界衆生眞善親友能轉法輪吹大法蠡擊大法鼓然大法燈施大法橋汎大法船舉大法帆高聲唱言令度彼岸者究盡弘誓摧伏一切

諸外道衆度脫一切諸有緣者使諸人天皆生信解如是大人於諸餘法皆不生於未曾有心於因緣法乃起甚深希有之想唯佛如來乃能究盡解甚深義其餘智者所不能了正使大仙黄頭之等恃巳智慧生大憍慢猶爲無明之所障翳以有漏智造諸經論亦不能免邪見倒惑雖復草衣斷食空閑獨靜百千苦行終不能於生死之中得少解脫一切衆生爲無明覆故生於貪貪因緣故入於大海惡風洄澓遠涉曠野懸嶮之路冐死戰傷互相殘害具受種種無量苦惱若能深解十二因緣者見是因緣於此三界五道之中造諸業行受種種形譬如世間善作樂者能使八音宫商和諧聲律相應同時俱作又如巧畫善布衆彩殊形異像森然顯著十二因緣亦復如是能善和諧造作業果輪轉生死亦無窮巳如緊那蟲有三時變初作土色中作赤色後作黑色十二因緣亦復如是能變衆生作老病死三有五趣四大毒蛇五陰怨賊六入空聚又能變作轉輪聖王釋梵四天及以小王受諸快樂或作人身貴賤貧富愚智壽夭或作地獄餓鬼畜生之形備受苦毒不可稱數世尊於此無師獨覺以智慧藥箆初抉憍陳如等無明眼瞙以大法雨滅優樓迦葉等煩惱熾火以知因緣最上智藥治舍利弗大目連等結使之病以此智鈎鈎摩訶迦葉入佛正道以法梯隥令大名婆羅門趣解脫堂以此智斧斫尊者摩訶迦旃延阿㝹樓馱富樓那摩訶拘絺羅難陀孫陀羅難陀諸羅漢等有身之樹以此眞智能除梵王生一

切智想以此智力能令天帝求爲弟子以此法財分與頻婆娑羅王將從八萬四千人悉令充足而無損減以此正智使白淨王作法王子以此大智救拔極惡殃掘魔羅阿鼻之苦能迴婆羅門居士向於正道能作如是大莊嚴事使淺智女人入深覺意以如是力能摧伏長爪梵志能壞薩遮尼揵勇猛之力能使奄末吒婆羅門生大恐怖能止息尸羅甸婆羅門大智之想以此甘露嬰愚之人飲服之者皆成大智以此呪力使四大毒蛇所不能螫陰拔刀賊不能隨逐以此法眼見六入空聚以此法軍破五蓋怨能護智首不畏五欲以此智船度於結使波浪大海到涅槃岸以此智慧度大灰河不令燒煑内外諸人能使苦受惡刺刺而不入能於無明大黑闇中而不迷沒若有衆生能觀察者爲作照明能安立衆生戒之平地得於念處以爲止息涉正勤路上如意堂登五根樓入五力室齅七覺香飲八正水坐於有餘涅槃之林觸於四禪無漏涼風能如此者即是衆生眞善知識不毀淨戒能修禪定增長覺慧能壞惡趣得解脫道觀四諦方焚諸見草破身見石摧滅戒取大阿脩羅明見於魔五欲之檻度於曠野險惡之路入涅槃城絶貪欲網破於嫉妬毗舍遮鬼洗除慳貪吐出我慢下我我所拔三毒根滅諸結使止生死輪斷愛身索壞因緣鎖能摧三有茂盛大樹永離胞胎度老病死憂悲苦惱大苦之海

欲知因緣　體性幽微　若以少智　說其實相

如人以頭　欲壞石山　是最大網　彌綸三界

此是邪林　迷惑行者　此是惡羂　羂凡夫鹿
入此羂者　善法消滅　魔旃陀羅　毒箭所射
此是智鑽　鑽因緣海　誰鑽緣海　釋迦牟尼
成就大智　涅槃甘露
此十二因緣唯佛能見能除已惑及以化他
如昔所聞折吒王在鬱禪耶城精勤修施好
行忍辱恭敬宿長勇猛大力兵衆强盛威伏
四海明於治斷綏撫黎庶如母牛念犢後於
異時鬱禪耶城疾疫大行死者過半城中人
民遂致希少雖復呪藥欲禳灾患如酥注火
倍增熾劇死亡者衆路少人跡豺狼野干滿
於里巷亦入人舍鵰鷲群飛翳障日月擧城
悲號涕泣盈路積屍城中猶如塚墓時折吒
王見國人民死喪者衆心懷憂惱如入戰陣
爲怨所擒愁悴憂怖發憤忘死於夜靜時獨
設方計立志確然思殄疫鬼以阿伽陀藥遍
塗身體呪索繫身著如意寶鎧手捉利劒單
己獨步即從殿下出于宫門往到城中四衢
道頭神寺塔廟遍觀幷中及橋梁下處處林
樹及市肆間見有諸鬼色貌不同言音各異
殘害凶惡殺害無度死人尸骸羅列其前髑
髏爲器盛人血髓手探腸肚糞血沾汚或以
人腸交絡身體諍食死人鬪諍牽掣如是惡
鬼魑魅魍魎充滿城中王見是已如金翅鳥
欲取龍時即入鬼中咄叱鬼言何以故是以
偈問曰
何故以人腸　交絡汝身體　手捉髑髏器
盛滿血髓腦　生爲惡疫病　常斷人命根
噉食人血肉　用自充飽足
諸鬼即時以偈答曰

我是夜行鬼　法食人髓肉　肪膏及五藏
盡皆所甘嗜　汝民令災患　實是我所作
王復問言如是災患實汝作也羅刹荅言是我所作王復語鬼汝今何不速捨此事諸鬼荅言我不能捨所以者何
剌法頭尖　火體性熱　羅刹之性　法食人肉
王語鬼言汝今云何不欲捨耶汝不見我刀色如青雲亦如優鉢華亦如毒蛇大瞋恚時以我臂力捉此利劒足能令汝捨此惡事羅刹荅言人帝汝得自在設以利刀切割我身猶如胡麻雖能如是災患之火猶不可滅王言云何不滅羅刹即時指南大樹而荅王言今彼樹下有大羅刹面有三眼顧眄暉霍狀貌兇醜手摩目視能爲災癘死亡疾病皆由彼作令諸衆生死斃都盡汝大丈夫可先降彼彼若伏者我等隨順王聞此語疾走往趣叱言汝名字誰羅刹荅言我名垂腹隨欲現形以我之力使汝人民悉被災患王聞是已便自唱言我今得息羅刹問曰云何言息王言我久思惟誰苦世間今始得汝便爲不復疲苦也羅刹問言汝今欲作何等王言我此利劒未曾甞血今爲國人必以此刀當飲汝血如飲甘露羅刹言徒爲此事不能解汝疲勞之果王問言云何不解疲勞之果羅刹荅言汝今且觀南三門裏有羅刹名曰大鼓須勇健力乃可降伏我今住此不棄汝走先可降彼王聞其言於大闇中奮劒直進即到南門見大鼓羅刹高視却偃翹脚而坐身有三頭著于鉀胄捉三岐戟其色青黒甚可怖畏王即念言彼鬼今日作惡已竟自得閑樂唯

我慘悴以我威武能使諸王頂戴我足爲此羅刹之所陵惱羅刹見王威德嚴厲驚惶而起叉手合掌舉著頂上而作是言善來大王威德尊重如似帝釋悲救世人來至我所王言羅刹汝爲我民作大衰患詐稱讚我所作極惡羅刹言王若信我語者聽我所説世間灾患及非灾患非我所作今城外有鬼名摩訶舍湼於夜行中最爲自在四頭四面有大威力是我之主若能伏彼得大名稱王聞此語疾走出城見彼羅刹以髑髏爲鬘繫四頭上以大象濕皮而作衣服復以蟒蛇縈繫其腰種種毒蛇以爲瓔珞鋸牙雙出用懸人腸其身洪壯以血塗之手足肢節如赤栴檀復以髑髏盛滿膿血安置于前呼吸啜噉以爲飽足手捉利戟繞死人屍王覩是已威容嚴

肅雄心震動譬如暴風吹鼓大樹如兩師子共相見時即時騰奮威猛喊唬而言叱夜行主欺我何甚縱放毒惡傷害我民呪藥醫療如酥注火汝於今者死時到矣羅刹答言地主且莫速忿聽我具説爲灾患者先問我過然後加罪百姓灾患非我所作而我微弱不得自在爲他使役於此前路有婦女鬼爲彼驅策制不由己王復問言彼婦女者狀貌云何答言極惡外詐善軟心懷暴虐須臾變成若干色像須降伏彼我當隨從王即思惟此不自在但當求彼時羅刹女捨己身相而化作王所重夫人在王後行語於王言我常爲王最所愛重何以棄我夜行至此更愛誰耶王於爾時卒聞其言未體眞僞迴首顧瞻尋知是鬼王語其言大德且住汝噉一城人民

都盡而於今者欲食我耶譬如暴河力能漂没唯不能浮大石重山王捉其手而語之言捨汝幻惑復汝本形汝作大惡今我執汝非枉横也羅刹即時合掌作禮而言我今誠心歸命於王王時即更聞有異聲顧望四方羅刹問言何以顧望王復問言是何妙聲羅刹答言我適欲導發此歌音聲彈琴聲者是我根本一切灾患彼女所爲坐彼女人使我住此王時即便知此羅刹爲他所使復捉歌女而問之言汝名爲誰羅刹答言我名三垂髮復作是言我更有主名曰四牙王聞此語即捨歌女求彼四牙羅刹即擒獲之時此四牙語於王言亦非我過去此不遠有六羅刹一名雲盧二名山岳三名甕腹四名金剛主五名見毒六名擲羂此六羅刹童子是我之主

王聞此語往趣其所即復捉得彼六羅刹羅刹復言我亦爲他使王即問言誰使於汝六羅刹言有二羅刹一名牛耳二名手戟能使於我王即推得復語王言我不自在我更有主問言是誰羅刹荅言名速疾金翅鳥即時復捉彼金翅鳥金翅鳥言有三男子是我之主一名極惡二名火髮三名栴檀王即思惟我今求鬼欲滅灾患而此諸鬼展轉相示曠路長遠雖復長遠若不推得其根本者終不休息王復前進見三羅刹彼羅刹等遥見王來即便避走王即言住我此利劒未曾施用我爲擁護國民跋涉遠路故来至此汝等云何返捨我走羅刹聞王安慰之言尋便迴還合掌而言離此不遠有浪叢塚諸惡禽獸巢穴彼中犲狼野干狐狸羆虎鵰鷲鵄梟互相

搏食出大惡聲交橫充滿王復問言彼有何物荅言彼有羅刹形貌麤大壅腫肥脹艾渴皺剥色若黒雲搖動兩眼光如掣電利牙重出銜脣瞋怒種種鬼神以爲眷屬諸惡鬼神無不率從世間非法皆是彼作兇黨熾盛最難調伏若能降彼大力鬼者王之威德流聞天下我等亦當屈折隨順王聞此語勇猛奮發不能自制如海濤波即到彼所塵霧晦暝猛風絶炎吹死人髮障蔽昏暗都無所見見彼羅刹形容狀貌如向所説遶其左右臭穢盈積處處皆有髑髏之積髮爪之聚積如山岳弊壞故衣散壞在地埿甕破瓦無可行處或見膖脹疽蟲爛壞惡聲恠獸遍滿其中如刀兵刼甚可怖畏復有諸鬼皆食肉血以自肥飽都是兇險殘害之衆眼如電光頭上火然鼻大疱凸雙牙鋒出其耳如箕形狀醜惡説不可盡虎狼之皮以爲衣服髑髏盛脂置于右手寫著水中王見是已即便憂愁唱言咄哉云何自恃己力暴惡乃爾我不摧滅不得自立若以呪藥之力鬼皆走散我今應當疾走其前以其左手捉羅刹髮我爲國民除災患故必當滅此羅刹之主作是語已遍觀四方即時騰踊而師子吼上歸諸天四方神祇國中災患毒樹之本我今當拔即頓其髮羅刹自恃力嗤笑言誰於暴河乃欲截流誰入虎口欲數其齒而故來觸猛惡毒蛇一切世間雄猛丈夫數千億萬我皆摧滅云何敢爾頓掣我髮且置勿言而一切世間大力雄猛都無有能與我敵者唯除折吒是誰小竪敢捉我髮王聞稱已即時喜勇而語鬼言善

哉賢士言折吒者即我身是鬼聞是語驚喜而言聽我悔過願王垂愍莫加瞋忿自今已後一切灾患爲王除去作是語已忽然不現王威力故鬼神退散國中人民倍復熾盛無諸灾患同於諸天復次以何義故說此譬喻不爲綺語不爲非時所以者何爲欲增廣佛法甚深義故爲欲顯示因緣理故作是種種衆多方喻言王城者喻於三有三有城中有生老病死憂悲苦惱愛別離苦求不得苦怨憎會苦毀罵惡名持戒破戒如是種種無量諸苦不可稱計煩惱灾疫喪失善根菩薩悲愍猶如毋牛念於犢子而爲衆生作眞親友堅誓勇猛救濟一切善知生死結習因果善能曉了法以非法具足四攝成就一乘大心衆生觀察五道輪轉受苦常爲四大毒蛇五陰怨賊六入空聚愛詐親善愚癡五欲計我我所之所侵害是諸衆生煩惱所縛云何今者而不拔濟菩薩思惟如是事已從宫殿起即便出家被精進鎧四攝神呪而自擁護身念良藥以自塗體忍辱功德以爲矛盾無量劫中所修智慧猶如利劒專心正念如王大道坐道場時觀察一切世間苦源發大弘誓必拔其本此苦源者遍切衆生爲大苦惱衆患之首九十六種愚癡所蔽不識生老病死過患之源菩薩爾時以正觀察見老病死無量苦患解是義已即問老言汝名爲誰老即答言我名爲老菩薩問言汝何所老老答言而我老者能老三界菩薩復問更何所作老答言我無所作菩薩言汝爲愛樂而作飢儉汝壞憶念猶如野象蹹芭蕉林盡皆摧碎汝

是曠野懸遠嶮路能滅六根喜樂之樂能壞壯色如雹害華移徙盛力能使消滅乾竭六情云何而言我無所作老荅言此事實爾菩薩言老死二字三界都聞不解其義老復言曰汝今眞實究盡知我菩薩問曰彼第二者爲是誰耶老荅言名之爲死菩薩爾時即問死曰今汝名字何其麤惡死荅言不但名惡名下之事復甚麤惡一切世界人天阿脩羅夜叉鬼神我盡能殺如大羅剎能壞國土我亦如是能壞一切有生之命菩薩問曰怪哉汝最大惡無悲愍心汝所遊行無處不至下賤惡業無過於汝死荅言如是之事實是我體菩薩問曰汝體雖爾以我心力要斷於汝汝雖難伏以我精進要當伏汝如海波浪不能吹山汝亦如是豈能殺我死荅曰汝於今者雖作是意恐汝未必能制於我菩薩問曰汝今何故疑我不能死荅曰若有精進善巧方便乃能制我恐汝未必勇猛精進是故疑汝菩薩言汝且觀我於無量劫慈悲方便自以已命代諸衆生乃至重怨設以利劒支節解我我於彼所恒生慈心急難衆生設來投我我寧捨身命爲作救護如是方便足滅汝不死荅言何須廣說多作往返何足勤勤苦惱於我我當至誠語汝根本此根本者即是生也生者生一切世間無量苦惱四大毒蛇五陰怨賊六情之器輪迴五道皆生所爲此生始有生一切苦況復中後若受生者如我等苦不可稱計若捨生者則無過患一切過患由生而有譬如無薪火無所燒亦如無樹斧無所斫亦如無瓶椎何所破如無藕花霜何

所敗以喻方之知生多患汝今誠心決定誓願欲斷死者必先斷生由此生故有老病死憂悲苦惱諸灾患等皆有勢力菩薩言我解是事若有山者金剛必壞若無山者金剛雖堅何所能壞凡有身者必有諸苦若無身者苦何所苦菩薩爾時即放老死而捉於生而問之曰汝名誰耶生答言我有種種衆多名字而我名者名中最勝號之爲生菩薩問言何故名生生答言汝自觀察菩薩尋自觀生而作是言然此生者出一切有從二字和合出於生義生答言今汝智慧實非顛倒順理而解菩薩問曰而此生者生一切苦何故不名出一切苦乃名生耶生答言我有此過實如汝言菩薩問曰汝不見我有堅誓願能斷汝耶我以悲愍爲體能滅世間一切衆苦生答言善哉善哉誠如所言我不自在從他而有今我依止諸有男子得是勢力能生一切生死之苦汝若不信何不自觀菩薩思惟我今觀生定知是有而此三有即三大龍能雨暴雨注於生河入死海水有因緣河漂淪衆生没溺苦海菩薩爾時即便捨生而捉於有訶責有言我爲一切衆生而作眞濟秉智慧劒能斬怨敵汝今云何敢自放逸莊嚴生耶有即答言四取釣餌釣牽於我著於有中四取强力捕諸嬰愚我當云何得不受有菩薩放有訶四取言汝若有樂可以與有汝但增長衆苦何以與有取答言譬如虚空不能生樹有地水因緣而能生樹若無愛水何由而得生於有樹汝今不應但訶責我菩薩即捨四取復捉於愛愛語菩薩言善來淨飯王子

汝於無量劫中作諸功德集諸善行汝之威力過於帝釋大梵天王汝當留神受我小供菩薩問言汝以何供愛答言於五根處所受五欲樂是我供養菩薩問曰何以用此五根而請於我愛答言我以色香美味觸而請於汝菩薩言汝今乃以香美毒果請於我耶愛答言云何言毒菩薩言此五欲者譬如以手擲置火中又如盲人墮於深坑遠離解脫門涅槃門有智之人乃至夢中尚離五欲況復覺時愛答言諸天五欲可不勝耶菩薩言亦如幻夢有孫陀羅天女端正如日秉天宮殿音樂自恣福盡命終還墮地獄豈非欺誑愛答言汝今若嫌欲界之事色界諸天豈非樂也彼界中安止禪定少於過患菩薩言彼色界中苦患之事我悉知之愛答言汝今云何能觀察知菩薩言雖得禪定生於梵世福盡命終墮三惡道譬如燒炭還冷水灑衆生薄福輪迴受苦愛答言如汝所解最上有頂汝心鄙賤同於芻草菩薩問言何名有頂愛答言四無色界名之有頂菩薩問言四無色界有何體相愛答言彼無色中所有諸天能定壽命八萬大劫菩薩問言彼大劫盡更受何等愛答言八萬劫盡名之爲終菩薩言嗚呼怪哉觀於欲界苦惱無量觀察色界體性必壞至四無色不免於死世界之中樂少苦多甚可哀愍愛答言汝今若欲出我境界更復何處欲求於樂（舊本從此分爲下卷）

菩薩問言汝之境界爲在何處愛答言一切有爲是我境界菩薩言一切有爲死不自在是汝境界我今超過有爲境界死所不到求

離死處無愛別離怨憎會處無生老病憂悲惱處五陰盡處五根滅處一切諸根無所用處一切智鑽出甘露處如此之處豈不名爲出汝境界愛聞是已大笑而言毗輪蜜多羅婆吒如是等無量大仙皆有是語未見得者菩薩言彼雖欲求不知方便愛答曰汝於今者有何方便菩薩言汝今當捨誑惑衆生諸大憍慢我今拔汝譬如大象拔於小草愛答言善哉大心衆生我依於受應先取受菩薩言我今諦觀一切有生咸皆怖畏苦之體相諸根馳動希求於樂樂不自在由他而有樂是詐僞暫有之法凡愚之人雖數得樂情無猒足樂爲放逸能劫諸根幻惑人心墜陷凡夫如蠅墮蜜得味甚寡所失甚多不別好醜見便生愛如以酥油注於大火熾炎倍增愛且小住待我擒受乃當治汝汝之與受過咎正等俱當罪汝愛答言淨飯王子汝雖自強欲有此意恐不禁我何以故往昔劫初有大仙人黃頭之等出於好時壽八萬歲道德深厚尚自不能虧損於我況汝末惡之世壽命短促不滿百年菩薩言我出惡世耶愛答言實出惡世菩薩言今日縱令煩惱熾盛出於濁時若不破汝無明之門何得名之爲大丈夫愛言且止莫自歎譽菩薩言我稱時說不非不時是時是處是眞實說有義而說如日初出光不可隱大人智光亦難隱蔽愛復答言觀汝之志雖復勇進未見成功屢自稱讚如似雲雷降注大雨孔雀歡喜汝於今者但興雲雷未見雨水如此旱雷將何所益以意量汝恐汝無實菩薩言今當示汝不虛妄事

我於無量劫中所積善行一心定意智慧利劒當用斬汝愛荅言所爲何卒菩薩復言今誰爲我作嬈亂因緣發此歌聲是誰結業煩惱之手觸三有琴惱惑一切諂曲衆生愛言我正欲導如此歌者欲鼓於琴是我之本我於今者爲彼所作爲彼所使菩薩問言是愛耶愛荅言是菩薩言愛最是大火能燒種種處處皆遍愛著樂者皆墮愛中嬰愚墮中如蛾赴火愛言好盡觀察菩薩言我以知之貪樂生死樂必爲愛所害嗜味諸鳥獸必爲網所覆愛言汝實知之然我實能使諸凡愚著於有樂後身必與堅鞕之苦衆生貪有樂是我之所作乃至生有頂還復令墮落菩薩言汝不妄說世間極渴無過於愛如飲醎水逾增其渴飲有醎水逾增其愛愛言汝莫殺我菩薩言汝言雖善心常懷惡若不除汝我云何安雖復如此汝且小住待我取受菩薩思惟受何由生即自凛勵身心勇猛不懷怯弱去諸憒鬧得寂定足入一切智地即便見受語於受言汝久遠來欺弄衆生而我爲諸衆生作不請友汝從今已後更不復得作擾亂事受言我作何擾亂菩薩言有受身者體性是苦詐現樂相惑凡愚心詐現親善實是大怨受荅言實有是過然諸衆生猶愛著我如蜂釆華但貪香味擾亂不停菩薩言汝言眞實如人爲樂入海遭種種難爲樂入陣箭如雲雨刀矛劒矟更相傷害爲樂因緣遠涉嶮路曠野飢渴艱難非一爲樂因緣作諸苦行投淵赴火五熱炙身卧棘刺上自餓斷食編椽而坐樹皮草衣食菜食果爲樂因緣造諸

器械耕田墾植造作窟宅衣服織作如是等事皆爲樂故生無量苦受言實爾而我能令一切衆生爲樂因緣受無量苦我極輕躁無暫停時然諸衆生躭著受樂謂我常爾菩薩言一切衆生甚可悲愍念念常爲汝所侵惑而衆生愚闇爲汝擾惱受言我之過患不但齊是更有諸愆倍過於此從無始界來運動流轉一切有生之類恒呑受我無有猒足如油投火火不知足皆樂著我無有能見我之過者菩薩言我於今日愛怨賊邊高聲大喚拔智慧劍臨欲斬之愛言由汝非我已過審如彼言今當斬汝若汝無者愛則不有受言我不自在爲觸所使汝雖害我於汝無利菩薩即時解其次第以智慧手而摩於觸而問觸言汝名何等生於一切衆生之苦受因汝有生死脚足便得增長閉涅槃門觸言能生受者此事實爾然以三事因緣觸乃得生猶如鑽火人功燧鑽三事和合得出於火我亦如是有眼識緣三事和合而得生觸由觸因緣得生於受若無六入我何從生菩薩言汝爲實語離三因緣則無有觸生觸之源六根最近觸爾且住須取六根與爾同罪菩薩爾時體解觸相次推六根此六根者危如鷰巢亦如水泡又如初生癰不久當潰有何强力自高乃爾六入言何故作如是語菩薩言由有汝故與觸作力既自無事橫生攀緣生一切苦我斷諍訟豈與汝諍六入言我過輕微但能生觸菩薩言我今觀觸根源由汝六入者無量苦惱之大窟宅汝恒狂逸不曾寂定志恒輕躁不嘗調順所可攀緣不知猒足六

根嬰愚貪嗜六觸六情六塵六入言大心衆生汝欲伏我應當在前調伏名色汝若勤苦欲遮於我應遮名色菩薩既得六入歸伏即時尋復觀於名色知其體相語名色言以汝因緣能生一切衆生大苦汝宜速迴還汝已業名色言我不自見已之有過菩薩言汝今云何不自見過汝爲欺詐體相極惡由汝因緣能生一切衆生六情名色荅言此事實爾我猶如樹能生枝葉既有我故便能生於六情枝葉菩薩言我今當以智慧利斧破汝根本六情枝葉自然墮落名色言汝不能殺我識之強壯有髆大力常擁護我而此識種若當不墮名色地中何緣能生一切衆苦菩薩言實爾若識不處毋胎住歌羅羅衆生之身終不生長識若不住歌羅羅者此歌羅羅即便散壞若散壞者何緣而得有衆生身以此緣故我今當以智慧之火焚識種子菩薩遂便捨於名色觀察於識而責之言汝如幻化體性誑惑猶如猿猴輕躁不住亦如掣電不嘗暫停如不調馬不著道路亦如狂象縱逸難禁識言誰敢罵辱有爲之王菩薩言是誰錯謬以汝爲王有何體相自稱王耶識言我以身爲城六入爲門如我今者實是城主一切諸法皆悉隨從以我爲首非王如何菩薩言我於百千劫中磨智慧劍今當殄滅汝之王位識言怪哉我既無過橫生怨嫌菩薩言汝云何言橫生怨嫌而汝能生名色之患豈非怨乎識言我與名色實相依有若無識者則無名色若無名色復無於識菩薩言怪哉名色與識眞爲膠固之大親友一切衆生輪

轉根本識言我於名色實爲膠固親昵之友爲於業行之所走使置我業中不得自在隨其善惡受五趣形菩薩言汝爲行所使如此之過原汝須臾汝雖有過待我明白今當以慧眼觀察行已然後徵汝菩薩即時捨識趣於行所行即驚惶而作是言汝是何人勇力輕身著不壞鎧手秉菩提重利之劒愚癡衆生長寢昏夜計於我所而能於此恐怖可畏放逸黑闇獨在中行菩薩言汝受身鏁因緣長遠我於今日究盡觀察名之悉達行即驚言從何解達菩薩言我發堅誓於往昔時供養恭敬大釋迦牟尼佛洗浴與食行大精進至于今日從是已來莊嚴功德未曾懈息行言我觀察汝未久莊嚴菩薩言莫作是語我初一阿僧祇劫未得決定滿二阿僧祇劫方得決定欲救衆生行言怪哉能愛衆生菩薩言我愛衆生以悲故愛不以染著而生於愛如有象群處大林中四邊火起誰見是厄不生悲愍時最大象挽於樹枝以打火滅導道令過得離火難一切衆生爲生老病死火之所圍遶誰有智者不生悲愍欲令得出行言汝有悲愍愛於衆生何故入捨菩薩言我救衆生未曾有捨我從識邊觀於生死諸大過患是汝所作爲斷汝故故至汝邊由汝之故生第二天爲天帝釋愛欲無猒又由汝故得生梵世坐蓮華座入禪寂定乃至次第上至有頂非想之處壽終下生墮三惡道如此之事是汝所爲行言誠如所言導識王道實我所作識所行處我爲將護必達所在菩薩言我以正見之石磨智慧劒解汝肢節行言請

莫爲之不能補汝疲勞之果菩薩言何故不補行言一切結使火燧大苦之毋名爲無明衆惱鄙穢大苦盈集一切災患是彼所作汝不徵彼返欲提我將何補乎菩薩言此無明者爲何所在行言而此無明大毗舍闍煩惱羅剎之所圍遶難可降伏今者往彼愚癡結使諸惡塚間菩薩爾時從行得知無明處已發勇猛心往詣其所而振吼言彼結使羅剎煩惱鬼等設勝我者分受罪戮我若勝彼必當摧彼諸惱結使惡羅剎等令其摩滅無有遺餘行言如汝勇猛有堅精進入大無畏金剛三昧解脱之門自爲汝開殄滅無明何足爲難菩薩于時雄猛四顧即擒無明而詰之言汝於今者豈不住彼煩惱結習諸惡塚間而居止耶而此塚間畏生死者所猒賤處顛倒塵埃結使猛風障蔽慧眼使無所見種種諂曲疑悔糞草聚集之處破戒之屍五欲死人肢節腐壞狼藉臭穢滿此塚間覺觀大風吹三毒火猛炎熾燃惡欲我慢掉動不停揚聲大笑骨聚之間放逸死屍諸惡律儀不淨膿血流汚其地三有瓨甕垢膩甏破斷諸善根種種破器散壞在地斷常見髮風吹蓬亂無慚無愧弊壞衣納遍丘墓中煩惱結害麤澀石沙九十六種邪見烏鵄諸惡鵰鷲栖宿塚間或時復有貪有衆生狐狼野干猫狸鼷鼠穴處塚間復有戒取如被杌樹枝葉摧落枯朽塚間復有非法斷事破牀置于塚間或時復有投淵赴火卧棘刺上種種苦行如爆熾火焚燒塚間或時復有自恃色力及以命財憍慢穢汚盈集塚間或有嫌恨怨嫉棘刺

充滿塚間或時復有惡覺觀蠅壞於善根不淨蛆蟲臭穢汚辱集在死屍或有五蓋煩惱怨賊遊止塚間或有計我及以我所諸呪術師集在塚間復有異見種種邪論如狐鵄梟發大惡聲叫呼塚間復有羅刹捉愛羂櫑或有羅刹持睡眠杵喜樂五欲而復手秉三歧利叉種種不善衆雜惡色猖狂大喚諠呼强笑無怖畏心或有羅刹搖頭動體瞋目唱叫騰踊跳擲叱吒拍髀或嘯或歌或時戲舞瞋恚羅刹挾怨羅刹小惡重報羅刹卒暴羅刹貪嫉羅刹慢慢慢我慢不如慢邪慢大慢欲非法欲貪惡貪如是兇險結使煩惱諸大羅刹不可稱數菩薩到於衆結塚間見此無明種種過惡覆於慧眼障蓋身源令諸衆生不見四諦墜墮惡道復作此言是無明者於生死曠路而作導首能燃生老病死之大火聚是諸煩惱結業之母閉涅槃門開衆惡趣能作大形彌綸三界遍一切處放逸大頭疑結廣額幻惑醜面邪念疱鼻邪見之目膜眼童子四倒掣電伺怨報惡多毛耽耳欺誑詐僞深廣邃眉瞋恚忿戾以爲利牙貪欲醜惡作上麤脣嫉妬頑弊返脣下垂邪命諂曲虛假矯稱貪嗜利養以爲利齒六十二見以爲其髮三受饕餮以爲長咽八邪疣贅以爲肩臂諸惡律儀以爲長爪忍受結業以爲兩乳不知猒足胮脹洪大以爲其腹睡悔深黒以爲其臍多欲貪愛以爲陰尻十八諸界以爲兩髀非法惡欲以爲兩膝我見人見以爲脚足無慚大象垢穢濕皮以爲衣服無愧青惡汚膩麤褐以爲其被坐結使牀衆結羅刹以爲

侍從處彼煩惱諸惡羅刹大衆之中雖有千舌説其過罪不能令盡又見無明羅刹死封印輪在傍旋轉世間智人見而振悚菩薩爾時倍加精進獲得增上一心定意發大喜踊尋時次第清淨心生得不動地堅立之脚即趣無明羅刹之所到無惱地平正之處除諸瞋忿嫌恨毒心棘刺沙石八法塵土慈雨灌注以灑于地生諸善根清茂軟草善根安樂以爲二足四攝之法堅持於足與衆超異以定左手總六十二見之大亂髮以智右手拔於利劒以諸衆生不請之心大師子吼高聲唱言我於無量佛所積集善法以大乘車普度一切無量劫中精進之果今已成就一切衆生爲生死大火之所焚燒我今應當爲其除滅摧伏結賊斷諸行脉爲出世道拔其險難無明羅刹聞是吼聲捋調戲臂大笑而言大梵天王魔醯首羅毗沙紐帝釋四天日月星辰悉皆屈膝來在我前爲我控制婆藪仙婆藪憂留摇婆梨如是等無量諸仙各以智德望出我界然其皆爲我所迷惑不知出徑一切衆生我皆上著生死輪上輪迴有中使不自在如是之事悉我所作是何嬰愚不自籌量而捉我髮然諸人天阿脩羅一切衆生以我勇壯托擾不停汝爲是誰輕速躁疾來至我所在於我前而大哮吼善根起發如日初出是我昔來未嘗聞覩一切衆生無知所盲汝之慧眼開視分明鑒察微妙乃如是乎誰於生死苦惱之海大波浪中卒教津濟令到彼岸一切凡愚處於邪徑誰爲引導忽示正道誰於無明大黒闇中熾然慧炬顯照幽

冥我之教命三界之中咸皆承順無能違者諸仙外道一切悉皆甘樂我界魔醯首羅大梵天等以我之力生於常想是誰無畏最勝之人有大膽勇而不懼我敢捉我髮善哉善哉而汝今者必定從於佛種中生正觀之力無比功德大悲爲體必是菩薩悲救衆生其德尊嚴如須彌山王除此勝人一切世間無敢舉手捉我髮者菩薩荅言汝之所說實爲眞正我自昔來修諸善行皆爲救濟一切衆生如汝所說言菩薩者我卽是也無明曰大心衆生汝智不動決定救他怨親平等悉爲一味如盛熾火燋然生業汝今慧火燋然於我亦復如是汝今堅正我從汝教終不敢違菩薩言我以苦空無常無我所印之處遣汝速去不得疑滯菩薩說此印已無明羅刹將諸煩惱諸惡軍衆逃竄走入九十六種邪論之中其所居止住愚癡心菩薩爾時廣集種種道品資粮無師獨悟滅於無明是故衆人應修六度廣集善法

能善觀察聖所說　後獲大樂解深義
我昔曾聞有盲人　在空室中弄木杵
杵端衝屋著蜂窠　盲聞蜂聲逃出避
室中有驢被蜂螫　驢被毒痛出墮淵
淵中惡龍懷忿恚　起大雲雷雨大雹
於空聚落下霹靂　聚中惡鬼極瞋忿
遍於國界雨大火　世界衆生火所逼
皆共逃走入大河　河底水中羅刹宮
噉諸衆生血精氣　諸入河者至彼宮
極受苦毒入洄澓　復入石山唯一孔
衆生出孔入大海　海水鹹苦消肌體

叫喚大哭稱父母　諸神誰能拔濟我

時海渚中有神馬王常食自然成熟粳米肥壯翹陸闐諸衆生受苦惱聲馬王唱言誰於今者欲度彼岸到閻浮提諸墮水人皆舉右手而作是言度我度我馬王即時奮迅身體八萬四千諸毛森然俱長挽捉毛者皆得脱苦以何義故引如是喻言盲人者喻於一切衆生無明蜂喻於行驢喻於識驢墮淵者喻識墮名色空聚落者喻於六情雹霹靂者喻六情中無常患害惡鬼者即喻於觸雨火者喻於諸受投入河者即喻於愛水中羅刹食人精氣者喻於四取入洄澓者喻於三有大石孔者即喻於生言大海者喻於老死憂悲衆苦神馬王者喻佛以善功德正志堅實肥大之身以正念定八萬四千諸善之毛爲諸衆生起悲愍心一切衆生皆受大苦爲生所生爲老所老爲死所死然諸衆生不知方便求出要路諸佛於中引接衆生令得離苦能乘馬者即是行人乘於法輪憍陳如等五比丘夜舍等五人及諸豪貴長者子五十人賢邑衆等六十人優樓頻螺迦葉兄弟千人舍利弗大目連等二百五十人頻婆娑羅王等八萬四千人於最末後須跋陀羅乃至遺法八萬四千諸深法藏若有衆生得聞一句一偈之者一切皆得與大涅槃而作因緣

無明羅刹經

音釋

螫施隻切蟲行毒也　彊其亮切施罟於道也　斃昆祭切死也　㖃呼減切聲也　皴剝皴七倫切皮細起剝北角切脫也　稍所角切矛屬　昵乃吉切日近也　瓨戶江切長頸罌也　甈音西瓦器破聲　鼷胡鷄切小鼠也　饕餮饕土刀切餮他結切　疣贅疣以周切贅之芮切　尻苦刀切

文殊所說最勝名義經

宋西天三藏明因妙善普濟法師金總持等奉詔譯

清刻龍藏佛說法變相圖

文殊所說最勝名義經卷上 上下同卷

宋西天三藏明因妙善普濟法師金總持等奉詔譯

歸命妙吉祥　所說最勝義　金剛掌菩薩
降伏諸魔衆　身湧徧三界　祕密王自在
目若青蓮葉　面如蓮華敷　執持金剛杵
以手擲復擲　現大忿怒相　威振十方界
金剛手菩薩　亦持金剛杵　精進相微妙
勇猛降諸魔　大智利羣生　化億數金剛
或踴躍歡喜　或現忿怒相　頂禮佛世尊
合掌心恭敬　願令法久住　作衆生依怙
常於幻網中　引接菩提路　無智愚癡人
困苦煩惱者　救護令解脫　皆獲最上果
世尊調御師　常住大三昧　能了諸法性
根境亦如是　如來智慧身　烏瑟膩沙相
文殊大智者　智觀善出生　甚深微妙義

大法無等倫　於初中後善　名義爲最勝
過去佛已說　未來佛當說　現在佛今說
三世皆如是　於大幻網中　能度諸羣品
金剛掌菩薩　歡喜伸讚歎　佛說真密語
我今能受持　決定心堅固　至成等正覺
演說祕密法　引導諸衆生　起無漏智慧
煩惱盡無餘　金剛手菩薩　合掌住佛前
爾時釋迦佛　最上兩足尊　舌相真實語
清淨微妙音　普流於世間　四種魔不現
徧滿三界中　梵音美讚歎　如來祕密王
宣說大法要　善哉金剛掌　善哉金剛手
爲作利益故　大智得成就　最上大義利
滅除諸罪垢　文殊大智者　願聽如是義
善哉大導師　方便爲宣說　爾時釋迦佛
開示祕密法　攝持大明呪　謂持明呪部

世出世間部　周徧世界部　大印諸法部
烏瑟膩沙部　六種大呪王　相應無有二
出生伽陀法　我今故宣說
遏阿引壹翳引　嗢汙引伊愛引　鄔奥引暗噁
安住心智觀　如來三業轉　唵字金剛利
能斷諸苦惱　文殊大吉祥　智慧妙觀察
宣說祕密門　自在王神呪
阿囉鉢左那引野諦曩莫
歸命佛世尊　出生菩提智　遏字一切中
爲大最上義　出生大有情　離心離言相
及一切音聲　一切光明相　此摩訶大貪
一切衆生著　摩訶大瞋恨　一切苦惱因
摩訶大愚癡　衆生心深入　摩訶大忿怒
是爲大怨害　摩訶大愛樂　心種種見著
大欲及大樂　大喜及大染　大色及大身

大相及大貌　大名及大施　大圓滿道場
持大智慧劒　斷大煩惱網　大顯及大稱
大光及大明　大幻作幻師　大幻義成就
大幻化染欲　大幻化見網　大布施殊勝
大持戒攝受　大忍辱執持　大精進勇猛
大禪定安住　大智慧出生　大方便大願
大力及大智　大慈法無我　大悲深妙行
大慧大勇猛　大施大方便　大神通智力
大威德勇健　大熾盛大力　大流轉除斷
大金剛祕密　大忿怒威猛　大怖畏能除
大最勝明王　大乘最上行　大乘法增長
大毗盧遮佛　大寂默牟尼　出生大呪部
成就祕密法　依十波羅蜜　修習殊勝行
得十波羅蜜　清淨妙法門　十種波羅蜜
如來本真智　十地自在行　十地安隱住

十智清淨身　十智功德聚　十相十義利
牟尼十力尊　十相廣大行　周徧悉圓滿
如來清淨身　非實亦非假　真語與實語
如語不異語　無二非無二　如實際安住
處於無我義　猶如獅子吼　威振諸外道
衆魔皆驚怖　一切真空行　如來親所證
勇猛破怨敵　是名爲最勝　大力轉輪王
最上尊重者　咸生恭敬心　了法無差別
演說大乘教　讚歎無邊義　如來真實語
無實亦無虛　誘接諸羣迷　皆得不退轉
聲聞及緣覺　佛乘菩提果　種種空無著
如實而了知　漏盡阿羅漢　離欲勝根境
盡諸煩惱結　無畏得清涼　如來無所著
明行足善逝　世間最上士　調御十號尊
無我慢貢高　真實心安住　遠離於輪迴

億劫修勝行　所作皆已辦　智慧心決定
世尊大法王　演說微妙法　周徧於世間
敎化諸衆生　以最殊勝行　成就諸義利
作大引導師　令離諸疑惑　盡諸衆生界
悉獲安隱地　檀戒忍進禪　熏修爲福藏
智慧波羅蜜　熏修爲智藏　方便及願力
隨順修二藏　圓滿行衆善　常普徧相應
禪定意微妙　示身相不動　法報化三身
五佛五種智　五佛嚴寶冠　五眼照世間
應現一切佛　令衆善增長　所修智慧力
能斷諸輪轉　金剛堅固身　真實不思議
毗盧遮那佛　大智光熾盛　自然虛空中
湧出智慧光　徧照諸刹土　一切如來身
明王大神呪　勝義悉成就　大烏瑟膩沙
普放淨光明　照一切佛身　彼佛咸恭敬
瞻仰心歡喜　威儀皆具足　供養伸讚歎
牟尼大金僊　安住三部呪　三昧呪現前
三寶最殊勝　三乘及引導　不空羂索部
執持金剛索　及持金剛鉤　示現忿怒相
降伏諸魔怨　大忿怒明王　六面現六眼
一身生六臂　口出大利牙　手執紺迦羅
臂纏百毒蛇　名燄鬘德迦　亦名除障王
現大怖畏相　執金剛利刃　種種相差別
化金剛眷屬　徧滿於虛空　大威德忿怒
不動尊明王　一髻髮蓬亂　身掛大象皮
時發大笑音　呵呵呬呬聲　草木皆搖動
現大笑明王　有大威德力　金剛大菩薩
金剛王大樂　金剛相大喜　金剛呪吽吽
金剛弓及箭　手持金剛劍　煩惱皆除斷
堅固及利用　此金剛最勝　熾盛金剛燄

熾盛金剛眼　金剛大色相　金剛燄百眼
金剛毛銛利　示現鬪戰相　金剛現指爪
億數鋒堅利　金剛殊勝鬘　金剛妙莊嚴
金剛笑音聲　字門有六種　文殊大音聲
徧徹於三界　乃至虛空界　音聲皆徧徹
如實而了知　一切法無我　離文字語言
同真際法性　譬如大牛王　作大音聲吼
吹於大法螺　擊於大法鼓　建廣大法幢
作廣大音聲　不住於涅槃　悲愍諸衆生
十方虛空界　無色非無色　種種色心中
能了一切法　猶如大圓鑑　徧照盡無餘
化諸天人衆　三界得自在　住平等聖道
湧現於法幢　普於十方界　示現童子相
或現沙門相　或現老人相　或三十二相
端嚴甚微妙　智慧德行者　阿闍黎法師

度一切衆生　相應成正覺　了達虛空界
一切智智海　破壞無明網　摧滅流轉輪
永離諸煩惱　速達於彼岸　以智水灌頂
莊嚴妙寶冠　斷除三種苦　離一切纏縛
得三種解脫　成正等正覺　常於三界中
利益諸衆生　圓滿清淨行　功德悉增長
離一切有著　安住真實際　持大如意寶
爲最上導師　現大相相應　作最上賢瓶
饒益諸衆生　護念如赤子　淨通非淨通
時分三昧通　了達正定通　衆生根境通
功德通法通　得三種解脫　清淨吉祥事
心歡喜踴躍　五面及五頂　五山嚴飾相
大喜及大樂　大慶及大欲　決定真實法
吉祥最勝尊　殊勝微妙行　利益諸衆生
爲降伏魔怨　消除諸驚怖　尸棄室嚨呢

惹胝路垂髻　剃髮及頭陀　著大淨行衣
持最上梵行　大婆羅門衆　夾身喬答摩
修持大苦行　證清淨涅槃　寂然得解脫
能持大淨行　安樂無染著　決定斷苦樂
盡遠離諸欲　無失亦無得　無顯亦無著
一切行無穢　是謂婆羅門　菩薩修正行
意識淨無垢　離染無怖畏　善覺悟佛性
智解如來地　能知過去法　無智亦無色
亦無有疑惑　照見三世佛　法本來無著
覺法離繫縛　慧眼照無礙　如來妙智觀
說法自在王　以最勝法義　悉除諸諍論
猶如師子王　能伏於衆獸　衆生咸欣仰
如來尊重相　文殊妙智光　熾盛皆徧照
灌頂法王子　最勝名義師　能爲大良藥
消除諸病苦　舒白毫相光　照耀於三界
乃至十方剎　普建大法幢　及張大傘蓋
爲慈悲道場　蓮華大寶蓋　徧覆諸如來
一切佛法性　一切佛相應　一切佛平等
爲最勝尊重　金剛智灌頂　吉祥自在王
一切世自在　最勝金剛王　一切佛大心
一切佛智行　一切佛大身　一切佛妙辯
金剛日大光　金剛月大明　熾盛皆徧照
十方衆生界　佛金剛堅固　佛勝義法生
佛蓮華吉祥　成就一切智　佛持大幻法
佛持大明呪　金剛劒大利　斷諸煩惱結
金剛法大器　金剛法最勝　金剛慧出生
圓滿波羅蜜　佛地爲莊嚴　清淨法無我
正智心明了　幻網種種事　金剛能除斷
煩惱盡無餘

文殊所說最勝名義經卷上

文殊所説最勝名義經卷下

宋西天三藏明因妙善普濟法師金總持等奉詔譯

菩薩妙智身　出生諸善利　譬如大地中
生種種利益　一切佛智藏　流出大法輪
一切法自性　一切自性生　於一刹那中
出生諸法義　即得大智慧　覺了一切法
深入諸三昧　安住平等理　諸法悉清淨
成正等正覺　一切佛現前　歡喜義成就
大智燄光明　滅除諸罪垢　一切衆生中
作最上利益　苦惱爲怨賊　智慧能戰勝
精進殊勝相　微妙大吉祥　手臂長百肘
舉足作舞蹈　一足按金輪　下至地絶處
一足覆梵際　但見指爪甲　最上勝自在
法義無差别　現種種色相　起於方便智
周徧十方界　利益無窮盡　已離輪迴染
得三種大樂　猶如清淨雲　亦如秋皎月
如日離雲翳　熾盛大光明　帝釋大青寶
莊嚴色最上　及大如意珠　亦爲妙莊嚴
所現神通力　震動百世界　住念處正勤
神足及根力　七覺妙意華　了知八聖道
趣正等菩提　如來功德海　諸衆生蘊聚
猶如於虛空　諸衆生心行　種種相差别
了知諸根境　五蘊悉皆空　五蘊義清淨
諸行無億數　了知諸行相　安住實際中
十二緣生法　體性皆清淨　四無量真乘
八智從覺生　了內根外境　十二真實義
祕密十六分　覺道二十種　如是最勝義
諸佛皆了知　佛現無數身　常在於三昧
諸衆生心行　刹那能了知　三乘方便門
清淨行微妙　覺法無自性　住於一乘道

盡諸煩惱結　出流轉苦海　離繫縛稠林
種種諸苦等　方便智大悲　能普徧饒益
攝受諸有情　令悟無生忍　一切衆生心
了境界清淨　一切衆生心　平等無差別
一切衆生心　歡喜生愛樂　令離於散亂
成就諸功德　通達三世法　一切智慧義
五蘊性本空　三世皆如是　一念生信解
即見諸佛性　諸法自性生　佛身本無著
樂見諸佛身　種種莊嚴相　樂聞佛菩提
最上真實義　大呪離文字　大呪三種性
泯覩離文字　出生一切呪　泯覩百字門
五字門大空　祕密十六種　從泯覩中生
葛羅非葛羅　過去有四種　禪義生億數
一切作非作　通達一切禪　了知根本定
三昧身最上　報化身亦然　普徧十方界
化度諸衆生　最後天中天　吉祥最勝者
爲天人導師　降伏諸魔衆　如帝釋天王
能作大布施　度一切衆生　出煩惱稠林
十方皆讚歎　唯一無有二　以大慈悲法
爲精進甲胄　智慧爲弓劒　滅除煩惱賊
最勝威神力　衆魔皆怖畏　降伏魔怨已
興廣大供養　稽首最上師　諸佛護世者
頂禮佛讚歎　親近而奉事　十方虛空界
供養亦如是　文殊大吉祥　菩薩摩訶薩
具六通三明　六念皆圓滿　現大神通力
智慧到彼岸　遠離於輪迴　永得不退轉
勇猛大精進　了知一切法　大補特伽羅
得超最上地　以智慧法雨　普潤諸衆生
宣示四法印　引導於三乘　清淨最上義
能作大吉祥　菩薩所稱讚　成就金剛尊

衆生無億數　瞻仰歸命禮　歸命大空藏
讚歎大空藏　歸命佛覺道　讚歎佛覺道
歸命諸佛身　讚歎諸佛身　歸命佛欣悅
讚歎佛欣悅　歸命佛功德　讚歎佛功德
歸命諸佛念　讚歎諸佛念　歸命佛喜笑
讚歎佛喜笑　歸命諸佛語　讚歎諸佛語
歸命佛所愛　讚歎佛所愛　歸命諸佛生
讚歎諸佛生　歸命佛智生　讚歎佛智生
歸命佛戲舞　讚歎佛戲舞　歸命一切智
讚歎一切智　性空及幻網　歸讚亦如是

爾時金剛掌菩薩摩訶薩金剛手菩薩摩訶薩白佛言世尊如來智觀一切智身甚深微妙文殊菩薩摩訶薩爲欲利益一切衆生說此清淨最勝名義若諸衆生未淨三業令於佛地波羅蜜門福智藏中攝持三業圓滿清淨於最上義未了解者令得了解乃至一切諸佛法藏皆爲開發令得悟解出生衆善爲功德門復次金剛掌菩薩摩訶薩金剛手菩薩摩訶薩言此最勝名義出生一切淨地波羅蜜法祕密神呪圓滿成就一切智智諸功德海淨身語意三祕密門觀想諸佛正等正覺成就佛智大三摩地一切如來清淨法界最勝十力破壞魔怨具一切智一切種智根本方便饒益衆生福德智藏清淨圓滿出生菩薩聲聞緣覺三乘聖種一切人天安住大乘諸菩薩行入正聖道皆得解脫復能增長菩薩善根攝受一切外道異論威德摧伏四種魔怨令諸衆生同歸聖道解脫繫縛離諸散亂具足一切諸善事業斷除輪迴得真聖道以妙香華幢旛傘蓋普徧供養一切如來

速得成就諸呪部門於諸菩薩生愛樂想相應般若波羅蜜多了知菩薩空行無二具足一切波羅蜜藏圓滿一切清淨佛地得四真諦聖智現前一心安住四正念處乃至具足諸佛功德復次金剛掌菩薩摩訶薩金剛手菩薩摩訶薩言此最勝名義經能除一切衆生身語意業不善罪垢令得遠離一切惡道及得斷除一切業障八難怖畏皆得消除離惡眠夢獲大吉祥及離一切諸魔怨結修諸善根福德利益斷除一切增上我慢永離一切苦惱輪轉一切佛心了知如實菩薩密行了知如實三乘聖智了知如實一切呪印了知如實最勝法義生大智慧住安樂行色力自在獲得清淨大吉祥事歡喜踴躍以妙句偈稱揚讚歎此名義經亦能消除一切疾病及大恐怖若衆生心有所樂欲至心誦持最勝名義悉得如意欲得清淨即得清淨欲得救護即得救護欲得富饒即得富饒如漂溺人得獲濟度未得道者令得道果乘般若舟到菩提岸如大醫王能除衆病以方便智救護衆生愚癡暗蔽悉得永離猶如意寶隨其所欲利益一切皆令圓滿文殊菩薩摩訶薩如實了知一切智智具足五眼六波羅蜜得四無畏安住十地大福智藏三摩地門皆得圓滿如實了知法性無二如實了知色相差別如實了知種種億數色相清淨如來自性悉皆空故此名義經無二法義若有受持開示顯發則能利益一切衆生令離邪見煩惱稠林復次金剛掌菩薩摩訶薩金剛手菩薩摩訶薩白佛言世尊文殊師利菩薩摩訶薩

及一切如來智觀無二此名義經最勝尊重如佛頂中大摩尼珠若善男子善女人依此最勝祕密呪門句偈義理每日三時受持讀誦解說書寫利益衆生顯示三乘普令悟入爾時文殊師利菩薩摩訶薩說此最勝名義欲令衆生一心信受得勝解心了達一切最上法門修無住行具足智慧清淨三業發菩提心一切諸佛諸大菩薩普皆示現平等法門令諸衆生皆得悟入大金剛掌菩薩現忿怒相以大威力降伏魔怨普皆利益一切衆生令得安樂顯示祕密三昧道場一切呪印引導衆生入正定聚圓滿無餘大明呪王除諸障難消伏魔怨具大威德於晝夜中常當擁護童真菩薩梵王帝釋嚕陀羅神那羅延天大自在天并于歌哩底計大黒天神儺底計說囉大神餤魔天王水界大神毗沙門天王賀哩帝母於晝夜中常當擁護若行若住若坐若卧一切時中諸佛菩薩威神加護一切諸佛及諸菩薩饒益攝受彼諸衆生身意語業皆得清淨一切羅漢聲聞緣覺護念攝受彼諸衆生於一切法得無所畏如是最勝名義聖法於諸經中最爲上首若能於此信解受持是人則爲得菩提道或處禪定或居闤閙或入王城聚落之處江河園林一切住處於晝夜中常當擁護令無怖畏天龍八部人及非人乃至毗舍遮女并諸眷屬常當擁護是諸衆生令離諸惱得大安隱復次金剛掌菩薩金剛手菩薩言此最勝名義經如佛頂珠最上微妙功德殊勝不可思議每日三時受持讀誦正念思惟精進無懈於佛菩提

速能趣入復白佛言世尊文殊師利菩薩色相具足觀察思惟以大願力度脱衆生或於空中現一切佛一切菩薩種種化身隨順衆生所樂示現演説微妙甚深句義引導衆生遠離惡趣不生卑賤不墮邊境生不醜陋不墮邪見常生佛刹聽聞正法離無想處不生饑饉鬭戰刼中不生五濁及賊難處不生貧窮及困苦處不生非法妄説句偈爲求名聞生賢善家尊貴人中圓滿色相端嚴具足見者歡喜無不愛樂得宿住通大尊重相具大威德布施持戒忍辱精進禪定智慧方便願力慈悲喜捨四無量心具足圓滿及於一切工巧技藝讃詠外書皆得了解出家求道於一切智心無散失了達三乘諸法義利此經功德出生無量智慧無量善法若善男子善女人受持讀誦解其義理爲人演説當知是人於如來藏中得佛功德不久當證最上菩提具一切智一切種智安住世間振大法鼓建大法幢作大法王演大法呪即説呪曰

唵引薩哩嚩二合達哩摩引二合阿婆引嚩娑嚩二合婆引嚩尾秫馱嚩葸囉二合遏阿暗噁

一切法相自性清淨所謂一切如來智身文殊菩薩清淨出生呪曰

噁薩哩嚩二合怛陀引誐多紇哩二合捺野喝囉喝囉唵引吽引紇哩二合

文殊菩薩語自在王廣大宣説一切法性猶如虛空圓滿清淨法界智藏呪曰

阿

爾時金剛掌菩薩摩訶薩金剛手菩薩摩訶薩歡喜踴躍恭敬合掌瞻仰如來諸佛聖衆

大祕密王隨喜稱讃廣大道場爾時釋迦牟尼佛讃金剛掌菩薩金剛手菩薩言善哉善哉汝能顯示文殊所説諸佛祕密最勝名義利益安樂一切衆生汝等不久當得阿耨多羅三藐三菩提得大解脱於幻網中作大導師以大清淨甚深妙義開發引導令諸衆生入佛境界我今證明汝等所説最勝名義此經於一萬六千大祕密教智慧藏中次第流出爲三摩地輪摧伏魔怨消除煩惱度脱衆生遠離輪迴到菩提岸

文殊所説最勝名義經卷下

音釋

羂（古縣切網也）鬘（莫班切）銛（息兼切利也）龕（口銜切）闠（胡對切闤闠也）鬧（奴教切喧鬧也）

迦丁比丘說當來變經

失譯人名今附宋錄

雜譬喻經

後漢沙門支婁迦讖譯

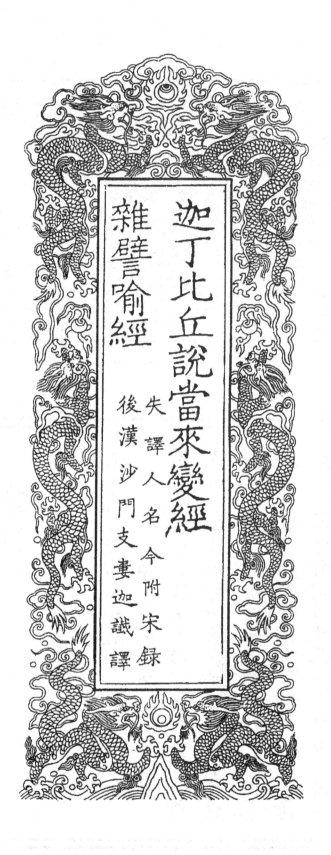

清刻龍藏佛說法變相圖

二經同卷

迦丁比丘說當來變經

雜譬喻經

迦丁比丘說當來變經

失譯人名今附宋録

是時迦丁比丘告衆會曰汝等靜聽吾今所說初中竟語如佛所說言無違錯當來之世當有惡變甚可怖畏汝等欲知我今說之來事大恐好當勤加修精進業吾蒙佛恩今得安隱汝等出家宜順佛教人壽百歲少出多減當來之世惡法興盛惡比丘出破壞佛法法欲盡時人意薄弱無有志勇務懷嫉妬更相謗毀貪著文字務親紙墨而自光自謂之

爲上若有比丘從師口受諷誦通利分别句義而爲他人分部說之而更輕慢此二學家更共鬬諍吾所說是汝所說非貪利財寳心口相違愚癡之人不解經意倒釋其義說者亦反受者復倒語言不正經偈參錯所學既少但懷憍慢輕懱他人當來之世如此之輩人甚爲衆多慠慢師長不復承事謂三師言我所說眞實汝所說妄僞此輩比丘親著俗服白衣所行而習學之閑居静處而不樂之人間憒閙貪慕係戀不能遠之雖於人間起佛塔寺更相嫉妬四方比丘經過止住要報寺主爾乃得住然雖得住内心恚恨意不喜之若去之後盡共歡喜佛寺之中所住比丘還相妬忌或妬錢財或妬顏色或妬供養或妬種姓或妬經法祕惜不傳追逐貴人有力勢者心意沮敗崩壞佛法貯聚錢財奴婢六畜修治園圃以此爲上内外已變强著袈裟剃頭而已晝夜殷勤勤修營事國中臣吏有力勢者追逐奉之猶如奴僕檀越之家敬三寳故減妻奪子不敢衣食起佛塔寺施僧房舍衣服卧具悉令饒足復恐乏少即出家中名珍上寳著其塔中住寺沙門追逐官長欲望敬事即取檀越塔中所有持上官長官長貪財不推本末益得爲善用是貪嫉死入地獄其比丘者貪著名利取三寳物妄爲私惠用是罪故死入地獄或有比丘身犯衆惡以三尊錢財求謝他人以求解脱或有比丘及諸白衣貪三尊財强獲罪負極取持去斯輩之人盡入地獄若作法師作持律行者通四阿含者各與白衣有力勢者共爲親友坐白

衣牀便共密語談說餘人善惡好醜依著白衣恃其力勢意所不喜便危害之若爲說法以邪爲正以正爲邪作是行者名爲天下非法分部佛有三藏經夫爲師者祕惜不傳不教弟子所以者何恐弟子知與我等者便輕慢師是以祕之爲弟子者何名出家無所學識則便空出至使弟子遂懷瞋恚輕慢於師無復上下語言麁(麤)此輩比丘興乎惡行魔及官屬盡得其便墮墜魔部界反自稱譽誰與我等心變意惡三毒熾盛不能自禁貪利供養達嚫財物不避罪福並得爲善用供養故便共鬭諍外著法服不知戒行出入行來不從法教搖頭顧影迷著色欲甚於凡俗居賤賣貴或出倍息務貪贏利比丘行法捨棄不行得少利入則便歡喜比丘僧聚坐禪學問不能堪耐而遠避之貪求財利四出求索不覺疲倦欺調百姓無有猒足若有塔寺僧房卧具肥濃之處競入其中外像持戒內懷姧非人見恭敬漸漸日日追逐白衣奉事供給白衣歡喜復敬望之展轉歎美言此比丘戒行清純不知其內專爲虛僞多畜弟子沙彌奴婢四向求索積聚無足言我持戒年歲未滿行便將從戒法日緩不信罪福出言兇强好與酒客婬蕩女家與之從事或入官長宮閤出入以自榮美或殺人聚或喜作務百種生活談說王事治政好醜或談軍馬鬭諍勝負或談盜賊或談飲食或說婦女情欲晝夜談說世間邪事明師善友不肯親附更與屠兒惡賊嗜酒盜劫販賣邪婬之人共爲親厚飲酒卧起心漸染戀習彼所行或勤家業或

爲白衣走使不避遠近如此輩人不知正法復使作沙門名曰壞法旣自不孝父母尊老若見持戒比丘清高梵志而罵辱之無有慈心賊害群命劫人財寶私人婦女口好妄言閨門婬亂不避上下若見清潔比丘尼婬意爲起而追逐之破毀戒行如此輩人現世爲王法所得收繫著獄五毒治之若有國王大臣人民犯斯惡者則令風雨不時五穀不豐人民窮困盜賊並起軍革數興萬民逃迸五族離散聚落空虛彼時世人困無衣食避世苦故競作沙門作沙門已破壞佛法輕慢上下合聚惡人意合志同而爲結友便相稱揚其戒行清其行禪定人民聞見謂爲審然若檀越請轉經說法便竊裸卧不肯聽采若分達嚫則競諍之求索供養衣被飲食無有猒足多畜弟子不以法訓佛之正戒不以誨之弟子不解戒行禪定修道之法而爲師者務相聚會談講世俗非法之事以爲常業如此輩人受他供養施者福少受者有殃若有四輩聚會說經不樂聽之若有白衣來欲聽經競共迎送供給所須不失其意若說禁戒則共鬭諍乃至夜半言衆人疲但說四事若理鬭諍不以疲猒若說淨戒講經法時不欲聞之當來比丘欲亂法者競起佛寺處處聚會其十五日有布薩說戒者雖共聚會但共鬭諍亦不說戒講法諸天人民見僧聚會欲聽經法但聞鬭諍即相謂言我爲法來反聞鬭諍於此何求心中不樂愁慘而去自念不久佛法將滅諸天龍神及諸夜叉諸善鬼神皆共愁悒不復擁護佛法衆僧令諸惡鬼吸食

其血令皆多病薄色力劣顔貌枯悴無有威德皆由此矣比丘若病不相看視心畏惡之樂欲令死時病比丘無看視故遂便喪亡佛法欲滅比丘白衣皆共慳貪積聚財産不肯惠施但貪欲得摩摩帝者不信罪福無復上下亦不分別三尊財物無道用之或共婦女或共白衣雜厠居止飲酒歌舞快相娛樂凡俗無別更相嫉妬緣是之故財物衰耗業不諧偶此輩比丘用婬欲故樂在家居不猒爲苦好與童女相結爲姻所以者何童女之意特爲深重初得男子心相戀著俱不忘捨或與婬蕩女子就共生活或比丘尼爲家居者若有比丘不畜遺餘乞丐充身諸破戒比丘盡共憎惡不欲見之告諸檀越言此比丘内懷諛諂外現持戒不足可與於今之世若有犯戒比丘盡共惡之將來之世見有清淨持戒比丘反共憎之爾時比丘屏處犯戒畏人見之將來之世若有比丘奉戒禪定畏人見之所以爾者將來之世憎持戒故當來比丘强知貪利不知羞耻如此人輩彼世癡人盡恭敬之見持戒者反輕毀之一切萬物悉皆是實用人不識皆即化沒佛法亦爾由是之故正法轉沒用不敬奉令法沒盡譬如大船多所負載重則沉沒將來之世多有比丘貪惑供養令法毀沒若有比丘奉戒護律法當久存如師子王雖死卧地飛鳥走獸無敢近者旬日之間身中生蟲還食其肉毀壞身形佛雖泥洹正法續存梵魔衆聖一切邪道無能毀佛法者將來當有無行之人入佛法中求作沙門破壞佛法更相輕毀學三藏者轉

相嫉妬爲嫉妬故佛法疾滅欲護佛法當除憍慢棄捐嫉妬將來比丘妬佛法者如猪處圂不自知㒵多所搪突如無韉驢不顧禁戒飲酒噉肉不以時節共結親友或穿人墻屋劫人財物或受人寄共相詉冒更相證明忍於搒笞改易券信多得爲幸若僧因緣共會聚時諸下座輩呵罵上座上座默然愁慘出去爾時下座不以禮教以自拘制可爲師者更不受之比丘有是鬭諍之時法將滅盡天下騷動盡共不安國主調役無復猒足盜賊並起劫奪民財轉入於王王者得財遂長益賊治政崩壞相殺不問人民窮苦姧巧滋生天下枯旱風雨不時穀米饑貴王賈販賣踰越境界耕田種作收入薄少晝夜勤苦身口不繫無用充官萬民嗷嗷乃不思存爾時比丘亦復耕田四出賈作經理官私與俗無異甚爲苦哉將來之世當有三天子出破壞天下一名邪來那近在南方中國當有一天子出北方晉土有一天子名曰揵秋佛法將滅此三天子乃出晉破壞國土殺害人民破塔僧園輕慢沙門考治五毒亦率兵衆詣天竺國破壞土地多所殘害爾時中國天子當復與兵破壞晉土及其臣民還其本土是時晉土沙門爲官所困或有死者或有返俗者或巡四出向天竺者或有達者有不達者或有盲聾跛蹇羸老病瘦不任去者爲官所殺爾時中國天子敬佛法衆惠施一切見犯戒者即訶諫之時有上座比丘名尸依仇通知三藏爲王說法王甚歡喜即請衆僧於拘睒彌國作般闍于瑟盡請一切釋迦文弟子在閻

浮提者悉令集會時有百千比丘末後大會大會者佛法向盡更不復會故言末後爾時會中轉相問言汝等和尚及阿闍梨爲在何許各答之曰我等之師中道病死者賊所殺者疲劣不能前者言已達者皆共悲結舉聲號哭當此之時十五日夜天大惡風暴雨說二百五十戒中有聞者或不聞者時諸比丘便共鬪諍大語呼上座比丘諫衆人曰仁等小言當用法故更勿亂語吾用比丘法當解汝意令閻浮提釋迦文弟子盡來會此是會末後今我所學更不復學唯願默然聽我所說復有比丘聰明智慧深入禪定語衆人曰我所入禪悉已備足今此大會百千比丘欲聞法戒能持行者我當說之願諸釋子默然靜聽復有比丘字須陀流（此言日善）以得羅漢即從坐起一心叉手禮上座足便師子吼我欲說經衆坐勿鬧經中所說吾悉學之無有錯悞終不復疑如佛所言上座弟子名曰上頭亦是上足志行兇惡即從坐起謂須陀流曰汝何所知不解經法戒律上座欲說竟共說之爾時上頭即以鐵杵打殺須陀流須陀流已度生死中有持戒比丘默然便起出去爾時有信佛夜叉復以鐵杵擊殺上頭比丘當於爾時天地六反震動虛空之中自然有叫喚稱怨之聲四向復有雷震雨墮四向復有惡氣滿于虛空雷震四至爾時一切衆生之類見是變怪悉共相對舉聲悲哭皆相謂言今日末後佛法盡矣上至二十八天無色諸天及龍阿須輪滿于空中舉聲大哭自撲墮地復有奉法羅刹及見佛夜叉悉皆舉身自

投于地口說是言從今以往天下更不復聞說二百五十戒聲比丘不復奉行之天下孤寡衆生失目甚速柰何天下不久人民相殺無有問者猶如野畜法行已墮法鼓已裂甘露門已閉諸經法師命已喪失法炬已滅法輪已倒十二部經已散已解法輪已折法水已止法海已竭法山已崩諸山谷間無復精進坐禪比丘諸天善神見山谷空無所奉敬悉皆自撲人民盲冥無法可行時諸魔衆皆大歡喜以名衣上服更相貢上佛法已滅我等邪法今始得興更相慶賴迦丁比丘告諸弟子當來惡變其事如斯今日佛法猶故存在宜勤行之佛之正法如深草澤衆生仰之無所乏少若草澤枯竭衆生饑困墮于生死猶如賈客不勤用心財寶日耗父母妻子無所濟活身心憔燃悔無所及今正法存極可行之恣取何道若復放逸不欲精進空出無獲返爲三塗之所沒溺悔之無及今汝四輩思佛重恩奉上如父親下如子汝等四大强健心堅意猛勤行精進可得度苦復一旦身心微弱而爲老病所見蹋蹈悔無所及今國土人民未至盛惡兵革未起人民安隱米穀平賤分衛易得念勤精進可無後悔時諸弟子聞說是法悉皆稽首禮大仙足心意惶怖身體戰掉悲泣白言將來之世法沒盡時見此世者意當云何何忍見之我等今日聞說是事心用崩破彼世之人遭此惡者身心豈不裂作百段耶時諸弟子忽復自議至心投地同聲白師我甚惶怖云何得道免于斯苦不遭斯惱大仙告曰道無遠近勤求則得無

有前後此經名曰大仙迦丁所記當來祕識
要集宜勤精進可免斯苦時諸弟子聞經悲
泣飲淚稽首奉行

迦丁比丘說當來變經

雜譬喻經

後漢沙門支婁迦讖譯

昔有比丘聰明智慧時病危頓弟子問曰成應眞未答曰未得不還未也答曰未問曰和尚道高名遠何以不至乎和尚告曰已得頻來二果未通問之已得頻來礙何等事不至眞人答曰欲覩彌勒佛時三會二百八十億人得眞人時及諸菩薩不可限載彌勒如來其身至尊長百六十丈其土人民皆桃華色人民皆壽八萬四千歲土地平正衣食自然閻浮土地廣長各三十萬里意欲見此不取眞人彌勒佛時二尊弟子一曰雜施二曰數數復欲見之知何如我弟子復問從何聞此和尚答曰從佛經聞弟子白曰生死勤苦彌勒設有異法當往待之乎答曰無異六度四等四恩四諦寧有異乎答曰不也設使一等彼此無異何爲復待今受佛恩反歸彌勒亦可取度不須待彼和尚言止卿且出去吾當思惟弟子適出來到户外已成眞人弟子還曰何乎師曰已成眞人弟子禮曰咄叱之頃已成果證

昔有比丘得定意時野火燒不燒人見之謂是鬼便斫之刀折不入用心一故不入柔輭故不燒有人得定者弟子呼之飯不覺因前牽其臂臂伸長丈餘弟子怖便取結之意恐結不可復解之師禪寤苦臂痛問弟子曰如是師言汝不解寤我折我臂人得定意柔輭如綿在母腹中亦爾

昔罽賓國有一菩薩始生墮地地爲大動父母皆驚時有眞人往頭面禮華蓋供散後長

出家明哲辯慧然多蕩泆乃無法度所說聞者輙令得道時有二人共為比丘精舍守戒清白積年意不開解天神語之彼國有比丘多所化度二人即往故遠歸請時此比丘彼國有比丘與婬女通二人求現一人先入禮敬却坐婬女故卧端正極世專心聽經無他異念便得道迹稽首還出復使一前禮訊坐聽見卧婬女心念此人穢辱不良唐苦遠來便棄出外比丘曰何愁乃爾知有邪見曰乃誤我曹涉曠辛苦師此汚濁有是蕩行曰卿為大非學士之法但當正心聽受慧解焉識是非自生惡念令無所得便自端心共入聽經復得道迹一得應眞師為設會便還本國師後典寺大用僧物通婬戲樂過度衆僧議逐有眞人曰且莫擯棄雖用僧物能多化度便止不逐親親詰曰卿前弟子可往從乞備衆人物即到彼國大得衆寶還倍償僧

昔有賢者奉法精進得病奄亡妻子號戀無聊有生火葬收骨埋去既訖廢忘經道香燈不設家財饒富月旦晦朔烹殺饌餚上塚集會相哭哀摧悲悼斷絶亡者戒德終乃昇天天眼遥見愍其哭之愚癡之至化作小兒於邊牧牛牛便卒死兒便號哭刈草著前曉喻令食復打呼起對泣自搏如此終日衆人怪笑共往呵問汝誰家子牛死當歸語家號哭何益牛死豈知乎曰我不愚也牛死尚在猶可有望汝父早死設百種食共向號哭焦骨何知衆聞霍解曰吾本汝父棠佛生天故來釋卿因還復天身欲得如我加進道供巳忽不現妻子內外便還精進戒德布施賑濟一

切不復憂愁皆得道迹同時生天
海中有一國名私訶疊中多出珍寶唯無石蜜時有賈人持五百餘車石蜜往念欲上王所得賞報必勝市賈便以石蜜置王宮門作事自陳如是月日之中無有問者恚曰彼王亦是人我亦是人眼耳鼻口四大俱爾乃不可得一見與言語也何則王福德勝人故也吾亦當作功德當令王不覺來歸我時遂行作沙門以蜜供養三尊求一靜處思惟苦空非身使其未半意解無縛得六通道諸能一處不移成羅漢者地爲震動帝釋諸天應來慰問於是天帝諸天人皆下作禮助其歡喜比丘問天帝卿等天上盡何所爲答曰天上有四戲觀園三處是五欲處一處是道德在中或論佛貴典或時論天下四輩精進持法者比丘曰論持法者爲一等也爲有深淺乎天帝曰普論善人耳佛泥曰已來有三人諸天持論未曾廢捨比丘曰斯何人也天帝與我一一說之天帝言波羅柰國有一人作沙門自誓言當經行彷徉不得應真終不卧息於是晝夜經行足壞流血百鳥逐啄三年得道諸天稱察無不奉承矣有一人在羅閱祇國亦作沙門布草爲褥坐其上自誓曰不得道終不起而陰蓋來但欲睡眠使人作錐長八寸睡來時便刺兩髀以瘡痛不睡一年之中得應真道天亦歎未曾有也復有一人在拘睒尼國亦作沙門在山石室峻險卒無能得往來者時魔波旬見其精進便化作水牛在比丘前鳴鼻角目以欲觸之比丘甚畏而思曰此間牛所不能得至何以有此得無是

魔所爲也即㖫言汝是弊魔所爲邪魔謂巳知便復本形比丘語魔卿恐我何求魔言見道人精勤恐出我界去故來相恐矣比丘說言我所以作沙門者求度世間佛有相好欲見之耳佛以去世無能見者聞魔能變作佛身爲吾現之吾便不復精進也魔其當然即化爲佛在前立思惟即得應眞諸天空中稱善無量魔悔愁毒即時滅去天帝語比丘是三人諸天所歎于今未休比丘語天帝此三人者明識苦空是以朽身吾本無意爲人所輕遂行求道得出三界亦復奇妙亦得應眞諸天報曰令還天上以道人上頭第一於是諸天作禮而去於是國王聞石蜜主勤行得道即往稽首叩頭謝過遂爲國師興隆三寶國致太平得福得度不可復計

昔有一病人衆醫不能治瘥徑來投國王王名薩和檀以身歸大王慈願治我病王即付諸師勑令爲治病諸醫啓王此藥不可得王問諸師曰其藥名何等世無五毒人其肉中作湯服此便得瘥何等爲五毒一者無貪婬心二者無瞋恚心三者無愚癡心四者無妬嫉心五者無尅虐心若有此人者其病便愈王告諸師曰此人來歸我唯我無此毒即割身上肉與之令合湯病者服愈便發摩訶衍

昔有迦羅越常願見文殊師利迦羅越便大布施幷設高座訖便有一老公其大醜惡眼中眵出鼻中涕出口中唾出迦羅越見在高座上便起意我今日施高座高經沙門當在其上汝是何等人便牽著地布施訖迦羅越便然燈燒香著佛寺中言持是功德現世見

文殊師利便自還歸家疲極卧夢有人語言汝欲見文殊師利見之不識近前高座上老公正是文殊師利汝便牽著地如是前後七反見之不識當那得見文殊師利若人求菩薩道一切當等心於人求菩薩道者文殊師利便往試之當覺是意

爲無常家說譬喻有一大樹其果如二升瓶其果垂熟有烏飛來住樹枝上方住果落烏頭殺樹神見此而作偈言

烏來不求死　果墮不爲烏　果熟烏應死
因緣會使爾

人在世間罪福會遲速合無有前却黠人得罪不怨得福不喜爾乃爲諦信佛言受持不離三界之中有九十六種道世人各奉其所事冀神有益此諸小道未曉爲福豈能報德所以爾者不識三尊之上明不執五戒之清眞無有八正之深見豈能祐濟於人乎是以名之薄田耳有能敬佛三尊鑒通三世明天堂之福審太山之罪至信三寶以塞三塗強智慧之力以消三界癡冥修六淨神水以蕩六患之穢故能輕財損身口分行等之施以樹來世之本施一萬報疾若響應故言大道三界之良田也何以明之昔阿育王曾作小兒時道遇佛不勝歡喜以少砂土至心奉佛由此之福故得爲聖王典主四十萬里十六大國以此明之佛最爲良田

昔佛弟難陀乃往昔維衛佛時人一洗衆僧之福功德自追生在釋種身佩五六之相神容晃昱金色乘前世之福與佛同世研精道場便得六通古人施一猶有弘報況今檀越

能多行者予普等之行必逮尊號加增歡喜廣度一切

佛言深神億劫不朽煎熬生死得道乃止昔佛泥曰後五百十年有一國王精進勇猛世所希有供養六萬沙門三月一時甘香餚饍極世之味最上座道人博綜群籍探古達今得應眞去此國東四百八十里有一國王供養五百婆羅門亦盡世之美作百種幢旛裝校繒綵綿絮金寶雜物一幢直五百兩金以此妓樂而娛樂之其有能作此技藝者便以與之諸國貧人聞彼國王有此寶物各各四面雲集合五百人路由精舍各習技藝欲取彼寶糧食乏盡不能得達便詣上座前求作沙門上座即觀之乃維衞佛時賢者家奴客曾爲道人作食飲又聞法言從是已來天上人中受福自然福今始盡法言故存此等可度便下鬚髮授以戒法將入宮食還大歡喜師知其意爲說此飯不可妄食人無至誠而食此飯者當累劫爲王作牛馬奴婢五百新學比丘聞此恐怖厲志精進九十日皆得應眞比丘以得道欲自說本末便大走行與入王門共相撲來三毒十二因緣五陰六衰我皆撲之誰能與我對者衆坐愕然此何言也比丘曰吾等本習技藝欲取彼寶利養爲沙門自致羅漢三界衆邪吾等已撲滅之蒙大師恩快樂無極

昔有兄弟二人居大勢富貴資財無量父母終亡無所依仰雖爲兄弟志念各異兄好道誼弟愛家業官爵俸祿貪世榮色居近波利弗鷄鳴精舍去之不遠兄專行學諮受經道

不預家計其弟見兄不親家事恒嫌恨之共爲兄弟父母早終勤苦念生活反棄家業追逐沙門聽受佛經沙門豈能與汝衣財寶耶家轉貧狹財物日耗人所嗤笑謂之懈廢門户絶滅凡爲人子當立功効繼續父母功勲不廢乃爲孝子耳兄報之曰五戒十善供養三寶行六度坐禪念定以道化親乃爲孝耳道俗相反自然之數道之所樂俗之所惡俗之所珍道之所賤智愚不同謀猶明冥不共處是故慧人去冥就明以致道眞卿今所樂苦惱之戒一切空無虚僞不眞迷謬計有豈知苦辛其弟含恚頸頭不信兄見如是便謂曰卿貪家事以財爲貴吾好經道以慧爲珍今欲捨家歸命福田計命寄世忽若飛塵無常卒至爲罪所纏是故捨世避危就安弟見兄意志趣道誼寂然無報兄則去家行作沙門夙夜精進誦經念道一心坐禪分别思惟未曾休息懈怠即具根力三十七品行合經法成道果證往到弟所勸令奉法五戒十善生天之本布施學問道慧之基弟聞此言瞋恚更盛即答兄曰卿自應廢不親家業毁壞門户可獨爲此勿復教我疾出門去莫預我事兄便捨去弟貪家業汲汲不休未曾以法而住其心然後壽終墮牛中肥盛甚大賈客買取載鹽販之往返有數牛遂羸頓不能復前上坂困頓躃卧不起賈人策撾摇頭纔動時兄遊行飛在虚空遥見如是即時思惟知從何來觀見其本本是其弟便謂之曰弟汝所居舍宅田地汲汲所樂今爲所在而自投身墮牛畜中即以威神照示本命即自識知

淚出自責大行不善慳貪嫉妬不信佛法輕慢聖衆快心恣意不信兄語違戾聖教抵突目用故墮牛中疲頓困劣悔當何逮兄知心念愴然哀傷即爲牛主說其本末事狀如是本是我弟不信三尊背眞向僞慳妬自恣貪求不施墮牛中羸瘦困劣甚可愍傷今已老極疲不中用幸以惠我濟其殘命賈人聞之便以施與即將牛去還至寺中使念三寶飯食隨時其命終盡得生忉利時衆賈客各自念言我等勤勞治生無猒不能施與又不奉法不識道誼死亦恐然不免此類便共出舍捐其妻子棄所珍玩行作沙門精進不懈皆亦得道由是觀之世間財寶不益於人奉敬三尊修身學慧博聞行道世世獲安

昔者舍衛國有一貧家庭中有蒲萄樹上有數穗念欲布施道人時國王先前請食一月是貧家力勢不如王正言許一月乃得一道人便持施之語道人言念欲施來一月今乃得願道人語優婆夷以一月中施矣優婆夷言我但一穗蒲萄施耳那得一月施道人言但一月中念欲施則爲一月也

有十七事人於世間甚大難一者值佛世難二者正使值佛成得爲人難三者正使得成爲人在中國生難四者正使在中國生種姓家難五者正使在種姓家四肢六情完具難六者正使四肢六情完具財產難七者正使得財產善知識難八者正使得善知識智慧難九者正使得智慧善心難十者正使得善心能布施難十一者正使能布施欲得賢善有德人難十二者正使得賢善有德人往至

其所難十三者正使至其所得宜適難十四者正使得宜適受聽問訊說中正難十五者正使得中正解智慧難十六者正使得解智慧能受深經種種難十七者正使能受深經依行得道難是爲十七事

雜譬喻經

音釋

懱 莫結切輕易也
憒鬧 憒古對切亂也鬧奴教切喧也
𣧑 許容切凶同
達嚫 梵語也此云財施嚫初覲切
裸 力果切赤體也
悒 一入切憂也
圂 胡困切猪圂也
臰 尺救切與臭同
搪 徒郎切搪突觸也
䩭 居宜切
訒 如陵切因也
搒笞 搒蒲庚切笞丑知切搒笞棰擊也
券 去願切契也
嗷 牛刀切衆口愁也
揵 巨言切
跛 布火切足偏廢也
睒 失冉切
罽賓 梵語也此云賤種罽居刈切與罽同
彷徉 彷蒲光切徉余章切彷徉徙倚也
髀 部禮切股也
喊 許戒切怒大聲也
瘥 楚懈切病除也
胗 赤脂切目汁凝也
黠 胡八切慧也
嗤 赤脂切笑也
頩 匹米切傾頭也
撾 陟瓜切擊也

思惟要略法

姚秦三藏法師鳩摩羅什譯

十二遊經

東晉沙門迦留陀伽譯

清刻龍藏佛說法變相圖

一法一經同卷
思惟要略法
十二遊經

思惟要略法

姚秦三藏法師鳩摩羅什譯

形疾有三風寒熱病爲患輕微心有三病患禍深重動有劫數受諸苦惱惟佛良醫能爲制藥行者無量世界長嬰此疾今始造行當令其心決定專精不惜身命如人入賊心不決定不能破賊破亂想軍亦復如是如佛言曰血肉雖盡但有皮筋在尚不捨精進如人火燒身衣但欲救火更無餘念出煩惱苦亦復如是常忍事病苦飢渴寒熱瞋恨等當避

慣鬧樂住閑寂所以者何衆音亂定如入刺林凡求初禪先習諸觀或行四無量或觀不淨或觀因緣或念佛三昧或安那般那然後得入初禪則易若利根之人直求禪者觀於五欲種種過患猶如火坑亦如廁舍念初禪地如清涼池如高臺觀五蓋則除便得初禪如波利仙人初學禪時道見死女膖脹爛臭諦心取相自觀其身如彼不異靜處專思便得初禪佛在恒水邊坐禪有一寡聞比丘問佛云何得道佛言他物莫取便解法空即得道迹有多聞比丘自恠無所得而問於佛佛言取恒水中小石以君遲水淨洗比丘如教佛問恒水多君遲水多答不可爲喻也佛言不以指洗雖多無用也當勤精進用智定指洗除心垢若不如是不能離法也

四無量觀法

求佛道者當先行四無量心其心無量功德亦無量於一切衆生中凡有三分一者父母親里善知識等二者怨賊嫌人常欲惱害者三者中人不親不怨行者於此三品人中慈心視之當如親里老者如父母中年如兄弟少年如兒子常應修習如是慈心人之爲怨以有惡緣惡因緣盡還復成親怨親無定何以故今世是怨後世成親瞋憎之心自失大利破忍辱福失慈心業障佛道因緣是故不應瞋憎怨賊應當視之如其親里所以者何是怨賊令我得佛道因緣若使怨賊無惡於我我無所忍是則爲我善知識也令我得成忍辱波羅蜜怨賊之中得是慈已於十方衆生慈心愛念普遍世界見諸衆生無常變異

有老病死衆苦逼切蜎蜚蠕動皆無安者而起悲心若見衆生得令世樂及後世樂得生天樂賢聖道樂而起喜心不見衆生有苦樂事不憂不喜以慧自御但縁衆生而起捨心是名四無量心於十方衆生慈心遍滿故名爲無量行者常應修習是心若或時有瞋恚心起如蛇如火在於身上即應急却若心馳散入於五欲及爲五蓋所覆當以精進智慧之力强攝之還修習慈心常念衆生令得佛樂習之不息便得離五欲除五蓋入初禪得初禪相者喜樂遍身諸善法中生歡喜樂見有種種微妙之色是名入佛道初門禪定福德因縁也得是四無量心已於一切衆生忍辱不瞋是名衆生忍得衆生忍已易得法忍法忍者所謂諸法不生不滅畢竟空相能信受是法忍是名無生忍得阿耨多羅三藐三菩提記當得作佛行者應當如是修習也不淨觀法貪欲瞋恚愚癡是衆生之大病愛身著欲則生瞋恚顛倒所惑即是愚癡愚癡所覆故内身外身愛著淨相習之來久染心難遣欲除貪欲當觀不淨瞋恚由外既爾可制如人破竹初節爲難既制貪欲餘二自伏不淨觀者當知此身生於不淨處在胞胎還從不淨中出薄皮之内純是不淨外有四大變爲飲食充實其内諦心觀察從足至髮從髮至足皮囊之裏無一淨者腦膜洟唾膿血屎尿等略說則三十六廣說則無量譬如農夫開倉種種別知麻米豆麥等行者以心眼開是身倉見種種惡露肝肺腸胃諸蟲動食九孔流出不淨常無休息眼流眵淚耳出耵聹

鼻中洟流口出唌吐大小便孔常出屎尿雖復衣食障覆實是行厠身狀如此何由是淨

又觀此身假名爲人四大和合譬之如屋脊骨如棟脇肋如椽骸骨如柱皮如四壁肉如泥塗虛僞假合爲人安在危脆非眞幻化須臾脚骨上脛骨接之脛骨上髀骨接之髀骨上脊骨接之脊骨上髑髏接之骨骨相拄危如累卵諦觀此身無一可取如是心則生惡猒常念不淨三十六物如實分別內身如此外身不異若心不住制之令還專念不淨心住相者身體柔輭漸得快樂心故不住當自訶心從無數劫來常隨汝故更歷三惡道中苦毒萬端從今日去我當伏汝汝且隨我還繫其心令得成就若極猒惡其身當進白骨觀亦可入初禪行者志求大乘者命終隨意生諸佛前不爾必至兜率天上得見彌勒

白骨觀法

白骨觀者除身皮血筋肉都盡骨骨相拄白如珂雪光亦如是若不見者譬如癩人醫語其家若令飲血色同乳者便可得瘥家中所有悉令作白銀杯盛血語之飲乳病必得瘥癩人言血也答言白物治之汝豈不見家中諸物悉是白耶罪故見血但當專心乳想莫謂是血也如是七日便變爲乳何况實白而不能見旣見骨人當觀骨人之中其心生滅相續如線穿珠如意所見及觀外身亦復如是若心欲住精勤莫廢如鑽火見烟掘井見濕必得不久若心靜住開眼閉眼光骨明了如水澄淨則見面像濁則不了竭則不見

觀佛三昧法

佛爲法王能令人得種種善法是故習禪之人先當念佛念佛者令無量劫重罪微薄得至禪定至心念佛佛亦念之如人爲王所念怨家債主不敢侵近念佛之人諸餘惡法不來擾亂若念佛者佛不在世云何憶念人之自信無過於眼當觀好像便如眞佛先從肉髻眉閒白毫下至於足從足復至肉髻如是相相諦取還於靜處閉目思惟繫心在像不令他念若念餘緣攝之令還心目觀察如意得見是爲得觀像定當作是念我亦不往像亦不來而得見者由心定想住也然後進觀生身便得見之如對面無異也人心馳散多緣惡法當如乳母伺視其子莫令墜於坑井險道念則如子行者如母若心不住當自責心念老病死甚爲切近若生天者著於妙欲無有治心善法若墮三惡道苦惱怖懼善心不生今受妙法云何可不至心專念耶又作念言生在末法末法垂已欲滅猶如赦鼓開門放囚鼓音漸已欲止門扉已閉一扉豈可自寬不求出獄過去無始世界已來所更生死苦惱萬端今所受法未得成就無常死賊須臾叵保當復更受無央數劫生死之苦如是種種鞕心令心得住心住相者坐卧行步常得見佛然後更進生身法身得初觀已展轉則易

生身觀法

生身觀者既已觀像心想成就斂意入定即便得見當因於像以念生身觀佛坐於菩提樹下光明顯照相好奇特或如鹿野苑中坐爲五比丘說四諦法時或如耆闍崛山放大

光明爲諸大衆説般若時如是隨用一處繫念在縁不令外散心想得住即便見佛舉身快樂樂徹骨髓譬如熱得凉池寒得溫室世間之樂無以爲喻也

法身觀法

法身觀者已於空中見佛生身當因身觀内法身十力四無所畏大慈大悲無量善業如人先念金瓶後觀瓶内摩尼寶珠所以尊妙神智無比無遠無近無難無易無限世界悉如目前無有一人在於外者一切諸法無所不了常當專念不令心散心念餘縁攝之令還復次一切愚智當其死時外失諸根如投黒坑若能發聲聲至梵天大力大苦大怖大畏無過死賊唯佛一人力能救拔能與種種人天涅槃之樂復次一切諸佛世世常爲一切衆生故不惜身命如釋迦牟尼佛昔爲太子時出遊道見癩人勑醫令治醫言當須不瞋人血飲之以髓塗之乃可得瘥太子念言是人難得設使有者復不可爾即便以身與之令治若爲一切衆生亦復如是佛恩深重過於父母若使一切衆生悉爲父母佛爲一分二分之中常當念佛不應餘念如是種種功德隨念何事若此定成除斷結縛乃至可得無生法忍若於中間諸病起者隨病習藥若不得定六欲天中豪尊第一飛行所至宮殿自隨或生諸佛前終不空也若人藥和赤銅若不成金不失銅也

十方諸佛觀法

念十方諸佛者坐觀東方廓然明淨無諸山河石壁唯見一佛結跏趺坐舉手説法心眼

觀察光明相好憺然了了繫念在佛不令他緣心若餘緣攝之令還如是見者更增十佛既見之後復增百千乃至無有邊際近身則狹轉遠轉廣但見諸佛光光相接心眼觀察得如是者迴身東南復如上觀既得成就南方西南方西方西北方北方東北方上下方都亦如是既得方方皆見諸佛如東方已當復端坐總觀十方諸佛一念所緣周匝得見定心成就者即於定中十方諸佛皆爲說法疑網雲消得無生忍若宿罪因緣不見諸佛者當一日一夜六時懺悔隨喜勸請漸自得見縱使諸佛不爲說法是時心得快樂身體安隱是則名爲觀十方諸佛也

觀無量壽佛法

觀無量壽佛者有二種人鈍根者先當教令心眼觀察額上一寸除却皮肉但見赤骨繫念在緣不令他念心若餘緣攝之令還得如是見者當復教令變此赤骨辟方一寸令白如珂既得如是見者當復教令自變其身皆作白骨無有皮肉色如珂雪復得如是見當更教令變此骨身使作瑠璃光色清淨視表徹裏既得如是見者當復教令從此瑠璃身中放白光明自近及遠遍滿閻浮惟見光明不見諸物還攝光明入於身中既入之後復放如初凡此諸觀從易及難其白亦應初少後多既能如是當從身中放此白光乃於光中觀無量壽佛無量壽佛其身姝大光明亦妙西向端坐相相諦取然後總觀其身結跏趺坐顏容巍巍如紫金山繫念在佛不令他緣心若餘緣攝之令還常如與佛對坐不異

如是不久便可得見若利根者但當先作明想晃然空淨乃於明中觀佛便可得見行者若欲生於無量壽佛國者當作如是觀無量壽佛也

諸法實相觀法

諸法實相觀者當知諸法從因緣生因緣生故不得自在不自在故畢竟空相但有假名無有實者若法實有不應說無先有今無是名爲斷不常不斷亦不有無心識處滅言說亦盡是名甚深清淨觀也又觀婬怒癡法即是實相何以故是法不在內不在外若在內不應待外因緣生若在外則無所住若無所住亦無生滅空無所有清淨無爲是名婬怒癡實相觀也又一切諸法畢竟清淨非諸佛賢聖所能令爾但以凡夫未得慧觀見諸虚妄之法有種種相得實相者觀之如鏡中像但誑人眼其實不生亦無有滅如是觀法甚深微妙行者若能精心思惟深靜實相不生邪者即便可得無生法忍此法難緣心多馳散若不馳散或復縮沒常應清淨其心了了觀察若心難攝當訶責心汝無數劫來常應雜業無有猒足馳逐世樂不覺爲苦一切世間貪樂致患隨業因緣受生五道皆心所爲誰使汝者汝如狂象蹈籍殘害無有拘制誰調汝者若得善調則離世患當知處胎不淨苦厄逼迮切身猶如地獄既生在世老病死苦憂悲萬端不得自在若生天上當復墮落三界無安汝何以樂著如是種種訶責其心已還念本緣心想住者心得柔輭見有種種色光從身而出是名諸法實相觀也

欲生無量壽佛國者應當如是上觀無量壽佛又觀諸法實相又當視於世間如夢如幻皆無實者但以顛倒虛妄之法横起煩惱受諸罪報如人見諸小兒共諍瓦石土木便生瞋鬪觀諸世間亦復如是當與大悲誓度一切常伏其心修行二忍所謂衆生忍法忍也衆生忍者若恒河沙等衆生種種加惡心不瞋恚種種恭敬供養心不歡喜又觀衆生無初無後若有初者則無因緣若有因緣是則無初若無初者中後亦無如是觀時不墮常斷二邊用安隱道觀諸衆生不生邪見是名衆生忍法忍者當觀諸法甚深清淨畢竟空相心無罣礙能忍是事是名法忍新發意者雖未得是法忍當如是修習其心又觀諸法畢竟空相而於衆生常與大悲所有善本盡以迴向願生無量壽佛國便得往生

法華三昧觀法

三七日一心精進如說修行正憶念法華經者當念釋迦牟尼佛於耆闍崛山與多寶佛在七寶塔共坐十方分身化佛遍滿所移衆生國土之中一切諸佛各有一生補處菩薩一人爲侍如釋迦牟尼佛以彌勒爲侍一切諸佛現神通力光明徧照無量國土欲證實法出其舌相音聲滿於十方世界所說法華經者所謂十方三世衆生若大若小乃至一稱南無佛者皆當作佛惟一大乘無二無三一切諸法一相一門所謂無生無滅畢竟空相唯有此大乘無有二也習如是觀者五欲自斷五蓋自除五根增長即得禪定住此定中深愛於佛又當入是甚深微妙一相一門

清淨之法當恭敬普賢藥王大樂說觀世音得大勢文殊彌勒等大菩薩衆是名一心精進如說修行正憶念法華經也此謂與禪定合行令心堅固如是三七日中則普賢菩薩乘六牙白象來至其所如經中說

思惟要略法

已上思惟要畧前通大小諸法實相觀法法華三昧觀法唯在今經開顯部中如何一乘屬小乘

十二遊經

東晉沙門迦留陁伽譯

昔阿僧祇劫時菩薩爲國王其父毋早喪亡讓國持與弟捨國行求學道遥見一婆羅門姓瞿曇菩薩因從婆羅門學道婆羅門答菩薩言解體所著王者衣服編髮結莎爲衣如吾所服受吾瞿曇姓於是菩薩受服衣被體瞿曇姓潔志入於深山林藪險阻坐禪念道婆羅門言卿是王者久在尊貴簡於勤苦夏可飲水食衆果菰冬可還城邑街里乞食還其樹下禪思勿毀菩薩其所乞食還其國界舉國王者下及庶民無能識菩薩者謂以爲小瞿曇菩薩於城外甘果園中以作精舍於中獨坐時國中五百大賊劫取官物逃走路由菩薩廬邊蹤跡放散遺物在菩薩舍之左右明日捕賊追尋賊者蹤跡在菩薩舍下因收菩薩便將上問謂爲菩薩國中大賊前後劫盜罪有過死王便勑臣下如此之人法應以木貫身立爲大標其身血出流下於地是大瞿曇在於山中以天眼徹視見之便以神足飛來問之子有何罪其痛酷乃爾乎瘡豈不傷毒忍苦若斯菩薩答曰外有瘡痛内懷慈心不知何罪横見誅害大瞿曇言卿無子姪當何繼嗣忍痛如此菩薩答言命在須臾何陳子孫於是國王使左右以彊弩飛箭射而殺之大瞿曇悲哀涕泣下其屍喪棺殮之於是取土中餘血以泥團之各取左右持著山中還其精舍左面血著左器中其右亦然大瞿曇言子是道士若其至誠天神當使血化成人却後十月左即成男右即成女於是

便姓瞿曇氏一名金夷仁賢劫來始爲實如來釋迦越壽五百萬歲自下二十五王其壽三百萬歲文陀竭正壽百萬歲頂生王遮迦越左髀右髀王皆壽十萬歲從歡喜王諸王皆壽八萬四千歲從惡念遮迦越殺一牛祠祀害命失金輪得銀輪主三天下壽萬歲堅念王作鎧壽五千歲得銅輪主二天下主西南喜殺王壽二千五百歲得鐵輪主南天下其王有太子行五惡殺一減壽千歲古人有九病寒熱飢渴生老病死婆羅門殺生祠祀從是生四百四病從師子念王人壽轉減壽百二十歲從師子念王後師子意王有八十四王人命減或壽八十七十五十三十二十十歲者於是後有師子命車王名白淨是菩薩父計菩薩身終始并前後八萬四千遮迦越王名瞿曇氏純熟之姓菩薩在兜術天上意欲下生觀於天下誰國可生言惟白淨王家可生身於是天上有樹名兜曇樹菩薩退坐他樹下思惟其本樹無復精光於是有天問言菩薩何緣捨本常坐就他樹坐有天子知菩薩意答天言卿不知耶今者菩薩欲下生閻浮利觀何國可生惟白淨家可生於是諸天皆言今菩薩下生當何以贈送各設方計言惟淨明天上四百四寶奇鏤別異各有名類同有寶華以爲車乘伊羅慢龍王以爲制乘名白象其毛羽踰於白雪山之白象有二十三頭頭有七牙一牙上有七池池上有七優鉢蓮華一華上有一玉女菩薩與八萬四千天子乘白象寶車來下時白淨王夫人中寐見白象髣髴寤惕驚寤以告王菩薩

父名白淨其父兄弟四人白淨王有二子其大名悉達其小子名難陀菩薩母名摩耶難陀母名瞿曇彌菩薩叔父名甘露淨王亦有二子長子名調達小子名阿難菩薩中叔名穀淨王有二子大子名釋摩納小子阿那律菩薩小叔名設淨王有二子大子名釋迦王小子名釋少王迦惟羅閱國有八城合有九百萬户調達以四月七日生佛以四月八日生佛弟難陀以四月九日生阿難以四月十日生調達身長丈五四寸佛身長丈六尺難陀身長丈五四寸阿難身長丈五三寸其貴姓舍夷長一丈四尺其餘國皆長丈三尺菩薩外家去城八百里姓瞿曇氏作小王主百萬户名一億王菩薩婦家姓瞿曇氏舍夷長者名水光其婦母名月女有一城居近其邊生女之時日將欲没餘明照其家室内皆明因字之爲瞿夷(此言明女)瞿夷者是太子第一夫人其父名水光長者太子第二夫人生羅云者名邪惟檀其父名移施移施長者第三夫人名鹿野其父名釋長者以有三婦故太子父王爲立三時殿殿有二萬采女三殿凡有六萬采女以太子當作遮迦越王故置有六萬采女佛以二十九出家以三十五得道從四月八日至七月十五日坐樹下爲一年二年於鹿野園中爲阿若拘隣等説法復爲畢婆般等説法復爲迦者羅等十七人説法復爲大才長者及二才念優婆夷説法復爲正念尼揵説法復爲提和竭羅佛時四十二人説法三年爲鬱爲迦葉兄弟三人説法滿十比丘四年象頭山上爲龍鬼神説法五年於

竹園中爲私呵味說法五年去未至舍衛時舍利弗作婆羅門有百二十五弟子坐一樹下時目連爲彌夷羅國中作承相將軍出行見舍利弗坐樹下便問舍利弗何爲在此坐舍利弗荅言吾欲學道目連言願以君爲伴即遣百官羣臣還去唯留百二十五人合有二百五十人舍利弗入城分衛見佛弟子馬師比丘問之爲何道士衣服不與常同馬師比丘荅言吾是佛弟子舍利弗問言佛云何說法馬師言諸法從因緣滅諸苦盡滅於是舍利弗便得須陀洹道歡喜便還報目連言世間有神人目連言云何說法舍利弗具說本末目連便復得須陀洹道二人便相持及弟子至佛所未至佛已預知便告比丘言今當有二賢士一人名智慧比丘一人名神足比丘須臾來到佛爲說四諦舍利弗七日得阿羅漢目連以十五日得阿羅漢六年須達與太子祇共爲佛作精舍作十二佛圖寺七十二講堂三千六百間屋五樓閣七年拘耶尼國爲婆陀和菩薩等八人說般舟經八年在柳山中爲屯真陀羅王弟說法九年穢澤山爲陀崛摩說法十年還摩竭國爲弗迦沙王說法十一年恐懼樹下爲彌勒說本起十二年還父王國爲釋氏精廬去城八十里爲差摩竭說法還國爲父王及釋迦種說法度八萬四千人得須陀洹道是十四國佛十二年於中遊化說法波斯匿王（此言和悅）迦惟羅越（此言妙德）舍衛國者（此言無物不有）維耶離國者（此言廣大）一名度生死羅閱祇者（此言王舍城）鳩留國者（此言智士國）波羅奈者（此言鹿野）一名諸佛國閻浮提中有

十六大國八萬四千城有八國王四天子東有晉天子人民熾盛南有天竺國天子土地地多名象西有大秦國天子土地饒金銀璧玉西北有月支天子土地多好馬八萬四千城中六千四百種人萬種音響五十六萬億坵聚魚有六千四百種鳥有四千五百種獸有二千四百種樹有萬種草有八千種雜藥七百四十種雜香四十三種寶有百二十一種正寶七種海中有二千五百國百八十國噉五穀三百三十國噉魚鼈黿鼉五國王一王主五百城第一王名斯黎國土地盡事佛不事衆邪第二王名迦羅土地出七寶第三王名不羅土地出四十二種香及白瑠璃第四王名闍耶土地出華茇胡椒第五王名那頞土地出白珠及七色瑠璃五大國城人多黑短小相去六十五萬里從是但有海水無有人民去鐵圍山百四十萬里

十二游經

蜎迂玄切　蜚飛字　蠕音軟　眵尺之切　耵音頂　聹乃頂切

㦜呼獲切　殮力焰切　惕音剔

二頌三經同卷

清刻龍藏佛説法變相圖

二頌三經同卷

賢聖集伽陀一百頌

廣大發願頌

無能勝大明陀羅尼經

無能勝大明心陀羅尼經

十不善業道經

賢聖集伽陀一百頌

宋西天三藏朝請大夫試鴻臚少卿明教大師天息災奉 詔譯

稽首一切出世間　三界最尊功德海

智火能燒煩惱垢　正覺我今歸命禮

稽首能拔生死險　普竭憂惱貪癡海

破彼塵勞罪業山　我今歸禮妙法寶
稽首一切佛稱讚　八聖道行作莊嚴
無爲禪定漸圓明　我今歸禮聖衆寶
內宮寶藏諸樓閣　金玉摩尼種種光
眞珠瓔珞廣莊嚴　百千天人恒遊履
若得安居天界中　修嚴佛寺獲斯報
信心歸敬於三寶　給施財帛精舍中
受彼人天快樂已　當得涅槃寂滅果
精舍年深多摧壞　重修嚴飾供佛僧
常獲快樂住人天　亦得涅槃寂滅果
若於精舍施園林　座具衣服湯藥等
復遇惡世飢難時　施復衆生飲食物
如是而獲無邊福　及得智者七聖財
消除一切惡道苦　永受大富無窮盡
諸佛如來行住處　若人到已生恭敬
承事供養兼聞法　深信修學依戒行
當獲廣大無邊果　譬如大海渺渺深
以器較量筭不及　福德因緣亦如是
若人修建於佛殿　寒熱風雨不能侵
最先獲證寂滅法　圓滿一切隨意願
若人塑畫於佛像　憂惱疾病得解脫
復得生天勝妙身　大智吉祥及尊貴
若人重修於佛像　當得堅牢無病身
長壽色力諸相圓　後得涅槃寂靜樂
憂惱諍訟皆滅除　勇猛辯才人稱讚
調伏諸根而策勤　一切莊嚴衆所敬
若人修諸佛像等　遠離過失得生天
富貴端嚴衆所欽　一切福德皆具足
破損塔廟若重修　彼人無病身圓滿
一切世間可愛果　種種隨心皆具足

若造佛像及佛塔　形量至小如麥粒
不唯天上與人間　決定爲王受快樂
有色無色生亦爾　富貴無邊不可量
當離生老病死苦　究竟菩提佛果圓
若於塔廟安舍利　及畫佛像而供養
得彼智光照大地　善逝淨妙佛富貴
安住無邊衆生界　同入平等無相性
若於寂靜山峯上　安置佛塔及相輪
形量可如指節許　當生一切人天中
端嚴大富色力安　後作三十三天子
若人以手開佛塔　當獲富貴及具足
身體光潔心柔輭　多知性淨無瞋恨
若有智者行檀度　施佛塗香及白檀
恭俱摩等種種香　當獲廣大可愛果
若人信佛生歡喜　持妙香花及音樂
種種供養佛如來　生天而感金寶池
以彼池蓮細香藥　徧身霑惹而澡浴
曼那吉你水清淨　入者塵垢自然除
波濤流湧噴香冷　寶岸紅蓮周帀開
天等覩斯恒適意　給施佛僧得此報
如是功德不可量　是故諸經結頌讚
各衣及上服　施佛及施僧　後生天界時
最上天衣香　青黃種種色　百千摩尼寶
而用作莊嚴　富貴而無量　快樂亦無邊
獲斯勝妙果　若人生世間　而得作國王
具足諸色相　上妙繒綵衣　種種殊妙香
隨身恒受用　皆因施佛衣　成就如斯報
若有生天界　種種寶莊嚴　身掛珠瓔珞
頭戴寶玉冠　耳鐶及腕釧　如是富快樂
施佛莊嚴具　獲天勝妙果　若作大國王

身相廣嚴飾　瓔珞摩尼珠　玎璫聲響亮
亦是三寶田　布施莊嚴具　智者清淨心
施佛華鬘等　天上及人間　恒獲於快樂
復生後報中　成就七覺華　復生大山地
而爲帝釋主　與彼諸眷屬　遊嬉於園林
種種華供養　而獲如是果　瑠璃真珠寶
金銀青緑等　莊嚴於繖蓋　團圓如滿月
若王若大臣　而用覆頭頂　如佛説此因
施蓋獲斯報　解脱貪憂惱　無病恒安樂
復作世間王　亦是施蓋報　若於佛塔廟
布施於幢旛　當作天輪王　世上無能勝
遠離一切罪　於諸衆生中　而爲於上首
恒得人供養　若人於塔廟　布施鈴鐸等
不生罪惡地　常得梵音聲　若人作妓樂
琴瑟鼓吹等　供養佛聖賢　令聞心適悦
當獲天耳根　莊嚴常清淨　復得金剛慧
摧壞煩惱山　若發信喜心　以妙色香味
種種美飲食　供養諸佛等　當生天界中
眷屬同寶座　以摩尼寶器　食天上妙饌
飢饉刀兵劫　求不生其中　若人以飲食
供養聖賢衆　當生人天中　美食常豐足
種種而最上　智者恒敬愛　若以美妙食
施彼出家者　常獲富樂身　辯才而長壽
色力相具足　施食報如是　若以慈悲心
施彼甘蜜水　酥乳酪漿等　令彼渴乏者
飲之獲安樂　亦得如前報　若以訶梨勒
林藤諸藥草　供施於聖賢　當生人天中
無病而長壽　恒獲身安樂　又彼施漿飲
後得生天宫　劫樹華芳盛　所求隨意得
寶器酒蜜等　眷屬同所飲　入復於劫樹

能出莊嚴具　妓唱天樂等　悅樂天衆心
甘露復隨身　施飲獲斯報　若人設齋食
當得生人天　遠離於貧寒　長命足財寶
若以象馬等　車乘及輦輿　供施佛如來
當得大神通　若施鞋韈等　恒生上族家
當有象馬車　永離貧辛苦　師長等有病
若人勤承事　當於一切處　所求皆成就
若施座具等　當生於天上　不受苦辛勤
常坐上妙座　敷設卧具施　生天恒快樂
身相廣端直　無畏人稱讚　修種雜園林
嚴飾諸屋宅　施人令遊止　身心生適悅
當招歡喜園　天人遊行處　與諸天女等
嬉戲受快樂　若於炎熱時　而作陰凉施
當感優曇鉢　尼俱菩提樹　復後得生天
恒受五欲樂　井泉及池沼　修飾令嚴淨

濟彼渴乏人　普皆令充足　後報得生天
或生於梵世　種種受快樂　復證寂滅果
若以鉢多羅　布施於三寶　當生一切處
富貴而快樂　於彼世間中　尊高德最上
復感諸衆生　恒時而供養　智者若施刀
當得生天上　智慧極聰利　永不值刀兵
若人施其針　智慧恒猛利　能斷諸煩惱
證彼寂靜道　佛說若有人　塑畫於佛像
生於天界中　身體眞金色　清淨光如日
而諸天人衆　天男及天女　恒時而歸命
若彼智慧人　善能說法施　天上人間生
智德力具足　恒受於快樂　永離憂悲苦
於其後有身　得證寂滅道　若彼諸有情
書寫妙法寶　當得宿命智　富貴恒安樂
而滅一切罪　經彼俱胝劫　不墮於地獄

及與鬼畜生　若彼有智者　掃灑結壇場
旋繞散香華　恒時而供養　後生於人間
及生於天上　恒受於富貴　復證寂滅故
若以長明燈　供養佛賢聖　生彼人天中
三眼常清淨　慧眼與天眼　及於肉眼故
又彼施燈者　常得生天上　口亦不瘖瘂
耳眼無聾眇　又彼施燈者　非唯三眼淨
能於正覺法　一切悉通達　智者若施財
供養有德衆　沙門婆羅門　少施獲多報
廣得順道財　長時而受用　又彼行施者
食施畜生類　所獲於福德　而成於百倍
若以財食等　布施於罪人　功利漸加殊
獲福成千倍　若施持戒人　福獲千百倍
供養無心人　得益百俱胝　若人施有學
及彼無學者　所獲於福德　比前而最上
若施佛如來　當生於天上　大富永不斷
恒受於快樂　乃至盡輪迴　而證寂滅法
我集此一切　佛說伽陀經　略明於福報
普令生信受　假使千光日　吉祥照大地
夜分滿月輝　能開青蓮華　水天毗沙門
帝釋那羅延　上首諸天等　俱因行施得
日行於虛空　上下普皆照　能活諸物命
時至亦無常　帝釋四天王　并及諸天衆
福壽窮盡時　而入死究口　憂悲苦惱火
不住被焚燒　是故勸汝等　觀察無常身
遠離欲渴心　勿耽人天樂　須臾不久長
皆歸於散壞　我發淨信心　捨離虛幻樂
常詣於佛前　合掌而親近　以自大菩提
而作解脫主

賢聖集伽陀一百頌

廣大發願頌

龍樹菩薩造

宋西天三藏朝奉大夫試光祿卿傳法大師施護等奉　詔譯

所有一切衆生類　過未現在世無盡
而諸佛刹廣無邊　彼無邊刹塵充滿
又一一塵爲一刹　廣大佛刹如塵等
一一刹中正覺尊　如塵無量我普禮
彼塵倍聚諸佛刹　刹中佛佛我稱讚
我常供養以一心　經如塵數廣大劫
頂禮諸佛及法衆　我於三寶常歸命
我悉持以諸妙華　及衆寶聚常普施
若我已起一切罪　我今普盡而懺悔
若我未生一切罪　我一切時常遠離
所有一切勝福事　我於一切常隨喜
此福迴向於有情　及佛無上菩提果
如佛正法中所說　願力堅固復眞實
我常供養諸世尊　願我最後得成佛
願我生生具深智　常如妙吉祥菩薩
悲心息苦救世間　願如觀自在菩薩
賢善愛眼視衆生　願與普賢尊無異
慈意善觀諸情品　願我常如慈氏尊
布施願如虛空庫　持戒願如神通慧
忍辱精進二度門　願我悉如常精進
定力能攝諸散亂　願我得如金剛手
善說十地諸法門　說智願如金剛藏
於佛世尊善請問　願我得如除蓋障
深心智慧具堅固　願我常如堅固慧
神通無礙善方便　願我得如無垢稱
善護衆生諸善根　勤勇願如常勇猛
善說波羅蜜等法　願我得如無盡意

具足無量妙音聲　願與妙音尊無異
近善知識心無懈　願我生生如善財
虛空無喻法能宣　願我得如虛空藏
地能長養諸世間　普利願如地藏尊
息除貧苦利衆生　願與寶藏神無異
語出無盡妙法寶　願我得如曇無竭
智慧堅利復常勤　願與常啼尊無異
此等最上諸佛子　最勝功德聚無邊
名稱廣大復無盡　願我名稱亦如是
我此讚佛功德聚　最上勝善極廣大
普願世間諸有情　住彼最勝功德聚

廣大發願頌

無能勝大明陀羅尼經

宋西天三藏朝散大夫試鴻臚少卿傳教大師法天奉　詔譯

歸命禮正覺　及法賢聖僧　菩薩說此明
所說破障礙
吠多拏羯吒布多曩一切根本呪法藥叉及羅刹娑衆所作邪法此明能破恒令正行若有情懇虔誠一心受持此明呪者或以絹帛書寫或以樺皮紙等書寫彼一切處諸惡鬼魅生決定慈消除災障成最上事若戴頂上入於軍陣人互相殺彼能護持心離迷怖不損一毛若戴手臂之上速得勝利如佛說言若有男子女人受持此明所欲之事一切成就若王法禁繫若行曠野遇師子虎狼之難若行路中遇賊盜相隨此大明力而能救護令離諸怖獲得安樂若有女人頂戴受持常得眷屬心生愛敬恒獲財寶若復懷胎產難速得平安菩薩所說大明之呪晝夜護持恒時亦然若有智者一心受持若行若立若坐若卧鬼魅諸難而不能害乃至酒醉睡眠亦無惡夢彼無能勝明若執持讀誦所有國王聚落衆人鬬諍一切障難悉皆消滅爾時無能勝菩薩告諸魔言我今說明汝部多衆聽吾所說菩薩見彼諸惡魔軍具種種形色住立於前爲彼魔軍說如是言我俱胝劫爲求菩提捨自身命妻子財寶難作能作行大精進利益安樂一切衆生行願圓滿住菩提樹證眞實法殷勤保重時有魔王領惡軍兵而來障礙以明呪力彼等降伏我所思惟往昔魔侶降彼隨喜過去冤家而自破壞我今說明破壞魔軍大明呪曰

怛額他引護嚕護嚕賛拏引禮摩引鄧詣娑
嚩引二合賀
無能勝菩薩說此明時變身爲天女像住立
魔前生悲愍心合掌頂上說如是言
菩薩清淨心　如我說勝義　大智大光明
永斷愚癡暗　往昔求菩提　魔軍今已降
降彼魔衆已　而獲大無畏　永出於世間
決定成正覺　爲彼天人師　速疾度群品
汝等一切見　心生大歡喜　魔王諸眷屬
舞蹈尼連岸　今以明呪力　破彼煩惱蓋
是時無能勝菩薩以微妙梵音聲徧十方即
說明曰
怛你野二合他引阿囉旦惹曳引惹演諦阿鉢
囉二合諦訶諦引麽隷引麽囉麽囉嚩諦麽訶
引麽囉嚩諦尾惹演諦尾惹曳引薩哩嚩二合
悉馱曩謨塞訖哩二合諦引你愈二合諦你尾馱
哩引尾囉婆捺哩引二合阿麽哩引尾黠身切諦
引哆尼諦引阿囉諦引阿曩契引阿婆曳引
嚩囉你摩引囉賽你野二合鉢囉二合摩哩耶二合
你曳引娑嚩引二合賀引摩引囉賽你野二合尾
曩引娑你野引娑嚩引二合賀引尾你野引二合
野娑嚩引二合賀引室鍐迦哩野引娑嚩引二合
賀引扇引諦迦哩曳引娑嚩引二合賀引室哩
二合夜引野引娑嚩引二合賀引野戍引摩諦室
哩二合摩諦薩哩嚩二合羯哩摩二合迦囉尼薩哩
嚩引二合囉他二合娑引達你薩哩嚩二合囉他二合
鉢囉二合嚩引馱你薩哩嚩二合夢誐囉娑引馱
你麽努引囉替引摩訶引摩努引囉替引薩
哩嚩二合黠身切嚩曩摩娑訖哩二合諦引薩哩嚩
二合薩怛嚩二合四哆迦囉抳薩哩嚩二合四哆你

挽哩哆合二你尾引倪尾引倪摩訶引尾引倪
仡哩合二那焰鉢囉合二尾舍引弭諦引伊致迷
致摩賀引詣隸摩迷引鉢扇覩薩哩嚩合二播
引波迦娑嚩合二賀引吒迦娑嚩合二賀引吒迦
致引吒迦嚩囉致引吒迦吒迦抳引誐拏嚩
囉抳引賀引哩諦室哩合二摩諦底瑟姹合二底
瑟姹合二句嚩惹哩引拏麽摩達哩麽合二迦囉
細引曩寫設波哩嚩引囉寫薩哩嚩合二摩呬
旦你嚩引囉野娑嚩合二賀引阿詣曩詣引哆
詣引哆囉詣引哆致娑細引伊隸弭隸呬隸
弭隸尾隸引隸隸尾隸凄隸畀隸尾隸引弭
隸引隸隸引契隸唧隸引隸隸引鞊身切詣阿
詣引曩詣引哆隸引哆囉詣引哆致引娑細
引嚩囉抳引嚩諦引印捺嚕合二囉引惹夜謨
引囉引惹嚩嚕尼爼合二囉引惹蘇謨引囉引

惹尾惹野半左謨引囉引惹難拏計囉引惹
作羯囉合二尾惹曳囉引惹尾惹演覩引囉引
惹度哩合二哆囉引瑟吒囉合三囉引惹尾嚕嗏
俱引囉引惹尾嚕博乞芻合二囉引惹俱尾嚕
引囉引惹麽曩歲囉引惹嚩蘇枳囉引惹没
囉合二憾麽合二娑賀娑囉引二合地鉢諦囉引惹
没度引婆誐鑁引達哩摩合二娑嚩合二弭囉引
惹曩麽娑覩合二半左引覩迦引野隸隸娑嚩
引二合賀引設囉合二憾弭引二合没囉合二憾摩合二
娑嚩合二哩引布攞抳合二布囉拏合二摩耨引囉
替引阿致引嚩致引站計引吒嚩計引迦囉
迦唧引尾孕合二努摩訶引尾孕合二努阿鼻娑
引嚕麽賀引鼻娑引嚕啪護没護護蘇補
瑟畀合二蘇嚩引悉悉哆引嚩抳引曩引囉泥
引你弭引你弭引祖囉拏合二迦引隸摩賀引

祖囉拏二合迦引隸祖囉拏二合迦引隸閉哆難
諦摩迦囉難諦伊賀摩引曩細引尾賀摩引
曩細引伊賀賀努尾賀賀努嚩護波哩嚩引
哩倪哩波哩嚩引哩引阿難哆波哩嚩引哩
引怛賴引二合路枳野二合波哩嚩引哩引覽弭
引鉢囉二合覽弭引迦覽弭引迦囉世引迦囉
戍那哩迦羅戍隸必諦二合弭隸引尾隸引唧
哩薩哩嚩二合路引迦引挽哩哆二合你曳引娑
嚩二合賀引薩哩嚩二合路引迦迦尾挽馱你曳
引娑嚩二合賀迦引羅作羯哩二合作羯囉二合挽
哩諦二合底瑟吒二合底瑟姹二合句覽惹哩引拏
麼麼達哩麼引二合迦囉細引曩寫娑波哩嚩
引囉寫薩哩嚩二合呬旦你嚩引囉野娑嚩二合
賀引阿曩野引阿曩野摩諦引部諦引部旦
引諦引計愈哩引三滿哆婆捺哩引二合那弭

引左囉尼呬隸呬隸娑嚩引二合賀引摩賀引
迦引嚕抳迦入聲設娑哆引二合賀娑哆引三合倪
哩引二合拏馱囉抳演二合娑必哩三合世引哆必
哩二合體尾焰引二合左誐哆入聲攝那薩哩嚩二合
摩引囉波囉引惹藥吒建諦引吒迦嚩囕諦
引仡哩二合悢祓二合諦引仡哩二合悢拏二合嚩囕
諦引尸囕諦引尸囉嚩囕諦引底瑟吒二合底
瑟姹二合但囕惹哩引拏麼麼達哩麼二合迦囉
細引曩寫薩波哩嚩引囉寫薩哩嚩二合呬旦
你嚩引囉野娑嚩引二合賀阿仡哩引二合阿仡
哩引二合薩怛曳引二合薩怛曳引二合呬隸呬隸
馱你引摩你引難勑廁二合那祓勑廁俱祖嚕
毋租嚕娑嚩引二合賀引作芻孕二合普入聲摩賀
引作芻孕二合普入聲蘇嚕二合怛囕二合普入聲摩賀
引蘇嚕二合怛囕二合普入聲伽囉引二合祓普入聲摩

賀引伽囉引二合赧普入聲[口*爾]賀鑁引二合普入聲摩
賀引[口*爾]賀鑁二合普入聲迦引焰普入聲摩賀引迦
焰普入聲仡哩二合那焰普入聲摩賀引仡哩二合引
那焰普入聲印捺哩引二合囉引惹泥引嚩引喃
引普入聲蘇引謨引囉引惹曩乞叉二合怛囉二合喃
赧引普入聲嚩嚕尼句二合囉引惹曩引誐引喃
引普入聲野謨引囉引惹必哩二合哆俱瑟滿二合
引拏迦引喃引普入聲

爾時無能勝菩薩降伏魔王及魔眷屬已理事究竟意願圓滿成大悲師爾時說此陀羅尼

怛你野二合他引度布度布度嚕度嚕度毋度
毋伊嚕唧引伊嚕唧引尾嚕唧引尾嚕唧引
尾嚕唧引尾嚕唧引尾嚕唧引[目*壹]嚕布嚕詵
引迦引羅賓誐隷引曩吒曩吒哩引覩嚕覩
哩引呬呬呬呬泥引嚩嚩哩引泥引嚩嚩哩
引虞度左哩虞度左哩引怛尼你阿賀弭賀
弭引佉誐左哩引計哩計唧計哩計唧部哆
仡哩引二合摩摩末瑟婆引弭達哩弭引二合達
哩弭引二合達哩弭引二合那細引那細引那細
引那細引那細引達哩達哩度哩度哩賀曩
弭賀弭引嚩囕嚩哩引嚩囉野普左囉普左
哩引左囉普難那你曳引俱嚕俱唧引迦抳
引迦抳引誐曩嚩囉抳引護護護俱嚕居
抳俱嚕娑伴二合泥引乞史二合哩尼伽囉細引
摩囉細引虞引哩巘馱引哩贊拏引隷摩鄧
諳昝虞隷布忙二合羯細沒囉二合憾摩引二合抳
曩吒你引怛哩二合拏設野尼引怛哩二合布囉
乞史二合哩尼娑嚩引二合賀引怛哩二合拏尾那
引囉尼悉馱引曳引娑嚩引二合賀怛你野二合

他引呬隸引呬隸引曩致寫曩吒尾布曩惹
覽二合鼻諦引印捺哩二合引野弭引嚩路抳引
蘇摩阿引泥諦引娑嚩二合賀引野覩引毗愈
二合訥誐二合哆蘇哩野二合夜怛囉二合蘇哩喻二合
引毗愈二合訥誐二合哆入聲賛捺囉二合蘇哩要二
合引曩摩細引諦引怛致引普告二合囉怛曩二合
波哩嚩二合覩引入聲没囉二合憾麼二合拏引謨呬
旦作芻入聲作芻嚩捺哩二合曳引拏謨引呬旦
阿蘇哩引謨引呬旦作芻入聲作芻部帶引娑
覩二合謨引呬旦囉引乞叉二合賽引謨引呬旦
作芻入聲作芻入聲悉泰引室左二合謨引呬旦怛
怛囉二合滿怛囉二合播那引儞悉馱引波囉摩
那引嚕拏引入聲迦引具引哩那二合波那散喻
訖哆引二合具引囉末達野引二合怛娑二合母達
哩二合哆引娑滿阿引呬娑滿阿引呬娑滿阿

引呬娑滿阿引呬尾引諦覽阿引呬尾諦覽
阿引呬供俱覽散也地難挽祖隸引祖隸引
旦詣引旦詣引旦詣引哆弭引哆弭引多弭
引昝婆你昝婆你謨引賀你謨賀你謨引賀
夜引弭薩哩嚩二合設怛嚕二合赦作芻娑嚩二合
賀部囉二合摩野引弭三部囉二合摩耶引弭薩
哩嚩二合設怛嚕二合赦引作芻娑嚩二合賀引泥
引扇引哆囉誐覩引嚩引悉體二合覩引嚩没
囉二合惹覩引嚩舍野引努引嚩引惹仡囉二合
覩引嚩引蘇鉢覩二合嚩引滿覩引嚩引阿鉢
囉二合滿覩引嚩引薩哩嚩二合怛囉二合悉體二合
覩引曩引舍野引弭尾曩引舍野引弭婆囉
二合引摩野引弭三婆囉二合摩野引弭薩哩嚩
二合設怛嚕二合赦引作芻入聲娑嚩引二合賀引曳
引曩薩帝野引二合曩娑帝野引二合嚩左你引

曩娑誐嚩哆引摩引覽摩引囉末覽摩引囉
波哩沙二合難左你哩嚩怛野二合阿耨哆囉三
摩野二合三冒引地囉諦誐哆引諦引曩薩諦
野二合曩薩怛野二合嚩左你引曩悉殿覩弭滿
怛囉二合播那引麼麼達哩麼二合迦囉細引你
野二合薩波哩嚩引囉寫娑嚩二合賀引阿濕尾
引二合阿濕尾引二合諦引嫩鼻引嫩鼻麼諦引
計引喻哩引三滿哆婆捺哩引二合那弭引那
麼計引普攞抳引二合布囉拏二合嚩諦左哩引
左囉尼囉隸隸呬引娑嚩二合賀引
以此大明神力令梵天之衆及沙門婆羅門
一切世間天人阿脩羅衆永不見於諸魔境
界又以此眞言能作救護饒益有情息除災
患消衆毒藥令得安樂若有人非人衆天子
天衆及天女衆阿修羅阿修羅衆及阿修羅
女衆乾闥婆乾闥婆衆及乾闥婆女衆龍及
龍衆及龍女衆藥叉藥叉衆及藥叉女衆羅
刹羅刹衆及羅刹女衆毗舍遮毗舍遮衆及
毗舍遮女衆部多部多衆及部多女衆羯吒
布單那羯吒布單那衆及羯吒布單那女衆
車夜車夜衆及車夜女衆烏麼那烏麼那衆
及烏麼那女衆阿鉢娑麼引二合囉阿鉢娑麼
引二合囉衆及阿鉢娑麼引二合囉女衆烏娑多
引二合囉烏娑多引二合囉衆及烏娑多引二合囉
女衆仡囉二合賀仡囉二合賀衆及仡囉二合賀女
衆迦軀哩那二合迦軀哩那二合衆及迦軀哩那
二合女衆復有起屍鬼黒鬼祖囉拏二合瑜虞吠
哆尼所二合嚩毒藥鬼丁瘡病鬼漏瘡病鬼癩
病鬼噎病鬼吐病鬼顛倒鬼迷癡鬼惡心者
瞋心者彼等諸鬼所著所魅之時皆不能爲

害終不得其便此大明力火不能燒水不能漂毒不能害刀杖弓箭而不能傷凶惡盜賊不能怖畏橫病不侵命不中夭壽年永遠一切衆生見者和順一切有情見者愛樂名譽遠聞假使冤家亦如兄弟如前所説種種利益皆令獲得即説明曰

娜謨薩哩嚩二合没馱達哩摩二合僧契引毗藥二合悉馱野二合哆引摩波囉引彌哆引尾你也二合摩摩達哩麽二合迦囉細引曩寫薩波哩嚩引囉寫阿曩囉他二合鉢囉二合底嚩引哩焰二合檐引阿哩體二合數左散捺哩二合設孕二合檐引娑嚩二合悉諦野二合娑覩二合摩摩達哩麽引二合迦囉細引曩寫薩波哩嚩引囉寫悉馱尾你引野二合娑嚩引二合賀引

無能勝大明陀羅尼經

無能勝大明心陀羅尼經

宋西天三藏朝散大夫試鴻臚少卿傳教大師法天奉　詔譯

歸命無上覺　及法聖賢衆　大明心真言

無能勝自說

如來應正等覺亦說此明利益一切衆生成就一切吉祥事業消除重罪而無中夭壽命延長遠離衆病若有善男子善女人童男童女於此經中恭敬尊重所有人及非人懷惡心者羅刹娑烏娑多(二合)羅迦餓鬼塞建陀阿鉢娑麼(二合)囉玉失者(二合)迦麼怛囉(二合)部多鬼魅諸惡之衆所作邪法呪詛有情生種種界受飢餓病及一切惡病瘧癘癰腫疥癩瘥贅如是等苦而不能害若有宿殃罪業更相殺害鬪訟喧諍及王法禁繫水火賊難如是諸難逼惱之時憶念讀誦決定消散離其災害吉祥安樂若復有人或以樺皮繒帛紙上書寫此明或於餘處書寫供養或戴頂上或戴項上或臂上手上或帶衣裏或結爲鬘戴頭髻中如是受持永無災難恒得安樂若常清旦潔淨身心至誠讀誦若捨命已於七生中得宿命智身相端嚴恒得快樂戒行具足口中常出優鉢羅華香所言誠諦衆人愛重復得生於三十三天於此真言依法想念必得成就即說陀羅尼曰

怛你野(二合)他(引)唵娑你(引)娑擔(二合)婆你(引)謨(引)賀你(引)馱(引)馱(引)馱(引)馱細(引)野(引)野(引)野(引)野諦(引)賀(引)賀(引)賀(引)賀諦(引)波囉迦囉捉(引)無蓋(引)(二合)哩曳(二合)尾哩野(二合)供婆濕嚩(二合)哩(引)虞拏諦(引)際(引)部哆迦哩嘮榇囉(二合)迦哩供婆嚩諦(引)尾沙世婆嚩諦(引)薩哩

嚩二合末隷引部多末隷引嚕訖叉二合嚕訖叉二合𨉖切身引室哩二合達哩麽二合迦囉細引曩寫薩波哩嚩引嚫薩哩嚩二合尾史引毗藥入聲二合薩哩嚩二合尾野二合引地毗藥二合薩哩冒二合引鉢捺囉二合尾引毗藥二合怛你野二合他引悉馱迦哩悉馱引哩體二合引悉馱摩努引囉體引悉馱迦引哩曳二合護嚕祖嚕弭娑嚩二合悉諦二合引鉢囉二合娑嚩二合悉諦二合引悉弟引鉢囉二合引悉弟引悉馱引哩體二合引無蓋二合哩野二合嚩諦誐摩你引怛波你引捨囉抳引婆捺哩二合婆捺囉二合引嚩諦扇引諦引難引諦引尸尾引護嚕迦摩哩波哩怛囉二合引祓俱嚕波哩誐囉二合憾俱嚕波哩播引羅喃俱嚕扇引諦孕二合俱嚕娑嚩二合悉諦野三合野喃俱嚕摩摩達哩麽二合引迦囉細引曩寫娑嚩二合賀引

無能勝大明心陀羅尼經

十不善業道經

馬鳴菩薩集

宋西天三藏朝散大夫試鴻臚卿宣梵大師日稱等奉詔譯

此十不善業道體性是罪若樂求佛道者遠離彼過當如是知何等爲十所謂身業三種語業四種意業三種於是義中今當解說身三種者殺生不與取欲邪行語四種者妄言綺語兩舌惡語意三種者貪瞋邪見云何殺生謂於有情率先見已次審其名決定欲殺動身施作斷其命根如是五緣次第具足成殺生罪定感彼果云何不與取謂於他物先窺覘已而起審慮決定欲取動身所作即盜其物具足五緣成不與取罪云何欲邪行於此罪中而有四類非處非時非分非徃非處者謂於諸佛菩薩經像和尚闍梨父母所止或相隣近皆所不應非時者謂於晝日或偶月事懷妊新產彼不樂欲及病惱等或受淨住八關齋戒皆非其宜非分者謂於面門及以非道童男處女自執持等俱不應作非徃者謂於他妻及比丘尼親族異趣及衒賣等設自境界作非梵行所不應理如上當知云何妄語謂於見物或他遺墜審知是已決定而取彼若尋求起虛妄說具足五緣成妄語罪云何綺語謂於他人以染汚心增飾其非對彼而說云何兩舌於他所有隱密等事以非理言而作離間云何惡語謂於貪欲和合事相以雜染言厲聲而說云何名貪於他財富及彼受用起愛樂心非理希望云何名瞋謂於有情起忿恚心而作損惱及捶打等云何邪見謂無施等無彼後世無供養事無佛

世尊聲聞縁覺無罪無福無所作業無所受報如正法念處經及餘經說此十不善業道是地獄因於十善業道應當修學則於惡趣永不墮落

十不善業道經

音釋

塑音素埏土象物也　噴普悶切　鐶胡關切　腕烏貫切手腕也　釧樞絹切臂環也　玎璫玎當經切璫都郎切玎璫玉聲也　繖先旰切蓋也　鐸達各切鈴屬　瘖瘂瘖於金切瘂倚下切瘖瘂不能言也　樺胡化切木名　覘癡廉切闚視也　衒熒絹切自矜也

大乘修行菩薩行門諸經要集

唐終南山至相寺沙門釋智嚴譯

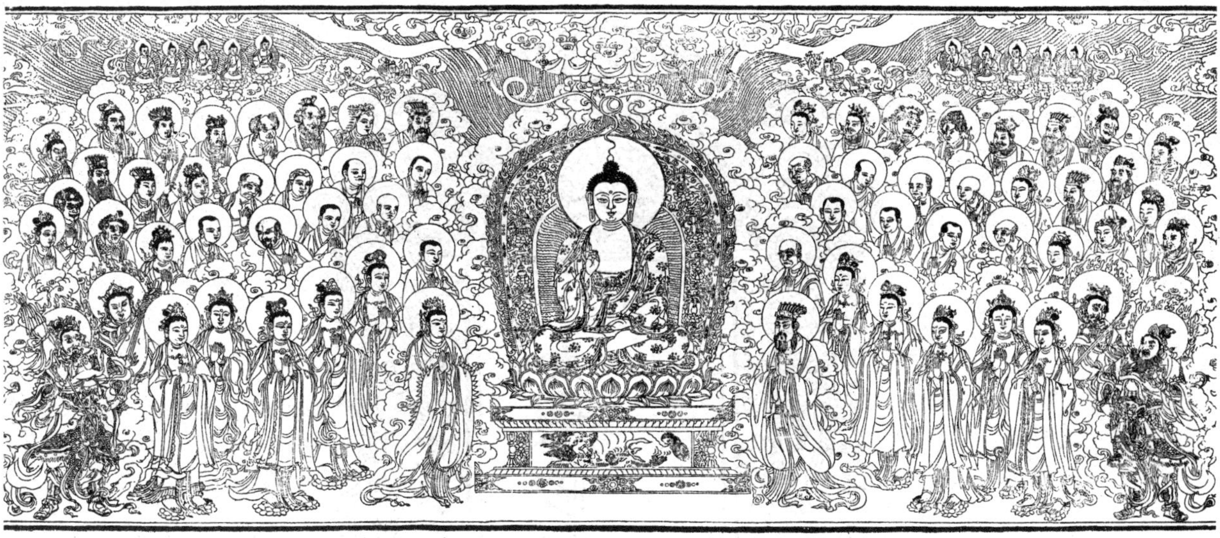

清刻龍藏佛說法變相圖

大乘修行菩薩行門諸經要集卷上

唐終南山至相寺沙門釋智嚴譯

諸經集四十二部

凡菩薩行門總六十六條具列如後

第一

出象腋經

顯說三條行

解修行菩薩行六波羅蜜空行

菩薩生入六道救度衆生故身受快樂

菩薩修行喻若虛空譬喻

爾時文殊師利童子白佛言世尊我有所疑唯願如來爲衆解說佛告文殊師利童子言恣汝所問我當爲汝解說其義令汝及衆歡喜奉行

爾時文殊師利童子白佛言世尊修行菩薩

如何住於勝上妙法顯現一切菩薩行門而能成熟無量衆生喻如滿月現於一切佛刹爾時世尊歎文殊師利童子言善哉善哉文殊師利汝以少問我今爲汝廣解所疑汝當諦聽善思念之時文殊師利童子言唯然世尊受教而聽佛言修行菩薩有六種相應法善住於一切甚深法趣何者爲六所謂一者若修行菩薩樂施無恡不見慳心與身有異身與恡心俱無所得二者堅持戒行不見身與非戒有異身與非戒俱無所得三者善住忍辱守護自心不見自身瞋恚俱無所得四者精勤善行不見自身與慢有異身與怠慢俱無所得五者方便淨住禪定三昧不見自身離於諸行亦不和合三昧定心一切法故俱無所得六者正智於一切諸法無所得故

乃至不求涅槃不見自身與衆生身而爲有異於六趣中見身無異故文殊師利當知修行菩薩以此六種法故成就一切甚深法行

復次文殊師利修行菩薩復有六種相應法行善入一切甚深法行何者爲六所謂一者修行菩薩若生地獄受天快樂二者若生畜生則受人間上妙快樂三者若生貧家則受轉輪聖王快樂四者若生六趣各現本身端嚴殊勝無能過者五者善巧方便遊歷十方諸佛刹土無去無來安然不動於一切佛刹示現其身六者以隨類音演説諸法而不雜亂文殊師利當知修行菩薩以是六種法故善得一切甚深法行

爾時文殊師利童子白佛言世尊如何修行菩薩生於地獄而得受天快樂佛告文殊師

利童子言修行菩薩有三昧名摩訶鉢頭摩得此三昧巳爲諸衆生入於地獄受天快樂是諸地獄人見其菩薩受地獄苦菩薩以福力故與諸罪人普爲説法度脱無量百千衆生文殊師利當知修行菩薩生於地獄而受諸天快樂

復次文殊師利童子白佛言如何修行菩薩生於畜生而受人間上妙快樂佛告文殊師利童子言修行菩薩有三昧名遍寂靜得此三昧巳則生畜生不失其念仍受人間上妙快樂以畜生身故與諸畜生解説佛法度脱無量百千衆生文殊師利當知修行菩薩爲衆生故生於畜生而受上妙人間快樂

文殊師利童子復白佛言世尊如何修行菩薩生於貧里而受輪王快樂佛告文殊師利童子言修行菩薩有三昧名離緣寂靜得此三昧巳而生貧家與諸貧里衆生説法毀呰慳貪無戒讃揚布施持戒善因度脱無量百千衆生身受轉輪聖王快樂

文殊師利童子復白佛言如何修行菩薩於六趣中爲衆生故各隨其類現種種形受諸快樂皆得殊勝佛告文殊師利童子言修行菩薩有三昧名一切遍光明得此三昧力故遍生六趣方便示現雜類身形受諸快樂相貌殊勝

文殊師利童子復白佛言世尊如何修行菩薩善巧方便遊於一切佛刹無去無來安然不動如水中月現於一切佛刹爾時佛告文殊師利童子言修行菩薩有三昧名攝一切語言得此三昧力故分身現於十方諸佛刹

土而無去無來安然不動現於佛刹見諸如來皆聞法要如是修行菩薩善巧方便遍歷一切諸佛刹土無去無來安然不動如水中月現諸佛刹

文殊師利童子復白佛言世尊如何修行菩薩於一切異類衆生隨其類音而爲說法是諸言音而無雜亂佛告文殊師利童子言修行菩薩有陀羅尼名阿難哆伐多得此陀羅尼巳修行菩薩則能了知無量無邊衆生心各解其言語而無雜亂爾時文殊師利童子白佛言世尊修行菩薩善巧方便甚難了知世尊修行菩薩求於甚深法者親近何等法行可知可識佛告文殊師利童子言若有修行菩薩樂知是法義者喻若虚空爲對文殊師利童子言如何虚空爲對佛言譬如虚空無貪瞋癡文殊師利當知色等諸法亦復如是無貪瞋癡不異涅槃相故復次譬如虚空布施持戒忍辱精進禪定智慧皆無和合爲無相故一切色等諸法亦復如是無所相應施戒忍進定慧不異涅槃相故涅槃亦無和合復次譬如虚空無棄無别文殊師利當知色等諸法亦復如是無棄無别涅槃亦爾無棄無别復次譬如虚空無知無習文殊師利當知一切色等亦復如是無知無習涅槃亦爾無知無習復次譬如虚空無明無闇色等諸法亦復如是無明無闇涅槃亦爾無明無闇復次譬如虚空於一切處無所執得當知色等諸法亦復如是不可執得涅槃亦爾無所執故復次譬如虚空無道所得無非道所得色等諸法亦復如是無道所得無非道所

得涅槃亦爾無道無非道故復次譬如虛空不學聲聞解脫緣覺解脫大乘解脫色等諸法亦復如是一切乘處無所學故涅槃亦爾無所學故復次譬如虛空無攀無受色等諸法亦復如是無攀無受涅槃亦爾無攀無受復次譬如虛空不取不捨色等諸法亦復如是不取不捨涅槃亦爾不取不捨復次譬如虛空無有體性無有濁亂是以一切衆生於涅槃體性皆無濁亂涅槃亦爾無濁無亂復次譬如虛空於一切處無著無動文殊師利當知修行菩薩亦復如是當知一切衆生於一切法無所著故涅槃亦爾無有所著若能如是悟達正智當知執想諸法則是涅槃知無常故文殊師利一切諸法既無實相若願見佛身者不應如是若非所見則達正位達正位者於中執相如是行施非大福田亦非利他如是施者不獲多福無所利益若有所施不求獲多福利者是名世間乞士於中所施福利無價既獲無價福利則得自無所得福智成就既獲自無所得福智成就已則能速得無生法忍

第二

出說妙法決定業障經

顯說三條行

解善惡知識不退菩提

解邪魔雖聞法誹謗以聞法故後當成佛

解二十四種大乘名號

如是我聞一時佛在法界藏殿諸佛所會無邊道場與大比丘衆菩薩摩訶薩俱時此道

場有一夫人名曰功德莊嚴開敷華合掌向佛退坐一面

爾時夫人白佛言若有初修行菩薩何等之人非善知識不應共住佛告夫人若三界中梵釋四王沙門婆羅門皆與修行菩薩爲善知識唯除聲聞非善知識恐聲聞退修行菩薩大乘道行何以故聲聞緣覺爲巳利故勸引初修行菩薩回入小乘是以聲聞乘人非善知識夫人當知初修行菩薩不應與聲聞比丘同居房舍不同坐牀不同行路若初修行菩薩智慧彌廣無二分別悟大乘法而爲方便勸引聲聞令入大乘方許同住若聲聞比丘福智狹劣則修行菩薩不應爲說甚深大乘恐其誹謗復次修行菩薩不應數覽小乘經論何以故爲障佛道故夫人當知修行菩薩寧捨身命不棄菩提而入聲聞求羅漢道菩薩勸請一切衆生巳爾時若捨菩提之心別起異道入於聲聞羅漢道果因惱亂故菩薩而退菩提二人俱墮無間地獄佛告夫人修行菩薩寧犯殺等五種大罪不學須陁洹果不退菩提修行菩薩寧於一刧百刧乃至千刧受地獄苦不學斯陀含果不退菩提修行菩薩寧墮畜生不學阿那含果不退菩提修行菩薩寧殺害衆生墮於地獄不修阿羅漢果不退菩提羅漢獨證私入涅槃譬如小賊容入他舍修行菩薩菩提心故攝諸衆生寧同火坑不住聲聞寂滅涅槃不退菩提以是義故爲攝衆生令入佛道故如是修行菩薩一切世間天人阿修羅之所尊重堪任供養超越聲聞則邪魔眷屬無能嬈惱

爾時夫人白佛言何者邪魔眷屬佛告夫人敷演大乘經典之處若有衆生聞說大乘心不樂聞調弄誹謗當知則是邪魔眷屬誹謗大乘經典心故死墮阿鼻受苦無量復生餓鬼食火屎尿無量劫中受苦畢已後生人中盲聾瘖瘂病癩不具此等衆生命終之後經無量生方得值遇如來親承供養於諸佛所還復得聞大乘經典純一無雜爾時如來於諸毛孔普出言音一一毛孔出無量億百千法光復生無量法音偈讚時此會中若有聲聞則聞聲聞乘法若有緣覺乘人則聞緣覺乘法若有大乘行人則聞大乘妙法鳥獸之類各隨其音而聞佛法於此會中所有衆生過去未曾耳聞佛法皆見如來默然不語其餘衆生過去曾謗大乘經故雖於多劫墮在地獄餓鬼受苦由謗法時大乘入耳是故佛所親聞大乘心生歡喜而發無上菩提之心究竟成就阿耨多羅三藐三菩提

爾時夫人白佛言所說大乘何故名爲大乘何故說爲大乘佛告夫人善哉善哉夫人深樂大乘以是義故善思念之當爲汝說大乘名號所謂一者令人深樂是名大乘二者不動是名大乘三者無過是名大乘四者無量是名大乘五者如四大海是名大乘六者金翅及緊那羅摩睺羅伽雜類所敬是名大乘七者乾闥所讚是名大乘八者諸天恭敬是名大乘九者梵天歸依是名大乘十者天帝所敬是名大乘十一者四王所攝是名大乘十二者龍王供養是名大乘十三者菩薩奉持是名大乘十四者成就佛性是名大乘十

五者賢聖歸依是名大乘十六者一切普堪所受是名大乘十七者如藥樹王是名大乘十八者斷諸煩惱是名大乘十九者能轉法輪是名大乘二十者無言無說是名大乘二十一者如虛空相是名大乘二十二者三寶種性無斷是名大乘二十三者鈍根衆生不信是名大乘二十四者超過一切是名大乘

爾時佛說大乘威力名號之時此三千大千世界六種震動百千樂器不鼓自鳴則於空中諸天雨華無量百千天子皆發無上菩提之心無量百千聲聞皆發阿耨多羅三藐三菩提心復有初戒菩薩未悟法者皆已悟解

爾時阿難白佛言世尊此法何名如何奉持佛言是經名爲大乘巨筝勝斯受持又名說妙法決定業障受持如來說此經已阿難及功德莊嚴開敷華夫人及諸天龍八部皆大歡喜持受奉行

第三

出維摩詰所問經

顯說二條行

解佛種性因緣發起菩提

解出家因緣功德

爾時維摩詰長者白文殊師利菩薩言汝善明解如來種性於意云何何等爲種性文殊答言善男子是諸佛種性五陰種性無明生死種性貪嗔癡種性四倒妄想種性五蓋種性六入種性七識煩惱種性八邪法種性九惱滅壞身心種性十惡不善種性善男子略要言之六十二見及一切煩惱皆是如來種性時維摩詰問言汝何義故云一切煩惱是

佛種性文殊師利答言善男子若執見無爲已住定滅是人不應發得阿耨多羅三藐三菩提若菩薩住於煩惱住地見正位實相是人堪任發得菩提譬如陸地不生蓮華青淤泥中而生蓮華善男子亦復如是若聲聞緣覺住於無爲滅定佛種華芽無復更生煩惱淤泥池中能發菩提因煩惱故佛種芽生善男子譬如空中種子不生糞壤之地乃能茂盛善男子亦復如是不應無爲滅定而生菩提若起我所非我所心等於須彌仍堪發生菩提而生佛種無量智慧善男子譬如不入四大海水無由取得無價寶珠善男子亦復如是若不入煩惱大海無由取得佛性寶珠當知菩提種性本從煩惱中來

爾時長老摩訶迦葉歎文殊師利菩薩言誠如所說真實不虚如是佛種皆是煩惱種性何以故我等聲聞無復堪任發生菩提我等爲燒滅三界煩惱種子我等寧以無間五逆不應斷解世間煩惱何以故若人已造五逆惡罪受畢究竟還復發生菩提之心親聞佛法顯現佛事若阿羅漢煩惱已盡無復後有無能發得阿耨多羅三藐三菩提譬如有人五根總壞是人識心不堪更起羅漢亦爾煩惱總壞諸結已除既無力故不堪扶持無上菩提以是義故凡夫親近於佛聲聞辟支遠離菩提何以故凡夫數聞三寶威力無量種性則發菩提不斷阿耨多羅三藐三菩提心若聲聞緣覺雖曾聞說如來聖德十力無畏十八不共亦不堪任發得菩提

佛告羅睺羅汝詣維摩詰問疾羅睺羅白佛

言世尊我不堪任詣彼問疾所以者何我念昔時鞞舍離城有諸族姓子來詣我所稽首作禮而問我言唯羅睺羅汝佛之子捨轉輪王位出家爲道其出家者有何等利時我與諸族姓如法爲說出家功德因緣說此法時維摩詰而來我所稽首我足而謂我言唯羅睺羅汝今所說出家功德不應如是所以者何夫出家者無利無功德是爲出家有爲法者可說有利有功德夫出家者無爲法故無爲法者無利無功德遠離一切諸行處於涅槃智趣所受聖所行處降伏衆魔度五道淨五眼定五根施無畏不惱於他不染雜惡摧諸外道超越假名出離犯戒淤泥池中我所無著無我所無所受亦無擾亂調伏身心攝護他衆隨禪定離外過一切處而無所取若能如是出家名爲善出汝等於正法中宜共出家善學律儀諸佛法教所以者何人身難得佛世難逢無上菩提甚難發起爾時此等諸子白維摩詰言我等聞佛所說若父母不聽不得出家時維摩詰長者告諸童子言汝等但發阿耨多羅三藐三菩提心常修梵行是則出家功德

爾時此三十二族姓子皆發阿耨多羅三藐三菩提心故我無言可答以是義故我不堪任詣彼問疾

第四

出方廣如來智經

顯說二條行

解善惡知識菩薩不應聲聞同居

解修行菩薩與聲聞校量道行深淺

爾時佛告摩訶目揵連善男子當知善知識故教道諸法菩薩而成阿耨多羅三藐三菩提是以初修行菩薩不應學聲聞緣覺小乘教道何以故一切破戒邪行之人是菩薩善知識若聲聞緣覺障佛道故則非善知識何以故犯戒之人不堪破於菩薩正行是犯戒邪行之人法無力故不能障於菩薩佛道若聲聞緣覺以世諦無我復無煩惱以是智故能令初學菩薩入於聲聞教道當知聲聞非是菩薩善知識也修行菩薩寧與破戒邪行交通不與聲聞緣覺乘人受法何以故犯戒邪行雖共交通身相遠離若聲聞人行坐不離譬如家賊不離其側以是義故菩薩不應與聲聞人習學交往譬如野干不堪師子同居當知聲聞與其菩薩亦復如是何以故聲聞修學唯利已故若修行菩薩專求佛道度脫衆生聲聞唯見一身趣路若菩薩善行正路導引衆生聲聞唯淨已心若菩薩能淨已心亦淨衆生聲聞唯自除煩惱若菩薩自除煩惱亦能除滅衆生煩惱聲聞入邪疾路獨避世間菩薩自入正路導引衆生聲聞唯除習氣煩惱菩薩成等正覺習氣都滅煩惱悉除聲聞異道入於涅槃菩薩自證正道無餘涅槃聲聞入於寂滅涅槃其法亦滅若菩薩成等正覺已入無餘涅槃法仍不滅十力無畏十八不共四聖諦三十二相八十種好無量佛事神通不滅當知聲聞及辟支佛皆無是德

第五

出勝義諦品經

顯說二條行

修行菩薩起十種行願速成佛道

解修行菩薩十種戒行成就六波羅蜜

爾時普賢菩薩語普智菩薩言佛子修行菩薩爲求阿耨多羅三藐三菩提故應起十種行願何者爲十所謂一者願度一切衆生二者令其遠離一切煩惱三者除滅相續習氣四者於一切佛法無所疑惑五者除救衆生一切苦聚六者願救衆生三途八難七者歸依親侍一切諸佛八者願學菩薩一切戒行九者昇於空中示現毛端無量佛事十者以大法鼓擊動一切佛刹衆生聞者隨機速入無餘涅槃當知初學菩薩如是修行若住此地不久而起如來行願

復次佛子修行菩薩復有十種戒行何者爲十所謂一者究竟不退菩提是其戒行二者遠離聲聞辟支佛地三者常爲一切衆生身心利故四者令一切衆生住於佛行五者受持菩薩戒行無令缺犯六者開悟一切諸法七者所修功德回施十方願成佛道八者不應分別如來法體九者一切世法無所貪著十者防護六根無令染著佛子是修行菩薩十種戒行若菩薩能住此地不久圓滿戒行六波羅蜜成就無上菩提

復次修行菩薩復有十種退道迷路應當遠離每自察心何者爲十所謂一者不敬師僧和尚及善知識是其迷路二者怖畏世苦是其迷路三者所修戒行忽生悔心是其迷路四者不樂住於諸佛刹土是其迷路五者不樂三摩鉢低是其迷路六者修少分功德便

以爲足是其迷路七者誹謗大乘是其迷路八者遠離菩薩戒行是其迷路九者樂阿羅漢辟支佛道是其迷路十者若見修行菩薩心生憎嫉是其迷路佛子如是十種菩薩迷路能遠離不久當入解脫法門

復次修行菩薩應有十種行願何者爲十所謂一者願我爲諸衆生盡未來劫住於世間如是願者是普善願二者願我最後親侍供養一切諸佛如是願者是普善願三者願我令一切衆生住於普賢菩薩行願如是願者是普善願四者願我積集一切戒行功德如是願者是普善願五者願我普修六波羅蜜如是願者是普善願六者願我滿足菩提戒行如是願者是普善願七者願我莊嚴淨一切佛刹如是願者是普善願八者願我生於十方佛刹如是願者是普善願九者願我深求一切佛法善自開解如是願者是普善願十者於諸佛刹成等正覺如是願者是普善願佛子當知是修行菩薩十種大願以願力故速獲菩薩具足行願

復次修行菩薩復有十種魔障何者爲十所謂一者忽生退心我不成佛是其魔障二者正起勤修忽然棄捨是其魔障三者少分功德而生猒足是其魔障四者樂住隱僻善行俱捨是其魔障五者棄捨一切善願是其魔障六者捨斷煩惱樂修滅定是其魔障七者斷割世法是其魔障八者退捨菩薩道行是其魔障九者不樂勸化衆生是其魔障十者誹謗佛法是其魔障佛子當知是修行菩薩十種魔障若菩薩遠離是等不久速得如來

十種記莂地位

第六

出摩訶般若波羅蜜經中

顯說四條行

初修行菩薩初學檀波羅蜜發起菩提心

解修行菩薩恐散亂菩提心故攝念六波羅蜜行

解煩惱因緣

解修行菩薩初發菩提心持六波羅蜜行

爾時聖者舍利弗語聖者富婁那言復次富婁那修行菩薩應當初學檀波羅蜜何以故貪惜世業無始習氣若修行菩薩捨施之時慳心則捨因則能發菩提心若發菩提則能漸漸增長成就若漸增長成就則漸遠離二乘若漸遠離二乘則復昇進阿耨多羅三藐三菩提譬如雨中安置瓦瓶是瓶所入第一雨滴及最後滴非緣前後二滴水瓶得滿要其中間雨滴漸入而得盈滿富婁那當知亦復如是若修行菩薩不應以初發菩提心故而成佛道亦不以最後菩提樹下而成佛道以是義故初發菩提心故乃至最後於其中間菩薩漸證佛道發起種種善行三阿僧祇修行利益資助佛道是以仁者富婁那修行菩薩不應散亂心無所染

爾時聖者富婁那語聖者舍利弗言修行菩薩如何攝心而無散亂舍利弗言菩薩助佛道故若發邪行惡見將爲善利當知我今所發惡行應是菩提利故何以故爲我是邪見

不斷世間生死是以我身變易世間方便利益無量衆生以是義故修行菩薩如是智慧心無散亂

爾時富婁那語舍利弗言若菩薩菩提心亂如何相貌而得知耶舍利弗言此心散亂是聲聞縁覺乘人障其道故若求二乘道果當知則是散亂心也何以故二乘道行不應菩提若修行菩薩貪瞋癡見尚不散亂何以故爲此三毒見助佛道故轉易生死利益菩提以是見故生於世間善巧方便圓滿六波羅蜜修行菩薩以資助煩惱故得阿耨多羅三藐三菩提富婁那當知若修行菩薩攝念心故而生障善當知則是散亂復有相應聲聞辟支佛攝念菩薩亦是散亂若非此等攝念不斷生死資助道故不應亂心何以故爲攝念故修行菩薩在於世間以善巧方便攝念相續不斷生於世間生已則受檀波羅蜜持戒波羅蜜忍辱波羅蜜精進波羅蜜禪波羅蜜智慧波羅蜜修學如是攝念資助世間生死道故修行菩薩應當如是授學乃至成佛而無有捨富婁那當知修行菩薩不應猒離煩惱何以故以智識別煩惱作是思念是等煩惱饒益我身助我成佛若此煩惱有相可以上妙供養何以故爲此煩惱故修行菩薩常所護惜煩惱以是義故應當以智識煩惱因何以故爲我善巧方便不攝三界繫縛令我增長圓滿六波羅蜜故速得菩提若六波羅蜜漸漸增長我則解脫世間生死繫縛而得寬慢富婁那當知譬如車載重物以車重故車軸漸漸研磨載物纔入到城其軸事畢

則斷當知因煩惱故三界而有生死修行菩薩若煩惱故續續生於世間六波羅蜜則得增長圓滿若六波羅蜜漸得圓滿則生死煩惱漸得微薄若生死煩惱漸薄則能決定漸近佛位若修行菩薩坐菩提樹已則起薩婆若智前後煩惱當則斷滅無復更生是諸煩惱所作已辦菩薩成正覺已煩惱無復有緣譬如車軸載重入城事畢然乃始斷修行菩薩若成阿耨多羅三藐三菩提已亦復如是煩惱事辦無復有緣是以當知爲是利故中間不斷煩惱修行菩薩縱被瞋罵返從乞求所須皆是助道善緣發起菩提心故若攝羅漢心智亦是修行菩薩助佛道故若無羅漢行門如來從何制修羅漢道果以制修故而助佛道

爾時世尊於摩訶般若伽他所說譬如世間若樹木無芽則無樹身若無樹身枝葉華果無由盛茂當知衆生若無菩提芽種諸佛不現世間若佛不出於世聲聞從何而起譬如明燈要賴炷心而是炷心不因第一火焰而能燒盡亦非不因初焰而盡復非後焰燒滅而盡亦非因後焰而盡以是義故前後中間焰焰相續故炷心燒盡菩提亦爾非緣初心成佛亦非後心前後中間相續心故而能成佛何以故剎那剎那菩提心故而成佛道若修行菩薩布施不著我相人相受者相心無所求無慳悋心如是布施縱施少分等施無量則是修行菩薩具足檀波羅蜜行

復次修行菩薩若恒念如來圓滿威神顯揚聖德則是菩薩甚深戒行若菩提漸減佛說

戒相則虧若修行菩薩順世法故雖受五欲心念三歸是故願我成等正覺救度衆生此則已住持戒波羅蜜行修行菩薩如是智慧念心不犯不名犯戒若修行菩薩於億劫中雖持十善戒行若樂聲聞阿羅漢果當知則是增上纒犯虧於大乘是爲修行菩薩持戒波羅蜜行

復次若修行菩薩發廣大心見諸衆生禁閉牢獄枷鎖杻械栲楚鞭撻斬其頭項割截手足耳鼻身分爾時菩薩念言願我代彼普受諸苦令一切衆生皆得安樂若有惱我難忍能忍心無惡對當知如是修行菩薩則是慈忍波羅蜜行

復次修行菩薩願爲衆生樂住世間成熟衆生清淨佛土苦行逼惱而無疲倦當知則是菩薩精進波羅蜜行

復次修行菩薩若色聲香味觸五欲所纒不樂聲聞羅漢道果專念菩提當知是人恒在禪波羅蜜行

復次譬如商人復入大海船舶不預修商人及財陷没當盡若預修船寬廣牢固商人及財皆達彼岸修行菩薩雖有道心若無堅牢智慧不久退失菩提是以智慧波羅蜜成就菩提無所鈌陷速成阿耨多羅三藐三菩提刹那一念無上菩提則是修行菩薩過於無量二乘功德智慧波羅蜜行

第七

出華嚴經入法界品

顯説一條行

初修菩薩發菩提心故踰類聲聞無所

能及

善男子譬如師子獸王爲諸獸故哮吼大聲以其聲故師子初生子而得肥壯勇健跳梁諸獸聞其大聲悉皆逃竄初修行菩薩踰若師子初生子息菩提發吼菩薩亦復如是是以如來薩婆若智爲初修行菩薩故吼讚佛性皆以如來善教引故菩薩而得智慧勇健菩提增長若諸衆生貪著煩惱而自損減譬如師子身筋造作箏弦其音若奏餘弦悉斷如來以波羅蜜成熟菩提起發心故若有讚歎五情俱斷二乘道行皆悉俱斷譬如以象牛雜乳成滿大池若以師子眞乳一滴入池是諸雜乳悉皆流出不住同池菩提心乳亦復如是百千劫中積惡罪業以師子菩提心故罪障悉皆壞滅無餘二乘解脱與菩提種性不堪同居善男子譬如迦陵頻伽猶在卵中若發聲音雪山大鳥聲不能及修行菩薩亦復如是生死卵中發大菩提心故所修功德大悲勢力若聲聞緣覺無能及者善男子譬如金翅鳥王其子初生目則明利飛則勁捷一切諸鳥雖久成長無能及者修行菩薩亦復如是發菩提心爲法王子智慧清淨大悲勇猛一切二乘雖已歷劫久修道行皆不能及

第八

出寶髻所問經

顯說一條行

解修行菩薩一種持戒清淨行波羅蜜

爾時佛告寶髻菩薩言善男子何者是修行菩薩持戒波羅蜜清淨行善男子修行菩薩

有一種持戒清淨行何者爲一所謂於無上菩提而捨心復有是心若不相應事者而能相應是心於三界中勝上爲最是心超越聲聞緣覺是心能救一切度達三界衆生至於彼岸是心能類無價寶珠而爲等量是心深重護念無捨使無暫忘善男子當知修行菩薩爲十種尸波羅蜜清淨行何者爲十所謂三種身淨行四種口淨行三種意淨行是爲十無盡清淨戒

第九

出演法師品經

菩薩於諸刹土修學菩薩行門喻類聲

顯說一條行

聞法教

爾時佛告舍利弗言舍利弗譬如有人自言我能入大海至海底坐是人既見海已則於牛跡渦中動摇手脚自云我學拍浮他人告言汝自昔云我入大海取海底坐何故今日不入海中其人答言我先於此牛跡水中習學然後方入大海舍利弗於意云何是人所修邪正以不所擬作者善巧方便以不所執我入海底先於牛跡渦中習學舍利弗言不也世尊若人願入大海必須入海習浮佛告舍利弗亦復如是佛入涅槃後世有法主比丘比丘尼優婆塞優婆夷於是大乘經典信心供養顯揚如來智慧聖德恭敬尊重既緣大乘深義智慧狹劣不達其底不解其義後時依止聲聞修習雜學阿含經論以名聞利養故與諸檀越交通若有比丘不習大乘經者隨順迹相諂曲心故勾引伴侣樂學聲聞

牛跡水渦習學拍浮舍利弗以是義故若修行菩薩所將大乘經典而求佛智者是修行菩薩應學如來威儀集行若如來在於無智衆中不共交通亦不所受除施法外默然不語修行菩薩亦復如是如聞諸佛刹土諸大菩薩摩訶薩見在住持百千善巧方便於諸百千刹土習學教授億百千衆生令得神通大力而得善行功德舍利弗修行菩薩應當於諸刹土隨諸菩薩習學法行復應學彼威儀行業禪定解脱三昧三摩鉢帝善巧方便威神五通解脱故隨其修學然於空閑淨處心念十方刹土諸大菩薩隨機方便不應樂入聲聞智慧受持習學

第十

出決定毗尼經

顯說二條行

解聲聞行及修行菩薩如何授教戒行

律儀相應

又解三毒類定輕重

爾時聖者優波離從禪定起詣於佛所稽首頂禮退坐一面而白佛言世尊我今向來宴坐入定而有所思世尊先爲聲聞緣覺乘人及初修大乘行菩薩爲其制戒清淨律儀如來所說寧捨身命不得犯戒我於毗尼律藏名爲上首今如來在世若復涅槃我當云何教授戒律若聲聞緣覺乘人修持禁戒不令缺犯復當云何教授初修大乘行菩薩修持護戒世尊是以爲我廣說教跡我今咨於佛所聽聞授記我則以佛威神力故敢當自制我若攝授禁斷律儀願佛慈悲爲我宣說云

何犯戒云何無犯世尊今此會中聲聞菩薩無量衆集堪可表示

爾時優波離說此語已佛告優波離言汝爲聲聞應機別說清淨戒行復爲初修大乘行菩薩故善巧方便應機別說清淨戒行何以故優波離若聲聞持戒當知戒行差別與初修大乘菩薩戒相違背則非菩薩淨戒若初修大乘菩薩持戒清淨則與聲聞戒行違背不同非是淨戒所以者何若聲聞志願力故乃至刹那不求世間生死亦無所樂亦無所願是其聲聞清淨戒行若初修大乘行菩薩志願力故願我無量劫時於此苦海救度衆生心無疲倦是其初修大乘行菩薩清淨戒行以是義故優波離當知各爲隨機當說禁戒若爲初修大乘行菩薩說戒順於他心無惱衆生若爲聲聞說戒利已不順他心若爲初修大乘菩薩說戒寛容方便若爲聲聞說戒無所寛容禁戒嚴切若爲初修大乘菩薩說戒可以長遠無相所說若爲聲聞說戒可以嚴促執見有相爲其所說優波離何故初修大乘行菩薩兼順他意而令修學何以故聲聞不順他意而令修學優波離當知初修大乘行菩薩各各隨機引化衆生順他心故無所惱故修持戒行若聲聞則非他心故修持戒行何故初修大乘行菩薩戒行寛容無犯何故聲聞禁戒窄狹嚴切優波離當知若初修大乘行菩薩晨朝有犯應當結罪至午若菩提心無間斷戒聚成就則非所犯若當午時有犯至於黄昏菩提心無間斷戒積成就則非所犯若黄昏有犯至於初夜菩提心

無間斷戒積成就則非所犯若初夜有犯至於中夜菩提心無間斷戒積成就則非所犯若中夜有犯至於後夜菩提心無間斷戒積成就則非所犯優波離當知初修大乘行菩薩戒行寬緩若有菩薩結罪有犯不應悔懼復次若聲聞犯戒戒相則滅無復更全何以故若聲聞持戒除煩惱故如救頭然燒衣心速爲求寂滅涅槃堅持戒行云何初修大乘行菩薩長遠修行無相無著不離世間云何聲聞執相一生斷滅現前修學優波離若初修大乘行菩薩喻若恒河沙劫雖受五欲快樂菩提心無暫捨當知是菩薩戒行無缺何以故爲初修大乘行菩薩後時成熟菩提心故若在睡眠五欲尚無所染況在覺悟所以者何若初修大乘行菩薩不應一生總斷煩惱若菩提成熟煩惱自滅若聲聞修習道行猶未成熟是等其心刹那不願更生世間是以一生迅速修行踰若救頭優波離當知初修大乘行菩薩長遠心無猒倦隨入修行應知聲聞一生暫時修學以是義故優波離汝若爲初修大乘行菩薩教授說戒寬遮順他意故長遠深邃教其修學若爲聲聞教授說戒不應順他亦無寬緩何以故初修大乘行菩薩爲大因緣修法器故而成阿耨多羅三藐三菩提菩薩不應猒懼世間願我無量長遠劫時爲衆生故易生死苦是以如來不爲修行菩薩而說出離三界生死苦海悔過因緣所以者何如來爲修行菩薩故喜悅歡心爲說甚深清淨因緣無過無纏無障空相如是與其言說若菩薩聞是說已樂住世間無

有猒倦乃至成就阿耨多羅三藐三菩提

爾時聖者優波離白佛言世尊說有三種三毒重罪或緣貪欲相應或緣瞋恚牽纏或爲愚癡何者最重何者最輕願爲初修大乘行菩薩說其輕重方便戒行

爾時佛告聖者優波離言若初修大乘行菩薩以恒河沙劫常犯貪欲種類罪故若信受大乘而生一念瞋心結罪重於貪欲何以故優波離若瞋心發動則能捨棄衆生若捨瞋貪欲心發則攝衆生菩薩而無厄難何以故優波離佛說若犯貪欲捨離稍慢犯罪稍輕若犯瞋恚解離稍速獲罪甚重若犯愚癡解離則速得罪稍深優波離當知三毒輕重如是修行菩薩應當守護善巧方便智慧心故無令缺犯

第十一

出遍清淨毗尼經

顯說二條行

解釋菩薩行及聲聞行各各如何調伏其心類於二乘輕重

爾時寂淨天子白文殊師利童子言初修行菩薩云何調伏其心若聲聞比丘云何調伏其心文殊答言猒離三界心驚動故則是聲聞調伏其心若攝授世間無量法故不斷生死一切衆生而施無畏利衆生故樂住世間則是修行菩薩調伏其心若猒離功德資糧則是聲聞調伏其心若集智資糧功德無猒則是修行菩薩調伏其心若猒見一切煩惱則是聲聞調伏其心若攝一切衆生煩惱則是修行菩薩調伏其心若不爲衆生故不念

諸佛聖德則是聲聞調伏其心若爲一切衆生故顯現諸佛聖德則是修行菩薩調伏其心若所修行業諸天不證則是聲聞調伏其心若復所修業行三千大千世界諸天普證知聞則是修行菩薩調伏其心若捨一切魔軍則是聲聞調伏其心若三千大千世界所有魔軍令其發動菩薩而能摧伏則是修行菩薩調伏其心若不明自身心量則是聲聞調伏其心若明一切刹土諸佛如來聖德則是修行菩薩調伏其心若唯爲自身則是聲聞調伏其心若爲衆生故修習攝念一切諸佛聖德則是修行菩薩調伏其心若爲小乘解脱執速則是聲聞調伏其心若以刹那智慧成熟菩提則是修行菩薩調伏其心若斷滅三寶種性則是聲聞調伏其心若修學三寶種性則是修行菩薩調伏其心若喻瓦瓶壞破無復更全則是聲聞調伏其心若喻金器破壞修持如舊則是修行菩薩調伏其心若以善巧方便不具則是聲聞調伏其心若善巧方便相應則是修行菩薩調伏其心若十力四無所畏不具則是聲聞調伏其心若以十力四無畏心相應則是修行菩薩調伏其心若避世間如避火坑則是聲聞調伏其心若樂住世間如遊園苑居住殿堂則是修行菩薩調伏其心若不具六波羅蜜并四攝事則是聲聞調伏其心若修六波羅蜜并四攝事堅持攝念則是修行菩薩調伏其心若不斷一切宿緣習氣則是聲聞調伏其心若除相續一切習氣則是修行菩薩調伏其心略要言之若心著數量親近量法習學有量

戒行三昧智慧解脱解脱知見則是聲聞調伏其心若非量數以無量繫親近無量善巧方便所學戒行三昧智慧解脱復緣解脱所見則是修行菩薩調伏其心

爾時如來告文殊師利菩薩言善哉善哉如汝所說此是修行菩薩初入調心法行以何義故文殊師利聽我所說乃至解脱此調伏義多應成就圓滿故文殊師利譬如二人同居一處一人讃歎四大海水一人讃歎牛跡渦水文殊師利於意云何牛跡渦水堪讃多不文殊師利言是坑微淺況堪類於四大海水讃歎輕重佛言若聲聞調伏現相亦復如是譬如牛跡渦水自少不濟無所讃益當知小乘輕重若是其有一人所讃大海者文殊師利於意云何是人堪任讃大海不文殊師利言大海功德海無量讃歎無量佛言修行菩薩亦復如是應現修行無量譬如大海不知滴量大乘功德亦復如是爾時説此法已一萬二千天子皆發阿耨多羅三藐三菩提心各發是言世尊我等從今修行菩薩行處而能修學願引一切衆生令入此道

大乘修行菩薩行門諸經要集卷上

音釋

呰祖似切口毀也　哆可切　癩落蓋切疥也　拏女加切　淤依據切　舶音白海中大船也　渦烏禾切

大乘修行菩薩行門諸經要集卷中

唐終南山至相寺沙門釋智嚴譯

第十二

出海慧菩薩所說經

顯說八條行

解菩薩犯戒而能成就六波羅蜜

解般若波羅蜜深義校量聲聞輕重

解初發菩提心寶忍辱邪魔不退菩提

解身口意三業成就六波羅蜜

解成就觀行六波羅蜜念門

解八種功德與煩惱和雜喻

解四種善行門

解菩薩行門有十二種魔障行門鈎

爾時有一天子白文殊師利童子言文殊師利頗有初修行菩薩心懷慳悋而能成就檀波羅蜜不文殊師利言有是行人天子白言以何義故而有是人文殊師利言若修行菩薩成熟衆生不捨菩提故以不捨故則是慳悋以施成熟衆生心故則能成就檀波羅蜜

復次天子白文殊師利言頗有修行菩薩若當犯戒而得成就尸羅波羅蜜不文殊師利言有是行人天子白言以何義故而有是人文殊師利言修行菩薩攝護成熟諸衆生故若不具戒而得成就尸羅波羅蜜

復次天子白文殊師利言頗有修行菩薩捨於忍辱而得成就羼提波羅蜜不文殊師利答言有是行人天子白言以何義故而有是人文殊師利言若修行菩薩捨外道行專習無上菩提法忍而得成就羼提波羅蜜

復次天子白文殊師利言頗有修行菩薩貢

高我慢而得成就精進波羅蜜不文殊師利言有是行人天子白言以何義故而有是人文殊師利言若修行菩薩不樂辟支阿羅漢果故然爲顯揚薩婆若智故樂於大乘而無怠心積集善念無上菩提而得成就毗梨耶波羅蜜

復次天子白文殊師利言頗有修行菩薩以散亂心而得成就禪波羅蜜不文殊師利言有是行人天子白言以何義故而有是人文殊師利言若修行菩薩乃至睡眠不樂辟支阿羅漢果專求無上菩提而得成就禪波羅蜜

復次天子白文殊師利言頗有修行菩薩愚癡無智而得成就般若波羅蜜不文殊師利言有是行人天子白言以何義故而有是人文殊師利言若修行菩薩智慧狹劣見於世俗䰩魅呪詛起屍擾動驚亂他心而菩薩無有方便救護之智然爲菩提心故攝念佛地而得成就般若波羅蜜

爾時如來歎文殊師利菩薩言善哉善哉文殊師利誠如所說汝能分別初修行菩薩應作不作修習行業真實不虛所以者何汝今聽我略說般若波羅蜜圓滿解脫文殊師利譬如有人一日之中忍受飢餓不嘗毒食修行菩薩亦復如是寧守慳悋無持戒心瞋恚怠慢不攝念心不樂聲聞緣覺道行若心愛樂修六波羅蜜行則不應爾何以故是中菩薩應當有厄天子言世尊修行菩薩不應怖畏煩惱佛言修行菩薩實怖煩惱恐入聲聞地位天子於意云何譬如有人志存身命忽

被加害寧當截首寧截身耶天子言世尊若欲存命寧割身肉不截其頭何以故若存其首尚得修集功德善蹤以善蹤故生於天上若截其首善蹤俱滅佛告天子言修行菩薩亦復如是寧捨威儀戒行不退菩提寧與煩惱相應不入聲聞斷煩惱門天子言世尊修行菩薩如是修行行業世間希有甚爲難信聲聞緣覺精進行業乃如修行菩薩犯戒佛言誠如所說譬如貧人家常飯食若轉輪王暫少嘗之如服毒藥若聲聞除滅煩惱堅固精進類於修行菩薩戒行亦復如是復次譬如有人勤求生業莊飾一身其人不堪富饒一國況餘世間聲聞亦爾除已煩惱心故雖行精進不堪饒益閻浮衆生況餘世間復次譬如大富商主多諸眷屬親侍部從勤心好

施而能饒益無量衆生天子當知修行菩薩亦復如是修習慈悲悲心精進是以饒益一切衆生勝義諦世俗諦廣施衆生快樂爾時長老摩訶迦葉白佛言世尊若聲聞修道證無爲果修行菩薩乃在有爲以何義故修行菩薩能過無爲證果之人佛言迦葉當知爲汝說喻智者以喻而速開解譬如於四大海滿中盛酥而有人取一牛毛分爲百分以一分毛端取其一滴酥迦葉於意云何彼一分毛端一滴酥量多彼四大海中酥不迦葉言不也世尊佛言迦葉於意云何此二處酥何者最上最尊最多最貴迦葉言若以一毛端酥類大海酥過億百千是酥實爲最上最尊最多最貴其一滴酥不可爲比佛言迦葉譬如百分毛端所取得酥若聲聞於無爲

智慧類於佛智亦復如是修行菩薩修習有爲功德無爲行願普入佛智迦葉當知譬如蚊蟻之屬唯能取得一粒食味若復有人三月廣種田苗迦葉於意云何何者數多迦葉言三月所種若至秋收其數無量饒益衆生其一粒食未能利巳況利衆生佛言迦葉當知譬如蚊蟻執一粒食聲聞亦爾若三月廣種收獲甚多修行菩薩於六波羅蜜并四攝事功德亦復如是若成熟巳安立利益無量衆生勝義諦世俗諦普施快樂乃得成就無上涅槃佛告迦葉譬如有瑠璃珠百千馱乘般入城邑復有一顆無價寶珠置於大海舟船之内若無障礙到閻浮提是珠普富閻浮衆生饒益貧苦迦葉於意云何彼百千馱瑠璃珠所有價直頗能過此一寶珠不迦葉言不也世尊佛言彼諸瑠璃珠無所直故聲聞修入無爲解脱亦復如是迦葉當知譬如無價寶珠猶在海船若無障礙得到閻浮則能普富一切衆生若修行菩薩三寶種性相續無斷而能發起無上菩提喻得寶珠利益無量爾時佛告海慧菩薩言云何初發菩提心寶而能忍辱不退菩提云何菩提心寶而有障礙海慧當知若修行菩薩巳發菩提心故逢惡知識或魔波旬或魔眷屬或事邪魔或住魔行被其嬈惱劫奪善心修行菩薩心有疑惑是等邪魔來惱菩薩菩薩爾時心無退散復不離隔無上菩提亦不斷絶衆生解脱以大悲故精進修習亦不斷絶三寶種性亦不斷絶一切佛行亦不斷絶如來三十二相八十種好次第修行顯習功德資糧顯現清

淨諸佛刹土護持善法修習學故乃捨身命成熟衆生不樂染著世間快樂若修行菩薩爲衆生故大悲忍辱其心堅固被他輕賤罵辱不可言說苦楚打棒皆能忍受衆生重擔而能荷負不潛不縮精勤不退其心勇猛至於彼岸亦不疲倦修持精進起方便心專心堅固他若惱者自不惱他有人打罵自不瞋他大乘義故世間殊別是心正念籌量善路爲衆生故順三界行我今勤求逆行三界衆生違順我故我應與其相應和合是等衆生瞋心勇猛我求忍辱心懷隨順世間衆生遞相誑惑我今唯念智慧圓滿若有十方衆生來集各持兵器刀劒槍矟隨我而行各懷是心此修行菩薩若行若立若坐若卧若發菩提心時若發施心若發持戒心若發忍辱心

若發精進心若發禪定心若發智慧心若發習學經典心若發修持功德心修行菩薩念此心時我等則當斬斷其首細截身分大如棗葉是等衆生專懷忿怒志在煞人爾時修行菩薩專心自念我今於他無嫌怨心我以忍辱而無讎惡以何義故我今是身從無始三界已來無邊數量轉易生死無不經歷經於地獄餓鬼畜生受苦無量或生人中五欲貪故而無暫捨或聞非法隨順他心以是因緣枉失身命被解肢節百段分張如是苦時彼此想無所益今既截我身分斷我命根若能盡未來劫不休我常不捨無上菩提以何義故我今所受割截肢體苦楚難忍比於地獄苦過此百倍願我入於地獄不捨菩提以大慈悲度衆生故何以故如來所說少分心

量能成大事今世間衆生惡友甚多善友甚少當知不應惡友爲侶所以者何我與衆生而無怨惡不生恨心他有與人我有與他他唯與人瞋嫉我唯慈忍與他我今應現不殺忍力不生瞋力若能捨身命則速得菩提無礙於身五欲貪愛所染命斷悉已自除瞋心若起當捨覺除若能入是法門當知如是修行菩薩則能忍受一切衆生惱亂不共衆生斷絶常能忍辱三種苦惱何者爲三所謂一者身惱忍二者口惱忍三者意惱忍

復次何者惱亂身忍若被割身而能忍受唯心世法觀念衆生被割身者若修行菩薩智慧方便正割體時觀念六波羅蜜如是觀心捨身命財施身命故不悋身故則能成就檀波羅蜜行若當被害悲心普遍雖有楚痛心無散亂則能成就持戒波羅蜜行若被割身分之時願度此人忍受無恨則能成就忍辱波羅蜜行若以堅固精進不捨菩提心故不猒世間修諸功德則能成就精進波羅蜜行若割身分之時應當攝念是身猶如草木瓦石影壁如幻無常無我須臾壞滅如是觀已則能成就智慧波羅蜜行海慧當知若修行菩薩如是善巧方便則能圓滿六波羅蜜行不退菩提則是菩薩成就身忍辱行

復次何者是修行菩薩口惱忍辱若修行菩薩被罵不可言説一切鬬諍瞋忿嫌賤打棒邪直不可所言聞他惡口不起瞋怨皆能忍受則是菩薩成就口忍辱行

復次云何修行菩薩惱亂意忍若修行菩薩善巧方便智慧相應被人毀訾罵辱瞋責不

可言說菩薩聞已意能忍辱則是修行菩薩成就意忍辱行

復次海慧如何修行菩薩善巧方便智慧圓滿而能成就六波羅蜜觀行念門若修行菩薩聞他被罵難聞難忍惡口瞋責不可言說菩薩應當觀念是人今罵我之人應是過去慳悋嫉妬不遇良緣不授習學不曾供養三寶今者罵我我今應當除其煩惱瞋恚怒心我今可捨怨惡嫉心無所貪惜求善知識修學善路親侍善人禁慎口過則能成就檀波羅蜜

復次修行菩薩應作是念是人犯戒不識罪咎我已受戒不應瞋動一心念佛觀受罪報則能成就持戒波羅蜜

復次修行菩薩應作是念是人習性多瞋惡故是以罵我我今無怨慈心相向則能成就忍辱波羅蜜

復次修行菩薩應作是念是人不具善行是以罵我我今自當策勵身心一心正念不忘菩提此等惡人利益我故結大因緣未調伏者當令調伏未念善者令其念善未息惡者令其息惡如是心念則能成就禪波羅蜜

復次修行菩薩應作是念是人自在無智執見有相我相衆生相貪受財相是以罵我我今如法自念是中有誰罵者是誰與受俱無既無自他則能除滅一切法相邪行無怨能忍則得成就般若波羅蜜

佛告海慧菩薩若修行菩薩具智慧故聞他惡口罵詈毀辱不堪聞說菩薩乃能安忍受故行願圓滿成就波羅蜜定不離大乘則能

成就口惱忍辱

爾時海慧菩薩言何者是修行菩薩被惱意忍一切魔障令其菩薩遠離菩提勸生退心一切外道貪利養故修習邪行令其菩薩遠離菩提菩薩已悟正行心無散亂不離菩提縱爲化現佛身其心無所退動復有大力邪魔訶責菩薩令生邪念語菩薩言汝非有力能習大乘終不成佛速棄重擔捨此精進菩提難得如來聖德亦復難求世間無量難忍苦惱已入涅槃者現受快樂汝大丈夫宜亦速入涅槃海慧當知修行菩薩正被勸退菩提之時菩薩不遂他心不捨正念菩薩作是念言我定當坐菩提樹下定當摧伏邪魔軍衆定當成等正覺轉大法輪於三千大千世界數演佛法我已勸請一切衆生令成正覺普願於我受淨法施若一切諸佛他心賢聖知我誠心菩提行願我今以此菩提心故於身忍辱不敢誑惑諸佛賢聖及一切衆生乃至自身如是修行菩薩攝心忍受不退大乘不斷菩提心寶海慧當知如是發起菩提心寶既能發起忍辱波羅蜜復能不退精進波羅蜜圓滿二行則是菩薩忍辱意惱

爾時海慧菩薩白佛言世尊何者是世間相續功德與煩惱和雜而能成熟我等衆生以何義故名爲相續世間功德與煩惱和雜佛言有八種世間相續功德與煩惱和雜何者爲八所謂一者修行菩薩功德資糧無猒二者樂受世間生死三者願值諸佛如來四者願成熟衆生無倦五者守護佛法修行習學六者勤心攝授衆生善行七者深樂佛法不

捨菩提八者繫著波羅蜜行而無捨心海慧當知世間相續功德和雜煩惱修行如是而此修行菩薩惡見煩惱無所染著

爾時海慧菩薩白佛言是諸功德云何煩惱和雜佛言當知所立三界皆因煩惱成就其修行菩薩以善巧方便功德力故願住世間救度衆生恒在三界攝受煩惱菩薩不爲自身動亂染故以是義故功德和雜煩惱

爾時舍利弗白佛言世尊如是無量菩薩行願依佛如來不可思議智慧方便甚希難有世尊又見初修行菩薩如來智故隨諸衆生修行無量種種行業甚難甚難不可聞說若修行菩薩如是難行難忍不驚不懼其事更難時舍利弗說是語已佛告舍利弗言舍利弗於汝意云何如師子兒聞父哮吼有驚怖不舍利弗言不也世尊佛言舍利弗當知修行菩薩若聞菩提師子吼聲不驚不懼若聞衆生種種異類無量行業亦不驚不動舍利弗如微小火不懼一切草木叢林亦不作是念我無力燒世間草木修行菩薩亦復如是以少慧火救諸衆生不懼一切煩惱亦不作念我不堪任除滅衆生世間煩惱何以故若明識一切衆生煩惱而此煩惱則助慧炬佛告舍利弗譬如世間一切草木枝葉根莖各相謂言却後七日一切草木宜共火戰各取爲勝爾時此諸草木積聚柴草高如須彌有告火言柴草積集高若須彌汝火何不集力必被柴草所勝火云我不集衆何以故草木是我朋友若草木多我則有力若草木少我當則滅舍利弗修行菩薩亦復如是以衆生

無量煩惱故而能熾然智慧火炬修行菩薩漸漸力强若明識煩惱義已然持煩惱爲智慧炬若修行菩薩不樂煩惱而有捨棄便墮聲聞緣覺之地舍利弗當知若修行菩薩正念觀察一切煩惱修行菩薩漸則力强聞是語已不驚不動當知菩薩善巧方便智慧成就

復次修行菩薩有四種相應善行何者爲四所謂一者精進修習六波羅蜜二者以大悲心成熟衆生三者堅持功德成就圓滿四者無量劫時守護三界亦無疲倦積集一切功德資糧若修行菩薩能成如是四種功德則爲決定菩薩行業

爾時佛告海慧菩薩言善男子汝識邪魔波旬央俱賒鉤不海慧菩薩言世尊我識知是邪魔障鉤佛言汝今願聞邪魔障鉤解脱義不海慧菩薩言願樂欲聞佛言若有菩薩聞是義已則得解脱邪魔障鉤而能摧伏一切魔軍速成阿耨多羅三藐三菩提爾時海慧菩薩白佛言我等今者以佛威神欲説十二種邪魔央俱賒鉤初修行菩薩道故何者十二所謂一者若修行菩薩修檀波羅蜜所愛之物而生悋心不愛之物方能捨施若有親識意樂施與若非親識心無捨施施者受者俱生分別世尊此是修行菩薩第一障布施魔鉤

復次世尊若修行菩薩善行精進堅持戒行威儀具足少分所犯則見聞其罪身心清淨平等習戒若見精進比丘及婆羅門而生供養共其習學若見犯戒則生瞋心嫌恨惡賤

所修行業自讃毀他世尊此是修行菩薩第
二障持戒魔鉤
復次世尊若修行菩薩身忍口忍意心不忍
返生瞋恚若見倚世豪族則爲顯揚其德爲
其忍受若見卑下庶類則生瞋恨而無忍心
雖暫忍定心懷高慢瞋恚無捨世尊此是修
行菩薩第三障忍辱魔鉤
復次世尊若修行菩薩勤心習學而化衆生
令入聲聞縁覺乘中不教大乘而讃聲聞辟
支佛地專習俗諦捨棄勝義諦法門掩覆大
乘專修世俗名利幢旛音樂華香供養尊容
以求聲譽不覽大乘不求佛法世尊此是修
行菩薩第四障精進魔鉤
復次世尊若修行菩薩起四禪定三摩鉢低
宴坐寂然成就禪定而被毀呰成熟衆生處
毀呰説佛法處毀呰衆生同居處毀呰善行
有爲功德處不動無爲法少分修習不求禪
定返見欲界及無色界樂無色天以鈍心故
願壽長遠若生無想天上百千般佛成等正
覺是人無由值遇諸佛不聞佛法不值僧徒
不能成就衆生亦不值受如來妙法不值積
集功德資糧而無智慧愚癡怠慢若無想天
壽生畢已下生之處少智尪弱世尊此是修
行菩薩第五障禪定魔鉤
復次世尊若修行菩薩智慧彌廣別識習性
知因縁起所有不立不行不住而乃毀呰有
爲功德遂失善巧方便智慧若布施持戒忍
辱精進禪定俱不修習唯讃般若波羅蜜自
言般若最勝於五波羅蜜心生分別以四攝
事不攝衆生心常無相無爲將爲最妙是人

未熟智故却墮邪路世尊此是修行菩薩第六障般若魔鉤
復次世尊若修行菩薩修阿蘭若行樂住寂靜獨處山林無所樂著迥無儲積不居道俗少用功智不動安然亦不習學深義亦不成熟衆生亦不聽聞佛法亦不校量趣路若有講深義處亦不往就聽聞亦不求問深教亦不尋善知識以其樂住阿蘭若志存煩惱不動若不開剥煩惱種子乃至八聖道路是修行菩薩雖在獨住不利他巳世尊此是修行菩薩第七障阿蘭若魔鉤
復次世尊若修行菩薩說法深邃美言悅豫威德攝衆若有衆生堪與授法不爲授說若見鈍根愚癡不堪教授則爲顯示佛法世界此是修行菩薩第八障歸依法海魔鉤

復次世尊若修行菩薩習學世間外道䟽論捨棄大乘深義讃揚外道所說若見有人明閑外論樂說聽聞稱天爲德是時會中有諸天衆心樂聽聞大乘法故來赴道場既聞所說外道䟽論心生懊惱而還本宫發如是言此善男子今巳滅法如來善教如是修行菩薩於法棟梁何故翻教世間外論樂戲論故棄捨大乘何以故諸佛如來爲甚深法故成等正覺不因世俗外道戲論成就菩提世尊是等修行菩薩學說外道種種言論而乃覆藏如來佛法如是之人於佛法化成等正覺專行斷滅世尊此是修行菩薩第九障覆蓋甚深佛法讃揚外道戲論魔鉤
復次世尊若修行菩薩逐惡伴侶爲善知識共結朋友而是惡友專令菩薩棄捨衆生不

令成熟亦復不令扶護佛法教住空寂少功力處數爲教授聲聞法行若有大乘相應深義不爲宣傳若修行菩薩習大乘故住寂靜處欲進菩提惡友爲障令其菩薩攀緣世間而謂之言修行菩薩合攀緣世間俗法若應教習世法他則令住寂靜爲現令悟入於他位不爲顯示菩薩決定無上行門世尊何者是菩薩決定無上行門有其十種何者爲十所謂一者依住信根受善知識教故二者精求妙法如救頭然三者於善法教樂住正念常勤修學四者正勤精進已作法者其心不捨五者不樂自樂唯願成熟衆生六者爲求法故不惜身命七者三十二相八十種好淨佛刹土修諸功德資糧無厭八者總持威德圓滿成就九者一切凡俗世位心無染故修習摩訶般若波羅蜜行十者過一切聲聞緣覺位地善巧方便智慧超進世尊是爲十種決定無上菩薩行業修行菩薩應當習學是諸惡友不爲顯示善事翻令障道謂菩薩言汝若勤苦修行然可成佛不可怠慢心故得成佛道汝若八劫乃至十劫不成菩提更無可求阿耨多羅三藐三菩提世尊修行菩薩若行精進被他障道令退入聲聞果位此是修行菩薩第十障非善知識魔鉤

復次世尊若修行菩薩貢高我慢以貢高故心不下故於諸師僧和尚威儀羯磨門徒擅越乃至父母心無摧伏若見修行菩薩已超菩薩行門悟達善行已得總持威儀圓滿不願親近不共習學善教亦不尋求請問若見曾修大乘行人已被魔鉤鉤著其心以是義

故是人翻修邪行愛樂邪伴專行邪路退失菩提如癡毋羊無步前進譬如有人於亢旱時高原陸地種贍部樹復不溉灌縱有流渠堰塞令斷是人雖種不溉不生世尊修行菩薩亦復如是先發菩提後生貢高我慢心故退失善知識教不聞佛法已聞受者更不修治譬如海水波浪不動地勢窪下水能深厚所有江河泉源湊流就下世尊修行菩薩亦復如是於師僧父母心爲卑下用少功力獲大深法隨所記念法入心耳若貢高我慢不伏師僧父母當知是人已被魔鉤之所鉤著世尊此是修行菩薩第十一障貢高魔鉤

復次世尊若修行菩薩形貌端嚴衆所欽仰富饒高族部從眷屬倉庫珍寶其數無量以其端嚴衆所觀羨富饒高族部從衆多功德資糧貴敬遵崇是菩薩不求集智資糧以自威嚴富豪力故醉心怠慢不見正路若見出家初修菩薩戒人已出塵勞精勤修習集智資糧智慧力故爲法精誠宴坐風日血肉乾燋露骨羸瘦晨昏修習如救頭然是貢高修行菩薩若見如是行人而生嫌賤不共爲伴不隨受教其心愚昧闇鈍無智世尊此是修行菩薩第十二障我心所醉魔鉤爾時菩薩言世尊是爲修行菩薩十二種魔障央俱賒鉤令其修行菩薩障道若修行菩薩不覺不知不離不遠如是無明尚不堪習隨逐菩薩幼童行業況能得成阿耨多羅三藐三菩提是以初修行菩薩應當精勤攝心自覺超過邪魔十二障鉤

第十三

出戲樂嚴經

顯說一條行

解善巧方便施五欲樂故勸化一切衆生令發無上菩提

爾時長老須菩提告夫人曰善女人汝之夫壻今在何處夫人答言須菩提當知我今非唯一夫何以故世間衆生五欲所纏戲樂習故皆是我夫須菩提言何者是善巧方便隨意戲樂夫人答言須菩提當知若有衆生貪求五欲我當則以資助奉施然則勸化令發菩提若有衆生欲心熾盛我當回施恣情戲樂是以名爲善巧方便隨意戲樂須菩提言如來不許衆生耽欲夫人答言汝聞如來經中所說若有比丘受持袈裟錫杖卧具病緣雜藥什物之屬不應多畜是其童子及諸檀越就於聚落所得上妙供具供養師僧和尚同居僧徒隨所樂受若因此一物惡行滅除而得長道以是義故如來許其比丘受畜是物須菩提言誠如所說真實不虛夫人言一切五欲耽著戲樂如來以是方便若有利故亦許不遮須菩提言善女人幾何衆生因是善巧方便受諸戲樂成熟無上菩提夫人答言若三千大千世界虛空所有星辰數量至於邊際尚知其數若與我善巧方便受世戲樂調伏勸化故皆發無上菩提是等衆生其數多於虛空星數須菩提言善女人汝何能得令諸衆生而獲安樂夫人答言須菩提當知有諸衆生樂事梵天我以四禪喜樂隨意奉施然後勸令發菩提心復有衆生樂事帝釋我當奉以帝釋快樂然後勸令發菩提心

復有衆生樂於諸天龍王夜叉修羅乹闥及金翅鳥諸雜大蛇皆以戲樂我當各隨所樂施奉無闕然後勸令發菩提心復有衆生意樂轉輪聖王遊戲乃至大臣國邑聚落族姓之子及婆羅門中部下庶如是衆生各隨意樂悉皆施與不令闕乏然後勸令發菩提心復有衆生樂於色聲香味觸法復有衆生意所貪著花鬘瓔珞塗香末香衣服繒綵以爲嚴飾復有衆生貪著錢財金銀珠玉玻瓈碼碯鼓樂絃歌如是衆生意所樂者五欲戲樂皆當施與然後勸令發菩提心須菩提言善女人當知是諸五欲障八聖道涅槃趣路善無所得是等五欲正受之時亦有衆生以是緣故於善調伏勸入菩提此義次第甚爲難思善女人以大菩薩修行甚難之事令是修行菩薩成就善事當知甚難何以故如是等事皆是衆生障道一種之事亦有諸類衆生還復因調伏而得入善

爾時精舍演法會中有二長者子曽與夫人交遊善巧方便隨意戲樂故勸入無上菩提是時此二長者子白須菩提言須菩提勿以自智簡擇他智須菩提於意云何若有少分油燈堪以口吹手扇而能滅不須菩提言甚堪吹滅長者子言若聲聞行善男子善女人以少智慧明故以一遊戲智故而能則滅亦復如是須菩提當知譬如劫末之時有七日現以衆日光世間起大火焰是火堪以恒河中水滅得以不須菩提言百千海水尚不能滅況恒河水能使滅耶長者子言須菩提當知菩薩如是無量無邊智慧光明無量無邊

功德光明若修行菩薩於恒河沙數劫中以五欲遊戲娯樂受世快樂是修行菩薩智慧光明功德光明無能堪任而能得滅譬如有一貧病之人求醫療病以其貧故醫處單方於時貧人病願除愈藥價賤者服之病除何以故是貧病人以無力故聲聞亦爾十二頭陀修攝心故獨住阿蘭若樂弊惡衣然後解脫世間煩惱須菩提當知如貧病人之良醫爲其隨機處藥願求病瘥聲聞解脫亦復如是復次譬如刹利國王已授灌頂王若有病良醫爲王和合貴藥光澤香美脣口甘甜四肢安泰堪爲王服三服藥已奉獻音樂花香娯樂將爲歡樂以是方便國王病瘥須菩提當知亦復如是亦有修行菩薩以善巧方便隨意戲樂受諸五欲以歡樂乘故而成阿耨多羅三藐三菩提須菩提當知如王病服上妙藥者修行菩薩亦復如是以善巧方便智慧力故而得解脫

第十四

出善巧方便經

顯說一條行

爲修行菩薩習學聲聞行故犯重障因

爾時佛告無上慧菩薩言善男子若有比丘修菩薩行而犯衆重以善巧方便而能滅除以是義故我今爲說不犯因縁爾時無上慧菩薩白佛言世尊修行菩薩如何所犯佛言善男子若修行菩薩修習聲聞法行縱使百千劫中服諸藥草根莖花果及能忍諸衆生善惡言氣以於聲聞縁覺行中修習定故此是修行菩薩重大所犯善男子譬如聲聞犯

四重已是五陰現身無復堪任入得涅槃善男子亦復如是若修行菩薩不捨聲聞不懺其罪於時修行菩薩無復堪任成等正覺無能入於佛地無餘涅槃

第十五

出勝積經

顯說一條行

說修行菩薩退入聲聞行中

復次善男子譬如有人患眼經過一月以藥醫療眼漸開見然有讎人以畢鉢末而撲眼中是人眼光盲闇如舊若修行菩薩修大乘時退入聲聞其根闇鈍譬如無智之人以白栴檀末和青淤泥塗於身體是其白檀和惡氣故其檀本香無復更聞修行菩薩亦復如是以習聲聞行故汙染功德資糧難遭佛行無復更堪集諸菩薩會中清淨位地

第十六

出如來藏經

顯說一條行

觀念如來忍辱因果

爾時佛告摩訶迦葉言譬如有人倒地若還拓地而得起立迦葉當知亦復如是若於佛法中傾倒直墮無間地獄若拓如來聖德從地獄中還復得起何者倚拓如來若能一心念佛聖德依教修行爾時摩訶迦葉白佛言縱無淨心觀察如來尚自獲大利益況以淨心觀察如來其福無量佛言誠如所說但種種意行觀察如來皆當爲說趣涅槃路爾時摩訶迦葉言我今解如來所教寧於佛法犯罪不事外道惡行修學以何義故若於如來

法中行非法罪所起惡行皆因涅槃能滅若事外道所起惡行皆入地獄餓鬼畜生受諸惡報佛言誠如所說迦葉當知譬如有人罵詈紫檀香木槌打而擲於地毀呰不堪受用迦葉於意云何此紫檀香氣更能熏是罵人以不迦葉言其紫檀香氣熏彼罵人如本無異佛言迦葉當知若有衆生專念如來若見如來若聞佛名是等衆生皆得資熏解脱法門亦復如是

第十七

出金光上勝毗尼經

顯說一條行

爲金光勝童女十種行願請出家因緣

爾時文殊師利童子語金光勝童女言汝如何應聽佛法童女言樂聞法故聽法如來所說修行爾時此童女以文殊師利菩薩威神兼自善根智慧功德力故於其會中相續說法因其一萬二千衆生而發阿耨多羅三藐三菩提心復有五百天人先於菩薩藏中修習善根於時是等菩薩發悟無生法門又有三萬二千天人遠離煩惱棄除塵垢於法眼淨是時童女說法之際以其喜悅心故入隨順深悟解脱法門既悟法已則於文殊師利菩薩前五體投地願請出家伏願文殊師利以大慈悲聽聞法故我願是生得預緇服文殊師利菩薩言童女當知若修行菩薩自樂出家割截身髮不應如是出家何以故先爲一切衆生割截煩惱令其精進此則名爲菩薩出家若修行菩薩自樂出家以湯染色修造衣服袈裟卧具不應如是出家何以故先

除一切衆生貪瞋癡色湯令其精進此則名爲菩薩出家若修行菩薩自樂出家受具足戒不應如是出家何以故若見犯戒衆生令其攝行斷惡修善此則名爲菩薩出家若修行菩薩自樂出家獨住寂靜不應如是出家何以故菩薩先除五趣衆生愚癡令住智慧此則名爲菩薩出家若修行菩薩自樂出家住威儀相不應如是出家何以故先爲衆生發大慈大悲喜捨之心此則名爲菩薩出家若修行菩薩自樂出家則修精進善根功德不應如是出家何以故勸化衆生發起善根令修功德此則名爲菩薩出家若修行菩薩自樂出家意求涅槃不應如是出家何以故先爲一切衆生堅心爲求涅槃趣路此則名爲菩薩出家若修行菩薩自樂出家除巳煩惱不應如是出家何以故先爲一切衆生勤求精進除他煩惱此則名爲菩薩出家若修行菩薩自樂出家願悟身心不應如是出家何以故先用成熟諸衆生故令悟身心此則名爲菩薩出家若修行菩薩自樂出家解脱巳厄不應如是出家何以故先救衆生厄難令得解脱此則名爲菩薩出家若修行菩薩自樂出家猒離煩惱不應如是出家何以故先爲成熟一切衆生樂住世間此則名爲菩薩出家若修行菩薩自樂出家願入涅槃不應如是出家何以故先爲圓滿如來一切善根功德此則名爲菩薩出家復願一切衆生速得出家是名出家復能不見衆生過失是名出家復捨一切過患除滅衆罪是名出家夫出家者繫心屬他若修行菩薩則非所屬

童女言何故出家名爲屬他文殊師利菩薩言凡出家者當屬禁戒守護無犯是名屬他凡出家者屬禪定故不應散亂是名屬他凡出家者屬智慧不應愚癡是名屬他復屬解脱是名屬他不應繫縛是名屬他童女言文殊師利如何修行菩薩則非屬他文殊師利菩薩言若修行菩薩不受他行則非屬他亦不隨他顔色亦不他智他語菩薩自有薩婆若智是以不應屬他時文殊師利菩薩說是出家法已有五百菩薩各脱自身上妙袈裟持奉文殊師利菩薩掛其身上而作是言文殊師利所說出家因縁誠實不虚我等從今應當修學爾時金光勝童女得法本源渡達彼岸得智慧光滅愚癡闇見生死過煩惱縁起則頂禮文殊師利童子右繞三帀昇車而還本宫

第十八

出降伏魔經

顯說一條行

魔爲修行菩薩說二十種魔障菩薩應當自覺不取

爾時善堅天子在於會中見魔波旬化現佛形坐在道場天子問波旬言向來文殊師利菩薩所說魔波旬能障修行菩薩行業當願爲說何者是修行菩薩魔障說是語已是魔波旬蘇失迷却化本形而白天子言修行菩薩凡有二十種魔障所謂一者求於解脱怖畏世間習瑜伽諸論供養修學當知則是魔障二者搜求空相遠離衆生當知則是魔障三者修無爲法不樂有爲善根功德當知則

是魔障四者所修禪定不樂世間定門當知則是魔障五者所顯法教不令發大慈心當知則是魔障六者尋求精進有德之徒於破戒人而生瞋嫌當知則是魔障七者顯揚聲聞道行覆蓋大乘當知則是魔障八者顯揚世諦所說若聞大乘空義無著無相而能覆蓋當知則是魔障九者已識趣菩薩道更不求六波羅蜜當知則是魔障十者自讚精進不勸怠慢衆生當知則是魔障十一者修集功德不念無上菩提當知則是魔障十二者修治鞞鉢舍那正見不見衆生正見當知則是魔障十三者志求斷煩惱不願處於三界當知則是魔障十四者雖以智慧觀察慈悲而無習行當知則是魔障十五者所修善行若非善巧方便當知則是魔障十六者不修大乘菩薩藏經習學外道世論當知則是魔障十七者博達慧學護惜經法恐他習解當知則是魔障十八者若緣俗事皆當盡心若習妙法元無學意當知則是魔障十九者若修行菩薩見說大乘而不敬習亦不供養若見聲聞緣覺乘人隨其習行相應和合當知則是魔障二十者若修行菩薩得大名聞無所乏少若當親見釋梵四王帝主大臣長者若不顯說如來無量聖德亦不供養亦不敬承當知則是魔障天子當知修行菩薩有如是二十種最大魔障應當攝心覺悟如教修行菩薩則入大乘次位已發菩提心修禪波羅蜜定若在睡眠尚不樂入聲聞位地

第十九

出富婁那所問經

顯說一條行

修行菩薩爲惡知識故四種因緣退捨菩提入聲聞解脫

爾時佛告聖者富婁那言富婁那當知修行菩薩有四種相應法退失菩提回入聲聞位地何者爲四所謂一者若修行菩薩伴惡知識共習惡行是等惡友令其遠離佛行捨棄衆生而謂菩薩言汝可猒足如是行業三界長遠苦惱無窮世間受生煩惱結集暫無停息成佛甚難在家棄俗更復甚難勞心長遠更勿修習汝亦未曾授記得成阿耨多羅三藐三菩提汝今力微尫弱不堪渡五趣路中途不應斷絶修行菩薩聞是語已心生退縮潛隱萎垂則於菩薩行中心無所樂富婁那當知是第一法故修行菩薩而退菩提翻入聲聞解脫二者若修行菩薩不聞菩薩道行不聞菩薩藏經菩薩積集功德菩薩所說禁戒趣六波羅蜜路相應法證皆不曾聞既不曾聞不能如法習學不知以何行門修行以何行門遠離如何法習業次如何法不應習何者聲聞法行何者菩薩法門既未明閑不知如何法則修學應修而不修行不應修而更修如是修行菩薩菩提漸漸損減道心漸慢心意回惶捨昔行願退失菩提富婁那當知修行菩薩如是退捨菩提而入聲聞解脫三者若修行菩薩起異見行猒見已身執邪正二邊不離此行若聞無上甚深法要應得開悟反生誹謗輕嫌不信以謗法故死墮無間地獄無復見聞佛法不復更修大乘不遇善知識以不值故退失善行入於惡行隔斷

善友和合惡人忘失本念棄菩薩乘位不救三界衆生不習大乘行業富婁那當知此第三法相應故退失菩提而入聲聞解脫四者若修行菩薩聽聞甚深法要不爲衆生解說怠慢潛縮心無樂說少用力處而生修學慳惜佛法不攝衆生以是罪故所念漸滅念行滅已不應籌量法義亦不堪任更受法分捨是身命退失菩提富婁那當知此第四法相應故退失菩提而入聲聞解脫

第二十

出寶童子所問經

顯說一條行

修行菩薩四種實語不妄超越聲聞諸行無猒

爾時佛告寶童夫人言修行菩薩有三種實語不妄何者爲三所謂一者不誑諸佛如來不誑一切衆生亦不誑自身夫人當知如何修行菩薩不誑如來一切衆生及以自身若修行菩薩發菩提心已然後發願樂證聲聞阿羅漢果夫人當知是菩薩則誑如來及誑衆生并誑自身何者名爲不誑若修行菩薩發菩提心已縱值種種苦惱逼切乃至邪魔外道尼乹調弄罵辱以口言氣狀若刀劒槍矟刺心損其所受毀呰苦楚若修行菩薩不驚不動不潛不縮不憂不悔皆能忍受堅固不棄前言菩提心寶不移不動於其三界救度衆生歸依無等無上菩提乃至刹那不念餘乘常念諸佛願轉法輪攝受衆生生大威力現大勢力善行堅固修治精進不隨他語無能摧伏夫人當知如是修行菩薩不誑衆

生不誑自身若有如是菩薩則是最大無上實語復有四種因緣修行菩薩不誑如來何者爲四所謂一者堅固心二者威力心三者勢力無怠四者持戒精進復有四種因不誑一切衆生何者爲四所謂一者堅牢修學二者慈心與樂三者悲心愍苦四者攝受衆生復有四種因不誑自身何者爲四所謂一者堅固心二者重復堅固心三者無諂曲心四者無誑心夫人當知修行菩薩則入第一實語位不捨菩提過去行願不移不動爾時寶童夫人白舍利弗言汝能以女身爲諸衆生演說法不舍利弗言我今尚猒男子之身況受女人身耶夫人答言舍利弗汝豈猒離是身耶舍利弗言實猒是身夫人言以是義故修行菩薩超越一切衆生何以故若聲聞猒者菩薩殊無猒心若聲聞所嫌菩薩無猒聲聞猒離五陰六入菩薩則無猒離聲聞猒攝身分菩薩無猒聲聞猒攝三界菩薩無猒聲聞猒世間生死菩薩無猒聲聞猒離有爲功德菩薩樂集功德資糧無猒聲聞猒與衆生結緣菩薩成熟衆生心故無猒結緣聲聞猒離聚落菩薩無猒入於國邑聚落王宮聲聞猒自煩惱菩薩能攝衆生不猒煩惱舍利弗當知聲聞所嫌猒離諸行菩薩皆能攝受無猒舍利弗言如是修行菩薩以何威力以何氣勢而無猒心夫人答言修行菩薩八種威力相應而無猒心何者爲八所謂一者於諸衆生慈力無惱二者悲力成熟衆生三者善修行願無作四者智慧力故爲除煩惱五者善巧方便力故無倦六者功德力故無退七

者智慧力故愚癡已除八者精進力故具足已入不棄往願舍利弗當知修行菩薩有此八種行力相應皆無猒心

第二十一

出寶積經

顯説一條行

修行菩薩校量聲聞道行

爾時佛告摩訶迦葉言如月與星不可棄月先念諸星智者亦爾修行菩薩亦復如是以習學故不應棄捨先念聲聞復次譬如諸天世人共力磨治瑠璃珠擬令光潔無由變爲玻瓈寶珠縱數揩磨還復如故迦葉當知聲聞亦復如是縱使持戒清淨十二頭陀一切禪定相應仍不堪任坐於菩提樹下成等正覺迦葉譬如磨持玻瓈寶珠價直無量百千利益無數迦葉當知亦復如是若修行菩薩道行清淨已爾時令無量百千聲聞緣覺而入解脱法門

大乘修行菩薩行門諸經要集卷中

音釋

魅明秘切精魅也 詛莊助切沮也 槍矟槍千羊切矟音朔 尫音汪劣也 窪烏瓜切汙下也 瘥楚懈切病除也 拓音托 槌傳追切擊也 揩丘皆切摩拭也

大乘修行菩薩行門諸經要集卷下

唐終南山至相寺沙門釋智嚴譯

第二十二

出虚空藏菩薩所問經

顯説一條行

説修行菩薩有四十五種魔障若能覺悟兼能超度四魔

爾時佛告虚空藏菩薩言善男子如何修行菩薩能伏一切邪魔而得超度四魔若修行菩薩以智慧故見一切諸法喻如幻化則能超度陰魔若聞甚深佛法依句披尋則能超度蘊魔若悟常樂我淨則能超度死魔若不離菩提心故則能超度天魔然此修行菩薩能伏一切魔障何者魔障菩薩而能摧伏不令邪魔嬈亂善男子當知凡有魔障四十五種障其正行所謂一者若修行菩薩心樂聲聞是爲魔障二者不念菩提是爲魔障三者所施而有分别是爲魔障四者求生高貴是爲魔障五者願生端正是爲魔障六者勤求世事是爲魔障七者暫嘗禪定少分欣悦是爲魔障八者以智輕嫌少分功德是爲魔障九者不樂世間生死是爲魔障十者所修功德而不回向無上菩提是爲魔障十一者猒見煩惱是爲魔障十二者覆藏所犯不能懺悔是爲魔障十三者於修行菩薩起憎嫉心是爲魔障十四者誹謗佛法是爲魔障十五者誑惑衆生是爲魔障十六者不修六波羅蜜是爲魔障十七者於諸佛法不樂聽聞是爲魔障十八者慳恡佛法是爲魔障十九者爲利養故宣説佛法是爲魔障二十者不以

方便設化衆生是爲魔障二十一者不攝受衆生是爲魔障二十二者於犯戒人憎嫌輕賤是爲魔障二十三者於持戒精進無敬重心是爲魔障二十四者修聲聞行是爲魔障二十五者順獨覺行是爲魔障二十六者非時意修道業是爲魔障二十七者捨大慈悲而求涅槃是爲魔障二十八者樂修無爲是爲魔障二十九者嫌賤修有爲是爲魔障三十者不助衆生善行是爲魔障三十一者我慢貢高是爲魔障三十二者兩舌鬬亂是爲魔障三十三者誑惑衆生妄説是非是爲魔障三十四者諂曲妄語所愛非眞是爲魔障三十五者於諸衆生無眞直心是爲魔障三十六者心變剛獷是爲魔障三十七者心變麤猛是爲魔障三十八者見造罪人不勸懺悔是爲魔障三十九者謗法不信是爲魔障四十者隨自欲樂是爲魔障四十一者樂行非理是爲魔障四十二者愛樂非法是爲魔障四十三者所有業障報障煩惱障纏繞積聚不令散滅是爲魔障四十四者心垢不除是爲魔障四十五者與諸俗緣是爲魔障

第二十三

出如來境界經

顯說一條行

有諸比丘於迦葉佛所聞法故值遇釋迦如來法化當來若有衆生於佛法中聞說大乘者當生彌勒

三會

爾時如來告須菩提言是等比丘所說誠不虛言須菩提當知迦葉如來出現世時是諸

比丘於佛聞法皆悉隨逐文殊師利以隨逐故所聞深法無有忘失善根智慧成就圓滿當來若有於我法中聞是深法聞已憶念如是衆生皆於未來彌勒三會大數之中次第皆入何況修習大乘菩薩若能修習大乘行已是等通達甚深法忍

第二十四

出阿闍世品經

顯說一條行

解菩薩藏及聲聞緣覺藏又解上座因

爾時寶日菩薩言善男子如來行業不可思議若大乘法不可率爾調習悟入若修行菩薩乃至睡眠不樂聲聞緣覺行業將是如來實相示現衆生不應悋惜能作是念願一切衆生習學大乘此無等心而無損減以是不悋法故應當覺悟如來大乘義趣善男子譬如栽樹根莖著地枝葉華果必當茂盛修行菩薩亦復如是已能堅持菩薩藏故亦當解了一切諸乘是名無量善根菩薩藏法器善男子何者是菩薩藏何因名菩薩藏譬如大海中水渧無量雜寶無數諸龍夜叉乹闥婆阿修羅金翅鳥王緊那羅摩睺羅伽摩竭魚等無量雜類悉居其中修行菩薩亦復如是無量法寶印記布施持戒禪定智慧解脫解脫知見悉住其中是以名爲菩薩法藏譬如大海所生雜類一切衆生是等不堪飲餘河水若修行菩薩修習菩薩藏已亦不應餐餘乘法味是以名爲菩薩法藏善男子當知凡有三藏聲聞藏緣覺藏大乘菩薩藏何者是聲聞藏依他所說依他所聞而得道行何者

辟支佛藏依自悟入常樂我淨滅定門故何者是菩薩法藏悟達無量諸佛法故發起無上菩提心故善男子當知聲聞緣覺乘人不應得有三藏名位然但可得爲三乘教若聞師說三乘教者各隨所聞而般涅槃由於三乘各稟承故以此三乘號爲三藏然非明於大乘義趣若修行菩薩說法之時以三乘教化衆生令入涅槃是以菩薩名爲三藏善男子有三種學何者爲三所謂一聲聞學二辟支佛學三者菩薩行學何者是聲聞學分令悟自心故何者辟支佛學隨中品行無悲心故何者是修行菩薩學隨順大悲自悟智故精進善行聲聞緣覺不習菩薩行門亦不知義若菩薩則知二乘義理行門然不染著菩薩習學深心樂住而能示現聲聞辟支解脫趣路不入其位善男子若修行菩薩如是學故是以名爲菩薩乘藏爾時文殊師利童子著衣持鉢呼長老迦葉言仁當先行我等隨從何以故長老須菩提知來先度出家已久年夏俱尊汝自往昔當發是願我今所度出家依世間諸阿羅漢道迦葉仁但先行我等隨從時須菩提白文殊師利言於佛法中不應以老爲上生年爲上何以故文殊當知於佛法中智慧爲上智慧上故所學亦上威德亦上此等甚深法教中爲上文殊師利仁者智慧爲上法教爲上威德無礙普觀一切衆生善惡根性明了知見是故當知文殊師利最尊最上仁但先行我等隨從

第二十五

出離垢菩薩所問經

顯説一條行

諸菩薩從空中下往昔爲女人以發菩提願故現身轉爲男子

爾時佛告淨光夫人言夫人當知若有女人以一行故速得捨離女人之身受丈夫身何者一行以堅固願發起無上菩提之心何以故夫人當知菩提心者是大丈夫是大男子非容易心故能遠離阿羅漢行摧伏一切諸魔外道於三界中最爲無上斷除一切煩惱習氣若有女人正念歸佛起菩提心無復更受女人之身清淨心故回此女身轉成男子如是善根回施一切女人以此回施功德故亦皆回向無上菩提夫人當知以一行願故速離女人轉成男子時於此會虚空之中有諸菩薩來至佛所頂禮佛足退坐一面是諸菩薩往昔皆是女人現身轉爲男子於時會中是諸菩薩見諸往昔夫壻蒙放出家者各相慰言汝等是我善知識故速發無上菩提之心諸佛出世難可值遇修功德因會緣甚難若於衆生起大慈悲發起無上菩提心者則得成就圓滿供養過去現在未來一切諸佛時諸菩薩説是語已是等比丘告諸菩薩言善大丈夫汝與我等爲善知識救度一切衆生故今勸我等發無上心我等以汝勸故善念歸依一切諸佛願我等未來成等正覺皆如世尊釋迦牟尼是時此大菩薩及諸修行菩薩白佛言願佛慈悲度我等出家爾時佛告彌勒菩薩言彌勒爲度此等諸善男子出家彌勒言如佛所教則以度訖

第二十六

出文殊師利菩薩解義經

顯說一條行

修行菩薩修二種行獲十種善根利益

爾時佛告舍利弗言修行菩薩以二種行相應不退善願隨願往生諸佛刹土無所障礙何者爲二若修行菩薩不樂聲聞行業亦不習學交通不說聲聞和雜教跡亦不勸化衆生令入聲聞緣覺法中專爲無上菩提勸化衆生修學成就如來聖德若修行菩薩勸諸衆生令入佛乘獲十種利何等爲十所謂一者遠離聲聞緣覺乃至成佛遊諸刹土二者值遇清淨菩薩法集三者成佛已來諸佛攝護四者名聞十方諸佛會中稱其名號五者發起無等最妙上心六者唯受帝釋梵天之身七者若生人中受轉輪王位八者常得值遇諸佛如來九者天人所敬十者積集無量善根功德舍利弗若三千大千世界衆生悉令勸入阿羅漢辟支佛位若復有人能勸一善男子善女人令住佛位是人功德甚多於彼何以故舍利弗當知佛種不應聲聞緣覺起故而能斷絕若如來不出於世則聲聞緣覺不有若佛種不斷佛出世故聲聞緣覺方得出現修行菩薩於佛地中安立他故得此十種善利以是二種功德相應故不離行願於諸刹土隨願往生

第二十七

出光明遍照品經

顯說一條行

校量菩薩聲聞福力

爾時佛告毗盧遮那願光明菩薩言譬如恒

河兩岸有無量百千餓鬼飢渴所逼裸形露體火焰爲衣身肉燋然形枯風日鵰鵄烏鷲飛繞爭餐惡獸豺狼競來搏撮餓鬼罪故不見恒河設有所見見其枯涸或見爲灰何以故爲罪障故受諸苦惱說不可盡聲聞弟子雖復同住逝多林中不見如來廣大神力不聞佛說菩薩集會校量法義何以故無明翳膜覆其眼故不曾種植薩婆若地諸善根故善男子譬如有人於大會中昏睡安寢忽然夢見須彌山頂帝釋所居善見大城宮殿園林種種嚴好天子天女百千萬億普散天華遍滿其地種種衣樹出妙衣服種種華樹開敷妙華諸音樂樹奏天音樂天諸婇女美音歌詠無量諸天於中戲樂其人自見著天衣服普於其處住止周旋時大會中一切諸人雖同一處不知不見何以故此人夢見非彼大衆所能見故一切菩薩世間諸王亦復如是以久積集善根力故發一切智廣大願故習學一切佛功德故修行菩薩莊嚴道故圓滿一切智智法故滿足普賢諸行願故趣入一切菩薩智地故遊戲菩薩諸三昧故已能觀察一切菩薩智慧境界無障礙故是故悉見如來不可思議自在聖德神變一切聲聞諸大弟子不能知見以無菩薩清淨眼故譬如比丘得心自在入滅盡定六根作業皆悉不行一切語言不知不覺定力持故不般涅槃以在定故不覺世間諸法一切聲聞亦復如是此等諸大比丘同在逝多林中六根具足不見如來聖德神變不見菩薩集會校量法義何以故爲諸佛如來及大菩薩甚深自

在力故希逢難遇過去善根功德清淨無雜若聲聞緣覺無有分故是以比丘雖在逝多林中如來足下不見如來聖德神變亦不見菩薩集會校量法義以不相應住於無上菩提位故

第二十八

出出生菩提經　顯說二條行

說三種佛地

又解釋三乘高下因緣

爾時迦葉敖怛婆羅門白佛言世尊若有已發菩提心者而有退失不佛告婆羅門言若發菩提心已則無退失何以故婆羅門當知有三種菩提一者聲聞菩提二者緣覺菩提三者諸佛無上菩提其中何者是聲聞菩提若有善男子善女人於聲聞行中雖發菩提心者亦不勸化安立衆生令發菩提亦不顯示大乘深義不敬大乘行人不共習學亦不供養若見來者不迎不喜以是行故當獨解脫是名聲聞菩提復次婆羅門何者是緣覺菩提若有善男子善女人在於緣覺行中雖已自發菩提之心不勸衆生令發菩提不習甚深大乘法教亦不教授他人不敬大乘行人不共習學亦不供養若見來者不迎不喜以是行故當獨解脫是名緣覺菩提復次婆羅門何者是無上菩提若有善男子善女人自發菩提心已勸諸衆生發菩提心調伏安立習學大乘法義爲他演說若見大乘行人歡喜迎送婆羅門當知是人解脫他已安立人天利益世間是爲大乘無上菩提何故名

爲無上菩提爲於三界一切已辦更無勝上所求是以名爲無上菩提

爾時迦葉敖恒婆羅門白佛言世尊解脫解脫有二義不佛言解脫解脫無有異義復云道與道亦無二義若三乘者而有分別婆羅門當知譬如衢路有三乘車第一象駕第二馬駕第三驢駕此三次第駕馭同入城門婆羅門於意云何是三乘車有高下不婆羅門言有高下也佛言若聲聞乘緣覺乘無上佛乘亦復如是而有高下若道與解脫而無高下婆羅門譬如三人同渡恒河至於彼岸一人浮草得渡一人浮囊得渡一人造大船而渡并與百千衆生同乘達彼岸後屬長子監此渡船語言來者皆應運渡令至彼岸其第三人自達彼岸復能濟渡一國衆生婆羅門於意云何三人所渡同益不耶婆羅門言不也世尊佛言婆羅門於意云何三乘利益有高下耶婆羅門言有高下也佛言婆羅門當知聲聞乘緣覺乘無上佛乘有高下所益不同

第二十九

出寶聚經

顯說一條行

初發菩提心校量聲聞羅漢與修行菩薩數量輕重不同

爾時佛告長老舍利弗言若此三千大千世界衆生皆得阿羅漢果復有三千大千世界衆生皆得成佛是諸佛前各置一羅漢各各供養是諸如來或經一劫百劫千劫乃至經於恒河沙劫舍利弗於意云何況復供養無

量無邊諸佛如來其福甚多說不可盡佛言若有知是無量阿羅漢供養如是無量諸佛復有初發菩提心者是人功德多於是數羅漢況以菩提無斷故供養諸佛及諸弟子師僧和尚善知識等乃至畜生施其一團之食此之功德此阿羅漢供養功德百分千分不如供養初修菩提心者

第三十

出那羅延品經

顯說一條行

說修行菩薩住四種住地修四種行

爾時佛告那羅延菩薩言那羅延當知譬如吠瑠璃寶若置諸雜器中其寶不失本光那羅延當知修行菩薩亦復如是所在三昧縱爲俗服名爲出家不離法界道行說是語已那羅延菩薩白文殊師利菩薩言菩薩住於何地而無損減集諸三昧功德而得無盡智慧資糧文殊師利菩薩告那羅延菩薩言菩薩有四種住地何者爲四所謂一者若於身命無所悋惜二者不樂名聞利養三者不樂已所快樂四者不願受生諸天快樂是爲四種住地

第三十一

出集一切功德經

顯說一條行

修行菩薩投刀請殺願易生死救度衆生不離三界

爾時復有菩薩白佛言世尊譬如多人各犯刑名臨刀欲殺而有一人解散得脫是人劫來就執刀者謂是執刀殺我殺我世尊是三

界地不異法人之處凡夫愚鈍亦如犯死之人菩薩解脱世間却來成熟諸衆生故如人臨刑得免却就死刑菩薩亦復如是不離三界是以諸佛如來大慈大悲相應菩提心故修行菩薩超度一切聲聞緣覺何以故爲聲聞緣覺無是大悲心故亦無善巧方便

第三十二

出密嚴經

顯說一條行

校量顯示聲聞與修行菩薩行業深淺

若有菩薩於法深解善巧方便法義當得阿耨多羅三藐三菩提若成等正覺已顯揚法教若見五陰離於自身觀無人我諸法體性亦無所動此則聲聞解脱若修行菩薩一切法行觀於二邊遠離邊際此等速得阿耨多羅三藐三菩提若有直見邊際快樂已於諸衆生無慈悲心捨離世緣如是之人成佛甚難快哉如來智慧令諸衆生至於安樂譬如蓮華離淤泥垢生甚清淨雖生淤泥所爲諸佛賢聖供養故生菩薩亦復如是生於三界淤泥若成佛已則得諸天歎美若修行菩薩轉生人間當得王四天下轉輪王位若生天上自爲天主乾闥婆王爲不斷相應大乘法故所生之處恒受勝上高位是故修行菩薩應當攝護大乘常受勝位究竟成就阿耨多羅三藐三菩提

第三十三

出梵刹經

顯說一條行

修行菩薩每發大忍辱行願速進菩提

爾時佛言初修行菩薩宜當數發無上菩提相應行願爲諸衆生苦惱枯涸令爲發大誓願忍辱心故成熟衆生

願三千大千世界地爲金剛於其地上我身分散譬如蘆葦甘蔗或如稻苗如是多身各受世法苦樂依恒一切衆生變爲那羅延力以其力故願於我身生大瞋嫌各執金剛鎚杵晝夜三時杵碎我身如安善那眼藥碎已復生依前無捨我於此等衆生無嫌怨心願我代於一切衆生受此苦厄無有間斷普令遠離諸煩惱苦不退無上菩提不入聲聞緣覺道果願成等正覺度脫一切衆生

第三十四

出一切諸佛所念經

顯說一條行

修行菩薩忍辱身口意業不復更犯

爾時善等觀菩薩白佛言世尊修行菩薩如何住於忍辱羞恥行門佛言若修行菩薩以身惡行自慎羞恥以口惡行自慎羞恥以意惡行自慎羞恥以聲聞緣覺談論惡行自慎爲恥善男子是修行菩薩羞恥之處若能慎覺則得至於無上菩提道位

第三十五

出法集經

顯說一條行

修行菩薩修持十種戒行復別有十種戒行

爾時佛告無所發菩薩摩訶薩言善男子於意云何何者是修行菩薩實語菩薩若發菩提心已寧捨身命不捨菩提於諸衆生不行

非法是爲不妄語若修行菩薩發無上菩提心已後違前志違言欺誑則是修行菩薩退失菩提

復次修行菩薩云何持戒念行所謂一者若樂聽聞佛法是其爲戒成就圓滿而得四無量心二者若志求佛法是其爲戒成就圓滿得昇下心三者若供養善知識故是其爲戒成就圓滿技藝無缺四者若修波羅蜜行是其爲戒成就圓滿而得佛智五者若聞經典轉爲他說是其爲戒成就圓滿而能廣說大乘經典六者若常念佛法是其爲戒成就圓滿明閑總持威力七者若專修菩提是其爲戒成就圓滿滅諸罪障八者不嫉衆生是其爲戒是以不失菩提九者不退菩提是不失戒三寶現前十者如如念戒觀一切無缺善男子修行菩薩應當恒以心念如是善戒

復次修行菩薩復有十種菩提心戒所謂一者爲求一切衆生利故非獨利已二者所修道業回施衆生願速成佛非專爲已三者以堅牢行利他世業亦非爲已四者戒行清淨增長菩提歷劫忍辱無有疲倦五者布施爲戒乃至能捨頭目髓腦利衆生故六者持戒爲戒菩薩不捨無戒衆生七者忍辱爲戒菩薩不懼一切魔軍八者精進爲戒爲衆生故積集佛道無有疲倦九者禪定爲戒菩薩爲聲聞亂定心不動十者智慧爲戒菩薩見諸世法想同菩提空相爲戒菩薩不染世間慈悲爲戒不入涅槃是爲法集

第三十六

出阿差耶末所問經

顯說一條行
修行菩薩戒行無盡諸行人戒力皆有盡時
爾時阿差耶末菩薩白舍利弗言修行菩薩持戒無盡舍利弗當知相續無斷見故何故凡夫持戒上生善處戒力銷盡人間持戒十善受畢戒力銷盡若六欲天戒功德報畢戒力銷盡若色界天戒四禪滅故戒力銷盡若無色界天戒四三摩鉢帝滅故戒力銷盡若五通仙人戒失於五通戒力銷盡若一切聲聞戒入涅槃故戒力銷盡若辟支佛戒無大悲故戒力銷盡舍利弗當知若菩薩摩訶薩戒行無盡何以故一切淨戒皆因菩薩戒攝現前故譬如種子漸多利益無盡舍利弗當知菩提心者猶如種子諸佛如來戒行無盡是大丈夫名為無盡戒行舍利弗是修行菩薩持戒故戒行無盡

第三十七
出集會品經
顯說一條行
修行菩薩於三乘中普明善巧方便
何者是修行菩薩於一切乘中善巧方便凡有三乘法而得解脫何者為三一者聲聞乘二者緣覺乘三者大乘復有二乘何者為二天乘人乘其中何者修行菩薩於聲聞乘中而有善巧方便若佛不出於世聲聞乘亦無成就何以故為依他聞法故而現聲聞何者是聞法持戒忍辱積集圓滿故若積集戒圓滿則得積集禪定圓滿若積集定圓滿則得積集智慧圓滿若積集慧圓滿則得積集解

脫圓滿若得積集解脫圓滿則得積集解脫知見圓滿如是方便是爲聲聞善巧方便聲聞復有善巧方便福德不動諸法嫌故於是三界而生猒離一切諸行無常猒離煩惱一切諸法無我故專求寂滅涅槃乃至刹那不求世間生死恒懼無常五陰諸行無相故五根喻若蟒蛇相故十二因緣如空聚落一切生死無心樂故顯是法已修行菩薩則知聲聞乘中善巧方便

何者修行菩薩於緣覺乘中而有善巧方便是何因緣緣覺而得出世修行菩薩應知緣起何者加行樂修精進禪定不住積集功德資糧不住積集持戒資糧少分聽法修習故亦不親近供養諸佛故中分智故常爲出家下心故而修少用功力不樂籌量法集樂行空寂獨居別處速求難入大灌頂位樂行乞食數思常樂我淨法出離三界披尋涅槃自智悟入定故樂修三昧非他自悟以智明悟起一切諸行因緣邊際顯是法已修行菩薩則知緣覺乘中善巧方便

何者修行菩薩於大乘中善巧方便若大乘行故方便無量無邊我今略說此乘功力爲一切衆生令入此乘功德資糧積集善根爲諸衆生清淨攝受諸波羅蜜令入一切法故以無間斷常行佛道此乘以無礙故光明所照若此大乘一切衆生皆是乞士超越一切無畏邪路此乘如來聖德恒在目前一切邪魔外道雜行皆能摧伏復爲如來資助善行如樹寶幢無有間斷此乘能除三界住滅二邊妄想執持空相無常結使所持疑惑皆能

除斷如來佛乘無障礙得故此乘能於一切法集親近三寶利益世人皆當恃怙行不誑路一切衆生皆有分故爲過去大悲堅持力故示現此處以十力四無所畏十八不共法三十二相八十種好身口意莊嚴具光明嚴飾爲一切處無嫌無過是爲修行菩薩大乘中善巧方便

第三十八

出郁伽長者所問經

顯說一條行

說在家菩薩應修四種行不出家因緣

爾時佛告郁伽長者言在家修行菩薩以四種行相應而得歸依如來何者爲四所謂一者菩提心無捨故二者不破三摩禪業三者大慈大悲無斷故四者不染雜乘是爲四種相應成就歸依如來復有四種行業相應而得歸依法何者爲四所謂一者供養法師故二者尊重聽法三者聽聞法已正直披尋四者若聞法要而爲衆生顯說流傳回施衆生成等正覺復有四種行相應而得歸依僧何者爲四所謂一者不樂聲聞專求無上菩提二者若有衆生修餘行業勸令修學正真佛法三者以菩提心無退四者供養僧徒推尋聲聞行業而不取聲聞解脱若修行菩薩捨一切財物已智而生施心作是念言若有飢餓來乞飲食皆當施與縱施須者復作是念一切所求而成檀波羅蜜如是在家修行菩薩攝護戒行

爾時佛告阿難汝見郁伽長者供養如來修習於法所樂之物而能布施阿難白佛言世

尊我見是事佛言阿難當知郁伽長者此賢劫中所有一千佛出世皆以無量供具當遍供養攝護佛法雖在俗服而修僧行廣修佛道爾時阿難問郁伽長者言長者以何義故俗中猶如怨賊所居俗服而能樂住今值出家因緣何無樂心長者答言我不樂俗何以故修行菩薩相應大悲故不求快樂忍辱苦惱不捨衆生故佛言阿難當知此郁伽長者雖在俗服已曾成熟無量衆生諸餘百千菩薩無能如是成熟衆生何以故彼百千菩薩皆無如是善巧威力如郁伽長者一人

第三十九

出殊勝具戒經

顯說二條行

初發起修行菩薩發菩提心應與魔鬬堪受無量衣食床座供養其福無量

又釋阿耨達多龍王神力

爾時佛告諸善男子言汝善男子應共魔鬬尋求聖位若修行菩薩成熟衆生之時先共邪魔鬬戰令其變化相應善行不求餘師是爲法行諸善男子當知若有人譏嫌聲聞行者汝等勿有譏嫌若有樂修聲聞行者汝等勿樂爾時諸菩薩白佛言世尊何者行聲聞譏嫌而菩薩無譏嫌然聲聞求者而菩薩不求佛言若聲聞譏嫌生死汝不應嫌若聲聞所願樂涅槃汝等不應願樂是爲法行爾時佛告舍利弗言舍利弗若修行大菩薩滿於世間於諸衆生每日授與袈裟衣服於意云何如是施者是善清淨施不但爲初修行菩

薩初心發起無上菩提心故從此之後則成最上修行菩薩而堪淨受如是衣施若初修行菩薩每日於他受淨饡食積如須彌而堪淨受不爲修行菩薩初心發起無上菩提心故從此之後則成最上修行菩薩而堪受如是淨食若初修行菩薩受用高座廣如四天下高若須彌七寶所成金銀玻瓈真珠碼碯金剛雜寶而爲廁鈿諸天上衣彌覆其上其座每日於諸衆生清淨受用而成淨受不爲初修行菩薩初心發起無上菩提心故從此之後爲一切衆生當成施主而堪受如此高座舍利弗當知譬如阿耨達多龍王宮四面出生四大河水何者爲四所謂一者恒河二者斯塗三者博叉四者新都此四大河流入大海令海盈滿此四大河各有眷屬若恒河大河與五百小河而爲眷屬東方流入大海若斯塗大河與五百小河而爲眷屬南方流入大海若博叉大河與五百小河而爲眷屬西方流入大海若新都大河與五百小河而爲眷屬北方流入大海舍利弗於意云何是等四河隨方流出滿四大海曠野遍流而能利益世間衆生舍利弗言世尊此四大河利益無量衆生人非人等如是大小諸河流注天下潤澤五穀粳粱菉豆雜麥油麻床亹雜田皆以諸河漑灌田野舍利弗於意云何是四大海如何得滿舍利弗言以是四大河故而得盈滿佛言舍利弗於意云何此四大河於大海中而能利益幾何衆生舍利弗言世尊利益無量衆生第一利益水陸衆生魚鼈黿鼉鮫龍摩竭蟒蛇雜類萬像海人蜯蛤珂

蟲諸龍毋子修羅羅刹人與非人皆能利益種種雜寶遍滿海中蜯蛤真珠放光動地玻瓈碼碯靺羯硨磲琥珀玫瑰珊瑚雜寶遍滿海中利益衆生舍利弗於意云何是四大海從何而有舍利弗言以阿耨達多龍王故而有佛言舍利弗是阿耨達多龍王不遭三難何者三難一者不懼金翅呑食其身二者熱沙不墮身上三者若行欲時不變爲蛇諸餘龍王皆有三難唯阿耨達多龍王而無此難阿耨達多龍王宮殿恒止神通禪定之人所有衆生入其宮者熱沙不墮其身爾時舍利弗白世尊言世尊阿耨達多龍王宮殿如何得如是奇妙功德威力何故諸餘龍王晝夜六時皆有厄難唯此阿耨達龍及彼宮中無如是難而有無量善根功德流出四河利益無量衆生産業佛告舍利弗誠如所言阿耨達多龍王是大菩薩是大修行菩薩舍利弗譬如阿耨達多龍王於三種難而得解脱修行菩薩亦復如是亦得解脱三種厄難何者爲三地獄難餓鬼難畜生難譬如阿耨達多龍王池中四河潛潤廣遍田野修行菩薩亦復如是以四攝事攝諸衆生何者爲四一者布施攝二者愛語攝三者利行攝四者同事攝舍利弗譬如四大海水以阿耨達多龍王四大河故成就初修行菩薩亦復如是以發生菩提心故而成阿耨多羅三藐三菩提譬如四大海中無量無邊億百千衆生快樂相應舍利弗當知三界衆生於佛法中安立亦復如是應見欲界色界無色界衆生若三千大千世界衆生受樂皆因菩薩出現功德

第四十

出解深密經

顯說一條行

修行菩薩修六波羅蜜住地行

爾時觀世音菩薩白佛言世尊是諸修行菩薩凡有幾種修學住地菩薩應學能成無上菩提佛告觀世音菩薩言善男子當知修行菩薩學住地略有六種何者爲六所謂布施持戒忍辱精進禪定智慧

觀世音菩薩白佛言世尊如是六種修學住地幾是戒學所攝幾是定學所攝幾是慧學所攝佛告觀世音菩薩言善男子當知初三種學第一布施持戒忍辱此三者當知爲戒學所攝若禪定一種但是增上心學所攝若慧則是增上慧學所攝若精進我說遍行一切觀世音菩薩復白佛言世尊如是六學住地幾是功德資糧幾是智慧資糧所攝佛告觀世音菩薩言善男子若因戒學所攝者是名功德資糧所攝若智慧修學所攝者是名智慧資糧所攝我說精進禪定遍行一切亦入功德資糧亦入智慧資糧所攝觀世音菩薩復白佛言世尊於此六種所學一者最初於菩薩藏波羅蜜相應微妙正法堅牢行願二者次於十種法行精進修行以聞思修妙智所成三者護持菩提心故四者親近供養眞善知識無間勤修善品

觀世音菩薩言世尊何故是六種學住地六數各願知所因

佛告觀世音菩薩言善男子二因緣故一者饒益諸衆生故二者對治諸煩惱故觀世音

當知是六學中前三種饒益衆生布施持戒忍辱後三種對治一切煩惱因精進禪定智慧是中修行菩薩以前三種布施故種種資具攝養衆生以持戒故不行損害逼迫惱亂令離怨家以忍辱故他來欲害逼迫苦惱堪能忍受攝護衆生觀世音當知此三所說爲衆生攝施因後復三種對治煩惱者修行菩薩由修學精進故令煩惱傾動修學而能對治勇猛修諸善品由禪定學故而能剥削心家煩惱由智慧故永除煩惱此後三種爲對治煩惱因

第四十一

出勝鬘師子吼一乘大方便方廣經

顯說一條行

勝鬘夫人發十大受願讚歎如來如來則現

爾時波斯匿王及末利夫人信法未久共相謂言勝鬘夫人是我之女聰慧利根通愍易悟若見佛者必速解法心得無疑宜時遣使發其道意夫人白言今正是時王及夫人與勝鬘書略讚如來無量功德即遣內人名旃提羅使人奉書至阿踰闍國入其宮內敬授勝鬘勝鬘得書歡喜頂受讀誦受持生希有心向旃提羅而說偈言

我聞佛音聲　世所未曾有　所言眞實者
應當修供養　仰惟佛世尊　普爲世間出
亦應垂哀愍　願必令我見　即生此念時
佛於空中現　普放淨光明　顯現無比身
勝鬘及眷屬　頭面接足禮　咸以淸淨心
歎佛實功德　如來妙色身　世間無與等

無比不思議　是故今敬禮　如來色無盡
智慧亦復然　一切法常住　是故我歸依
降伏心過惡　及與身四種　已到難伏地
是故禮法王　知一切爾焰　智慧身自在
攝持一切法　是故恭敬禮　敬禮過稱量
敬禮無譬類　敬禮無邊法　敬禮難思議
哀愍覆護我　令法種增長　此世及後生
願佛常攝受　我久安立汝　前世已開覺
今復攝受汝　未來生亦然　我已作功德
現在及餘世　如是衆善本　唯願見攝受

爾時勝鬘夫人聞授記已恭敬而立受十大戒世尊我從今日乃至菩提於所受戒不起犯心世尊我從今日乃至菩提於諸尊長不起慢心世尊我從今日乃至菩提於諸衆生不起恚心世尊我從今日乃至菩提於他身色及外衆具不起嫉心世尊我從今日乃至菩提於內外法不起慳心世尊我從今日乃至菩提不自爲己受畜財物凡有所受悉爲成熟貧苦衆生世尊我從今日乃至菩提不自爲己行四攝法爲一切衆生故以不愛染心無猒足心無礙心攝受衆生世尊我從今日乃至菩提若見孤獨幽繫疾病種種厄難困苦衆生終不暫捨必欲安隱以義饒益令脫衆苦然後乃捨世尊我從今日乃至菩提若見捕養衆惡律儀及諸犯戒終不棄捨我得力時於彼彼處見此衆生應折伏者而折伏之應攝受者而攝受之何以故以折伏攝受故令法久住法久住者天人充滿惡道減少於如來所轉法輪而得隨轉見是利故救攝不捨世尊我從今日乃至菩提攝受正法

終不忘失何以故忘失法者則忘大乘忘大乘者則忘波羅蜜忘波羅蜜者則不欲大乘菩薩不決定大乘者則不能攝正法欲隨所樂入求不堪任越凡夫地我見如是無量大過又見未來攝受正法菩薩摩訶薩無量福利故受此大受法生世尊現爲我證唯佛世尊現前證知而諸衆生善根微薄或越疑網以十大受極難度故彼或長夜非義饒益不得安樂爲安彼故今於佛前說誠實誓我受此十大受如說行者以此誓故於大衆中當雨天華出天妙音說是語時於虛空中雨衆天華出妙聲言如是如是如汝所說眞實無異彼見華及聞音聲一切衆會疑惑悉除喜踊無量而發願言恒與勝鬘常共俱會同其所行世尊悉記一切大衆如其所願爾時勝鬘夫人復於佛前發三大願而作是言以此實願安慰無量無邊衆生以此善根於一切生得正法智是名第一大願我得正法智已以無厭心爲衆生說是名第二大願我於攝受正法捨身命財護持正法是名第三大願爾時世尊即記勝鬘三大誓願如一切色悉入空界如是菩薩恒沙諸願皆悉入此三大願中此願者眞實廣大

第四十二

出出生無邊門陀羅尼經

顯說三條行

說持是經陀羅尼者臨命終時八十億

諸佛親來迎接

又表如來三身

又說修行菩薩修四事無相行門速成

佛道

爾時佛告舍利弗言若諸修行菩薩爲求阿耨多羅三藐三菩提者應當發廣大心無所染著無取無捨受持誦念此陀羅尼爾時世尊說陀羅尼曰

寫陀提耶切體曇一阿拏麽拏二阿谿麽谿三娑蔓多目谿四娑低低耶切邏去聲咩五掃咩六欲訖低二合七泥嚕訖低二合八泥嚕訖多鉢鞞九翳黎咩黎醯黎一舸立算二合十一舸立謗二合泥十二舸立跛二合栖十三娑去聲下同嚟娑囉哵低十四醯羅醯犁十五醯禮犁十六醯邏醯禮犁十七戰提十八遮哵低十九者嗶遮囉拏二十遮囉遮囉拏二十一阿者黎二十二按低二十三按多低二十四舸囉拏二十五阿囉拏二十六阿散低二十七涅漫泥二十八涅鞦怛泥二十九涅目訖低二合三十涅殿低三十一涅陀提耶切嚟三十二涅訶嚟三十三涅訶囉伏麽黎三十四涅訶囉燒馱泥三十五燒跋泥三十六尸羅燒馱泥三十七鉢吉低二合鞦泥三十八鉢吉低二合泥跋泥三十九婆去聲下同哵伏婆哵泥四十阿僧倪四十一娜咩四十二縒咩四十三徶脯羅鉢鞞四十四桑葛屣拏四十五姪嚟四十六姪姪嚟四十七摩訶姪姪嚟四十八泥那泥四十九婆哵伏婆嚟泥五十婆哵泥五十一摩訶婆哵泥五十二訖吒泥五十三摩訶訖吒泥五十四耶賒哵低五十五者黎五十六阿者黎五十七摩者黎五十八娑摩者黎五十九姪茶散泥六十速思體二合低六十一阿僧伽鞞訶黎六十二阿僧伽泥訶嚟六十三娑蔓多目谿六十四涅訶嚟六十五涅訶囉欲訖低六十六泥訶囉伏麽黎六十七泥訶囉燒馱泥六十八姪茶散泥六十九速思體二合低七十掃咩宋摩哵低七十一

思湯二合咩七十二　思湯二合摩啝低七十三　思貪二合婆啝低七十四　娙茶思儻二合咩七十五　思湯二合摩鉢去聲下同畀低二合七十六　摩訶鉢鞞七十七　婆蔓多鉢鞞七十八　鞞摩羅鉢鞞七十九　鞞摩羅濕咩二合八十　娑蔓多目谿八十一　薩娑怛邏二合女揭低八十二　閜烏可切那去聲擔陀提耶切鉢囉二合低婆泥八十三　馱囉尼泥馱泥八十四　馱囉尼目抗奴散泥八十五　薩婆勃陀婆瑟低八十六　薩婆勃馱娙瑟聡二合低八十七　泥馱那遨低嚟二合八十八　莎訶八十九

佛告舍利弗若菩薩修此陀羅尼者不應分別有爲無爲亦不取不著不增不減不成不壞不合不散不生不滅亦不念於過去未來現在諸法亦不積集攝取諸法但當思惟諸佛非色非無色非相非無相菩薩不應同於二乘取佛色身何以故聲聞緣覺取佛色身莊嚴之相光明照曜父母生育飲食長養血肉筋骨四大合成無常變壞苦惱不淨爲佛色身菩薩不爾何以故如來之身無生相故普爲衆生於一切法以非明照集智資糧顯現法身虛空相無生相如來法身以無生相而爲色蘊復以無生相甚深之義是一切法體故然諸菩薩不應非色取如來相若以非色取如來相便同聲聞謂佛入於寂滅涅槃色身斷滅無復更生菩薩不爾何以故如來之身無盡相故普爲衆生於一切法以非明照顯現色身以法作相集福資糧以如來色身無盡相故是爲無盡色蘊是故諸法亦無盡相若衆生界度脫未盡如來常現無盡色身舍利弗於此經中陀羅尼故出生無量面

門修行菩薩若聞是經於無上菩提皆不退轉何以故是中顯示如來一切聖德神通復因此經增益衆生戒行分叚守護無所得法

爾時世尊而說頌言

汝等勿樂著　一切諸法空　於諸佛菩提
亦莫起分別　於菩提涅槃　心不生疑惑
若能修此行　速得陁羅尼　聽此修多羅
習智空無相　無生亦無滅　當速證菩提
菩薩持是經　深解無量法　得生諸佛刹
親近最勝尊　若得陁羅尼　決定深義趣
不生退懼心　受持無盡法　十方一切佛
說法皆盡聞　聞已悉受持　頂戴而奉行
若受持此經　於文字名句　及所說妙義
終無有疑忘　如日月光明　所照無不遍
了知此法門　通達無量義　誦持此經故
即自能開解　一切最勝法　陁羅尼妙門
假使一劫中　一切諸衆生　所有深疑惑
皆問持經者　時持經菩薩　咸皆爲開演
疑網悉已除　菩薩智無盡　愛樂此經故
能速近菩提　如是真佛子　護持秘密藏
持此陁羅尼　衆生咸敬念　諸佛共稱揚
名聞十方界　由持此經故　臨欲命終時
見八十億佛　伸手俱攜接　咸作如是言
汝當往我刹　由誦持此經　現受如斯福
若百千億劫　造罪當應受　誦此陁羅尼
一月皆清淨　菩薩億劫中　勤習諸功德
一月誦此經　其福超於彼　善念慧精進
三昧陁羅尼　經故常現前　乃至如來地
三界諸衆生　一時盡爲魔　誦持此經故
悉無能障礙　此經中解釋　一切諸法門

而說一切智　因是成正覺　我因聞是經
然燈授我記　記言汝成佛　解脫諸衆生
彼時見諸佛　其數如恒沙　聞諸佛說法
皆悉能解了　若欲得受持　諸佛所說法
勤修學此經　速成如是力　殊勝莊嚴刹
大會諸聖衆　光相及妙族　皆從此經得
若人經七日　諦思惟是經　八十億諸佛
爲說如斯法　邪思慎莫思　不應思勿思
以智當正思　速得此經典　勤修此法門
勿懼菩提遠　如人至寶洲　隨意採衆寶
若持陀羅尼　莫言無善報　具足人天樂
近佛道非難　若願速成佛　應持是經典
畢竟定當得　無上大菩提

佛告舍利弗若菩薩成就四法必定當得此陀羅尼何等爲四一者不樂愛欲二者不生嫉妬三者於諸衆生能捨一切無有恚惱四者晝夜歡悅深樂求法舍利弗菩薩成就如是四法得此陀羅尼

復次舍利弗若菩薩成就四法得此陀羅尼何等爲四一者住寂阿蘭若行二者悟入甚深法忍三者不樂名聞利養四者能捨所愛之物乃至身命菩薩成就如是四法得此陀羅尼

復次舍利弗若菩薩成就四法得此陀羅尼何等爲四所謂入於八字之義云何八字一者跛字是第一義一切諸法無我入義二者攞字入於如來無生法身以非明照集智資糧無所入相以無生相而爲色身以無盡相而爲色蘊入義三者歷字智慧愚癡法作同類入義四者舸字分别業報亦無業報入義

五者闍字悟生老病死不生不滅入義六者馱字悟陀羅尼法體空無相無願寂如涅槃開解入義七者賒字(賒可切)字奢摩他住寂定相鞞鉢舍那正見諸法相如何而得住於寂定宜當精勤晝夜無間觀佛形像不應取相當念鞞鉢舍那以慧正見若行者見佛而觀將爲眞佛應作是念此所見佛從何方來東西南北四維上下方所來耶若將此佛是人所造應作是念此佛爲是泥木作耶爲復金銀銅鐵所作如是觀巳知所見佛但由我於精舍之中觀佛形像晝夜憶念是故佛形常現目前由是當知我常見聞一切諸法將爲實者皆從自心憶念而起即是修行菩薩第一溫習不任定乃至歡喜地位

云何觀佛形像亦住勝義諦門當作是念我今所見佛之形像非佛所有種類之相此但是我現在觀察像因緣故見佛形像得入定中類知一切諸法亦復如是以是義故見佛形像不應總無當知賒字與一切法無有差別皆同法門入義八者叉字諸法皆空不生不滅何以故悟解諸法本來空寂自性涅槃入義是八字義如是受持隨何方所有是經卷者應當尊重恭敬供養半月半月讀誦演說若見誦習此經典者稱揚勸進舍利弗若有修行菩薩修此四法得是陀羅尼

大乘修行菩薩行門諸經要集卷下

音釋

饕子敢切味啖也 鵰鵄鵰丁聊切鷙鳥也鵄處脂切鳶也 犲牀皆切狼屬 鎚直垂切 臠力轉切塊切肉也 庲蘲庲美爲切蘲音尾赤粱栗也 蜯蛤蜯蒲項切蛤古沓切 韎鞨韎音末鞨居竭切 玫瑰玫謨杯切瑰姑回切玫瑰火齊珠也 咩迷爾切 縒倉何切

四阿含暮抄解

阿羅漢婆素跋陀撰

符秦沙門鳩摩羅佛提等譯

清刻龍藏佛説法變相圖

四阿含暮抄序

阿含暮者秦言趣無也阿難既出十二部經又採撮其要經至道法爲四阿含暮與阿毗曇及律並爲三藏焉身獨學士以爲至德未墜於地也有阿羅漢名婆素跋陀抄其膏腴以爲一部九品四十六葉斥重去複文約義豐真可謂經之瓔鬘也百行美妙辯是與非莫不悉載也優奧深富行之能事畢矣有外國沙門字因提麗先賫詣前部國祕之佩身不以示人其王彌第求得諷之遂得布此余以壬午之歲八月東省先師寺廟於鄴寺令鳩摩羅佛提執梵佛念佛護爲譯僧導曇究僧叡筆受至冬十一月乃訖此歲夏出阿毗曇冬出此經一年之中具二藏也深以自幸但恨八九之年始遇斯經恐韋編未絕不終

其業耳若加數年將無大過也近勅譯人直
令轉梵爲秦解方言而已經之文質所不敢
易也又有懸數懸事皆訪其人爲注其下時
復以意消息者爲其章注修妬路者其人注
解引經本也其有直言修妬路者引經證非
注解也

四阿含暮抄解卷上此土篇目題皆在首是故道安爲斯題

阿羅漢婆素跋陀撰

符秦沙門鳩摩羅佛提等譯

阿含暮秦言趣無前禮善逝法衆壞有衆禮三尊衆能除結也當說所欲略速義說是故三法當說弟子

問說是有三法說是三法何義師答法依三門面也向也結句是次第作是故三法想識

問三法次第何義答大佛經章繫無數想婬恚壞味精進因緣食持味恚味也著也著所繫之故曰持也食味也衆生少智求聖諦是輩想當知義疾知義三法方便想分別是次第一切是世間所有想隨所欲想等結是故想知義三法作

問是方便想應說三法答功德惡依覺解脫修妬路功德一惡二依三功德惡依覺解脫有是句義是根句是三各各三度三分

問有三分句初思惟解脫說何義是解脫彼解脫功德惡依覺相應答已入不爲說是解脫世間等生至蟲蟻蟲蟻亦求樂等生謂見食而趣解脫樂痛一義世間少樂相應樂因緣不知如樂道樂涅槃樂無病等生也以道樂有不知是所欲若所欲不是爲說已入道不爲說如小兒問何者眼即自知眼處是自知是不爲說如是樂世間所欲是道所欲是故說道義作無惡

問是何功德覺樂解脫有若爾者不可見金見爲富也有病不可言聞是故不覺解脫答中間如明燈入壞闇有不是明燈後有闇是智生解脫者知覺一義

問是何法功德名爲衆生染癡爲色味香爲受不受已受答或隨想外經說是功德福德

根無惡(修妬路三句福也根也無惡也)福德根無惡是三功德清淨法果我功德想是一切三皆入是當略說

問已說是福德根無惡是何法答福德施戒分別(修妬路)復復善事(復復猶恒恒也)復莚人惡是故福(莚猶騖也)是三行施戒分別如是先師說常能作福德所行施(八字也)眾生之命命速乎馳(八字也)若莚消惡作行之數(八字也)是故福德如斯說喩(八字也名首盧首盧三十二字偈也)

問已說福德施戒分別是何施名答已身他受自財施念俱去所更施是三行施法食無畏(修妬路)法施食施無畏施是三說施也是法施世間出世間章說是法施無畏施八行三歸命去五戒世尊說歸佛去無量眾生無畏無妬無恚無殺餘者如是

問若歸去見有殺蟲何法無畏護答我不說一切眾生以邪見癡殺蟲作他財惡作是三歸去不有世間等見得若歸去無世間等見是不歸去是故無量去食施名食爲首種種他施與塔爲首(種種像)香爲首(種種種共也)已身受(二受已與他也)或二受故二功德具足大果報是施淨如是我先師言根財作有或念或二作有或義所世間吉是方便淨施少有大果有因緣淨少俱功德得

問是戒何法答戒身口他受不壞他壞增(修妬路)戒名三相相應身口俱起

問何法答他受他不受增是他受名已飢羸自知不嬈他受眾生自知眾生不嬈(解不殺也)如是他財他婦不染取如是(雖言受亦不受耳直分身口不受也)不他受妄言兩舌麤言不要言不著他受若

七支不娆他受種種貧窮爲力助他受二共
想福增續如從今如殺生不作發意中間增
多相應如出財得報意善生覺受如種穀枝
葉增至得果如是連續至睡眠增多是故增
是戒參不失也
問是分別何法答分別禪無量無色修妬路分
別是善行是故分別如麻油華合行分別如
王求如等求王果得有是求行淨果相應有
分別是禪思惟義是四行
問是何法答禪婬行愛樂痛苦痛止修妬路是
四禪初婬不善行止善因緣繫意住離婬說
二自行說自行自覺少鈴聲欲止是故無行
譬如三定也鈴餘音自行止喻也是自行止婬前已說也愛
止三愛意歡喜如泉踊躍是無三禪無婬行止
增上苦痛樂痛止樂痛樂身意無遍樂痛止也若

外是彼無婬行愛樂痛苦痛止是四禪
問是爲無量何法答無量者慈悲喜護修妬路
是四無量想衆生無量彼受因緣是無量不
是善能量是故無量是慈名一切衆生愛謂
意行一切衆生愍是身念是慈等已悲苦惱衆
生愛自身愛喜樂念衆生共繫喜護無所作
衆生他非法忍若是衆生作是相違見因緣
是故過忍護已說無量
問何法無色答無色虛空識無所有有想無
想處修妬路處者依義也衆生是四分處空色
助色惡見助是故意無染虛空因緣意一定
虛空共繫想彼虛空處如何故虛空依爲有
識是故識因緣行識處是亦依無依解脫謂
無所作是無所有處想見惡想滅見恐一意
有想無想處是無色界觀空已說已說無色

分別説是一切福德説
問是根何法答根無慳無恚無癡修妬路無慳無恚無癡是三事根相
問是誰根答非前功德説也是故一切解脱入法是根如相應説當使相應一大二相應癡大恚慳入如無慳施無恚戒無癡分別復無慳食施無恚無恐施無癡法施復無慳無嫉他無恚不嬈他無癡增益如是三戒復無慳禪根無恚無量無癡無色如是三分別復無慳聖事無恚忍無癡聞如是無惡根如是一切善行根如是無慳名所作行念不取無所爲無恚名恚滅助無癡名無明無智滅助是故根
問是無惡何法説答無惡忍聞聖分修妬路忍聞聖分是三無惡説無惡俗數義隨想所作或不恐畏惡世尊已説無惡極行者言是忍苦增惡力自下無恚忍修妬路忍苦增力惡力如數苦增力無惡惡力自下下也欣猒苦是忍義增力加無惡不增力報不能爲説心如死灰惡聲不出惟當恐畏衆生惡發謂增無惡是忍小人來力加自下足能報而不報是自下是衆生過行過當忍是義當説苦寒暑飢渴風煖起生惡衆生因緣惡説是故二依外内謂逼身是修妬路若名如增事是二事起身惱不無意衆當忍是忍
問已説忍云何聞答聞修妬路舉四阿含所出十二首也阿毗曇鼻柰耶修妬路三藏也聞名謂婬恚癡盡等有是聞餘者非聞是三藏修妬路阿毗曇鼻柰耶是修妬路名謂一切智説佛所可者著斷現四聖諦現明無内無外解脱阿毗曇名

謂修妬路所有顯示相應章鼻柰耶(律也此言志眞也)名無行無命清淨說是三行聞是增貪婬止鼻柰耶恚止阿毗曇阿毗曇行所作覺說是故恚薄恚起犯戒枝地獄有癡上(修妬路)因緣說是一切聞

問云何聖分答聖分等善知識思惟得(修妬路)等善知識等思惟等得是三聖分聖分無敵說惡義是善知識所欲助善力師弟子伴(修妬路)謂所欲助善力謂彼善知識彼三師弟子伴問云何助師云何善弟子云何力伴如數說答如是說巳知差別助善力是善知識相彼師弟子伴知說是增助善二有是枝彼或相助不善助覺不力說如父無足年高父子或有力不善念欲助善不助不善處(不助助二也)如末迦蘭富蘭(六師之二)或欲無助善力如一切明知醫前有怨知病不救若是三相等具是善知識或師過或弟子過或伴過是故三相相應是善知識

問是何法思惟答思惟息覺精進護想所行(修妬路)息覺精進護想以爲面是無作彼息名意亂定彼相像覺精進意懈怠念教不亂護等得等相應如御車馬遲則策之牛奔則抑之等行是護當如是觀意無量內入一護一皆有緣衆生前相應是意等得護

問何所說若護之意則奔奔則抑之若意遲則策之等得護答我前不說是等思惟耶如等思惟如恐怖時相應行數若異者無等思惟也是故思惟

問是得云何答得等具方便果(修妬路)方便定入無外供養是相應入等具方便果

問阿誰等具答如説解脱

問是何等具名答等具等書等者書文字曰等也沙門具十二法爲等具也根斷近禪修妬路等聚是善行是故等具如種等具種等具是枝義是等具三行等書根斷近禪

問彼等書名何法答等書五納阿練茹比丘行修妬路具足等書等書增是義二像作工師能畫彼巧匠作鑿刻石木削治作像盡作經作畫作彼像二行作巧師所作能耐風雨彼雖好不能耐如是二人道人白衣彼道人念棄親屬所作棄如巧師也彼白衣妻子奴婢如畫師所作彼白衣展轉愛樂彼愛别離憂喜恐鬪諍爲首非法而破壞作經像無堅有非道人世尊説如孔雀好青項鳥飛行不如野鴈步如是白衣不似比丘牟尼亦比丘也坐空野禪是書也五納阿練若作比丘行是三頭陀功德十二根有是餘九眷屬各當别説世尊酸陀梨所將難陁爲説三功德何時卿難陀得見汝八字無事而麤服衣五納八字彼信施之而無所染八字遠婬欲行能離其險八字首盧是故知根有是三功德及餘四利起衣乞食牀卧有利彼依利持五納爲説乞食利教乞利牀卧利爲説阿練行是功德具壞有利等書或二行入貢高入自歎入彼衣乞食牀卧利也入貢高是三功德息一助止去貢高是得樂爲説頭陀功德

問云何五納答五納三衣取得不擇好惡也修妬路五納彼常住是故五納五納分是五納彼五納三枝具足滿有三衣爲面首是修妬路義

問若五納三事九頭陀功德有如是等修妬路

相違彼丘塚道路弊壞衣被得著被三衣僧伽梨鬱怛羅僧安陀羅婆嗏彼或有我持三衣最好利壞即由利便亂若不多最好求二利最利多利如或有人求最好女人二不求好千如是多利持三衣上最好利生是世尊我持三衣一一割截持六衣劫貝四駃昧葛也系布傍渠麻布阿鞞駈毳也黃磨是輩六過得便著割碎持是故義不最好作不得惡是名無好彼如是三衣持名不求好若眾計若白衣計牀臥坐見餘好而坐三皆得坐也彼如遇得作說如坐好因緣得是當坐若上座命是隨遇如是具足滿五納

問是阿練茹何法答阿練者坐樹下露坐常坐常住修茹路我常當坐樹下我常當露坐我常當坐三坐也是阿練茹具足滿阿練茹行是故阿練茹阿練茹分是故阿練茹是四牀臥利助彼喜信作講堂柔軟蓐作樂想知爲分別說世尊我是不相像棄家他舍著棄講堂上取阿練若行如是阿練若行作屈坻容身禪小屋作平屋意欲作是二是世尊我是非阿練茹行平屋事如捨馬如乘驢是故當坐樹下棄惡樹而樂好樹樂棃果好華樹樂彼世尊教露坐用是爲男女所欲婆羅門所樂爲露坐已利不生彼如是露坐苦行作大牀臥至日出棄思惟念眠是故我世尊我是非清淨如截耳欲著交露璫是故常坐彼坐草蓐結跏趺坐世間所有遍思惟自行行如是爲具足滿阿練茹行

問何法乞食名答乞食一坐後無食無貯在丘塚間修茹路二行學道僧住處得及乞食彼住

處得食名謂信家日日來具足食施或恐來爲勞外爲立僧園堂作已即中辦具與食乞食謂家家少多得乞食是乞食若違二非法行彼一處食欲得食檀越施我當食作如是意於食樂著世尊示行乞食彼乞食來數數食至于時如是不得思惟彼世尊制一食若如有人(四字)計常(二字)思念有慕(四字)得漿飯食(四字)知節(二字)能自抑窹(四字)是偈彼一坐食復索好飲佛聽飲大得種種飲不能思惟是世尊我用是爲棄斯飲渴水亦得止是後食止彼如是一坐食棄復澡浴塗身嚴飾其身彼世尊我亦是食想貢高食長身極供養之要當壞盡捐丘塚間是故教丘塚間見丘塚間食所化復彼丘塚間蟲半消胖脹欲壞爛脂血流漫骨隨千身骨交亂見已貢高止如是比丘行具足滿有是爲等書

問何法是根斷答根斷不可强止自制不染有(修妬路)根斷是根斷不可强止自制不染有

問是誰不可强止答根起不可止根不可止如斷馬水穀若不護根不可斷多與水草腹滿馬不能行若不隨時根不可强止如瞎者亦當離婬是故不可强止知行界所不受等思惟可護或先師說根界去想受棄不能至界謂受自棄不染近謂相似女人像最好如見母見根是三根斷

問是近禪何法答近禪忍無想(修妬路)等近思惟是故近禪前說解脫

問如前說四禪何故說是答彼世間出世間解脫得是行必定解脫是輩中間四諦可得如人度空野地見園宅果樹華實彼意必定

爲不復飢餓爲近城郭如思因緣爲曠野地婬怒癡爲勞善知識獎導思惟疾行陰界處無常無我苦所有觀若欲有是忍（三忍）增思惟不動如夢中見樂見其形像苦時相見是想增世間最好法世尊想如是是禪行於其中間覺見喜是聖諦時婆素跋陀（此言今賢人名也得無著）道三法解脫度初說縈末都（盡也天竺品題皆在品後也）

四阿含暮抄解第二（功德之第九名得得之第二也）

問何法是方便名答方便戒憂歎答（息也）智（修妬路）方便是道義謂是解脫爲首（首向前也）是方便

三揵度戒息智

問何故重說戒答我不前說戒有二世間出世間也彼世間說是出世間彼戒行爲義

問彼何法答戒等口行命（修妬路）等口等行等命是三揵度戒彼等口妄言兩舌麤言不要言行離及餘言是等口等行名殺盜婬行離及餘事等行等命名比丘乞食住食乞食衣牀臥病醫藥自受是餘邪命優婆塞離五事彼力毒酒肉眾生（不賣）是等命

問是息何法答息精進念定（修妬路）具足滅息若婬怒癡止息彼爲首（面也向也）住是息是三精進念定彼精進名勤力是義精進如是說勤力說有若能行去解脫是故精進

問是何法答精進信行不捨（修妬路）信行不捨是三精進說彼施一切善行是故信何義一切善法最始行一切善法最信信二人行（信與人此二四信三寶）是偈彼亦三

問何法答信敬喜行得解（修妬路）是信敬喜行得解彼敬名棄濁濁人過恚嫉無着耻過如鳥水牛豬交亂泉水是濁說是惡去得清是

惡意亂濁說彼惡棄清是敬喜行樂解脫如病病身好食不欲病瘥必欲得食是恚依不樂聞法（恚三毒雙舉）得善知識便樂行然後彼如是念最好法復爲說是喜行也得解名能持如人蛇所齧他功德分別醫呪時至意聽如是如是呪語彼能得瘥（功德是醫有德）得解等藥吉利如是貪婬爲首蛇齧人佛世尊愍彼無行或彼弟子愍爲說法彼謂法得解不異彼能婬可息作不他是得解是信

問行名何等答行勤起常念（修妬路）勤起常念是三行彼起謂作善如鑽下木燥末牛糞而起火勤數數作求索復求索是常念無亂念一因緣相應如火然髮及冠手但欲救之是三勤行

問是不捨何法答不捨不離不厭不轉（修妬路）不離不厭不轉是三不捨彼不離名不數數勞緩精進作（勞倦也）不猒名久行中無有果意不猒不轉名中無有果有必當使有不欲彼謂强行精進如是棄如是三能得果如道所趣處

問已說精進行是念何法答念身痛意法內外二不忘（修妬路）內外二內外謂不忘是念徑彼內念已身依內及餘外二內外或內受陰界處外他受受不受二或三結內主外主二主彼內主婬外主恚恚他不自恚彼有是覺婬亦他作是不可義內染發他婬內著如世尊說女內女根等見是修妬路廢二相應彼三結助三是念彼身三如上說如是痛意法如是十二行念

問是三昧何法答定空無想無願（修妬路）空無

想無願是三三昧彼空所有空

問多有空邑空舍空是如是何空說答空我作所有作二不可見（修妬路）我作所有作二不可見是空

問何法我作所有作不可見謂世尊說我本時名坻羅求婆羅門（我作）見比丘我手是虛空（所有作也）是何法答是非我作所有作是俗數謂我陰覺是我作不是世尊所入謂界善是所有作彼世尊無謂法印空空世間觀行常彼及是吾我二知得是故無見是空

問是無願何法答無願相應過去當來無作（修妬路）無願無立是義（立住）是意三無住相應過去當來（相應現在也止住也）是一切有為如說處修妬路說過去修妬路彼有是覺已身泥洹不是三受是不（三也）何義一耶餘耶涅槃棄身無有因緣彼覺相應一切思惟滅是涅槃無盡覺相應已身餘不餘不說是故是彼不說是無願

問是無想何法答無想行作俱無想（修妬路）行作俱謂棄是無想略說一切有為棄一切行作謂作是行謂行是作如入無明福無福阿尼署（末盡）行作因彼有近識持來是行無明行作一切有為是棄無想說如法印色想不可得是說一切彼行作俱想去（引法印經證）一切是三義說想知是定

問是智何法答智見分別無學地相應（修如路）知是智覺是義彼三地住見地分別地無學地彼現是見

問何現答前未見聖地根力覺實分別行是說如浣濯極淨衣本香由故香香是後香華

香極香如是見地淨意禪無量止受增因緣棄最好香作是分別無學謂婬怒癡止不有因緣是無學地

問何見地智答見地法觀未知智（修妬路）法智觀智未知智如見三見地彼法智觀智是義如醫知癰生熟以刀破是後以指撩摩脉所趣向令不傷脉然後割廣如是行者婬行爲苦無常等無常行入見苦止結棄彼二智斷邪未斷乎如是行發思惟智（未知智易名耳）如欲界無常如是色界無色界彼已思惟智色無色行結棄如是見苦婬行利苦界法智如是觀智如是色無色行未知智如是習三婬行利滅息是法智息是觀智（結正是法智也分別解脫是觀智）如是色無色行未知智如是滅三是道婬行若息法智是亦觀智如是色無色行未知智是道是十二智見地廣知（四諦各三十二）

問是分別地幾智答分別地相行種等知（修妬路）相智行智種智是三智分別地如上說

問何法相答相生住壞（修妬路）相名生住壞彼生謂相應住次第應壞謂破問無說益衆生涅槃數爲是相衆生涅槃若彼爲大過無常數苦不是彼是修妬路過當如是說有爲相生住壞功德增是何相功德當爲說我相我相異不異是不說若異有常若不異無常俱過不說涅槃無相是故說益樂知有爲相如是謂所說功德增何相功德當爲說智是增行謂是三智已功德是相是說相

問是行答行無常苦無我見（修妬路）行遍知是義是相是行知是義無常陰謂無常是故苦謂苦是故會當相應無我是行彼無常不久

住如水泡苦逼如刺在體無我不自由如假借嚴身是行

問是何種答種氣味災得離修妬路種名是氣味災是得離

問是誰答是有爲彼氣味名染著災名惡得離名俱息若天名樂氣味地獄畜生餓鬼趣苦災福惡等過是得離如是見彼等功德惡見得解是種是分別地智

問是何無學地智答無學地毗署神通辯修妬路辯四辯也明達神通辯是無學地智

問何法明達答明達前世時生處漏盡智修妬路前世念智生處智漏盡智明達有爲首是故明達知是義彼前世念智所行念生處智名行果所爲智漏盡智後當說若三結前世當來世現在世處彼前世處十八見作前世所作當來世處四十四見作現在世處見身彼知是現在行過去當來覺前世念生得前世不忘生處覺後世不忘無漏智是上後當說者盡無所生智願智修妬路我結已盡是觀盡智不復生是無所生智如醫蛇所齧療治破壞毒是一智不復病前毒氣是二智如是盡知無所生智願智名謂前世念智聲聞已身所更念不他也以是智前願他亦知是願智

問何法神通答神通飛徹聽知他意修妬路能飛是飛自在是義彼六神通彼三飛天耳知他意智飛後當說彼徹聽名前行定一因緣去大地竟增聞所知以是天人趣聞聲隨其力如或遠見或近見隨眼力如是如定得如是他意智所見衆生所聞聲是輩知其意是思惟知他智飛行虛空化聖自在修妬路虛空

行自在化自在聖自在是三飛行彼飛虛空自在名能入水能入地能不現牆屋山無礙手捫摸日月如是飛行虛空自在化名如鳥馬車人山樹城園河水能現聖自在名能住命化水爲酥眉間放光明如是及餘轉增是飛是聖說飛行(上言後當說)徹聽知他意神通前世生滅智謂凡人是五神通

問是何法辯答辯法義應分別方便(修妬路)覺法方便覺義方便應方便分別方便是四辯彼覺法名句合覺方便義隨彼所有如火名彼熱爲熱爲義彼不忘也應名如是合色是義等知分別方便名隨應報無違錯不邪僻是辯是無學地智廣知

問是思惟戒定學無學者何故彼不三示答不戒戒增益學殺生棄增衆生護有非阿羅漢謂是不嬈學知是意住是故不大增說知是亦三如是婆蘇跋陀三法次二解脫度說盡

四阿含暮抄解第三(上功德之第九名得得之第三也)

問前已說等具方便果是彼已說等具方便是何果名答果佛辟支佛聲聞(修妬路)佛辟支佛聲聞是三果

問是誰果答戒息智中間是說(修妬路)

問具是說是具道是何果或道答有餘是果欲是外無餘是義世尊已說無餘般涅槃是義(修妬路)是故無惡彼佛名一切結解脫有十力力事四無所畏自由一切佛法得彼佛無差降戒定慧辟支佛名自依是時無異義彼不從他說是辟支佛聲聞從他說或二解脫等具憐愍增等猒增彼憐愍增等具謂時是

三耶三菩得等猒二巳身生因他彼巳身生辟支佛因他爲聲聞若謂薩芸若一切功德具足一切惡離是等正覺辟支佛一切惡棄功德少聲聞因他棄惡

問云何如佛無中間及餘如是聲聞答聲聞棄結不棄結阿羅漢（修妬路）是聲聞聲聞者中間根因緣信根爲首輭中上增可得是依聲聞種種一切地

問是何法棄結名答棄結信解脫是得身證（修妬路）信爲首度彼岸是信解脫思惟爲首見得二身證彼無量行當示信解脫上道行無行般涅槃（修妬路上道道迹也）上道行般涅槃無行般涅槃是三信解脫彼道名利彼得至上上道若跡是道彼行般涅槃名行因緣道息去無行般涅槃名無疾涅槃因緣道般涅槃是信解脫說

問是見得何法答見得中間生般涅槃巳上道（修妬路）見得是三中間般涅槃生般涅槃上道彼中間般涅槃名此終他生得道中間般涅槃如小火迸未墮中間般涅槃生般涅槃名如迸火墮地滅度如是生於中間時般涅槃上道名如上說是無色界知是見得

問是何身證名答身證行及行生般涅槃（修妬路）是巳說

問何故復說答不復說界因緣欲界解脫色界解脫是二一切中間般涅槃棄不無色界中間有復前不解脫報身證是解脫報是解脫後當說是棄結說

問無棄結何法答無棄結八須陀洹薄地（修妬路）八須陀洹薄地是三無棄結

問何法八名謂至數說初得不八前生後次第阿羅漢是何阿羅漢答如生見知如人八見彼不初是八相應最後者相應彼世尊作功德是見阿羅漢大無餘結盡如是小前前最小已住初是八說若想隨書定八也

問何八名答八信思惟彼增等修妬路是凡人神名族姓子是等具有信思惟彼或信增有智慧相應或智慧增信相應或俱等法智發一牢信輭根思惟牢信中根俱牢利根是三八諦見作信增七死生有慧增中間住有俱依家家有如是見地分別地乘乘薄地住信增斯陀含有智慧增中間住俱依一死生有止婬行因緣信增信解脫有慧增見得有俱依色行止身證有無餘因緣止信增輭根有慧增中根有俱依利根有是等向上如初日出

問已說是廣八分別生功德綱是亦不知何是當說答須陀洹七死生家家中間住修妬路須陀洹名二初果住求二跡道說是乘是故須陀洹見身疑惑願失止趣盡去惡道滅也輭根七行天上人界樂得要當般涅槃樂三界福家家住利根初果住分別止因緣牢作行是家家住般涅槃中間住彼中間不必家家住般涅槃彼要七住天人中間二般涅槃

問已說須陀洹是何法薄地住答薄地斯陀含一死一生中間住修妬路婬行因緣薄作住是薄地彼斯陀含一死一生二中間住彼一說此終生天上一還般涅槃上分因緣薄上分因緣名五色欲無色欲憍慢與達吒亂志無明一生一還有來般涅槃增多止彼俱中間

住是不棄結

問是阿羅漢何法答阿羅漢利輭中根（修妬路）阿羅漢供養是義彼供養相似是是阿羅漢

問何處供養答一切衆生是三利根輭根中根

問是利根何法答利根住劫能壞有無疑法（修妬路）住劫能壞有無疑法是利根知已盡分別結盡過去住是故住劫盡一切結上增義求能得過是故能壞有彼有增益義明達神通辯無疑法得增一切難無疑辯是利根因緣

問是輭根何法答輭根減法念護有（修妬路）減法念有護有是輭根增上去是故意減是減法減法不衆生減分別地減分別行行是說所說章不誦失彼不行分別地失彼減痛事誦長行觀（遊觀）是五事減是亦分別地減彼思惟有得阿羅漢劣行用住爲已作念念是世間多行種種意如念人世俗如世尊說衣授（已念不離）是念壞命（用住爲也）是不護有得阿羅漢不欲減當不念是常大護如貧人得財守是輭根因緣

問輭根何等答輭根慧解脱盡不盡解脱報（修妬路）慧解脱已說俱分解脱二盡解脱報不盡解脱報俱分解脱名念解脱慧解脱是二增去義彼義

問是何彼解脱名答解脱婬色助減（修妬路）欲界色界俱助上意住三界減是三行解脱解脱結是故解脱

問是何婬助名答婬助中間色無色想淨不淨（修妬路）增已已身中間已身亦增是義是二

色想不壞色想彼中間色不分別謂丘塚地色腐爛肉眼脫腹潰腸出不淨小便處百蟲交亂（處共同處）烏扇髮交亂啄鼻斷分離手脚頭髑髏如是見已婬結棄發是身謂義及餘怨鬪爭詐言諂貢高憍慢爲首有彼如是念作謂惡解脫意定是中間色想不淨解脫二自已身內色分別由定無色住如是他身念是中間離婬想不淨解脫三淨青赤黃白華衣爲首因緣發意念住無動是淨解脫（觀四色及衣而不著）

問是色助答色助無色以說（修妬路）色棄結發四意住是有漏是色助福說俱去

問是何滅名答識爲首等相應滅無漏正受阿羅漢二棄結婆素跋陀三法度三縈末都（盡也）初功德中間說

四阿含暮抄解第四（三法初功德已竟次說第二惡也）

問已說廣功德功德中間三法度是何惡名

答惡苦行愛無明（修妬路）苦行愛無明是略說惡當知雜惡善行是雜惡是人愚謂雜惡念如賭不淨樂世間彼前苦行身口意苦行（修妬路）是惡數謂初是三身苦行口苦行意苦行苦行惡衆生行是苦行惡念行苦行

問是何身苦行名答身苦行殺盜婬（修如路）謂是身苦行是三殺盜婬愚行知

問我當知身苦行三是何法殺名答殺念教行（修如路）念教行是三殺說如是餘如身苦行殺分別三念教行彼不與取婬愚行因緣知餘口行

問有是是亦不知是何法念名答念欲作他作喜（修妬路）念名意覺是三欲作教作他作喜

如殺蟲欲殺教奴殺他殺稱善歡喜是念
問是教何法答教處使作聽(修妬路)教處使作
聽是三教彼處處名
問曰是羊(婆羅問云)以是爲首妄語富人欲食(欲殺)
(羊斯富人使殺羊祠自貪自欲食)是教殺處使作名如王處
如殺是輦罔殺聽之名如或處貴來問我有
怨家嬈我我當報怨答聽是三處作
問是行何法答殺行他衆生衆生想捨斷命
(修妬路)殺行作是義殺受知處分別聽口意行
知彼他衆生想捨他命斷(捨去便治)是三殺作具
足有何義醫雖善意病腫割之當割時死非
是醫殺生彼不捨如是一少(若不捨爲少也具則非殺)一
是句無有殺生三無如是殺處有
問是不與取何法答不與取名他想彼覺偷
(修妬路)他有財他覺(覺知也知彼財)彼取去如是三行

相應不與取有何義(彼財一知是彼財二持去三)他財有
取去非盜覺自已作(覺知也知識則爲舉而無盜心如已有也)如
彼是象相似覺取非盜復他取無盜覺無過
如親田根華果爲首或取(爲首非一也恐失時爲救也)
問何法婬愚行答婬愚行他法受行更婬(修妬
路)婬愚行略三他他取去法受行更婬
問婬是修妬路根是何婬愚行作是說答二
人道人白衣彼道人至意說無婬惡行(不斷)婬
愚行無作(遍人)若婬白衣惡行須陀洹惡行已
隨趣謂不爾是故婬愚行謂不淨是故二無
惡(道人白衣斷不斷也)修妬路說
問何法他他受答他他受夫親里王(修妬路)夫
受親里受王受是一切他受彼謂女人以婬
爲主是主是二至竟時中間彼至竟名如方
土家法作主時中間名是放泆婦人初財請

彼未及期若他墮（墮隨也更行也）彼婬愚行如是知親里名父母姊爲首謂小女若無夫慈養之王受名謂無夫無親里悉屬王爲受有是王受是他他受

問是法受何法答法受學齋家法（修妬路）學法彼受是故學受齋法彼受是故齋法受家法彼受是故家法受彼聽或前聽齋後不聽非法（夫使受齋而悔行亂）是法受我今受齋已聽然後若作亂彼受齋法住爲非法家法種種因緣三事一切不得住母姊女兒婦爲首如是隨性如是法受

問是更婬何法答更婬捨婦人所生處更以餘婬男兒山持（修妬路）更婬名謂捨婦人所生處作餘婬力强婬男兒行山持行是更婬

問是說不盡何義更有因緣餘有婬行結何法是中間去若中間去說若不是爲不盡答說已盡何義捨婦人所生處向畜生所說婬行餘者盡是故爲盡

問從何起是非義行答一切貪婬瞋恚愚癡（修妬路）貪恚癡等有知

問是何一切云何是殺盜婬行答不是說若是說不是修妬路行作有是一切受根修妬路說身口苦行知意苦行别當說

問何法是三事相違現何義不樂痛一時等有恚苦痛欲婬樂痛說行婬是結是何法恚答我不說貪婬瞋恚愚癡是前願說是中間所作財著瞋恚起殺如是盜恚發前如是彼妹婬我當報怨後著如是行婬前願是恚說是等起是故無過如是餘

問已說身苦行處一切貪婬瞋恚愚癡說如

是口行處何法答口苦行不如無如猶是妄言不妄言耳不要之言修妒路口苦行四是三繫當現四三中二也現四也彼不如無如不要言
問是何不如名答不如已身他義想所有取修妒路謂彼不如口苦行是已義他義義義已
身所所有取所有取名覺自下如餘意異說
知是三義說已身義已命義他義親義義義
種種所作義是三世尊已說是聚去眷屬去
已因緣他因緣食所有財等知無妄言
問已說不如口苦行是何法無如口苦行答
無如無愛因緣俱念相應修妒路無如無愛念
相應因緣念相應俱念相應相應名所作是
義彼無愛念相應麤言謂無愛念說恚是麤
言若爾者無有麤言者其人謂此句弟子言也已身念
起口苦行餘世尊亦當麤言彼調達念欲度
說彼恚是故無愛念相應麤言如瞎緣說瞋
眞誠彼恚是故無愛念口苦行因緣念相應
名諦說因緣念相應兩舌相應若念相應增
生相助非兩舌若爾者世尊亦當兩舌世尊
學道爲首欲益已自行說離本是故念惡是
故當知俱相應名因緣二作妄言不妄言麤
言亦如是是故麤言兩舌
問是不要之語何法答不要語非時非諦非
義言修妒路非時言非諦言非義言是三略阿
跋度路柘那此言不要語是因緣無量彼非時言
名如相應時離語因緣如時盡具當手授作外國婚禮夫親迎女女氏具逆女之具澡夫手父以女手授故云爾吉祥所用
隨所欲中或有言君善哉無常因緣壞法有
後必當衰離是婬如是彼諦語佛辟支佛聲
聞所說非時言不要言去不諦言名謂如諦

想無諦說如尼犍所說念謂師眞諦而邪道也薩芸若
是我師是故彼想是不要語何義不薩芸若
是彼師增彼如是想若說相應義佛是薩芸
若亦彼妄言何義彼念不是薩芸若無義言
名如戲笑歌憂愁爲首相應言是口苦行
問是意苦行何法答意苦行貪恚邪見修妬路
念惡行是故意苦行是亦三貪恚邪見彼貪
名他所有欲得
問若他所有欲得貪重說爲過念內入前已
說念欲作他作歡喜答是不重說過由欲得
念欲得欲作是此不欲作他所有取是亦由
貪是他財是我有如是著意他所有欲得著
是貪他所有爲首念相應是貪恚名嬈他入
念恚
問是何法邪見名答邪見行果相違無有見

修妬路行相違果相違無有見是略三邪見分
別無量因緣謂他異取是邪見略
問是何法行相違名答行相違淨不淨覺不
淨淨覺俱一覺修妬路行相違淨不淨覺不淨
淨覺俱一覺彼淨不淨覺著身口意行不愛
去見不淨淨覺不愛愛去俱一覺愛不愛行
淨不淨去
問是果答以是果說修妬路以是說苦果說如
苦天上苦涅槃如是淨不淨覺趣樂世間樂
不淨淨覺樂或苦趣如是俱
問云何無見名答無見行果衆生無有見修妬
路行無有見果無有見衆生無有見是三無
有見彼行無有見名如無有與無有愛無有
善不善行作是行無有見果無有見名如無
有極作不極作行果報無有地獄畜生餓鬼

界天上去衆生無有見名如無有母無有父無有衆生化生無有世間沙門婆羅門如是是邪見無量行是三意苦行無量因緣一切無善作因緣顛倒善是本戒去如是解脫度說知婆素跋度三法度二中間初度說盡

四阿含暮抄解卷上

音釋

斥昌石切黜也　簁籚簁山宜切籚良倨切　騃側俟切　駈臼許切　⿰尨毛坩朗切邪文斕也　賁古迭切　坻張尼切　瞎許鎋切目盲也　潰胡對切旁決也

四阿含暮抄解卷下

阿羅漢婆素跋陀撰

苻秦沙門鳩摩羅佛提等譯

四阿含暮抄解第五 首三法第二惡之二也

已説惡行云何愛名答愛欲恚嫉妬修妬路嫉妬憍慢也其人皆以爲嫉妬也欲恚嫉妬者是三謂之愛渴愛彼是三像即上三疾之根彼三像無數行

問云何答欲婬有著梵行修妬路也婬著有著梵行著者是三欲彼婬名五界色聲香味細滑是三像依衆生各各染著不多著雜物彼婬著男女不成男修妬路婬想著女也男男也女男女各有想也不成男也男男也不成男亦各各有情也

問師雖説色男中著復言令女男不成男何以作是語以何不惡答女男不成男相因色男爲本各各著有差降不多染著雜物世尊亦説我普不見一色中染著如男女色普者十方大千界也女如男色是以五界無苦三有小中大小者男欲中者女欲大者不成男欲是故婬欲

問有著云何答有著者婬色無色有中修妬路婬有色有無色有中謂著此是有著

問如婬著別説女男不成男何故復説有著答由結説婬著有著依衆生一切婬行法謂婬有彼著者謂婬有著色行法色有彼著者是色有著無色行法無色有彼著者是無色有著是故别説無苦

問云何梵行著名答梵行著者得無得失位希望欲得憂修妬路梵行著名得希望不得欲得失位便憂以是句義過去婬有著可知得婬復希望不得欲得其人云此中應有失憂如是有著

如是婬有梵行著也各各三分便有九若得女著希望不得欲得得失位憂如是男不成男可知如是婬者有九如是有著梵行著如是

問就令有是不聞梵行著是結答我已說阿那含果(上已說不還有結何云梵行無結也)世尊亦說三求婬求有求梵行求求愛欲著此一義復說婬梵行中所棄愛常念問假令爾者不足行梵行無著作如是一切自合梵行答彼當漸行行自任行行梵行無著梵行福惡等度求鉢賴提波陀一苦樂二檀度三神通(持言奉法之第四也)不求果求果者著我以此精進梵行當作天中天如是行可著者此即希望云何得梵行使行樂處是欲得希望後世樂梵行令以愛爲樂爲愛所飄作非梵行咄我墮落戒自悔憂是故梵行著(愛欲竟也)

問云何恚名答恚者已親怨想恚(修姤路)已想親想怨想及恚是三恚

問云何恚愛句處(恚愛非合爲一義何以說恚愛同句耶)答欲想爲恚從想爲愛也彼已想四門行怨想各有四(其人云怨上當有親字也)

問云何答已親未得樂望得(一也)已得樂懼失(二也)得苦欲使失(三也)未得不欲得(四也)如是已親各有四怨有相違(怨親友也)何故怨未得苦欲令得得苦不欲失未得樂不欲令得得欲令壞此怨欲壞是恚是故愛句處

問假使爾已想欲廣聞答已想者三時懼失(思惟省察修姤路也)三時名者過去未來現在時名如我過去所失是故起恚竟當有有(有現在也當有未來也)如是已想三時懼失恚

問親云何答如親已(修妬路)如是已想三時懼失是故恚生親想如是

問云何答爲我所愛者彼有所失是以起恚當有有是故起恚如是親

問云何怨答怨相違(修妬路)相違與彼異若我怨樂生是故起恚當有有如是怨者欲令壞三時欲滅盡是九恚

問若此恚若苦行有何差降答恚者依因緣有亦依十惡無智可知(恚九惱也若十惡之意三也因緣親怨也無智十惡之八也)

問爲是一切衆生九恚行爲等不答此輩住水地如畫石(修妬路)此恚行住由衆生如畫水畫地畫石種種依衆生則有得說軟中增上如水中畫即滅地畫近時若風雨足踐爾乃滅畫石石住石滅(與石俱滅)是故衆生各懷恚不同或起恚自悔咄我輩丈夫我輩性行於壞法種種苦自更自起壞法自起壞意是以此恚自息如畫水地亦爾恚已起不能自除或師知識親覺悟是恚得息去如畫地次三者極惡不思念行意熾盛瞋恚充體彼佛辟支佛所不能悟唯瞋恚與身滅如畫石此恚義

問彼云何嫉妬答嫉妬者下等增上起妬(修妬路)貢高嫉妬相或復相量此彼是謂嫉妬是爲三下愚也等愚也增上愚也色富技術爲首我勝他是下愚勝已者謂與已等餘者不如是等愚我出彼上是增上愚(自謂勝上二者也)

問已說是下等增上相矣云何是一切愚得當多種愚不恚已說答下妄語輕毀慢怠(修妬路)若下嫉妬有三如是妄語嫉妬輕毀嫉妬慢怠彼妄語嫉妬名極意作惡自慶復輕毀

嫉妬名受他嗟歎汝善哉有功德具如是彼人內懷歡喜外詐言我無是德慢怠名晝夜眠寤不能由人身得度生此意是謂慢怠此三者是下嫉妬也

問云何爲等答等者已嫉妬憍不敬（修妬路）等我嫉妬有三我嫉妬憍不敬彼我嫉妬名得受陰（一也）彼受好惡（修妬路）憍名供養雜種（而不受也）（此憍也）不敬禮師

問云何增上答增上者甚嫉妬嫉妬中嫉妬無限嫉妬（修妬路）增上嫉妬名甚嫉妬嫉妬中嫉妬無限嫉妬此三者增上嫉妬彼甚嫉妬名下等中我最勝此謂甚嫉妬嫉妬中嫉妬名極妙中計我爲勝此嫉妬中嫉妬無限嫉妬名未得解脫言得此無限嫉妬是嫉妬九義一切渴者有有中作有（有三有也）是故愛句處嫉妬可知婆素跋陀三法次二三度盡（於首三法之第二惡惡之三事次二也度亦盡也）

四阿含暮抄解第六（三法之第二惡之第三也）

問已說愛云何無明答無明無智邪智疑智（修妬路）無智邪智疑智是三無明智由口顯文字亦爾彼惡口是無（又無智也）如惡子非子如惡朋非朋彼無智名有爲無爲不說無覺（修妬路）有爲無爲不說無覺是無智問有爲有二內受外受云何是受答有爲內受外受此二事（修妬路）有爲中無智彼當知內受外受此二事癡也彼內受陰界處各二行已受彼受也外受者草木垣壁爲首彼謂已受及他受外受此二外受知此中一一遍癡離內受外受是無智世尊亦說六更處無智無見是修妬路內受名受爲義行結因緣愚情是我所是

内受名

問云何無爲無爲一涅槃此是無義云何處三答無爲有餘無餘此二（二種舉上二以爲三修妬路）假令涅槃一無爲彼由行說二也有餘無餘此間有餘名行結得受是身是有餘是有餘名彼盡一切結滅作證盡身有餘如是有餘無餘名謂此受陰棄更不受身如燈滅是滅是無餘名此謂一一慼二愚此無爲無智

問云何不說答不說受方便滅教授中（修妬路）彼受教授方便教授滅教授謂愚此不說無智彼受教授授名命（天竺音命與衆生同也）陰界處現在受内命法受是教授謂現在受内命法受由行結是受教授不過去不未來法命受教授命非一不若干得合命及身若是一無常苦若異常爲苦若常者不行梵行不常者不須梵行果受施無義無常者無義遍斷方便中二無苦吉法（師引佛方便答異道兩得也）方便教授名過去未來現在行方便教授方便教授此方便教授名是三時相應如我過去時我是衢黠王（梵言衢十名羊也眼也地也天也火也說也方也金剛也光也箭也如是比有十也其人不了是十之中何也）未來當有名無勝現在時工師達（呪術）爲首諸行跋貳署（云商人也證三世也）是未受受已俗數故教授以此斷常若是衢黠滅云何我是彼若不滅云何言是我以世俗義說此方便教授

問云何滅教授答受盡不受息滅教授（修妬路）受如上說彼盡不受不侵他已息無餘度此彼岸是滅教授此斷常轉還如是一若干止如用本受般涅槃教授是亦不說若此異者不般涅槃若不異者不般涅槃如是見生苦

已不說已應般涅槃如燈滅內受一若干若不著方便教授過去陰界處本說如我名衢黠王如是未來滅教授謂滅受爲首說世尊般涅槃若方便教授命不斷滅教授命常斷受教授命有無斷已說無智

問云何邪智答邪智已身內受摸見（修妬路也摸如）（手摩摸也）見已身受內受見摸受見是爲三邪智邪相違非賢諂是一義彼已身見吾我自在相應入（修妬路）吾入我入自在相應入是已身見彼吾入名幻化城野馬響鏡中像相似處計有吾入名我名者假借嚴具樹果似親陰計有我自在相應名壞法芭蕉樹畫水上不熟器似白骨時界我富貴如空色使作主是已身見此是我身我是已身見前著入

問是內受云何答內受斷常俱思惟（修妬路）斷思惟常思惟二思惟此說內受內受名無方便受是義無方便外見彼斷名世間無常不是常不是無常外有不外有不無外是命外無非有無有彼命彼身以爲首二思惟名常外有無外有外無不有以爲首是內受見

問云何摸受答摸受戒見依彼（修妬路）摸受見三事生戒見二依彼初品已說戒以是戒淨此戒受是二戒摸受（淨受二也）見摸受此是諦餘者癡是著入諦身結亦說二依謂戒見依彼略五陰身彼知有或戒或見陰行淨此是戒摸受知陰妙餘不妙是依見是見摸受

問云何疑智答疑智珍寶諦正受疑（修妬路）珍寶疑諦疑正受疑疑名不能持迷惑猶豫是一義

問云何珍寶答珍寶者佛法衆（修妬路）佛法衆

是珍寶如前已說佛薩芸若一切功德具足棄一切惡解脫

問何因故珍寶答以上三功德是佛珍寶如是爲大慈不妄說法無因緣爲作善知識佛出難有不可思議無比法（十二部之第九也）功德如是功德具足成佛珍寶說法名方便方便果此間涅槃教授是世尊一切法爲最上現諸法有爲無爲彼滅最第一修妬路彼是珍寶爲無所作一切苦滅至竟清涼行難壞難行無盡如是功德具足成法珍寶僧者已說乃至聲聞一切是亦珍寶施得廣果報用世尊語無上福田得世尊歎無能壞不相違戾如是功德具足成僧珍寶此疑是疑智

問云何諦答諦者俗數相第一義（修妬路）俗數諦相諦第一義諦（此中諦無解脫在下正受無首也）所謂疑是疑智正受四解脫二觀處（地水觀也四色觀四無色定觀并十想也）二直無漏前五想（取十漏之前五）第二第八解脫謂彼知界正受此非持功德是疑智是苦苦也（重苦者而不知苦也）如是集盡道如是四諦顛倒欲界色界無色界是有十二行（顛倒疑也）如疑智愛義亦爾（欲恚慢受之三也）無智邪智義邪見此別苦行說彼見摸受已身見內受見苦也三界戒摸苦道（疑邪無智無明三也邪戒摸集盡也）受義見分別止（思惟也見聞見也）如是九十八義結積聚說婆素跋陀三法次二內受三度盡（內受是第二之三竟法名也愛三無明三六使也故結九十八者也）

四阿含暮抄解第七（首三法之三也）

問已說功德亦說惡云何依名答依陰界處（修妬路）陰界處者是名依此相依是故依依立是義陰者界者處者此衆生依作相應功德

及惡是故是依功德惡可知
問云何陰名答陰者色行智（修妬路）色行智是
陰可知陰積聚東是一義此青黃赤白一長
短小大圓四方以是爲首解色義所生物性
受色陰知彼色有是受是色三義可見不可
見屬眼不可見異彼聲香味細滑風如是以
爲首（是五事皆不可見也）
問已說諸大彼受諸大未知云何知色受答
諸大地水火風（修妬路）此地爲四首諸大相此
是色一一等堅地也濕水也煖火也動搖風
也此諸大受彼色煙雲霧影光鏡像五根淨
以爲首（色五情也）受色
問已說色陰云何行答行者身口意依（修妬路）
身是依是故依身口是依是故依口意是依
是故依意此身口意依已作也此是行有爲

所作是故行修妬路說色有爲此復以色成
有爲行（行是色也）如穀子成穀子如是知五陰彼
無數行是陰說如穀聚薪聚彼福無福不純
淑行
問云何智名答智痛想識（修妬路）痛想識此三
道品法不爲他界所取（不爲六欲所牽也）世尊亦說
謂忍則想知謂想知則智（忍則知痛知痛智所了也）此法
雜是修妬路
問云何痛名答痛者樂苦不苦不樂（修妬路也）痛
者痛之聲以此痛（痛無形故云聲）餘命不相應若此
痛痛此命相應是故言痛痛字亦爾彼痛有
三苦樂不苦不樂是故各各生苦因樂生樂
因苦生俱因不苦不樂世尊亦說樂痛有苦
分苦樂不苦不樂苦樂分各對是義
問云何樂名答樂婬不惡止生（修妬路）謂樂說

此有三婬生不惡生止生彼婬生有五界愛婬界乃至歡喜不惡生不彼謗是義此是善出家者義戒戒想謂意不變悔是想謂愛此是不惡生止生根爲首五蓋得解脫無亂念禪等爲首念行是想謂念歡喜此止生自守也止生名謂無熱根義中不著不受也止生亦爾說此是三樂痛

問云何苦答苦者生老死修妬路生老死者此是苦痛彼生名苦如生疸老如熟疸死如疸內潰流入支節若生已有一切苦此是生苦世尊亦說生已截手爲首老苦色變力消如壓如壓油也死苦一切所愛財物離爲首苦痛

問云何不苦不樂答不苦不樂者謂三界修妬路此不苦不樂痛此有三當知不苦不樂苦樂相對界中當說前三界說前二苦樂痛不苦不樂三界是知欲界有三色界二樂無苦樂無色界一不苦不樂是故此一切界相應

問云何此依答樂依欲爲妙苦依恚爲妙不苦不樂癡爲妙何故此有樂痛謂無欲欲已盡如三禪苦如世尊頭痛槍脚不起恚不苦不樂第四禪及四無色彼癡稍盡是故如相應說

問此從何所起答彼因緣行界生修妬路彼苦樂不苦不樂痛行生因緣生界生如是爲九若卒遇痛

問因緣無數爲盡是因緣也不盡是乎答因緣生福無福無餘隨數修妬路此苦樂不苦不樂痛因緣生彼因緣有三福無福無餘隨數相應福是樂不福是苦無餘不苦不樂彼福者苦行對三禪也無福苦行無餘第四禪及

無色也
問如福說施戒分別也如師說分別禪等無
色是一向說福樂答此彼受無所傷受三禪也如
與比丘三衣持鉢與佛圖羅剎喻也衣與比丘者非一人
衣也與鉢耳若復有勝佛圖羅剎比丘者三
以喻十二門鉢與覺護喻一向三禪也不與佛圖羅剎比丘三
衣與如是分別禪等無色福三禪受福三禪
分別受異他與是故禪福無所傷
問此行生云何答行生者已身他行俱修妬路
行痛有三已身想他想行有二知樂想苦想
如自刀刺已也若已栴檀用塗自治他想彼擊
首破樂俱想語他爲我刺頭治塗以此爲首
俱兩也剌首彈鑿二首如是比也
問此界生云何答界生者時患卒遇修妬路
問界異說欲色無色爲是界答此非是界除

衆生此是因緣略舉要有三想時患卒遇是
界想彼時名夏冬春修妬路夏時冬時春時此
三時知也痰夏時聚風增唾滅唾冬時聚風增痰息也
風春時聚痰增唾息也如方說時想苦樂痛有
問云何患爲如苦行愛癡如所說耶答此不
也是法身相對耳此說依大身異彼患風痰
唾修妬路此是風痰唾患大身彼想痛有
問此云何卒遇答卒遇除衆生因修妬路卒遇
名除衆生因苦痛生垣牆樹山崖崩爲首所
因衆生斯已他俱入內此痛義智
問此云何想名答想有想無想有所有相修妬
路想增益相似說此中隨修妬路以想爲首
增益相是義彼想名及依是義無想無依如
衆多瓶或有言此是麫瓶此是酥瓶以此想
得分別此中無麫無酥空是無想受如是聲

爲首想增益受聲爲首除是受無所有名此非所有如是相欲爲首說所有彼離欲者欲解脫處知相無所有知相若虛空識處受無想有想無想處相雜想無所有無所有智相

問此識云何答識者欲起成未成門行修妬路無色俱依因緣可得識種種識是識各二識心識與眼識六情皆爾此是三起成門不成門行依俱依因緣可得此三因緣起世尊演行因識若復名色因識若復眼因色起眼識此是三行所作是故彼起陰陽精合在毋胎識生此是生因行在胎中稍長聚藕葉上水也轉長如小指狀也漸凝凝爲首轉厚未成門謂識是名色因六情未成謂名色因若復成門未滅正受因根義謂生此二依因緣依一義不異依得識是故因緣得

問何故重說戒息智依何故復說智答依智所布依智所布依智是二此中依智彼依智如戒分二說如是此知是故無所傷婆素跋陀三法次三初度說竟也

四阿含暮抄解第八第三之二也

問已說陰云何界名答界者欲色無色修妬路欲界色界無色界者此是三界持彼此行是故界也此一切衆生受至不般涅槃無餘

問云何此欲界名答欲界者人天趣修妬路人天趣取要此欲界欲此聞持是故欲界若與欲是故欲界

問云何人答人者女男命根相相四方依修妬路女根相男根相命根相此一切人也彼一切四方依彼女有女相義也男有男根也

問若命根相爲非男非女乎而別說命根耶

答雖說男女命根相餘處有異不成男不應

女相不應男相唯知有命根相陰陽精合藕葉
上水狀也凝聚轉堅命相趣未成男女根是故異
問云何方名答方者閻浮提弗婆鞞提次衢
陀尼鬱怛鳩羅婆北方也地名也修妬路也閻浮提弗婆
鞞提衢陀尼鬱怛鳩羅婆者彼謂如方相弗
婆鞞提次衢陀尼鬱怛鳩羅婆南閻浮提此
輩如壽數樂有限諸具爲首有異其居生之具也轉
轉上轉上妙
問天有二行婬棄結此二何者是答天執手
口義見行婬修妬路行婬此受棄結不復入此
天有三行婬行執手行口義行言語成婬見婬行
彼口義婬行化樂此染著意女亦染著共語
言頃如是便欲生若一染著不成婬如此間
執男如不相染如毋姊女相抱耳化化已所
愛男俱樂是故化染五天婬也男女同欲便化已令前人悅之而共

言語成婬也見行婬他化自由相應彼如展轉相
染念展轉相視如是婬生有不染視如已他
化自由相應是故他化自由相應六天見他化著之以
成婬也五天自化而成婬
問已說口見婬行前不說執手行婬答執手
行婬有二相抱執手修妬路謂執手行婬天彼
有三俱行婬相抱行婬執手行婬彼俱行後
當說相抱行婬名焰磨彼展轉相染意如抱
女尋婬生獨一染著如此間相抱樂彼如是
得不著意如尊長夜起樂喜意是故焰磨此言
夜半
問云何執手行婬答兜率陀彼展轉發婬如
女共執手行如是婬生獨一染著如相抱不
染著如尊長自有侍從喜是名兜率陀此言止足
天不犯他婬故曰自有已慧不仰人故曰自也

問云後當說俱行此云何答俱行者三十三
天（第二天也）大王地（修妬路）有二著二婬此一切婬行
依二彼行義此二想師說如人彼三十三須
彌頂彼如人行婬四大王遊乾陀羅上（此言持天
地山也）彼亦如人地者此間地樹河山上居處
愛所欲得此一切天如所說有下風而無便
利轉上轉上兩倍樂此輩天欲界住者
問趣云何答趣者地獄畜生餓鬼（修妬路）地獄
畜生餓鬼此是三趣無善趣故惡趣彼地獄
寒熱因緣想（修妬路）寒地獄熱地獄因緣想地
獄一義極苦是故地獄是中無可樂是故地
獄彼多種此當說彼寒地獄者能語不了語
不語（修妬路）三語相寒地獄能語不了語不語
極多語彼能語者字可了是故能語
問云何能語答能語頞浮陀（此言卒起）尼賴浮陀
（此言不卒起）阿波波（此言戰也修妬路也）此三寒地獄能語
彼卒起者（數拘利至百爲一次復至百如是五名卒起）數爲聲如
十摩竭（國人也）胡麻擔一擔二十駁也念百歲
取一胡麻此時猶可盡爾許百歲彼卒起地
獄衆生命如此四㪷成一升四升成一獨籠
柰十六獨籠柰成一佉隸（聚也）二十佉隸成一
擔如是命爲十倍成不卒起以此十倍作巳
餘者亦爾知若不卒起中以寒身體疱著生
是故不卒起（無數疱著身也）身無空處疱滿是故不
卒起戰獄名寒肉松落作爾戰喚阿波波
問云何不了語答不了語者阿吒鵂吒鵂優
鉢（修妬路）此三不了語大逼迫時不耐苦稱阿
吒鵂吒鵂作如是不了皮落如優鉢（皮落但有肉存）
甚寒因緣合會使皮落如優鉢華剖身亦爾
彼於此間誹謗賢人優鉢羅受罪（句到受罪如優鉢）

問云何不能語答不能語者須揵提（極香華）拘物度（白華）分陀黎鉢暮（藕華修妬路）此四地獄不能語唯極冬疾風吹身令强須揵提（修妬路）拘物度分陀黎藕華隨其像身更若喟喘（喟音穹謂反）身戰慄住此誹謗賢人是須揵提如是一切殃受此苦如是一劫盡是寒地獄十也四方間輪圍山（鐵圍也）著（近也）上狹如覆舍入常闇冥寒切破身如叢大火然竹箄身聲吒吒（猶駮駮貌也）如熟橘柑果自剖展轉相振生想此中亦有人受苦者也一切謗賢聖受此世尊亦說可誹賢聖者百千墮卒起地獄心口願惡此是寒地獄

問云何熱地獄答熱地獄者所拷掠處少拷掠處無拷掠拷掠處（修妬路）熱地獄有三事拷掠處少拷掠處無拷掠處拷掠處行所作此中衆生或役多役少或自苦隨役隨行造此生而受苦彼拷掠處還活獄市獄黒綖獄（修妬路）那者婆（耆諶伊反）市獄黒綖獄此三拷掠處還活如倒懸羊頭以斧斤斫爲首獄卒削肉盡索因緣合會冷風起肉還生非好因緣合會作苦有鉞斧大如半月彼各各起疾此本逼迫我我當還逼迫之如刈竹箄藤（戲相斫如此）以此怨意死便生彼黒線者以線磔縛線磔身已段段截也此以刀割衆生身熱銅鍱遍纏其身肉血脂流此間以鞭衆生爲首及出家者託言持戒衆檀越施與衣著亦同此大闇冥惡煙熏倒懸驅歙煙此間以煙熏衆生受此罪大市者手脚頭鼻爲首被截也坐在市屠罪如此熱鐵地載鐵火車獄卒張目喚呼驅使走此間牛馬爲首極困苦抱持他妻令

上劍樹極然爲首苦此拷掠也由因緣獄卒不被燒罪者被燒不可思議行報

問少拷掠云何答少拷掠者聚大啼哭被炙修妬路此三少拷掠彼大聚者畏獄卒無數千衆生入山内隨緣前行自因緣值火適還爲獄卒所驅彼兩逼迫山俱合似如磨而像可彼於此磨爲首及輪磋衆生肉爛盡輪外國輪壓油傷衆生或復以熱鐵臼五百歲擣因緣所牽命曰亦擣傷不盡彼於此彈指頃臼抓磋殺蟲爲首虫於此須臾曰抓彼報然也彼大啼哭者一切皆然山周帀崩峻惡獄卒無事而恚何以走不走啼不啼如是生過以熱鐵椎擊破首此間人爲重事外國考囚重者八十輾者三十六被炙者像如浴室尖頭屋熾然銅屑地驅使入熬使熟熟已驅出彼大身惡狗食其肉食肉盡風隨吹肉復生尋驅使入此間養蠶命存煑炙

問云何無拷掠處答無拷掠處者啼哭被炙無分米修妬路此三無拷掠處彼啼哭大熾然熱鐵像竈底極阨展轉相逼大喚呼以蓋覆大苦於此間焚燒曠澤作窖地宂熏宂居者也被炙者大多炎相搏鐵山周帀利叉刺炙一面熟熟已又自轉或人自轉周帀繞於此間錐刺人及拔翅甲也無分米無分米不痛周帀火燒其城縱廣百踰旬熱銅薄覆其上四門縱廣上下火在其中無空鈌處尋火焰走身體爛盡無分米不痛於此間殺父母羅漢起惡意向如來壞僧若造十惡行因緣所牽生彼此三無拷掠處也因緣地獄彼處處河曲間石腹間大曠澤中受種種苦此因緣地獄此盡是地獄

問云何畜生答畜生者地水虚空行(修妬路)一切無足兩足多足(修妬路)畜生地上行水上行虚空行彼地行牛驢馲駝爲首水行魚摩竭失收摩賴(收深幽反)爲首虚空行鳥及餘小虫一切無足兩足多足無足蛇爲首兩足烏爲首多足牛蜂百足爲首彼種種作惡增癡行生此中

問云何餓鬼答餓鬼無食少食大食(修妬路)此三取要言之若干種餓鬼

問云何無食答無食炬焰鍼臭口(修妬路)炬焰口鍼口臭口此無食彼炬焰口口中焰氣還自燒面像如焦柱慳貪嫉彼受此苦果也鍼口者腹大如山口如針孔雖廣見飲食已而不能得臭口者如糞臭劇燒死人臭自口臭内熏五藏憤脹氣出無腹(無腹還小也)念食若干種受若干苦此是無食

問云何少食答少食者臭針毛胭癭(修妬路)臭毛針毛胭癭此是少食或少得不淨食是故少食彼毛鍼者牢堅長頭利毛覆身節各各不相近(恐相觸毛深也)毛還自刺身如鹿被利箭苦值得便食(逢物便齧也)臭毛名極臭毛覆身風吹自毛臭氣起熏鼻發恚意自滅毛更此苦胭癭名由巳因緣生轉轉破癭臭膿血流而各食之

問云何大食答大食棄吐殘食大飛(修妬路)彼棄吐食有二或故與族終亡者去(得也九種中此世種祀七一親族則得食也佛答比丘)不故與者街巷四道所遺落者去受身如此彼前棄及吐聞吐聲如被請走食吐以爲力天祠爲首施巳而還奪因此生彼彼大飛閦叉羅刹獸鬼畜生人天作

形（修妬路其人上二至獸鬼亦修妬路也）此是餓鬼大飛鬼彼像如天自然住由因緣或有好衣食而不得食無量百餓鬼營從如親墮獄來見諸親大愁苦欲吐以此爲患（如天一也好食二也無量三也）畜生人天此餓鬼畜生形人形天形若干種行所致此欲界中

問云何色界中答色界中及念無念樂護行（修妬路）色界名彼無欲但由禪使然除瞋恚得柔和色淨如金此是界義此及念行無念行苦樂滅護行也及念者樂是故及念除念是無念除苦樂息也觀疾轉高解脫如御馬車

問云何及念答及念自覺無覺自行（修妬路）及自覺是自覺除自覺無覺也樂如是知此禪說如覺初也無行二也無覺初二中間此禪行色界生也隨衆生爲說禪

問云何自覺生答自覺者梵富樓酸（淨師）梵迦夷（淨身）梵波棃沙（淨眷屬修妬路）自覺行禪巳生彼中淨師淨身淨眷屬生巳下中上隨其樂大梵無覺生無覺無行義

問云何無行答無行者彼栗阿婆（少光）阿波摩那阿婆（無量光也）阿婆㝡羅遮（光音㝡速未及修妬路）無行及念樂生此天少光無重光光音此名隨所欲或雜想口語光出少是故少光口出光多故言無量清淨無量故言光音（清淨口言明淨）

問巳說念樂云何無念答無念波栗多首婆（少淨）阿婆羅摩那（無量淨）首波首波訖栗那（修妬路遍淨）無念也樂禪俱去（得也）生彼三天彼少淨名少是一義此是少功俱去少三禪生少淨天如是少樂報中中無量淨生上生遍淨

問云何護行（自守）答護行護樂無想首陀跋娑

淨居也修妬路護俱去得也有三行有想想滅覺相應
彼護樂者鞞隸呵破羅想天果實天也首陀跋娑
護樂生是故護彼如上中下果實知阿先如
薩倕都戈反無想天淨居波果實第四禪下中上功
大生彼下生無果天中生福光天上生果實天也以此想滅俱生
無想天婆羅門謂涅槃者彼念想識滅彼想謂結盡
無復垢唯有色身行身一處猶滅行往故不免生老死故曰
行身有四事彼死起想生來婆羅門自謂此天爲般涅槃知命將終謂
聖見欺故生惡道也
問云何淨居名答淨居者修提舍善見天須提
舍那善好見鞞首陀清淨天上中下也修妬路也淨居名諸
結盡此功德名耳
問五淨居地何以說三答清淨阿鞞麗舍盧鷄
反阿答波阿迦貳吒一究竟天上之上中下也空定亦上中下三天
阿那含生之弁八天也修妬路也無所觸無熱一究竟此三

清淨知分清淨爲三故有五色說色界
問云何無色界答無色界已說上分別無色
界已說彼分別來生無色界是無色界是間
正受然後生彼如是作已道果有如稻麪子
成果實婆素跋陀三法次三說二度盡
四阿含暮抄解第九第三之三也
問已說陰界云何爲處答處更樂異學解脫
處修妬路更樂處名異學處解脫處此三處依
義如天處若出家懇懃彼此得覩見恐懼是
故處
問云何是誰處答功德惡俱修妬路彼功德解
脫處惡異學處俱更樂處此著意而行惡清
淨意發功德行
問云何更樂處答更樂處近著不近著行不
行修妬路更樂處近著行不近著行無行行是

義此間因緣説如相應即是行近著此行是故近著行如是不近著行知

問云何近著行答近著行者鼻舌更樂（修妬路）鼻舌更樂此是著行鼻香入鼻内而受香香是鼻行雖華在遠華香猶入鼻而受香香亦是色若北風香至南而不還北是故華香入鼻受味亦如是味著舌已而受味不在器中如是更樂更樂身根是亦八行細滑重輕栗堅平不平寒熱（細滑八事）以此以此行著受是故近著行

問云何不近著行答眼耳意（修妬路問已下十一字其人著也）眼耳意此三不近著行

問眼亦少著受境界耳亦如是耳入蚊蚋聲受意亦無色當云何知不近著行答以是故不近著説所謂不近著界受

問云何齊限不近著答無齊限此間月在四十千踰旬住受見或五里處住隨力根見是故近著行不近著行但界見受不蜱（通鷄反）入眼受即離則受如是耳離受聲不逼耳得受聲是亦隨根力受意無色無有遠近是故不近著行説

問云何無行答無行已他受無受（修妬路）已受他受無受此無行彼已受者色爲首他受者及餘六色聲香味細滑（其人云宜有聲）無受牆爲首螺聲俱鉢香爲首等無有行是故無行此是餘行無有因緣此是五界無因緣有是他因緣法義多

問已説無行更樂處云何異學處答異學處者一處嶮僞無義論（修妬路）一處義論嶮僞義論無義義論此略要異學處三一義彼一處

義論名如因提幢旛竿八人舉來中或有說
揥跋達提持來或言天與諦在中不獨舉一人
言雖多無一人不得舉雖多已下更答獨舉作如是說一人言
一處義論何以故義有三前因緣報一人言也言專
前世所爲也現在人所造其一人言若專前世何用現在所造耶也他
喜與財其一人言也喜施財天使之然也此中因緣至此現
一處義論嶮僞義論名如彼因提幢旛竿或
言非人舉來唱齊所致此是義嶮僞義無義
論名如因提幢旛竿此非人舉來
問云何一處義論義答一處已他人所造及
餘論修妬路已人所造有二宿命因緣所造令
命所造彼及宿命所造當知是因緣受報想
天所與如是義有三如上說彼若言因緣人
所造他喜與財作如是說一義論所造因緣
輩無人所造無反復不可信此輩不足往來

若緣所作如是一切無所作如是爲首惡
問云何嶮僞答嶮僞義衆生法俱根義想修妬
路嶮僞義論衆生論法論俱論彼衆生法根
想衆生所作淨不淨若法少作衆生法所作
此是嶮僞義論非衆生作非法所作非俱所
作上非上宜有何以故
問云何衆生根義想答衆生梵磨末恕婆盧
頻糅八臂神論修妬路衆生所作如梵磨所作末
恕婆盧主地神所作頻糅所作如是論不知觀
梵磨論者言梵磨造虛空虛空造風風作水
水作地地作草木衆生如是前梵磨作論此
一切是惡若梵磨作虛空地者住何所處而
作空地也若展轉作者事違如是爲首惡也
末恕婆盧頻糅亦爾
問云何法答法者時微性論修妬路時作一切

微作性作此三法義論彼時論名是一切皆時之所生是一時皆時之所成熟也是一切皆時之所虧是一切皆時之有爲首(首盧)誦此偈偈彼不相應一處如上說不足往來彼於此合(上四事同故)或生意此亦時所作此不相應何以故空無所有時自亦空教他所作不合如是惡也微所作不合彼無念此事不相應性亦如是性若有起非性事若無者無義若無義有所起如是一切有者性有何差降若卿生此意性有常此不相應無常者不變如是惡也(性者常然也常然則無然不然故曰不變也)

問云何無義答無義者自然彊伏無所有(修妬路)無義論有三自然論彊伏論無所有彼自然論者自然有生不有餘想刺如利無有人利之者以自爲首彊伏論名隨物欲生如大水泉源草木枝葉墮中聚作一摶此是彊伏隨風來或吹向北或復東西如是種隨所欲起無所有名空盡無所有有何相應何者相應都無所有此輩盡是惡何故若自然有者子不生也田作水溉灌以見時爲首若無是者子不得生是故不自然一切作所致報

問已說異學處云何解脫處答解脫處想禪誦(修妬路)想禪誦此是解脫處解脫惡盡彼解脫此三處依是義依此已得解脫想因緣是義彼想依辟支佛得解脫前品已說禪此當知彼亦依聲聞而得解脫

問云何誦答誦者說聽諷誦(修妬路)說聽諷誦彼說名隨所聞法說如所聞法受諷誦隨所聞章而轉誦之

問已說諷誦修妬路阿毗曇鼻貳何故重說

答此亦分作三諷誦三事得果說時聽時誦時佛弟子有四諦受生戒度也施受俱來施度也滅受俱來禪度也慧受俱來智度也此如是相應諦聽得解脫施說得解滅坐禪得解慧諷誦得解是故解脫處義如是三法相應觀無亂意欲求無爲次第得解脫解脫義斯慧者生世尊世婆素跋陀三法次三誦三法度盡盡三法度記曰聽我說偈偈千二百偈三十二字首盧也偈宅人讚佛則二十七字京梵本四十六葉一葉十八首盧也

四阿含暮抄解卷下

音釋

磔陟格切裂也 鍱弋涉切鍱薄也 歙許及切呷也 磋倉何切磨也 擣都皓切舂也 抓側交側絞二切 鍼諸深切與針同 胭癭胭於田切胭猴也癭於郢切頸瘤也 䵃古猛切麥也 揥敕細切 糅女救切 戧初良切古創字

五門禪經要用法

宋 曇摩蜜多 譯

清刻龍藏佛說法變相圖

五門禪經要用法

大禪師佛陀蜜多撰

宋曇摩蜜多譯

坐禪之法要有五門一者安般二不淨三慈心四觀緣五念佛安般不淨二門觀緣此三門有內外境界念佛慈心緣外境界所以五門者隨衆生病若亂心多者教以安般若貪愛多者教以不淨若瞋恚多者教以慈心若著我多者教以因緣若心沒者教以念佛若行人有善心已來未念佛三昧者教令一心觀佛若觀佛時當至心觀佛相好了了分明諦了已然後閉目憶念在心若不明了者還開目視極心明了然後還坐正身正意繫念在前如對真佛明了無異即從座起跪白師言我房中係念見佛無異師言汝還本坐係

念額上一心念佛爾時額上有佛像現從一至十乃至無量若行人所見多佛從額上出者若去身不遠而還者教師當知此是求聲聞人若小遠而還者求辟支佛人若遠而還者是大乘人三種所出佛還近身作地金色此諸佛盡入於地地平如掌明淨如鏡自觀己身明淨如地此名得念佛三昧境界得是境界已白師師言是好境界此名初門觀也師復教係念在心然後觀佛即見諸佛從心而出手執瑠璃杖杖兩頭出三乘人光爛有大小如是出已末後一佛執杖在心正立而住末後佛迴身還入先云諸佛盡來隨入若小乘人入盡則止若大乘人入盡已悉從身毛孔滿於四海上至有頂下至風際如是照已還來入身如淨瑠璃所以光明還來入身者欲示勇猛健疾境界相好如是已即往白師師言此名一切念處以能生諸定故名爲念處亦初得此法皆是諸佛弟子所得非是邪道神仙所見上杖者定相也相光者智慧相也此内凡夫境界相也師復更教言汝從今捨前二觀係心在臍即受師教一心觀臍觀臍不久覺臍有動相諦視不亂見臍有物猶如鴈卵其色鮮白即往白師師言汝更視在處如師所教觀已有蓮華瑠璃爲莖黄金爲臺臺上有佛結跏趺坐第一佛臍中復有蓮華出上復有佛結跏趺坐如是展轉相出乃至大海海邊末後第一佛還入第二佛臍第二佛還入第三佛臍如是展轉還入乃至人臍佛令爲一一佛入行人臍中已行人自身諸毛孔徧出蓮華滿虚空中猶如垂寶

瓔珞如是出生見諸蓮華盡入臍行人爾時身體柔輭輕悅自見已身明淨如雜寶色即以所見白師師言大善汝好用心觀此身成定相也師教言更觀臍中即如教觀見頂有五色光燄見已白師師言更觀五光有五瑞相如教觀已見有一佛在光明中結跏趺坐更觀五光中佛有何瑞相即見佛口中種種蓮華出出已遍滿大地更令觀五光中佛一見佛臍中有五師子出師子出已食所出諸華已還入五光中佛臍中師子入已五光及佛即從頂入此名師子奮迅三昧定相也行人復觀光入佛身已行人身作金色見金色已見臍中有物圓如日月白而明淨見已白師師言更觀即見佛出滿腋下及腰中有佛出凡四佛出四佛出已見四佛身一一佛出無量圓日光日光甚明淨因諸日光見四天下色上至有頂下至風際悉皆明了如見掌中無所罣礙此名白淨解脱境界也見如此已還見四佛隨出處還入四佛入已復見白焰諸光前入後出後入前出左入右出右入左出如是四種出入竟見自身明淨及水四邊圓滿淨光此名爲明淨境界見此光已名成念佛三昧在四禪中

不淨門行者善心來詣師所未受法時師教先使房中七日端坐若有緣者覺身及臍有瞤動相自見已身明了左足大指爪上有白露如珠行者從座起以所覺白師師教行人行住坐立相其人内境界多者視占極高遠知緣外多若一心徐步視占審諦者知緣内若外緣者教觀塚間死屍見已還來在房中

坐自觀已身念骨若三日不失次觀房中諸人漸漸令見白骨次第相續至於大海以何相故知到大海緣見水波源一切骨人及已身盡著瓔珞復見大水來灌其頂滿於已身滿已身已令從足指出成血河此名爲猒患三昧也復專念前見一切卧唯有身在以白師師言汝自觀分爲五分所以爲五分者欲知内覺外覺爲驗身若能壞作五分了者即知令則無有我一一亦無我心則若住無我定門若住定時盡見肢節有刀出諸刀刃皆有明焰出此名無我智慧境界

復更係心白骨自見骨上有明星出四邊有金丸星者明淨境界金丸者智慧境界二十五四十名白骨境界滿也於十想中畧出白骨相也行人雖見白骨於男女色故生愛心欲除愛者應觀三十六物若觀時應係心額上係心不久見有明珠於額而現在前不令墮落爲心堅住故所以有此相者現法流出故如是不久教令放已入地入地已隨而觀之明淨而下過於地界所以智者自見已身及處處見凍凌過於風界所以智者身體柔軟過於水界所以智者自見已身及處處有水上有泡出若到風界所以智者自見已身猶如虛空珠若尋空還來明淨光明隨珠而來珠若出已入行人臍中入已見三十六物明了無礙行人爾時得男女相定滿白骨觀法白骨觀者除身肉血筋脉都盡骨骨相拄白如珂雪光亦如是若不見者譬如癩人醫語其人家若令飲血色同乳者便可得瘥家中所有悉令白作白銀器盛血語言飲乳此

病必瘥病言血也答言白物治之汝豈不見家中諸物悉是白物罪故見血但當專心乳想莫念是血也如是七日便變爲乳何况實白而不能見即見骨人骨人之中其心生滅相續如線貫珠如是所見及觀外身亦復如是若心故住精進不廢如鑽火見煙穿井見泥得水不久若心靜住開眼見骨了了如水澄清則見面像濁則不見觀佛三昧佛爲法王能令人得種種善法是故坐禪之人先當念佛佛者能令人無量罪微薄得諸禪定至心念佛佛亦念人爲王所念怨家債主不能侵近念佛亦爾諸餘惡法不能嬈亂若念佛者佛不在世云何憶念人之自信無過於眼當觀好像如見眞佛無異先從肉髻眉間白毫下至於足復至肉髻相相諦觀還於靜處閉目思惟係心在像使不他念若有餘緣攝之令還心自觀察如意得見是爲得觀緣定當作是念我亦不往像亦不來而得見者由心定想住也

得觀佛定已然後進觀生身便得見之如對面無異也人心馳散多緣惡法當如乳母看視其子不令作惡若心不住當自責心老病死苦常來逼切若生天上著於妙欲無有治心善法若墮三惡苦惱怖懼善心不生今於此身當至心念佛復作是念言生在末世法欲滅盡猶如打鼓開門放因鼓聲漸止門閉一扇豈不自知不求出獄也過去無始世界生死已來所更苦惱萬端今始受法未得成就無常死賊常來侵害經無數劫生死之苦如是種種責心令住於相坐卧行步常得見

佛然後更進生身得禪定已展轉則易生身觀法身觀者既以觀像心隨想成就欲意入定即便得見當因於像以念生身觀云如坐於菩提樹下光明顯照相好奇特又如鹿野苑中爲五比丘說四諦法又如耆闍崛山放大光明爲諸大衆說般若時隨用一處係念在前不令外散心想得住即便見佛舉身快樂貫徹骨髓譬如熱時得清涼池寒得温室世間之樂無以爲喻法身觀者已於空中見佛生身當因生身觀内法身十力四無所畏十八不共法大慈大悲無量善業如人先見金瓶後觀瓶内摩尼寶珠所以法身眞妙神智無比無近無遠無難無易無量世界悉如目前無有一法而不知者一切諸法無所不了是故行者當常專念不令心散若念餘緣攝之令還復次一切命過者當知死時先失諸根如投火坑發聲至梵天甚大怖畏無過死賊唯佛一人力能救拔與種種人天涅槃之樂復次一切諸佛世世常爲一切衆生故不惜身命如釋迦文佛爲太子時出遊觀看見一癩人即勑醫人治之醫言當須不瞋人血飲之髓塗之乃可得瘥太子念言是人難得設使有者復不可害一瘥一死即便以身與之令治佛爲一切衆生亦復如是佛恩深重過於父母假使一切衆生悉爲一分二分之中當念佛不應餘念如是種種功德隨念行事若此念成斷除結縛乃至可得無生法忍若於中間諸病起者隨病服藥若不得定六欲天中豪尊第一業行所致宫殿自隨或生諸佛前無不定也如人藥和赤銅若不成

金不失於銅也

觀十方諸佛法

念十方佛者坐觀東方廓然大光諸山河石壁唯見一佛結跏趺坐舉手說法心明觀察光明相好憘然明了係心在佛不令他緣心若餘念攝之令還如是見者便增十佛既見之後復增百佛千佛乃至無邊身近者則使轉遠轉廣但見諸佛光光相接心明觀察得如是者迴想東南復如上觀既得成已西北方四維上下亦復如是既向方方皆見諸佛已當復一時并觀十方諸佛一念所緣周遍得見定心成就者於定中見十方諸佛皆為說法疑網悉除得無生忍若有宿罪因緣不見諸佛者當一日一夜六時懺悔勸請隨喜漸自得見縱使請不為說法是人心快樂身體安無患也

初習坐禪法

先教注意觀右脚大指上見洪脹以意發爪却之令黄汁流如膿血出肌肉爛盡已唯見白骨盡見應廣教骨觀若見滿一天下者宜教大乘若見近者宜教小乘教注意觀鼻頭憶想人身肌肉皆是父母精氣不淨所成次觀齒白人身中唯此白骨耳若見齒長若額上白者即觀骨令身皆白遠近如上此人隨根深淺若教時不能卒見白骨者教如常九想觀令一月一秋修習要見白骨乃前若見衆生教觀慈心觀法教熟觀白骨若見餘物當語前人此亦好耳且置是事但觀白骨前當若久觀白骨云我身中覺煖教令續觀見煖覺已安隱和悅者此是煖法次當教以意

解白骨節節解散若見餘物當令且置但觀白骨解離久久觀之若言我頂上火出教令更觀云我常見頂上火出身中安樂無有亂想此是頂法

次教注意令骨白淨已分散飄落在地如雪在地或如爛土其上或有白光種種異物教更觀之若言續見如是身中快樂當語汝本時所愛人常憶念與作世事彼觀已言我憶念人見之但變作膿血不淨甚可惡見次教觀身如草束或如空葦囊若言我見自身如乾草束或如空葦囊有火燒盡乃無有我教令更觀汝意起時從何處起滅時從何處滅觀之觀者若言我見卒覺起時從意起滅時鼻頭滅鼻頭滅時身中和靜不覺有我了了分明教觀頂上言我見身長大頂上出水滿於身中令其極滿臍中出之流在前地水出既盡教更重下水令身麤大若言我見身大水滿其中出之水成大池教以酥灌頂令入身中若言我以酥灌頂使身廣大教諦觀之若言觀須臾之間見皮火起火便熾然滿身中以水滅之令火滅盡快得蘇息教係意觀池答言我見池中自然有樹樹生甘果見此果已若有衆生來飢餓求索觀者見之教即起慈心便自觀身若言我觀自身盡膿血流出在地衆生見之便取食之食之既足各四向而去教自觀身及觀他身若言便見衆多餓鬼來在身邊飢餓所逼命如絲髮即教以慈心以身施之若言我以身施之令得充足教復更觀若言我見無數衆生遶身四邊若見此事應教自觀身若言我自見身不淨膿

血在地衆生見之便取食之既飽足已教令諦觀我見忽然火起燒諸罪人及其已身在池水所有悉已都盡復教諦觀見處若言我見衆生及池中水已身悉平復如故觀衆生及其已身若言我見自身乳出流下在地衆生見之不能得食由罪重故教以慈心觀若言我須臾之間乳化爲膿衆生飢急便食之既飽足已便見脚底火然燒諸衆生忽然滅盡行人見此事已應教自發願更不受生教尋觀前池若言我觀見水池池中蓮華樹枝葉茂盛見此事已自身入水叢樹邊坐自觀身中火出滿於池中須臾之頃忽然火起自燒已身及衆生池水都盡尋教更觀若言我見池中忽然樹生枝葉茂盛出生甘果行人見之向樹食果既飽足已身心明淨安隱快

樂教淨觀此池及其已身若言須臾之間都已乾枯行者見此破壞之相心懷怖恐即來白師師應教觀身爲苦本教令觀身使如泡沫若言我見自身如泡沫及身出骨出已便以手摩如麪平以爲地尋復教觀令身如氣囊若言我自觀如氣囊即變骨出其骨微細摩以塗地其地青色復教觀身若言我觀自身微塵及身出骨其骨絶黒摩以爲地教自觀身及觀於池答言我觀其池蛇出身赤如火蛇來逼身便變爲火自燒其身如是七返空中自然有水灑之蛇身即滅教復還觀身及觀於池若言我觀須臾之間自然光出高大明好尋復觀身若言我覺和適心意快樂無有懈息自然光來遍身滿七返教自觀身若言我便自見頂上有光似如雲蓋其色如

銀具足此事應於初道亦名觀火竟

次觀水大教令觀身中何處有水若言身中盡是水教令更觀若言我見水眼中現者好若不著汝觀頭巳上水何處出若言我見水從眼中復不墮地眼如水沫頭中亦滿師當問汝見水何似出時悉有何相答言我見頭中不温不冷大好若言水温當知非眞復教更觀要令水不温不冷乃是眞相教觀咽胷巳下至腹中令見水滿但莫令入臂脚中水要玻瓈色若覺水温爾乃是眞餘者非眞也次觀身中通臂脚若言我見皆皮囊者相又見水滿中舍及牀座處是水冷者爾乃是眞餘者非眞若廣見水者大好次觀水大從何處盡若言我見水從我身中消盡唯有空皮或如草束火起燒盡了無有我也觀水大竟

次觀火大教令觀臍四邊何處有火若言我見臍上火起或言從鼻中出或言從口中出或言從眼中出或言從耳中出者教令更觀答言我見鼻中五色光出其狀如絲身中不温不冷此則一法教更觀之若云我見火從頂上出或言從下道出教令更觀云我見火在頭上如雲蓋狀或言在下如雲狀身憺愉安隱此則一法教令更觀身云我見火從臍中出踰如蓮華其色如金者大好教令觀身中火若言我行坐常見火不但唯坐時也行時見火似如人持火行常在我前大明乃應他人怪之而他人實不見而身常温此是一法教更久觀之云我見大海水其中有摩尼珠其珠焰出如火此珠則是一法也觀火大法竟

次觀風大此風大其性細微非條疏所解故不出此四大是坐禪根本所由處雖多見餘相要向此四觀也

初教觀佛先教坐定意不令外念諸緣使人然後將至好像前令諦觀像相好分明然後安坐教以心目觀此像相好若言我見像分明是一事

教自觀身令身安坐教還觀佛若言我見一佛至十佛悉令明了是二事

教令諦自觀身漸安教還觀佛若言我見十佛至二十佛明了是三事

教自觀身令身轉安淨教還觀佛若言我見二十佛至五十佛明了如前是四事

教自觀身令意轉細教還觀佛若言我見五十佛至百佛相好如前是五事

教自觀身令心轉細教還觀佛若言我見百佛至二百佛明了如前是六事

教自觀身令心轉細還教觀佛若言我見二百佛至四百佛明了勝前是七事

教自觀身令心轉細教還觀佛若言我見四百佛至八百佛相好轉明是八事

教自觀身令心轉細還教觀佛若言我見八百佛至千佛是九事

從一佛至千佛諦觀相好極令分明還自觀身不淨膿血即教作不淨觀若見白骨即作白骨觀若見苦痛衆生即作慈心觀若不見此事還觀一佛至心懇惻求哀懺悔是初學家觀佛法若趣住地應廣觀佛若言我見一佛至百千萬乃至衆多佛相好明了是第十事

教觀自身令身明淨教還觀佛發大誓願心生供養言我見無量諸佛於佛前自然有華便取供養悉令周遍是十一事
教自觀身令身明淨還教觀佛若言我如前見已心生歡喜教至心觀佛念欲供養若言我見自然有華樹踊出上生種種雜色華自然有人取此好華與我供養散諸佛上普周遍華故不盡是十二事
次教於佛邊坐自觀已身極令明淨還教觀從東方始令意東行見無數佛意乃疲息是十三事
教前境界次東行若言我意東行見無數佛滿於虛空無有邊際意疲乃息復意旋意東行要有限礙乃住南西北方亦復如是是十四事

教令自觀身中肢節悉已明了若言我見者教還觀佛足下若言我見佛足下雜光明然後還至四方一切諸佛悉在光上蓮華中是十五事
教令觀佛喜心諦觀足下若言我見佛足下光出至於大地無有邊際教乘此光觀若言我見苦痛衆生無量無邊光所照處悉皆安樂是十六事
教觀自身令復轉明淨教觀一佛臍中若言我見佛臍中光出遍至四方極遠之處一切諸佛悉上光住是十七事
教尋光觀若言我見無量人於光中現悉受快樂是十八事
教自觀身令極明淨教還觀一佛兩乳若言我見佛兩乳中自然光出遍至四方一切諸

佛悉在光上是十九事
教尋光觀若言我見此光中有無量人悉受快樂是二十事
教自觀身見身極明教還觀一佛眉間若言我見光從眉間出大如升許漸漸麤大便上向去踊在空中教令尋光觀爲隨何光上意疲乃息復更尋去若言我尋去上至無極到光所盡是二十一事
教尋此華佛從東方始若言我見光著有無量細微光皆悉如觀此光頭盡有化佛滿於東方中間相去五步是二十二事
教續東行觀之若言我行見無量佛意疲乃息教續觀至極遠處更見餘相乃至南西北方亦復如是是二十三事
教自觀身若言我自見身悉明淨喻如聚光

教令觀佛次第作禮供養若言我見無量諸佛行列我持衆華次第灑散供養諸佛悉令周徧是二十四事
教令觀此所供養華若言我見華隨者在於佛邊便成華帳行伍次第嚴好微妙悉皆如是如是一切諸佛悉在帳中坐其牀上是二十五事
教觀華帳若言我見華帳漸漸高出踊在空中合成一蓋覆一切佛是二十六事
教觀自身若言我見自身麤大喻如聚光教還觀佛次第作禮悉令周徧仰觀於蓋若言我見上華蓋中有華臺下向七寶城中有華下以手承取教散諸方供養諸佛悉令周徧是二十七事
教向佛作禮求願已用教令至心在於佛邊

坐若言我坐須㬰頃見地自然踊出七寶臺色妙香好便取供養一切諸佛是二十八事教自觀身極令明淨令明淨已於佛邊坐觀所供養華若言我見此華在佛足下便成琉璃之座次第行伍佛坐其上中間道陌悉皆妙寶所成端直無比是二十九事
教自觀身若言我見身中更有小身兩重而現內見外明淨教還觀佛若言我見一切諸佛來入一佛身中而不迫迮是三十事竟觀佛事多畧出三十事以教行者
初教慈心觀法先教懺悔淨身口意至心懇惻發弘誓願然後教坐便心目自觀已身若言我見自身便觀他身若言我見衆生苦痛在前足下火然成於火坑焚諸罪人身體膿爛血流成池高聲大喚苦痛無量復見四方有城圍繞是名初事
教發大願生憐愍心諦觀衆生若言我見罪人爲火所逼投膿血池池中膿血便變爲火坑燒諸罪人苦痛無量便共號哭無寧息處二事
教令諦觀莫懷恐怖誓心救濟教令人人代之乃至衆多若言我人人代已將著坑上令得蘇息三事
教諦觀之若言我見諸城門中有無量人來投火坑復受苦痛代之令出將至所安四事
教令諦觀若言我見諸門中人來不止受無量苦我以慈心力便以自手捫摸此門門便破盡四壁盡破五事
教以慈觀之若言我見諸治罪人心生憐愍下淚如雨以手接取灑散火坑火尋滅盡六

事

教更觀之見火已滅唯有膿血盛滿大坑自身出水以著池中池血消盡其水澄清七事

教令諦觀若言我見池中生大華樹衆生見此樹便來取之教令飲之洗浴令身清淨八事

教自上華臺上若言我上華臺已見下衆生復欲得上即挽上之著華中其華狹小不相容受我以手摩令華廣大得相容受九事

教自觀身明淨已若言我并見諸罪人飢餓須食生憐愍心即於身邊便有飲食我便與之悉令飽足使得休息諸人皆言離苦得樂十事

教令諦觀華臺增長有數重出我便尋上至第二重身安坐已便喚下人悉上華臺快得安住我生悲心於是華上所須之物飲食充飽我以慈心即爲說法汝由宿世作毒火燒人家種種惡業今受此報汝可懺悔滅除宿罪十一事

教生善心復登華臺若言我已下重諸人亦上所須與之令無所乏須復爲說法天上人間五道報應令心開解十二事

教尋華上若言我已於華上爲下重諸人復欲得上我悉上之復生喜心觀此華中便有自然金銀珍寶衣裳飲食所須之物悉給與之天諸妓樂自然而至隨意所欲受快樂已便爲說法汝等善心始生果報尋至封受此果報十三事

教增善心乘華而上若言已上華臺頭在下諸人心生歡喜尋後而上盡華頭復教觀華

若言我見華頭我見華頭生大大甘果香味具足告諸人言樹上有果可取食便如所言食得充足皆言快樂十四事

教觀華中若言我見華中有七寶之臺自然而出中有經卷名曰智慧我即宣令一切諸人此中有經說三乘法汝可作禮生恭敬心華香供養復欲聽法我便答言燒香散華供養已訖復欲聽法我便答言我及衆會俱不清淨如何可聞法者令身心清淨即便受教我語諸人悉令端坐閉目一心除諸亂想我亦如是須臾之間身盡明淨心意泰然我即語之今當爲汝說此妙法至心聽受即便受教我爲說法令得聞法既聞法已於上空中有自然光明照此華臺一切諸人便於四方悉令明淨此諸人等見光歡喜身輕踊躍尋光而去十五事

教諦觀身若言我自見身光出繞身四邊其明轉盛便自以手推此光明遠至四方有無量人尋光來至我以慈心便給所須令得充足無所乏少便爲說法令得信解歡喜受行須臾之頃便踊身空中徘徊而去十六事

教諦觀華臺若言我見華臺所有悉已去都不得見四向清淨於此事中境界亦多畧出所有耳

續教作慈心觀先教以慈心自觀已身見已了了便教觀苦痛衆生若言我見四山之中有大地獄罪人滿中受大苦痛須臾之頃忽然便有鐵蓋覆諸罪人令不得現初事

教以慈心發大誓願我當救濟無量苦惱衆生令得解脫即起慈心坐鐵蓋上破此鐵蓋

若言我以此手破碎鐵蓋漸令破盡便下向觀見諸罪人受大苦痛有重鐵輪在人頭上或在身中或在足下或大或小膿血流出苦痛無量高聲大哭不可堪忍復見無量治罪之具治諸罪人苦痛無量不可具說二事

復教發誓願益增悲心觀之若言我見此罪人心生憐愍淚下如雨諸人小得休息三事

教修慈心代諸罪人將著高處便得休息須更之間人人如是四事

教更觀之若言我見地獄四邊高壟起中有膿血池池中四處忽然火起燒諸罪人苦痛難忍號哭稱怨若言我見此事生憐愍心即於身邊手出清水四向灑之令火漸滅小得休息五事

教令更觀若言我見山間有無量人來入地獄中受諸苦痛不可稱計我見此已心生憐愍便於池處立筏以諸罪人將著筏上令得休息人人如是六事

教諦觀之若言我見諸山間人來不絶受苦不斷我以慈心力摩滅此山以爲平地七事

教以慈心於此池上空中而坐身出少水著於池中若言我於空中坐已下水著池中池中膿血四向出去其池澄清須臾之項於池四面便有火起燒此膿血悉已都盡八事

教以悲心於池上坐四向諦觀若言我見鐵輪毒害之具來至我座下成大華臺諸罪人等各至四方安隱之處我在臺上見下火起與臺然盡火四向去燒諸四方所到皆盡九事

教觀池中若言我見池中泉水廣大乃至四

方無邊際中生蓮華漸漸廣大覆此池上教在華中便四向觀見池四邊有無量人欲來趣我我教洗浴令身清淨身清淨已於華葉間便開少分於下水上住於道陌間令諸人等悉上華臺十事

教觀池四邊若言我見池四邊便有樓閣自然而出與華相接令諸人等趣此樓上快得休息各各自言得樂既止息已便索飲食無以與之於十指頭出雨雨華爲乳是諸人等悉令足飽是十一事

教令觀華臺中若言我見華臺中更有臺出及四方樓俱更有重廣大如前我尋上到已於華葉間便開少分設諸梯橙上諸人等復著臺上四向趣樓隨來處東向三方亦爾復加悲心觀此華中復有自然所須之物與四方人令其充足便爲說法是身爲苦無牢強者皆由宿世犯五逆罪行惡所致受此苦痛令可懺悔尋如所言即便懺悔是十二事

教觀華臺若言我華臺中更出重樓閣我便尋上到已復作梯橙諸人上已各各上樓休息已我於華上便取飲食衣服所須之物四向與之令無所少便爲說法無量利益便生信心受持齋戒悉令奉行十三事

教令更觀華臺樓閣若言我見華臺樓閣如前生微妙勝前我與諸人等如前尋上重已各共上樓與諸人等便得充足令無所乏復爲說法即便受教悉得利益十四事

教生喜心諦觀華中若言我華臺中樓閣如前生重我與諸人悉共上已我坐華上心生歡喜須臾之頃見華臺樓皆作金色七寶合

成於上便有無盡寶藏衣服飲食微細柔輭
箜篌樂器須隨意所欲得充足已復爲說法
皆悉受行十五事
教更觀華臺中若言我已見華臺中有樹踊
出高樓十丈枝葉茂盛生香美藥自上樹頭
便下向觀見下樓閣從下破落至五重諸人
惶怖各言苦哉便尋華上在諸華中十六事
教生憐愍救濟諸人若言於華葉中挽諸人
等上著華頭便以甘果悉給與之令無所乏
便爲說法教修禪定滅諸惡業心得清淨踊
躍無量飛行虛空隨意而去十七事
教在華上四方遠觀若言我見四方有光明
雲蓋來趣我身於時我身復光出與蓋相接
我以手摩令廣大十八事
教即尋光從東方始若言我尋光東行極遠
於此光中見無量人光中而來趣華所如是
尋去到光住處乃自還來華教次第行伍給
與衣食所須之物令得充足便爲說法隨意
所應歡喜受行身輕踊躍飛騰空中隨意而
去南西北方亦復如是十九事
教觀身令廣大滿於空中極明淨復明見四
方無量人來集身邊我以慈心令入我身中
入我身中已安止須臾之頃有自然所須之
物隨意應施與諸人等令無所乏各得充足
快樂安隱便爲說法無量利益令得開解隨
意而去二十事
如是等極多畧受法者說此事耳形疾有三
品風寒熱病爲輕微心心有三病患體動有
劫數受諸苦惱唯佛良醫授以法藥能受行
者除生死病令心決定專心不亂如人見賊

安心定意牢自莊嚴賊自退散亂心惡賊亦復如是如是言曰血肉雖盡但皮筋骨在不捨精進如人燒身但欲救火更無餘計出煩惱苦亦復如是當忍五事苦患飢渴寒熱瞋恨等當避憒鬧樂在靜處所以者何衆鬧亂定如入刺林

四無量觀法求佛道者當行四無量心其心無量故功德亦無量於一切衆生中凡有三品一者父母親里善知識等二者怨賊惡人常欲惱害三者中人不親不怨行者於此三品人中慈心觀之當如親里老者如父少者如子常應修習如是慈心人之爲怨以有惡緣惡緣盡還成親親怨無定何以故今世是怨後世成親瞋恚之惡失大利失慈心者障礙佛道是故應於瞋憎怨賊應視之如其親里所以者何由是怨賊令我得佛若使怨賊無惡於我忍從何生是則爲我善知識令我得忍辱波羅蜜於怨賊之中得慈心已於十方衆生慈心愛念普偏一切蜎蜚蠕動皆無安者而起悲心也若見衆生得今世樂得生天樂賢聖道樂而起喜心不見衆生有苦樂事不愛不喜以慧自御雖緣衆生而起捨心是名四無量心於十方衆生慈偏滿故名爲無量行者應當修習是心或時有瞋恚心起如蛇如火在於身上即應急除若心馳散入於五欲及爲五蓋所覆當智慧精進之力攝持令還修習慈心常念衆生令得佛樂習之不息便得離五欲除五蓋入初禪相者喜樂偏身諸善法中生歡喜樂見有種種微妙之色是名入佛道初門禪定福德因緣得上四

無量心已於一切衆生忍辱不瞋是名衆生忍得衆生忍已易得法忍得法忍者所謂諸法不生不滅畢竟空相能信受是法忍者是名無生忍得阿耨多羅三藐三菩提記欲得佛道者應當如是修習求初禪先習如是諸觀或觀不淨或觀因緣或念佛三昧或安般後得入諸定求佛道者先習四無量心得入初禪則易若利根人直求初禪者觀於五欲種種過患猶如火坑亦如廁屋念初禪地如清涼池臺觀等五蓋則除便得初禪如後利仙人初學禪時道見死屍膖脹爛臭心諦觀之自見其身如彼不異靜處專念便得初禪佛在恒水邊坐禪有寶間比丘問佛云何得道佛言他物莫取便解法空即得道迹世間人自怪無所得而問於佛佛言取恒水中小石以君意持淨水洗比丘如教佛問恒水多澡瓶水多答言恒水不可爲比佛言不以指洗用水雖多無益也行者當勤精進用智定指洗除心垢若不如是不能離苦也

不淨觀法貪瞋癡是衆病之本愛身著欲則生瞋恚顛倒所惑即是愚癡所覆故也於内外身愛著淨想習之來久深著難遣欲離貪欲當觀不淨意由外起雖爾猶可制之如人破竹初節難破既制貪欲餘二自息不淨觀者當觀此身生不淨處在胞胎中從不淨出薄皮覆之内純不淨然四大變爲飲食充實其内自觀察從頭至足薄皮裹之内無一淨者腦膜涕唾膿血屎尿畧說則有三十六物廣則無量猶如農夫開倉善分別麻麥粟豆行者深觀見此身倉種種惡露三十六物如

實分別内身如此當知外身亦不異此若心住相者身體柔輭心神快樂心若不住當自責心我從無數劫來隨順汝故經歷三塗受無窮苦從今日去我當伏汝汝且隨我還攝其心令得成就若極其身者當觀白骨亦可入初禪行者志求大乘若命終隨意所欲生諸佛前若不爾者必至兜率天得見彌勒定無有疑也初禪過患内有覺觀外有火災二禪過患内有喜樂外有水災三禪過患内有喘息外有風災四禪地中過患都盡三災不及二十五有四天下六欲天四惡道四禪地大梵天無色界第四禪地有五阿那含天合二十五有

五門禪經要用法

音釋

𢡄 呼麥切心明了也

憺愉 憺徒濫切恬靜也 愉羊朱切悅也

蜚 甫微切與飛同

金剛頂瑜伽千手千眼觀自在菩薩修行儀軌經

唐大興善寺三藏沙門大廣智不空奉 詔譯

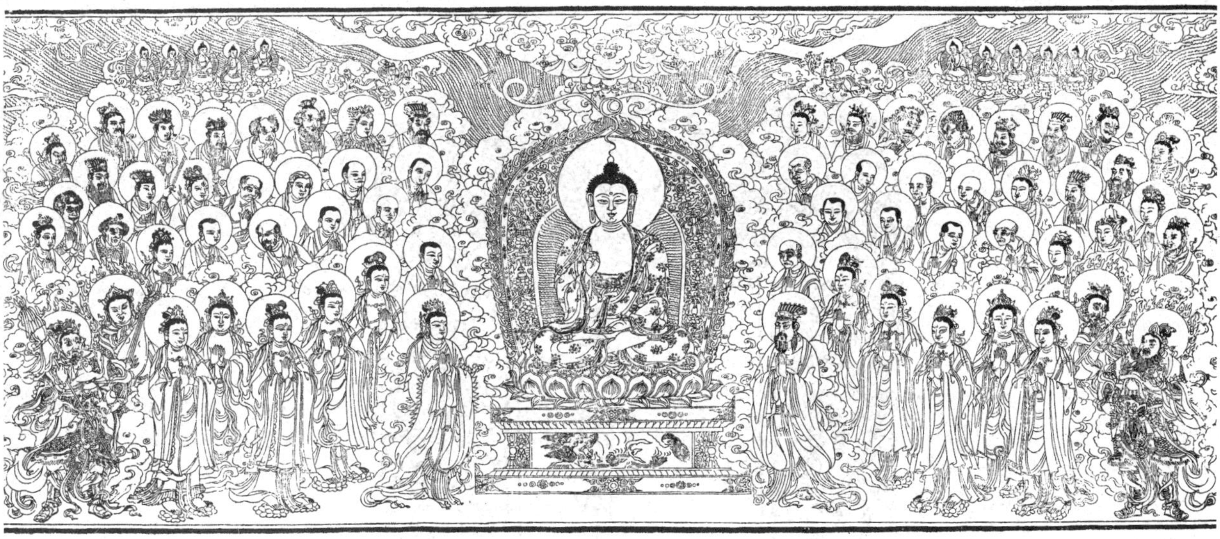

清刻龍藏佛說法變相圖

金剛頂瑜伽千手千眼觀自在菩薩修行儀軌經

唐大興善寺三藏沙門大廣智不空奉 詔譯

我依瑜伽金剛頂經説蓮華部千手千眼觀自在菩薩身口意金剛秘密修行法行者應從瑜伽阿闍梨處求受菩提心律儀戒入大曼茶羅受灌頂位勝解行地捨身命財勇猛精進懷悲愍心不猒生死決定求證普賢菩薩身歷事諸佛樂修勝義般若波羅蜜具慈悲喜捨饒益有情或於山間勝地閑靜之處或於清淨伽藍及舍利塔前修治精室塗拭壇場周帀懸旛上施天蓋於壇西面安千手千眼觀自在菩薩像持誦者於壇東對像敷茅薦爲座或坐被脚小床壇上分布曼荼羅列諸聖位置二閼伽滿盛香水安四賢瓶於

壇四角每日取種種時華散於壇上燒香塗香燈明飲食及諸果子加持分布四邊供養每入道場虔誠作禮發露懺悔隨喜勸請迴向發願即運心觀想徧滿虛空一切如來具諸相好皆入法界定又觀自身住佛海會中即結驚覺一切如來印二手各作金剛拳檀慧相鉤直舒進力二度側相拄真言以印三舉真言曰

唵嚩日嚕(二合引)底瑟姹(二合一句)

由結此印誦警覺真言一切如來皆從定出瑜伽者應作是思惟啓告諸佛我身少慧少福沒於苦海仗託諸佛威神之力惟願不捨大悲本願慈悲矜愍觀察護念拔濟於我彼一切如來各以神力加持護念修瑜伽者獲無量福聚身心自在

次應禮四方如來請求加護先禮東方阿閦如來等一切如來瑜伽者即以全身委地二手金剛合掌長舒頂上以心著地至誠敬禮真言曰

唵薩嚩怛佗(去聲引)蘖多(一)布(引)儒(鏃固切引)跛娑佗(二合引)曩(引)夜(引)多麽(二合引)南(二)顐哩野(二合引)多夜(引)銘(三)薩嚩怛佗(去聲引)蘖多(四)嚩日囉(二合)薩怛嚩(二合引)地瑟姹(二合)娑嚩(二合)鉿(引五)

由結捨身印及誦真言奉獻供養禮敬故瑜伽者由作此禮乃至成佛常得金剛薩埵加持令菩提心圓滿

次禮南方寶生如來等一切如來如前展身委地金剛合掌下當心以額著地至誠禮敬真言曰

唵薩嚩怛佗(去聲引)蘖多(一)布(引)惹(慈攞切引)鼻曬

引迦引夜引多麼引二合南二顊哩野引二合多上聲夜引銘三薩嚩多佗引去聲蘖多四嚩日囉二合囉怛曩二合鼻詵去聲左給五引

由結捨身印及誦眞言奉獻供養禮敬故乃至成佛地地中常得虛空藏菩薩受與灌頂福德圓滿具諸相好當爲三界法王

次禮西方無量壽如來等一切如來如前展身金剛合掌置於頂上以口著地至誠敬禮眞言曰

唵薩嚩怛佗引去聲蘖多一布引惹切慈攞鉢囉二合韈怛曩引夜引多麼引二合南二顊哩野二合引多上聲夜引銘三薩嚩怛佗引去聲蘖多四嚩日囉二合達磨鉢囉二合韈怛野給引五紇唎二合六

由結捨印及誦眞言奉獻供養禮敬故乃至成佛常得觀自在菩薩加持智慧圓滿轉妙法輪

次禮北方不空成就如來等一切如來展身如前金剛合掌置於當心以頂著地至誠禮敬眞言曰

唵薩嚩怛佗引去聲蘖多一布引惹切慈攞羯磨抳阿引去聲多麼引二合南二顊哩野二合多上聲夜引銘三薩嚩怛佗引去聲蘖多四嚩日囉二合羯磨矩嚕給五引

由結捨身印及誦眞言奉獻供養禮敬故乃至成佛常得金剛業菩薩加持於一切佛世界成就廣大供養業然後結加趺坐端身正念不動支節閉目寂靜入四無量心觀即結定印初入慈無量心定以慇淨心徧緣六道四生一切有情皆具如來藏備三種身口意金剛以我修三密功德力故願一切有情等

同普賢菩薩如是觀已即誦大慈三摩地真
言曰
唵摩賀引昧引怛囉夜二合引娑頗二合囉引一句
次應入悲無量心三摩地智以悲愍心徧緣
六道四生一切有情沉溺生死苦海不悟自
心妄生分別起種種煩惱隨煩惱是故不達
真如平等如虛空超恒沙功德以我修三密
加持力故願一切有情等同虛空藏菩薩如
是觀已即誦大悲三摩地真言曰
唵摩賀引迦嚕拏上聲夜引娑頗二合囉一句
次應入喜無量心三摩地智以清淨心徧緣
六道四生一切有情本來清淨猶如蓮華不
染客塵自性清淨以我修三密功德力故願
一切有情等同觀自在菩薩如是觀已即誦
大喜三摩地真言曰

唵秫詩聿切馱鉢囉二合謨引娜娑頗二合囉一句
次應入捨無量心三摩地智以平等心徧緣
六道四生一切有情皆離我我所離蘊處界
及離能取所取於法平等心本不生性相空
故以我修三密功德力故願一切有情等同
虛空藏菩薩如是觀已即誦大捨三摩地真
言曰
唵摩護引閉乞灑二合引娑頗二合囉一句
瑜伽者由修習四無量心定誦四無量心真
言非於未來所有人天種種魔業障難悉皆
除滅身中頓集無量福聚心得調柔堪任自
在次結金剛合掌印二手十度右押左互相
交即成真言曰
唵嚩日囉二合引惹慈攞切里一句
由結金剛合掌印速得滿足十波羅蜜得十

自在
次結金剛縛印即以前印十度外相叉作拳
即成眞言曰
唵嚩日囉(二合)滿馱(一句)
由結金剛縛印瑜伽者速得十地滿足
次結摧十種障金剛縛印如前金剛縛以印
三度掣拍心上即成眞言曰
唵嚩日囉(二合)滿馱(一)怛囉(二合)吒(半音二)
由結此印能摧滅心中十種惑障則顯現發
揮身口意金剛
次結金剛徧入印如前金剛縛印禪智屈入
掌各捻戒方置於心上眞言曰
唵嚩日囉(引二合)吠(微閉切)捨惡(一句)
由結此印瑜伽者身中三密金剛皆得順伏
加持不散

次結金剛拳三昧耶印如前金剛徧入印進
力屈拄禪智背即成眞言曰
唵嚩日囉(二合)母瑟置(二合)鍐(一)
由結金剛拳三昧耶印身口意金剛合爲一
體修瑜伽者速得一切成就
次結三昧耶印如前金剛縛直竪忍願相合
即成誦眞言三徧眞言曰
唵三(去聲)麼野娑怛鍐(二合一)
則觀自身等同金剛薩埵處在月輪又觀金
剛薩埵在身前如鏡中像與身相對等無有
異由結此印誦眞言觀念相應故印得於一
切印爲主宰
次結大三昧耶眞實印二手金剛縛忍願屈
入掌面相合檀慧禪智直竪相合以忍願頭
頻觸心上眞言曰

唵三去聲麽野斛一引素囉多娑怛鍐三合二
由結此印警覺瑜伽者身中金剛薩埵以威
神加持行者速得成就普賢菩薩身
次結三世勝菩薩印二手各作金剛拳右手
加左手腕上檀慧反相鉤直竪進力安印當
心誦眞言三徧眞言曰
唵遜婆去聲一顊遜婆去聲引吽短聲下同二疙囉二合
疊拏二合疙囉二合疊拏二合吽三疙囉二合疊拏二合
引跛野吽四阿去聲引曩野斛引婆去聲誐鍐五
嚩日囉二合吽短聲發吒半音六
即入金剛忿怒威光熾盛三世勝三摩地此
菩薩有四面皆忿怒八臂各執器仗右足踏
烏摩如丁字勢立徧身火焰炯然如劫災火
此即三世勝聖者三摩地印也修行者應住
菩提心深起悲愍滅除內外人天等障即以
印左轉三帀辟除障者便右轉三帀隨意大
小結爲方隅界即印心額喉頂誦一徧頂上
散印
由結此印誦眞言住此忿怒三摩地身心所
有煩惱業障以金剛猛利慧火焚燒悉盡次
結蓮華三昧耶印如前金剛縛檀慧禪智竪
相合置於口上誦眞言曰
唵嚩日囉二合跛娜麽二合一三去聲麽野娑怛鍐
三合二
瑜伽者作是思惟我今此身等同觀自在菩
薩想左手當心執蓮華右手作開敷華勢住
圓滿月輪中了了分明由結此印誦眞言加
持故一切三摩地一切方便般若波羅蜜速
得成就
次結三摩地印如前金剛縛仰安加趺上進

力屈中節竪相背禪智横相拄於進力上即誦眞言曰

唵三(去聲)摩地跛娜銘(二合)紇哩(入聲二合引一)

瑜伽者端身正坐儼然不動想自身在一切如來海會觀一一佛身微細猶如胡麻相好具足了了分明即入觀自在菩薩觀智作是思惟一切法本來清淨我亦清淨於世間貪愛清淨故則瞋恚清淨於世間塵垢清淨故則一切罪清淨於世間一切法清淨故則一切有情清淨於世間般若波羅蜜多清淨故則薩婆若清淨瑜伽者作是觀已身心豁然清淨即誦通達心眞言曰

唵唧多(上聲)鉢囉(二合)底(丁以切)吠(微閉切引)鄧一迦噜弭(二句)

瑜伽者誦無限數當證二無我顯現如來藏證圓滿菩提心即誦菩提心眞言曰

唵冐(引)地唧多(上聲)母多跛(二合)娜夜(引)弭(一句)

即閉目澄心觀自身中正當胷間有圓滿清涼潔白滿月一心專注更不異緣於圓明上想有八葉蓮華於蓮華胎中觀紇哩(二合)字如紅玻瓈色即誦加持蓮華眞言曰

唵底瑟姹(二合)跛娜麼(二合一句)

想其蓮華漸舒漸大乃至徧滿小千世界及中千世界大千世界其華具大光明照曜六道衆生滅除一切苦惱彼等獲得安樂悦喜即誦引蓮華眞言曰

唵娑頗(二合)囉跛娜麼(二合一句)

復想是蓮華漸斂漸小量等己身即誦斂蓮華眞言曰

唵僧(去聲)賀囉跛娜麼(二合一句)

又想空中一切如來悉皆入此蓮華中合爲一體其蓮華變成觀自在菩薩身紅玻瓈色坐蓮華臺上首戴寶冠中有化佛了了分明以決定心如是觀已即誦自身成本尊瑜伽眞言曰

唵嚩日囉(二合)達謨(引)舍(一句)

由誦此眞言加持故瑜伽者自身與本尊身等無有異

次結加持印如前金剛縛進力合竪屈如蓮葉禪智並竪即成以印加持四處所誦心額喉頂各誦一徧眞言曰

唵嚩日囉(二合)達麽(引)地瑟姹(二合)娑嚩(二合)輅(一句)

由結此印加持故修行者威德自在離諸障難本尊瑜伽速得成就

次結佛寶冠灌頂印如前金剛縛忍願直竪進力相拄如蓮葉安於額上誦眞言三徧眞言曰

唵怛佗(引去聲)蘖多達磨吽(引一句)

由結此印及誦眞言則獲得無量壽如來寶冠灌頂

次結蓮華鬘印二手各作蓮華拳當額如繫鬘相遶三帀即分頂後亦遶三帀兩邊徐徐下如垂帶勢從檀慧度次第舒散十度誦眞言曰

唵跛娜麽(二合)麽(引上聲)黎(一)達麽紇哩(入聲合引二)輅(二)

由結蓮華鬘印當得爲蓮華部中法王

次結金剛甲冑印二手各作金剛拳直舒進力於二度端想唵砧二字即誦被甲冑眞言曰

唵嚩日囉(二合)迦嚩左(一)嚩日哩(引二合)矩嚕(二)
嚩日囉(二合)嚩日囉(二合)舍(三)
隨誦眞言以進力二度初於心上相遶三帀分至背後亦相遶還却至臍相遶次遶右膝還至臍皆相遶次至腰後却至心前次遶右肩次遶左肩次至喉復至頸後至額前復至腦後每處皆相遶三帀如前徐徐兩邊下如垂帶勢從檀慧度次第散十度便以二手旋拳如舞當心三度拍掌即誦拍掌眞言曰
唵跛娜麽(二合)覩史野(二合)斛(引一句)
由結金剛甲冑印乃至成佛於一切處一切生常被大慈金剛甲冑莊嚴身心求世出世間悉地速疾成就內外諸障毗那夜迦不能侵嬈由誦眞言金剛拍掌故一切聖衆悉皆歡喜

次於下方空中想憾(胡感切)字其字如染玄色漸舒漸廣成大風輪於風輪上想鋡(模感切)字白色漸引漸大與風輪相稱變爲水輪於水輪上想鉢囉(二合)字金色稱其水輪成一金龜於龜背上想素字變爲妙高山四寶所成又想劒(平)字變成金山七重圍遶則於妙高山上虛空中想毗盧遮那佛徧身毛孔流出香乳雨澍七山間以成八功德香水乳海於妙高山頂上想有八葉大蓮華於蓮華上有八大金剛柱成寶樓閣於蓮華胎中想訖哩(二合)字從字流出大光明徧照一一佛世界所有受苦衆生遇光照觸皆得解脫於此大光明中踊出千手千眼觀自在菩薩具無量相好熾盛威德十波羅蜜菩薩周帀圍遶八供養菩薩各住本位於寶樓閣四隅有白衣大白

多羅毗俱胝等四大菩薩各與無量蓮華部衆前後圍遶諸天八部以爲眷屬如是觀想無量聖衆及本尊極須分明勿令忘失次第即結繞發意轉法輪菩薩印二手各作金剛拳進力檀慧相鉤結即誦真言曰

唵嚩日囉(二合)斫訖囉(二合)吽(一)弱(二)吽(三)鍐(四)斛(引五)

即以印置於身前壇上即成蓮華部世調伏大曼荼羅以印安於心上即自身成大曼荼羅以印觸本尊像彼像或畫或銅或塑皆成大曼荼羅以印置身前空中即滿虛空界成大曼荼羅修行者設有越法誤失三業破三昧耶戒由結此印誦真言加持故能除諸過皆得圓滿

次結普請警覺一切聖衆印如前金剛縛直豎忍願進力屈如鉤即成瑜伽者應以清雅梵音誦警覺聖衆真言徧警覺本尊并十波羅蜜菩薩蓮華部聖衆真言曰

阿(去聲)夜(引)呬(四)(馨異切)試伽嚩(二合轉舌呼)素蘖路(引)枳孃(二合)吠(微閉切)誐多(入聲)鉢囉(二合)拏(引)弭旦(得安切)帝嚩囉薩怛嚩(二合)尾訖囉(二合一)麼(入聲引二)迦嚕(引)呬(四)薩鋑嚩囉娜(引)摩賀(引)麼攞(入聲引三)阿(上聲)贊拏迦(引)薩怛嚩(二合)尾秫(詩聿切)地迦(引)囉迦(引四)怛怛𡀨(二合)難底(丁以切下同)囉閻底囉閻(五)尾囉閻尾囉閻(六)阿囉囉訖哩(二合)播(引)麼野娑嚩(二合引)賀(引七)

便結普召集佛菩薩印即分前印胷前交臂右押左以忍禪願智彈指即想左手拓金剛犍椎右手執獨鈷金剛杵搥擊聲徹十方世界諸佛菩薩一切聖衆聞已皆悉集會於曼

荼羅上空中瑜伽者即住觀自在菩薩三摩地即誦蓮華部一百八名讚普禮一切聖衆誦讚歎曰

惹(自攞切)野覩没哩(鼻聲二合)拏(上聲引)羅餉佉惹(同上)吒計捨迦邏(引)跛馱嚩(一)鉢娜麽(二合)嚩喞(引)誐拽瑟置(二合)怛囉(二合)野寧(引)怛囉(二合)娑賀娑囉(二合)步簪(自合切二)娑怛多那莫娑訖哩(三合)姤(引)粃尾你野(二合引)馱囉你(引)嚩誐喃(三)阿賀麽(上聲)嚩路(引)枳帝(引)濕嚩(二合)囉麌嚩娑多(上聲)單鉢囉(二合)拏多(入聲四)跛娜麽(二合)囉(引)誐顊(寧逸切)麽(上聲)藍(五)迦(引)麽(上聲)囉(引)誐毋答紿(六)路(引)迦曩(引)他曼馱銘(引七)薩嚩秫(詩聿切)馱悉地野(二合)左(八)

次結馬頭明王鉤印二手金剛縛進力屈如鉤向身招之誦眞言三徧眞言曰

唵賀野疙哩(二合引)嚩(一)摩賀(引)跛娜莽(二合)矩舍(引二)羯囉灑(二合)野試(引)伽覽(二合三)薩嚩跛那麽(二合)矩攞三(去聲)麽琰(引四)跛娜莽(二合引)矩捨馱囉(五)吽(引)弱(六)

由結此印請召一切聖衆皆來集會次結不空罥索菩薩印二手蓮華合掌進力禪智金剛縛右手智度入左手虎口中即誦眞言曰

唵阿(上聲)謨(引)伽(去聲)跛娜麽(二合)播(引)捨(一)矩嚕(二合引)馱(引)羯囉灑(二合)野(二)鉢囉(二合)吠(微閉切引)捨野(三)摩賀跛輸(上聲)跛底(丁以切四)焰麽嚩嚕拏(上聲)矩吠(引)囉(五)没囉(二合)憾麽(二合)吠(引)灑馱囉(六)跛娜麽(二合)矩攞三(去聲)麽琰(引七)吽(引)吽(入聲引)

由結此印一切聖衆皆成引入大曼荼羅次結蓮華鎖菩薩印二手蓮華合掌進力禪智金剛縛各相捻如環即誦眞言曰

唵跛娜麽二合娑怖引二合吒滿馱一薩縛跛娜麽二合矩羅二三麽夜引熾引伽覽二合三吽引鍐四

由結此印一切聖衆以大悲本誓於道場中各依本位堅住不散

次結蓮華俱摩羅印二手蓮華合掌禪智屈入掌各置檀慧戒方度間即誦眞言曰

唵殺穆佉一娑曩得矩二合麽引囉二吠引灑馱囉三跛娜麽二合吽吒夜引吠引捨野四薩嚩跛娜麽二合矩攞三去聲麽琰五引薩嚩毋捺覽二合引滿馱野六薩嚩悉馱喻引銘鉢囉二合拽磋七跛娜麽二合引吠捨惡惡惡惡八

由結此印誦眞言三徧一切聖衆皆大歡喜

次獻閼伽香水二手捧閼伽器當額奉獻誦眞言七徧想浴一切聖衆雙足眞言曰

娜莫三去聲滿多毋馱引南一引唵誐誐曩二三去聲麽引糝麽娑嚩引二合賀三引

瑜伽者獻閼伽時心中所希望事即發願啓白聖者我所求悉地願速成就

次結蓮華嬉戲菩薩印二手蓮華合掌禪智並竪微開安於心上即成瑜伽者觀想自身等同嬉戲菩薩想從心中流出無量嬉戲菩薩供養本尊及一切聖衆蓮華嬉戲眞言曰

唵跛那麽二合邏引細囉引誐野一摩賀引禰引尾二囉引誐布引惹自攞切引三去聲麽野吽三引

由結此印誦眞言供養故不久獲得如來地住法圓現法樂住證成無上菩提

次結蓮華鬘菩薩印即以前印舒臂向前與自額齊運想從額流出無量蓮華鬘菩薩供養本尊及一切聖衆蓮華鬘眞言曰

唵跛娜麼(二合)麼(上聲引)黎(一)鼻詵(去聲)左(引)鼻曬(引)迦(二)布(引)惹(慈攞切引)三(去聲)麼野吽(三引)

由結此印誦眞言供養故獲得相好具足當爲三界法王

次結蓮華歌讚菩薩印即以前印下至當齊蓮華合掌徐徐漸上至口以印從口向前下瀉想從口流出無量蓮華歌讚菩薩供養本尊及一切聖衆蓮華歌讚眞言曰

唵跛娜麼(二合)儗(霓以切引)帝(一)誐(引)娜儗(引)多(二)布(引)惹(自攞切引)三(去聲)麼曳(引)吽(三引)

由結此印誦眞言供養故不久當具六十四種梵音四無礙辯能於無量世界轉大法輪

次結蓮華舞菩薩印二手各作蓮華拳先於胷右互相旋轉如舞次於胷左亦互相旋轉如舞勢次於頰右次於頰左如前旋轉誦眞言言不間斷末後蓮華合掌置於頂上想從頂流出無量蓮華舞菩薩供養本尊及一切聖衆蓮華舞眞言曰

唵跛娜麼(二合)韈嘌(二合)底曳(二合一)薩嚩布(引)惹(引二)鉢囉(二合)韈多曩三(去聲)麼曳吽(三引)

由結此印誦眞言供養故當得三種迅疾意成身刹那頃於無量世界作神通遊戲利樂有情廣作佛事

次結蓮華焚香菩薩印二手蓮華合掌覆二掌向下散想從印流出妙香雲海徧周法界普供養一切如來海會蓮華焚香眞言曰

唵跛娜麼(二合)度(上聲引)跛布(引)惹(引)三(引)麼曳(二)鉢囉(二合)賀攞(引二合)娜野(二)跛娜麼(二合)矩羅娜以帝(三)摩賀誐抳計(四)跛娜麼(二合)囉底吽(五引)

由結此印供養故獲得如來無礙金剛解脫智次結蓮華華供養菩薩印二手蓮華合掌向上如散華勢運想從印流出種種天妙華普供養一切如來海會蓮華華供養眞言曰

唵補濕跛(二合)布(引)惹(引)三(去聲)麼曳(一)跛娜麼(二合)嚩(引)悉頸(二)摩賀(引)室哩(二合)曳(三)跛娜麼(二合)矩羅鉢囉(二合)底賀哩(四)薩嚩(引)囉攤(引二合)娑(去聲引)馱野吽(引五)

由結此印供養故獲得百福莊嚴無邊受用身次結蓮華燈燭菩薩印二手蓮華合掌禪智豎相並運想從印流出無量摩尼燈光普照一切佛剎蓮華燈燭眞言曰

唵你(引)跛布(引)惹(引)三(去聲)麼曳(一)跛娜麼(二合)矩羅遜娜哩(二)摩賀(引)怒(引)底野(引二合)路(引)犍散惹曩野(三)跛娜麼(二合)薩囉娑嚩(二合)底吽(短聲)(四)

由結此印誦眞言供養故獲得如來清淨五眼次結蓮華塗香菩薩印二手蓮華合掌當胷上分散如塗香勢想從印中流出塗香雲海普徧供養一切如來海會即誦蓮華塗香眞言曰

唵巘馱布(引)惹(慈攞切引)三(去聲)麼曳摩賀跛娜麼(二合)矩羅(二)際致矩嚕(三)薩嚩羯磨(引)抳謎(四)跛娜麼(二合)悉地吽(引五)

由結此印誦眞言供養故獲得戒定慧解脫解脫知見五分法身

次結檀波羅蜜菩薩印右手仰掌屈頤度與智度相捻餘度皆舒即誦眞言曰

唵婆誐嚩底(丁以切)娜(引)曩(引)地跛帝(一)尾娑喋(二合)惹布(引)羅野娜(引)難娑嚩(引二合)賀(引二)

由結此印誦眞言三徧即滅無量劫慳悋業種獲得三種施福所謂資生施無畏施法施即檀波羅蜜圓滿現生獲得富饒資緣具足心得自在壽命長遠

次結戒波羅蜜菩薩印二手內相叉禪智直竪即誦眞言曰

唵試(引)攞䭾(引)哩抳(一)娑誐嚩底(丁以切)吽(引二)郝(三)

由結此印誦眞言三徧即滅無量劫破戒業種獲得三種戒功德所謂攝律儀戒攝善法戒饒益有情戒即戒波羅蜜圓滿常以戒香莊嚴身口意業所有違犯四重禁苾芻苾芻尼犯八他勝罪悉皆清淨當來隨願得生淨妙佛刹

次結忍波羅蜜菩薩印准前戒波羅蜜印以進力相合如針禪智並竪即誦眞言曰

唵娑誐嚩底(一)乞鏟(二合引)底䭾(引)哩抳吽發吒(半音三)

由結此印誦眞言三徧則滅無量劫瞋恚業種獲得三種忍功德所謂耐怨害忍安受苦忍諦察法忍則忍辱波羅蜜圓滿儀容端嚴令人樂見不相憎疾皆來親附勝解尤深隨念變化次結精進波羅蜜菩薩印准前忍波羅蜜印進力拆開即成眞言曰

唵尾(微一切引)哩裏(二合)迦哩吽(一)尾(引)哩裏(二合)尾(微一切引)哩裏(二合)娑嚩(二合引)賀(引二)

由結此印誦眞言三徧即滅無量劫懈怠懶惰業種獲得三種精進所謂被甲精進攝善法精進利樂有情精進則精進波羅蜜圓滿身心安樂離諸疾病無有苦惱修世出世福

智願皆得成辦

次結禪波羅蜜菩薩印即結加趺坐左手仰掌於加趺上以右手仰於左手上以禪智二度甲相拄即誦真言曰

唵娑誐嚩底(一)薩嚩播(引)賀(引)哩抳(二)摩(引)賀柰(引)底曳(引二合)吽(引)吽(引)吽(引)吽(引)發吒(半音三)

由結此印誦真言三徧即滅無量劫散亂業種獲得三種靜慮所謂安住靜慮引發靜慮辦事靜慮即禪波羅蜜圓滿身心輕利所修神通速得成就諸魔不能侵擾一切業障悉皆消滅

次結般若波羅蜜菩薩印左手平舒五指仰置心下以右手覆於左手上即誦真言曰

唵地(引一)室哩(二合引二)輸嚕(二合)多(三)尾惹曳娑嚩(二合引)賀(引四)

由結此印誦真言三徧即滅無量劫愚癡業種獲得三種慧所謂人空無分別慧法空無分別慧俱空無分別慧則般若波羅蜜圓滿獲得聰明智慧悟解世間出世間法博達五明甚深義理

次結方便波羅蜜菩薩印右手慧方握智度左手檀戒握禪度二手相搏忍願相背直竪如針進力平舒側相拄即誦真言曰

唵摩賀(引)每(引)怛囉(二合)唧帝娑嚩(二合引)賀(引一)

由結此印誦真言三徧即滅無量劫無善巧方便業種獲得二種方便善巧所謂迴向方便善巧拔濟有情方便善巧即方便波羅蜜圓滿修持世間六波羅蜜由此印真言瑜伽相應必施功業福德廣多疾得成就皆至究

竟成無上菩提資糧

次結願波羅蜜菩薩印右手直竪五度以掌向外作施無畏勢即誦眞言曰

唵迦嚕抳(尼呈切)賀賀賀糝

由結此印誦眞言三徧即滅無量劫惡願業種獲得二種勝願所謂求無上菩提願利樂有情願即願波羅蜜圓滿從初發心乃至成佛於其中間所求世間出世間殊勝上願皆得圓滿

次結力波羅蜜菩薩印准前戒波羅蜜印禪智進力忍願皆竪頭相合即誦眞言曰

唵娜麽顆毋你帝吽(引一)賀賀賀吽(引)弱(二)

由結此印誦眞言三徧即滅無量劫於世出世劣意業種獲得二種力所謂思擇力修習力於諸對治法伏得諸煩惱斷諸惑障修道時決定勝解一切天魔惡友不能移易獲得不退轉

次結智波羅蜜菩薩印二手外相叉作拳檀慧直竪互交少分屈進力頭相拄令圓忍願直竪頭相合即誦眞言曰

唵麽麽枳孃(引二合)曩迦哩吽(引)娑嚩(引二合)賀(引一句)

由結此印誦眞言三徧即滅無量劫俱生我執種俱生法執種獲得二種受用智所謂受用法樂智成就有情智斷二種障所謂煩惱障所知障證得一切法如幻如陽焰如夢如影像如谷響如光影如水月如變化如因陀羅網如虛空不久滿足十地住法雲地爲大法師

次結白衣觀自在菩薩印二手內相叉作拳

竪進力頭相拄令圓禪智並竪誦眞言曰

曩謨囉怛曩(二合)怛囉(二合)夜(引)野(一)娜莫阿(去聲)哩(引)野(引二合)嚩路(引)枳帝濕嚩(二合)囉(引)野(二)冐(引)地薩怛嚩(引二合)野(三)摩訶薩怛嚩(引二合)野(四)摩賀(引)迦(引)嚕柅迦(引)野(五)娜囉捨(二合)曩娑鉢(二合)捨曩(引)毗琰(引二合)嚩(六引)室囉(二合)嚩拏(鼻聲七)娑麼(二合)囉柅(尼履切引)曩嚩(引)寫(引)麼憾(八)薩嚩薩怛嚩(引二合)南(引)薩嚩弭野(引二合)地(上聲)吉蹉(上聲)迦(九)怛你也(二合)佗(引去聲十)羯𪘨尾羯𪘨羯徵羯𪘨(十一)羯吒尾羯吒羯徵羯𪘨(十二)娑(去聲)誐嚩底(丁以切)尾惹曳(引)娑嚩(引二合)賀(引十三)

由結此印誦眞言七徧蓮華部母聖者加持故諸魔毗那夜迦不得其便從初作先行時乃至求成就時念誦徧數奉獻此尊掌持設令出念誦處誤失三業破三昧耶戒所有念誦功課定充先行成就數功不虛棄剋獲悉地或有惡人無辜作留難者想彼人在瑜伽者足下誦眞言二十一徧所有作留難者悉皆消散慈心相向不能障礙

次結大白觀自在菩薩印二手內相叉進力二度合竪微開禪智並竪即成眞言曰

曩謨囉怛曩(二合)怛囉(二合)夜(引)野(一)娜莫阿(去聲)哩(引)野(引二合)嚩路(引)枳帝濕嚩(二合)囉(引二)野冐(引)地薩怛嚩(引二合)野(三)摩賀(引)薩怛嚩(引)野(引四)摩賀(引)迦(引)嚕抳迦(引)野(五)怛你也(二合)佗(引去聲六)濕吠(引二合)帝(引七)濕吠(二合)黨(引)霓(引八)濕吠(二合)多(上聲)部惹(慈曳切九)濕吠(二合)多嚩(無撥切去聲)悉怛嚟(引二合十)濕吠(二合)多麼(引上聲)鑗(一引十)囉楞(去聲)訖哩(二合)帝(引十二)惹(慈攞切)曳(引)尾惹曳(引十三)阿(上聲)介帝(引)阿(上聲)囉(引)介帝(十四)薩嚩悉馱娜莫

娑訖哩(二合)帝(引十五)呬(興異切)里弭里枳里(十六)捺囉捨(二合)野娑(引去聲)馱野娑嚩(引二合)賀(引十七)

由結此印誦眞言三徧無量劫積集十不善黑業悉皆消滅一切善品白法無漏圓寂皆得圓滿瑜伽者眞言久修持忽生疑惑欲知未來成不成善惡之事於欲眠寢時以衣覆頭以右手右旋摩其面誦此大白眞言二十一徧即右脅而卧離諸思想惟觀念大白觀自在菩薩睡已須臾頃即夢見老人或見國王淨行見白衣少年婦人或見華果種種吉祥勝事當知未來剋獲成就殊勝吉祥若夢中見旃陀羅身著垢弊破衣服或見女人醜惡形容或見不吉祥之物當知所求事不成必有障礙

次結多羅菩薩印准前大白印進力頭相合如針即成眞言曰

曩謨囉怛曩(二合)怛囉(二合)夜(引)野(一)娜莫阿(去聲)哩野(二合引二)嚩路(引)枳帝濕嚩(二合)囉(引)野(三)冒(引)地薩怛嚩(引二合)野(四)摩賀(引)薩怛嚩(引二合)野(五)摩賀(引)迦(引)嚕抳迦(引)野(六)怛你也(二合)佗(引去聲七)唵路(引去聲)嚩(彈舌呼下同八)咄哆(引去聲)嚩(九)咄嚩娑嚩(引二合)賀(引十)

由結此印誦眞言三徧助本尊力令修瑜伽者於諸有情大悲尤深速獲成就

次結祕句胝菩薩印准前多羅印進力微屈如蓮葉即成眞言曰

曩莫薩嚩怛佗(引去聲)蘖帝(引)毗喻(引二合)囉曷(二合)毗藥(二合)三(去聲)藐三(去聲)母第(引)毗藥(二合二)唵婆野曩(引)捨顊(三)怛囉(引二合)薩顊怛囉(引二合)娑野怛囉(引二合)細(四)鼻哩(二合)矩胝怛胝(五)吠

微閉切引怛胝犬怛胝六吠引囉胝吠引囉胝七濕吠二合帝惹致顊娑嚩二合引賀引八

由結此印誦真言三徧獲得威德自在諸障業不能侵擾

次結本尊千手千眼觀自在菩薩根本印二手金剛合掌以忍願二度相合檀慧禪智四度拆開各直豎即成誦根本陀羅尼曰

曩謨引囉怛曩二合怛囉二合夜引野一娜莫阿去聲引哩野二合引嚩路引枳雜以切帝濕嚩二合下無撥切囉引野二冐引地薩怛嚩二合引野三摩賀引薩怛嚩二合引野四摩賀引迦引嚕抳尼呈切迦引野五摩賀引尾引囉引野六娑上聲下同賀娑囉二合引乞灑二合引野七娑賀娑囉二合室引灑引野八娑賀娑囉二合播引娜引野九娑賀娑囉二合尒慈以切引賀嚩二合引野十娑賀娑囉二合步惹引野十一噎呬婆去聲誐刎十二阿去聲引哩野二合引嚩路引枳帝濕嚩二合囉十三隝疙囉二合十四阿上聲底庾二合疙囉二合十五摩賀引鄔疙囉二合十六摩賀引曩引那十七枳里枳里枳里枳里十八弭里弭里弭里弭里十九唧里唧里唧里唧里二十曩駐胝魯切曩駐同上曩駐曩駐二十一訖囉二合娑上聲下同訖囉二合娑訖囉二合娑訖囉二合娑二十二矩嚕轉舌下同矩嚕矩嚕矩嚕二十三噎醯去聲引呬二十四摩賀引尾引囉二十五麼上聲嬾娜娜二十六尾引哩演二合引娜娜二十七薩嚩迦引鉿引銘鉢囉二合拽磋二十八試引伽覽二合聲呼重嚩陜銘二十九囉引瑟嚕二合舌呼轉娑囉引惹自攞切兢矩嚕三十娑上聲賀娑囉二合步引惹三十一娑賀娑囉二合尾引囉三十二路引髻引濕嚩二合囉娑去聲引䭾野三十三娑娜引悉朕地婬切銘婆去聲嚩三十四嚩

囉努引婆去聲嚩三五十阿麌嚕引婆去聲嚩引弭三十六唵引曩謨引窣堵二合帝婆去聲誐刎三十七阿去聲哩野引二合嚩路引枳帝引濕嚩一合囉三十八鉢囉二合没地野二合鉢囉二合枲引娜鉿九三十引嚩囉努引麼麼四十婆去聲嚩引呬婆嚩引二合賀引四十一

誦此陀羅尼七徧已頂上散印由結根本印

誦此陀羅尼能作四種成就事一者息災二者增益三者降伏四者敬愛鉤召等所有希望世間出世間果報皆得滿願本教中所不說成就法者用蓮華部中法對此像前作必獲成就

次結加持念珠印即取蓮子念珠安於掌中合掌當心誦淨珠眞言加持七徧眞言曰

唵尾嚧引左曩引麼攞娑嚩引二合賀引一句

即捧珠頂戴然後以左手禪戒二度捻珠右手智方二度捻珠餘六度直竪當心相去二三寸許以千轉眞言加持七徧眞言

唵嚩日囉二合獄呬野二合惹自攞切跛一三去聲麼曳引吽二引

即以二手各聚五度如未敷蓮華以智方二度移珠誦千手千眼陀羅尼一徧與娑嚩二合賀字齊聲移二珠如是念誦不緩不急不應出聲稱呼眞言字令一一分明寂靜念誦離諸散亂一心專觀本尊勿緣異境或百或千常定其數念誦畢已捧珠頂戴至誠發願安珠本處修瑜伽者爲求無上菩提發大淨信念念精誠於諸有情深起悲愍拔濟之心於自希望成就悉地行願以決定心志不移易晝夜精勤不憚劬勞從初作先行念誦承事

時乃至求悉地成就時時不應間斷處所不移易徧數不應闕於一淨室四時三時精誠念誦對本尊像前常辦外供養物隨自力分不令間斷如是依教修習不久當獲廣大成就如是觀智念誦畢已復結本尊印誦根本陀羅尼三徧不解此印誦蓮華部百字眞言一徧頂上散印眞言曰

唵跛娜麽二合薩怛嚩二合一三去聲麽野麽努鼻聲播引攞野二跛娜麽二合薩怛嚩二合三怛吠二合引怒引跛底瑟姹二合四没哩二合濯引重聲銘淩引嚩五素姤引數引銘婆嚩六阿努鼻聲囉訖姤引二合銘婆嚩七素報引數引銘婆嚩八薩嚩悉地婬上聲二合銘鉢囉二合哦磋九薩嚩羯磨素左銘十唧多上聲室哩二合藥矩嚕上聲吽引十一賀賀賀賀斛引婆去聲誐鍐十二薩嚩怛佗去聲引孽多十三跢娜麽二合麽引上聲銘門上聲左十四跛娜弭引二合婆去聲嚩十五摩賀引三去聲麽野薩怛嚩二合惡入十六

由誦百字眞言加持故能令本尊三摩地堅住身中設曾犯五無間罪謗方廣大乘經一切罪垢悉皆消滅現生所求殊勝悉地皆得圓滿

復結八供養印各誦眞言一徧復結十波羅蜜菩薩印及白衣觀自在等四大菩薩印各誦本眞言一徧即獻閼伽心中所希望隨便啓告即結三世勝菩薩印左轉解界即對聖衆前發露懺悔隨喜勸請迴向發願

次結奉送聖衆印如前金剛縛忍願直豎相拄如蓮葉即成以一時華置於印端捻之誦奉送眞言一徧頂上散印眞言曰

唵訖哩(二合)姤(引)嚩(無博切一)薩嚩薩怛嚩(二合引)囉
佗(二合二)悉地捺路(引三)拽佗(去聲引)努(鼻聲)誐(引四)孼
捺陀鑁(二合)母馱尾灑闍(五)補曩囉(引)誐(六)麼
曩(引)野覩(七)唵嚩日囉(二合)跛娜麼(二合)穆(八)
又以此奉送印加持心額喉頂即結灌頂印
如前繫鬘被甲金剛拍掌各誦本真言一徧
然後禮佛隨意出道場常令身心和悅住本
尊瑜伽觀不應散亂常樂修諸善品每以香
塗印塔助本尊瑜伽於念誦處數須塗拭及
洗浴佛像旋遶有舍利窣堵波塔澡入六念
三摩地及入三解脫門如是衆善所生有爲
無爲福聚迴向一切有情我所希望殊勝悉
地願一切有情無諸障礙皆獲此成就

金剛頂瑜伽千手千眼觀自在菩薩念誦法

我今復說四種成就法

所謂扇底迦法(息災也白)報瑟置(二合)迦法(增益也黃)嚩
試羯囉拏法(敬愛也赤)阿毗遮嚕迦法(降伏也黑)
若欲作息災法者面向北坐像面向南於本
尊前塗拭圓壇觀本尊作白色所獻華果飲
食并自身衣服皆作白色塗香用白檀燒香
用沉水黙酥燈以慈心相應從月一日初夜
時起首至月八日一期滿每日三時澡浴三
時換衣至日滿時或斷食或食三白食如是
依法念誦則能除滅災難業障重罪或五星
凌逼本命宿時感招種種災禍口舌鬬諍王
官逼迫家國不和疫病飢儉鬼魅不祥悉皆
殄滅獲得吉祥身心安樂所求如意修世出
世行願無礙成就
若作增益法者面向東坐像面向西本尊前
塗拭方壇觀本尊作黃色所獻華果飲食并

自身衣服等皆作黃色塗香用白檀如少鬱金燒白檀香然油麻油燈以喜悅心相應從月九日日出時起首至十五日一期滿准前三時澡浴三時換衣至日滿時准前斷食及三白食如是念誦能遷官榮及增壽命求福德聰慧名聞或求伏藏豐財眷屬象馬五穀成熟職仕王官得勢得力求勝事皆得增益

若作敬愛法者面向西坐像面向東本尊前塗蓮華形壇觀本尊作赤色身著緋衣所獻華果飲食等盡皆赤色塗香用鬱金燒香以丁香蘇合香蜜和燒之然諸果油燈以喜怒心相應從十六日後夜時起首至二十三日一期滿至日滿時澡浴斷食法准前如是念誦得一切人敬愛若家不和國不和怨敵伺求方便欲求彼此相敬和順者及令眷屬朋友恩義親厚承淨官長得善顏色恩愛親者依此法求必得和順又欲求說法辯才言音威肅聞者喜悅聖賢加護天龍八部一切歡喜者當依此法精誠念誦所求速得滿願

若作降伏法者面向南坐像面向北本尊前塗三角壇觀本尊作青色或黑色身著青黑衣獻青色華臭華不香華及蔓陀羅華等飲食用石榴汁染作黑色或作青色塗香用栢木闕伽用牛尿以黑色華及芥子相木塗香等各取少分置閼伽中燒安悉香然芥子油燈以忿怒心相應誦馬頭明王眞言或蓮華部使者一髻尊眞言從二十四日午時或中夜時起首至月盡日一期滿滿日澡浴斷食法如前如是念誦能調伏毒惡鬼神及諸惡毒龍令國亢旱或風雨霜雹復損苗稼疫病

流行亦調伏惡人於國不忠殺害無量有情破滅佛教謗正法一闡提邪見惡人及諸外道斷善根者及侵害傳持正法者及背師僧父母不念恩德作留難者及諸惡獸蟲狼師子怨敵惡人欲相損害者如是等類作此法時彼等起惡心者必有覺觸身心不安或病或至不濟即勸彼令發善心若能悔過自責永斷惡心者即爲彼人作息災法念誦彼等即免災難若求出世間上上悉地速滿福德智慧二種資糧及滿足地波羅蜜超越三無數劫難行難進又縁滅除内外諸障修行者決定一縁本尊三摩地三蜜相應心無間斷仗託諸佛菩薩大悲願力助護心三蜜成就資縁四印相應瑜伽者不應苦節邀期令心神散亂於定不進行住坐卧四威儀中令身心悦樂念念與勝義瑜伽相應於清淨法界常作觀行無時無方無晝無夜一道清淨猶如虚空於見聞覺知惟觀眞如於名於相悉知阿(上聲)字無縁大悲自佗平等常樂利樂無邊有情速令成就波羅蜜行等同觀自在菩薩若能如是修持或山間深谷殊勝巖窟清淨伽藍於四月四時專精念誦默斷語策勵身心不耽著睡眠懈怠隨瑜伽者根性利鈍淨信勝解差别於其中間必獲輕安三昧現前即於定中見無數佛會聞妙法音證得十地位諸波羅蜜圓滿身心轉依於後十六大生證成無上菩提欲求出世間成就者已曾入金剛界大曼荼羅受本尊持明灌頂從阿闍黎具受契印眞言瑜伽觀行依法畫本尊像隨力大小隨自愛樂吉祥福地兼助伴知

法弟子及成就資緣具等其弟子須孝敬於師善順其意淨信深法住菩提心堪助伴於一種悉地共成心不移易求成就總有四種等類一者輪鉤杵鉞斧及棒錫杖等二者雌黄雄黄牛黄及諸藥類等三者取河兩岸上土作諸禽獸形所謂象馬水牛雞鴈孔雀金翅鳥等四者本尊像成就依蘇悉教法而作成就輪等及藥物禽獸形本尊像等長短分量形貌并及童女織成白氎等依其中間隨其一而作成就且滿足真言先行徧數然後共助伴知法弟子限時限日限月限年晝夜以大精勤如人鑽火不應間斷求三種相現所謂煖煙光明等瑜伽者欲近成就時有種種障起應作降伏息災等護摩隨上中下成就物等或執或塗身或乘或手持飛騰虛空兼助伴知識或有人見於成就者或成就者見彼人總得飛騰遊諸世界供養諸佛菩薩皆壽命一大劫獲得初地百法明門若但依此念誦法或一時二時或三時四時於一淨室對尊像前結契念誦常不間斷現生必獲三業清淨所求世間榮華富貴皆悉成就獲得財寶豐饒人所樂見博達經論名聞十方諸佛菩薩擁護加持睡安覺安諸魔不能侵害臨命終時本尊現前將往極樂世界蓮華胎中上品上生證菩薩位受無上菩提記

金剛頂瑜伽千手千眼觀自在菩薩修行儀軌經

密跡力士大權神王經偈頌

元廣福大師僧錄管主八撰

清刻龍藏佛說法變相圖

密跡力士大權神王經偈頌序

古汴龍華寺住持沙門智昌述

蓋聞瞿曇演教普利含生歷代諸師三分科經謂序分正宗分流通分穢跡金剛說神通大滿陀羅尼法術靈要門經者北天竺國三藏沙門無能勝與三藏沙門阿質達霰同譯二經同卷闕流通分已入大藏經伊字函第一卷中是故如來於涅槃臺左脇化現穢跡明王三頭八臂降伏螺髻梵王說呪劃四大寶印書符四十二道結五指印契普利有情歷代以來持呪行法者僧俗甚多未達信受奉行先二師同譯後宋會稽沙門智彬將此經重行校勘治定補闕流通題曰佛入涅槃現身神王頂光化佛說大方廣大圓滿大正徧知神通道力陀羅尼經今此經中說大權

神王降伏螺髻梵王復次住世梵王啓請復化現出三頭八臂忿怒相執持器仗與前無異本王寂定次化王畫出三頭八臂頂上化佛相儀劃四大寶印書四十二靈符指結五印契悉皆付與螺髻梵王受持奉行爾時化佛與螺髻梵王摩頂授記號清淨光明如來已於是化王復隱入本王身中本王紫金光聚隱入金棺荼毗之後各分舍利頂戴奉行所說呪符印五指印契已在前伊字函二經内今此經中更不重述前說本呪内闕九字呪句續次添入令廣福大師僧録管主八歸命三寶獨心内典集成偈頌補闕流通亦曰密跡力士大權神王經廣行遍布後有持呪行法之者了明前後經旨詳而行持自利利他福報無窮集此功勳上答

佛恩祝
聖人壽願龔
佛日重輝法輪常轉

密跡力士大權神王經偈頌

元廣福大師僧録管主八撰

歸命最上乘　依經入流通　願共諸衆生
同證光明中　廣福心無慮　幻身四生出
小習學經書　忘却眞如理　留心在教典
早晚叅經旨　心昏未曉得　念念資熏修
無有間斷期　若不訪究竟　光明四大歸
何時再出遇　今逢大覺尊　廣開方便門
鋟梓施梵書　遍布不全璧　未至逡巡間
遐邇八分足　皆是正徧祐　覺皇慈悲力
雖省眞空理　萬行未曾畢　三世諸佛説
如來一大事　皆從衆生起　衆生無貪嗔
諸佛因何説　權行實化彼　初生至涅槃
金棺銀槨裏　天人四衆啼　螺髻惡神王
烹宰立一國　衆生被食啖　我佛又出世
青黒八臂王　手執八物誅　此魔便歸依
衆生免遭迍　等覺勝慈悲　授與惡魔記
臣佐眷屬類　累劫清淨陀　海會得省悟
權化實忿怒　遭誅蓮藏界　永無惡念起
是佛慈悲門　持念不空矣　依經達修行
已見眞如際　但求世間事　無果不隨意
若不志誠者　虛勞難得遂　愚蠢勸高智
不是誑言語　若不眞語者　願入擊毬獄
四十二道祕　四大寳篆文　大權金剛意
六印指爪上　無得亂曲之　我今詳經意
末法定在世　護教護君主　當來彌勒世
正像末法時　隨類一體出　本智化後智
化佛宣密語　大權化次王　次王慈悲書
願得經中義　一切衆生悟　曉暮勤叅禮
念念長不息　看閱大華嚴　無有推其理

海幢比丘問　方省能仁意　佛開最上乘
諸人盡可入　印經施諸方　大覺本無語
念念資隨類　身語及意業　無有厭怠時
拙口鈍詞舌　無能敢下筆　不昧眞如理
末法一萬年
三寶印證無增減
八部威嚴常加護
苗裔甘蔗剎帝清淨種爲大因緣末法能
傳授跋提河邊雙樹寂滅定八部懊惱
世主號哭倒
諸國帝王同時來佛會搥胷跌脚哽噎啼
哭禮聲動三界日月光明暗愁雲慘霧
山崩地裂呀
飛鳥悲鳴草木枯乾萎源泉涸竭海水騰
波起凡有物像無不掛孝衣羅漢應眞

不曉眞諦理
菩提薩埵達其化理趣了悟無常安禪如
虛空不生不滅留惑潤生裏十二緣生
葉落方見跡
蠢動含靈本有成佛性三界諸天前赴涅
槃供諸大帝王哀戀慕如來螺髻輕蔑
商量差仙取
諸天便差大力呪仙取各執寶杵收攝魔
王去纔嗅穢氣鑠在禁中圍無法取歸
諸天前來禮
願佛慈悲慈悲哀納受魔鬼災害一方食
生命劫奪室女欲樂快活受積骨如山
願佛化歸順
諸王動哭如來寂滅後貢高我慢惡鬼不
敬信諸天差仙七日不還歸愁悶滴淚

來禮金棺軀
能仁慈父順人歸寂滅衆生造惡感得魔
王出螺髻苦害食噉衆生肉願佛慈悲
去邪衆生主
根本智佛常樂寂光巳後智化現三頭八
臂立都攝寶印火輪金剛揮罥索鈴音
八龍纏身臂（右一手開山印二手金剛杵三手寶鈴四手寶印戟　左一手都攝印二手火輪三手罥索四手寶劒）
九目三面利劒寶印戟青黑藍澱髮赤上
竪起次佛宣呪大現光明輝無量魔王
盡赴恭敬禮
腕慣寶鋜足按閻浮界右足印空絲裙繚
繞起智火洞然塞滿虛空中讀誦受持
定到無生位
加持本呪四十三字毋頂光如來親說伽
陀啓法界舍識世主及無數聽說梵音
圓滿陀羅尼（前呪內闕九字呪句續添入）
唵（引）嚩吼㖿嗶　摩訶般囉　哏那嘘
吻只吻　醯摩尼　微吉微　摩那栖
唵撥割囉　嗚深暮㖿嗶　哈哈
吽吽　發發　發發　薩訶（今添入呪句唵撥割囉酥摩尼吽吽發）
無念觀定歸依三寶竟次發菩提不求人
天果願諸衆生同證無上乘情器變空
自魔遣教淨
四無量起心月輪中吽光昪虛空無量諸
佛至鏡像影滅本體神王出髮硃尖嚴
化身端嚴處
三枚九睜手執六件寶劫火熾然安詳忿
怒勢吽光再召智佛一念至灌漱濯足

五種香華備
撈吽唎和智句不二一青心喉頂十方諸
佛赴甘露灌頂注滿光明器身口意淨
究竟我佛誦
南無本師釋迦牟尼佛南無化身釋迦牟
尼佛南無大權神王佛（各念十聲）念誦祕章
心口相應和十萬百萬定證涅槃路
左心所化大權神王出威嚴顯赫非天非
人禮眉放毫光十方世界知華鬘寶蓋
諸天奏樂起（住世梵王啓請流通）
時有梵王名曰救世主統領梵衆來禮金
棺軀仰告大神不壞金剛體衆生危險
如來慈悲出
大神告言救世梵王聽我從金棺示現一
七日天人哀請降伏螺髻鬼起義不善

來犯慈悲主
世尊勑我宣諭四衆知不謂小事怎生出
塵世如來示滅四果諸天疑囑累流通
經文到處立（化濁世爲淨土轉凡質作佛身）
海會菩薩聲聞緣覺侶八部天龍晝夜常
守護戒定慧修諸事莊嚴就菩提先發
阿耨多羅證
法身無相生滅如何説愚癡暗昧邪見忿
怒諍婬欲昏迷火宅疑城起豁透眞如
那時方到得
頂光化佛宣説神咒起求於初果直至如
來地五根五力菩提入聖諦日月四洲
豈有晝夜理
慈悲喜捨六度萬行起覺恒清虛頓證佛
骨髓十地三賢成就不離體衆生根漸

盡是成佛器
如來智日周徧法界際光明朗耀衆生貪
瞋癡生者見常死者見斷絶無常無斷
第一眞消息
救世梵王領諸梵天衆旋遶金棺禮拜向
大神我自隨佛遊歷十方中寶杵金剛
未有大聖尊
神王宣諭救世梵王聽我從正徧後智化
現出名曰密跡力士大神王調伏螺髻
顯示後衆生
寶印鎭心靈文四十二掃除妖恠盡歸東
方世螺髻貢高道佛入滅去生滅無相
緣畢順寂定
善逝智力我與難比並菩薩羅漢神力如
爪土世尊不思却似大地土魔王私念
神通爲第一
如來緣畢示現入滅相魔鬼憍慢不禮敬
如來破其窟宅取彼二部歸令還神觀
天人休懊惱
諸天四衆心中十分喜魔王宮殿盡到及
崩摧魔屬黨戰戰兢兢倒或是二仙
神通依然起
魔王商議如來再出世或是二仙壞我境
界去忖已神力不能達得知兩眼淚下
早晚禍生矣
頂光化佛口中誦伽陀光明照耀微塵世
界虛三界魔王宮殿如墨漆不敢違逆
攝取衆生去
諕得螺髻入識不在體大臣徒黨地上漸
漸起消滅穢跡魔類盡歸依惟願慈悲

留我殘生軀二部呪仙各還神通力
悶絕不醒逃生無走路魂飛膽散開口說
不得二部呪仙各還神通力瞻仰大神
今日得還歸
大神叱責咄哉螺髻鬼甚大愚癡我慢躭
樂欲毒心不改犯著慈悲主汝應速悔
捨邪歸正理
汝心不悔早早求懺除全你性命瞻禮涅
槃去你於前世強施慧衆生福盡樂足
墮入泥犁去
心業不善造罪如山嶽百千徒黨聚集一
處居百千萬人每日受災殃一人自有
八識四蛇隨
六情對執舉念無非惡招誘羣生八十八
使逼百惱相牽又添二十惡十二時中
受殃從此起
兇惡徒黨天魔爲眷屬勾引衆生緝入魔
黨聚動以萬人遭殃受大誅獨存四大
五蘊六根主
意識不顯五根常宛轉六塵色法七漏八
垢動九結十纏十二被牽縛二十五有
百八煩惱生
八萬塵勞田心即時轉八識便轉直至解
脫道不動五蘊便證法王身百惑顛倒
頓除百法證
百二十惡轉爲功德果八萬四千轉爲光
明相皆汝心造非從外處來青天無物
黑雲鼓扇起
忽然雲收日月圓明鑒靉靆陰晦不從外
處見是汝一心本自圓正迷悟時當體

不損些兒理
回汝惡念便歸登正路寶雨宮殿華鬘等
奉獻法界如來菩薩四果僧天龍世主
盡入無爲洲
螺髻梵王便向大神禮兩眼淚滴五體投
地啓懺悔從前作過不正理俱發聲言
南無釋迦禮（螺髻王於二仙處求懺悔）
二部呪仙各還神通力儼然如故衛遶神
王立螺髻師衆發露求懺除白言聖者
愍念休生疑
螺髻啓告善來大仙知我昔習學惡業因
縁至剛強凌物損他衆生軀今逢宣化
我今頭面禮
魔王宮殿大作佛事起天地晴霽日月增
光輝飛走忻歡來遶金棺體雙樹變白
鞠恭接足禮
大權神王領諸魔髻鬼大臣徒黨二仙同
瞻禮佛會四衆八部諸天仙各啓恭敬
同聲説偈禮
種種妄想由彼無明起造作諸幻魔王爲
眷屬如來指教不入魔黨趣扶宗立教
永遠無改意
黄金出鑛無明所覆翳油在麵中永遠難
拔出鑛油分别麵白黄金赤捨邪歸正
黄白無二種
法界通化三界四生類唯心一起不在别
處覓初遇明師不入邪曲路今逢大覺
免入輪迴獄
黄金打就眼耳鼻舌身金性無變盆盤釵
釧等萬品千差本性甚分明鎔金性定

眞空自在用
四魔作礙如來慈悲起麻訶葛剌大權忿
怒出觀音大智馬項獄帝主因門不捨
來救衆生苦
惡心門開救世無爲智慈雲普布胎夘濕
化覆惸毒邪見不入菩提路權實相登
盡歸究竟處
神王聞偈八臂揺撼動九目顧眄按石蹺
足立方圓智火紫金棺中出散壞幻術
消滅螺髻鬼
祕章功能普施末法世十善初入惡口臭
穢誦十方諸佛聞誦神呪音授記當來
直至無説地
文殊普賢觀音金剛藏菩提薩埵舍利空
生悟目連迦葉四果應眞侶讚言善哉

香華供養慶
三界諸天忿怒金剛衆聞此呪音屈身侍
衞立凡有所願無有不果遂未能達理
速獲菩提路誦本呪靈驗畫符印香木雕杵試驗治百病一切等事
誦我呪王如旱逢甘雨相擊戰敗再逢大
將至孤露之人路逢父母聚膏肓老病
方逢耆婆醫
誦念呪師無得生疑慮神王欽遵駈使隨
你用天人脩羅地獄餓鬼趣耳聞呪音
盡得解脱去
惡心持念尚獲殊勝果精嚴專注心口相
應和其餘功能不如伽陀力善男信女
持念得利益
書此呪印絹紙貝多葉寶網衣繒華鬘寶

篋上隨其所儀諸天龍神護寶蓋覆頂
古佛宴然坐
若一微塵墮呪於物上風吹微塵落在衆
生身所得福報如似恒河數彩畫頂像
除却阿鼻獄
沉箋檀木工巧跋折羅寶杵執持杵像曼
拏心香華燈塗果蓏飲食奉供養釋迦
忿怒大神尊
香水和泥雕塑慈悲像百種莊嚴美器安
杵像虔誠結印不動十萬遍杵搖水涌
那時方明證
杵像放光言語及神變大覺慈尊左心化
現出靈瑞萬端心生大歡喜果乘願力
再誦三十萬
神王靈感持誦得法語設一盆器滿盛清
淨水誦我祕章晝夜不斷聲水涌杵動
光明神通證
行住坐卧心口常持誦果熟三昧通達神
交用所行祠廟神祇皆拱奉隨逐不捨
不敢違尊命
四百四病及諸妖精怪蠱毒陰祟害他衆
生命患人宿業多生冤債病朱書祕呪
永遠除瘥去
誦念呪師虔誠加持水朱書方印四十二
道祕翦摺疊封護帶於身上撚為丸兒
到口除百病
無人書寫寶印靈應符香木雕就蘸砂印
於紙如前翦丸靈驗無有二頂光化佛
放大毫光起
首題過去現在及未來諸佛同音宣說根

本呪成道涅槃無不宣此音情界四生
天龍六部誦
淨信男女專心稱祕音欲求佛果世間諸
事就如來薩埵慈悲生大憫放光動地
顯大神變用
呪師夢中現其所求事都攝先結一切呪
王祖古往帝王儲君并大臣身心病疾
持念無不應
都攝頓除水涌藥光出服下痊瘥百病難
生起日月薄蝕風雨不依時五星失度
逼迫衆生苦
人災國凶歲儉逆賊起君臣失措五路都
攝録仰視虛空立期誦呪起保國安寧
永無災禍起
魏周唐武毀滅佛法僧不聽出家修行明

眞性驅逼僧尼還俗差役重毀滅宗乘
定入阿鼻輪
但誦寶王結前都攝印苾芻困苦轉與惡
王所彼自悔責懺悔心歸依塔廟依然
精舍伽藍起
金銀銅鐵香篆龍形像瓮缸水滿投像於
水際娑竭羅龍手印都攝録水涌像動
空中鳴雷震
牟尼火化大權神王佛三種名號及誦佛
世尊大澍甘雨遍灑閻浮地久雨損物
止雷得晴霽
象馬駞牛禽獸難調制時行疾病但飲神
呪水蛇鼠惡蟲損他諸般物水灑屋地
自然他無跡
所有禁制一一說不盡慇懃仔細請看正

經去超凡入聖皆是你自心不達真如
枉去錯用心
夜叉惡鬼山精并地靈水府巖穴樹石一
切廟魍魎邪魔久住人間反侵犯家國
都攝除遣了
金蠶蛇蠱骷髏金銀蝎蜈蚣蝦蟆一切蠱
神衆飲食中下殺壞良人命寳印靈符
佩帶無所損
狼心狗猝人面畜生類生年日月乳名達
得知硃書彼名脚心踏實地大手都攝
悔責頭面禮
心智頑鈍無所知分曉欲求智慧都攝伽
陀用吞服呪印默與大辯才總持多聞
愽雅多究竟
貧窮受苦誦念給孤富長生不死戒定與

菩提惠施衆生後世大貴富學習神丹
紫磨黄金勝
分段身形變易常不壞定入分段神通長
自在似鳥飛空往來無罣礙頂上出火
脚下出水海
變易無礙聖凡難測度像前禁山誦念如
前作住居乏水穿鑿香甜水衆生病證
即時消散去
素無子息祕呪都攝録百病婦女鬼胎延
年滯祖宗見禍男女行孝義鬼恠山魈
呪印即平覆
染勞傳尸邪鬼夢交感鼻口四肢巨富去
採寳若遭官訟囚禁便得免臨敵交鋒
逆賊自然息
求於佛地無不成就者佛滅降伏天魔及

闡提一切世事種種無不遂寶王密語
放光如來說
常樂我淨繫縛心猿意所願不果善逝皆
虛說真語實語如來無誑語阿耨多羅
三藐三菩提
伽陀靈驗諸佛菩薩說聲聞天仙印符畫
像設宿昔大願禪那精進力梵志外道
聰明如黑漆
寶杵神王如何敢自誂頂上化佛宣說神
呪語忿怒騰身八臂所執物普放無量
百寶光明出
頂光化佛亦放大人相合掌端坐口放無
量光互相照映散壞幻術災消滅穢跡
調伏螺髻鬼
三界諸天四王忉利等六道修羅住世梵
王衆世主恭敬大衆跪膝禮宣說神通
圓滿密呪音
爾時神王頂光化佛說大方廣大圓滿神
通力正徧知覺聽法天人衆得淨法眼
各獲三昧證
提携螺髻先遣二部歸前後圍繞同到涅
槃所化佛神王遍歷十方去化佛說法
利濟衆生主
大權神王宣諭四衆聽適來我佛宣說神
呪音魔官城塹盡倒不留存臭氣遠蒸
化成優鉢果
根本智佛示現千百億常住不滅佛住佛
滅去衆生祈禱立大誓願持坐處安養
幻化法身軀
堅持苾芻坐住多寶塔精嚴頻證釋迦牟

尼尊誓願驅使奉承持呪人獲六神通
得大解脫門
神王說誓恐人生疑惑惟願如來照察眞
實際爲作證明破諸衆生疑不懷疑怖
再闡雷音起
爾時如來雖般涅槃寂左心示現百寶光
明出十方諸佛放光灌金體菩薩聲聞
四衆生希奇
螺髻我慢臣左眷屬類同聲讚歎心中十
分喜道眼照徹達空眞如理塵沙佛國
等覺妙覺地
頂光化佛熙怡微笑起告示神王大衆聽
宣語根本智佛釋迦牟尼陀失照降伏
作業螺髻鬼
化佛宣說根本智佛滅螺髻惡逆左心力

士出人天驚疑收攝魔天歸代佛行事
眞如慈悲出
天魔拱手望著智佛禮臣屬部衆緣熟當
受記在會清信各發菩提意永無退轉
堅固誓願持
放光如來舒手摩螺頂善哉善學捨邪歸
正路得蒙授記領悟眞如性改故重新
勇猛精進力螺髻王得蒙授記名日清淨光明佛
梵王得記同來善知識六十億劫修諸菩
薩位廣於十方供養恒沙佛累劫修行
證入如來地
螺髻證得清淨光明佛調御丈夫十號皆
具足佛壽二萬天人聽法音廣宣流布
應以雜類身
示現二乘聲聞緣覺侶即現佛身一乘至

理趣胎卵濕化上至菩薩乗蠢動含靈
皆聽光明音
證得初果直至辟支位遠行法雲十地滿
心住成就無上佛果大菩提正像末法
佛壽二萬歲
光明如來入滅寂定已次第授與一尊菩
薩繼今日所歸大臣眷屬類次第所證
光明如來體
其佛國土皆名無垢世天龍八部四衆盡
歸依與今所宣清淨光明佛並無差别
同住無垢世
無垢世界菩薩二乗人八部威靈四衆聽
法音光明如來同今化佛宣大滿神呪
四十二道聖
清淨如來緣畢涅槃已三昧智火焚身收
舍利建立寶塔高至梵天所天人四衆
供養作福處
爾時螺髻與諸同來類蒙化如來授與菩
提記歡喜勇鋭即獲無量乗一時之間
大作佛事起
大權神王諦聽化佛說心中踊躍歡喜讃
歎禮告示清衆螺髻諸上人宿業所感
得大善利喜
神王再宣本師釋迦佛示現入滅愍汝末
法世有情包識失了功德利調伏螺髻
有勞如來出
我今所顯身相現威儀根本智佛左心化
現出大滿神呪頂光化佛宣所作功德
誦呪法儀式本體神王結印儀式
都攝寶印左右無名指屈向掌中二指相

靠竪中指左上右下捻同指頭指直竪
大拇中節底
手印加呪世間所有事惡人邪鬼皆向呪
師禮捨惡逆心尊命聽驅使不敢違逆
誓願堅固力
禁山寶印右手無名曲四指平直進退各
七步一呪一印左右上下顧散其呪印
自然惡心止
無雷寶印惡風雹雷震暴雨霖久中指無
名小頭指直竪大拇捻中節左手印呪
雲散日光出
頓病寶印右手莊嚴啓頭指中指屈向掌
中裹三指並直五勞七傷無一呪一印
一百八徧竒
五路寶印左右無名指曲向掌中八指皆
直立卒死生人散印於心上高聲誦呪
魂魄還殼體
惡人鬼神欲犯持呪主出入不祥追捕逃
亡軀晝夜賊盜牛馬猪羊類飛禽走獸
情識不捨去
神王示教衆會善知識五大寶印信受奉
行已四枚正印四十二道祕傳授末法
展轉流通去
大權別化忿怒次王出威儀進止與本元
無異本體神王寂然入定住執物不動
從此留像儀本體神王化現次王忽然於虛空至
次二神王乘空忽然至手提貝多白氎數
丈餘魚膠礬粉諸般顏色聚舉筆繞動
像嚴無二異
次二神王來遶金棺軀啼哭作禮白言智

佛知螺髻殃害本佛歸眞際左心所化
本體神王出
本體神王調伏螺髻歸化我分身小王流
末世神通變化惟願如來知放光印證
表記於凡世
次化神王圍繞神王禮白言聖者大聖化
我出與衆施設以假存眞實願王放光
照察眞實語
寂定如來毫光棺中出本體神王百寶光
明輝寶光二道灌在化王頂諸佛印證
流傳於凡世（寂定如來放光本體神王放光灌化王頂）
化王即時右手引筆起聖像端嚴三頭及
八臂九目閃爍執索都圓備頂光如來
合掌端嚴啓（次王畫八臂相儀寶印靈符）
左踏寶石右印蹺足立八龍纏臂一切神

變異本體神王一一都無異大衆瞻仰
即時光明出
貝葉所畫宿命功德智智印香木一寸八
分刻篆文深直分明細磨硃印在素帛
永遠無災滯
宿命智印印已吞服竟即獲三昧分段證
變易凡夫幻體難證總持門垢膩之行
頓證淨妙心
宿命功能感得現世果手足心中塔上如
意寶未成最上早獲智辯才心眼靈明
諸法自然成
第二隱蔽無見自在印香木一寸七分刻
之用如是圖篆方法照前同無爲空寂
堪擬如來論
三類騰空自在無礙印香木一寸五分如

是定髻中衣物徧體印呪文周遊塵中
方省菩薩行
神氣交合自在密呪印一寸二分深直文
篆定蘸硃印心人非人等敬不能達空
自省難比論
次王所畫四大寶印已堪與衆會速畫四
十二梵夾靈文貝多葉上成一一分明
不離梵字體
次化神王所書符印訖大衆悲喜次王合
掌禮啓白本體化我神王知并及大衆
聽我說端的
五濁惡世婬欲爲根本生熟二臟腹內作
生理髮毛爪齒涕唾及膿血筋骨髓腦
盡是腥羶物
日月風持旋轉爲晝夜金木水火土居方
隅重羅睺計都月孛三宿動四斗分界
七星拱北斗
角亢爲首二十八貞將盈虧變恠人間主
禍福天罡河魁紫炁照人美一四天下
帝釋爲主宰
根本智佛所化大千界百億日月五星列
諸宿主持方隅災福氣候等衆生逆境
皆是你自修
末法善人須從惡黨類促命短壽捨我慈
門俗闡提心發損害苾芻意呪印緊切
依然佛在世
大權忿怒告示化王知善哉大悲汝能作
此事普滿衆生均霑大惠恩大行願力
衆生得利益本體神王讚歎次王
次二神王所作能事畢寶印靈符對衆親

付囑螺髻親授梵夾靈文禮你成佛威
本支神王力
慈善根力大衆賢聖力諸佛菩薩加被威
神力累劫專心持誦廣流布勿令末法
衆生遭大苦
次王告示頂光如來說大滿呪王手指結
印起五種寶印列宿四十二各存神用
禁制由汝意
本呪功能說之不可盡精嚴加持詔示諸
神異水涌波動寶杵橫飛轉像儀光出
言語端的奉
夢中禪定親見釋迦尊法報化身大權神
王像妙音撫須凡有所求禱神交氣合
五緜法物隱次二神王隱
次二化王放大光明出本體神王光明從

頂起二王交灌融變化王隱本體神王
入寶依然舉
化王既隱力士神王說適來所化忿怒明
王出畫我三頭八臂及按石威儀進止
寶印靈符祕圓明無相
釋迦智佛左心力士起大權所化次王從
空至虛空法界無量諸如來皆從毗盧
遮那心印出
螺髻鞠恭合掌頭面禮多蒙提携攝受歸
正路自前惡念今日盡斷除悟自眞如
與佛同一體
化佛授記螺髻無疑慮證果成就冷煖自
得知一行部衆同受菩提記我佛慈悲
魔屬得善利
力士告言螺髻菩薩聽祕章流布直至不

退地聽法大衆右遶神王立白言大聖
今日方見跡
螺髻白言如來示寂滅左化神王頂光如
來出我佛說呪力士談經義守護流布
不敢違佛勅
螺髻發願如來印證知末法衆生天魔外
道欺分身遍滿百億閻浮提掃除妖精
衆生無災滯
時大神王說是經呪已八臂器仗頂光如
來泯紫金光聚漸漸近金軀光明身相
盡入如來體
明空寂樂妙有眞空虛迦葉離佛鷄足山
中住觀行顛倒徒弟晨朝議必是如來
早晚入滅去繫縛歸空寂示現舍利
付氎千疋纏裹善逝體金棺銀槨自然空
中起拘尸羅城四門都遊履頭陀執薪
三昧火自起
八萬四千分身眞舍利俵散情界寶塔從
此起天上龍宮先分二停去彌勒出世
迦葉焚身體
信受奉行依經流通頌諸佛慈愍赦我差
錯過誓願四生同證唯心座眞實無語
八識蓮宮理
多生障翳方逢良藥餌今生慶幸省得無
消息昧覺羣生自省求出離根本圓明
那理常自在
念佛功德利濟法界內情器二處十方無
窮類耳聞佛聲頓絕三惡趣各請承當
元來本是你

密跡力士大權神王經偈頌

音釋

霰 蘇佃切
劃 許擱切
鋟 七稔切鋟梓鏤板也
逡 七倫切逡巡行不進貌
迍 陟綸切難也
裔 以制切苗裔種類也
跌 徒結切蹶也
涸 下各切水竭也
澱 堂線切以藍染也
鋜 仕角切鈴也
喔嗶 喔古兀切嗶勒沒切
哏 柜丞亡版二切
拶 子葛切
兢 居陵切兢兢不自安貌
諕 呼訝切詛也
些 寫邪切少也
惸 渠營切憂也
蹺 起囂切企也
篋 苦恊切箱屬
蓏 郎果切蔓生曰蓏
祟 雖遂切神禍也
摺 之涉切
蘸 莊陷切以物沒水也
薄蝕 薄音博侵也蝕音食虧也
瓮 烏貢切罌也
蠱 公戶切毒也
塹 七豔切遶城水也
熙怡 熙許羈切怡弋支切熙怡和悅也
圈 丘圓切

一切祕密最上名義大教王儀軌

宋西天三藏朝奉大夫試光祿卿傳法大師 施護奉 詔譯

清刻龍藏佛說法變相圖

一切祕密最上名義大教王儀軌卷上

宋西天三藏朝奉大夫試光祿卿傳法大師 施護奉 詔譯

歸命一切諸佛

五身作者如是生 不見衆生決定身
亦復不見決定心 觀想諸佛亦如是
若欲頂禮佛大士 應當頂禮自實智
佛智自智本同源 祕密性中無二相
若了一切無我生 所生即是無二智
愛非愛中得解脫 彼頂禮相無所有
法非已生非現生 已生已謝現無住
觀想諸佛相亦然 應當頂禮自實智
愛非愛本無分位 隨衆生心而動亂
染種煩惱過失中 悉成一切相應事
衆生有身故有苦 此苦所因心所生
若有於心善覺了 即能出離一切苦

十方三世一切佛　毗盧遮那一佛攝
彼一切佛證覺圓　故現佛身救生死
爲利一切衆生故　悲心起作方便事
因性平等既相應　果性由斯而出現
果眞實故平等住　彼因眞實示求相
於中若有實求心　即長輪迴諸種子
相應法從相應生　隨所愛法不可得
有得乃是一法存　彼即不離分別相
正念觀佛無所緣　正念觀法法相應
自他二行亦復然　佛二足尊常所說
自相如實安住已　想入諸佛影像中
正念觀佛得相應　故諸佛雲從此現
自相如實安住已　想入金剛法性中
正念觀法得相應　起大法雲而普徧
相者所謂幖幟義　破者即是破相心
四種印相幖幟門　能破煩惱爲最上
自身即是諸衆生　自心即攝一切法
法無我中得相應　諸魔由斯而自滅
自心如實證覺已　彼所覺心不可得
自心如實正了知　而諸魔心亦如是
相應相應性和合　是性求生不可得
觀想諸佛若相應　是故我即同諸佛
三摩地智所出生　平等一切佛自性
佛相應行既非無　從相應心得佛性
若於妙性有所見　彼麤染性不能除
於性無性若差殊　而觀想心即分別
不可以性觀於性　是中觀亦無所觀
觀想及性二俱無　由心動轉故差別
非衆生境非佛境　是中非佛非衆生
衆生自心即佛心　覺了無佛無佛智

若於因性如實見　果性如實亦復然
此即三摩地智門　無二相應平等行
諸法因性不可得　諸法果性亦復然
實智觀故性本眞　此即相應平等行
法本無因而觀因　法本無果而觀果
若於因果有所觀　是即自心而起著
觀因當觀實智因　觀果當觀祕密果
祕密無二相應中　應當如是自觀察
若能了知眞實性　即知祕密中祕密
甚深祕密既了知　乃成最上相應行
若於愛境中平等　即是非愛境自性
愛非愛境諸相中　如來雖觀而無見
相應行者相應生　非無表了無分量
自智若入清淨門　諸佛如來即清淨
由是身語心出生　祕密無二相應行

最初四種表了門　謂即相應四印法
羯磨印爲身密印　法印名爲語密印
大印即是心印門　三昧耶印印一切
觀想諸印印諸法　即祕密主三相應
自性如實得正知　三摩地智善施作
由身語心善表了　起諸教相種種事
然其不離三密門　巧業金剛故安立
五部如來眞實智　即是祕密無上智
祕密四印若相應　能作相應諸悉地
地水火風四大種　即是所説四密印
四印平等若相應　四種明妃皆合集
佛眼菩薩爲地大　摩摩枳尊爲水大
白衣菩薩爲火大　多羅菩薩爲風大
東方帝釋天地大　西方水天爲水大
南方火天爲火大　北方風天爲風大

當知帝釋天黃色　壇相四方作增益
水天白色壇相圓　作息災法應如教
火天赤色壇三角　作敬愛事如本儀
風天黑色壇弓形　忿怒心作降伏事
從四大種所出生　四種事業如其次
轉此四種事業輪　最上悉地皆圓滿
息災當依佛眼法　增益蓮華金剛法
敬愛毗盧遮那法　降伏金剛忿怒法
初夜當作息災法　平旦作彼增益法
日中應作降伏法　中夜作於敬愛法
息災賢聖像白色　增益賢聖像黃色
敬愛賢聖像赤色　降伏賢聖像黑色
當知三摩地智生　最上悉地諸事業
觀想諸佛本清淨　一切佛事皆成就
中方毗盧遮那佛　四方金剛界如來

想五部主真實身　一切所作皆成就
於心復想大明妃　相應者持相應法
能生一切諸佛身　此是金剛界佛母
世間貪瞋癡三毒　即是金剛界如來
由佛祕密清淨門　了彼三毒成無毒
即於貪瞋癡三毒　獲得三界中自在
諸佛大士破毒心　觀想即是諸佛智
若了諸佛離貪心　菩提心從貪性出
復能出生普賢行　貪心即是佛如來
若了諸佛調伏心　微妙智從瞋性出
復能出生一切智　瞋心即是佛如來
若於自心能覺了　光明從彼癡性出
復能出生一切佛　癡心即是佛如來
若了諸佛無我心　諸親友從我見出
復能出生一切佛　慈心即是佛如來

諸佛愛爲普觀照　諸佛慈悲爲法語
一切無畏即大施　此名諸佛敬愛法
布施相應歡喜地　持戒具足離垢地
忍辱堅固發光地　精進勤策焰慧地
禪定無見現前地　妙慧了知難勝地
具大方便遠行地　勝力圓成不動地
誓願增廣善慧地　智修成就法雲地
唯佛如來妙智身　是名十一地圓滿
十聖修十波羅蜜　十力自在諸行圓
如是超過十地已　佛相應法然後得
飲金剛水成正覺　法甘露味即相應
等同無邊一切佛　一切取捨皆遠離
本來清淨相應法　飲金剛水淨亦然
法甘露味適其心　金剛弟子亦如是
本來清淨即菩提　而菩提心然後得

菩提心主若安住　應知菩薩即如來
如理獲得解脫句　而菩提心無有上
若住金剛薩埵心　現生成就相應法
羯磨三密三昧門　得三昧眼常觀照
衆生界趣廣無邊　彼三昧母持無盡
三金剛體善安住　三昧耶印印一切
三密三昧法印門　而語金剛不猒離
於彼一切世界中　廣說乃至踰始多
大印心密若相應　而心金剛不猒離
三界一切所愛道　廣說乃至踰始多
徧知一切所愛門　一切隨應受無著
金剛薩埵所出生　妙踰始多一切印
於彼所行若相應　一切印中自在用
最上祕密相應行　出生三摩地智門
是中我見若不生　不稱吽字爲警覺

不假身業有所作　布壇結印造塔像
不假語業持呪明　及讀誦法亦應捨
不於心業有動想　輕易尊重等無差
如是三業得相應　求佛菩提此爲要
殺盜染妄四種法　於中勿起防護心
若起遮防分別生　應知即染常清淨
禪定中作護摩事　及諸所作無異想
身語心密本相應　此即最上廣大行
若欲成就諸明句　及一切處欲相應
應當專注起一心　觀想一切佛法性
所有十八不共法　此即名爲諸佛法
於中常起觀想心　諸佛菩提得成就
四禪四空滅盡定　如是諸定皆獲得
是中常離有得心　而佛菩提方成就
所有菩薩法門中　彼三十七菩提分
是中觀想若清淨　能爲世間作利益
世間所有變化心　觀想眞實而不動
彼從空性所出生　此即名爲金剛智
復從法無我出生　無二眞實最上智
而最上智即法性　此即名爲大法界
當知法界自性者　即金剛智所成心
金剛喻定所出生　此即名爲金剛界
最初微妙智相應　此相應心極廣大
一切如來種智生　此即毗盧遮那佛
修行行者最上門　慈相應行極廣大
無漏眞實不動心　此即名爲阿閦佛
隨攝衆生善施作　悲相應行極廣大
利益衆生和合心　此即名爲寶生佛
最上大乘離垢染　喜相應行極廣大
清淨光明瑩徹心　此即名爲無量壽

覺了一切衆生類　善捨心中極廣大
不空無上妙用心　此即不空成就佛
無上菩提三昧法　是法名爲金剛智
從金剛智所出生　此即金剛勇菩薩
善以最上金剛鉤　普能鉤召一切佛
一切金剛部中王　此即金剛王菩薩
善以最上敬愛法　普能敬愛一切佛
大愛心亦不捨魔　此即金剛愛菩薩
一切諸佛悉歡喜　稱讚善哉善所作
得彼諸佛歡喜已　此即金剛喜菩薩
不空無礙大珍寶　出生是寶等虛空
普施諸佛及衆聖　此即金剛寶菩薩
智離無明故清淨　諸行無著亦復然
解脫光明大光照　此即金剛光菩薩
於解脫道如實證　得一切相所成智
以正法幢爲大幢　此即金剛幢菩薩
菩薩心悅出大息　即大相應金剛笑
普令一切佛歡喜　此即金剛笑菩薩
諸法清淨如來性　悉能證悟諸佛法
能爲諸佛大相應　此即金剛法菩薩
大乘妙慧極鋒利　能斷一切煩惱種
能破智障亦復然　此即金剛利菩薩
大士大乘微妙因　隨順如來語輪轉
由佛語故轉法輪　此即金剛因菩薩
智慧莊嚴清淨語　遠離一切分別聲
妙音震響法相應　此即金剛語菩薩
智慧莊嚴清淨業　隨起一切化相門
諸勝事業悉能成　此即金剛業菩薩
正念觀佛相應法　隨順菩提心所行
正心遠離於餘乘　此即金剛護菩薩

利牙食噉罪業者　滅諸煩惱義亦然
煩惱盡故妙用成　此即金剛牙菩薩
金剛身語心三密　能盡纏縛諸邊際
智住眞如實性中　此即金剛拳菩薩

一切祕密最上名義大教王儀軌卷上上下同卷

一切祕密最上名義大教王儀軌卷下

宋西天三藏朝奉大夫試光祿卿傳法大師 施護奉 詔譯

布施波羅蜜多法 即是金剛大嬉戲
遊戲自在常清淨 此即金剛戲菩薩
持戒波羅蜜多法 即是金剛妙寶鬘
莊嚴身意悉清淨 此即金剛鬘菩薩
忍辱波羅蜜多法 即是金剛妙歌詠
普集正法嗢陀那 此即金剛歌菩薩
精進波羅蜜多法 即是金剛妙旋舞
非久得成佛菩提 此即金剛舞菩薩
大慧波羅蜜多法 即是金剛最上香
遍一切處廣無邊 此即金剛香菩薩
禪定波羅蜜多法 即是金剛殊妙華
蓮華不染泥中生 此即金剛華菩薩
勝願波羅蜜多法 即是金剛廣大燈
遍一切處悉照明 此即金剛燈菩薩
方便波羅蜜多法 即是金剛妙塗香
一切惡香悉清淨 此即金剛塗香尊
一切如來大方便 分別四種祕密相
一切羯磨大方便 此即金剛鉤菩薩
相應行者菩提行 是即最上金剛杵
而彼堅固勝妙性 此即金剛鎖菩薩
一切法本無所生 本來清淨虛空等
而此法語眞實體 此即金剛鈴菩薩
觀想無上菩提心 最上佛性所從來
建立波羅蜜多名 此即薩埵金剛尊
大慧波羅蜜多淨 四攝法門從是生
而四攝法利無邊 此即寶金剛菩薩
眞實波羅蜜多淨 即大波羅蜜多生
祕密法門平等智 此即法金剛菩薩

金剛波羅蜜多淨　即四波羅蜜多王
一切施作悉相應　此即羯磨金剛尊
大智波羅蜜多淨　金剛波羅蜜多性
一切祕密普相應　由是出生十二相
當知金剛手出生　一切三昧祕密印
二種堅固金剛拳　此即名爲羯磨印
無我平等智出生　無相無礙無我見
一切染愛悉清淨　此即金剛手菩薩
此說金剛染因緣　即是金剛無上智
染法復是淨蓮華　華即金剛妙法智
若了自種出自相　即一切佛同此攝
二種變化若相應　金剛薩埵眞供養
大智了知自種子　悲愛二法即和合
二處相應住等持　以無二法破二性
平等安住曼拏羅　從是出大相應法
戲笑言說及歌舞　皆是佛語方便門
自他二行相應中　現諸衆生利益事
自性光明本清淨　此即心月曼拏羅
貪本清淨如蓮華　諸煩惱怨悉除斷
最初語言所表示　此即大輪曼拏羅
自性光明本清淨　而菩提心無有上
成諸衆生利益事　此即妙月曼拏羅
智慧清淨所莊嚴　從彼金剛喻定生
解脫光明平等光　此即日輪曼拏羅
五佛平等若相應　五智和合諸作用
五眼清淨善觀視　此即五佛曼拏羅
金剛杵能破一切　執鉤表示相應行
而彼金剛勝妙箭　善哉善作歡喜事
寶等莊嚴悉具足　日光發生大明照
建立金剛勝妙幢　此即開發金剛笑

巧業金剛一切性　法爾不破相應行
現利牙相得相應　一切印契皆成就
四種明妃普相應　嬉戲行住而無礙
那哩所紡新妙線　依其分量善抨界
當住身語心觀想　而以智線作界道
依法安布曼拏羅　四方四門四樓閣
四線等量分壇隅　禰踰賀及尾提相
半全瓔珞并寶拂　七寶華鬘等嚴飾
壇中安布妙蓮華　心曼拏羅爲最上
樓閣即是真實智　智峯高顯而起立
觀彼壇相外四方　一切有情周徧出
慈悲喜捨四種心　此即表示四種線
所説四線若平等　於法正念即相應
若一切見不解脱　由智線故而得脱
壇中蓮華所莊嚴　即表最上淨戒行

四方中心五牆界　即表信等五勝根
曼拏羅門周徧説　即表八解脱法門
四門所有四樓閣　是即表於四正斷
其壇所有四尾提　是即表於四念處
而彼四種禰踰賀　是即表於四神足
七寶華鬘妙莊嚴　是即表於七覺支
四門八柱所應知　是即表於八聖道
由彼三摩地智故　能令二障得解脱
壇中所有妙寶拂　是即表於勝道智
壇中全分瓔珞者　即表全斷諸煩惱
瓔珞體即是勝智　故諸煩惱能除斷
所有半分瓔珞者　即表半斷諸煩惱
自他二行相應故　蓋纏煩惱半分斷
無我平等如虛空　無貪妙智復最上
貪心淨故亦無二　此即名爲智莊嚴

若以無貪得菩提　菩提即與貪心異
菩提心體既無差　是故貪無貪不二
世間貪無貪二種　應以方便善觀想
印成就法從貪生　及餘一切皆成就
若住世間調伏心　乃超相應平等行
不調伏心既清淨　此即貪亦是供養
所有廣說諸行相　是即分別境界相
若住身語心印門　所印即是真實智
觀想此印若相應　於諸印中常自在
而此印法若了知　觀想諸印皆成就
於諸境界相和合　知已相應平等行
如其諸相若相應　一切悉地皆圓滿
一切祕密中幖幟　右即表示於慧門
左為悲門義亦然　如其所表常觀想
二手相合結印時　即表二種三摩地
二足所有幖幟相　即表自他二利行
五指平等若相應　表莊嚴五曼拏羅
五佛現成正等覺　其所表示如次第
中指即表虛空生　頭指表示地天壇
無名指及大小指　水火風天壇如次
於臍輪處觀想時　表示金剛界佛母
若復於心作觀想　即表薩埵金剛尊
眉間表示寶金剛　頸上表示法金剛
頂表羯磨金剛尊　如其所表善觀想
五佛現成正等覺　五智圓明皆成就
五種色相若相應　五曼拏羅而出現
若於前聲有所聞　是即表於前名句
如其後聲有所聞　此即表示於後義
又於前聲有所聞　此即表示於因義
如其後聲有所聞　此即表示於果義

諸佛世尊無二法　是中因果不可得
根本無性法門中　是故諸法皆常住
自心覺了即是佛　能覺所覺心亦想
諸佛如來境界中　而菩提心無有異
一切衆生光明性　於一切處相平等
而衆生性本清淨　菩提由斯而建立
於心無動善關鎖　而堅固性自成就
髻中想住等引心　被甲護身常勇健
所有諸佛正了知　金剛語即是如來
二處三摩鉢底門　毗盧遮那佛無異
法中十二歲那哩　所說即是佛如來
十六歲者即表示　金剛手等十六尊
二十歲者諸禰尾　即是祕密二十天
作二十種供養事　彼二十衆應如次
自那囉者本部生　即是所說自大明

他那囉者别部生　即是所說他大明
眞實了知諸所作　心曼拏羅爲最上
作諸供養要專精　當以身語心供養
自金剛杵蓮華合　二處平等而出生
觀自種相即佛相　金剛薩埵眞供養
半全瓔珞寶拂等　諸莊嚴相如前說
此中曼拏羅分量　應十二或十六肘
次復漸增二十肘　曼拏羅相當周徧
合用二十五肘時　即作二十五肘量
於曼拏羅門中分　九分分布如儀軌
隨應分布禰踰賀　曼拏羅門善思察
内曼拏羅平等作　曼拏羅半禰踰賀
如是不離九分中　曼拏羅隅善安布
壇中四方所應用　四尾提相當安布
五色和合若相應　五曼拏羅爲嚴飾

五眼觀視淨諸惡　五色即是五如來
五佛平等法相應　地分五色莊嚴相
當於五曼拏羅中　想安五佛依方位
五種功德悉周圓　五色即五三摩地
其壇中心地清淨　月愛摩尼光妙色
東方地相大青色　南方黄色如儀軌
西方赤色隨所應　北方曼哢瑟吒色
諸處皆用尾提相　唯門中道勿應用
壇中毗盧遮那佛　想現水精月光相
彼一切佛同一攝　此即無畏眼如來
東方觀想阿閦佛　出現帝青光明相
一切金剛同一攝　此即金剛眼如來
南方觀想寶生佛　出現閻浮金光相
諸佛普攝利衆生　此即光明眼如來
西方觀想無量壽　出現蓮華色大光

從法智生大無畏　此即蓮華眼如來
北方不空成就佛　出現摩竭色光相
普攝衆生亦同生　此即慈愛眼如來
復次曼拏羅中想　諸佛勝妙無上智
從虛空界所出生　最上妙月曼拏羅
中想諸佛影像已　次想佛眼菩薩尊
淨目脩廣面端嚴　月愛摩尼光妙色
身諸相分皆圓滿　一切明妃中最上
觀想手持於大輪　普令三界悉敬愛
次想成就事業智　是智等於虛空界
虛空金剛中出現　最上妙月曼拏羅
中想諸佛影像已　次想摩摩枳聖尊
淨目脩廣面端嚴　青優鉢羅華色相
身諸相分皆圓滿　虛空幻化最上尊
手持青優鉢羅華　普令三界悉歸命

次想菩提清淨智　是智等於虛空界
虛空金剛中出現　最上妙月曼拏羅
中想諸佛影像已　次想白衣菩薩尊
淨目修廣面端嚴　蓮華摩尼光妙色
身諸相分皆圓滿　祕密金剛法智尊
手持赤優鉢羅華　得一切佛常觀照
次想金剛禪定智　是智等於虛空界
從是虛空所出現　最上妙月曼拏羅
中想諸佛影像已　次想多羅菩薩尊
淨目脩廣面端嚴　最上黃金光妙色
身諸相分皆圓滿　明妃自在嬉戲尊
手持黃優鉢羅華　一切衆生悉歸命
如是四菩薩彼彼心大明
佛眼菩薩大明曰
唵引 嚕嚕塞普二合 嚕一 入嚩二合 羅二 底瑟吒二合三 悉馱路引 左你四 薩哩嚩二合引 囉佗二合
娑引 達你莎引 賀引五
摩摩枳菩薩大明曰
唵引 商葛黎引一 扇引 底葛黎引二 瞿吒瞿吒三
瞿吒你四 伽引 多野伽引 多野五 瞿致你莎
引 賀引六
白衣菩薩大明曰
唵引 葛致引一 尾葛致引二 你葛致引三 葛咱葛致
引四 葛嚕引 吒尾哩曳二合引 莎引 賀引五
多羅菩薩大明曰
唵引 多引 黎引一 覩多引 黎引二 覩黎引 莎引 賀
引三
如是四菩薩四種大明總攝祕密身語心業
諸供養中是眞供養金剛三密普護一切於
一切處常所出生一切所作無不成就此相

應法自性清淨諸修相應行者當如實知如實所作即得眞實成就何以故此相應行從祕密智所出生故是即般若波羅蜜多方便三摩地智由是一切事業悉能成辦一切輪迴悉得清淨如最上實自體光明常所照耀輪迴清淨亦復如是又若相應行者於此相應法門能善修習即是金剛界中大愛樂者復能圓滿解脫大智四祕密法亦得成就如諸佛所說此名大智者

一切祕密最上名義大教王儀軌卷下

音釋

幖幟（幖甲遙切幟昌志切）嗢（烏沒切）紡（撫兩切績紡也）抨（博耕切彈也）臍（祖奚切）啗（杜濫切）

大樂金剛薩埵修行成就儀軌

唐特進試鴻臚卿三藏沙門　不空奉　詔譯

曼殊室利菩薩吉祥伽陀

宋西天譯經三藏朝散大夫試光祿卿明教大師法賢奉　詔譯

清刻龍藏佛說法變相圖

一儀軌一伽陀同卷

大樂金剛薩埵修行成就儀軌

曼殊室利菩薩吉祥伽陀

大樂金剛薩埵修行成就儀軌 出吉祥勝初教王瑜伽經

唐特進試鴻臚卿三藏沙門　不空奉　詔譯

歸命金剛薩埵能說金剛三密門爲修眞言行菩薩不受勤苦安樂相應以妙方便速疾成就故我今說之修行者先應發如是心我當安樂利益盡無餘界爲成就此心故應以自性成就眞言隨意用之眞言曰

唵一薩嚩瑜誐質多二畝怛波二合娜野引弭三

由纔發是心誦眞言故斷一切障獲一切安樂悅意諸魔衆及難調伏有情不能阻礙

等同正覺應受一切世間人天廣大供養次觀一切法無自性即名巳修菩提心乃住普賢大菩提心觀猶如滿月潔白分明又相月輪上涌成五鈷跋折羅光明瑩徹其跋折羅乃變同金剛薩埵色若素月具諸嚴飾首戴五佛寶冠身佩赤焰處白蓮華上次以大印及心眞言而作加持印相右脚押左半跏而坐二手各結金剛拳左置胯右輪擲勢按於心上身口意金剛端身正坐誦心眞言曰

吽

次作金剛合掌印印相堅固掌交指初分眞言曰

嚩日爛合二惹里

次結金剛縛印印相以金剛掌便深交合拳眞言曰

嚩日囉合二滿馱

諸三昧印皆從此縛生

次結開心印印相應開前縛摧拍自心眞言曰

嚩日囉合二滿馱一怛囉合二吒半音二

由摧拍自心故則一切印契縛於自身心金剛而得自在

次結金剛徧入三昧耶印印相金剛縛屈二大指入掌置無名小指間眞言曰

嚩日囉引二合吠捨一惡二

由此印加持故則一切衆聖徧入身心加持護念等於親友

次結三昧耶金剛拳印印相如前印屈二頭指捻大拇指背眞言曰

嚩日囉引二合䣵瑟置一二合䤶二

次結嚩日囉合二孽摩印印相以前印分爲二拳左持胯右當心誦心眞言曰

吽

次結金剛祕密三昧耶印印相金剛縛大指頭指爲竅右大指少逼加持心額喉頂眞言曰

素囉多薩怛梵一三

次結五佛灌頂印印相金剛合掌中指相合屈第三節如劒二頭指各輔著中指第三節二大指相交如跏趺形安於頂上次頂前頂右頂後頂左誦五佛眞言加持之毗盧遮那如來眞言曰

唵一部欠二

無動如來眞言曰

嚩日囉合二薩怛嚩合二

寶生如來眞言曰

嚩日囉合二囉怛娜一二合

無量光如來眞言曰

嚩日囉二合引達摩一

不空成就如來眞言曰

嚩日囉二合引羯磨一

次結金剛髮印印相作二金剛拳於額前腦後作繫髮勢徐徐從小指下散如垂繒帶眞言曰

唵一嚩日囉二合引麽引邏引避詵者二滿三引鋡四

如前加持已即爲以金剛薩埵灌頂而灌灑之次結歡喜印印相乃以二手舒而指拍眞言曰

嚩日囉合二覲使野合二斛一

由此印及眞言加持故解縛歡喜獲金剛薩埵之體次誦

嚩日囉(二合)蘖摩(一)

即默誦後眞言一徧

薩梵矩嚕(一)野佗素(上聲)欠(二)

次想於頭上冠中五佛各各依本形色住本印威儀並跏趺而坐頂上毗盧遮那如來白色二拳舒大指以右拳握初分當心前面無動如來青色左拳持衣角當心右手舒指覆掌於右膝上指頭觸地於右寶生如來黃色左拳如前右仰掌施願於後無量光如來赤色左拳慢執華莖以右拳開敷於左不空成就如來綠色左拳如前當心右大指頭指相捻拔濟勢揚拳近乳如是加持已自身當成金剛薩埵之體

次結大樂金剛不空三昧耶隨心印印相金剛縛屈中指入掌大指小指舒而相合如獨鈷金剛以二中指屈如鉤形鉤刺於心便以中指頭相捻如索深指鉤如鎖以鎖當心揺之爲磬奉請眞言曰

糸(一)摩訶素(上聲)佉嚩日囉(二合引二)薩怛嚩(二合)夜呬(二合)試訖嚂(二合三)摩訶素(上聲)佉嚩日囉(二合引)目佉三昧耶(四)摩弩播攞野(五)鉢囉(二合)畒馱野(二合六)素(上聲)囉多薩怛嚩(二合七)麼努囉訖覲(二合)茗婆嚩(八)素(上聲)覲瑟庚(二合)茗婆嚩(九)素(上聲)地哩(二合)住茗婆嚩(十)素(上聲)報瑟庚(二合)茗婆嚩(十一)婆伽梵(十二)曩曩(引)地你馱諾薩怛嚩(二合十三)薩嚩悉地茗(十四)鉢囉(二合)野車翳沙怛嚩(二合十五)(引)曩訖哩(二合)使野(二合)鉢囉(二合)吠地(十六)三昧畣囉摩(二合)馱嚩(二合十七)嚩試迦

嚕弭十八昧囉訥二合娜囉二合十九滿怛囉二合跛乃
二十弱二十一𤙖二十二鍐二十三斛二十四
想諸世尊集於壇中以鉤當念降赴至索羂
入至鎖能上至磬令悅諦觀金剛薩埵處前
壇中以諸世尊圍遶供養
次以新淨器盛諸香水水上泛華置於壇內
近左右膝以閼伽印加持之印相以金剛合
掌舒二中指相合屈二頭指如鉤形二大指
捻二頭指根下用唵字真言側縱印加持之
乃捧閼伽器近額奉獻真言曰
跛囉摩素上聲佉引捨野一娑里多二尾邏曩
弭帶囉曩二合磨弭娑伽梵瞻三弱𤙖鍐斛四
呬呬呬呬五鉢囉二合底車上聲六矩素上聲滿惹
里囉曩二合佗七
如是獻已次觀諸尊以羯磨印及本真言各
安立之曼荼羅內諸座位先想月輪然觀形
次說五祕密金剛薩埵坐白蓮臺端嚴而處
形貌如前所成身法當住大印金剛箭赤色
居於前而持弓矢金剛喜悅白色在右抱三
昧耶體金剛愛諸事並青處後持摩竭幢金
剛欲自在色黃居左二拳各當胯其頭向左
少傾今說印相及真言金剛薩埵以嚩日囉
孽摩印及心真言而安立之用二金剛拳彎
弓放箭勢真言曰
弱一嚩日囉二合地哩二合瑟智二合二娑去聲引野
計三摩吒半音四
又二拳胷前交臂抱之真言曰
𤙖一嚩日囉二合計利吉麗二𤙖三
又二拳左近右乳乃屈右肘安於左拳上竪
臂如幢真言曰

鉿一嚩日囉二合你二娑麽二合囉三囉吒半音四
又二拳各置胯以頭向左少低禮之眞言曰
斛一嚩日囉二合迦引眞濕嚩二合哩二怛覽二合三
次說四隅內供養金剛妙適悅潔白供養以華金剛適悅性色黑爐焚衆香金剛眼形服尚赤供養以燈金剛大吉祥色黄捧持塗香令說印相及眞言其四內供養並先以二金剛拳舞而後結印先覆並二拳乃翻手向上散華勢眞言曰
糸一嚩日囉二合引二囉底三
又並拳向下開散成燒香眞言曰
摩訶囉多嚩日哩二合一斛二
又並拳舒大指頭相合爲燈眞言曰
唵一嚩日囉二合二路者寧三

又並拳依胸兩向散之如塗香眞言曰
摩訶室唎二合引一嚩日哩二合二呬引三
次說四隅外供養金剛嬉戲金剛笑金剛歌金剛舞其四外供養並作純金色令說印相及眞言結二拳覆相並當心右轉名嬉戲眞言曰
糸囉底嚩日囉二合一尾邏賜你二怛囉二合吒半音三
又二拳覆並之舉當口從小指徐散微笑容眞言曰
糸囉底嚩日囉二合一賀細二訶訶三
又二拳各舒頭指微屈之乃竪左臂如箜篌形右頭指彈絃勢眞言曰
糸囉底嚩日囉二合一擬引諦二諦諦三
又二拳當心旋舞便虛心合掌至頂上散之

眞言曰
糸囉底嚩日囉二合一你哩二合諦二吠波吠波三
次說四門承旨金剛鉤在前而作青色金剛索居右而作黃色金剛鎖處後而作赤色金剛磬在左而作綠色今說印相及眞言以二拳小指相鉤交腕直竪二頭指乃微屈右頭指用招之爲鉤眞言曰
嚩日嘲二合矩勢一弱二
又准此鉤印二頭指相拄如索眞言曰
嚩日囉二合一播勢鈝二
又即此索印改二頭指交結之開手背成鎖眞言曰
嚩日囉二合餉迦麗一鋡二
又即前鎖印二手背相逼上下搖之爲磬眞言曰
嚩日囉二合巘滯一斛二
以上十六尊皆以適悅目瞻仰金剛薩埵五佛冠首各薩埵加處月輪上冠鬘衣服隨其身色
次陳衆聖三昧耶印金剛薩埵結前金剛秘密三昧耶印及誦眞言曰
素囉多薩怛梵三合一
次結前大樂金剛不空三昧耶隨心印屈二頭指甲背相著如箭羽並二大指押合拳金剛箭印又以箭印二大指深相交右押左金剛喜悅印又次前印以二頭指互鉤中指並大指押頭指側如耳舒二無名指相合金剛愛印又次前印側綟之印二脞先右次左金剛欲自在印次側綟金剛合掌當心上擲爲

華下散燒香改二大指相合小開掌名燈依胷兩向散之如塗香勢塗香次側緱金剛合掌當心如前右轉爲嬉戲近口從小指散之名笑改二頭指微屈之左頭指如箜篌形以右頭指如彈絃勢名歌右三翻左佉吒迦如前旋舞之名舞次金剛縛舒右頭指微屈徐招之爲鉤以右大指頭逼左虎口名索左頭指與大指頭相捻右亦然成鎖屈二大指各捻無名小指間搖之名磬以前十六尊三昧耶印皆誦前羯磨眞言如前安立諸尊已想金剛薩埵有十六尊爲眷屬行者自住本尊瑜伽亦有十六尊圍遶之次誦讃王曰

薩嚩(引)弩囉(引)伽素(上聲)佉薩怛萘(二合)曩娑(去聲)一怛梵(二合)嚩日囉(二合)薩怛嚩(二合)跛囉莫素(上聲)囉多(二合)(二)娑嚩冥摩訶素(上聲)佉地哩(二合)住掣野諾(三)鉢囉(二合)底跛娜野(二合)悉穀(身切)者攞虞鉢(二合)曩多(入聲)(四)

由歌詠此讃王故大樂大隨愛樂適悅皆得如意堅固又誦最勝眞實讃曰

摩訶素(上聲)佉(一)摩訶羅(引)伽(二)摩訶嚩日囉(二合)(三)摩訶馱那(四)摩訶枳孃(二合)那(五)摩訶羯磨(六)嚩日囉(二合)薩怛嚩(二合)(引)穀悉馱冥(七)

由誦此讃故能令速得成就

次說眼印相當作大適悅金剛不空適悅警悟印印相大適悅瞬目微笑面顧視由此印速得成就又作大適悅金剛不空箭印印相其眼如敷華半開并笑而視左手佉吒迦右手三翻乃如儀旋舞之便作擲華勢由此印加持故如本住又作大適悅視印印相大適悅眼觀視由此大適悅瞻視故薄福者亦得

成就又作大適悅金剛幢旛印印相如前深心慼動容目極動由此印故速得成就應現證超勝一切外道又作禮印印相如前感動貌目微動左手佉吒迦右手作三翻如前當心旋舞之後作散華勢由此印禮故一切世間禮敬是人并供養之以前瞻視印瞻矚本尊儀者大聖即法界體性智也今以貪慕心觀之是即覩圓寂性皆以羯磨印助之誦本眞言次以眼視請本尊入身印印相其眼微開瞤動顧視想本尊徧入身中

次作盡身心愛染印印相謂發如是意我今盡身心愛染奉事聖者金剛薩埵由此印能住一切眞實能通達智自性故金剛薩埵能住法界體性智我今亦以此印方便故決定取證

次結金剛熾盛日三昧耶印印相以二手深內相叉微合拳開其八指如焰舒二大指相合如金剛杵逆日左旋想辟除難調伏者下拄地結地界順日右旋之隨意遠近爲界上爲想結虛空界皆誦眞言曰

吽

次以自勝解意思惟塗香華鬘燒香飲食衣服寶蓋幢旛扇拂妙舞宮殿利益安樂一切有情儀軌歌詠讚歎我今變化成之遍覆虛空界以充供養誦唵字眞言

唵迦引噌目欠一薩嚩達摩那磨娜野二合二弩多半二合曩怛嚩二合多半音三

由誦此眞言故如前運想衆聖受用皆悉充足與眞言無異若有供養等物亦用前眞言加持之乃住大印復以金剛眼久觀大聖金

剛薩埵不太動舌端脣齒應俱合成就諸教法金剛語離聲如前三摩地專注決定無疑念誦當得金剛薩埵現前徧入身中即成本尊之體凡念誦若有疲極欲止息際應以自勝解意思惟如前諸供養等誦唵字眞言乃奉獻之後誦一百八名讚曰

跛囉摩皧(一)摩訶薩怛嚩(二合)(二)摩訶囉多(引)(三)摩訶囉底(四)娑滿多婆娜囉(二合)(五)薩嚩(引)怛摩(二合)(六)嚩日囉(二合)孽磨(七)跛諦跛諦(八)質多薩怛嚩(二合)(九)娑磨皧佉囉(二合)(十)嚩日囉(二合)嚩日囉(二合)(十一)摩訶駄那(十二)娑滿多婆娜囉(二合)(十三)析哩野(二合)(引)佉囉(二合)(十四)摩囉摩囉(十五)鉢囉(二合)末娜迦(十六)薩嚩菩提(十七)摩訶勃駄(十八)勃駄勃駄(引)佉囉(二合)(十九)善摩惹(二十)嚩日囉(二合)吽(短聲)迦(引)囉(二十一)吽(短聲)迦囉(二十二)路計濕嚩(二合)囉(二十三)摩尼鉢囉(二合)娜(二十四)摩訶囉(引)伽(二十五)摩訶掃佉野(二合)(二十六)迦(引)摩目佉乂(二合)(二十七)摩訶駄耶(二十八)怛哩(二合)迦(引)攞(二十九)悉怛哩(三合)娑嚩(三十)悉怛哩野(四合)佉囉野(二合)(三十一)怛哩(二合)路迦(引)佉囉(二合)(三十二)怛哩(二合)駄(引)覩迦(三十三)薩佗(二合)(引)嚩囉(三十四)鉢囉(二合)娑嚩微野(二合)訖多(二合)(三十五)蘇(上聲)素佶乂摩(三合)(三十六)薩吐(二合)攞散者焰(三十七)讓伽摩鉢囉(二合)嚩囉(三十八)鉢囉(二合)(引)跛諦(二合)娑嚩(三十九)娑(引)伽囉戍駄那(四十)娜那(引)地你駄那(引)典多建多(四十一)鉢囉(二合)迦(半音)薩嚩摩悉體(二合)多(入聲)(四十二)纈哩(二合)多畒娜囉(二合)(四十三)瑜伽三昧樂(四十四)多怛嚩(二合)薩多野(二合)(四十五)摩訶摩郝(四十六)多佗伽多(四十七)摩訶悉駄(四十八)達摩羯磨(四十九)摩訶勃駄(五十)娑達摩娑多羯(二合)摩跛佗(五十一)菩提質多(五十

二素上聲慕馱迦五十三嚩日囉二合矩嚕二合馱五十
四摩訶矩嚕二合馱五十五入嚩二合邏鉢囉二合攞
野那摩脚五十六摩訶微那野五十七努瑟吒二合
引仡囉二合五十八嚕娜囉二合嘮娜囉二合五十九信
又二合孕迦囉入聲六十薩嚩戍地六十一摩訶跛娜
摩二合六十二鉢囉二合仡乳二合播野六十三摩訶那
野六十四囉引伽戍佗六十五娑摩引駊仡囉二合
六十六尾濕嚩二合囉引伽六十七摩醯濕嚩二合囉
六十八阿去聲迦去聲舍難多野二合六十九你覩吠七十
薩嚩勃馱七十一摩訶攞野七十二尾部底室唎
三合七十三尾慕囉惹上聲七十四薩嚩引舍七十五跛
哩布囉脚七十六曩麼悉諦二合悉覩二合七十七曩
麼悉諦二合七十八曩麼悉諦二合悉覩二合七十九曩
牟曩莫八十部仡覩二合恨怛梵二合八十一鉢囉二合
跛駊寘八十二嚩日囉二合薩怛嚩二合引駊八十三

悉馱滿八十四
若持此讃王　金剛法語誦　所樂當成就
速疾無與倫　每日應及時　稱巳離諸罪
當脫一切苦　淨土當現前　纔誦衆福圓
增吉祥明盛
又准前加持閼伽如法獻之遂結諸尊羯磨
印相及三昧耶契等皆誦本真言如前周巳
次結金剛熾盛日三昧耶印左旋轉想解界
并誦真言曰
吽
次結奉送印印相金剛縛直竪二中指相合
如針當心奉送真言欲畢舉印近頂上從中
指先開散之想諸聖衆而還本宮真言曰
唵一訖哩二合覩嚩入聲二薩嚩薩怛嚩二合囉訖
二合三悉地囉娜二合多四野佗引努伽引伽車

上聲馱梵二合五勃馱微沙焰六補那囉引伽摩
那野覩七唵八嚩日囉二合引薩怛嚩二合九穆
十凡欲出道場用前護身印加持巳身乃任
所適修先行法如前儀則每日四時誦十萬
徧至課限充日通夜達明無間念誦先行圓
滿然任依時隨力修持此生不久當成就大
樂金剛薩埵之身
又陳儀軌法要
復次誦發菩提心眞言曰
唵一薩嚩瑜伽質多二畝怛波二合娜夜弭三
次應思惟巳身爲金剛薩埵乃作嚩日囉二合
蘗摩印印相半跏而坐左拳在胯右當心誦
眞言曰
鈝
次結金剛祕密三昧耶印印相金剛縛大指
頭指爲竅右大指少逼加持心額喉頂眞言
曰
素囉多薩怛梵三合一句
次結五佛灌頂印印相金剛合掌中指相合
屈第三節如劍二頭指各輔著中指第三節
二大指相交如跏趺形安於頂上次頂前頂
右頂後頂左以五佛眞言加持之眞言曰
唵一部欠二
嚩日囉二合薩怛嚩二合一句
嚩日囉二合囉怛娜二合一句
嚩日囉二合達摩一句
嚩日囉二合羯磨一句
次結金剛鬘印印相作二金剛拳於額前腦
後繫鬘勢徐徐從小指下散如垂繒帶眞言
曰

唵一嚩日囉二合摩邏引避詵者二滿三鉿四如前成身已乃結八供養羯磨印印相以二金剛拳覆而相並上擲爲華下散燒香大指相合成燈依胷兩向漸開塗香覆相並當心右轉嬉戲如嬉戲近口徐散爲笑二拳舒頭指左臂如箜篌右轉弦勢歌當心旋舞虛掌頂上合爲舞八供養眞言如前廣儀軌所說依法成身及八供養畢次觀一切色空如是思惟已乃用妙適悅語隨分誦初聲所謂婀字諦觀諸法本自不生復當成身爲金剛薩埵又以勝解意運想供養等物并稱唵字然後常誦心眞言如是至一月兩月或復六月境相當現或覩諸佛菩薩及一切殊勝之事凡於一切時中見諸悅意事及莊嚴等物皆空觀再安立之皆成清淨已誦唵字眞言供養本尊復次觀身色空即爲覩金剛薩埵如是勝解決定已目所覩彼彼境自然成空復當建立一切本尊彼等垢障清淨亦想已身爲金剛薩埵以如是瑜伽乃至行住坐立隨意修習又當持眞言滿十萬徧末後日晝夜念誦先行成就漸次勤加功用而於現生速證大樂金剛薩埵之智

大樂金剛薩埵修行成就儀軌

曼殊室利菩薩吉祥伽陀

宋西天譯經三藏朝散大夫試光祿卿明教大師法賢奉　詔譯

鉢囉二合倪爍二合誐桑誐一酤里彔引訥婆二合
嚩二冐地喞大引三曼儒仁祖切室哩二合曳引尾
末羅四冐地窣珂阿毗世引蓋引五拽訥莾二合
誐囉吤仁唧切那嚩哩引六速窣大引七窣儗當八
怛訥莾二合誐朗婆嚩覩九帝引波囉摩阿毗
世引蓋引十室哩二合引嚩日囉二合薩埵誐拏十一
曼拏羅三鉢囉二合吠武每世曳二合十二引邏引寫
引禰毗十三部嚩那娑引囉十四尾邏洗泥去聲呼
毗十五拽訥莾二合誐朗窣珂割嚂十六鉢囉二合嚩
嚂鉢囉二合儗引當十七怛訥莾二合誐朗婆嚩覩
十八帝引波囉摩阿毗世引蓋引十九遏爹引多
娑引耨二十撈哩多引二十一底丁逸薩曳引囉世霜
引二十二薩埵引尾冐皷切身二十三薩怛多酥誐多

阿毗世引蓋二十四鉢訥莾二合誐朗酥囉嚩頼
引二十五囉必大引鉢囉二合儗引當二十六怛訥莾
二合誐朗婆嚩覩二十七帝引波囉摩阿毗世蓋
二十八室哩滿引帝哩二合路哥尾惹仁左切曳引二
十九嚩囉曼拏羅屹黎二合三十引帝頼二合引路計
也二合囉吤也二合三十一尾惹踰引怛摩三十二那
引他細引酤三十三拽訥莾二合誐朗酥囉嚩頼
引三十四颯鉢囉二合拏帝引颯鉢囉三合詣引當三十
五怛訥莾二合誐朗婆嚩覩三十六帝引波囉摩
阿毗世引蓋三十七那引那引惹誐訥尾二合那
野三十八薩嚕引惹播引尼引三十九三没馱囉怛
曩二合四十末酤吒引彌怛他引毗世引蓋四十一
拽訥莾二合誐朗哥末羅囉引誐四十二尾戍提
詣引當四十三怛訥莾二合誐羅婆嚩覩四十四帝
引波囉摩阿毗世引蓋四十五阿引哥引舍誐

哩婆二合四十六 末尼囉怛曩二合四十七 尾部引底囉彌引四十八 薩哩嚩引二合 哩他二合 悉提四十九 窣珂那寫五十 摩賀引阿毗世引蓋五十一 拽訥莽二合誐朗戍婆尾部引底羯賴引五十二 窣諳引當五十三 怛訥莽二合誐朗婆嚩覩五十四 帝引波囉摩阿毗世引蓋引五十五 殺竹作訖囉二合嚩哩底二合五十六 秫婆莽誐囉諳引底哥引蹦五十七 拽咄奔二合 尼也二合 囉怛曩二合五十八 摩摩埵頓諒五十九 末夜引鉢當二合帝引那引窣覩二合六十 薩哩嚩二合誐多部引彌六十一 摩賀引阿毗世引蓋六十二 尾秫馱嚩囉計引哩底二合六十三 薩曼儒那引他六十四

曼殊室利菩薩吉祥伽陀

音釋

股公戶切 捻奴協切捏也 拇莫厚切將指也 胯苦瓦切 竅苦弔切 噡以贍切 羂古泫切緒也 閼烏割切 紒即計切與戾同 彎烏關切持弓關矢也 腕烏貫切手腕也 䏶傍禮切股也 [illegible]亭夜切 麌牛矩切 瞤舒閏切目動也 婀烏何切

成就妙法蓮華經王瑜伽觀智儀軌

唐特進試鴻臚卿三藏沙門大廣智不空奉詔譯

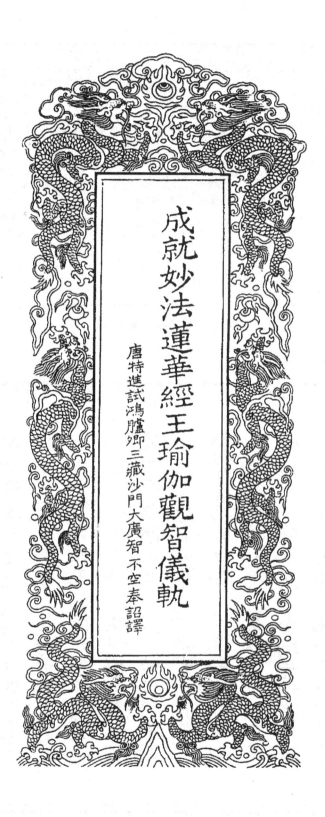

清刻龍藏佛說法變相圖

成就妙法蓮華經王瑜伽觀智儀軌

唐特進試鴻臚卿三藏沙門大廣智不空奉詔譯

歸命釋迦牟尼佛　宣說方廣大乘典
爲諸菩薩而開示　甚深最勝真實教
我今依於大教王　徧照如來成道法
若能依此勝義修　現世得成無上覺
歸命緣起諸序品　光中能顯因果事
福德智慧至究竟　一乘實相勝義門
歸命善巧方便品　甚深難測如來智
言語道斷離心境　是故方便說三乘
歸命火宅譬喻品　舍利先授菩提記
有情不覺三界苦　佛以三車誘令出
歸命厭悔信解品　於自劣乘而愧耻
深生渴仰難遭遇　我等咸獲無上寶
歸命療疾藥草品　生盲丈夫開慧眼

而獲智光如日輪　於無上乘得善巧
歸命最初授記品　四大聲聞同記別
各隨奉事諸世尊　當來成證菩提果
歸命化城巧喻品　佛慇懃説昔因緣
爲權止息示化城　至大涅槃爲究竟
歸命五百弟子品　大聲聞僧咸授決
則悟身中如來藏　無價寶珠今覺知
歸命授學無學品　佛記阿難羅睺羅
則表法王無偏儻　漸攝定性及不定
歸命傳經法師品　若有未來諸有情
持此法華一句偈　佛皆與彼而授記
歸命多寶佛塔品　示現淨土集諸佛
提婆達多授佛記　龍女得成無上覺
歸命勸持經典品　姨母耶輸蒙記別
諸大菩薩及聲聞　咸願末法勸持此

歸命修行安樂品　説經先住安樂行
現世獲得殊勝報　於佛菩提不退轉
歸命從地涌出品　八恒菩薩願持經
如來容意而不許　爲顯涌出菩薩故
歸命如來壽量品　佛巳成道無邊劫
爲治狂子現涅槃　常住靈山而不滅
歸命分別功德品　無數微塵菩薩衆
聞佛宣説壽無量　各超地位證菩提
歸命隨喜功德品　校量世出世間福
若聞此經一句偈　超彼速證無上道
歸命法師功德品　若能受持此經典
於現父母所生身　獲得神通淨六根
歸命不輕菩薩品　往昔難行苦行業
得聞此經增壽命　度脱無量無邊衆
歸命如來神力品　佛現廣長妙舌相

猶豫不信令淨信　見是瑞相獲佛道
歸命陀羅尼妙品　二菩薩及二天王
并羅刹女説眞言　爲護持經法師故
歸命藥王本事品　爲求法故并三昧
燒身供養淨明佛　難遇經王表殷重
歸命妙音菩薩品　從彼佛刹來此土
而聽妙法蓮華經　既聞法已還本國
歸命觀音普門品　説是菩薩悲解脱
悉皆除遣諸障難　顯現常住如幻定
歸命妙莊嚴王品　藥王藥上本因緣
由斯二士善知識　而不退失菩提道
歸命普賢勸發品　若有於此蓮華經
於三七日專持習　普賢爲現淨法身
歸命最後囑累品　如來付囑諸菩薩
當於未來末法時　流通宣説無悋惜

如方廣大乘經説一切衆生身中皆有佛性具如來藏一切衆生無非無上菩提法器若欲成就如此法者應當須具如是四緣一者親近眞善知識眞善知識者即灌頂阿闍黎二者聽聞正法聽聞正法者即妙法蓮華經王三者如理作意如理作意者即爲瑜伽觀智四者法隨法行隨法行者謂修奢摩他毗鉢舍那則堪任證無上菩提若修持妙法蓮華經若男若女則須依修眞言密行菩薩之道應當先入大悲胎藏大曼荼羅并見護摩道場滅除身中業障得阿闍黎與其灌頂即從師受念誦儀軌三昧耶護身結界迎請供養乃至觀於已身等同普賢大菩薩身若不具如是增上緣者所有讀誦修習如此經王無由速疾證成三昧一一印契儀軌眞言應

當於灌頂阿闍黎處躬親禀受若不從師禀受決擇而專擅作者是則名爲越三昧耶受及授者俱獲重罪既得具法即應簡擇念誦修行處所或於伽藍或山林樹下江河洲渚或自巳舍宅與法相應福德之地掘深二肘廣四肘量或六肘八肘乃至十二肘量稱其處所大小作曼荼羅穿其地中若有瓦礫灰骨蟲炭及諸穢物即不堪用更擇勝處穿訖却填土若有餘是吉祥相如其欠陷取河兩岸土填之若其本淨最爲殊勝或在樓閣或磐石上船上則不應簡擇建四肘曼荼羅乃至十二肘量如前所說若廣十二肘高卑可十二指量於東北隅稍令𨺗下是大吉祥速疾成就壇既成巳於其中央穿一小坑安置五寶（金銀眞珠瑟瑟玻瓈）五藥（娑伽迦梨娑賀羯囉者羅擬哩祢嚩建吒拏（二合）勿哩（二合）賀底若無此藥即以此方所出靈藥如赤箭人參伏苓石菖蒲天門冬等代之）五香（沉香丁香鬱金檀香龍腦等香）五穀（稻穀大麥小麥菉豆白芥子）如是五寶香藥等各取少許以小餅子盛或小瓷合子盛之一處以地天眞言加持一百八徧眞言曰

曩莫三滿多没馱（引）南（引）畢哩（二合）體微曳娑嚩（二合）訶（引）

又以佛慈護眞言加持一百八遍眞言曰

唵没馱每怛哩（二合）嚩日囉（二合）嚕乞叉（二合）撼

又以無能勝眞言加持一百八遍眞言曰

曩莫三（去聲）滿多没馱（引）南（引）唵戶盧戶盧戰拏理摩等霓（妍以切）娑嚩（二合）訶（引）

既加持巳安置壇中填築令平以隨時香華飲食幷二閼伽以用供養其行者面向東方長跪以右手按於置香藥處誦告地天偈三

遍或七遍偈曰

汝天親護者　於諸佛導師　修行殊勝者
淨地波羅蜜　如破魔軍衆　釋師子救世
我亦降伏魔　我畫曼荼羅

然後取淨土及犢子瞿摩夷未墮地者與沙相和爲泥以泥其壇待乾以後又取瞿摩夷和於香水更遍塗拭即擣蓮子草揩磨其壇上正塗之時誦塗地眞言無限遍數塗了即止眞言曰

曩莫三滿多没馱(引)南(引)阿鉢囉(二合)底(丁以切下同)三迷誐誐那三迷三麽多奴蘖帝鉢囉(二合)吃嘌(二合)底微戍睇達磨馱睹微戍達你娑嚩(二合引)訶(引)

既塗壇已如彼壇量分其聖位各點爲記然後用五色線縒合爲繩於磨白壇香泥汁中浸漬然後絣壇其壇三重當中畫八葉蓮華於華胎上置窣覩波塔釋迦牟尼如來多寶如來同座而坐塔門西開於蓮華葉上從東北隅爲首右旋布列安置八大菩薩初彌勒菩薩次文殊師利菩薩藥王菩薩妙音菩薩常精進菩薩無盡意菩薩觀世音菩薩普賢菩薩於此壇中壇四隅角内初東北隅置摩訶迦葉次東南須菩提西南舍利弗西北大目揵連次於第二重院於其東門置金剛鎖菩薩南門置金剛鈴菩薩當塔前門金剛鈎菩薩北門金剛索菩薩於東門北置得大勢菩薩門南置寶手菩薩次南門東置寶幢菩薩門西置星宿王菩薩次於西門南置寶月菩薩門北置滿月菩薩次於北門西置勇施菩薩門東置一切義成就菩薩又於東北隅

角內置供養華菩薩東南隅供養燈菩薩西南隅供養塗香菩薩西北隅供養燒香菩薩次於第三重院東門置持國天王南門置毗樓勒叉天王西門置毗樓博叉天王北門置毗沙門天王於東方門北置大梵天王門南置天帝釋次於南方門東置大自在天門西置難陀龍王次於西方門南置妙法緊那羅王門北置樂音乾闥婆王次於北方門西置羅睺阿脩羅王門東置如意迦樓羅王於東北方置聖烏芻沙摩金剛東南方置聖軍吒利金剛西南方置聖不動尊金剛西北方置聖降三世金剛於壇四面畫飲食界道又畫四門於其壇上張設天蓋四面懸旛二十四口又於四角各豎幢旛安四賢缾底不黑者滿盛香水於缾口內雜插種種時華枝條於壇四門兩邊各置二閼伽器滿盛香水中著鬱金隨諸時華極令香潔又於四門置四香鑪燒五味香以用供養又於四隅各置銅燈臺酥油爲明於四角外各釘佉陀羅木橛如無此木鑄銅作橛代之亦得若修行者爲求六根清淨滿足六千功德成就法華三昧現世入初地決定求證無上菩提者應一七日三七日乃至七七日或三箇月應依儀軌隨其力分於壇四面皆置色香美味種種食飲乳粥酪飯甜脆果子及諸漿等塗香粖香時華燒香燈燭所供養物應以新淨金銀器銅器及好瓷器無破缺漏未曾用者以盛食飲復用燒香熏其食用聖不動尊眞言加持三遍或七遍眞言曰

曩莫三滿多嚩日囉(二合)喃(引)戰拏摩訶嚕灑

拏薩頗(二合)吒耶吽怛囉(二合)吒撼(引)羚(引)

既加持已然後供養於壇西面應置庳脚牀子可去地半寸已來以淨茅薦用敷其上是修行者每日四時澡浴四時換衣如其不及時別澡浴者即誦清淨眞言加持衣服此即名爲勝義澡浴眞言加持三遍或七遍

唵娑嚩(二合)婆(去聲引)嚩(輸律切)馱馱薩嚩達磨(引)娑嚩(二合)婆(去聲引)嚩術度(引)憾

加持已訖即入道場瞻仰尊容如對眞佛虔恭稽首至心運想禮盡虛空遍法界一切諸佛及諸菩薩既禮拜已右膝著地合掌當心閉目專意誦普賢行願一遍一心遍緣諸佛菩薩應定心思惟普賢行願一一句義發大歡喜難遭之想即跏趺坐結定印誦如來壽量品或但思惟品中妙義深信如來常住在世與無量菩薩緣覺聲聞以爲眷屬處靈鷲山常說妙法深信不疑次當即誦無量壽命決定如來眞言七遍作是念言願一切有情皆獲如來無量壽命發是願已即誦眞言曰

曩莫(引)阿跛哩弭多(引)欲枳孃(二合)曩尾寧室者(二合)也囉逝捺囉(二合)也怛佗(引)蘖多(引)也唵薩嚩僧(去聲)薩迦(引二合)囉跛哩輸(詩律切)馱達磨帝摩訶(引)曩也跛哩嚩(引)例娑嚩(二合引)訶

若修行者每日六時誦此眞言七遍能延壽命能滅夭壽決定惡業獲得身心輕安離諸昏沉及以懈怠受持此妙法蓮華經速得成就即用塗香(其塗香於手上水磨白檀龍腦如泥即是)遍塗二手乃至臂肘然後應結一切如來三昧耶印二手合掌二大指並偃豎即成以大指頭拄於心上入勝義諦實相觀門所謂毗盧遮那如

來心眞言種子阿字想在已身心蓮華中其色潔白猶如珂雪瑩徹光明漸漸引舒遍一肘量即思此字眞實義門阿字者謂一切法本不生故一切佛法自性本源清淨法界之所流出一切言教皆以此字而爲根本決定專注離於散動住是觀已即移其印而觸於額誦眞言一遍次觸右肩左肩心及於喉皆誦一遍運動手印誦眞言時專注一緣如前觀想加持已訖頂戴於印然後解散眞言曰

曩莫三滿多没馱引南引阿三迷底哩二合三迷三摩曳娑嚩二合引訶引

由結此印及誦眞言則見一切如來地超三界圓滿地波羅蜜

次應結法界生印二手各作金剛拳舒二頭指側相拄即成安印於頂於其印中想法界種子嚂字其色皓白遍流光明普照一切有情界能破一切有情虛妄煩惱當觀自身及諸有情同一法界無二無別作是觀已即誦眞言三遍或七遍眞言曰

曩莫三滿多没馱引南引達摩馱都娑嚩二合婆嚩句憾

由結此印及誦眞言則證得無邊清淨法界

次結金剛薩埵轉法輪印二手相背右押於左左右八指互相鉤荵左大指入於右掌屈右大指以頭相拄以印安於心上又想自心月輪中有吽字白色清潔即轉此字爲轉法輪大菩薩身觀智成已即誦眞言曰

曩莫三滿多嚩日囉二合南嚩日囉二合怛麼句憾

由結此印及誦眞言觀行力故即能於一切

有情界轉大法輪

次結金剛甲冑印二手虛心合掌二頭指各屈拄中指背上節二大拇指並豎押中指中節文即以印觸額誦眞言一遍次右肩左肩心及喉上各加持一遍眞言曰

曩莫三滿多嚩日囉(二合)啵嚩日囉(二合)迦嚩左吽

由結此印及誦眞言即是被大誓莊嚴金剛甲冑光明赫奕一切天魔及諸作障者不能凌逼正結印之時作是思惟一切有情沉淪生死苦海我皆濟拔令一一有情與我無異

次結一切如來大慈印二手外相叉二大指二小指各以頭相拄覆於心上結印成已即入一相平等法無我觀起大慈心遍緣一切有情界願一一有情皆悉獲得慈心三昧作是觀已誦眞言曰

曩莫薩嚩怛陀(引)蘖帝瓢(毗庚切)曳底瑟綻(二合)底娜捨你勢唵麽抳嚩日隸(二合)訖哩(二合)娜也嚩日隸(二合)摩囉賽你也(二合)尾捺囉(二合)跛寧賀曩嚩日囉(二合)蘖陛怛囉(二合)娑也怛囉娑也薩嚩磨(引)羅婆嚩曩(引)你吽吽散馱囉散馱囉沒馱(引)昧底哩(二合)薩嚩怛佗(引)蘖多嚩日囉(二合)羯臘跛(二合)地瑟恥(二合)帝娑嚩(二合)(引)訶(引)

由結此印及誦眞言入無緣慈觀能令三千大千世界下至風輪際猶如金剛無量天魔不得傾動悉皆退散其修行者若作此法其道場地即是金剛堅固之城一切障者不敢觸惱心所求願速得圓滿

次結方隅界印二手合掌屈二頭指二無名指以甲相拄並豎二大指押頭指拆開二小

指即成以印右旋三帀即成結界眞言曰
曩莫三滿多没駄南黎盧布哩尾倶哩尾倶
黎娑嚩二合引訶引
次以聖不動尊印眞言辟除一切諸惡魔障
右手直竪頭指中指相並無名小指屈入掌
中以大指捻無名小指甲上左手亦然以左
手當心爲鞘右手爲劒置其鞘中然後如抽
劒勢以印左旋辟除障難以印右旋隨意遠
近結爲其界結印之時應觀自身即是此尊
左持金剛羂索右執金剛智劒威德光明遍
照法界作是觀已即誦眞言曰
曩莫三滿多嚩日囉二合引喃引戰拏摩訶嚕
引灑拏薩頗引二合吒耶吽引怛囉二合吒憾引
鈐
由結此印及住觀行誦眞言故能護菩提心
能斷諸見若修行者常持此眞言乃至菩提
更不爲諸魔得便速成正覺
次應結寶山印誦寶山眞言二手内相叉極
令深緊二肘相著開腕即是眞言曰
唵阿者攞吽引
由結印誦眞言加持力故即此寶山於其壇
中轉成鷲峯山於山峯上即當一心專注觀
想釋迦牟尼如來宣說妙法蓮華經處玻瓈
爲地種種妙華徧布其上寶樹行列開敷寶
華諸枝條上垂妙天衣微風搖擊出微妙音
其聲諧韻猶如天樂妙香普熏三千世界又
於中想多寶世尊舍利寶塔種種莊嚴釋迦
牟尼如來及多寶佛於其塔中同座而坐無
量菩薩聲聞緣覺天龍八部聖賢衆會圍遶
聽法周圍八方釋迦牟尼如來諸分身佛於

寶樹下各各坐於衆寶莊嚴師子之座乃至無量微塵數佛多寶塔前賢缾閼伽八功德水悉皆盈滿妙寶香爐燒無價香摩尼寶王以爲燈燭菩提妙華普散諸佛及諸大衆天諸美饍芬馥香潔塗香粖香珠鬘瓔珞供養雲海諸波羅蜜供養菩薩歌讃如來眞實功德自見已身於中供獻於其八方諸分身佛一一佛前悉皆如是奉獻供養又想自身在釋迦牟尼如來前聽聞宣說妙法蓮華大乘勝義作是觀已即誦偈曰

以我功德力　如來加持力　及以法界力

普供養而住

誦此偈三徧或七徧即誦大虛空藏普供養眞言曰

唵誐誐曩三去聲婆去聲嚩嚩日囉二合斛引

由誦此偈及此眞言於一切如來幷大會衆皆獲眞實廣大供養次應觀三重曼荼羅會衆初中央佛幷八大菩薩及四大聲聞僧第二院諸菩薩無量無數第三院諸天八部幷四大威德菩薩各於四隅幷無量忿怒眷屬令一切諸魔退散無得侵擾然後結纔發意轉法輪菩薩印二手各作金剛拳二頭指二小指互相鉤即成以印按於壇上誦眞言五徧眞言曰

唵嚩日囉二合斫羯囉二合吽引弱吽引鑁斛

由結此印誦眞言故其壇中諸佛菩薩及諸聖衆量同虛空周徧法界成報土佛剎一切有情冥然身心通同一相影現於此勝妙剎中則次應入眞如性道場觀行而誦此偈思惟偈中眞實勝義乃至心與眞如體性相應

爲限偈曰

虛空爲道場　菩提虛空相　亦無等覺者

眞如故如來

次結奉請一切如來并諸聖衆印二手內相叉合爲拳舒右手頭指屈其上節如鉤即成

眞言曰

曩莫三(去聲)滿多沒馱(引)南噁(引)薩嚩怛囉(二合引)鉢囉(二合)底賀多怛佗(去聲引)蘖當(引)俱舍冐(引)地左哩耶(二合)跛哩布(引)囉迦娑嚩(二合引)訶(引)

由結此契及誦眞言諸佛菩薩并其眷屬無不來集行者了了分明見在鷲峯山頂空中而住即取右邊閼伽器二手捧持當額奉獻想浴諸佛菩薩及諸聖衆足(其閼伽器或金銀熟銅碼磁商佉如是之器悉皆應法隨取一類皆滿盛水淨妙香潔上泛時華并著少許鬱金初奉請時取右邊者奉送時用左邊者)即於爾時虔恭殷重啓告諸佛求心中所願願速成就眞言曰

曩莫三(去聲)滿多沒馱南(引)誐誐曩三(引)摩(引)糝摩娑嚩(二合)賀(引)

由獻閼伽香水供養故令修行者三業清淨洗除一切煩惱罪垢

次應結獻華座印二手左右大小指各頭相拄餘六指如欲敷蓮華形即成眞言曰

曩莫三(去聲)滿多沒馱南(引)噁

由結此印及誦眞言加持力故即從此印流出無量寶師子座并蓮華座金剛座種種諸座佛及菩薩一切聖衆各隨所宜悉皆獲得殊勝之座

次結普通印二手內相叉爲拳諸指節令稍起即誦藥王菩薩等諸眞言曰

但你也二合佗一 安祢滿祢二 麽寧麽麽寧三 唧帝四 左哩帝五 捨迷六 捨弭跢引尾七 扇引帝八 穆訖帝二合 穆訖多二合 多上聲 迷九 娑迷十 阿上聲 尾灑迷十一 娑上聲 麽娑迷十二 惹曳十三 乞灑二合曳十四 惡乞灑二合曳十五 惡乞史二合引 抳十六 扇引帝十七 捨弭十八 馱引囉抳十九 阿引盧迦引婆引 細鉢囉二合底也二合 吠乞灑二合抳二十 尾尾嚕二十一 阿便怛囉顉尾瑟蘇二十二 阿典多跛哩舜八音 第引二十三 塢俱黎二十四 穆俱黎二十五 阿囉妳二十六 跛囉妳二十七 輸迦引 乞史二十八 阿娑麽娑迷二十九 沒沒馱尾盧枳帝三十 達磨跛哩乞史二合帝三十一 僧伽涅寧逸切 具灑抳三十二 婆夜婆野尾戍陀寧引三十三 滿怛囉二合 滿怛囉二合 乞灑二合夜帝三十四 嚕帝嚕多矯捨隸三十五 惡乞灑二合野三十六 惡乞灑二合野嚩曩謨引野三十七 嚩路阿麽你也二合曩謨引野三十八

勇施菩薩陀羅尼曰

怛你也二合佗引一 入嚩二合隸二 摩賀入嚩二合隸三 屋計四 阿你阿拏嚩底丁以切五 怛嘌二合知夜二合嚩底六 壹置寧七 尾置寧八 唧置寧怛慄二合置嚩寧九 怛慄二合吒引嚩底娑嚩二合引訶引十

毗沙門陀羅尼曰

怛你也二合佗一 阿蘇二 捺蘇三 拏捺蘇四 阿曩引怒五 曩曩膩矩曩曩膩娑嚩二合引訶引六

持國天王陀羅尼曰

但你也二合佗一 阿誐抳誐抳矯魚矯切引 哩彥陀引哩引 賛拏哩四 麽引鐙倪研以切五 卜羯斯六 矩僧矩黎物嚕二合娑理娑嚩二合引訶七

十羅剎女陀羅尼曰

怛你也(二合)佗(一)壹底銘壹底銘壹底銘壹底銘壹底銘(二)顊銘顊銘顊銘顊銘顊銘(三)嚕係嚕係嚕係嚕係嚕係(四)薩跢(二合下同)係薩跢係薩跢(二合)係薩跢(二合)係娑嚩(二合引)訶(引五)

由誦如上諸眞言故於持經者作大加持諸惡鬼神悉皆遠離不敢近行住坐卧乃至夢中亦不敢觸惱一切時中皆得安樂應作是思惟於此妙法蓮華經王起殷重心難遭之想復作念言我從無始生死輪迴六趣皆由虛妄顚倒分别不得早遇如是教王菩薩道法今既得聞得見受持讀誦皆是諸佛菩薩慈悲愍念令我值遇如此妙法經王如是深恩將何以報設使三千世界滿中勝妙一切珍寶幷及飲食香華旛蓋國城妻子如微塵數乃至身命亦復如是悉皆捨施供養如來及此妙法蓮華大乘實法雖經多劫亦未能報一偈之恩深生慚愧復作念言如我所聞徧照如來爲諸菩薩宣説眞言祕密法之供養於諸世間諸供養中以法供養爲最爲勝今我爲報諸佛深恩依眞言行菩薩方便儀軌用普供養盡虛空徧法界一切諸佛及大菩薩作是念已即結塗香印先舒右手竪掌向外以左手握右手腕作塗香勢即成眞言曰

曩莫三(去聲)滿多没馱(引)南(引一)尾戍(詩律切)馱囐度納婆(二合)吠娑嚩(二合引)訶(引二)

當運手印誦眞言時想從印眞言不思議加持願力法中流出無量無邊塗香雲海徧塗諸佛菩薩一切聖衆淨妙法身及其刹土由作此法獲得現世當來戒定慧解脱解脱知

見五無漏蘊法身之香若或違犯聲聞乘中律儀戒品或違犯菩薩道中清淨律儀纔結此印誦真言一徧一切戒品悉皆清淨如故不墮惡趣疾證三昧次結華供養印二手内相叉二頭指拄令圓二大指各捻頭指根下餘六指於掌中令如華形即是真言曰

曩莫三滿哆没馱喃一摩訶梅怛哩也二合毗庾二合娜蘖二合諦引娑嚩二合引訶二引

正結印誦真言時運想諦觀於印真言不思議願力加持法中流出無量無邊天妙華雲海供養一切諸佛菩薩聖衆由結此印及誦真言能令開敷自心蓮華令行者六根清淨獲得相好端嚴人所樂見於一切煩惱及隨煩惱不被染汙身心寂靜

次結燒香供養印二手中指已下三指竪相背二頭指側相拄二大指各捻頭指根下即成真言曰

曩莫三去聲滿多没馱引南一引達磨馱引怛嚩二合耨鼻聲蘖諦引娑嚩二合引訶二引

正結印誦真言時運心觀想從印真言不思議願力加持法中流出無量無邊燒香雲海普熏一切佛及菩薩并諸聖衆由結此印并誦真言獲得般若波羅蜜能斷一切惡見并諸結使疾證無上正等菩提

次結飲食供養印二手虛心合掌開掌猶如器形即是真言曰

那莫三上聲滿多没馱引南一引阿囉囉二迦囉囉三麽鄰上聲娜娜引銘摩隣上聲泥摩訶每引怛囉也麽理娑嚩二合訶四引

正結此印誦真言時至誠運想從印真言不

思議願力加持法中流出無量無邊天妙香潔飲食雲海於一一佛菩薩諸聖衆前以七寶器盛羅列奉獻由結此印及誦眞言運心供養獲得法喜食禪悦食解脱勝味食

次結供養燈明印右手爲拳直竪中指即成

眞言曰

那莫三去聲滿多没馱引南怛佗去聲蘖多薩頗二合囉上二合囉儜引嚩婆去聲引娑那二誐誐猱娜哩也二合娑嚩二合引訶三引

正結印誦眞言時運心諦想諸佛菩薩從印眞言不思議願力加持法中流出無量無邊如衆寶王及日月光明燈燭雲海照耀諸佛及諸菩薩一切大會由結此印及誦眞言獲得三種意生之身能滅無明住地煩惱是修行者作是供養已次則入實相三摩地觀一切法如幻因緣和合生故知一切有情無所得以爲方便觀一切法如陽焰上至淨妙佛刹下至雜染世界亦無所得爲方便觀一切法如夢於世間受用知樂受苦受皆無所得以爲方便觀一切法如影像知自他身業無所得以爲方便觀一切法如響應知一切自佗語言上至諸佛下至諸有情類語業無所得以爲方便觀一切法如光影於心知心及心所法不即不離悉無所得以爲方便即證眞如觀一切法如水月初地乃至法雲地菩薩觀心如水觀清淨菩提心三摩地如月心之與月無二無别亦無所得以爲方便即證眞如觀一切法如佛變化知心心所緣慮無所得以爲方便則入大空三摩地眞如佛界徧周佛界有情界無間無斷遠離言說及離

能緣所緣若約真證之門唯自覺聖智境界
所得次即應結三摩地印二手金剛縛仰於
跏趺上以二頭指屈中節相拄甲相背以二
大指頭相拄於頭指甲上置於臍下閉目澄
心誦通達無礙心真言七徧真言曰
唵唧多鉢囉(二合)底吠鄧迦嚕(引)彌(一句)
誦真言已則靜慮專注尋求自心今我此心
爲青爲黃爲赤爲白爲方爲圓爲長爲短爲
是過去爲是未來爲復現在良久推求知此
心不可得則能通達空觀我法二執亦不可
得則能悟入人空智法空智則於此無所得
心觀於圓明淨無塵翳如秋滿月炳現於身
仰於心上則此是本源清淨大圓鏡智作是
觀已即誦菩提心真言七徧真言曰
唵冒(引)地唧多毋怛波(二合)娜夜(引)彌(一句)

誦真言已當於圓明滿月面上觀五鈷金剛
智杵漸引偏舒普周法界以淨光明照燭一
切有情界客塵煩惱自佗清淨平等平等同
一體性作是觀已誦真言曰
唵底瑟姹(二合)嚩日囉(二合一句)
良久諦觀復漸收斂其金剛杵大如身量誦
真言曰
唵嚩日囉(二合引)怛麽(二合)句(引)撼
復觀此金剛杵轉成普賢大菩薩身光明皎
潔猶如月殿戴五佛冠天衣瓔珞而自裝嚴
項背月輪白蓮華王以爲其座右手持菩提
心五鈷金剛杵按於心上左手持般若波羅
蜜金剛鈴用按於胯一切相好悉令具足作
是觀已復自思惟一切有情如來藏性普賢
菩薩身徧一切故我與普賢及諸有情無二

無別審諦觀已誦眞言七徧眞言曰
唵三(去聲)滿哆跋捺嚧(引二合)撼
誦眞言已則結普賢菩薩三昧耶印二手外相叉合爲拳合竪二中指即成以印印心誦一徧次安於額次及喉頂各誦一徧眞言曰
三(去聲)昧耶娑怛鍐(二合一句)
次應結五佛冠二手金剛縛竪二中指屈上節以頭相拄二頭指各捻中指上節以印置於頂上誦眞言一徧次安額上髮際誦一徧次移頂右頂後頂左各誦一徧眞言曰
唵薩嚩怛佗(引去聲)蘖多(一)囉怛那(引二合)鼻囉迦噁
次結寶鬘印二手各作金剛拳額上互相縈遶如繫鬘勢即分拳於腦後亦如繫帶其二手各從小指徐徐散下旋拳如舞當繫之時隨誦眞言曰
唵嚩日囉(二合)麽(引)囉(引)鼻詵者滿鉿(引一句)
次結金剛甲冑印二手金剛拳正當於心各舒頭指互相縈遶口稱唵砧二字眞言次移背上亦相縈遶却至右膝左膝次齊次腰右肩左肩喉及項後皆相縈遶次至額上及以腦後皆如繫鬘帶勢二手兩邊徐徐散下便拍掌三徧名歡悅一切聖衆印而誦眞言三徧眞言曰
唵嚩日囉(二合)覩使也(二合)斛(引一句)
修行者既成普賢菩薩大印身已又結普賢菩薩三摩地印應修普賢行願入文殊師利菩薩般若波羅蜜三解脫門所謂入空三摩地運心徧周法界豁然無有一法可得於須臾項澄心靜慮住此觀門由此入三摩地滅

除一切見爲除空執則入無相三摩地於須史頃住此觀門由入此三摩地滅於空相則入無願三摩地於眞如智本無願求須史之間住此觀已則於自身中當心臆間觀其圓明可一肘量猶如秋月光明澄淨仰在心中則誦普賢菩薩陀羅尼眞言曰

怛你也(二合)佗(引)阿(上聲)難(上聲)妳(引一)難拏跛底(二)難拏韈怛願(三)難拏俱舍理(四)難拏蘇馱(引)哩(五)蘇馱哩蘇馱跛底(六)沒馱跛捨寧(七)馱(引)囉抳(八)阿(引)韈怛願阿韈怛願(九)僧(去聲)伽(去聲)跛哩乞叉(二合)帝(十)僧(同上)伽涅(寧逸切)具(引)灑抳(十一)達麼跛哩(引)乞叉(二合)帝(十二)薩嚩薩怛嚩(二合)嚕多矯捨哩也(二合引)弩蘖帝(十三)僧(骨孕切)訶(上聲)尾訖哩(二合)膩帝(十四)阿弩韈囉帝(十五)韈底願(十六)韈多(引)理娑嚩(二合)訶(引十七)

即以此陀羅尼文字右旋布列於心月輪面上觀一一字皆如金色一一字中流出光明徧照無量無邊一切世界良久用心心不散動則於一一字思惟實相義門又一一字中皆有阿字義門詮一切法本不生不滅不有不無不即不異不增不減非淨非不淨若能悟此實相法門則能證得無量無邊三摩地無量無邊三摩地無量無邊般若波羅蜜次應專注觀於舌端有八葉蓮華華上有佛結跏趺坐猶如在定想妙法蓮華經一一文字從佛口出皆作金色具有光明徧列虛空想一一字變爲佛身盡滿虛空圍遶持經者其持經者隨其力分或誦一品或全部不緩不急作是觀時漸覺身心輕安調暢若能久長作是觀行則於定中了了得見一切如來說

甚深法聞已思惟則入法身眞如觀一緣一相平等猶如虛空若能專注無間修習現生則入初地頓集一大阿僧祇劫福智資粮由衆多如來所加持故乃至十地等覺妙覺具薩婆若智自佗平等與一切如來法身共同常以無緣大悲利樂無邊有情作大佛事若念誦觀智已則結普賢菩薩三昧耶印誦眞言七徧或三徧則次結五種供養印各誦眞言三徧供養諸佛聖衆則取左邊閼伽捧當額奉獻祈心中所求廣大成佛之願次結聖不動尊印左轉解界則入無緣大悲自他平等喩若虛空則入法身觀無形無色於名於義無所戲論則結三昧耶印置於頂上誦眞言一徧奉送勝會雖約眞言行儀軌奉送常恒思惟一切聖衆同一法界無來無去願力成就常在靈鷲山中則起徧禮一切諸佛菩薩右膝著地誦普賢行願一徧則起旋遶窣堵波或經行於四威儀心住阿字觀門入勝義實相般若 波羅蜜門念念徧緣一切有情三界六趣四 生願獲得妙法蓮華經王於聞思惟修習速證 無上正等菩提

成就妙法蓮華經王瑜伽觀智儀軌

音釋

礫郎擊切小石也　瓷疾之切　睇特計切　縒且各切搓也　漬疾二切浸潤也　絣博耕切以繩直物也　橛其月切　羚莫敢切　庳賓彌切低也　憾胡感切　蘖五列切　綻丈莧切　鞘私妙切刀室也　芬馥芬撫文切馥房六切芬馥香氣也　[口*弱]寧屹切　鑁亡敢切　糝桑感切

瑟穌瑟所櫛切穌都皆切巘語偃切猱奴刀切鈷公户切婉於阮切詵疏臻切韈勿發切

金剛頂瑜伽降三世成就極深密門

唐特進試鴻臚卿大廣智不空三藏與淨行婆羅門徧智奉詔譯

金剛頂瑜伽他化自在天理趣會普賢修行念誦儀軌

唐特進試鴻臚卿三藏沙門大廣智不空奉詔譯

清刻龍藏佛說法變相圖

一門一儀軌同卷

金剛頂瑜伽降三世成就極深密門

金剛頂瑜伽他化自在天理趣會普賢修行念誦儀軌

金剛頂瑜伽降三世成就極深密門

唐特進試鴻臚卿大廣智不空三藏與淨行婆羅門徧智奉詔譯

歸命聖主宰　普賢金剛手　爲降伏一切
現吽迦囉身　摧三世有毒　令即證菩提
是甚深祕密　降三世瑜伽　首依眞實主
禮淨合縛摧　入閉普賢印　按心稱本誓
悅巳又誦此
摩訶拘嚕(二合)馱薩怛嚩(二合)(無保切)唅
發言身即同　降三世金剛　四印加寶灌
鬘甲二擬繫　拍掌同金剛　即入三摩地

諦觀心阿字　成月或日輪　中生五智杵
次請尊及佛　入加三昧身　又以本教中
四印加巳滿　五寶鬘甲拍　陳内外供養
讚詠以念誦　若作圓具法　以五相成身
及普悦本誓　忿四印五佛　寶鬘甲拍等
以吽迦羅印　加心誦真言
吽薩怛嚩(二合)韈日哩(二合)惹嚩(二合)羅麽羅阿嚕
(二合)馱吽發吒(半聲)阿地底瑟吒(二合)娑縛(二合)鉿
次寶二風寶　法以火如蓮　業建火逼風
額喉頂四印　五佛大日用　真實教王中
金剛界自在　誦此祕密言
唵嚩日囉(二合)惹縛(二合)鉢囉(二合)跛多(二合)羯灑也
薩嚩怛佗孽多麽賀嚩日囉(二合)三麽耶吽
四佛同四印　金剛佛真言
吽薩怛嚩(二合)韈日哩(二合)惹嚩(二合)邏末羅拘嚕

(二合)馱吽(引)發吒(半音)阿鼻詵(去聲)左鉿
寶用金剛寶　鬘甲印准前
鬘真言曰
唵韈日囉(二合)莽隸你哩(二合)荼(去聲)
被甲誦此明
唵韈日囉(二合)咯乞叉(二合)你哩(二合)荼(去聲)
四攝八供養　同金剛界儀　惟現於擬叱
鉤真言曰
唵韈日啷(二合)句捨麽賀句嚕(二合)馱羯灑耶娑
(去聲)莽鹽(引)吽惹(入聲)
索真言曰
唵韈日囉(二合)跛捨麽賀句嚕(二合)馱羯灑耶娑
(去聲)莽鹽吽吽
鎖真言曰
唵韈日囉(二合)塞普(二合)吒麽賀句嚕(二合)馱羯灑

耶娑(去聲)莽鹽鑁
鈴眞言曰
唵韈日囉(二合)吠捨麼賀句嚕(二合)馱羯灑耶娑(去聲)莽鹽斛
嬉戲眞言曰
唵韈日囉(二合)攞細麼賀句嚕(二合)馱羯灑耶娑(去聲)莽(引)鹽斛

又前觀智身　自心流阿字　面前成月輪
即出生金剛　五峯流猛焰　生三悅我是
又仗於世尊　即召滿空佛　入金剛鎖悅
又稱明顯言　金剛即變成　吽迦囉金剛
暴怒處月輪　身流火光聚　徧體玄青色
大自在天王　妃烏摩爲座　歷然分明見
即四印加持　又示羯摩印　滿月已五灌
寶鬘甲拍等　施內外供養　自住薩埵身
扭擲金剛杵　震動大千界　誦百八名讚
都請諸聖賢　鉤召索引入　鎖上鈴悅喜
四明召智身　入自體無二　又四加示誓
滿月已五灌　寶鬘甲拍已　又陳內外供
即起平身立　舉右足左旋　攝彼傲慢者
大自在欲王　撲至於地已　定按於彼頂
慧踐彼王妃　烏摩乳房上　摧彼我慢故
以足加於頂　被害殞此已　灰嚴界成佛
住是三昧時　極力頻身踴　或身掉出汗
當知尊攝受　定慧金剛拳　二地結風音
脩身觀相好　歷然見如前　旋時誦足鉤

眞言曰
唵(引)迦(引)那(引)羯哩灑(二合)庾嚩日囉(二合)吽(短聲)
佛踴時眞言曰
唵(引)嚩日囉(引二合)麼(半音)吽(短聲)

又見自心月　金剛具五峯　中有所持明
流射金剛火　住是大三昧　持根本眞言
或心一字明　或樂心中心　樀枳王眞言
住定疲極已　方坐誦讚嘆　陳供及發願
即作解脫法　以本法四印　四處掣開之
心上眞言曰
唵引薩怛嚩合二嚩日囉合二若嚩合二羅麼引羅
矩嚕引二合䭾吽短聲癹吒半音目
又以眞實王　四印掣開之
心上眞言曰
唵引薩怛嚩合二嚩日哩合二吽短聲
聖衆還宮已　即寶鬘甲拍　護此常恒身
四禮五向等　餘皆同諸教　降三世瑜伽
二羽印當心　慧手持五鈷　努臂如下擬
次箭叡直執　定上五鈷鉤　次弓次執索
皆直引臂持　四面正青色　右黃左綠色
後紅咸忿怒　自在天王妃　爲座如前說
吽迦囉金剛　作如是相好

金剛頂瑜伽降三世成就極深密門

金剛頂瑜伽他化自在天理趣會普賢修行念誦儀軌

唐特進試鴻臚卿三藏沙門大廣智不空奉詔譯

我以淨三業　爲利諸衆生　令得三身故
歸命禮三寶　金剛身語意　徧滿生死中
祕密金剛界　大悲依護者　雄猛阿閦鞞
最勝寶生尊　大悲阿彌陀　成就不空業
此諸無上尊　我皆稽首禮　及薩埵金剛
降伏於一切　勝上虛空藏　能授諸灌頂
救世觀自在　顯三昧瑜伽　巧毗首羯磨
善作密方便　如上諸聖尊　我皆稽首禮
修行此法者　常住本尊觀　行步踐蓮華
至於精室門　彈指三稱吽　右目置麽字
左目置吒字　右日左成月　流散金剛光
入門而顧視　諸魔咸消散　以左金剛拳
當心竪頭指　右手亦復然　頂上三左旋
指空及下界　次復右旋轉　皆誦吽字明
次思佛常住　置禮三寶已　方誦清淨明
二手未敷蓮　加心額喉頂

唵莎嚩(二合)婆(引)嚩秫鐸薩嚩達莫(引)莎嚩(二合)婆(引)嚩弍度憾

此明密義云　諸法自性淨　我亦自性淨
由是加持故　自他獲無垢　便於自心中
觀性成金剛　三業已轉依　成三祕密門
次作發悟契　二拳檀慧鉤　進力側相拄
二舉如鉤勢　誦此祕密言

唵嚩日囉(二合)底瑟吒(二合)

由此真語印加持　諸佛不貪寂靜味
悉從定起赴集會　觀察行人同攝受
次結金剛持大印　檀慧禪智互相叉

右膝著地置頂上　想身徧滿塵刹海
敬禮一一如來足　眞言曰
唵嚩日囉二合勿微吉切
由此金剛持印故　一切正覺皆隨順
爲欲奉事諸如來　捨身奉獻阿閦佛
金剛合掌舒頂上　全身委地以心禮
眞言曰
唵薩嚩怛他引蘗路引布儞引波娑他二合娜夜怛麼二合引南引儞引哩夜二合下同多夜弭薩嚩怛他引蘗多引嚩日囉二合薩埵引地瑟咤二合下同莎嚩二合下同鋡引吽
由此眞言身印故　即得圓滿菩提心
次應敬禮寶生尊　爲奉灌頂承事故
金剛合掌下當心　以額著地而奉獻
眞言曰
唵薩嚩怛他引蘗多布惹毗矖迦夜怛麼二合南儞哩夜多夜弭薩嚩怛他蘗多嚩日囉二合囉怛娜引二合毗詵左鋡怛洛二合
由此捨身供養故　即獲灌頂法王位
爲欲求請轉法輪　捨身供養無量壽
金剛合掌置頂上　以口著地奉其身
眞言曰
唵薩嚩怛他引蘗哆引布惹鉢囉二合韈多娜引夜怛麼南儞哩夜多夜弭薩嚩怛他蘗多嚩日囉二合達磨鉢囉二合韈多也鋡紇哩
由此眞言求請故　即獲轉妙法輪智
次應敬禮不空王　爲求供養羯磨故
金剛合掌當心上　以項著地而求請
眞言曰
唵薩嚩怛他引蘗多引布惹羯磨抳阿引怛

磨南伱哩夜多夜弭薩嚩怛他蘗哆引嚩日
囉合二羯磨句嚕鎝惡
由是獻身誠請故　便能示現種種身
次想己身佛海前　懺悔隨喜勸請向
如是並依略瑜伽　即入本尊三昧耶
跏坐端身入正受　四無量心盡法界
修習運用如法教
大慈眞言曰
唵麽訶昧怛噪合二娑頗合二囉
誦是眞言時　演心徧三界　普施衆生樂
大悲眞言曰
唵麽訶迦嚕拏娑頗合二囉
誦是眞言時　心徧衆生界　普門爲拯濟
大喜眞言曰
唵薩嚩秫馱鉢囉合二謨娜娑頗合二囉

隨類拯救已　以此明加持　一切有情類
咸授與菩提　如是利樂已　方歸法界性
大捨眞言曰
唵麽護閉叉娑頗合二囉
念此眞言時　心住於平等　不見有自他
唯此一性相　即是普賢性　大菩提之心
次應二手旋舞作金剛合掌印十度初分相
交是也眞言曰
唵嚩日囒引二合惹里
以此印便堅固縛名勝上金剛縛一切契皆
從此生眞言曰
唵嚩日囉合二滿馱
便以禪智入滿月進力住其背名金剛拳大
三麽耶印眞言曰
唵嚩日囉合二母瑟胝合二鑁

次分爲二作本尊三麽耶契真言曰
穀(引)嚩日囉(二合)薩埵素囉路薩怛鍐(二合下同)
纔結本誓印真言　身處月輪同本尊
次呈悅喜三摩耶　能令衆聖咸歡樂
縛印忍願戒滿月　檀慧禪智相合豎
真言曰
唵三麽耶穀(引)素囉多薩怛鍐(三合同上)
次當開心門　觀於二乳上　右怛囉左吒
三掣金剛縛　當心如啓扇
真言曰
唵嚩日囉(二合)滿馱怛囉(二合)吒(半音)
觀前一肘間　惡字素光色　禪智入月掌
以進力二度　捻字安心内
真言曰
唵嚩日囉(二合)吠舍惡

以前拳印明　封閉心殿門　密闔心門已
分二當心前　稱吽舉右墟　吹吽舉同左
三吽相鉤結　吽發伸進力　左轉領辟除
右旋成結界　欲作此法時　内住大悲心
外示大威怒　四面豎利牙　八臂操利械
徧身發猛焰　作大叱喝相　密跡金剛衆
受教而侍立
次結蓮華三昧耶　本縛檀慧禪智豎
由此真言密印故　修習三昧速現前
真言曰
唵(一)嚩日囉(二合)鉢娜麽(二合)三麽耶(三)薩怛鍐
次除邊轉心　令歸平等智　前印檀慧交
真言最後字　便掣密印開
真言曰
吽摘枳塞怖(二合)吒也(一)摩訶尾邏誐嚩日嚂

二二合嚩日囉二合馱囉三薩帝娜咤入聲

纔作此明印　二乘發悲救　凡二入佛界

佛出度衆生　皆由是加持　獲得普賢心

眞言曰

唵素囉跢嚩日囕二合弱吽鑁縠引唵摩訶速

佉嚩日囕二合莎馱也薩嚩薩底吠二合瓢毗藥切

若吽鑁縠

由是眞言故　咸住大悲心　聖凡同受悅

是名大几二　次召無始來　妄見所生業

縛忍願如針　進力傍如鉤　心想召諸罪

罪狀餓鬼形　反印向心召　誦此誠實語

唵一薩嚩播跛羯灑拏二尾戌馱娜三三麽

也嚩日囉二合吽若

由是三密門　盡集自他業　稱吽進力拄

是索引入掌　誦鑁內相叉　兩兩相鉤結

巳縛諸罪業　忍願伸如幢　布怛囉吒字

觀成金剛杵　相拍如摧山　忿句及怒形

能淨諸惡趣　誦明忍願拍　或三或七徧

眞言曰

唵一嚩日囉二合播抳尾塞怖二合吒也二薩嚩

播耶滿馱娜你鉢囉二合謨叉也三薩嚩播耶

蘖帝毗藥二合四薩嚩薩怛挽三合薩嚩怛他蘖

跢五嚩日囉二合三麽也六吽怛囉吒三合吒字半音

由此相應法　三業所積罪　無始極重障

作此摧壞巳　猶如劫火焚　乾草胡麻等

如來大悲故　開此極祕門　次結祕密印

散壞業障輪　而成佛事業　金剛按惹里

進力屈背合　禪智押其側

眞言曰

唵嚩日囉二合羯磨尾戌馱那薩嚩嚩囉拏你

没馱薩帝那吽

為欲顯發自性故　當以蓮華三昧印

置於頭左誦此明

唵賛咄嚕合二多引嚩三曼跢跋捺邏合二計囉

抳摩訶嚩日哩合二抳吽

由此法加持　三毒咸消終　自心大菩提

當時便成就

次入妙觀察智定　縛印仰置跏趺上

進力相背豎頭合　禪智相拄押進力

此名觀自在王印　端身正坐身無動

舌拄上腭脣齒合　心住大空無分別

諸佛滿空來警悟　告言汝證一道淨

未證金剛瑜伽定　便於定中禮佛足

餘文廣依瑜伽經所說誦是眞言前所內心

惡字從字出無量赤光右旋成日眞言曰

唵質多鉢囉合二底吠能迦嚕弭

由是眞言加持故自心如日由未分明復誦

此眞言曰

唵冐地質多毋怛跛引二合娜夜弭

由是眞言加持猶如盛夏日輪光明晃耀復

於日輪中觀白蓮華置本尊心字素白光色

成本尊契則是金剛智眞言曰

唵底瑟咤合二嚩日囉合二

由是眞言加持自心智分明已復誦此眞言

曰

唵嚩日囉合二怛麽引二合句憾

此密義云我是金剛則三業所成金剛也復

云我是金剛身作是觀時此金剛亘周法界

一切諸佛咸入此金剛合同一體復加持令

堅固眞言曰

唵伱哩合二荼底瑟咤合二縛日囉合二
由是加持極堅牢不可傾動則自知成金剛
不可壞身爲欲成就本尊身誦是眞言曰
唵也他羯磨俱嚕合二馱薩怛合二他憾
次以前本尊三麽耶印眞言加持心額喉頂
次作灌頂法以金剛界自在印而置頂上次
額上次右後左眞言曰
唵嚩日囉合二薩埵
次頂右寶曰
唵嚩日囉合二囉怛娜合二
次後法曰
唵嚩日囉合二達磨
次左業曰
唵嚩日囉合二羯磨
密印右縛忍願如刀進力附是也由是加持

已五如來冠在其頂便分爲二拳至頂後進
力三相繞下散垂繒勢是名鬘灌頂則爲已
繫垢繒眞言曰
唵嚩日囉合二磨鎟阿毗詵左鉿
便以二手爲拳舒進力於進指面想唵字力
度面置砧字綠色白光如抽藕絲爲鉀絡索
從心三繞背後亦然次臍及腰兩膝又臍腰
心背咽喉頸後額前頂後皆三繞下散如垂
天衣眞言曰
唵嚩日囉合二迦嚩際嚩日哩合二句嚕嚩日邏
二合嚩日囉合二憾
作是加持則爲已被三世如來大誓莊嚴慈
悲甲冑一切天魔不能爲障則能摧敗一切
魔軍作諸佛事利樂有情爲悅衆聖速獲成
就以二羽三相拍眞言曰

唵嚩日囉(合二)覩史也(合二)縠(引)

由以拍印加持故　一切衆聖皆歡喜
次復前觀本尊心　變爲本尊妙身相
如前自觀今亦然　爲顯法智體無二
前觀五相所成就　所謂自性之法身
今所觀者是智身　住是三摩地祕門
本縛禪智入於月

真言曰

唵嚩日囉(合一)薩埵惡(引)嚩日囉(合二)薩埵你哩(合二)捨也(合二)

由是加持故　尊身則明顯　便召入自身
次於所居處　復觀阿字門　成妙高山王
上有寶樓閣　於是宮殿内　復安本尊身
眷屬皆圍遶　種種供養具　法界所有物
皆悉滿其中　作是觀念時　誦此真言曰

唵誐誐娜三婆嚩嚩日囉(合二)縠

由斯真言威德故　一切供具皆充滿
所欲咸從空庫生　爲欲奉事本尊故
當住成所作智定　如是觀念加持已
當以不空王召集衆聖
定慧二羽金剛拳　交臂抱胸屈進力
彈指發聲徧世界　諦觀佛海普雲集

真言曰

唵嚩日囉(合二)三摩惹若

由以真言密印故　本尊及與衆聖等
降臨測塞虛空中　次住平等性智定
捧持閼伽衆香水　灌沐衆聖無垢身
應以金剛合掌印　加持香水誦真言

唵跛囉摩速佉捨也莎囉里多娜麼帶囉娜麼弭薄誐挽擔若吽鉿縠(引)呬(引)鉢囉(合二)底

縒俱蘇麽惹稜娜託

便以色召聖者入殿內智身以三世印進召如鉤眞言曰

唵嚩日囉(二合)嚕閉惹

召已又用聲引入智同一以進力相拄如索是也眞言曰

唵嚩日囉(二合)攝泥吽

同一密合已復以香止住以進力度鉤結如連鎖是也眞言曰

唵嚩日囉(二合)巘第鎝

固縛已又用味悅喜以進力面相合是也眞言曰

唵嚩日囉(二合)囉羅細(引)穀(引)

應以語言而爲歌詠次結本尊印及眞言又以一手如射名曰意生曰

唵麽努(引)娜婆(二合下同)嚩嚩日囉(二合)若

又以二交臂如抱慧覆定名觸曰

唵嚩日囉(二合)計里枳羅吽

又以慧肘極安定禪進名愛縛曰

唵塞泥賀縛日囉(二合)鎝

又以二腰側名意氣曰

唵嚩日囉(二合)孽嚩穀

又以二如前衆射名意生女曰

唵麽努娜婆(二合)嚩嚩日哩(二合)呬(引)

又如前觸名適悅女曰

唵嚩日囉(二合)計里枳鵦吽

又如前愛縛名愛結女曰

唵塞泥(二合)賀　嚩日哩(二合)抳(二)賀

又以前意氣名自在主女曰

唵嚩日囉(二合)孽尾一吽

又以止觀上仰如華名春曰
唵末度嚩日哩(二合)具唵(二合下同)具唵(二合同上)
又以止觀下覆如香名夏曰
唵嚩日囉(二合)迷祇曳(二合)吒(入)吒
又以二加眼名秋曰
唵捨喇嚩日哩(二合)惡(引)惡
又以二當心轉名冬曰
唵嚩日囉(二合)勢始疑惡惡
四攝如前依次而作次復以四明召尊入身已復結本尊三麼耶大契誦靡訶衍百字眞言由是加持無上菩提尚不難得何況諸餘成就設犯五無間罪纔誦消滅無餘何以故由本尊堅住已身故眞言
唵嚩日囉(二合)薩埵三麼也麼努播攞也嚩日囉(二合)薩埵底吠(二合)努播底瑟吒(二合)你哩(二合下同)荼烏(二合)弭婆嚩素覩史庚(二合)弭婆嚩阿努囉訖姤(二合)弭婆嚩素補史庚(二合)弭婆嚩薩嚩悉地孕(二合)弭鉢囉(二合)也縒薩嚩羯磨素左迷質多室[口+疑](二合)藥矩嚕吽訶訶訶訶穀(引)婆誐挽薩嚩怛他孽多嚩日邏(二合)麼寘悶左嚩日唎(二合)婆嚩摩訶三麼耶薩埵惡(引)
次以內外供養供養密言王固縛禪智豎名戲嬉菩薩曰
唵麼訶囉底
纔作明印麼訶囉底如適悅契諸聖便伸臂向前合腕名鬘菩薩曰
唵嚕波戌鞞
由是印眞言持鬘女使普徧佛剎海雨散金剛鬘以印從臍至口散名歌供養菩薩曰
唵秫嚕(二合)怛囉(二合)掃契

由是密印及眞言金剛歌女有一切世界微
塵數妓樂女以美妙音聲周十方刹而爲供
養得獲如來無礙辯便以二旋舞金剛合掌
頂上散名舞菩薩曰
唵薩嚩布而
由是供養獲六神通次以縛下名焚香菩薩
曰
唵鉢囉(二合)賀邏你你
由是法故得香雲徧周一切佛刹又以上散
如華名華菩薩曰
唵頗攞誐弭
由是得華雲周徧一切佛刹獲如來三十二
相以禪智豎相逼金剛縛名燈菩薩曰
唵蘇底惹仡哩(二合)
由是得智光普照佛界而爲供養獲如來五
眼以縛當心塗香勢名塗香菩薩曰
唵蘇巘蕩儗
由是戒香普塗佛刹故獲得五分法身智復
以金剛合掌置於頂上誦前虛空庫眞言出
生一切供養雲海而爲供養復住本尊羯磨
儀則隨力念誦次執珠合掌捧於頂上誦本
明加持當心一一與眞言文句齊度或萬千
百晝夜四時精進修念誦畢已復以八供養
及普供養等印供養已復結本尊及眷屬印
復示三麼耶及發願等復降三世左旋解界
以縛印伸忍願如針心上掣開頂上合掌想
聖衆還本宮觀名解脫印眞言曰
唵訖哩(二合)妬(引)嚩薩嚩薩埵囉他(二合)悉地努
多也他努誐蘖瑳特悅(二合)沒馱尾灑焰補娜
邏誐麼娜也覩唵嚩日囉(二合)薩埵穆

作是法已復如前加持灌頂被甲禮四如來發願懺悔等身住本尊觀無間菩提心方出道場隨心轉經印塔及像隨意經行

金剛頂瑜伽他化自在天理趣會普賢修行念誦儀軌

音釋

發普活切　孽魚傑切　啷盧黨切　蹹徒合切踐也　摘陟革切　鞸符鸛切　紇下沒切　腭五各切齒根肉也　鉀古洽切鎧也　縚土刀切編絲繩也

二法二儀同卷

清刻龍藏佛說法變相圖

二法二儀同卷

金剛壽命陀羅尼念誦法

大藥叉女歡喜母并愛子成就法

佛說帝釋巖祕密成就儀軌

觀自在菩薩如意輪念誦儀軌

金剛壽命陀羅尼念誦法

唐南天竺國三藏金剛智與沙門 不空奉 詔譯

我今依金剛頂瑜伽經毗盧遮那報身佛於色界頂第四禪成等正覺即下須彌頂金寶峯樓閣盡虛空徧法界一切如來皆悉雲集前後圍遶異口同音惟願世尊轉微妙法甚深祕密四種輪所謂金剛界輪降三世教令輪徧調伏法輪一切義利成就輪如是四輪從毗盧遮那如來心出一一輪皆有三十七聖者一一真言一一三摩地一一印 契威儀

執持大悲願力於雜染佛世界淨妙佛世界或隱或顯輪轉利樂度諸衆生各各不同毗盧遮那佛受諸如來請已欲轉法輪時即入三摩地觀見摩醯首羅天等剛強難化執著邪見非我寂靜大悲之身堪任調伏於時世尊入忿怒三摩地從胷臆五峯金剛菩提心流出四面八臂威德熾盛赫奕難覩降三世金剛菩薩身徧禮毗盧遮那佛一切諸佛惟願世尊示教於我何所爲作佛告降三世菩薩汝今調伏難調諸天令歸依諸佛法僧發菩提心諸天盡皆歸依唯大自在天恃大威德來相拒敵降三世種種苦治乃至於死毗盧遮那佛入慈愍大悲三昧耶說金剛壽命陀羅尼便入金剛壽命三摩地乃結印契加持摩醯首羅天復還得蘇更增壽命歸依諸佛灌頂受記證得八地

金剛壽命眞言曰

唵引一嚩日囉二合喻曬娑嚩二合引賀引二

佛告執金剛菩薩若有善男子善女人受持念誦日各三時時別千徧過去所有惡業因緣短命夭壽由持此陀羅尼故信心清淨業障銷滅更增壽命若有修習三摩地者現生不轉父母生身獲五神通淩虛自在說三摩地門結跏趺坐端身閉目二手重疊安於臍下虛空中徧想諸佛了了分明即於自身中當觀心如滿月光明瑩徹上有五股金剛杵形漸大如等身變爲降三世菩薩頂有毗盧遮那佛從佛徧身徧毛孔中出甘露灌頂注自身入於心中復想金剛薩埵菩薩即結金剛壽命菩薩陀羅尼印二手金剛拳以頭指

右押左相鉤安於頂上誦金剛壽命陀羅尼七徧安於額上分手繫頂後直舒二指徧身旋轉如擐甲冑勢

甲冑眞言曰

唵(引一)碪(謫替切二)嚩日囉(二合引)欲(三)

由加持此印故獲得身如金剛不壞離諸災橫見者歡喜生大恭敬

次說護摩除災延命壇治一淨室於東邊安金剛壽命菩薩像懸諸旛蓋像前作三肘方壇掘深去瓦礫骨灰諸不淨物等如其地無諸穢物還取舊土填之土若有餘是大吉祥相法易成就若有穢物即取河兩岸淨土填平和諸香瞿摩夷塗壇中心畫以白粉作一肘半金剛甲冑中央穿一爐深半肘周圍安緣如不欲穿者安火爐行者火爐前坐壇四面供養飲食諸果子等壇四角安餅於爐中然炭先辦乳木長十指麤如大指二十一以酥搵兩頭誦金剛壽命眞言擲於火中然熾盛巳即於火中想八葉蓮華於華胎中想阿字光明徧照成金剛壽命菩薩次以四字四明引請菩薩入火爐受諸供養即以右手半金剛印以水灑火令淨次取一器盛滿融酥以骨屢草青者一莖搵酥誦金剛壽命陀羅尼一徧擲一莖於火中乃至一百八莖或一千八莖次後擲燒諸香乳酪念誦巳畢以三滿杓酥傾於火中初後如是若能於三長齋月或自本生日作是供養能除災難增益壽命國土安泰無諸災疫風雨以時一切賢聖擁護其人

金剛壽命陀羅尼念誦法

大藥叉女歡喜母并愛子成就法

唐北天竺三藏沙門大廣智不空奉詔譯

爾時佛住王舍城竹林精舍爲諸人天演說法要時有大藥叉女名曰歡喜容貌端嚴有五千眷屬常在支那國護持世界是娑多大藥叉將之女聘半支迦大藥叉將(名散脂者訛)生五百子有大威力與諸眷屬來詣佛所退坐一面佛告歡喜母汝今可受如來教勑我欲令汝捨除暴惡護諸有情此王舍城及贍部洲一切女人所生男女皆施無畏時歡喜母白佛言世尊若如是者我及諸子當於何食佛言汝但慈心不害有情我當勑諸聲聞弟子每於食次常與汝食并於行末置一分食呼汝名字并諸子等皆令飽滿若有餘食汝可迴施一切鬼神皆悉運心令其飽足時歡喜母白佛言世尊我今歸命如來奉佛教勑不敢違越王舍大城及諸國土一切人民所生男女我皆擁護令其安樂不令一切諸惡鬼神得其便也惟願如來護念於我佛言善哉善哉歡喜母汝今可於如來善法律中受持三歸五戒令汝長夜解脫諸苦獲大安樂所謂歸佛法僧不殺生命乃至不飲諸酒是汝學處汝當受持時歡喜母既受三歸并五學處歡喜踊躍遶佛三帀白佛言世尊我今巳蒙如來加護我有自心陀羅尼能除一切災難恐怖若有受持此章句者我諸眷屬常爲守護令獲安樂惟願如來聽我宣說佛言恣汝意說時歡喜母即於佛前說陀羅尼曰

曩謨(引)囉怛曩(二合)怛囉(二合)夜(引)耶(一)娜莫賀(引)哩底曳(二合)(二)摩賀藥乞史(二合)抳(尼鼈切)(三)阿謨

伽(去聲引)曳(四)薩底曳(二合)嚩(引)你(泥以切)⿰寍頁(五)没駄鉢哩(二合)野(引)曳(六)惹多賀(引)哩抳曳(二合)(七)半左補怛囉(二合)(八)捨多鉢哩(二合)嚩囉(引)曳(九)畢哩(二合)迦囉(引)曳(十)麼呬多(引)薩嚩薩怛嚩(二合)(十一)(引)曩麼塞訖哩(三合)跢(引)曳(十二)婆誐鑁賀(引)哩底曳(二合)(十三)紇哩(二合)乃野麼(引)韈哆以灑(引)銘(十四)没駄帝惹(自攞切)婆(去聲引)尒底(丁以切)(十五)薩麼(二合)囉多(引)曳(十六)婆(去聲)誐鑁補囉囉(引)乞灑(二合)枲(十七)婆(去聲)誐鑁母(引)紫(精以切)多(引)枲(十八)跛囉補怛囉(二合)(十九)尾覲曩(二合)尾曩(引)野迦(二十)没哩(二合)跛三(去聲)麼你(引)多怛囉(二合)拏(鼻引)羅(二十一)滿怛囉(二合)跛娜補娜(引)攞(二十二)賀(引)哩灑(引)曳(三十三)怛你野(二合)佗(去聲引)(二十四)枲嚩蘇(二十五)跛哩嚩蘇(二十六)甯(引)怛囉(二合)曷底(二十七)薩嚩羯麼迦囉拏(鼻引)曳娑嚩(二合引)賀(引)(二十八)

世尊我此陀羅尼有大威力猶如眞多摩尼寶能滿一切有情意願唯有如來及諸菩薩當證知我佛言歡喜母汝能饒益有情護持我法說此陀羅尼未來世中我諸弟子付汝守護悉令安樂時歡喜母白佛言如佛聖旨我當奉行世尊若欲成就此陀羅尼法者先於白氎上或絹素上隨其大小畫我歡喜母作天女形極令姝麗身白紅色天繒寶衣頭冠耳璫白螺爲釧種種瓔珞莊嚴其身坐寶宣臺垂下右足於宣臺南邊傍膝各畫二孩子其母左手於懷中抱一孩子名畢哩(二合)孕迦極令端正右手近乳掌吉祥果於其左右并畫兒女眷屬或執白拂或莊嚴具其畫像人清淨澡浴著新淨衣受持八戒如法畫已於一密室清淨掃灑作四肘方壇應取純色

牸牛瞿摩夷以物承取以香相和如法塗拭又以白檀香泥方壇上作一圓壇安像於中上施天蓋懸諸綵旛以種種時華散於壇上又以乳糜酪飯甘脆飲食及諸果子閼伽香水燒好沉香而爲供養像面向西其持誦者壇西面東對像念誦或四時三時乃至一時不應間闕若有間斷法即難成亦不得誦金剛部眞言及諸雜念誦恐難成就每時誦一百八徧爲常正念誦時不應雜共人語令眞言間斷不成徧數虛費功力若欲成就此法從白月一日五日及十六日二十日起首依前儀軌對此像前誦滿一萬徧即成先行必須愼密勿使人知勿對人前誦此眞言若能依教專注密修歡喜母必現其身滿修行者所願作此念誦必不得與人結怨恐損彼人成不饒益若得成就已所獲財寶應須廣行檀施不應慳悋若欲令歡喜母速來現身修行者專想此母常不離心又於念誦處及所居處必須清淨不用燈明又常燒沉香唯自獨處無間念誦亦不應恐怖歡喜母必來現身若得來已漏泄人知必招其禍若來現身亦不應共語但至心念誦更加如法供養後必數來告行者言令我何所作爲或留瓔珞環釧寶莊嚴具若留必須便用不得停留亦不與語如是久久淳熟方可與語即請爲母或爲姊妹不應於彼生貪染心設彼聖者有染欲意必不應受若受必生彼族難得解脫持誦者每於自所食物先減一分淨食以心眞言加持七徧食了持於淨處瀉之常得擁護不離左右誦心眞言曰

唵一砮努麼引鼻音里迦引四諦娑嚩引二合賀引二

持誦者既先行功滿擇吉宿日或日月蝕時如法供養取好沉香搵酥護摩一千八十徧必獲成就或現本身或即加持數珠或供養具祈上中下等成就得所居處地動或見光明當知已獲成就從此已後所作皆得如意方用已後諸成就法

若求伏藏者取一有童女澡浴清淨著鮮潔衣取有香氣華令童女兩首捧華掩面立於壇邊持誦者誦前眞言加持鬱金香水一百八徧灑童女身上於眞言句中加求願事須臾頃彼童女即說伏藏所在或即專心念誦請聖者現身問其所在或但祈請令歡喜母每日供給所須若得如願所獲財寶廣修功德及行檀施饒益有情不應蓄積必失成就

又法欲得貴人歡喜取彼人門下土以唾和作丸加持一百八徧置於廁中彼人必相敬順歡喜

又法欲得女人敬愛加持果子二十一徧與彼人喫即相敬愛

又法若有疑事准前加持童女問之所疑事意種種皆說

又法或但念誦乞願邀祈或聞空中語聲相報或於夢寐中必相告語疑事悉知

又法若有鬼魅所持怕怖不安者取安悉香阿魏藥白芥子和酥護摩一千八十徧一切精魅悉皆殄滅

又法若有惡人作留難者取嚕地羅和土加持二十一徧或一百八徧密埋彼家門閫下

其作留難人必病欲令差者收却彼土其病即除

又法夫妻不和者彼所受用衣服等物或所食之物密加持二十一徧與彼人受用勿令知覺必得相順

又法有人被毒中者加持白鴿糞和水與喫即差

又法若有被囚禁枷鎖種種口舌者取五月五日桃木密書彼怨人名字加持一百八徧

又於真言句中稱彼人名加持求願語釘入地即得官府口舌解散無事

又法欲得論議勝者取野葛一片加持二十一徧手把與彼論議彼便杜口

又法女人難婚者作一灰人加持一百八徧令彼女人每日拜此灰人七拜其婚即合萬不失一

又法欲遠召所愛人者應作一灰人或作鹽人亦得以刀安彼心上稱彼姓名每日三時結召請印誦真言一百八徧加持不踰七日彼人即至如或不來其人必遭重病

又法若有負債不還者當以鹽末作彼人形結降伏印誦陀羅尼一百八徧於真言句中稱彼人姓名以刀劃之其人即自來叩頭乞命

又法若人患鬼魅病者准前加持一童女問之知其病祟所作即以法發遣彼鬼魅病人無不除差

又法若欲治病去時先然燈一盞安於竈下以真言加持二十一徧即蓋竈門明日平旦檢看若油盡即去若不盡即不須與治必難

得差此法甚驗
又法若日月蝕時於像前以熟銅椀盛酥加持乃至數滿食此加持酥即獲聞持日誦千言
又法若有不和順者密誦真言加持果子或飲食方便與彼人食必得敬愛
又法凡有死亡家令人恐怖者以忿怒心誦此陀羅尼二十一徧或一百八徧恐怖即除不往死亡家最善
又法若經官論訟持此真言一百八徧或但密誦真言必得道理
又法若欲謁見大人官長誦真言一百八徧見時必得歡喜
又法若有難產者加持牛酥一百八徧或二十一徧與產婦喫及塗產門必得易產
若持誦者一心專誦此真言更不雜修歡喜母常隨擁護不離左右不久必現其身若修行此歡喜母法欲令速驗者當別置淨室極須慎密不得於佛堂精舍中作法恐難成就
又不得使人見此像及知作法必失効驗
又法若有怨讎欲來相害者取胡麻和酥於像前護摩一千八十徧於真言句中稱彼人姓名必得歡喜
又法若欲令前人相憶念者書彼人姓名安自牀脚下彼人必相憶念
又法若欲令彼怨人家驚恐不安者取髑髏骨一片加持二十一徧或一百八徧密安彼怨宅內其家必驚恐不安凡欲取髑髏骨時先以真言加持自身二十一徧即結召印然後取之密加持用無不應驗若却令彼人無

恐怖者誦此眞言二十一徧收取髑髏骨作發遣却送本處彼家即得無畏此骨一度用更不堪重用無驗凡經供養竟食及果子等一切不得食令持眞言者無効凡欲供養歡喜毋食皆須創新别造不得用經宿殘食每下供養食皆須自送不得使人送必無効驗

又法欲成就役使法者先持誦眞言令功業成已然後揀取一髑髏若知此髑髏是了事彊幹人必易得成驗先於所見處加持自身又以眞言加持彼髑髏一百八徧結請召印彼令隨密裏將去先以水洗又以香水浴以銀爲舌於歡喜像前加持一千八十徧於壇側以氀蓋頭即於其夜自通姓名或現其身請爲給使從此以後驅使無不應驗疑事問之必能先知此法極須慎密若漏泄非但不成亦反招殃咎凡使髑髏往彼人處先須料校前人彼怨若是持誦金剛部法或精持禁戒解法人必不得惱亂反損自身不爾必効

次說印契先結請召印以右手指於左手背又入把左手掌左手向身三招其印相即成

次結降伏印二手内相叉二小指相鉤二無名指各左右入虎口二中指竪合二頭指各捻中指背二大指各捻中指中節其印相即成

次結擲惡人印以右手大指捻無名指甲上毋誦眞言一徧一度向彼惡人擲之其印相即成

次結發遣聖者印即結前召請印以左手向外擲之其印即以成矣

爾時歡喜毋於大會中說此陀羅尼法已白佛言世尊我今已蒙如來護念於我我及眷屬奉佛教勑於未來世護諸有情令獲安樂離於恐怖若

有能依此法清淨受持此陁羅尼者一切所求皆得滿足時歡喜毋復白佛言世尊我今復說愛子畢哩(二合)孕迦陁羅尼法爲利益護持諸有求者眞言曰

唵(一)致尾致顭娑嚩(二合引)賀(引二)

其印以二手合掌二大指並屈入掌中即成此印一切處用護身請召奉送並皆用之以印加持自身五處所謂頂左右肩心喉等即成護身以二大指招之名請召開出之名奉送若有受持此陁羅尼法者我及愛子畢哩(二合)孕迦并諸眷屬等擁護是人不令一切諸惡鬼神有所侵擾若有持此陁羅尼必須清淨不食葷穢誦眞言滿三十萬徧并施愛子畢哩(二合)孕迦食即成先行其施食法先於露地淨處以瞿摩夷塗一圓壇壇上散以時華或但於淨石上施之亦得每欲食時先取所食之物各少許共置一淨器中以前眞言加持七徧於彼壇上施之并呼畢哩(二合)孕迦名告言我受此食願垂加護如是不闕滿六箇月即得愛子常隨加護

又法或乞食或喫乳誦眞言滿三十萬徧巳然後取牛肉作丸一加持一燒日日三時時別一千八十徧滿四十九日畢哩(二合)孕迦即現其身滿修行者所願

又法修行者每三白食以牛肉和安悉香作丸護摩從白月一日起首滿足一月每日三時時別一千八十徧至月滿日廣陳供養一日一夜斷食斷雜言語如上依教護摩無間至誠念誦愛子畢哩(二合)孕迦必現與持誦者常爲親伴所須皆應

又法取明淨好安悉香搵酥護摩每日三時時別准上如是護摩不間不斷即常送金錢供其所用

又法欲求伏藏者如前作先行法成已然後復以酥合香和酥護摩每日三時時別一千八十徧如是不間不斷其伏藏即現取用一無障礙若常持誦此陀羅尼兼施食者能令財物豐盈所求無不隨意常得此畢哩(二合)孕迦衛護

又法若欲降伏冤敵者書彼冤人名於持誦者左脚下踏而以勵聲忿怒相誦於真言句中加彼冤人名誦滿十萬徧一切冤對無不隨順

又法若被囚禁者當誦此陀羅尼即得解脫

又法欲得安隱者取菴末羅樹葉和乳加持護摩十萬徧即得安隱

我今復說畢哩(二合)孕迦刻像法取好白栴檀香木無瑕隙者長六指或一搩手令巧匠雕作童子形頂上有五朱荼髻子相好圓滿以種種瓔珞莊嚴其身於荷葉上交脚而坐右手掌吉祥果作與人勢左手揚掌向外垂展五指此名滿願手作此像已於一淨室密處以安悉香水和泥作一肘或三肘方壇以瞿摩夷如法塗拭又以白檀香塗一圓座安像於中以種種時華散於壇上乳糜酪飯甜脆果子及歡喜團等如法供養燒沉水香對此像前誦陀羅尼滿十萬徧愛子畢哩孕迦必來現身問行者言喚我有何所求修行者隨所願求皆得如意從此已後作法無不成驗

又法欲知未來善惡事者取瞿摩夷如前塗

壇如前供養燒安息香以胡麻一加持一燒滿一千八十徧即於此處安寢勿使雜語一心思惟畢哩孕迦聖天乞境界須臾頃夢見畢哩孕迦所有疑事問之皆說乞夢眞言曰

唵一馱囉馱囉二昝婆昝婆三曀引醯引呬四畢哩二合孕迦囉五薩嚩薩怛嚩二合顊嚩引囉野六賀引賀引呬引呬引護引護引娑嚩二合賀引

爾時歡喜母說此自心陀羅尼并愛子畢哩孕迦成就法已五體投地禮佛雙足白言世尊我今以此陀羅尼及成就法饒益有情惟願如來及諸聖衆當證知我佛言善哉善哉歡喜母我今又復付囑於汝汝等於我法中若諸伽藍出家弟子所住之處一切人民汝及眷屬勤心守護勿令諸惡鬼神作其障難令得安樂乃至我法未滅已來於贍部洲應如是行時歡喜母及五百子并諸眷屬藥叉等衆聞佛教勑皆大歡喜作禮而去

大藥叉女歡喜母并愛子成就法

佛説帝釋巖祕密成就儀軌

宋西天三藏朝奉大夫試鴻臚卿傳法大師施護奉詔譯

爾時釋迦牟尼佛告金剛手大祕密主菩薩言汝今當知摩伽陀國菴没羅聚落北韋提希山有帝釋巖而彼巖中有九十九宫有一俱胝大菩薩衆并天龍八部諸神仙等安止其中慈氏菩薩今現在彼入三摩地名最上莊嚴從定出已説法教化諸菩薩衆金剛手此帝釋巖最上殊勝是諸佛神通變化非諸小智所能測度是不可思議相應法門諸大菩薩居處其中彼有種種成就相應聖法世間若有起決定心求趣菩提於無數劫勤修衆行不怖長時者方爲宣説此帝釋巖諸成就法又若有人離貪瞋癡及我見相調伏諸根起淨信心依佛正教者乃爲宣説若復有人造諸惡業不生菩提種遠離正法不信因果毀謗阿闍黎不孝父母者汝勿爲説是時大祕密主金剛手菩薩白佛言世尊如佛所説有大功德是大方便不以加行於現生中得見慈氏菩薩我今樂聞願佛爲説爾時佛告大祕密主金剛手菩薩言我今爲汝如實宣説金剛手若有諸修相應行人樂欲入彼帝釋巖中不以加行於現生中求見慈氏菩薩或復樂求聖劒聖輪如意寶教法聖藥安繕那藥播耨迦聖莊嚴具如是等成就法者其行人先須於阿闍黎所起信敬心依法傳受然後求自本尊威神加護廣大供養諸佛如來普爲衆生作大布施已行人當面東行十弓量然後面西復行三十弓量方入一宫其狀四方具其窻牖行人即時於窻牖中觀

見種種樹木其樹皆是聖藥復見地居世界宮殿行人於彼止息少時去此不遠即見一井其井深可半人身量復有鐵索人所執持以為梯級行人即堅持此索下行三肘量即至平地行人當以手捫摸其地漸次得見一階道行人履此而下次見菴没羅樹其樹有果狀如尾螺行人當取一果持以出外而食食已即得延壽一劫如那羅延天相好端嚴有大力勢得聞持具足了諸佛法若行人不取此果即復行一百弓量見大自在天宮而彼宮前有大池聖藥充滿此池以比有大多羅樹行人即於彼樹當取一果出外而食即得延壽一劫行人若不樂取此果即於池中取一聖藥持以出外凡所觸物皆得成金行人若復不樂取此聖藥即於彼天宮四側取一訶棃勒出外而食亦得延壽一劫然後離彼天宮復於南北見有二道而彼南路即不得往當行北路去此不遠見一銅城其城高廣行人當擊彼城門時有摩登伽女為開其門入已即見二道彼左邊道有一大樹其名無憂於彼樹下有衆多摩登伽女四向遊戲彼衆多女即為行人指右邊道行人即向右邊行一由旬盡眼所觀道遠見一銀城其城高廣門皆扃鑰彼有門鉤其狀如蛇置諸門側行人見已勿生怖畏即取一鉤自開其門入已初見聖劒行人若欲取時即取其劒執已即得大持明王命終已後生兜率天若不樂取此劒當取聖輪受已即得左訖囉囉惹命終已後生四王天若不樂取此輪當取如意寶受已即得五神通作十八變自然有聲

普告大地一切衆生作如是言若諸衆生有所求事我當施與皆令如意即爲建立如意寶幢若見諸佛教法行人即當開視得於一切佛法總持無失了達第一勝義諦法若見聖藥行人當取以一兩藥能作一俱胝金若服此藥即壽同梵天若見播薅迦行人當取著巳能於日初出時遊四大洲悉得周徧經少時間還復本處若見安繕那藥行人當取少分内自眼中即能盡見三界中事若見聖莊嚴具行人當取被身即得相好端嚴隱身自在行人若不樂求如是等聖成就法即於彼處止息經宿而彼巖中蓮華合時即知爲夜彼阿修羅女出取華時即知爲晝是時行人當復前行去此不遠又見一金城行人當入其城即見七寶所成宮殿摩尼爲柱及寶輪寶網種種妙華而爲莊嚴復以眞珠交絡其上金沙布地清淨適悅於其殿上有師子座高廣嚴好慈氏菩薩居其座上有無數天龍八部及諸仙衆恭敬圍遶聽受菩薩宣說妙法是時行人既得至彼即起最上大希有心前詣菩薩禮敬而住爾時慈氏菩薩謂行人言善來善男子行人即當答言我今善來菩薩復言善哉善哉善男子汝能發勇猛堅固心來至於此何以故南閻浮提衆生信心堅固能於佛法精進勇猛能於我所起恭敬心汝今當知若諸衆生欲於現世及當生中見我身者當發至心誦我根本大明即得安樂無諸難事而見我身根本大明曰

那謨囉怛那(二合)怛囉(二合)夜(引)野(一)那謨吠嚕左那莎(引)弥你(二)怛他(引)誐多(引)野(三)阿囉

喝二合帝三藐訖三二合沒馱引野四怛𩕳寧夜切他五唵昧咄侶二合怛哩六昧怛囉二合引嚩婆引悉你七昧咄侶二合怛葛二合吒野八三摩二合囉三摩二合囉九莎剛鉢囉二合底儞也十二合婆囉娑囉十一尾娑囉尾娑囉十二冒馱野冒馱野十三冒馱引耨誐帝十四引摩賀引冒地波哩嚩哩底二合多摩引那細引莎引賀十五引

菩薩告言善男子今此大明有大威力若諸修瑜伽行者能發至心持誦此明是人得見我身決定無疑復次慈氏菩薩告行人言汝今來此何所求耶或求見我身聽受正法耶或求種種成就法耶或復求於南閻浮提有大名稱耶如汝所求我當施願行人答言菩薩我初發心來入此宮唯爲求見菩薩我今得見心巳滿足餘非所求我今住此乃至菩薩當來成正覺時願我於菩薩所聽受正法

爾時金剛手菩薩聞釋迦牟尼佛說是法巳歡喜信受依教奉行

佛說帝釋巖祕密成就儀軌

觀自在菩薩如意輪念誦儀軌

唐北天竺三藏沙門大廣智不空奉詔譯

依灌頂道場經說修陀羅尼法門求速出離生死大海應須先入諸佛如來海會灌頂道場受灌頂已發歡喜心從師親受念誦法則後於淨室山林流水最爲上勝建立道場安置本尊修眞言者面向東方應瞿摩夷塗拭其地以白檀香磨爲香泥以用塗壇或方或圓隨意大小而於壇上散諸名華燒香供養取二淨器盛滿香水安置壇中以用供養行者澡浴或不澡浴悉無障礙但當運心思惟觀察一切衆生本性清淨爲諸客塵之所覆蔽不見清淨眞如法性爲令清淨應當至心誦此密語眞言曰

唵(一引)娑嚩(二合)婆(引)嚩戌度(引)唅

由此眞言加持故身口意業悉得清淨然後五輪著地歸命禮十方一切諸佛諸大菩薩方廣大乘右膝著地懺悔隨喜勸請發願

歸命十方正等覺　最勝妙法菩薩衆
以身口意清淨業　慇懃合掌恭敬禮
無始輪迴諸有中　身口意業所生罪
如佛菩薩所懺悔　我今陳懺亦如是
我今深發歡喜心　隨喜一切福智聚
諸佛菩薩行願中　金剛三業所生福
緣覺聲聞及有情　所集善根盡隨喜
一切世燈坐道場　覺眼開敷照三有
我今胡跪先勸請　轉於無上妙法輪
所有如來三界主　臨般無餘涅槃者
我皆勸請令久住　不捨悲願救世間
懺悔隨喜勸請福　願我不失菩提心

諸佛菩薩妙衆中　常爲善友不猒捨
離於八難生無難　宿命住智相嚴身
遠離愚迷具悲智　悉能滿足波羅蜜
富樂豐饒生勝族　眷屬廣多恒熾盛
四無礙辯十自在　六通諸禪悉圓滿
如金剛幢及普賢　願讃迴向亦如是

次對本尊前結跏趺坐或半跏坐起大慈心我修此法爲一切衆生速證無上正等菩提先磨諸香以用塗手然後結於佛部三昧耶陀羅尼印以二手虛心合掌開二頭指屈轉二中指上節二大指屈轉二頭指下節其印即成置印當心想於如來三十二相八十種好相好分明如對目前至心誦眞言七徧眞言曰

唵一引怛佗引孽覩引納婆二合嚩引也娑嚩二合引訶二引

由結此印及誦眞言故即警覺一切如來悉當護念加持行者以光明照觸所有罪障皆得消滅壽命長遠福慧增長佛部聖衆擁護歡喜生生世世離諸惡趣蓮華化生速證無上正等菩提

次結蓮華三昧耶印

以二手虛心合掌散開二頭指二中指二無名指屈如蓮華形置於當心想觀自在菩薩相好具足誦眞言七徧於頂右散眞言曰

唵一引跛那謨引二合納婆二合嚩引也娑嚩引二合訶二引

由結此印及誦眞言故即警覺觀自在菩薩等持蓮華者一切菩薩蓮華部衆悉皆歡喜加持護念一切菩薩光明照觸所有業障皆

得消滅一切菩薩常爲善友

次結金剛部三昧耶印

以左手翻掌向外以右手掌背安左手背用左右大指小指互相鉤如金剛杵形安置於當心想金剛藏菩薩誦眞言七徧頂上左散之眞言曰

唵一引嚩日嚧二合納婆合一嚩引也娑嚩二合引訶二引

由結此印及誦眞言故即警覺一切金剛聖衆加持擁護所有罪障皆悉除滅一切痛苦終不著身當得金剛堅固之體

次結護身三昧耶印

以二手內相叉右押左豎二中指屈二頭指如鉤形於中指背勿令相著並二大指押無名指即成印身五處所謂額次右肩次左肩次心次喉於頂上散各誦眞言一徧眞言曰

唵一引嚩日囉二合引𩕳你二合鉢囉二合捻跛哆二合引也娑嚩二合引訶二引

由結此印及誦眞言加持故即成被金剛甲冑所有毗那夜迦及諸天魔作障礙者退散馳走悉見行者光明被身威德自在若居山林及在嶮難皆悉無畏水火等災一切厄難虎狼師子刀杖枷鎖如是等事皆悉消滅見者歡喜命終已後不墮惡趣當生諸佛淨妙國土

次結地界眞言印

右無名指入左無名指小指內中指入左中指頭指內左亦如之餘指並頭相拄即想印成火燄金剛杵形大指著地掣之一掣一誦至三便止隨意大小標心即成堅固地界眞

言曰

唵一引枳里枳里二嚩日囉二合引嚩日哩二合三

部嚕二合半音四滿馱滿馱吽引發吒半音五

由結此印及誦眞言加持地界故下至水際

如金剛座天魔及諸障者不爲惱害少加功

力速得成就

次結方隅金剛牆眞言印

准前地界開二大指竪之側如牆形想印金

剛杵形右遶身三轉標心大小即成金剛堅

固之城諸佛菩薩尚不違越何況諸餘難調

伏者毗那夜迦及毒蟲利牙爪者不能附近

眞言曰

唵一引薩囉薩囉二嚩日囉二合引鉢囉二合迦引

囉吽引發吒半音三

行者次應想於壇中八葉大蓮華上有師子

座座上有七寶樓閣垂諸瓔珞繒綵旛蓋寶

柱行列垂妙天衣周布香雲普雨雜華奏諸

音樂寶缾閼伽天妙飲食摩尼爲燈作此觀

已而誦此偈

以我功德力　如來加持力　及以法界力

普供養而住

說此偈已次結大虛空藏普通供養印以二

手合掌以二中指外相叉以二頭指相拄反

蹙如寶形結印成已誦眞言四徧普通供養

眞言曰

唵一引誐誐曩三去聲婆去聲嚩嚩日囉二合引斛引二

由誦此眞言加持故所想供養眞實無異一

切聖衆皆得受用

次應結寶車輅印

二手內相叉仰掌頭指橫相拄以二大指各

捻頭指根下想七寶車輅金剛駕御寶車乘空而去至於極樂世界誦眞言三徧眞言曰

唵(一引)都嚕都嚕吽(二引)

由此眞言印加持故七寶車輅至極樂土想如意輪觀自在菩薩及諸聖衆眷屬圍遶寶車輅至道場中虛空而住

次結請車輅印

准前印以大指向身撥中指即誦眞言三徧眞言曰

娜麼悉底囉(三合)野地尾(二合)迦(引)南(引)怛佗(引)蘖多(引)喃(二引)唵嚩日囕(二合)𡃨你野(三合引)羯唎沙(二合)也娑嚩(二合引)訶(三引)

由此眞言印加持故聖衆從本土來至道場空中而住

次結請本尊三昧耶降至於道場印二手內相叉作拳左大拇指入掌以右大拇指向身招之眞言曰

唵(一引)阿嚧(引)力迦(半音)阿蘖車阿蘖車娑嚩(二合引)訶(三引)

由此眞言印加持故菩薩不越本誓故即赴集於道場

次應辟除諸作障者結蓮華部明王馬頭觀自在菩薩眞言印

二手合掌屈二頭指無名指於掌內甲相背豎開二大指左轉三帀心想辟除諸作障者一切諸魔見此印已退散馳走眞言曰

唵(一引)阿密哩(二合)覩(引)納皤(二合)嚩(二)吽(引)發吒(半音)娑嚩(二合引)訶(三引)

次結上方金剛網印

准前牆印二大指捻二頭指下節誦眞言三

徧頭上右轉三帀便止眞言曰

唵一引尾娑普二合囉捺囉二合乞叉二二合嚩日囉三合引半惹囉吽發吒半音三

由此網印眞言加持故即成金剛堅固不壞之網

次結火院密縫印

以左手掩右手背豎二大指誦眞言三徧右遶身三帀想金剛牆外火院圍遶眞言曰

唵一引阿三莽𪘨你二合吽發吒半音二

次獻閼伽香水眞言印

二手捧器想浴聖衆足誦眞言三徧眞言曰

曩莫三滿多沒馱引南一引誐誐曩娑莽娑忙娑嚩二合引訶引二

由獻閼伽香水故行者三業清淨洗滌煩惱垢

次當結獻蓮華座印

二手虛心合掌舒開左右無名指中指頭指屈如微敷蓮華形在寶樓內諸聖及本尊各坐本位眷屬圍遶了了分明誦眞言三徧眞言曰

唵一引迦麼攞娑嚩二合引訶引二

由結蓮華座印眞言故行者當得十地滿足當得金剛之座

次結普供養印

二手合掌以右押左交指即成誦眞言三徧想無量無邊塗香雲海華鬘雲海燒香雲海飲食燈明雲海皆成清淨廣多供養普供養眞言曰

曩莫三滿多沒馱引南一引薩嚩佗引欠揾娜孽二合底娑頗二合囉呬引𤚥二誐誐曩劒娑嚩

二合引訶引三

次應誦讚歎偈

迦麼攞目佉一迦麼攞路引左娜二迦麼攞

引娑那三迦麼攞賀娑跢二合四迦麼攞引婆

毋你五迦麼攞迦麼攞六三婆嚩七娑迦攞

麼攞八乞叉二合攞娜九那麼悉帝二合十

次應思惟想於身正當胷間如滿月形光明晃曜月上八葉蓮華上有如意寶珠如紅玻瓈色赫奕光明至無量世界於光明中想自身如本尊像六臂相好起大悲心即結如意輪根本印二手合掌二頭指屈如寶形二中指屈相拄如蓮華葉合豎二大指即成誦根本眞言七徧想於本尊如對目前頂上散之

眞言曰

曩謨囉怛曩二合怛曩二合夜引也一曩莫阿引

哩夜二合引嚩路引枳帝溼嚩二合囉引也二冒

引地薩怛嚩二合引也三摩賀引薩怛嚩二合引

也四摩賀引迦引嚕抳迦引也五怛你也二合

佗去聲引六唵引七斫訖囉二合韈底振多引摩抳八

麼賀引跛納銘二合九嚕嚕底瑟姹二合十入嚩

二合引攞阿迦囉灑二合也十一吽泮吒半音娑嚩二合

引訶引十二

次結心印

准前根本印無名指小指外相叉即成誦眞言七徧頂上散之眞言曰

唵引一跛娜麼二合振跢引麼抳入嚩二合攞吽引二

次結心中心印

准前根本印中指外相叉小指橫豎即成誦眞言七徧頂上散之眞言曰

唵引一嚩囉娜跛納銘二合吽引二

即持念珠於掌中以心中心真言加持七徧然後持珠當心次第記數誦之至一百八徧乃至一千八十住本尊三摩地更莫異緣了了分明徧數了已珠安掌中頂戴安置本處然後結根本印心印心中心三印即入三摩地觀即觀心圓明漸舒廓周沙界不見身心成清淨法界乃至食頃從三昧出次結普供養印獻香華等及閼伽水讃歎發願即結火院結界印頭上左轉一徧即成解界

次結車輅印向外撥之次結迎請印向外撥之次結護身印印五處已次結三部印任意經行讀誦大乘經典迴助心中所求上中下悉地行者若能日日三時依此念誦罪障消滅得大智慧三昧成就本尊現前能獲功德如經所述

觀自在菩薩如意輪念誦儀軌

音釋

擐胡慣切貫也　搵烏没切以手捺物之貌　枲胥里切　牸疾二切牝牛也

閫苦本切門限也　甑子孕切　搩陟革切　捫摸捫莫奔切摸暮各切

齦語巾切　皤薄波切

三法同卷

清刻龍藏佛說法變相圖

三法同卷

大毗盧遮那成佛神變加持經略示七支念誦隨行法

速疾立驗摩醯首羅天說阿尾奢法

大聖曼殊室利童子五字瑜伽法

大毗盧遮那成佛神變加持經略示七支念誦隨行法

唐北天竺三藏沙門大廣智不空奉　詔譯

稽首無礙智　密教意生子　依彼蘇多羅

攝此隨行法　真言行菩薩　無住無等誓

語密身密俱　後作相應行

三昧耶真言曰

娜莫三滿多母馱(引)南(一引)唵(二引)阿(上聲)三(去聲)銘底哩(一合)三(去聲)銘(三)三(去聲)麼(鼻音)曳(引)娑嚩(二合引)訶

契謂臍諸輪　密合建二空　五處頂肩心
最後加咽位　次結法界生　密慧之標幟
淨身口意業　徧轉於其身

法界生眞言曰

娜莫三去聲滿多毋馱引南一引達麼引上聲馱覩
娑嚩二合引婆去聲引嚩句引憾二

般若三昧手　俱作金剛拳　相逼建風幢
端直令相合　是名爲法界　清淨之密印
如法界自性　而觀於己身　無垢同虛空
眞言印威力　次結轉法輪　金剛薩埵印
此殊勝加持　令彼獲堅固　止觀手相背
地水火風輪　左右互相持　二空各旋轉
合於慧掌內　名最勝法輪

金剛薩埵眞言曰

娜莫三去聲滿多嚩日囉引二合喃一引嚩日囉二合
怛麼二合句引憾二

正誦此密言　當住於等引　諦觀自身像
即是執金剛　無量衆大魔　諸有覩見者
如金剛薩埵　勿生疑惑心　次以無動聖
辟障及除垢　而能淨衆事　結護隨相應

不動尊眞言曰

娜莫三去聲滿多嚩日囉引二合喃一戰拏摩賀
引嚧引灑拏鼻音引二颰頗二合吒耶三吽引怛
囉二合吒半音四憾引䋻引五

定空如地水　風火豎於心　慧劍亦如是
出鞘能成辦　次以如來鉤　請尊及聖衆
密方便相應　依本誓而降

如來鉤眞言曰

娜莫三去聲滿多毋馱引喃一引惡引薩嚩怛囉
引二合鉢囉二合底丁以切賀帝三怛佗引去聲蘖哆

引矩舍四昌引地揆哩耶合二跛哩布引囉迦
娑嚩二合引賀引五

止觀內相叉　堅合智風豎　纔屈於初分
餘輪狀若環　聖者悲願力　隨請咸來降
奉現三昧耶　明契如前說　既呈本誓已
決定相應故　次當隨力分　供養表誠心
閼伽香食燈　下至一華水　或但運心想
殊勝最難量　當以普通印　觀行及真言
有表無表俱　一切皆成就

普通真言曰

娜莫三去聲滿多母馱引喃一引薩嚩佗引去聲欠平聲二嗢娜蘖帝二合引三颯頗二合囉呬馨異切鎝引四誐誐曩劍平聲莎嚩二合引賀引五

定慧手齊合　右交於上節　運心普周徧
所念皆現前　即施供養已　修常作持誦
先擐金剛鎧　結護事相應

金剛甲冑真言曰

娜莫三去聲滿多嚩日囉二合引喃一引嚩日囉二合引迦嚩左吽二引

先作虛心合　風輪糺持火　大空依火本
徧觸後居心　次結方隅界　用前不動尊
左轉成辟除　右旋及上下　備觸身肢分
結護悉堅牢　真語毋陀羅　如前已分別
既為嚴備訖　當示根本契　還加於五處
七轉或再三　散印頂上開　半加正身意
或作相應坐　隨方如教說　正面住身前
覩一圓明像　清淨無瑕玷　猶如滿月輪
中有本尊形　妙色超三界　紗縠嚴身服
寶冠紺髮垂　寂然三摩地　輝焰過衆電
猶如淨鏡內　幽邃現真容　喜怒顯形貌

操持與願等　正受相應身　明了心無亂
無相淨法體　應願濟羣生　專注而持念
限數既終畢　懈極後方息　復結普通印
虔誠啓願等　殷重禮世尊　左轉無動力
解前所結護　還呈本尊契　頂上散開之
心送於聖天　五輪投地禮　然起隨衆善
後會復如初　一時與二三　或四皆如此
餘分旋遶塔　浴像轉大乘　塗拭曼荼羅
布華讚佛德　或復無雜念　專注於等引
以此淨三業　悉地速現前　聖力所加持
行願相應故　諸有樂修習　隨師而受學
持明傳本教　無越三昧耶　勤策無間修
離蓋及熏醉　順行諸學處　悉地隨力成
我依大日經　略示瑜祇行　修證殊勝福
普潤諸有情

大毗盧遮那成佛神變加持經略示七支念誦隨行法

速疾立驗摩醯首羅天説阿尾奢法

唐北天竺三藏沙門大廣智不空奉　詔譯

爾時那羅延天在於香醉山頂請摩醯首羅於自在宫中供養頭面禮足白摩醯首羅言我所乘迦樓羅使者能成辦世間所求事要且不能速疾惟願大天爲未來有情説速疾立驗阿尾奢法時摩醯首羅告那羅延言汝當諦聽我爲汝宣説速疾成辦使者之法能作息災增益降伏敬愛亦能於夜摩界往來使役能知未來善惡吉凶成敗旱澇不調鄰國侵擾惡人叛亂種種災祥若欲知未來事者當揀擇四五童男或童女可年七八歲身上無瘢痕黶記聰慧靈利先令一七日服素食或三日食凡欲作法要須吉日或鬼宿或歲宿直甘露直日最勝沐浴徧身塗香著淨衣口含龍腦豆蔻持誦者面向東坐身前以白檀香塗一小壇可一肘量令童女等立於壇上散華於童女前置一閼伽嚴取安息以大印眞言加持七徧燒令童女熏手又取赤華加持七徧安童女掌中便以手掩面則持誦者結大印二手合掌外相交左押右虚其掌即成以此印加持自身五處所謂額右肩左肩心喉頂上散印即誦眞言曰

娜莫婆誐嚩底一麼賀引毋捺[口+彔]二合迦吒攞施棄底哩二合施[口+彔]三底哩二合路左你四伊捨引你跛輪跛帝娑嚩二合引賀五

則以此印按其童女頂則想於頭上三角赤色熾盛火輪光誦眞言七徧火輪眞言曰

唵一阿儗你二合施棄娑嚩二合引賀二引

則以此印按童女口上於彼口中想水輪白

色半月形誦眞言七徧眞言曰

唵一惹攞祖哩合二拏引摩抳娑嚩引二合賀

次應移印按彼心中想地輪形方黄色誦七徧眞言曰

唵一摩訶引麽囉跛囉訖囉合二摩娑嚩引二合賀

次應移印按彼臍中想輪其形圓黑色誦七徧眞言曰

唵一尾曩多引句攞曩那娑嚩引二合賀引二

次應以大印加持彼兩脚想迦樓羅誦眞言曰

唵一跋乞史合二囉引二惹跋那娑嚩引二合賀引三

次應以大印誦甲冑眞言加持童女徧身旋轉眞言曰

唵一迦嚩左摩部引多引地跋帝娑嚩引二合賀

行者次應自身爲摩醯首羅天三目頭冠瓔珞莊嚴頭冠上有佛半月項上青十八臂手持種種器仗以龍爲神線角絡繫又披塗血象皮須臾頃觀自身已次應以大印護彼童女一百八命節眞言曰

唵一唅哩合二體尾野合二叱多二二合惹嚩引揄囉迦苦三

結其大印及誦眞言徧身旋遶加持則護八種命節

次又以大印眞言加持華香及閼伽等

次又以大印眞言結十方界則應對此童女前誦摩醯首羅使者眞言曰

唎蹐吒迦一麽多那引誐二尾灑娜跛拏三薩摩那誐囉四尾訖囉合二摩五尾羅引薩誐

底六嚟濟吒迦七布囉二合哩跛引擔嚂二合八左囉左囉九左哩左哩十跛拏跛拏十一跛尼跛尼十二伴介伴介十三羯耻羯耻十四阿尾捨阿尾捨十五嚟躋吒迦十六嚕奴嚕二合枳孃二合跛野底十七娑嚩二合引賀引十八

此眞言應誦七徧則彼童女戰動當知聖者入身則更彈指誦眞言若無現驗次誦催迫使者眞言曰

嚟嚟耶一摩嚕呬多引二素囉素囉引三布介多賀那賀那四没囉二合憾麽二合五那尼那覩嚕二合尼覩嚕二合尼六謨尼謨尼七伴上聲介伴上聲介八羯耻羯耻九阿尾舍阿尾舍十嚟躋吒迦十一嚕奴嚕二合枳孃二合跛野帝娑嚩二合引訶引十二

誦此眞言必速應驗問未來善惡一切災祥事若不語或語遲則結棒印二手合掌二無名指外叉二中指並立二頭指各鉤無名指頭二大指各令押中文誦眞言曰

唵一毋那誐二合囉二合都嚕都嚕三娑嚩二合引賀

結此棒印則語問種種事已以大印眞言加持閼伽三灑童女面即結解此使者眞言先應誦一萬徧則法成則見身來須獻閼伽乞願願聖者一切處一切時使用皆辦則隱不現已後欲使塗一小壇著香華飲食誦眞言一百八徧則現身則言龍宮中取長年藥如意寶珠或使夜摩王處延命增益壽命或使天上取妙甘露或使佗國問其善惡亦能助軍陣摧破佗敵種種使用悉能成辦此法一切迦樓羅法中最殊勝祕密難得汝當揀擇

法器堪傳授者而傳與之若傳非器人即損佗巳後此法不成是故應極祕密勿妄傳授之大自在天迦樓羅陁羅尼曰

那謨婆伽嚩底一嚕馱囉野二瞋那劫波攞野三薩嚩微那延迦囉野四薩嚩羯摩莎馱那野五薩嚩嚩尸迦囉拏二合野六薩嚩設都嚕二合尾那捨那野七唵迦波羅質擔瞋那入聲八迦波羅部擔嚕訥嚕二合枳孃二合跛哩帝娑嚩二合引賀引九

此陀羅尼調伏人取赤色芭蕉葉畫彼人心上書名字誦陀羅尼一百八徧即埋牛糞中即調伏欲令竪子對相憎多羅葉畫彼男女形書名相背取線繫取鼠狼毛山鷄毛蛇退皮燒熏誦陀羅尼一百八徧安劫波羅中即於屍林中埋著便相憎除却依舊若令相憐者還於多羅葉上畫彼人形書名相合取白線繫取雀兒毛蛇皮燒熏誦陀羅尼一百八徧即相憐

又法欲令人相打於大蟲皮或於牛皮畫二人相把頭髻書名著取線纏著於火上熏埋碓臼下即得日日相打除却止

又法若欲調伏人者取貝多葉上畫人形書名誦陀羅尼一百八徧即於牀下埋即得調伏

又法令尿血者取多羅葉畫彼人書姓名取釘誦陀羅尼一百八徧釘上七七日即得除去

次説眼藥法若調伏竪子者取蛇頭竭羅安善那青木香象甲蜂二箇於黑月十四日擣作末和肉點眼角一切竪子隨逐天上亦來

非但人間也

速疾立驗摩醯首羅天說阿尾奢法

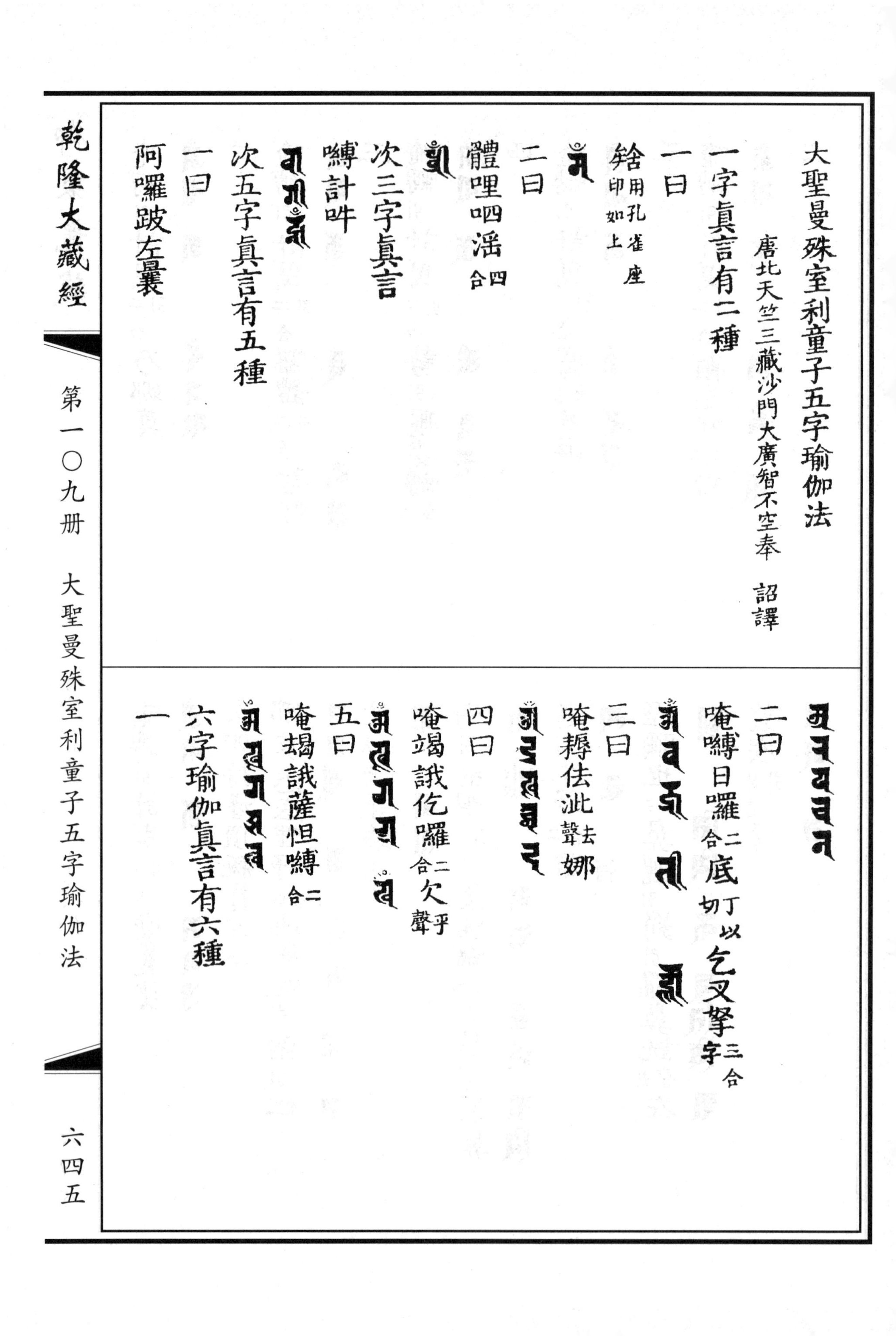

大聖曼殊室利童子五字瑜伽法

唐北天竺三藏沙門大廣智不空奉　詔譯

一字眞言有二種

一曰

鋡（用孔雀座印如上）

二曰

體哩呬淫（四合）

次三字眞言

嚩計吽

次五字眞言有五種

一曰

阿囉跛左曩

二曰

唵嚩日囉（二合）底（丁以切）乞叉拏（三合字）

三曰

唵耨佉泚（去聲）娜

四曰

唵竭誐仡囉（二合）欠（平聲）

五曰

唵朅誐薩怛嚩（二合）

六字瑜伽眞言有六種

一

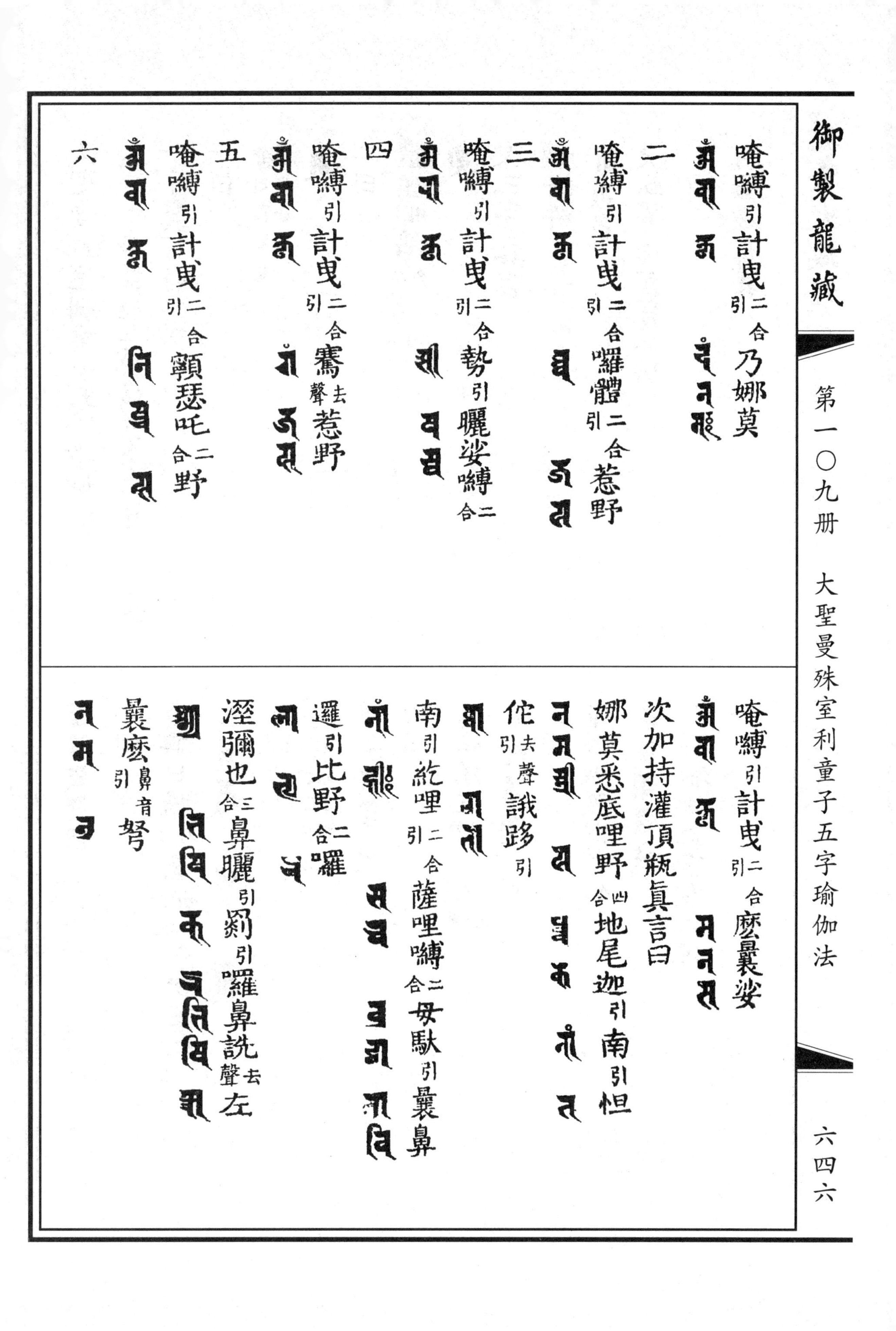

唵嚩引計曳引二合乃娜莫

二

唵嚩引計曳引二合囉體引二合惹野

三

唵嚩引計曳引二合勢引驪娑嚩合二

四

唵嚩引計曳引二合蹇去聲惹野

五

唵嚩引計曳引二合顰瑟吒合二野

六

唵嚩引計曳引二合麼曩娑

次加持灌頂瓶真言曰

娜莫悉底哩野合四地尾迦引南引怛

佗引去聲誐跢引

南引紇哩引二合薩哩嚩合二毋馱引曩鼻

邏引比野合二囉

溼彌也合三鼻驪引芻引囉鼻詵去聲左

曩麼引鼻音弩

袮引麼賀引麼莫可切攞嚩底味引囉引

左[言*余]娑嚩二合引

賀引

菩提莊嚴成就真言曰

唵引嚕止囉麼鼻音抳鉢囉二合蠛多野吽引

大聖曼殊室利菩薩讚歎曰

曼祖室哩二合曳曩麼窣覩二合毗焰二合矩引

麼囉引

迦引囉馱引哩抳二合薩普二合哩多枳孃二合曩你跛引

野三怛賴二合路枳野二合馱挽二合多賀哩

抳四嚩日囉二合

底引叉拏二合麼賀引野引曩引五嚩日囉二合句引捨麼

賀引庾馱六曼祖室哩引二合嚩日囉二合儼

鼻引哩野七二合

嚩日囉(二合)没弟曩謨(引)窣覩(二合)帝(八)

大聖曼殊室利童子五字瑜伽法

音釋

颯(蘇合切) 糺(居有切急也絞也) 縠(胡谷切縐紗也) 紺(古暗切深青赤色也) 瘢(薄官切瘡痕也) 靨(益涉切頰輔也) 罽(居刈切)

大威怒烏芻澁麼儀軌

大孔雀明王畫像壇場儀軌

金剛頂瑜伽金剛薩埵儀軌

唐北天竺三藏沙門大廣智不空奉 詔譯

清刻龍藏佛說法變相圖

三儀軌同卷

大威怒烏芻澁摩儀軌

大孔雀明王畫像壇場儀軌

金剛頂瑜伽金剛薩埵儀軌

大威怒烏芻澁摩儀軌

唐北天竺三藏沙門大廣智不空奉　詔譯

十方所有佛　妙智悲濟者　常住菩提心
是故我稽首　普賢即諸佛　受職持金剛
爲調伏難調　現此明王體　以其法勝故
淨與不淨俱　眞言者先修　最初承事法
紫檀用塗地　方圓隨意成　依於彼東方
置前本尊像　取二閼伽器　香水以充足
爐焚衆名香　一空器承水　布在於壇内
食或不食俱　洗漱亦如是　五輪投地禮

十方佛菩薩　方廣大乘經　合掌應至心
右膝當著地　多生非善業　衆罪難具陳
今以誠實心　隨懺願清淨　如前發願已
全加或半加　興大菩提心　堅固無時捨
名香塗手結　佛部三昧耶　二羽虛心合
開進力微屈　捻忍願初分　第一文背間
又屈禪智頭　處其進力下　第一節文側
以此印當心　諦觀如來儀　用後眞言曰
唵一　怛佗蘗覩納婆二合嚩野娑嚩引二合訶二引
三誦總持已　警覺諸如來　光明徧觸身
業除煩惱滅　後當安頂上　散印成加持
次結蓮華中　三昧耶契相　二相准前合
戒方忍願開　進力亦如是　若敷蓮八葉
安印當心上　想觀自在尊　具足如本儀
誦總持三徧
唵一　跋娜暮二合納婆二合嚩野娑嚩引二合訶二引
警覺蓮華部　聖衆發光明　照觸行者身
障消爲我友　置印於頂右　隨意而散之
復結金剛甲　三昧耶密印　舒其二羽己
右仰左覆之　以其背相著　檀鉤於智度
慧復與禪結　如十鈷金剛　約置於當心
誦明觀部主
唵一　嚩日嚧二合納婆二合嚩野娑嚩二合訶二引
警覺金剛衆　聖者放光明　照觸修行人
加持爲善友　於頂左散印　二羽內相叉
忍願成峯狀　微屈其進力　各近中峯側
禪智並而舒　三鈷行以成　印額右肩上
左肩心亦爾　其後加於喉　印已成護身
皆誦後明句
唵一　嚩日囉引二合　祇你二合鉢囉二合捻跋多二合

野娑嚩二合引訶引二
威光發熾盛　魔黨不能侵　二羽各虛拳
禪智捻於中　開右拳握左　進度直如峯
舉額於其頭　大心眞言曰
唵一嚩日囉二合引俱嚕二合馱二麼訶麼攞三
訶曩娜訶跛者四尾馱望二合烏樞瑟麼二合俱
嚕二合馱五吽㖿吒半音六
如是三徧畢　已首同本尊　屈頭契進峯
入掌舒力度　遂成頂契相
唵一入嚩二合攞二入嚩二合攞三薩嚩努瑟䑛
二合四娑擔二合婆也五娑擔二合婆也六怒邏達
囉二合七努瑟䑛二合八你嚩囉也九囉訖叉二合
十囉訖叉二合鉿娑訶二合十一
三徧稱誦之　亦同本尊頂　如前二契相
進力皆屈之　相捻勢如環　即成五處甲

唵一薩嚩伽闍二摩訶帝髯三嚩日囉二合舍
抳四嚩日囉二合引播舍上聲五摩那缽囉二合尾
舍六薩嚩努瑟䑛二合七娑擔二合婆也八娑擔
二合婆也九吽㖿吒半音十
內叉其二羽　開掌諸度舒　合檀慧成峯
微屈禪智節　互捻進力側　近甲普焰成
誦大心眞言　當胷安其印　三徧持明句
心同於本尊　改甲進力環　極舒自相合
如針名捧印　誦其後眞言
唵引一俱嚕二合馱曩吽引惹入聲二
普焰契叉陳　禪智成針狀　眞言用根本
名獨鈷金剛
唵引吽發吒半音發發二鄔仡囉二合戍攞播寧
三吽吽吽四發發發五唵擾羝寧囉曩二合娜
六吽吽吽七發發發八唵九摩訶麼攞娑嚩

二合引訶

本尊徧入身　即同大力體　堅持其地故
當用金剛橛　戒度方慧間　忍亦屈願力
方復入檀戒　願處忍進中　餘度皆直舒
相合成三鈷　用禪智拄地　一掣一稱名
唵一枳里枳里二嚩日囉二合引嚩日哩二合勃三引滿馱滿馱吽發吒半音四
下至金剛輪　堅固無能壞　准前橛為本
禪智度極開　直豎即成壇　三轉誦明曰
唵一娑囉娑囉二嚩日囉二合引鉢囉二合引迦引囉吽發吒半音三
諦想所居地　澄徹大海生　誦次後真言
七徧當成就
唵一尾麼盧娜地娑嚩二合引訶二引
次應想其海　湧大須彌山　復誦此真言
經七徧方止
唵一娜者攞吽二
又想寶山上　師子座莊嚴　其明如後誦
亦復七徧止
唵一娜者攞末𠽃娑嚩二合引訶二引
師子法座上　白千葉寶蓮　香潔盛敷榮
誦此密言曰
唵一迦麼攞娑嚩二合引訶二引
於彼蓮華裏　樓閣衆寶成　懸以妙繒旛
矜羯尼為網　真言如後誦　七徧想隨成
那莫薩嚩怛他孽帝毗逾二合一尾濕嚩二合慕契毗藥二合二薩嚩佗欠平聲鄔娜誐帝三娑頗二合囉亏鉿誐誐娜劒娑嚩二合引訶四引
次復執香爐　誦治路明曰
唵一蘇悉地羯哩入嚩二合里多去聲二難多慕

多三入嚩二合攞入嚩二合攞四滿馱滿馱五訶
曩吽發吒六半音
空中有關鍵　及障難皆除　次結寶輅印
邀迎諸聖衆　單巳并眷屬　隨意奉請之
二羽當内叉　進力舒相拄　禪智捻進力
根側第一文　其腕當極開　指背互著掌
誦眞言三徧　七寶輅車成
唵一覩嚕覩嚕吽二
念至本尊居　阿拏迦嚩底　想乘輅車巳
次當奉請之　准前寶輅車　忍願禪智撥
向内成請契　眞言如後誦
曩麼悉底哩二合野地尾二合迦引南引薩嚩怛
他誐跢南二唵三嚩日朗二合儗孃二合野迦囉
沙二合野四曀係曳二合呬四若奉送即除薄誐挽娑嚩
訶

聖者昇寶車　金剛駕御至　當以部主契
請降入道場　二羽内相叉　禪入進力際
成拳豎智度　無招誦後明
唵一嚩日囉二合引特力二合二曀係曳二合呬四娑
誐挽嚩日囉二合引特力二合三若奉送時除曀呬曳加孽蹉孽蹉
奉契又當施　次舒忍願度　自與進力並
右居上相叉　智眼徐動之　翦除諸障者
眞言句如後　三轉右周旋
唵一嚩日囉二合俱嚕馱摩訶麼攞二羯囉羯
囉三覩那覩那吽發四
次結金剛網　禪捻進根下　智亦加力度
根側第一文　眞言如後稱　墻以網彌覆
唵一尾塞普二合囉捺囉二合乞叉二合二嚩日囉
二合半惹囉吽發三

大院容縫印　二羽並而舒　定以慧羽加
直豎禪智度　三周右旋巳　皆誦後眞言
唵一阿娑懵凝你吽泮吒二半音
金剛牆外圍　威焰熾然住　堅固界成巳
無能沮壞之　當奉右膝傍　閼伽香水器
舉要額齊等　誦大心眞言　慇懃持獻之
成浴聖衆足　心所希求願　於此當具陳
微沉空器中　置水在本位　如前蓮華部
結彼三昧耶　當斂六度端　如微敷蓮勢
想爲金剛葉　三誦後眞言
唵一嚩日囉合二吠引囉耶娑嚩引二合賀二引
如前運想成　衆聖儼依座　次當心供養
水陸有諸華　無主所攝華　十方盡虛界
人天塗香等　燒香燈明空　傘蓋及幢旛
鼓樂歌舞伎　眞珠妙羅網　懸以諸寶鈴

曰拂與華鬘　散妙香磬等　矜羯尼爲網
如意寶樹王　衣服天厨雲　上妙美香潔
樓閣寶嚴淨　天瓔珞及冠　如是供養雲
徧滿虛空界　誠心而運想　又以印眞言
聖力所加持　虛空庫供給　衆聖當受用
眞實無有殊　十度叉相交　右押左合掌
舉印按於頂　同樓閣眞言　次以美言音
金剛妙歌讚
摩訶麽攞也贊拏引尾你夜合二囉惹也一難
扼寧尾曩迦地哩合二多娘也二那莫俱嚕合二
馱野嚩日哩合二你三
戒方進力屈　二羽虛心合　屈度背相著
遂成部母契　誦明寂靜意　七徧護本尊
唵一矩嬾馱哩二滿馱滿馱吽發吒三半音
珠幡合掌中　誦大心七徧　智方自相捻

禪戒亦復然　餘度皆直舒　進捻於忍背
力亦附願上　二環用承珠　思惟已心中
皎白如滿月　分明住觀已　想部毋真儀
所持之密言　從口而流出　字字皆金色
普放無量光　相繼若連珠　自行人口入
散布月輪上　變色隨本尊　焰鬘因相穿
文句無錯謬　行人威武相　稱誦祕真言
歸命唵皆寂　餘文瞋猛意　末字戒當捻
一珠與句齊　住此三昧門　極力當持念
修行當止息　合珠於掌中　如前再加持
頂戴還本處　須臾住靜觀　月輪上真言
義理及文詞　諦思其實相　次當出定已
真言金色光　從口若連珠　奉歸毋部處
應作如是頸　攝受此真言　慈悲加護之
無令功用失　所得徧數者　誦部毋加持
七徧以護之　應作如是法　一切有情類
諸苦惱逼身　於其菩提中　不堪任法器
我濟彼等法　非獨拔已身　惟願佛世尊
成就還徧數　三部三昧契　如初重作之
次護本尊身　用前部毋印　捧左閼伽器
奉獻陳所求　儀式不異前　次運心供養
大院密縫印　頭上左放之　諸印都解除
當奉送聖衆　降入道場契　智度外彈之
又結請輅車　聖衆昇其上　改禪智外撥
想歸於本宮　如前護已身　隨意道場外
印塔當轉念　方廣大乘經　迴助心所祈
上中下悉地　往諸觸穢處　慧羽握成拳
禪度豎如峯　護身如五處　真言用捧印
不被衆摩羅　此徧說運心　加飲食尤上
隨辦任陳布　用大心真言　欲去萎華時

誦此祕密曰
唵一溼廢合二帝摩訶溼廢合二帝二佉去音娜寧
娑嚩引二合賀引三
若欲睡眠者　以部毋護身　部主契眞言
用護其處所　如前降入契　智度押進傍
當護後眞言　警相當清淨
唵一嚩日囉合二特力二合二
失精及惡夢　百徧部毋明　凡欲喫食時
團食置其處　所持明加護　奉獻於本尊
部主前眞言　加持食乃食　次陳四微密
儀軌當修習　扇底迦寂災　聰明及長壽
并除寃禍法　面北交腦居　豎膝右腦先
衣服當潔白　飲食香華地　燈燭亦復然
月輪布眞言　文字亦宜白　先幷歸命誦
三七乃除之　從唵起爲初　與其甲除禍
娑嚩合二訶最後　本無臨事加　念誦以小聲
當須寂靜意　若作大壇者　圓穿其爐形
於中宜泥輪　護尊忿怒相　若求增長者
名布瑟置迦　五通乃轉輪　寶藏輪劒杵
致一切財物　藥丸眼藥俱　面東結跏趺
其色皆上赤　增減眞言句　如前無復殊
欲稱娑嚩訶　其所求如願　小聲寂靜意
護尊忿猛威　大壇方穿爐　安杵具三鈷
若求歡愛法　名嚩施迦羅　召人及天龍
鬼神非人類　面西半加坐　上亦增長同
加減歸命文　娑嚩訶亦爾　與其甲攝其
成就願所求　持明歡喜心　護尊寂靜意
并以忿猛相　二種皆護之　爐如八葉蓮
開敷具臺蘂　若作降伏法　阿毗遮嚕迦
制鬼神惡人　損壞三寶者　右足指押左

西面坐蹲踞　示大忿怒形　諸色上青黑
心中圓明觀　變用大日輪　熾盛無與儔
發輝如猛焰　除去娑嚩訶　願爲某甲成
其事吽發吒　火爐三角作　獨鈷杵置中
眞言猛勵稱　傍人如何聽　護尊寂靜意
事法自當陳　相應置本尊　中間是爐位
或於精室外　爐逕對於尊　治地二肘間
形隨爐口勢　築堦高一指　中量一肘穿
深半肘成爐　周緣高四指　一寸外方作
爐成如法治　輪杵泥爲之　置中稱其底
瞿摩夷塗飾　檀香等又施　其色隨所求
堦上祥茅草　隨日帀旋布　以本覆其苗
所燒物在茅　近行人右手　二器閼伽水
置茅在戸邊　柴相隨類推　長截十指量
酥蜜乳酪内　搵其薪兩頭　半爐熾炭充

投亦起威焰　燧火勿以舊　用扇非口吹
然爐誦後明　三徧成加持
唵一步入嚩二合攞吽二
火既發光焰　當用忿怒王　瀉垢能淨除
祕契如是結　二羽背相著　入度以類鉤
轉腕反相合　成拳徧印物　每觸皆稱誦
次後祕眞言
唵一枳里枳里吽頗吒半音二
又當請火天　直舒其慧羽　禪横約於掌
微以進度招　每招誦後明　三徧火天降
唵一噎係曳四摩訶步多泥去聲嚩哩使二合你
尾二惹娑多摩佐哩二合四引怛嚩三護底莽
引訶引囉麼塞泯散你四都婆嚩四阿佐曩
二合曳賀尾也迦尾也嚩引訶曩引也娑嚩訶
便想入爐内　次結三昧耶　禪捻檀度初

舒餘波羅蜜　直灑閼伽水　於火成淨除
三灑皆誦明　眞言句如後
唵一阿蜜哩合二帝訶曩訶曩吽發吒半音二
次以其慧羽　右旋灑閼伽　誦文殊密言
想漱火天口
唵一嚩囉娜嚩日囉合二曇一
大杓定羽執　小者慧當持　三度取名酥
灌其大杓滿　慧捨小執大　有斂等按之
誦次後眞言　句終灌火上
阿訖曩曳賀一尾也迦尾嚩引訶曩也二你
波也你波也娑嚩二合引賀三引
每至其訶字　皆引聲長呼　空杓却按之
其音即齊畢　非加劒藥類　但灌不按相
是則祀火天　三度皆如此　依前再淨火
漱口用文殊　請火天出爐　東南方就位

當設諸供養　次請部主尊　爐中遠行人
諦想依位住　又念本尊人　爐中近行人
與部主相當　二聖儼而對　忿怒王瀉垢
淨火漱口明　如法重爲之　二羽膝門住
如前祀火法　各獻三杓酥　每先想已身
本尊與部主　火及劒藥等　一相無有殊
五體既合同　各以本名獻　如是供養已
隨求事護魔　觀其應所燒　宜杓或宜手
所須用杓類　取前小者澆　執已進度舒
令順於其柄　檀戒及忍等　共握禪度初
定羽掐其珠　一誦一投火　徧數既畢已
如前各獻珠　二聖歸於壇　又誦火天禮
三大杓酥畢　依位如其初　若須祀八方
一一皆當請　解界如儀送　火天契次陳
如前請召時　進禪以相捻　誦後明一徧

火天還於宫
布尒覩徙麼也薄底也二合一孽蹉阿訖你娑
嚩二合婆嚩南二補娜囉跛二合那也娑嚩二合引
訶
如前護巳身　衆魔不復擾　若夢佛菩薩
金剛諸天王　婆羅門居士　食粳米酪飲
甘露乳果等　華林若登山　履塔及樓閣
或乘車馬象　白鶴孔雀王　金翅鳥與同
泛海清流水　或騰空自在　威焰徧於身
或聽法坐中　及請清淨事　此皆成就應
況巳勿復眠　若夢魁膾人　猪驢駱駝狗
或觸或在近　死屍亦復然　惡鬼怖畏走
是障不是相　或有妄念起　違闕三昧耶
當誦此眞言　以除其過患　如前金剛杵
進力攺相合　忍願依甲傍　遶上亦相拄

眞言如後誦　三七障皆銷　大輪明曰
娜莫悉底哩三合野地尾二合迦南一怛他誐多
南二唵三尾囉耳尾囉耳四摩訶嚩日哩二合
五薩哆薩哆六娑引囉帝娑引囉帝七哆囉
二合以哆囉二合以八尾澹末你三半惹你哆囉
二合末底九悉馱孽麗二合怛藍二合娑嚩引二合訶
十引
凡所觀想時　閉目凝心作　了了分明巳
目覩道當成　護世八方天　眞言如後說
八方天王
摩醯首羅王　位居東北隅　眞言如後誦
諸天所尊奉
唵一嚕捺囉引二合也娑嚩引二合訶二引
東方帝釋位眞言曰
唵一設訖囉引二合也娑嚩引二合訶二引

東南方名火天眞言曰
唵一婀佐曩二合曳娑嚩引二合訶二引
南方閻羅天位眞言曰
唵一吠嚩娑嚩引二合哆引也娑嚩引二合訶二引
西南方羅刹主眞言曰
唵一囉乞叉二合娑引地跛多曳娑嚩引二合訶二引
西方水天位眞言曰
唵一寘伽捨曩也娑嚩引二合訶二引
西北方風天位眞言曰
唵一嚩引也吠娑嚩引二合訶二引
北方毗沙門天眞言曰
唵一藥乞叉二合尾你夜馱哩娑嚩引二合訶二引
迎請八方尊　及須供養者　隨其所願事
皆用本眞言　凡建曼荼羅　及興諸事法
皆先施供養　飲食香燈明　閼伽華塗香
物皆周帀布　永無一切障　所願皆遂心
本尊及部主　皆用本眞言
序中舊云透迤掙擲請改爲透迤輪擲也又
下卷初心密言法中舊云若得莽羅葉愽伽
得博伽稱及咄嚕瑟劒蘇合香也末和芥子
以進火中一千八徧令衆人攻眞言者請改
爲若零陵香天竺蘇合香末和芥子油進火
中一千八徧令人福德儀中舊脫四句請知
之諸色上青黑心中漸圓明變用大日輪熾
盛無與儔發輝如猛焰

大威怒烏芻澁麽儀軌

大孔雀明王畫像壇場儀軌

唐北天竺三藏沙門大廣智不空奉　詔譯

佛告阿難陀若諸世間所有災禍逼惱刀兵饑饉亢旱疾疫四百四病憂惱鬭諍及八萬四千鬼魅嬈惱有情所求世間出世間勝願多有障礙者皆由無始已來貪愛無明虚妄分别三毒煩惱不了實相積集不善感招如是種種災難阿難陀是故我今爲彼讀誦佛母大孔雀明王經者及一切災厄衆生復説畫像法及建立道場供養儀軌若依此法轉讀是經一切災難皆得消除所有願求隨意滿足阿難陀若有苦惱災難起時或彼國王及諸王子大臣妃后及苾芻苾芻尼善男子善女人等爲除災故或於王宫或於勝地或於清淨伽藍或隨本所居宅舍依法淨地掘深一肘除去瓦礫地中穢物填滿淨土築令平正其土本淨却用填之若土有餘其地殊勝應泥拭清淨建立道場作五肘方壇高四指量三重布位或以綵畫或用五色粉或於内院中畫八葉蓮華於蓮華上畫佛母大孔雀明王菩薩頭向東方白色著白繒輕衣頭冠瓔珞耳璫臂釧種種莊嚴乘金色孔雀王結跏趺坐白蓮華上或青蓮華上住慈悲相有四臂右邊第一手執開敷蓮華第二手持俱緣果（其果狀似木苽）左邊第一手當心掌持吉祥果如桃李形第二手執三五莖孔雀尾從佛母右邊左旋周帀蓮華葉上畫七佛世尊從微鉢尸如來乃至釋迦及慈氏菩薩等皆頭向外坐各住定相至西北角第八葉上畫慈氏菩薩左手執軍持右手揚掌向外作施無

畏勢又於蓮華葉外內院四方畫四辟支佛皆作佛形頂有肉髻亦住定相又於四隅畫四大聲聞從東北隅畫阿難陀次東南隅畫羅睺羅次西南隅畫舍利弗次西北隅畫大目乾連皆著乾陀袈裟偏袒右臂此皆中院次第二院畫八方天王并諸眷屬東方畫帝釋天王執金剛杵與諸天眾圍遶次東南方畫火天左手執軍持右手施無畏與五通苦行仙眾圍遶次南方畫焰摩天王執焰摩幢與焰摩鬼眾圍遶次西南方畫羅刹主執刀與諸羅刹眾圍遶次西方畫水天持罥索與諸龍眾圍遶次西北方畫風天王執幢旛與諸持明仙眾圍遶次北方畫多聞天王執寶棒與諸藥叉眾圍遶次東北方畫伊舍那天執三戟又與諸步多鬼眾圍遶此皆第二院

次第三院從東北隅右旋周帀畫二十八大藥叉將各與諸鬼神眾圍遶及畫宿曜十二宮神次第三院外周帀用香泥塗拭布以荷葉葉上安置供養食器所謂乳糜酪飯飲食果子等皆以阿波羅哷多明王真言加持香水散灑布列四邊供養及以諸漿砂糖石蜜石榴蜜漿等而奉獻之壇上散白色華於四角置酥燈四盞四門各置二淨器滿盛香水於壇東安佛母大孔雀明王像其畫像法如前畫壇唯不安界道即是中院聖眾燒沉香和香等供養東方天眾應燒白膠香而為供養南方天眾以紫鑛芥子及鹽相和燒之供養西方天眾以酥和安息香燒之供養北方天眾應燒薰陸香而供養之持誦者於壇西敷茅薦為坐或坐犀脚床子嚴飾經案置於

壇前以諸香華供養經卷應如是布列轉讀經者可三五人乃至七人更替相續晝夜不令經聲間斷要在絕語言除數内一人明閑教法呪師指撝取與祇對作法結印啓請賢聖餘人但當至心讀經唯在徧數多殷重發願依三十七尊禮懺三時或六時其道場或一日或二日三日乃至七日一切災禍悉皆殄滅除不至心轉經者或在家或是出家人每日澡浴清淨著新淨衣初起首時對道場前虔誠一心禮諸聖衆先以印契眞言依教請召一切佛菩薩及諸天衆如法供養説所求事慇懃啓告願垂加護普爲一切苦難衆生廣發大願然後結跏趺坐以塗香塗手先結三昧耶印二手右押左外相叉作拳直豎二中指頭相拄即成結印當心誦三昧耶眞言七徧眞言曰

唵一引三去聲麽上聲野娑怛鑁三合

即以此印加持自身四處所謂心額喉頂頂上散印

次結金剛鉤菩薩印准前三昧耶印以二頭指屈如鉤向身招不間斷誦眞言七徧普召諸佛菩薩諸天鬼神一切聖衆眞言曰

唵一引嚩曰朗二合引矩尸二阿引羯重呼茶三微羯茶娑嚩二合引訶四引

由結此印誦眞言請召一切聖衆不違本誓皆來赴集

次結阿波羅喻多明王印用結地界結方隅界二手右押左内相叉直豎二中指頭相拄即以印頂上右旋三帀隨心遠近便成結界誦七徧眞言曰

唵一引虎嚕虎嚕二戰拏里三摩蹬岐四去聲娑嚩引二合訶引五

次結普供養一切聖衆印二手右押左相叉合掌十指互交上節即成結印當心誦七徧頂上散印眞言曰

曩莫三滿多勃馱南一薩嚩佗引二欠三平聲嗢娜蘖二合帝四娑頗二合囉呬馨異切引鉿五誐誐曩劒六娑嚩二合訶引七

由結此印及誦眞言能於一一佛菩薩諸聖衆前及於無量諸佛刹土成辦一切廣大供養

次結佛母大孔雀明王印二手右押左內相叉二大指二小指各直竪頭相拄即成結印當心誦眞言七徧如上以印加持四處頂上散印眞言曰

唵一引麼庾引囉引訖蘭引二合帝娑嚩引二合訶二引

次捧香爐奉獻啓請告聖衆說所求事如是依法請召供養已然後起悲愍心爲拔濟衆生苦難故轉讀此經每日中前換諸供物應結阿波羅哷多明王印誦本眞言以印頂上左旋一帀暫解其界換供養已即如前次第再迎請結界如是依教供養轉讀此經所有災難亢旱疾疫鬼魅厭禱惡毒災難障種種苦難必得除滅所有祈願無不遂心我已廣說畫像壇場供養儀軌竟若不辯如是塗畫壇場或有急速災難至可隨自力分於一淨處以瞿摩夷塗地作一肘方壇隨其大小磨白檀香塗作圓壇九位中安佛像及以三五莖孔雀尾竪於壇上隨時燒香散華乳糜酪

等供養聖衆但虔誠一心轉讀此經或一徧或三徧乃至七徧或一日或二日一切厄難悉得銷除所有祈願皆得圓滿爾時阿難陀聞佛世尊爲當來世一切苦難有情說此讀誦大孔雀明王經法頂戴受持禮佛而退

大孔雀明王畫像壇場儀軌

金剛頂瑜伽金剛薩埵儀軌

唐北天竺三藏沙門大廣智不空奉　詔譯

如金剛頂經百千頌十八會瑜伽演頻證如來内功德祕要夫修行菩薩道證成無上菩提者利益安樂一切有情以爲妙道一切有情沉没流轉五趣三界若不入五部五密曼荼羅不受三種祕密加持自有漏三業身能度無邊有情無有是處五趣有情三界所攝所謂欲界色界無色界色無色界修行出三界道別解脫定慧以爲增上緣其上三界由定地所攝故欲界無禪是散善地設有修定軌則仍假藉頭陀苦行依七方便由根羸劣無學緣覺果尚自難成何況十地大普賢地及成毗盧遮那三身普光地位二乘之人雖證道果不能於無邊有情爲作利益安樂於顯教修行者久經三大無數劫然後證成無上菩提於其中間十進九退或證七地以所集福德智慧迴聲聞緣覺道果仍不能證無上菩提若依毗盧遮那佛自受用身所說内證自覺聖智法及大普賢金剛薩埵地受用身智則於現生遇逢曼荼羅闍黎得入曼荼羅爲具足羯磨以普賢三摩地引入金剛薩埵入其身中猶加持威德力故於須臾頃當證無量三昧耶無量陀羅尼門以不思議法能變易弟子俱生我執法執種子應時集得身中一大阿僧祇劫所集福德智慧則爲生在佛家其人從一切如來心生從佛口生從佛法生從法化生得佛法財（法財謂三密菩提心教法）纔見曼荼羅能須臾頃淨信以歡喜心瞻覩故則於阿賴耶識中種金剛界種子具受灌頂

受職金剛名號從此以後受得廣大甚深不思議法超越二乘十地此大金剛薩埵五密瑜伽法門於四時行住坐卧四威儀之中無間作意修習於見聞覺知境界人法二空執悉皆平等現生證得初地漸次昇進由修五密於涅槃生死不染不著於無邊五趣生死廣作利樂分身百億遊諸趣中成熟有情令證金剛薩埵位瑜伽者在閑靜山林或於精室或隨所樂之處當禮四方如來以身供養誦本眞言由捨身故則於三業有漏之體則成受三世無礙律儀戒次於空中想一切諸佛菩薩衆會然後右膝著地結金剛起印誦其眞言心當思惟令一切如來不應貪現法樂住惟願哀愍不越本誓加持覆護當對聖衆發露懺悔隨喜勸請復發五種大願則結金剛薩埵跏謂以右脚押左當結定印誦無上正等菩提心眞言曰

唵薩嚩瑜誐質多毋怛致(合二)娜野(引)弭

由誦此眞言故一切如來令瑜伽者獲得不退轉能摧一切魔冤是人等同大菩薩及諸如來瑜伽者作是思惟我應發金剛薩埵大勇猛心一切有情具如來藏性普賢菩薩徧一切有情故我令一切衆生證得金剛薩埵位又作是思惟一切有情金剛藏性未來必獲金剛灌頂故我令一切有情速得大菩薩灌頂地證得虛空藏菩薩位又作是思惟一切有情法藏性能轉一切語言故我令一切衆生得聞一切大乘修多羅藏證得觀自在菩薩位又作是思惟一切有情羯磨藏性善能成辦一切事業故我令一切衆生於諸如

來所作廣大供養證得毗首羯磨菩薩位又作是思惟一切有情既具四種藏性獲得四大菩薩之身以我功德力如來加持力及以法界力願一切有情速證清淨毗盧遮那佛身真言曰

唵薩嚩怛佗(引)誐多商斯多薩嚩薩怛嚩(二合)南薩嚩悉馱藥三波你演(二合)耽但佗(引)蘖多失者(二合)地底瑟姹(二合)耽

即結金剛合掌印二手掌合十指相交右押左誦真言曰

唵嚩日囒(二合)惹里

由結此印故十波羅蜜圓滿成就福德智慧二種資糧

次結金剛縛印准前金剛合掌便外相叉作拳誦真言曰

唵嚩日囉(二合)滿馱

由結此印即成金剛解脫智

次以金剛縛三拍自心誦真言曰

唵嚩日囉(二合)滿馱怛囉(二合)吒(半聲呼)

由結此印故能摧身心所覆蔽十種煩惱則召一切印處在身心隨順行者成辦衆事一切印者所謂大智印三昧耶智印法智印羯磨智印

次結金剛阿尾捨印二羽金剛縛屈禪智各置戒方間誦真言曰

唵嚩日囉(二合)阿尾捨惡

由結此印令四智印發揮有大威力速得成就

次結金剛拳三昧耶印准前印進力捻禪智有真言曰

唵嚩日囉(二合)毋瑟置(二合)鉿
由結此印能縛堅固一切印(一切印者是四印也)常於行者身心之中而不散失
次結三昧耶印二手金剛縛合豎忍願安於當心誦眞言曰
三摩耶娑怛梵(三合)
由結契印誦眞言已於背後想有月輪以爲圓光身處在其中想金剛薩埵由結此印及誦眞言故大智印等一切部中所結一切印一切如來身口意金剛印功不虛棄無敢違越若誦一千徧結一切印皆得成就次結大三昧耶眞實印二羽金剛縛忍願入掌相交合檀慧禪智面相合如獨鈷金剛杵以忍願觸於心上誦眞言曰
娑麽耶斛蘇囉多娑怛梵(三合)
由結此印觸心故金剛薩埵徧入身心速與成就意欲希望諸願皆得
次結金剛薩埵大智印即解次前印二羽各作金剛拳左手置於胯右手調擲金剛杵勢置作心上右脚押左誦眞言曰
嚩日囉(二合)薩怛舞(二合)舍
誦已想自身爲金剛薩埵處大月輪坐大蓮華五佛寶冠容貌熙怡身如月色內外明徹生大悲愍拔濟無盡無餘衆生界令得金剛薩埵身三密齊運量同虛空
由持瑜伽大智印相應故設若越法具造重罪并作諸障持彼大智印故一切供養恭敬若有人禮拜供養尊重讚歎者則同見一切如來及金剛薩埵當住此智印則於身前想金剛薩埵智身如自身觀以四印圍遶同一

月輪同一蓮華各住本威儀執持標記各戴五佛寶冠瑜伽者專注身前金剛薩埵心不散動即誦眞言曰

嚩日囉合二薩怛嚩合二惡

由誦此眞言故金剛薩埵當阿尾捨顯現誦眞言曰

嚩日囉合二薩怛嚩合二涅哩合二捨

由誦此眞言故令定中見金剛薩埵了了分明即誦四字眞言

弱吽鍐斛引

由誦此眞言故金剛薩埵智身令召令入令縛令喜與瑜伽者定身交合一體

次結素囉多印二羽金剛縛右智入左虎口中乃於心頟喉頂四處加持各誦眞言一徧

蘇囉多薩怛梵合三

由結印加持故四波羅蜜身各住本位常恒護持

次結五佛寶冠印二羽金剛縛忍願並竪合屈上節如劍形進力附著忍願背以印置於頂上次置髮際次置頂右次置頂後次置頂左各誦眞言一徧眞言曰

唵薩嚩怛他引蘖多囉怛曩合二阿毗曬迦阿

由結此印故獲得一切如來金剛薩埵灌頂位

次結金剛鬘印二羽金剛拳頟前相遶結二羽分腦後又結便從檀慧徐徐開如垂冠繒帛誦眞言曰

唵嚩日囉合二麽引羅引阿毗詵者滿鈐

即結甲冑印徧身擐甲

次結歡喜印二羽平掌拍令歡喜誦眞言曰

嚩日囉合二覩史也合二斛引

次結前金剛薩埵大智印誦根本眞言曰

唵摩訶素佉嚩日囉合二薩怛嚩合二弱吽鑁斛引素囉多薩怛梵合三

次應結四祕密羯磨印即誦金剛歌讃此讃四句每結一印當誦一句讃曰

薩嚩努囉誐素佉薩怛摩合二曩娑怛網合三嚩日囉合二薩怛嚩合二跛囉莫素囉多八娑嚩合二莫摩訶引素佉涅哩合二佉製野諾合三鉢囉合二底跛馱悉地者攞虞鉢曩多

次作欲金剛印二羽金剛拳左羽想執弓右羽持箭如射勢即成此尊印身稱眞言曰

薩嚩引努囉引誐素佉薩怛摩合三曩娑

次結計里計羅印准前印二拳交抱於胷即成此尊印身誦眞言曰

薩怛鑁合二嚩日囉合二薩怛嚩合二跛囉莫素囉多入聲

次結愛金剛印准前二金剛拳左拳承右肘豎右臂如幢勢即成此尊身誦眞言曰

薩嚩莫摩訶引素佉涅哩合二佉製野諾

次結金剛慢印二金剛拳各安胯向左少傾頭如禮勢即成此尊印身誦眞言曰

跛馱悉地也合二左攞虞鉢曩多入

次結五祕密三昧耶印即結金剛薩埵三昧耶印作金剛縛屈忍願入掌相合如前禪智檀慧各相拄如獨鈷金剛杵誦眞言曰

素囉多薩怛梵合三

由結此印誦眞言故神通壽命威力相好等同金剛薩埵

次結欲金剛三昧耶印准前印屈進力上節

甲背相合以禪智並押其上誦眞言曰
弱嚩日囉合二涅哩合二瑟知合二娑野計麼𠯆
由結此印故能斷細無明住地煩惱即結計
里計羅三昧耶印准前印右智押禪相交誦
眞言曰
吽嚩日囉合二計里吉麗吽
由結此印故能拔濟護持一切受苦衆生界
皆獲大安樂三摩地
次結愛金剛三昧耶印准前印進力互相握
忍願進力並合如眼勢竪戒方相合檀慧亦
然誦眞言曰
鑁嚩日哩合二抳娑摩合二囉囉𠯆
由結此印故獲得大悲解脫憐愍一切有情
猶如一子皆起拔濟安樂之心
次結金剛慢三昧耶印用次前印觸其二股

先右次左誦眞言曰
斛引嚩日囉合二迦寘濕嚩合二哩怛嚂二合引
由結此印故獲得大精進波羅蜜刹那能於
無邊世界一切如來所作廣大供養
次結金剛薩埵三昧耶印誦大乘現證百字
眞言曰
唵嚩日囉合二薩怛嚩合二三麼耶麼努播引攞
野嚩日囉合二薩怛嚩合二底尾合二努波底瑟姹
二合涅哩合二住茶護切弭婆嚩素覩史喻合二寘婆
嚩阿努囉訖覩合二寘婆嚩素補史喻合二寘婆
嚩薩嚩悉朕寘鉢囉合二也瑳薩嚩迦麼素左
寘質多室唎合二藥句嚕吽呵呵呵呵斛婆誐
梵薩嚩怛佗引蘖多嚩日囉合二麼弭悶左嚩
日哩合二婆嚩摩訶引三麼耶薩怛嚩合二惡
即入金剛薩埵三摩地并結大智印誦大乘

現證金剛薩埵眞言曰

嚩日囉(二合)薩怛嚩(二合)

或住大智印或持數珠無限念誦勿令疲頓由住三摩地誦此眞言故現世證得無量三摩地亦能成本尊之身一切如來現前證得五神通遊歷十方一切世界廣作無邊有情利益安樂等事瑜伽者行住坐臥常以四眷屬而自圍遶處大蓮華同一月輪金剛薩埵者是普賢菩薩即一切如來長子是一切如來菩提心是一切如來祖師是故一切如來禮敬金剛薩埵如經所說金剛薩埵三摩地名爲一切諸佛法此法能成諸佛道若離此更别無有佛欲知金剛者名爲般若波羅蜜能通達一切佛無滯無礙猶如金剛能出生諸佛金剛計里計羅者是虛空藏三摩地與無邊衆生安樂拯拔無邊衆生溺貧匱泥者所求世出世間希願皆令滿足愛金剛者是多羅菩薩住大悲解脱愍念無邊受苦有情常情懷濟拔施與安樂慢金剛者是大精進波羅蜜住無礙解脱於無邊如來廣作佛事及作衆生利益欲金剛持金剛弓箭射阿賴耶識中一切有漏種子成大圓鏡智金剛計里計羅抱金剛薩埵者表淨第七識妄執第八識爲我癡我見我慢我愛成平等性智金剛薩埵住大智印者從金剛界至金剛鈴菩薩以三十七智成自受用他受用果德身愛金剛者持摩竭幢能淨意識緣慮於淨染有漏心成妙觀察智金剛慢者以二金剛拳置胯表淨五識質礙身起大勤勇盡無餘有情皆頓令成佛能淨五識身成成所作智欲金

剛者是慧眼觀察於染淨分依他性智一切
法非有非無金剛計里計羅者以無染智觀
染智觀察淨分依他與果德中圓成不即不
異知一切法與菩提涅槃不即不異金剛薩
埵者是自性身不生不滅量同虛空則是徧
法界身愛金剛者以大悲天眼觀見一切有
情身中普賢體不增不減金剛慢者以清淨
無礙肉眼觀一切有情處在異生位雖塵勞
覆蔽本性清淨若與大精進相應即得離垢
清淨金剛薩埵者是毗盧遮那佛身欲金剛
是金剛波羅蜜計里計羅是寶波羅蜜金剛
愛是法波羅蜜金剛慢是羯磨波羅蜜金剛
薩埵者即彼薄伽梵阿閦如來欲金剛者即
是金剛薩埵計里計羅者即是金剛王愛金
剛者即是金剛愛金剛慢者即是金剛善哉
金剛薩埵者即彼薄伽梵寶生如來欲金剛
者即是金剛寶計里計羅者即是金剛日愛
金剛者即是金剛幢金剛慢者即是金剛笑
金剛薩埵者即彼薄伽梵觀自在王如來欲
金剛者即是金剛法計里計羅者即是金剛
利愛金剛者即是金剛因金剛慢者即是金
剛語金剛薩埵者即彼薄伽梵不空成就如
來欲金剛者即是金剛業愛金剛者即是金
剛藥叉金剛慢者即是金剛拳內四供養者
即彼四眷屬欲金剛以菩提心箭鉤召一切
有情安置佛道計里計羅抱印爲大方便金
剛乘令證不染智以愛金剛摩竭幢爲大悲
金剛鎖經無量劫處於生死心不移易度一
切衆生以爲其道金剛慢者以大精進爲般
若金剛鈴警悟在無明窟宅隨眠有情普賢

曼荼囉不離五身降三世曼荼羅即同金剛界蓮華部徧調伏曼荼囉依此例之寶部一切義成就亦同此說金剛薩埵五容爲如來部即是金剛部即是蓮華部即是寶部五身同一大蓮華者爲大悲義同一月輪圓光者爲大智義是故菩薩由大智故不染生死由大悲故不住涅槃如經所說有三種薩埵所謂愚薩埵智薩埵金剛薩埵以金剛薩埵簡其二種薩埵修行得此金剛乘人即名金剛薩埵是故菩薩勝慧者乃至盡生死恒作衆生利而不趣涅槃以何等法能得如此是故般若及方便智度所加持諸法及諸有一切皆清淨諸法及諸有名爲人法二執是故欲等調世間令得淨除故有頂及惡趣調伏盡諸有由住虚空藏三摩地於人法二執皆悟平等清淨猶如蓮華是故如蓮性清淨本不爲垢所染諸欲亦然不染利羣生者作安樂利益事居大自在位是故大欲得清淨大安樂富饒三界得自在能作利益堅固者菩提心爲因因有二種度無邊衆生爲因無上菩提爲果復大悲爲根兼住大悲心二乘境界風所不能動揺皆由大方便方便者三容金剛以爲增上緣能證毗盧遮那清淨三身果位

金剛頂瑜伽金剛薩埵儀軌

音釋

樞昌朱切　鹻公斬切　羝都奚切　鍵渠偃切戶鑰也　蟠蒲官切伏也屈也　蹲踞蹲徂尊切踞居御切　頰古協切面旁也　掐苦洽切爪刺也　逶迤逶於爲切迤延知切　撝許爲切手指麾也

四法同卷

清刻龍藏佛說法變相圖

四法同卷

一字金輪王佛頂要略念誦法

觀自在菩薩如意輪瑜伽念誦法

大聖大歡喜雙身毗那耶迦法

大日經略攝念誦隨行法

一字金輪王佛頂要略念誦法

唐北天竺三藏沙門大廣智不空奉詔譯

諸供養儀軌如來經中廣說今但晨暮修行或四時三時常習不間故略去重疊簡其要略行者欲作諸佛頂念誦先結三部心印及誦眞言加持三業佛部心印二手右押左內相叉二輪並竪眞言曰

唵(一引)尒(惹以切下同)曩吽翼(二合)迦(半音二)

次結蓮華部心印即前印以左輪屈入掌眞言曰

唵(一引)阿(引去聲)嚕(引轉舌)力迦(二半音)

次結金剛部心印即前佛部心印屈右輪入掌眞言曰

唵(一引)嚩日囉(引二合)地力(二合)迦(二半音)

次結如來拳印左手蓋光高勝四指握拳竪左轉右手作金剛拳握左輪甲眞言曰

唵(一引)僕(引)欠(二)入嚩(二合)囉吽(引胃喉中聲如牛吼三)

隨誦眞言以印加持自身五處身器清淨與法相應便以印加持道場中地誦眞言七徧其處變成金剛界宮自然而有衆寶嚴飾如佛淨土

次結被金剛甲冑護身印即前佛部心印二光直竪頭相拄屈上節如劒形二蓋各附二光背勿相著以印加持額上右肩左肩心喉五處各誦一徧眞言曰

唵(一引)斫羯囉(二合)韈(轉舌)嘌底(二合二)鉢囉(二合)捨弭多(三)囉捺囉(引三合)囉捺囉(引三合四)跛娑麽(二合)擦(倉葛切)路瑟抳(二合)灑(五)囉乞灑(二合)囉乞灑(二合)鉿(引六)吽(引)發吒(半音)娑嚩賀(七引)

次結迎請聖衆印二手仰相叉以二蓋頭相拄如車輅隨誦眞言以二輪各撥二光向身招之或三或七想諸聖衆乘此車輅來降道場迎請眞言曰

娜麽娑怛㘑(三合轉舌引)野(一)地尾(二合)迦南(二)薩嚩怛佗(引去聲)誐跢(引)南(三)唵(引)嚩日囉(二合引)儗(霓以切)孃(四)羯囉灑(二合)野娑嚩(二合引)賀(五引)

次結辦事佛頂印辟除結界即前佛部心印直竪二光頭相拄屈上節如蓋隨誦眞言已印頂上左轉三帀辟除一切不祥諸作障者便右旋三帀即成結界辦事眞言曰

娜莫三去聲滿多沒馱引南一唵吒嚕唵三合二
滿馱娑嚩二合引賀引三
次結大三昧耶印即前被甲印二蓋稍開如
杵形以二輪各附二蓋下第一文眞言曰
唵引一餉商障切迦嚇轉舌二摩賀引三麽去聲鼻音闍
娑嚩二合引賀引三
隨誦眞言以印准前右旋三帀隨行人意遠
近結爲大界
次結部母佛眼尊印二手合掌以二蓋各捻
二光背令如眼形雙屈二輪入掌眞言曰
娜莫三去聲滿多沒馱引南一唵引嚕嚕二字皆轉舌
娑普二合嚕二入嚩二合囉底瑟姹二合三悉馱
路引左寧四薩嚩引囉佗二合五娑去聲引馱䫋
寧一切娑嚩二合賀引六
次結本尊頂輪王印即前辦事佛頂印以二
輪並豎二蓋平屈兩節頭相拄於二輪甲上
結印當心誦眞言七徧或一百八徧又加持
身五處各一徧加持力故身與本尊合爲一
體一字輪王陀羅尼曰
娜莫三去聲滿多母馱南一勃嚕唵三合二嚕字彈舌爲一音又引聲從喉中出其音如擊大鼓古譯云步林者訛略不正也
次結獻閼伽香水印即前大三昧耶印以二
蓋附著二光背二輪又安二蓋側下第一文
如啓佉嬴盃形心想印中滿盛香水舉印額
齊奉獻香水澡浴本尊及諸聖衆眞言曰
娜莫三滿多沒馱引南一唵引二遏轉舌伽去聲囉
賀二合遏伽去聲必哩二合野三鉢囉二合底丁以切引砌
那沫轉舌儉娑嚩二合引賀引四
次結普通供養印二手虛心合掌左右五頂
各交上節想從印流出無量香華飲食宮殿

衣服供養及諸聖衆眞言曰

娜莫薩嚩没馱目引一地娑怛嚩引二合南一唵

引薩嚩怛囉二合三僧去聲矩蘇弭跢引四毗吉孃

二合囉引始頸五曩謨娑覩二合帝娑嚩引二合賀

引六

次結普通佛頂印即前普供養印稍深交至

中節如華在掌中修行者若爲事緣忽遽不

能徧結十佛頂印但結此印誦諸佛頂眞言

普通於修行人亦無過失眞言曰

娜莫三去聲滿多母馱引南一麽鼻音鉢囉二合底

賀多舍引娑曩引南二唵斫訖囉二合韈轉舌底

唵吽引三

次誦讚歎

滿寧寧定切引史扼尼整切引薩嚩惹自攞切孽言揭切地

帶引史扼一拽延結切捨娑尾二合步引囉步二合

嚩乃鼻音引迦二滿引馱吠三去聲麽鼻音娑多二合

尾你也引二合地跛作訖囉二合麽鼻音引里寧三曩

謨娑覩二合帝怛囉引二合怛哩作訖囉二合韈轉舌

底寧四

每念誦先以五支或以五相八相等觀智成

本尊瑜伽一此法並在頂輪瑜伽極深密皆須從灌頂阿闍黎親授一或

於自身想布一字安三處頂舌心以字威力能

成佛頂輪王尊又想曼荼囉中有香水大海

於海中心有妙高山七重金光周帀圍遶於

妙高頂上有八葉白色蓮華於一一葉上右

旋布列輪王七寶所謂金輪象馬珠女兵及

主藏當前第八葉想安佛眼尊十佛頂眷屬

前後圍遶先住此觀已然後持珠相應念誦

或百或千或至於萬常功限畢捧珠頂戴誦

部母尊所有功業願尊守護又結根本印加

身五處又結普供養印如前供養又以悅喜心歌讚本尊無量悲願攝護我等今得解脫悉地相應廣發弘願利樂有情誓成正覺次捧閼伽如前奉獻又結辦事佛頂印左旋解界又結前迎請印向外撥二中指誦前眞言去羯囉灑野句應云尾薩惹野即成奉送又結被甲印誦前眞言加身五處又結三部心印虔誠作禮發願徃出道場或旋遶經行轉讀大乘經典作諸善業以助成就

一字金輪王佛頂要略念誦法

觀自在菩薩如意輪瑜伽念誦法

唐北天竺三藏沙門大廣智不空奉詔譯

我今順瑜伽　金剛頂經說　摩尼蓮華部
如意念誦法　修此三昧故　能如觀自在
先擇其弟子　族姓敬法者　多人所敬愛
智慧而勇進　決定毗離耶　覺慧常不捨
盡孝於父母　淨信於三寶　樂修菩提行
於四無量心　刹那無有間　常樂大乘法
住於菩薩戒　恭敬阿闍黎　一切諸聖者
成就堅固力　丈夫之勇猛　菩通相應門
常樂寂靜行　智慧無所畏　以戒常嚴身
精修祕密乘　敬依理趣道　一心無所悋
常樂聞妙法　曾入三昧耶　從師獲灌頂
既蒙印可已　不久當成就　弟子具此相
方可爲傳授　此即如意寶　能成諸事業

如經說處所　山間及流水　清淨阿蘭若
隨樂之澗谷　離諸危怖難　隨力嚴供養
行人面於西　漫提自在王　次禮餘方佛
以五輪著地　如教之敬禮　雙膝長跪已
合掌虛心住　誠心盡陳說　三業一切罪
我從過去世　流轉於生死　今對大聖尊
盡心而懺悔　如先佛所懺　我今亦如是
願承加持力　衆生悉清淨　以此大願故
自他獲無垢

密言曰

唵薩嚩婆嚩輸馱薩婆達麼薩嚩婆嚩輸度唅

行者次應隨喜一切諸佛菩薩所集福智（思一切佛菩薩過去所修行功德如我自作而生歡喜）

過現三世佛　菩薩及衆聖　所集諸善根

合掌盡隨喜　如我身所集　歡喜無有異
次應右膝著地芙蓉合掌置於頂上想禮一
切如來菩薩足
密言曰
唵鉢頭麼(二合)微(微吉切)
禮諸佛已全加而坐　或輪王加　隨意而坐
作此坐印已　觀徧虛空佛　已身各於前
住彼衆聖會　止觀從膝上　旋舞當心合
如蓮之未敷　想禮於諸佛　次結三昧耶
當心堅固縛　檀慧禪智竪　金剛蓮華印
通持蓮華者　警覺諸聖已　誦此密言曰
唵跋折囉(二合)鉢頭麼(二合)三麼耶薩怛梵(三合)
由結此印故　佛及善逝子　諸大名稱者
妙觀察攝授　憶昔本誓願　對於徧照尊
不違教令故　加持使圓滿

次結一切諸佛如來安悅意歡喜三昧耶印
十度堅固縛　忍願中交合　檀慧與禪智
各相合而竪
密言曰
唵三麼耶乎(去聲引)蘇囉多薩怛梵(三合)
由示此印故　諸佛及菩薩　一切執金剛
皆悉妙歡喜　次當開心戶　入金剛智字
觀於二乳上　左怛囉右吒　如宮室戶扇
殊勝金剛縛　三業同時發　拍心開兩字
密言曰
唵跋日囉(二合)滿馱(平聲)怛囉(二合)吒(半音)
無始熏種子　所集之塵勞　今以召罪印
集之欲摧碎　十度堅固縛　忍願伸如針
進力屈如鉤　心想召諸罪　想彼衆罪狀
直髮躶黑形　反印刺於心　觸已誦密言

三業相應故　能召諸罪積　誦此召集已
方作摧碎法
密言曰
唵薩婆播波迦哩灑弩尾(入聲)輸馱(入聲)娜三麽
耶跋日囉(二合)吽若(入聲)
召入於掌已　方作摧碎法　前印內相叉
稱鎔縛諸罪　忍願俱伸直　有怛囉吒字
想爲金剛杵　相拍如摧山　忿句及怒形
能淨諸惡趣　誦已忍願拍　三七隨所宜
密言曰
唵跋日囉(二合)播尼尾薩普(二合)吒也薩婆播也
滿馱娜你鉢囉(二合)毋乞灑(二合)也薩婆播也蘖
底避藥(二合重呼)薩婆薩怛挽(二合)薩婆怛佗蘖多
跋日囉(二合)三麽也吽怛囉(二合)吒(半音)
此以相應故　先佛方便說　三業所積罪

無量極重障　作此摧滅已　如火焚枯草
有情常迷愚　不知此理趣　如來大悲故
開此祕妙門　次當結入印　內如來智字
二羽堅固縛　禪智入於中　以進力二度
相拄如環勢　觀前八葉蓮　其上置阿字
二點嚴飾故　妙字方名阿　色白如珂雪
流散千光明　想以進力支　捻字安心內
三業齊運用　誦此真言曰
唵跋日囉(二合)阿(引)味捨(平聲)惡(入聲)
既想入心中　字相逾光耀　此即法界體
行者應是觀　不久悟寂靜　法本不生故
三世諸如來　金剛身口意　皆以妙方便
持在金剛拳　以此闔心門　智字獲堅固
便屈進力度　拄於禪智背　以印觸胸已
即誦此妙言

唵跋日囉(二合)母瑟致(二合)鍐(平聲)
行者住等引　二羽堅固縛　仰置於臍下
禪智蓮華形　此名三昧印　誦此密言曰
唵三摩地鉢頭迷(二合)紇哩(二合)
出息及入息　住阿那波那　想佛徧虛空
彈指警覺我　佛子汝云何　成無上等覺
不知諸如來　實相之妙法　旣聞警覺已
行者復白言　云何名眞實　願最勝尊說
諸佛皆歡喜　作如是勝言　善哉摩訶薩
能作如是問　汝想於心中　所內惡字門
以字徹於心　誦此密言曰
唵止(入聲)多鉢囉(二合)底(平聲)味鄧迦路弭(平聲)
當默誦一徧　便想爲月輪　倍欲精進故
復誦妙言曰
唵步提止(入聲)多母(去聲)怛跛(二合)佗夜弭(平聲)

能令心月輪　圓滿甚清淨　中想妙蓮華
上安寶金剛
密言曰
唵底瑟吒(二合)麼尼(上聲)跋日囉(二合)鉢娜麼(二合)
引量同虛空　周徧於三界　復誦此妙言
金剛語離聲
唵薩頗(二合上聲)囉麼尼(上聲)跋囉(二合)鉢娜麼(二合)
於此引妙蓮　流放千光焰　一一光明中
無量佛剎土　剎中有妙蓮　想持寶蓮者
持寶蓮勝幢　幢中出妙音　誰有薄福者
當滿一切願　住是寂三昧　爲利諸有情
如是菩薩類　皆住於等引　從蓮華胎藏
放千妙光明　皆爲利衆生　檀波羅蜜等
徧入諸三昧　理趣善巧門　爲愍念有情
作無量方便　化身爲種種　從生及涅槃

轉大妙法輪　皆從意寶出　所說之妙法
皆以輪成就　以輪爲妙智　能斷諸結使
由轉大法輪　此爲福智路　次皆正觀察
漸斂其智蓮
密言曰
唵僧訶囉麽尼跋日囉(合二)鉢娜麽(合二)
所在諸如來　皆入於一體　猶如於明鏡
能現於萬像　法界自性體　住於金剛蓮
即變其寶蓮　爲眞多菩薩　手持如意寶
六臂身金色　皆想於自身　頂髻寶莊嚴
冠坐自在王　住於說法相　第一手思惟
愍念有情故　第二持意寶　能滿一切願
第三持念珠　爲度傍生苦　左按光明山
成就無傾動　第二持蓮手　能淨諸非法
第三挈輪手　能轉無上法　六臂廣博體

能遊於六道　以大悲方便　斷諸有情苦
行者如是觀　坐於月輪中　身流千光明
項背皆圓光　復想心月輪　亦有寶蓮華
以是能堅固　無動觀已身　爲離諸妄想
誦此密言曰
唵你哩(合二)荼(去聲)底瑟姹(合二)囉怛娜跋日囉(合二)鉢娜麽(合二)怛麽(合二)句唅三麽喻唅麽訶三麽喻唅薩婆怛佗蘖哆(引)避三菩地囉怛娜(合二)跋日囉(合二)鉢娜麽(合二)怛麽(合二)句唅
以此法加持　十度芙蓉合　進力屈如寶
印心額喉頂　吽字想於心　怛囉安於額
訖哩當喉上　惡字置於頂　由布此想故
此身如金剛　復誦此密語　蓮華語爲聲
唵囉怛娜(合二)跋日囉(合二)達麽紇哩(合二)
次應結灌頂　智者合蓮掌　進力如寶形

禪智開相遠　置額誦密語　心想佛灌頂

唵鉢娜麽（二合）苾哩（二合）俱胝多（入聲）致囉怛娜（二合）鉢娜麽（二合）避（入聲）曬罰囉阿避詵（去聲）者鉿怛洛（二合）

即以此妙印　二手分兩邊　如繫蓮華鬘
徐徐前下散　想垂帛帶勢　誦此妙言曰

唵鉢娜麽（二合）麽鎵（平聲）鉿紇哩（二合）怛洛（二合）

次當結甲鎧　二手蓮華形　從心遶向背
從背當齊遶　向腰及兩膝　漸上遶頸後
從頸復當喉　復於頭後遶　還來至額上
却於頂後遶　徐徐前下散　誦此密言曰

唵阿婆曳（平聲）鉢娜麽（二合）迦（檢）嚩制（平聲）滿馱囉訖灑（二合）鉿吽（合口引）唅（平聲）

爲喜諸佛故　應拍蓮華印　二手結蓮掌
妙拍令歡喜

密言曰

唵鉢娜麽（二合）覩使穀（引）

想於己身前　觀紇哩字門　變爲蓮華王
中有紇哩字　怛囉安兩邊　爲金剛寶蓮
共變爲所尊　持眞多妙寶　如前已身觀
今所觀亦然　爲今體無二　次作呼召法
十度未敷蓮　進力如鉤勢　即誦此密言
應爲蓮華香

唵鉢娜麽（二合）至那拏（二合下同）曩（長聲引）句捨吽（合口）

行者既召已　次當結索印　如前合蓮掌
進力拄如環　此名蓮華索　能滿諸意願
應誦此密語　召入於智身

唵鉢娜麽（二合）枳惹（二合）娜補瑟比（二合）吽

是呪印者但以二手各爲拳即是若著一切

衣服瓔珞頭冠環釧及諸嚴身具等皆誦是呪作是法時不應起瞋及邪思惟穢惡及一切不吉祥等皆不應視若澡浴了趣精舍時不應跣足而往心想有八葉蓮華以承其足身與本尊形同左右皆備天龍八部前後圍遶侍從行者復觀本尊想在面前儼然分明所經路中生草木及諸形像下至畜生形等不應騎上而度諸供養物及諸塔影尊像影師僧等影皆不應踏至精舍前更須洗漱如法已而入初欲入時臨開其戶作一吽聲而便入之入室佛前作如是心三世諸佛菩薩大法王等常住眞身我之肉眼不親知見願以道眼見我歸依作是心已當以三業五體投地殷重而禮亦當口言我今敬禮禮已如常懺悔隨喜廣發大願誓修善等即便燒香以是香氣遂除諸惡鬼神等燒香呪曰從是以前法金剛等一切部用之

唵一鉢頭彌二合你慕訶耶慕訶二闍利慕訶你莎嚩二合引訶三引

作是法已復呪水散四方以爲結護是法呪曰

唵一阿嚕力莎嚩二合引訶二引

作是法竟復作觀法先觀一紇哩二合字無量壽如來從是字起身相圓滿從如來身流出妙香乳水乃成大海於是海中想一鉢囉字化成一龜其形縱廣無量由旬色如黃金於龜上想一蓮華其華八葉葉有三重其華想從一紇哩字起於是華中想一蘇字是字兩邊各想有一吽字是諸字等共作成一須彌盧山山有八峯衆寶合成於此山中復觀五

室是室外似有五而内是一相是室中而想有於八金剛柱妙寶共成𠜂鈿間錯珍奇瑩飾上有摩竭魚首王銜寶鎖懸以金鈴周垂瓔珞帳以寶帳覺華莊嚴縵佩網帶萎蕤交連淨光相映玻瓈寶以爲其地而於其上散布名華拘蘇摩等淨戒塗香馥郁殊特解脱燒香氤氲超昇智摩尼燈光彩昱耀寶樹行列香風微觸芳舍俱發綺旛繽紛

想滿虚空界　華雲妙芬馥　寶樹極端嚴

誦此祕密語　三業齊運用

唵鉢娜麽(二合)摯拏(二合)娜補瑟閉(平聲)吽

衆生無明覆　離於智慧光　爲彼淨除故

應結智燈印　以前蓮華掌　禪智豎相逼

心想摩尼燈　徧照虚空界　所出無量光

誦此密言曰

唵鉢娜麽(二合)摯拏(二合)那你(你熠切)閉(平聲)吽

智者次應結　解脱塗香印　爲淨衆生故

獻此尸羅香　二手散蓮掌　當心塗香勢

十度成熏習　香海徧虚空　獻佛及所尊

誦此祕密語

唵鉢娜麽(二合)摯拏(二合)娜囐提吽

内外供養已　然後應順念　結祕密本印

以對密言王　先誦根本言　分明七徧已

平掌當於心　忍願如蓮華　進力摩尼狀

餘度盡如幢　誦根本密言　思滿有情願

密言曰

娜麽囉怛娜怛囉夜也那莫阿唎耶縛嚕吉帝濕伐囉耶菩地薩怛嚩(二合)耶麽訶薩怛嚩(二合)耶麽訶迦嚕尼迦耶怛姪(你也切)他唵斫迦囉韈底眞多末尼麽訶鉢娜迷嚕嚕底(丁以切)

瑟姹合二入嚩合二攞阿迦哩灑合二耶吽發吒薩
嚩引二合訶引
次結心祕密　依前根本印　戒方檀慧嚩
名爲本心印　一切諸意願　應心之所念
由結此印故　皆悉得成就
密言曰
唵鉢娜迷合二眞多麼抳入嚩合二攞吽
次結隨心印　二手堅固縛　進力摩尼形
禪智並而申　戒法亦舒直　檀慧相交豎
誦此心中心
密言曰
唵末囉娜鉢娜迷合二吽
次想尊口中　流出祕密言　分明成字道
五色光照耀　間錯殊勝色　入於瑜岐口
列心月輪中　瑩如紅玻瓈　一一諦思惟
順理隨覺悟　住定而修習　入於阿字門
即入輪字觀　皆徧觀諸字　此名三昧念
獲智及解脫　由此相應故　不久成種智
若常聲順念　最勝妙奇特　住於本尊觀
不應急躁心　不高亦不下　不緩亦不急
智者離分別　及諸妄想心　若誦洛叉徧
所求皆悉地　二手持念珠　頗胝與蓮子
螺珠及餘寶　無瑕光好者　當穿一百八
一一誦七徧　心及心中心　或毗俱多羅
作此法加持　穿貫珠鬘已　當心一一度
與莎訶齊聲　一千與百八　隨力而念誦
四時或三時　此法後夜勝　如意輪經中
本教佛所說　若如是修習　現世證初地
過此十六生　成無上菩提　何況世悉地
現生不如意　隨力念誦已　重結三昧耶

復為八供養　發遣密言主　二羽堅固縛
忍願蓮華形　從心至面散　頂上合華掌
想尊虛空中　復道還宮去
密言曰
唵鉢娜麽(二合)薩怛嚩(二合)紇哩(二合)穆
發遣聖者已　自住本尊觀　或於閑靜處
轉讀摩訶衍　楞伽與華嚴　般若及理趣
如是等經教　思惟而修習　讀誦經典已
自恣行住坐　乃至於寢息　不間菩提心
不久當悉地　金剛藏所說　此大悲軌儀
不擇日及宿　時食與澡浴　若淨與不淨
常應不間斷　遠離於散亂　空閑寂靜處
不營諸世務　念畢發誓願　結三昧耶印
禮佛菩薩已　隨意而經行

觀自在菩薩如意輪瑜伽念誦法

大聖大歡喜雙身毗那耶迦法 出陀羅尼集第十一諸天卷下

唐北天竺三藏沙門大廣智不空奉詔譯

身呪

曩謨尾那翼迦瀉一 賀悉底二合 毋佉瀉二 怛儞野二合 佗三 唵 娜去聲下同 翼迦娜翼迦四 尾娜翼迦尾娜翼迦五 怛囉二合 皺哩二合 怛囉二合 翼迦六 餉引 佉賀悉底二合七 餉引 佉迦只多小扇上聲 底迦囉娑嚩二合引 賀引九

心呪

唵引一 儗上聲 哩虐二

心中心呪

唵引一 虐虐吽娑嚩二合引 賀引二

若欲作此天法先須畫像或用白鑞銅木等及華木若鑄若刻並得其像形夫婦二身令相抱立各長五寸或七寸皆得並作象頭人身造像不得還價其像成當以白月一日於淨室內用淨牛糞摩作圓壇隨意大小當取一升清麻油以淨銅器盛之用上呪文呪油一百八徧即煖其油然後將像放著油中安置壇內用淨銅匙銅杓等蘸油灌其二像頂身一百八徧一日之中七徧灌之平曉四徧日午三徧共成七徧已後每日更呪舊油以灌其像如是作法乃至七日隨心所願即得稱意正灌油之時數數發願復用酥蜜和麨作團及蘿蔔根并一盞酒及歡喜團時新華果等如是日別取新者供養一切善事隨願成就一切災禍悉皆消滅其所獻食必須自食始得氣力

請召印呪以二小指二無名指相鉤向內即

以二中指竪相叉叉以二頭指各竪附中指以二大指亦竪附近頭指側大指來去呪曰

唵引皺迦囉二合主拏祢去聲嚩哆野二合二

誦七徧

讃歎呪

唵引一誐娜皺波上聲下同底二扇上聲底娑嚩二合悉底三摩賀誐娜皺底娑嚩二合引賀引四

送呪

唵引一皺迦囉二合主拏祢去聲嚩哆野二合娑嚩二合賀引二

誦七徧

呪水護身呪

唵引一吉里吉里二跋折羅二合引吽發吒半音二

若欲作法時先以上呪呪水七徧用洗口并更取水呪七徧用楊柳散灑身上即爲護身

然後入誦持室中作法之所

洗浴呪

唵引一阿拏婆折唎二合娑跋鎩拏訶二

以上呪呪水七徧當用洗浴

調和毗那夜迦法

請一切天作帝殊囉施印以二小指無名指相叉於掌内竪二中指指頭相捻以頭指各加中指背第一節下半分大指來去呪曰

唵引一鑠都嚕二波囉摩馱你曳三娑訶引四

誦七徧但是誦呪人夢中驚怖見諸畜生惡境界等當知是毗那夜迦王瞋夢中覺已即慚愧乞莫瞋明日自有飲食勞謝以水摩地作二肘水圓壇如槃大亦得即取烝餅五顆蘿蔔根三顆火燒熟有華著華并燒白膠薰陸等香安於壇中呪人壇西面向東坐誦大

自在天呪一百八徧已口云慚愧好去如是語已壇中雜物盤盛出門向西棄却西北亦得口云薩婆藥叉囉闍阿藹捨訶娑鉢闍伽車作是語已棄却即歸

大自在天呪

唵一引毗哆囉薩尼二波囉末唎達尼三瞋達尼瞋達尼四頻達尼頻達尼五娑訶六

誦呪一百八徧即心歡喜非但夢中但覺有魔事即作前法定好

造像法

其像形端立象頭人身左牙出右牙折面少向左其鼻向外僂有六臂其左上手把刀次手把果盤下手把輪右上手把棒次手把索下手把牙造此象不得還價足數付之若鑄若刻若畫並得

右此大聖天祕要法人間希有實勿傳之宜誠慎也

大聖大歡喜雙身毗那夜迦法

大日經略攝念誦隨行法（亦名五支略念誦要行法）

唐北天竺三藏沙門大廣智不空奉詔譯

稽首無礙智　密教意生子　依彼蘇多羅
攝此隨行法　眞言行菩薩　先住平等誓
語密身密俱　後作相應行

三昧耶眞言曰

曩謨三曼多勃馱南一唵二阿三謎底哩二合三謎三三摩耶娑嚩二合引訶引四

契謂臍輪合　並建於二空　五處頂肩心
最後加咽位　次以不動聖　辟障及除垢
而能淨衆事　結護隨相應

不動尊眞言曰

曩謨三曼多嚩日囉二合赧引一戰拏摩賀引嚧灑拏二娑頗二合吒野三吽怛囉二合吒半音呼四憾引鋡五

定空加地水　風火豎於心　慧劒亦如是
出鞘能成辦　次說如來鉤　用請於本尊
一切衆生主　依本誓而來

如來鉤眞言曰

曩謨三曼多勃多南一阿引薩嚩怛囉二合二阿引鉢囉二合底賀多三怛他蘖儻引矩奢四冒地拶哩耶二合波唎布囉上聲迦半音娑嚩二合引訶引五

止觀內相叉　堅合智風豎　繞屈於初分
餘輪狀若環　聖天悲願力　隨請咸來降
奉現三昧耶　明契如前說　旣呈本誓巳
發喜而無謬　次當隨力分　供養表誠心
閼伽香食燈　下至一華水　或但心運想
殊勝最難量　當以普通印　密語共加之
有表無表俱　一時皆成就

普通眞言曰

曩謨三曼多勃馱南一薩嚩他欠二平聲温娜孽二合諦三薩頗囉傒餄四伽伽那劒平聲娑嚩訶五引

禪智互相叉　臍輪頂上合　運心普周徧
所念皆現前　既施供養已　修常作持誦
先摽金剛鎧　結護事相應

金剛甲冑眞言曰

曩謨三曼多嚩日囉二合赧一嚩日囉二合迦嚩啫吽二

先作虛心合　風輪糺持火　大空依火本
徧觸後居心　次結方隅界　如前不動尊
左轉成辟除　右旋及上下　被觸身支分
結護悉堅牢　眞言及本契　前如已分別
既爲嚴備訖　當示根本契　還加五位處
七轉或載三　散印頂上開　半加正身意
或作相應坐　隨方如教説　正面住身前
現一圓明像　清淨無瑕玷　猶如滿月輪
中有本尊形　妙色超三界　妙穀嚴身眼
寶冠紺髮垂　寂然三摩地　輝焰過衆電
猶如淨鏡内　幽邃現眞容　喜怒顯顔色
操持與願等　正受相應身　明了心無亂
無相淨法體　應願濟羣生　專注而念持
懈極後方已　限數既終畢　復結普通印
虔誠啓願等　殷重禮聖尊　左轉無動力
解前所結護　還呈本尊契　頂上散開之
心送於聖天　五輪投地禮　然起隨衆善
後會復如初　一時與二三　或四皆如此
餘分旋遶塔　浴像讚方廣　塗拭曼荼羅
布華讚佛德　或復無雜念　專注於等引

以此淨三業　悉地速現前　聖力所加持
行願相應故　諸有樂修習　隨師而受學
持明傳本教　無越三昧耶　勤策無間斷
離蓋及熏醉　順行於學處　悉地隨力威
我依大日教　略示瑜祇行　修證殊勝福
普潤諸有情

大日經略攝念誦隨行法

音釋

稍 所教切漸也小也　餉 式亮切　刺 七賜切與刺同　挈 苦結切提挈也　鈿 堂練切以寶飾也　⿰糸畏 烏灰切采⿰糸畏也　蕤 儒隹切草木華垂也　攣 俱願切抒滿也　僂 隴主切曲也

五字陀羅尼頌

仁王般若陀羅尼釋

唐北天竺三藏沙門大廣智不空奉詔譯

清刻龍藏佛說法變相圖

一頌一釋同卷

五字陀羅尼頌

仁王般若陀羅尼釋

五字陀羅尼頌

唐北天竺三藏沙門大廣智不空奉詔譯

百千瑜伽中　金剛大師說　聖曼殊童子
五字祕密法　修此三昧者　疾入諸佛慧
能以凡夫身　現成就佛身　此法最祕密
大師口傳授　應被精進鎧　依法不依人
如來無二法　淨信者所得　猶如普注雨
沃土先滋長　世尊所密教　智者宜修習
衆生性狹劣　迷入三有苦　雖聞勝上法
不生勇進意　智者生悲愍　爲此求先覺

猶如近寶山　智人往採掇　愚者知不往
長日受衆苦　若有聞此法　即知最勝路
住於大願者　如是人堪學　若有聞此法
悚慄深悲喜　涕泣身毛豎　如是人堪學
若有聞此法　一心即不亂　諸根淨適悅
如是人堪學　若有聞此法　隨得禪悅味
即不樂世樂　如是人堪學　若有聞此法
不待時與日　不求具足法　唯以心直進
不於諸供具　作求不得若　善知法供養
如是人堪學　誦習真言時　如味天甘露
一心不願聞　如是人堪學　二手結祕印
作大慇重想　猶如捧須彌　如是人堪學
此法諸佛為　最上乘者說　根性下劣者
疑惑不能信　衆生性淨故　諸佛本誓力
以相應法印　現成諸聖身　即於一坐中

便成最正覺　若隨此法者　應作如是信
或起於一念　言我是凡夫　同謗三世佛
法中結重罪　未受灌頂位　及非同事者
不應妄稱說　如護髻中珠　如經說處所
或於阿練若　河池及海岸　清淨名山峯
得道轉法輪　仙人成就處　擇地起精舍
隨順於境界　塗地淨平好　布散諸時華
助法諸律儀　如諸部所說　清淨澡浴體
襲上妙衣服　塗香使嚴身　趣於精舍門
先想已身形　作金剛薩埵　右手持金剛
左執光明磬　開戶稱吽字　怒目除不祥
即五體投地　敬禮世尊足　一心已歸命
作佛常住想　次雙膝長跪　發露諸過咎
以此清淨句　懇誠為懺悔
唵薩嚩(二合)婆(引)嚩戍馱(引)薩嚩達磨(引)薩嚩

娑(引)嚩弍度舍

一句生來現　當默誦一徧　口稱阿字句

無量所積罪　清淨無有餘　次以虔請心

結金剛起印　默誦此密語　召集十方佛

二手金剛拳　相鉤檀慧度　進力峯相合

當心仰三招　即知諸如來　悉從三昧起

唵嚩日嚕(二合)底

應觀虛空中　諸佛及聖衆　充滿法界內

間無有空缺　悉以誓願力　咸來降道場

結持金剛印　想禮諸佛足　二羽各相背

檀慧禪智鉤　想禮諸如來　長跪頂上散

唵嚩日囉(二合)勿(音微吉切)

坐法有四種　隨事次應作　端身定支節

趺坐淨月輪　則以麽吒字　二目爲日月

舒放金剛焰　瞻視諸如來　次迴顧諸方

燒除作障者　心舌及二羽　吽字騰金光

猶如諸如來　說法之妙相　次對十方佛

結大誓願印　十度金剛縛　雙建忍願峯

示佛及諸聖　祈憶昔所願

唵三麽耶薩怛鑁(三合)

次結歡喜印　獻此三昧悅　十度外相叉

忍願中交合　檀慧與禪智　各相合而豎

唵三麽耶穀(引)素喇多薩怛鑁(三合)

觀於二乳上　右怛囉左吒　如宮室戶扇

誦此祕密言　即以金剛縛　三掣撥令起

唵嚩日囉(二合)滿馱怛囉(二合)吒(半音)

觀前八葉蓮　阿字素光色　二羽金剛縛

禪智入於中　誦此祕密言　字流入於殿

唵嚩日囉(二合)吠舍惡

如前入字印　進力度屈拄　以此闔心門

智字獲堅固
唵嚩日囉合二毋瑟致合二鉿
次結降三世　作忿怒三昧　欲作此法者
先住大悲心　二羽金剛拳　檀慧反相鉤
進力度豎開　住此叱喝相　顰眉笑而怒
四吽如雷音　觀密跡等衆　受教而待立
左旋成辟除　右旋成結界
唵遜婆你遜婆你吽屹哩合二恨拏合二屹哩合二
恨拏合二吽屹哩合二恨拏合二播耶吽阿曩耶穀
薄伽鑁嚩日囉合二吽發吒半音
次結三昧印　行者住三昧　二羽外相叉
仰於加坐上　端身合口齒　數息令心定
先所請如來　徧滿空界者　彈指警覺我
令觀阿字門　默誦此密語　受教而待立
唵唧多鉢囉合二底味鄧迦嚕彌

當默誦一徧　便想爲月輪　皆欲清淨故
誦此秘密言
唵冒地唧多毋怛跛合二那夜彌
於清淨月輪　觀種子淡字　以成金剛劔
誦此祕密語
唵底瑟姹合二嚩日囉合二底乞瑟拏合二
於清淨月輪　銳利至光徹　次應漸周徧
引量同虛空
唵薩頗合二囉嚩日囉合二底引乞瑟拏合二
亦不見巳身　及與一切相　次應漸觀劔
誦此收攝言
唵僧賀囉嚩日囉合二底乞瑟拏合二
虛空諸如來　悉隨斂而斂　量同巳身巳
便成本聖形　身色如紫金　作妙童子相
五髻被首飾　冠寶五方冠　右持金剛劔

上發火焰色　左手持青蓮　有般若梵夾
住諸妙色相　身處淨月輪　行者住此已
應作是思惟　我令堅固住　金剛劍之身
三昧耶之身　摩訶三昧耶　三世諸如來
現成等正覺　我住此三昧　爲金剛劍身
作是思惟身　同於誦密語　應結本聖印
加持三昧形　二羽外相叉　忍願俱伸直
屈二度上節　猶如劍峯狀　心額喉與頂
各誦此一徧
唵耨佉泚娜澹
又結五髻印　令具足諸相　戒慧及檀方
進禪力智度　忍願等皆合　印狀如五峯
印心兩肩喉　最後置頂上　此名五髻印
誦此本眞言
曩莫三曼多没馱南阿鉢囉合二底賀多舍娑娜南怛你也合二佗唵囉囉三麽合二囉阿鉢囉合二底賀多舍娑娜南俱摩囉路跛陀哩抳吽娑頗合二吒娑頗合二吒娑嚩引二合賀引
次結灌頂印　雙手合其掌　禪智入於中
進力摩尼狀　置額誦密語　想佛灌我頂
唵囉怛曩合二句舍阿紇哩耶合三吽
次結寶鬘印　前印解而分　額前與頂後
以印皆三繞　先從檀慧開　如垂鬘帶勢
唵囉怛娜合二句舍阿紇哩耶合三麽鹸
次被堅固甲　二羽金剛拳　交舒進中度
唵砧想指面　緑色光不絶　猶如抽藕絲
心背齊與腰　二膝與坐處　漸及喉與頸
次額及頂後　進力皆三繞　前從檀慧散
一手垂天衣　此名慈悲甲
唵嚩日囉合二迦嚩制嚩日囉合二句嚧嚩日囉

(二合)嚩日哩(二合)舍

次於畫像心　觀澹字為劒　復成本尊體

如前之所觀　即以鉤印請　二羽金剛拳

檀慧反相鉤　進力豎招屈

唵嚩日啷(二合)句舍舍(二合)弱

次以索印入　印相同於前　唯以進力度

指屈如環勢

唵嚩日羅(二合)波舍吽

次以鎖印心　二羽金剛拳　進力如鉤鎖

以此能止住

唵嚩日囉(二合)薩普(二合)吒鉿

次以磬印喜　復以此前印　檀慧進力度

各各反相鉤

唵嚩日囉(二合)健荼縠

次應獻遏伽　妙器滿香水　并置微妙華

捧至額以獻

唵嚩日路(二合)娜迦圻

次結四內供　徧照尊所化　摩訶囉底女

適悅獻諸聖　二羽金剛縛　禪智並而申

觀妙妓女雲　徧滿十方剎

唵摩訶囉底

次以鬘印獻　伸臂捧而前　觀妙寶鬘雲

徧滿虛空界

唵嚕波戍鞞

次結歌詠印　以此而供養　前印從於臍

漸上至口散　想緊那羅音　供養諸聖衆

唵輸嚧(二合)怛囉(二合)嫁企曳(二合)

次以舞供養　奉獻十方聖　二手金剛拳

右旋頂上散　想妙妓樂雲　徧滿諸世界

唵薩嚩補而曳(二合)

次以焚香印　普熏諸世界　金剛縛下散
徧法界香雲
唵嚩日囉(二合)度閉
次結散華印　莊嚴諸世界　金剛縛上散
華網徧虛空
唵嚩日囉(二合)補澀閉(二合)
次獻智燈印　普燎諸幽冥　禪智前相逼
普此智慧光
唵嚩日囉(二合)魯計
次獻塗香印　當胷塗香勢　以解脫香雲
普淨衆生界
唵嚩日囉(二合)巘提
內外供養已　次第當順念　結祕根本印
誦百字眞言
唵(引)渴嘌誐(二合)薩怛嚩(二合一)三摩耶摩拏播攞耶(二)渴嘌誐薩怛嚩(二合三)底吠(二合)怒跛底瑟姹(二合四)涅哩(二合)住(茶切)護寐婆嚩(五)素覩瑟踰(二合)寐婆嚩(二合六)阿怒囉訖都(二合)寐婆嚩(七)素補瑟踰(二合)寐婆嚩(八)薩婆悉地弭(二合)鉢囉(二合)也瑳(九)薩嚩羯麽素者寐(十)止多室唎(二合)藥句嚕(二合十一)吽呵呵呵呵斛(引)薄誐梵(十二)薩嚩怛佗蘖多(十三)渴嘌誐(二合)麽寐悶者(十四)渴嘌覔(二合引)婆嚩(十五)摩訶三摩耶薩怛嚩(二合)惡(引十六)

不解根本印　便稱已念明
阿囉跛者娜
念法有四種　一者三摩地　謂觀所念明
本尊口流出　隨光入我口　右旋布心月
如以水精珠　布於明鏡上　阿者無生義
囉無塵染義　跛無第一義　諸法性平等

者無諸行義　娜無性相義　五句雖差別
其性無有二　心與性合者　不須重分別
佛所歎無思　無思亦不思　不思思思巳
乃至陀羅尼　如是四句義　隨順契經說
二者言音念　依前觀諸字　離高下緩急
音勢如搖鈴　三者金剛念　依前入字觀
密合脣與齒　小令舌微動　四者降魔念
以想心為本　外現威怒相　顰眉聲亦厲
四種雖差別　一念為無二　二手持念珠
菩提與蓮子　當以蓮華印　或作說法印
朝午昏中夜　四時為定准　此法最第一
為祕密中最　應不顧身命　一心依了義
順理修行人　住於禪行者　應當觀此法
為起三昧用　速獲種智故　下劣根性人
癡愛雜亂者　亦勸修此法　為消煩惱障
入寂靜智故　數限終竟巳　復獻遏伽水
應以歡喜心　妙音誦讚歎　復陳八供養
戀慕而奉獻　結祕根本印　從心頂上散
想尊虛空中　復道還本宮
唵嚩日囉(二合)底乞瑟拏(三合)穆
住此三昧人　最尊無有上　除佛及菩薩
無人可愛敬　欲隨順世間　現於禮敬者
當觀彼人首　有佛菩薩相　誦百字真言
法中所祕密　心欲有散亂　應當密稱誦
昔於大師前　口受要如是　愚力不能述
如海一滴水　恐違大聖者　悚懼懷戰慄
猶如愚下人　手獻妙甘露　勿以輕彼故
上藥為無効　野干羅刹形　為法故應受
願以此功德　普覺諸羣有　我得離世網
隨說而修習

五字陀羅尼頌

仁王般若陀羅尼釋

唐北天竺三藏沙門大廣智
不空奉詔譯

金剛手者瑜伽經釋云手持金剛杵表内心具大菩提外表摧伏諸煩惱故名金剛手又釋云不被三種魔破壞菩提心自體堅固成金剛智一切如來之所建立能破斷常二邊是故金剛智杵破邪見山證金剛定常持於掌中故名金剛手云何菩提薩埵義覺悟眞實法覺已住生死令覺悟一切有情故名菩提薩埵又云菩提者能覺義薩埵者有情義亦名心亦云勇健摩訶者大義薩埵者是勇健義不怯弱三大無數劫積集二種資糧故名摩訶薩云何金剛摩尼(此云寶)金剛如前釋寶義有六一者難得故二者淨無垢故三者有大威德故四者莊嚴世間故五者殊勝無比故六者不變易故一難得者如來出現於世間甚難逢遇故二淨無垢者依教修行證得菩提淨無垢故三大威德者具六神通變現自在名大威德故四莊嚴世間者以三種菩薩律儀戒嚴飾身心故五殊勝無比者證得無上菩提三界特尊殊勝無比故六無變易者證得究竟無上菩提不變易故金剛摩尼顯名虛空藏菩薩是故此菩薩手捧金剛寶金剛利者般若波羅蜜金剛利劒能斷煩惱種一切種金剛利者顯名文殊師利菩薩是故此菩薩手持金剛劒金剛藥叉菩薩者金剛義如前釋藥叉者威猛義亦云盡義十六金剛智普賢行中第十五智名金剛盡智以金剛藥叉智牙食啗一切煩惱隨煩惱盡

無餘金剛鈴者表般若波羅蜜義振鈴警悟愚昧異生一聞鈴音覺悟般若波羅蜜顯名摧一切魔怨菩薩是故此菩薩手執金剛鈴金剛般若波羅蜜多菩薩者金剛義如前釋波羅蜜多如先輩所釋到彼岸義今依聲明論分句釋波藍伊(上聲)多波藍彼岸義伊(上聲)多此岸義此菩薩由持金剛輪毗盧遮那佛於上界成佛已此菩薩請如來轉金剛乘法輪由乘此法輪般若船從此岸運載無量無邊有情至無住涅槃岸顯名纔發心轉法輪菩薩娜謨囉怛那怛囉夜耶歸命三寶義若持此經人歸命佛寶即得五族金剛手菩薩以無量眷屬侍衛加持其人此菩薩尊貴菩提心佛從菩提心生故歸依法寶則得天帝釋并眷屬四天王天加護何以故帝釋在危難般若加持現獲利益是故天帝釋尊貴法寶歸命僧寶者則得阿迦尼吒天王并五淨居天并眷屬加護持經者爲五淨居菩薩僧并聲聞僧衆常居彼天現法樂住梵天等悉皆貴重娜謨阿哩夜吠路者娜野怛他誐多夜囉訶帝三藐三没馱野娜謨者歸命義亦云稽首亦云頂禮阿哩夜遠惡義此方會釋云聖者吠路者娜野徧照義亦云大日義如世間日照一邊不照一邊照晝不照夜照一世界不照餘世界但得名日不得名大日毗盧遮那大日者色身法身普周法界及盡虛空界無邊十方世界普皆照曜若人知此佛功德利歸命禮拜則得盡虛空徧法界一切諸佛菩薩諸賢聖八部悉共加持護念也怛他誐多夜囉訶帝三藐三没馱野如來應供正

徧知義先已釋娜謨阿哩野已釋三滿多跛捺囉野三滿多者是普義跛捺囉者賢義野字者聲明中七例八轉聲中謂聲也下同此菩薩說三密門普賢行願一切諸佛若不修三密門不行普賢行得成佛者無有是處既成佛已於三密門普賢行休息者亦無是處冒地薩怛嚩野菩薩義摩賀薩怛嚩野大菩薩義摩訶迦嚕抳迦野大悲者若歸命聖普賢菩薩則十方諸佛菩薩悉皆加護一切諸佛菩薩皆因修三密門行普賢行得證聖果是故尊貴怛你也合二佗古云即說所謂已上文歸命三寶毗盧遮那佛普賢菩薩枳穰娜鉢囉你閉顯句釋智燈義密句釋智無所得以爲方便無智無得即成般若波羅蜜智燈能照一切佛法惡此惡字梵本是婀字爲隨文句便作惡呼乞叉合二野句勢顯釋無盡藏義密句釋婀字一字爲種子婀字者一切法本不生故婀字是一切字之母能生一切法若能曉婀字門瑜伽相應則得佛法無盡藏則悟一切法本不生猶如虛空一相清淨平等即成無分別智也鉢囉合二底婆娜嚩底顯句釋具辯才密句釋於此句中取鉢囉合二一字爲種子鉢囉字者般若波羅蜜無所得故以無所得爲方便於後得智中悟一切法本不生故獲得無盡佛法藏於後得智中得四無礙解辯說法自在薩嚩沒馱嚩路枳諦顯句釋一切佛所觀察義密句釋薩字一字爲種子薩字者一切法平等義能緣所緣平等平等能取所取無所得故則證眞如當於法流無邊諸佛觀察護念喻誐跛你你瀲跛合二

寧顯句釋瑜伽圓成義密句釋喻字一字爲種子喻字者一切乘無所得若瑜伽觀智相應證得圓成於諸乘中教理行果悉皆證得一眞如法性儼避(引)囉弩囉嚩誐(引)係顯句釋甚深難測義密句釋儼字一字爲種子儼字者一切眞如法無去無來由證眞如海實相般若不可以言詮唯佛境界自覺聖智證底哩野(三合)特嚩跛哩你澀跛寧顯句釋三世圓滿成就義密句釋底哩野(三合梵字是一字也)以此一字爲種子底哩野者一切法眞如平等自性成就越恒河沙數功德眞如中無過去未來現在妄分別不相應行蘊堅執惑亂有爲之法冒地質多散惹娜你顯句釋能生菩提心義密句釋冒字一字爲種子冒字者一切法無縛義若知自身中菩提心自性成就三世平等猶若虛空離諸萬像則知一切有情心及諸佛如自心清淨則生大悲深生憐愍則起種種方便令一切有情至於究竟離苦解脫無解無縛薩嚩毗囇迦毗色訖諦顯句釋一切灌灑得頂義密句釋薩字一字爲種子薩字者一切法無染著義由觀察自他及諸佛心同一眞如同體大悲是故不染不著則於空中一切如來法水灌頂則獲三業加持於無量修多羅藏說法自在達摩娑誐囉三步帝顯句釋法海出生義密句釋達字一字爲種子達字者一切法界無所得義由住無所得心阿賴耶識中俱生我執俱生法執種子以文殊大聖金剛利劒永截斷無餘義則流出清淨法界等流教法則成法海出生義達字者文殊師利菩薩種子阿暮伽室囉

嚩停顯句釋阿暮伽古釋不空義今依聲明論釋無間義阿字一字爲種子阿字者一切法本來寂靜本來涅槃由證此解脫法印徧周法界及諸佛刹大集會中於佛前所聞教法悉皆住持永不忘失摩訶三滿多跛捺囉步彌涅理野帝顯句釋出大普賢地義密句釋摩字一字爲種子摩字者一切法無我義無我有二種人無我法無我瑜伽者若證二無我則出大普賢地證毗盧遮那百福莊嚴圓滿清淨法身尾野(二合)羯囉拏跛哩鉢囉跛你顯句釋獲得記別義古文授記義密句釋尾野(二合)一字爲種子尾野字者一切法徧滿不可得義即知一切法自性寂靜自性涅槃能證所證皆同一性不增不減圓證法界薩嚩悉馱娜謨塞訖哩(三合)帝顯句釋一切成就者禮敬義成就者菩薩之異名密句釋薩字一字爲種子薩字者一切法無堅固義念念四相遷流滅壞薩字中有婀字若證婀字門本來不生不滅亦常恒堅固喻若金剛心得自在能現種種身薩嚩冒地薩怛嚩(二合)散惹娜你顯句釋薩出生一切菩薩義密句釋薩字一字爲種子薩字者一切法無等義由觀此字心與般若平等平等前刹那後刹那一相清淨能生一切波羅蜜一切地即名般若佛母婆誐嚩底没馱麽帝顯句釋世尊佛母婆伽梵男聲婆誐嚩底女聲二俱會意釋名世尊義依聲明對敵釋不如是婆伽者破義梵能義能破四魔名婆伽梵又一釋薄阿梵依聲論分字釋薄名爲破阿梵具知阿字云不有亦云不無佛由悟一切法不生不滅不

來不去不一不異不常不斷不增不減佛有如是功德故名薄伽梵又釋云薄伽梵具福智二種資糧二種資糧者婆誐嚩底女聲義釋如前密句釋婆字一字爲種子婆字者一切法有不可得有者三有義是故三界唯心由心雜染有情雜染由心清淨有情清淨若依顯教觀行般若作爲生因顯因能生一切佛菩薩是故名佛母從前即說已後至佛母句於瑜伽教中成普賢行十六行如聲聞乘見道中十六行也阿囉妳迦囉妳阿囉拏迦囉妳阿字門一切法本不生即入一切法離塵是故囉字門一切離塵義由知一切法離塵故即入一切法無諍是故妳字門一切法無諍由知一切法無諍故即入一切無造作是故迦字門一切法無造作由知一切法無造作故即入一切法清淨是故囉字門一切法清淨由知一切法清淨故即入一切法無諍是故妳字門一切法無諍由知一切法無諍故即入一切本來寂靜是故阿字門一切法本來寂靜由知一切本來寂靜故即入一切法無垢是故囉字門一切法無垢義由知一切法無垢故即入一切法無諍是故拏字門一切法無諍由知一切法無諍故即入一切法無造作是故迦字門一切法無造作由知一切法無造作故即入無分別智是故囉字門一切法無分別由知一切法無分別故即入一切法無動是故妳字門一切法無動由知一切法無動故即證摩訶般若波羅蜜摩訶鉢囉枳穰播囉弭帝顯句釋摩訶大慧到彼岸證得大般若波羅蜜故即依無住涅

般婆囀(二合)訶(引)顯句釋無住涅槃則依無住涅槃乃至盡未來際廣利樂無邊有情

仁王般若陀羅尼釋

音釋

掇(丁括切拾取也)　悚慄(悚息拱切慄切質切悚慄懼也)　襲(似入切服之也)
銳(以芮切銛也)　啗(徒紺切食也)　穰(汝羊切)